JULIE HILGENBERG

Das Mädchen aus Glas

JULIE HILGENBERG

Das Mädchen aus Glas

Roman

DIANA

FSC www.fsc.org
MIX
Papier aus verantwortungsvollen Quellen
FSC® C014496

Verlagsgruppe Random House FSC® N001967

Originalausgabe 06/2020

in der Verlagsgruppe Random House GmbH,
Neumarkter Straße 28, 81673 München
Redaktion: Antje Steinhäuser
Dieses Werk wurde vermittelt durch
die Literaturagentur Kai Gathemann GbR
Umschlaggestaltung: Favoritbüro GbR, München
Umschlagmotive: © Richard Jenkins Photography;
Gannie/Shutterstock.com
Herstellung: Helga Schörnig
Satz: Leingärtner, Nabburg
Druck und Bindung: GGP Media GmbH, Pößneck
Printed in Germany

ISBN 978-3-453-36057-0

www.diana-verlag.de
Dieses Buch ist auch als E-Book lieferbar.

Prolog

Am Tag ihres siebten Geburtstags hatte Elisas Gefangenschaft begonnen.

Ein Tag, der zunächst so schön gewesen war. Elisa hatte außerhalb des Grundstücks spielen dürfen, was ihre Mutter normalerweise strengstens verbot. Nach Hause zurückgekehrt war Elisa mit einem Herz voller Geheimnisse, die ihre Augen strahlen ließen und ihr ein abenteuerliches Lächeln auf die Lippen zauberten. Die Luft duftete damals intensiv nach warmer Erde, Sonne und frisch gebackenem Apfelkuchen, so köstlich, dass ihr das Wasser im Mund zusammenlief.

Selbst heute, sechzehn Jahre später, spürte Elisa noch immer das saftige, weiche Gras unter ihren nackten Füßen, wenn sie an diesen Tag zurückdachte. Die Geräusche der Natur waren von ihrem Singen übertönt worden, und sie hatte aus Leibeskräften gesungen, denn sie war überglücklich und voller Energie gewesen, sodass sie die zwei Treppenstufen, die vom Garten auf die Terrasse führten, hinaufgesprungen war.

Da war es passiert.

Sie war gestürzt. Schlug hin.

Der Schmerz, der daraufhin durch ihren Arm schoss und sich dort festkrallte wie ein böser Nachtmahr, war ihr bereits bekannt gewesen. Sie hatte nicht geweint. Hatte gewartet. Regungslos.

Als ihre Mutter kurz darauf auf die Terrasse gekommen war, um Elisa zum Abendessen zu rufen, hatte sie aufgeschrien. Auf einmal war Elisa eiskalt gewesen, obwohl die Sonne auf ihre Schultern gebrannt hatte. Verschwunden war der süße Duft, der eben noch die Luft erfüllt hatte. Sie hatte bereits geahnt, dass sich von nun an alles ändern würde.

Ihr Arm war gebrochen. Ein glatter Bruch. Der zehnte in ihrem damals noch blutjungen Leben.

Kapitel 1

MAI 1913

Elisa versuchte, die Erinnerungen an diesen Tag abzuschütteln. Es war halb zwölf, und das Weiß der leeren Tagebuchseite vor ihr strahlte ihr entgegen. Kein einziges Wort hatte sie geschrieben, obwohl sie schon eine halbe Stunde lang an ihrem Schreibtisch saß. Als ihre Füllfeder nach einer Weile doch über das Papier kratzte, spürte sie, dass sie die Worte förmlich herauszwang. Schließlich gab sie es auf und steckte den Deckel auf ihr Schreibgerät, um den einsamen Satz auf sich wirken zu lassen. Es war ein Satz, den sie schon unzählige Male geschrieben und gelesen hatte, denn der Eintrag glich exakt dem des Vortags. Und dem des Tages davor.

Nach dem Frühstück mit Mutter habe ich zwei Stunden lang gelesen.

Sie überraschte sich selbst, als sie sich von ihrem Stuhl erhob und die Seite herausriss, mit ihr noch zwei weitere, diese zusammenknüllte und in den Papierkorb warf. Elisa legte die Hände vors Gesicht, und als sie wieder etwas ruhiger atmen konnte, fuhr sie sich über ihr Haar. Sie bereute es sofort, da ihre Mutter mindestens eine halbe Stunde für die Flechtfrisur gebraucht hatte und es sofort bemerken würde, wenn auch nur eine Strähne aus der Reihe tanzte.

Durch ihre offene Zimmertür drang der Duft frisch aufgebrühten Kaffees. Sie hörte die Stimme ihres Vaters, der wütend zu sein schien oder vielleicht auch nicht, denn selbst wenn August von Treue einen guten Tag hatte, war sein Tonfall streng und gebieterisch. Mittagssonne fiel durch das Fenster, und Elisa schaute, noch immer aufgebracht, nach draußen auf die Straße. Dort zog das Geklapper von Pferdehufen auf Pflastersteinen ihre Aufmerksamkeit auf sich. Vor dem Haus hielt eine Droschke, aus der vorsichtig ein Mädchen stieg. Sie schien sehr darauf bedacht, dass dem feinen, lang geschnittenen Karton in ihren Armen nichts geschah. Bertha, Elisas Kammerfrau, eilte ihr entgegen, nahm den Karton und drückte ihr Geld in die Hand.

Zehn Minuten später klackerten die Absätze von Elisas Mutter die Treppenstufen herauf und kündigten an, dass sie sich zielstrebig ihrem Zimmer näherte. *Tack. Tack. Tack. Tack.* Wie immer verschwendete Pauline von Treue keinen Gedanken daran, dass ihre Tochter vielleicht lieber ungestört wäre, und platzte ins Zimmer. Die Haltung perfekt, das rosafarbene, mädchenhafte Kleid hochgeschlossen, die Haare zu einer aufwendigen Frisur aufgesteckt.

»Ich habe eine Überraschung für dich, Elisa. Ist das nicht schön? Du magst doch Überraschungen!«, freute sie sich mit ihrer hohen Stimme.

Für einen Moment war es so still, dass man ihr straff geschnürtes Korsett leise knistern hören konnte. Mit einer Hand umfasste sie die Lehne des Stuhls, auf dem Elisa gerade eben noch gesessen hatte.

Elisa kannte Überraschungen eigentlich nur, wenn ihre Mutter ihr ein neues Buch schenkte. Bücher halfen ihr, die Zeiger der Uhr etwas schneller wandern zu lassen, damit sich die Tage nicht gar so endlos anfühlten.

»Was ist es denn, Mutter?«, fragte sie.

Bertha schlich nun ins Zimmer, darauf bedacht, kaum aufzufallen. Noch immer trug sie den mysteriösen Karton in den Armen. Vorsichtig, als sei darin ein Säugling, legte sie ihn auf dem Bett ab.

»Sieh nach«, sagte ihre Mutter, die ihre freudige Aufregung kaum verbergen konnte.

Elisa öffnete den Karton. Eingeschlagen in dünnes Papier kam ein wunderschönes Kleid zum Vorschein. Sie streckte die Hand nach dem feinen, fliederfarbenen Stoff aus. Doch als ihr Zeigefinger ihn streifte, zog sie die Hand zurück, als hätte sie sich verbrannt. Im Vergleich dazu war das cremefarbene, locker sitzende Reformkleid, das sie trug, unauffällig. So wie sie es bevorzugte.

Früher hatte ihre Mutter ihr oft schöne Kleider geschenkt. Mehrmals hatte Elisa sie darum gebeten, damit aufzuhören, doch ihre Mutter hatte nicht hören wollen – bis zu dem Tag, an dem Elisa eines dieser Kleider mit der Schere zerschnitten hatte. Ganz still, mit ruhiger Hand, unter Tränen. Erst als ihre Mutter sie gefunden hatte und ihr Kleid und Schere wegnehmen wollte, hatte Elisa geschrien. Endlich war die Traurigkeit aus ihr herausgebrochen, die sie empfand, wenn sie diese schönen, wertvollen Seiden- und Chiffonstoffe trug. Eine junge Frau, die das Haus nie verließ, brauchte keine kostbaren Kleider. Sie würden ohnehin nur von Motten zerfressen werden und aus der Mode kommen.

»Aber es gibt doch gar keinen Anlass.« Elisa sah vom Kleid zu ihrer Mutter und wieder zurück.

»Doch, den gibt es. Aber den verrate ich dir noch nicht. Niemand wird ihn dir verraten.« Ihre Mutter warf Bertha einen strengen Blick zu, die daraufhin einen Knicks machte und sich zurückzog.

»Selbstverständlich, Frau von Treue.«

»Wie geht es dir, Kind?«, fragte ihre Mutter. Während sie Elisa musterte, schien sie im Kopf eine Strichliste durchzugehen. *Kleid? Knitterfrei. Teint? Blass, jedoch leicht gerötete Wangen. Haare? Eine Strähne ist verrutscht.* »Du wirkst etwas fahrig.«

»Es geht mir gut«, entgegnete Elisa. »Wirklich.«

»Bist du auch ganz ehrlich?«

»Ja. Natürlich.«

Ihre Mutter musterte sie erneut lange, als könnte sie auf diese Weise Elisas Gedanken lesen. Schließlich nickte sie. »Schön. Sehr schön. Kommst du gleich herunter? In etwa einer halben Stunde gibt es Mittagessen. Sei vorsichtig auf der Treppe.«

Nachdem ihre Mutter sie wieder allein gelassen hatte, sank Elisa auf die Bettkante neben das Kleid. Obwohl ihr Körper zierlich war, fühlte er sich heute unendlich schwer an. Heute war der 30. Mai, was bedeutete, dass Elisa in exakt zwei Monaten ihren vierundzwanzigsten Geburtstag feiern oder eben nicht wirklich feiern würde. Allein bei dem Gedanken daran graute es ihr, denn sofort waren wieder die Bilder ihres siebten Geburtstags vor ihrem inneren Auge. Sie wollte nicht daran zurückdenken, aber sie hatte nicht viel, an das sie sonst denken konnte. Normale Menschen sammelten Erinnerungen, erlebten kleinere oder größere Abenteuer. Elisa erlebte nichts, deshalb hatte sie auch keine Erinnerungen, die sie ablenken konnten.

Nach dem Unglück an ihrem Geburtstag hatte ihr Vater sofort ihren Arzt gerufen. Noch immer hörte Elisa die aufgebrachten Stimmen ihrer Eltern sowie die tiefe, ruhige Stimme von Doktor Johannes Friedmann, als diese sich lange hinter verschlossener Tür unterhalten hatten.

»Elisa ist krank«, hatte der Arzt gesagt. »Schwer krank. Ihre Knochen brechen sehr leicht. In etwa so leicht wie Glas.«

»Was soll das für eine merkwürdige Krankheit sein?«, hatte ihr Vater entgegnet. »Ich habe noch nie etwas von ihr gehört!«

Osteogenesis imperfecta, erklärte Doktor Friedmann. Bisher sei *Osteogenesis imperfecta* noch kaum erforscht. Er selbst kenne die Krankheit nur aus Büchern. Er werde sich erkundigen.

Elisa hatte ihre Hände, ihre Arme, ihre Beine betrachtet – da war doch nichts Außergewöhnliches an ihr? Sie hatte sich immer für ein normales Mädchen gehalten, das sie allem Anschein nach nicht war.

Nachdem Doktor Friedmann gegangen war, hatte sie sich im Garten unter den Apfelbaum gesetzt. Ein Marienkäfer war über ihren rosafarbenen Schuh gekrabbelt, die weißen Socken hinauf, bis zu ihrem Knie. Tief, so tief wie möglich hatte sie den Duft der noch jungen Äpfel eingeatmet. Sie hatte geahnt, dass der Sommer bald für sie vorbei sein würde.

Elisa ist krank. Schwer krank …

Ihre Gefangenschaft hatte langsam begonnen. Zunächst hatte ihre Mutter Elisa verboten, ihre Freundinnen zu besuchen. Ein paar Wochen später war Spielen im Freien oder ein Spaziergang durch den Garten nur noch unter strenger Beobachtung erlaubt gewesen. Ihre Mutter hatte eine elektrische Klingel neben Elisas Bett installieren lassen, die – wenn das Mädchen den kleinen Elfenbeinknopf drückte – sowohl in der Schlafkammer der Angestellten als auch in Frau von Treues Schlafzimmer läutete.

Das alles hatte seine Ursache in den Bildern, die Doktor Friedmann ihrer Mutter ein paar Tage nach dem Unfall gezeigt hatte. Pauline von Treue hatte nach Luft geschnappt und sich von dem Buch abgewandt, weil sie den Anblick nicht ertragen konnte. »Diese Krankheit hat sie? Das hat Elisa? Tun Sie es weg. Schnell! Das ist … das ist widerwärtig.«

Das ist widerwärtig.

Elisa hatte sich damals unter dem Schreibtisch versteckt, um zu lauschen. Noch lange nachdem der Arzt wieder mit dem Buch verschwunden war, hatte sie dort gekauert, die Beine angezogen, die Arme darum geschlungen. Sie hatte sich an sich selbst festgehalten.

Eine Woche später hatte Johannes Friedmanns Sohn Wilhelm das Buch mit den Lithografien auf Elisas Bitte zu ihr nach Hause geschmuggelt, damit sie mit ihren eigenen Augen sehen konnte, was ihre Mutter so entsetzt hatte. Wilhelm war schon immer ihr bester Freund gewesen. Egal um was sie ihn gebeten hatte, er hatte ihr jeden Wunsch erfüllt.

Die beiden hatten sich in die Bibliothek zurückgezogen, verborgen von den hohen Regalen, und das Buch aufgeschlagen. Es war das Buch eines holländischen Professors der Anatomie gewesen, Willem Vrolik. Darin waren Lithografien von Patienten gewesen, die an *Osteogenesis imperfecta* litten. Offenbar gab es die Krankheit in unterschiedlichen Ausprägungen. Es gab Patienten, denen man kaum etwas ansah, und Patienten, die missgeformte Körper hatten. Zu große Köpfe, zu kurze Beine, zu krumme Rücken.

»Du bist viel hübscher.« Wilhelm hatte seine Hand auf ihre gelegt und zärtlich ihre Finger gedrückt.

»Ehrlich?« Eine Träne war auf das Bild eines jungen Mannes mit schiefem Rücken getropft.

»Ganz ehrlich. Ich verspreche es dir hoch und heilig.«

Wie um ihr zu beweisen, dass er sie wirklich nicht widerwärtig fand, hatte Wilhelm ihr einen Kuss auf die Wange gegeben. Seitdem waren sechzehn Jahre vergangen, in denen Elisa nicht mehr geküsst worden war.

Sechzehn Jahre der Gefangenschaft.

Kapitel 2

Den Rest des Tages war alles in heller Aufregung. Elisas Kammerfrau Bertha und Johanna, das Dienstmädchen der von Treues, fegten, putzten und schrubbten das ganze Haus von oben bis unten. Außerdem wurden Sonnenblumen und Margeriten gekauft, die Frau von Treue in golden verzierten Vasen auf den frisch polierten Kommoden platzierte. Die Hausangestellten klopften den Staub aus den dunklen Teppichen, und die Buchsbaumhecken wurden vom Gärtner in Form gebracht.

Gegen Nachmittag beobachtete Elisa, die sich gerade mit einem ihrer Lieblingsromane – *Effi Briest* von Theodor Fontane – ins Landschaftszimmer gesetzt hatte, wie Johanna aufgeregt mit dem Gärtner tuschelte. Immer wieder warf das Dienstmädchen einen Blick über die Schulter, wie um sich zu vergewissern, dass auch wirklich niemand lauschte. Gedämpft drang ihre sensationslüsterne Stimme durch das gekippte Fenster zu Elisa.

»Lindquist. Sie sollte sich freuen, wer käme denn sonst infrage? Aber man erzählt sich ja so einiges. Er soll ja sogar schon im Gefängnis gesessen haben.«

»Lindquist?« Der Gärtner machte große Augen. »Das kann nicht sein … Das würde ihr Vater niemals zulassen.«

»Aber ich hab's doch gehört!«

Lindquist. Ein Name, der hin und wieder während des gemeinsamen Abendessens mit ihrer Familie gefallen war. Emil Lindquist war Privatbankier, und soweit Elisa wusste, hatte er zwei

Söhne. Der ältere der beiden hieß Franz, und laut dem Wenigen, das man sich über ihn erzählte, war er ein rechtschaffender Mann. Der Name des jüngeren war Louis. Louis war ein Tunichtgut sondergleichen, der sämtliche Bordelle Berlins kannte, wenn man den Gerüchten Glauben schenkte. Und Elisa glaubte den Gerüchten.

Pünktlich um halb acht, wie jeden Abend, wurde das Essen serviert. Die Sonne ging auf der anderen Seite der Villa unter, weshalb der Speisesaal um diese Zeit im Schatten lag.

Mit langsamen Bewegungen zerschnitt Frau von Treue ihr Filet. Ihr gegenüber, am anderen Ende des langen Tischs, thronte Elisas Vater, der sich räusperte und den Mund mit der weißen Stoffserviette abtupfte, um sie dann neben seinem Teller in der geballten Faust zusammenzuknüllen. »Morgen Nachmittag bekommen wir Besuch.«

Wie immer war Herrn von Treues runder Kopf tiefrot, als würde sich dort all sein Blut stauen. Die Anspannung, die die Arbeit in seiner Firma mit sich brachte, nahm er tagtäglich mit nach Hause. *Von Treue Süßwaren & feinstes Gebäck* war in den letzten Jahren zu weit mehr als einer gewöhnlichen Süßwarenfabrik herangewachsen. Sogar die Dampfmaschinen, die zur Produktion benötigt wurden, stellte mittlerweile eine Zweigfabrik der Von Treue GmbH selbst her. Ihr Vater besaß Verkaufsfilialen nicht nur in Berlin, sondern auch in München, Hamburg, Dresden und Wien.

An seine Frau gewandt fuhr er fort: »Mach Elisa bitte morgen die Haare ordentlich. Und zieh ihr ein anständiges Kleid an. Nicht diese Kombination aus Rock und Bluse.«

Ohne ihren Mann anzusehen, antwortete Frau von Treue: »Das mache ich. Sie wird wunderschön aussehen. Wie eine Prinzessin.«

Elisa sah ihren Vater an. »Wer kommt denn? Ein Geschäftspartner? Verwandtschaft?«

»Weder noch.«

Johanna betrat mit einer Wasserkaraffe den Raum und schenkte Elisa und ihrer Mutter nach, zuletzt auch ihrem Vater. Der sah Johanna etwas zu lange hinterher, wie Elisa fand.

Frau von Treue legte das Besteck nieder und streckte ihre Hand aus – eine stille Aufforderung, dass Elisa ihre darauflegen sollte. »Morgen wird ein sehr, sehr schöner Tag. Für uns alle. Für dich und für mich und für deinen Vater.«

»Aber wer besucht uns denn nun?« Elisa kam Johannas Getuschel mit dem Gärtner in den Sinn. »Hat es mit der Familie Lindquist zu tun? Kommt einer von ihnen zu Besuch?«

Die Standuhr schlug achtmal. Acht Schläge lang schien die Welt stillzustehen.

»Lindquist«, wisperte ihre Mutter und entzog Elisa die Hand. »Wie kommst du darauf? Wer hat dir davon erzählt?«

»Hast du es ihr gesagt?«, fuhr Herr von Treue seine Frau an. Eine Ader pochte an seiner Stirn.

»Nein! Kein Wort habe ich gesagt!«

»Niemand hat mir etwas verraten. Ich habe es zufällig gehört. Von welchem der Lindquists ist die Rede? Und was will er hier?«

»Stell nicht so viele Fragen, Elisa«, mahnte ihre Mutter.

Als ihr Vater sich zurücklehnte, spannte sein Hemd über seinem prall gefüllten Bauch. »Die Rede ist von Louis Lindquist.«

»Hast du geschäftlich mit ihm zu tun?«

»Ja und nein.« Ihr Vater strich sich über seinen Schnurrbart. »Er hält um deine Hand an.«

Elisa glitt ihre Gabel aus der Hand, was ihr Vater sofort mit einem ärgerlichen Blick quittierte. »Er … er will um meine Hand anhalten?«

Ihre Mutter lächelte gequält.

»Aber … ich verstehe nicht …«

»Morgen ist er zum Kaffee hier. Beschlossene Sache.«

»Was …? Aber …«

»Nichts aber! Sein Vater ist Besitzer einer angesehenen Privatbank.«

»Aber man erzählt sich nur Schreckliches über ihn! Dass er zu viel trinkt und zahlreiche Affären hat und …«

»Diese Verbindung wird die Fabrik finanziell absichern.«

»Aber wir haben doch genug Geld!«

»Rede nicht von Dingen, von denen du nichts verstehst! Die Welt dreht sich immer schneller, und wir müssen mithalten. Stollwerck verkauft seine Schokolade inzwischen sogar in Chicago und New York. Warum sollten wir also nicht auch unsere Süßwaren dort verkaufen? Aber dafür brauchen wir Kapital! Eine Verbindung zu einer Bank wäre ein Segen!« August von Treues Kopf war noch roter geworden.

Etwas bäumte sich in Elisa auf. Etwas, das ihr ins Ohr flüsterte, dass sie ihrem Vater widersprechen musste. »Was ist mit der … «

»Mit der Liebe?«, schnitt er ihr das Wort ab. »Ach, Elisa … Du bist krank. Du solltest dich freuen, dass Louis Lindquist sich bereit erklärt, dich zu heiraten.«

Ja, sie war krank. Eben genau deshalb hatte sie bisher so gut wie keinen Gedanken daran verschwendet zu heiraten. Sie war keine Frau, in die ein Mann sich verliebte.

Elisa hielt sich an der Tischkante fest. »Aber …«

»Elisa! Noch ein Widerwort und du gehst auf dein Zimmer!«, brachte ihr Vater sie zum Verstummen.

Nervös gab ihre Mutter dem Dienstmädchen mit der Hand ein Zeichen. Kurz darauf kehrte Johanna mit einer Tasse Kamillentee zurück, die sie vor Elisa abstellte.

»Trink das«, flüsterte Pauline von Treue. »Der beruhigt. Und du magst Kamillentee doch so gerne.«

Was nicht stimmte. Das behauptete ihre Mutter nur immer. Dennoch trank Elisa, denn wenn sie nicht trank, musste sie wieder mit ihr diskutieren, und ihr Vater würde noch wütender werden.

»Bring sie in ihr Zimmer«, wies Frau von Treue das Dienstmädchen schließlich an.

Widerstandslos ließ sich Elisa die Treppe hinaufführen. Der Tag war anstrengend und verwirrend gewesen. Sie sollte am besten einfach schlafen.

Kapitel 3

»Und von dort aus bin ich dann nach Hause geflogen.« Louis ließ sich auf das Sofa fallen und stemmte die Füße gegen die verschnörkelte Nussbaum-Armlehne. Seine Reitstiefel waren voller Gras und Schlamm, wie ihm erst jetzt auffiel, aber das kümmerte ihn nicht.

Magda, das Dienstmädchen, sollte das eigentlich sehr wohl kümmern, aber sie bemerkte den Dreck nicht, denn ihre großen Augen flehten Louis an weiterzuerzählen. »Geflogen? Richtig mit dem Flugzeug geflogen?«

Er verschränkte die Arme unter dem Kopf und setzte den Blick eines Helden auf, der sich an eine erfolgreiche Schlacht erinnerte. »Selbstverständlich.«

Gerade, als Louis zu einer neuen Lügengeschichte ansetzen wollte, hallten Schritte im Flur. »Louis!«, rief sein Vater. »Louis! Bist du wahnsinnig?!«

Louis kniff die Augen zusammen, weil die laute Stimme seines Vaters ihm Kopfschmerzen bereitete. Schon rauschte Emil Lindquist in die Bibliothek und deutete mit dem Finger auf den hellen Perserteppich, auf dem eine Spur dicker Erdklumpen zum Sofa führte. »Das kann doch nicht dein Ernst sein!«

Seufzend schwang Louis die Beine von der Armlehne und richtete sich auf. Seine Reitstiefel hatten auch auf dem beige-weiß gestreiften Sofabezug braune Flecken hinterlassen. »Wenn du so lieb wärst, Magda, und mir einen starken Kaffee mit einem Schuss

Cognac bringen könntest? Das wäre jetzt genau das Richtige.« Er zwinkerte ihr zu.

Mit glühenden Wangen senkte Magda den Blick zu Boden. »Sehr wohl.«

»Keinen Kaffee mit Cognac.« Sein Vater atmete schwer und legte eine Hand auf die linke Brustseite, über sein Herz. »Wenn du meinem Sohn überhaupt etwas bringst, dann Wasser.«

Zwei Atemzüge lang stand Magdas Mund unvorteilhaft offen, dann machte sie hastig einen Knicks, um schließlich aus dem Raum zu huschen. Fast wäre sie in Franz hineingelaufen, der seinem Vater wie immer auf Schritt und Tritt folgte. Franz, der Vorzeigesohn. Franz, der tagtäglich mit seinem Vater in die Privatbank der Familie marschierte. Franz, der abends sämtliche Zeitungen studierte. Der nie auch nur einen Fehler im Leben gemacht hatte.

»Du stinkst nach Zigarren, Pferdestall und Alkohol, Louis.« Herr Lindquist öffnete das Fenster, stützte sich mit beiden Händen auf der Fensterbank ab und schaute hinaus.

»Ich hatte noch keine Gelegenheit, mich zu waschen.«

»Ja, weil du erst vor einer halben Stunde nach Hause gekommen bist! Und es ist wohlgemerkt bereits zehn Uhr morgens!«

»Erstens ist Sonntag. Da steht es einem ja wohl frei zu machen, was man will. Und zweitens war ich ausreiten.«

»Und davor hast du dich die ganze Nacht weiß der liebe Gott wo herumgetrieben.«

Franz legte seinem Vater eine Hand auf den Rücken. »Beruhige dich. Du weißt, dein Herz …«

»Jaja, ich weiß, ich weiß.«

Gefleckte Haut schimmerte an Herrn Lindquists Hinterkopf durch sein lichtes Haar hindurch. Sein Anzug war ihm zu weit, was daran lag, dass er in letzter Zeit immer dünner wurde. Louis hatte ihm schon mehrmals gesagt, er solle sich einen neuen Anzug maßanfertigen lassen. Aber sein Vater nickte dann immer nur abwesend.

Er drehte sich zu Louis um. »Du hast mich angelogen.«

»Angelogen?« Louis legte die Arme über die Rückenlehne des Sofas. »Nicht dass ich wüsste.«

»Bitte versuche nicht, mich für dumm zu verkaufen. Du hast keine Semesterferien, Louis. Dein Professor hat mich heute Morgen angerufen und mir gesagt, dass du sämtliche Prüfungen nicht bestanden hast. Und nun von der Universität ausgeschlossen wurdest.«

Franz starrte auf seine Schuhspitzen, als ginge ihn dieses Gespräch nichts an. Einmischen wollte er sich nicht, dafür war er zu feige. Aber verpassen wollte er auch nicht, wie seinem kleinen Bruder die Leviten gelesen wurden.

»Da muss ein Missverständnis vorliegen. Ich habe dir doch erzählt, dass ich die Prüfungen nicht bestanden habe. Obwohl ich so viel gelernt hatte.« Louis erhob sich vom Sofa, um mit aufgesetzt zerknirschtem Gesichtsausdruck die Hände auf die Schultern seines Vaters zu legen. »Es tut mir leid, wenn das untergegangen sein sollte. Ich dachte wirklich, du hättest mir damals zugehört. Aber vermutlich hattest du wieder zu viele andere Dinge im Kopf. Ich hätte es dir noch einmal sagen sollen.«

Damit ließ Louis einem seiner größten Talente freien Lauf. Nahezu spielerisch gelang es ihm meist, von der eigenen Schuld abzulenken, indem er andere ganz beiläufig anklagte. Franz durchschaute diesen Trick inzwischen, weshalb er mit den Augen rollte.

Doch auch sein Vater ließ sich dieses Mal nicht täuschen. »Louis, hör auf mit diesem Unsinn! Franz ist mein Zeuge, dass du nie etwas von deinen Prüfungen erzählt hast. Dein Professor meinte, du seiest nicht einmal zu den Vorlesungen erschienen! Wir hatten eine Abmachung, und die lautete, dass du nur in

München studieren darfst und ich dir dort eine Wohnung finanziere, wenn du fleißig bist und einen guten Abschluss erzielst.«

»Das wollte ich auch. Wirklich. Aber …«

»Du verstehst scheinbar nicht, wie ernst es mir ist. Ich habe weder die Lust noch das Geld, deine Eskapaden länger zu finanzieren. Nimm dir doch ein Beispiel an deinem Bruder. Franz hat sein Abitur mit Bravour gemeistert, ebenso seine kaufmännische Studienzeit!«

Dein Bruder war in Südafrika, Großbritannien und den USA, um möglichst viel zu lernen. Und was hast du gemacht? Du warst gerade einmal in Paris, und dort haben sie dich bereits nach drei Wochen aus der Bank geschmissen, weil du so gut wie nie zur Arbeit erschienen bist … Louis konnte diesen Vortrag nicht mehr hören.

»Franz ist mit einer wundervollen Frau verheiratet und hat zwei ebenso wundervolle Töchter. Er ist ein hervorragender Ehemann. Du gibst dir ja nicht mal Mühe, ein nettes Mädchen kennenzulernen.«

»Ich finde schon irgendwann eine Frau. Aber jetzt noch nicht. Ich bin erst fünfundzwanzig Jahre alt und damit noch zu jung, um zu heiraten. Und warum muss ich studieren, wenn ich doch einfach in der Bank arbeiten könnte? Ich könnte dir helfen und …«

»Ach, papperlapapp! Wie willst du mir denn helfen, wenn du von nichts eine Ahnung hast!«

Das saß.

»Ich könnte es lernen«, erwiderte Louis leise.

»Du willst doch nur in der Bank arbeiten, damit du weiterhin dieses Lotterleben führen kannst. Keinen Finger würdest du rühren, weil du nicht weißt, was es heißt, Verantwortung zu übernehmen! Während dein Bruder und ich arbeiten würden, würdest du unser Geld ausgeben.« Emil Lindquist rang nach Luft. »Deshalb habe ich andere Pläne mit dir.«

»Andere Pläne? Was soll das heißen?«

Magda kam mit einem Glas Wasser in den Salon, doch Franz scheuchte sie davon.

»Was für Pläne? Franz?!« Hilfesuchend sah Louis zu seinem Bruder, doch der verschränkte nur die Hände hinter seinem Rücken und musterte angestrengt den Holzfußboden.

Sein Vater drehte den goldenen Ring an seiner rechten Hand. Seinen Ehering. »Du wirst heiraten.«

»Heiraten?!« Louis machte zwei Schritte zurück. »Man heiratet mit dreißig!«

»Dein Bruder war sechsundzwanzig, als er geheiratet hat.«

»Dann habe ich noch ein Jahr.«

»Es tut hier nichts zur Sache, wie alt du bist. Es ist beschlossen. Wenn du weiterhin von meinem Geld leben willst, verlange ich von dir, dass du heiratest. Punkt.«

»Aber warum?«

Franz wagte es, das Wort zu ergreifen: »Du weißt, wie sehr wir mit unserer Bank zu kämpfen haben. Die Aktienbanken gewinnen immer mehr an Bedeutung und nehmen uns wichtige Kunden weg. Ein Konnubium mit der Tochter eines angesehenen Fabrikanten würde unsere Zukunft sichern.«

Während Louis den Blick seines Vaters hielt, dachte er nach. Heiraten … vielleicht wäre das gar nicht so verkehrt. Sein Vater hatte ihm versprochen, dass er in diesem Fall weiterhin Geld zur Verfügung hätte. Niemand könnte ihm verbieten, weiterhin nachts um die Häuser zu ziehen. Es gab viele hübsche Fabrikantentöchter, so schlimm würde es ihn schon nicht treffen. Warum also nicht?

»Wen?«, fragte er.

»Elisa von Treue.«

»Elisa von Treue? Bitte sag mir, dass das ein Scherz ist.«

»August von Treue hat gute Verbindungen zum Hof«, referierte Franz. »Kaiser Wilhelm konsultiert ihn gerne, wie man sagt.

Deshalb wurde er auch vor vier Jahren geadelt. Und die Familie verfügt über reichlich Kapital, was bedeuten würde, dass die Mitgift entsprechend hoch wäre.«

»Großartig!«, sagte Louis ironisch. »Ich habe gehört, dass ihre Eltern sie einsperren. Das ist doch seltsam! Und mit so einer Frau wollt ihr mich verheiraten?«

»Sie sperren sie nicht weg. Das Mädchen ist krank. Es ist aber nichts Ansteckendes. Sie darf nur nicht nach draußen«, erwiderte sein Vater kurzatmig. Einen Moment lang hatte Louis Angst, sein Vater würde hier und jetzt zusammenbrechen, aber er fing sich wieder und schüttelte ärgerlich und enttäuscht den Kopf.

»Ja, diese mysteriöse Krankheit!«, gab Louis nicht auf. »Man sagt, sie zerbreche, sobald man sie anfasst. Das kannst du mir nicht antun, Vater!«

»Das kann ich eben doch, weil es für uns wichtig ist, um den Fortbestand unserer Bank zu sichern. Der Bank, die schon seit drei Generationen im Besitz unserer Familie ist. Und du hast lange genug mein Geld ausgegeben und nie etwas dafür getan. Jetzt verlange ich von dir, dass du mich unterstützt. Solltest du dich weigern, dann …«

»Dann was?«

»Dann hast du nicht länger Zugriff auf unsere Konten und kannst schauen, wo du bleibst.«

Louis schluckte. Das war nicht das erste Mal, dass sein Vater ihm damit drohte. Doch noch nie hatte er dabei derart entschlossen ausgesehen. Die Lage war also ernst. »Aber andere Industrielle haben doch auch Töchter … und Geld.«

»Es geht nicht nur ums Geld, Louis. Versteh das doch! Es geht auch um die exzellenten Kontakte. Um das Prestige!«

»Dann such von mir aus eine Tochter von einem der Direktoren einer Aktiengesellschaft aus! Es kann doch nicht schaden, Verbindungen zu …«

Als könne er es nicht länger ertragen, bedeckte Franz seine Augen mit den Händen.

»Wie kannst du das ernsthaft vorschlagen?« Emil Lindquists Stimme war zu einem gefährlichen Flüstern gesenkt. »Wie ich bereits sagte, sind die Aktiengesellschaften doch gerade der Grund, warum ich dich überhaupt darum bitten muss zu heiraten. Sie nehmen uns die Klienten, Louis!«

Louis stöhnte auf.

»Elisa von Treue kommt aus einem sehr guten Haus. Gewiss ist sie exzellent erzogen und wird dir eine hervorragende Frau sein. Morgen Nachmittag besuchen wir gemeinsam um vier Uhr die Familie, damit du dich vorstellen kannst.«

Die Hände in den Haaren vergraben, ließ sich Louis wieder auf das Sofa fallen. »Aber ich will sie nicht heiraten! Ich will einfach nicht!«

Aus den Augenwinkeln sah er, wie Franz den Zeigefinger hob, als würde er in der Schule aufzeigen. »Einen Vorteil hat Elisa von Treue noch: Sie ist mit Sicherheit absolut unberührt. Heutzutage kann man sich nicht mehr sicher sein, dass eine Frau wirklich als Jungfrau in eine Ehe geht.«

»Mit Sicherheit darf ich sie gar nicht anfassen.« Da fiel Louis ein, dass er Elisa von Treue noch nie auf einem Ball oder sonstigen Feierlichkeiten gesehen hatte. »Vielleicht will ich das auch gar nicht. Oder wie sieht sie aus? Merkt man ihr diese seltsame Krankheit an?«

»Das wirst du dann schon sehen«, sagte Herr Lindquist.

»Aber du hast doch unsere Mutter auch aus Liebe geheiratet, Vater. Wie kannst du von mir verlangen, nicht aus Liebe zu heiraten?«

Auf einmal wirkte Emil Lindquist, als sei sämtliche Kraft aus ihm gewichen. »Ja, das habe ich. Und ich hätte mir das auch für dich gewünscht. Aber du lässt mir keine Wahl.«

Nachdem sein Vater verschwunden war, blieb Franz noch einen kurzen Moment in der Bibliothek. Franz, der zu groß und zu dünn war. Franz mit der schlechten Haltung. Franz, für den Louis sich so oft geprügelt hatte, wenn die Jungs an der Schule ihn gehänselt hatten.

»Stimmt es, dass du eine Affäre mit Rosalie von der Heyt hast?«, wollte er von Louis wissen.

Es stimmte. Louis hatte die Achtzehnjährige vor ein paar Wochen kennengelernt. Von der ersten Sekunde an hatte sie ihn fasziniert. Außerdem genoss Rosalie ebenso sehr wie er das Abenteuer ihrer kleinen Liaison, wurde dabei aber nie anhänglich. Das wusste Louis zu schätzen.

»Alles nur Gerüchte.«

Franz nickte. Jedoch mit einem Gesichtsausdruck, der deutlich erkennen ließ, dass er seinem Bruder nicht glaubte. »Gut. Denn du weißt, was es bedeuten würde, wenn ihr Vater herausfände, dass du seine Tochter verführst. Er ist ein sehr impulsiver Mann. Am Ende fordert er dich noch zum Duell heraus.«

»Mein lieber Bruder, es werden schon lange keine Duelle mehr ausgefochten. Und selbst wenn, dann könnte es mir egal sein, da ich keine Affäre mit seiner Tochter habe.«

Ein zweites Mal nickte Franz. »Und was Elisa von Treue angeht …«

Louis sprang vom Sofa auf und strafte seinen Bruder mit einem verachtungsvollen Blick. »Lass mich einfach in Frieden, Franz.«

Damit rauschte er aus dem Raum. Er hasste Diskussionen. Hasste Meinungsverschiedenheiten. Hasste Streit. Fliehen – das war eines der wenigen Dinge, die Louis wirklich gut konnte.

Kapitel 4

Vier Uhr. Noch immer war kein Louis Lindquist in Sicht. Vielleicht kommt er nicht, wagte Elisa zu hoffen. Sie stand an einem der Flurfenster im ersten Stockwerk und trug das Kleid, das ihre Mutter extra für den heutigen Tag hatte anfertigen lassen. Es fühlte sich falsch an ihr an. Zu schön.

Nun war es laut der goldenen Uhr auf der Kommode schon fünf nach vier. Während der Sekundenzeiger weiter- und weiterrückte, rieb Elisa nervös über ihre Handknöchel.

Um zehn nach vier hielt schließlich eine Kraftdroschke vor der Villa. Louis Lindquist stieg aus. Mit einer Hand richtete er den Kragen seiner weißen Chemisette und öffnete sein sportlich weit geschnittenes Jackett, während die andere Hand auf dem Knauf seines Spazierstocks lag. Gelassenen Schrittes, obwohl er zehn Minuten zu spät war, steuerte er dem Eingang entgegen. Ein flacher Strohhut verdeckte sein Gesicht, was Elisa ärgerte, denn nur deshalb hatte sie hier gewartet. Sie hatte in seinem Gesicht lesen wollen, ob sie gleich einem Casanova gegenübertreten würde, wie man sich von ihm erzählte, oder ob die Gerüchte allesamt logen. Denn er hatte eine Chance verdient, und ihr Vater hatte recht: Sie konnte ohnehin von Glück reden, wenn sich jemand ihrer erbarmte und sie heiratete.

Es läutete.

Stimmen waren zu vernehmen.

»Darf ich Ihnen Hut und Stock abnehmen?«, fragte Stefan, der Hausdiener.

»Sehr gerne.«

»Wenn Sie einen Augenblick warten würden. Ich sage Herrn von Treue, dass sein Besuch nun da ist.«

Schritte.

Vorsichtig trat Elisa ans Treppengeländer des Flurs, denn von dort aus hatte sie perfekte Sicht auf Louis Lindquist. Er stand mit dem Rücken zu ihr, weshalb sie nur haselnussbraunes Haar sah, das mit sonnengebleichten Strähnen durchzogen und alles andere als ordentlich gescheitelt war.

Gleich würde ihr Vater nach ihr rufen. Gleich würde sie die Treppe heruntergebeten werden. Gleich würde sie ihrem zukünftigen Ehemann in die Augen sehen.

»Herr Lindquist! Es ist mir eine Freude, Sie in meinem Haus begrüßen zu dürfen!« Elisas Vater trat aus dem Arbeitszimmer, gefolgt von ihrer Mutter, die wie ein Kind, das gerade Ärger bekommen hatte, den Kopf einzog. Ihr Vater streckte Lindquist die Hand entgegen, die dieser ergriff.

»Die Freude ist ganz meinerseits. Frau von Treue, es ist mir eine außerordentliche Ehre.« Lindquists Stimme war tief und männlich. Eine Stimme, die nicht laut sein musste, um gehört zu werden.

Der Kuss, den er ihrer Mutter auf den Handrücken hauchte, brachte wieder etwas Leben in deren Wangen und entlockte ihr ein mädchenhaftes Kichern.

»Kommt Ihr Vater später?«, fragte Herr von Treue.

»Ich muss ihn leider entschuldigen. Er musste wegen dringender Geschäfte nach Potsdam.«

»Schade. Nun ja, grüßen Sie ihn von mir. Es wundert mich, dass Elisa nicht schon längst hier ist«, brummte Herr von Treue. »Ich werde sie holen. Einen Augenblick Geduld, bitte. Pauline, sieh nach, ob sie mal wieder in der Bibliothek steckt.«

Elisa zog sich in den Schatten des oberen Stockwerks zurück.

Endlich drehte sich Lindquist um, sodass sie einen Blick auf sein Gesicht erhaschen konnte. »Ich warte so lange hier.«

Sein schmeichelnder Tonfall wurde von einem leichten Lächeln begleitet. Ein Lächeln, das vermutlich auf viele charmant wirkte. Aber Elisa durchschaute es. Es war nicht charmant. Es war gerissen.

Seine braunen Augen irrlichterten umher, rastlos, als würden sie den Wert jedes einzelnen Gegenstands taxieren. Elisa wusste nicht, ob sie ihn attraktiv fand oder nicht. Überhaupt wusste sie ihn nicht richtig einzuschätzen. Er war nicht sonderlich groß, aber auch nicht klein. Sein Körper war sehr schlank, doch er schien Muskeln zu haben. Von was? Sie konnte sich nicht vorstellen, dass Louis Lindquist einem Sport nachging.

Kurzum: Er hatte etwas. Etwas, das Elisa gefiel, doch sie kam nicht dahinter, was es war. Vielleicht war es seine Haltung, die signalisierte, dass ihm all das hier egal zu sein schien. Er machte den Eindruck, als würde es ihn kein bisschen beeindrucken, dass ihm heute seine zukünftige Frau präsentiert wurde. Die Frau, mit der er den Rest seines Lebens verbringen sollte.

Zunächst nahm er sich das Bücherregal vor. Mit einem gelangweilten Ausdruck, den nur Menschen hatten, die nichts mit Literatur anfangen können, wandte er sich ab. Von draußen hörte Elisa ihren Vater ihren Namen rufen, vermutlich suchte er sie im Garten. Als ob sie sich dort verstecken würde! Das letzte Mal hatte sie vor drei Tagen das Haus verlassen und sich gerade mal bis auf die unterste Stufe der Terrasse gewagt. Und das unter den panischen Blicken Berthas und ihrer Mutter.

»Elisa!«, äffte Lindquist den Ruf ihres Vaters leise und mit verstellt hoher Stimme nach, um dann über sich selbst zu lachen.

Elisa war so empört, dass sie die Hand vor den Mund schlug.

Er beäugte die Meissener Porzellanvase mit den bunten floralen

Verzierungen auf der Kommode. Sie war kostbar, daher verfolgte Elisa gespannt und gleichermaßen missbilligend, wie Lindquist die Vase anhob und prüfend drehte. Schon jetzt zweifelte sie keine Sekunde mehr daran, dass dieser junge Mann ein berechnendes Scheusal war.

Ihr Vater kam so plötzlich zurück in den Salon, dass Elisa zusammenzuckte. Lindquist fuhr herum, seine Hände riss er nach hinten. Die Vase fiel und zersprang auf dem Boden in zwei Hälften. Ein glatter Bruch, wie Elisa ihn nur zu gut kannte.

Es folgte ein höchst angespannter Augenblick der Stille.

»Verzeihen Sie mir! Das tut mir schrecklich leid!«, entschuldigte Louis Lindquist sich atemlos.

Herr von Treue stand mit dem Rücken zu Elisa, deshalb konnte sie sein Gesicht nicht sehen, aber sie konnte sich lebhaft vorstellen, wie an der Stirn ihres Vaters eine Ader hervortrat. So wie es immer der Fall war, wenn er innerlich kochte. »Nicht der Rede wert«, knurrte er.

»Ich werde die Vase natürlich ersetzen«, versprach Louis.

»Nein, sie war nicht von Bedeutung.«

Das war eine Lüge. Die Vase hatte ihr Vater von Kaiser Wilhelm höchstpersönlich geschenkt bekommen. Immer, wenn die Familie Gäste empfing, wurde sie stolz präsentiert und damit geprahlt, dass man Kontakte zum Hof hatte.

»Leider kann ich Elisa nirgends finden. Ich weiß wirklich nicht, was in sie gefahren ist, diesen wichtigen Termin zu verpassen«, wechselte ihr Vater das Thema. Die Freundlichkeit war nun aus seiner Stimme verschwunden.

»Kein Problem. Ich werde sie schon irgendwann kennenlernen. Spätestens am Tag der Hochzeit«, witzelte Lindquist schwach und lachte.

Ihr Vater lachte nicht.

»Ich meine damit natürlich, dass Ihre wundervolle Tochter

vermutlich ihre Gründe haben wird, nicht zu erscheinen. Wir können ja schon einmal die Mitgift besprechen.«

»Sie kennen meine Tochter doch überhaupt nicht. Woher wollen Sie wissen, dass sie wundervoll ist?«

Lindquist brauchte drei ganze Atemzüge, ehe er antwortete. »Ich habe davon gehört.«

»Sie haben davon gehört? Wo, wenn ich fragen darf?«

Das Schmunzeln war nun von Lindquists Gesicht gewichen. »Wenn Ihre Tochter nur halb so schön wie Ihre Frau ist, dann muss sie eine Augenweide sein.«

Ihr Vater überhörte das Kompliment. »Elisa!«, brüllte er.

Sie hatte keine Wahl. Früher oder später würde sie sich diesem Widerling stellen müssen.

»Ich bin hier.« Ein letztes Mal blickte sie auf Louis Lindquist hinab. Dann löste sie sich aus dem Schatten und schritt so würdevoll wie möglich die Treppenstufen hinab.

»Warum kommst du erst jetzt? Und was hältst du dich dort oben alleine auf? Wenn du gestürzt wärst, was glaubst du, wäre dann wieder los gewesen?«

»Entschuldige«, sagte sie. »Ich bin in meinem Zimmer eingeschlafen.«

»Warum ist Bertha nicht bei dir?«

»Ich habe sie in die Stadt geschickt, um mir ein neues Buch zu besorgen.«

»Was? Schon wieder?« Ihr Vater mochte es nicht sonderlich, wenn Elisa sein Geld für Literatur ausgab. Aber das wollte er in diesem Moment nicht ausführen. »Elisa, darf ich dir Herrn Lindquist vorstellen? Deinen zukünftigen Ehemann.«

Erneut machte sich diese Art von schiefem Lächeln auf Lindquists Mund breit, als seine Augen ihren Körper hinauf und wieder hinabwanderten. »Wie schön es ist, Sie kennenzulernen, Fräulein von Treue.«

Elisa entgegnete nichts darauf.

»Gehen wir doch in den Salon und setzen uns dort«, schlug Herr von Treue vor. »Es gibt Kaffee und Kuchen.«

»Das wird nicht nötig sein«, sagte jemand.

Nun, es war Elisa selbst, die das sagte. Es war ihr ein Rätsel, woher auf einmal ihr Mut kam, aber die Worte waren nun ohnehin schon heraus, deshalb konnte sie es auch zu Ende bringen. »Ich werde Herrn Lindquist nicht heiraten. Das ist ausgeschlossen. Wir verschwenden nur unsere Zeit.«

Die plötzliche Stille dauerte nur kurz.

»Was sagst du? Du bist wohl nicht ganz bei Sinnen!«

»Doch. Das bin ich.«

»Das ist sicher nur die Aufregung«, versuchte ihr Vater die Situation zu retten.

»Ist es nicht«, entgegnete Elisa. »Sie entschuldigen mich? Ich bin sehr müde und würde mich gerne noch einmal hinlegen.« Zum Abschied nickte sie Lindquist zu und verließ dann den Raum.

»Elisa! Komm sofort zurück! Elisa! Pauline!«, brüllte ihr Vater.

Der Geschmack von Eisen breitete sich in Elisas Mund aus. Sie hatte sich aus Versehen auf die Zunge gebissen. Das Blut schmeckte nach dem Ärger, der sie erwarten würde, wenn Louis Lindquist die Villa verlassen hatte.

Kapitel 5

Aus Höflichkeit hielt Louis es noch etwa eine Stunde in der Villa von Treue aus. Er pickte in seinem Stück Kuchen herum, nippte an seinem Kaffee. Natürlich wurden auch *Alpenbrillanten* gereicht – feine Pralinen mit Marzipankern, für die *Von Treue Süßwaren & feinstes Gebäck* vor allem bekannt war. Es wurde über das Bankgeschäft diskutiert, von dem er nicht viel Ahnung hatte, aber er wusste sich mit vagen Formulierungen zu retten. Frau von Treue hatte nichts zu diesem Thema zu sagen, weshalb sie schweigend in ihrer Tasse rührte und hin und wieder matt lächelte.

Während er zwei Löffel Zucker in seinen Kaffee gab, wagte Louis zu fragen: »Ist Ihre Tochter immer so …«

»Unerzogen?«, fiel Herr von Treue ihm ins Wort.

»Selbstbestimmt«, erwiderte Louis höflich.

»Zum Glück nicht. Normalerweise widersetzt sie sich nie. Das stimmt doch, Pauline, nicht wahr?«

Frau von Treue riss den Kopf hoch. »Was? Jaja. Das stimmt. Sie ist ein liebes, sehr liebes Mädchen.«

»Sie wirkte eher, als hätte sie ihren eigenen Kopf.«

»Selten. Und wenn doch, dann wissen wir damit umzugehen.«

Louis runzelte fragend die Stirn, aber Herr von Treue ging nicht genauer darauf ein. Kurz war es so leise, dass man das Klirren hören konnte, wenn sein Löffel das dünne Porzellan streifte. Um das peinliche Schweigen zu überbrücken, nahm er einen Schluck und hatte große Mühe, nicht das Gesicht zu verziehen, denn der Kaffee war so stark, dass er bitter auf der Zunge lag. Wie bloß hatte Herr von Treue schon drei Tassen davon heruntergebracht?

»Sie wird der Heirat zustimmen«, brach dieser schließlich das Schweigen. »Das steht außer Frage. Sie war den ganzen Morgen sehr nervös. Vermutlich hat die Aufregung sie durcheinandergebracht.«

»Ihre Tochter wirkte mir aber nicht sonderlich durcheinander. Im Gegenteil, sie wirkte sogar äußerst klar.«

»Das täuscht. Wie gesagt, sie wird ihre Meinung gewiss noch ändern.«

Louis räusperte sich. »Schön, nun …« Erneutes Räuspern. »Können wir dann vielleicht zum geschäftlichen Teil kommen?«

»Welcher geschäftliche Teil?«

»Die Mitgift?«

»Was gibt's da zu bereden?«

Louis legte die Fingerspitzen aneinander. »Immerhin ist Elisa ein Pflegefall, wie ich hörte.«

»Das Wort Pflegefall klingt mir etwas übertrieben, aber Sie haben recht. Sie ist krank, und man muss auf sie aufpassen.«

»Man muss wirklich sehr gut auf sie aufpassen«, warf Frau von Treue sorgenvoll ein.

»So gut auch wieder nicht«, knurrte ihr Mann. »Aber keine Sorge, die Mitgift wird natürlich großzügig ausfallen.«

»Gut, dann …« Louis' Stuhl kratzte über den Holzboden. Er hatte nicht mal die Hälfte des Kuchens gegessen, aber er bekam keinen Bissen mehr herunter. »Dann werde ich nun aufbrechen. Sprechen Sie bitte noch einmal mit Ihrer Tochter und teilen Sie mir ihre Antwort mit.«

»Ich begleite Sie nach draußen.« August von Treue leerte seine Kaffeetasse und stemmte seinen Körper mithilfe der Stuhllehne in die Senkrechte.

»Nein, das ist wirklich nicht …«

»Doch, doch. Keine Widerrede.«

»Es gibt da noch etwas, das Sie wissen sollten …«, setzte Frau von Treue an und folgte Louis ebenfalls in Richtung der Tür.

»Nicht jetzt!«, schnitt ihr Mann ihr das Wort ab.

»Ach ja? Und was sollte ich wissen?« Louis drückte die Klinke herunter, öffnete die Tür und – fast wäre er in Elisa hineingestolpert.

Ihre Blicke trafen sich.

Tränennasse Augen, farblose Wangen, zitternde Lippen …

»Pflegefall?«, presste sie hervor.

Es war doch nur ein Wort gewesen. Ein dummes, dummes Wort!, wollte er ihr sagen. Doch stattdessen schüttelte er sein Mitleid ab. Dieses Mädchen war der Grund, weshalb er niemals eine gesunde Ehefrau an seiner Seite haben würde. Wegen ihr war er gezwungen, so jung zu heiraten.

Er verbeugte sich halbherzig. »Auf Wiedersehen, Fräulein von Treue.«

Kapitel 6

Ihr Vater sperrte die Tür des Arbeitszimmers hinter ihr ab, ehe er sich seine glänzende Stirn mit einem Stofftaschentuch abwischte. »Womit habe ich es verdient, dass du mich derart bloßstellst?«

Elisa senkte im Schatten des Aktenschranks den Blick zu Boden. Ihre Schultern waren verspannt, da das fliederfarbene Kleid aufgrund des aufwendigen Perlenbesatzes an dem hochgeschlossenen Dekolleté wesentlich schwerer war als die Kleider, die sie für gewöhnlich trug. Der massige Körper ihres Vaters stand im einzigen Strahl des weichen Abendlichts, der an den dunkelroten Samtvorhängen vorbeifiel. Einzelne Strähnen seiner vollen Haare klebten an seinen Schläfen.

»Es war nicht meine Absicht, dich bloßzustellen, Vater.«

»Ach ja? Dafür hast du aber ganze Arbeit geleistet!«

Schon als Kind hatte Elisa das Arbeitszimmer ihres Vaters gemieden. Wahrscheinlich wegen des schweren Geruchs, der in dem Raum hing. Eine Mischung aus Tabak, altem Leder und noch älteren Wandteppichen.

»Zu dir ist wohl noch nicht durchgedrungen, dass du krank bist! Oder was bildest du dir ein? Dass die jungen Männer vor unserer Haustür Schlange stehen?«

Elisa war bewusst, dass sie keine begehrenswerte Frau war. Die meisten Männer in dieser Stadt wussten vermutlich nicht einmal, dass sie existierte. Aber das aus dem Munde ihres Vaters zu hören, tat weh. Schamgefühl brannte in ihrer Brust, in ihrer Kehle, in ihren Augen. Jetzt zu weinen würde ihre Lage jedoch noch viel demütigender machen. Sie biss sich auf die zitternde Unterlippe und fixierte die dunklen Linien im Parkett.

»Du wirst Lindquist heiraten, ob du willst oder nicht.«

»Aber warum muss ich überhaupt heiraten?«, wagte sie leise zu fragen.

Die Türklinke wurde mehrmals heruntergedrückt, aber ihre Mutter blieb ausgesperrt.

»Warum, warum! Das fragst du noch? Herrgott noch mal, eine Frau braucht einen Ehemann. Vor allem du! Deine Mutter und ich können uns nicht ewig um dich kümmern!« Der Schreibtischstuhl knarzte leidvoll, als ihr Vater sich darauf fallen ließ. »Außer diesem Lindquist wirst du keinen Ehemann finden! Oder zumindest keinen mit diesem familiären Hintergrund. Du schreibst ihm gefälligst einen Brief, in dem du dich entschuldigst.«

»Aber er hat mich als einen Pflegefall bezeichnet.«

»Da hat er ja gewiss nicht ganz unrecht.«

»Aber …«

»Schluss jetzt! Es ist nicht so, als ob du eine Wahl hättest.«

Als Elisa endlich auf ihr Zimmer durfte, eilte ihre Mutter ihr im Flur entgegen. Frau von Treue drückte sie, ganz vorsichtig nur, dennoch tröstete Elisa diese Umarmung. Mit hochrotem Kopf rauschte ihr Vater an ihnen vorbei. Kurz bevor er ins Herrenzimmer verschwunden war, blieb er noch einmal stehen. »Hat sie ihre Medizin schon bekommen?«

»Nein«, entgegnete Frau von Treue.

»Dann sorg dafür, dass sie sie bekommt. Jetzt. Und ab heute am besten zweimal am Tag. Ich mag nicht noch einmal einen solchen Ärger haben.«

Elisa hasste diese Medizin. Sie machte sie müde. Warum bestand ihr Vater darauf, dass Elisa sie ab sofort zweimal am Tag nahm? Inwiefern hing das mit ihrem aufmüpfigen Benehmen zusammen? Doch sie wagte nicht, danach zu fragen, um ihren Vater nicht noch mehr zu provozieren.

»Gefällt er dir denn gar nicht?«, fragte ihre Mutter sie. »So überhaupt nicht? Er ist ein attraktiver Mann. Und er kommt aus gutem Hause.«

»Das ist doch nicht wichtig. Wichtig ist nur, dass ich ihn nicht leiden kann.«

»Ach, meine Kleine.« Frau von Treue strich ihr über die Wange, ohne sie wirklich zu berühren. Es war vielmehr die Andeutung einer Berührung. Als hätte sie Angst, Elisa könnte ansonsten zerbrechen. »Was erwartest du denn? Dein Vater August und ich kannten uns auch kaum, als wir geheiratet haben. Und jetzt sind wir schon seit fünfundzwanzig Jahren ein glückliches Ehepaar.«

Elisa hielt es für besser zu schweigen.

»Es wird sich für dich nichts ändern. Du bleibst natürlich weiterhin bei uns wohnen. Alles andere wäre ja schrecklich gefährlich.«

»Versprochen?«

»Jaja. Und du weißt doch: Versprochen ist versprochen und wird nicht gebrochen.«

Auf die Sekunde pünktlich klingelte Wilhelm Friedmann, der mittlerweile selbst Arzt war und die Behandlung von Elisa übernommen hatte, um acht Uhr abends an der Haustür. Elisa hörte Stefan im Flur fragen, ob Wilhelm nach einem gewiss anstrengenden Arbeitstag Hunger habe. Worauf dieser erwiderte: »Ein klein wenig vielleicht … Aber wenn es Umstände bereitet, dann …«

»Ich sage unserer Köchin, sie soll ein paar Scheiben vom kalten Braten und etwas Brot schneiden.«

»Das klingt himmlisch«, seufzte Wilhelm.

Kurz darauf klopfte es an der Tür zur Bibliothek. Elisa legte den Gedichtband, den sie gerade gelesen hatte, auf ihren Schoß. »Komm nur herein.«

Wilhelm zu sehen hatte für Elisa dieselbe Wirkung, wie in der Sonne zu sitzen. In diesen Stunden lebte sich das Leben etwas leichter. Jedes Mal verspürte sie den Drang, ihm über die Wangen zu streichen und zu fühlen, ob seine Haut auch wirklich so zart war, wie es den Anschein hatte. Vor ein paar Wochen hatte sie ihm geraten, sich einen Backenbart wachsen zu lassen, wie es derzeit Mode unter Männern war. Es hatte gedauert, bis sich die rötlich blonden Haare an seinen Wangen verdichtet hatten, aber inzwischen war der Bart genau so, wie es sich gehörte. Sein freundliches, weiches Gesicht wirkte seitdem etwas kantiger und männlicher.

»Wie schön es ist, dich zu sehen«, begrüßte Wilhelm sie.

»Wie schön es ist, *dich* zu sehen«, entgegnete sie freudestrahlend.

Elisa mochte es lieber, wenn Wilhelm sie früh am Morgen besuchte, denn abends, nach so vielen Krankenvisiten, war es ihr immer, als hätte jeder Kranke ein Stück von Wilhelms Seele herausgerissen, bis fast nichts mehr übrig war als ein winziger Rest, durch den er gerade noch ein müdes Lächeln zustande brachte. Zudem war es Elisa abends stets, als haftete der Geruch der Krankheit an ihm. Eine Mischung aus Schweiß, abgestandener Luft und auch Blut, was wohl daher kam, dass Wilhelm oftmals die kranken Arbeiter der Mietskasernen Berlins behandelte. Und das, ohne einen Pfennig dafür zu verlangen. Alles andere hätte gar nicht seinem gutmütigen Wesen entsprochen.

Schwer ausatmend ließ er sich vor sie auf den Sessel fallen und rutschte ein Stück hinab, sodass er den Kopf gegen das weiche Polster lehnen konnte.

»Du arbeitest zu viel«, sagte Elisa. »Und dann kümmerst du dich auch noch so oft um mich.«

»Du weißt doch, dass es keine Arbeit für mich ist, wenn ich dich untersuche. Das ist für mich wie Freizeit.«

»Vielleicht solltest du deine Freizeit besser nutzen, indem du mal ins Theater gehst oder ins Lichtspielhaus. Du solltest etwas Schönes und Lustiges machen und nicht hier mit mir deine Zeit verschwenden.«

»Wie könnte ich jemals mit dir meine Zeit verschwenden, Elisa?«

Zum Glück trug in diesem Moment Stefan ein Tablett mit Braten, Brot und Butter sowie einem Glas Milch herein. So sah Wilhelm nicht, dass Elisas Wangen rot geworden waren.

Als sich ein Strahlen auf Wilhelms Gesicht ausbreitete, erinnerte er Elisa an den Jungen, mit dem sie sich vor sechzehn Jahren angefreundet hatte. Anstatt sich sofort auf den Braten und das Brot zu stürzen, zog er vorher eine Zeitschrift aus seiner ledernen Arzttasche und legte sie auf den Sofatisch. *Die Frauen-Rundschau*. Ihre Eltern verboten es Elisa, dass sie diese emanzipatorische Art von Zeitschrift las. Ihr Vater lachte über die Frauenbewegung, also lachte Pauline auch darüber. Deshalb schmuggelte Wilhelm sie heimlich für Elisa ins Haus.

»Tausend Dank, Wilhelm.« Ihre Hand legte sich auf seine. Ganz kurz nur, als hätte es diese Berührung niemals gegeben.

Bevor Wilhelm sich etwas Butter auf eine Brotscheibe schmierte und diese mit Braten belegte, schob er seine Ärmel nach oben. Dabei bemerkte Elisa das locker sitzende Armband, das an seinem Handgelenk zum Vorschein gekommen war. Es war aus mehreren bunten Fäden geflochten und an den Rändern schon ganz ausgefranst.

»Wie schön, dass du das Armband noch immer trägst.«

»Natürlich trage ich es noch. Ich hatte dir damals versprochen, dass ich es niemals ablegen werde. Und daran halte ich mich auch.«

Als sie zehn Jahre alt gewesen war, hatte Elisa es ihm geschenkt. Wilhelm war damals fünfzehn gewesen. Sie wusste, dass die Jungs in der Schule ihn wegen des Bandes gehänselt hatten – ein Mädchenband, so bunt wie es war. Aber trotzdem hatte Wilhelm es nie abgelegt.

Elisa lächelte. Wilhelm lächelte. Es war ihr, als würden sie sich erneut berühren.

Nachdem Wilhelm eine Brotscheibe gegessen hatte, holte er das Stethoskop aus seinem Arztkoffer hervor. »Darf ich die Patientin bitten, mir den Rücken zuzuwenden?«

»Das dürfen Sie«, erwiderte Elisa und schmunzelte.

Knopf für Knopf öffnete er ihr Kleid. Sie spürte den Hauch einer Berührung auf ihrer Wirbelsäule, kurz bevor sich das kalte Metall des Stethoskops unter ihr Leibchen und zwischen ihre Schulterblätter legte. »Einmal bitte tief einatmen … und jetzt wieder ausatmen.«

»Bist du mich denn nicht langsam leid?«, fragte sie ihn. »Seit deinem zwölften Lebensjahr bist du regelmäßig hier.«

»Du darfst so etwas nicht einmal denken. Ich habe meinen Vater immer gerne hierher begleitet. Außerdem musste ich doch aufpassen, wie er dich behandelt, damit ich irgendwann seine Arbeit übernehmen kann.«

»Wärst du denn nicht lieber in Amsterdam geblieben?« Sie wandte den Kopf halb zu ihm um. »Manchmal habe ich ein schlechtes Gewissen. Dann denke ich, dass ich dich an mich festkette.«

Wilhelm war für einige Zeit nach Amsterdam gegangen, um sich mit der Arbeit Willem Vroliks zu beschäftigen. Vrolik war durch seine Forschungen an der Glasknochenkrankheit bekannt geworden. Nach dem Tod seines Vaters war Wilhelm sofort nach Berlin zurückgekehrt, um dessen Arbeit bei Elisa zu übernehmen. Sein Vater war Orthopäde an verschiedenen Krankenhäusern gewesen, hatte jedoch hauptsächlich für die Charité gearbeitet.

»Ich bin gerne bei dir, Elisa. Sehr gerne.«

Ein Schweigen entstand, das lang genug währte, um Wilhelm

durch das Stethoskop hören zu lassen, wie Elisa der Atem stockte. Erneut schoss ihr das Blut in den Kopf, weshalb sie hastig den Blick nach vorne wandte, damit Wilhelm nicht auch noch ihre geröteten Wangen bemerkte.

Elisa war es durchaus gewohnt, dass Wilhelm ihr Kleid öffnete und sie berührte. Doch meistens war ihre Mutter bei der Untersuchung anwesend, sodass dieses seltsame Knistern, das nun auf einmal zwischen ihnen herrschte, gar nicht hätte aufkommen können.

»Wo ist deine Mutter?«, fragte Wilhelm, der offenbar ganz ähnliche Gedanken gehabt hatte.

»Ich weiß nicht. Sie kommt bestimmt gleich.«

Draußen war der Gärtner damit beschäftigt, Holz für den Winter zu stapeln. Elisa sah durchs Fenster, wie seine Stirn im Abendlicht vor Schweiß glänzte. Wie seine Muskeln arbeiteten. Wie schön es sein musste, seine Muskeln zu fühlen. Sie selbst hatte keinerlei Gespür für ihren Körper. Was zum einen daran lag, dass sie kaum Muskeln besaß; sie bewegte sich ja nur sehr wenig. Zum anderen daran, dass sie ihren Körper verabscheute. Denn ihr Körper war es, der sie im Haus gefangen hielt.

»Wie geht es dir? Irgendwelche Beschwerden?«, fragte Wilhelm und erlöste sie beide, indem er ihr Kleid zuknöpfte und das Stethoskop in seine Tasche packte.

»Nein, eigentlich nicht. Ich bin nur müde, wie immer.«

»Hhhm …«

Sie drehte sich zu ihm um und sah ihm direkt in die Augen. »Ich muss dir etwas sagen, Wilhelm.«

Er stellte das Glas Milch, aus dem er gerade trinken wollte, zurück auf den Tisch.

»Ich werde heiraten.«

Stille. Selbst die Staubpartikel, die eben noch im Schein der Lampe getanzt hatten, schienen in der Luft erstarrt zu sein.

»Was? Aber … warum?«

»Mein Vater will es so. Diese Heirat ist wichtig für unsere Firma.«

»Wen?«

»Louis Lindquist.«

Wilhelms Schweigen schnürte Elisa die Kehle ab.

»Louis Lindquist …«, wiederholte er schließlich.

»Das ist mein Ende, Wilhelm! Louis ist ein Widerling. Er hat meinem Vater direkt ins Gesicht gesagt, ich sei ein Pflegefall!«

Wilhelms Blick fiel auf das geflochtene Band an seinem Arm. Als er die Hände zu Fäusten ballte, traten deutlich die Sehnen an seinem Gelenk hervor. Mit gepresster Stimme sagte er: »Wer weiß, vielleicht ist das eine Chance für dich. Vielleicht entwickelt sich alles ganz wunderbar.«

Die Enttäuschung fühlte sich an wie eine Ohrfeige. »Mehr hast du dazu nicht zu sagen?«

»Es ist vermutlich nicht schlecht, wenn du dein Zuhause auch einmal verlässt … Vielleicht … vielleicht geht es dir besser, wenn du … Ich meine, dann hättest du etwas Abstand …« Er schien unbedingt etwas sagen zu wollen, sagte aber nichts. Nichts von Gehalt.

»Warum sollte es mir besser gehen, wenn ich mit diesem Alkoholiker verheiratet bin?«

»Weil er dann dein Mann ist und dein Mann auf dich aufpassen wird. Er wird hoffentlich dafür sorgen, dass es dir gut geht, und ich …«

»Was ist mit *dir*, Wilhelm? Du passt doch auf mich auf! Und meine Mutter. Ich brauche sonst niemanden.«

»Elisa …«

Die Tür schwang auf. »Hier steckt ihr«, sagte Frau von Treue. »Geht es dir gut?« Die Frage war an Elisa gerichtet, doch sie sah Wilhelm an.

»Alles ist gut, Mutter.«

»Ich dachte, wir könnten vielleicht eine Partie Karten spielen, sobald Wilhelm gegangen ist.«

»Einverstanden«, meinte Elisa und warf Wilhelm einen traurigen Blick zu. »Wenn Wilhelm mit der Untersuchung fertig ist, komme ich gleich zu dir.«

Kapitel 7

Eine halbe Stunde hatte Wilhelm es noch ausgehalten, mit Elisa in einem Raum zu sein. Dieselbe Luft zu atmen, die sie atmete. Eine Vorstellung, die ihn bisher mit Glück erfüllt hatte. Doch nun drohte er an der Erkenntnis, wie sehr er sie brauchte, zu zerbrechen.

Nachdem Elisa ihm gestanden hatte, dass sie heiraten würde, war es ihm tatsächlich gelungen, den Rest der Zeit über höfliche Konversation mit ihr und ihrer Mutter zu betreiben. Es war ihm auch gelungen, mit Elisa einen Termin in zwei Tagen zu vereinbaren, sich mit einem freundlichen Lächeln und den besten Wünschen zu verabschieden, sich hinter das Lenkrad seines Ford T zu setzen und nach Hause zu fahren. Auf dem Weg hatte es zu regnen begonnen, und wie üblich bei Regen war im Stadtkern das Chaos ausgebrochen. Die Kutscher hatten über die Pfützen geschimpft, die sich an den Bordsteinen gebildet hatten. Die Pflastersteine waren rutschig geworden, weshalb Wilhelm aufgrund der dünnen Reifen des Wagens langsam gefahren war. Er war so in Gedanken gewesen, dass er fast ein Ehepaar übersehen hatte, das über die Straße geeilt war. Der Ehemann hatte sich mit erhobenem Spazierstock beschwert und dabei vergessen, den Regenschirm weiterhin über den Kopf seiner Frau zu halten, woraufhin diese mit ihrem Gatten geschimpft hatte, denn ihr üppig geschmückter Hut und ihr dünner Seidenmantel waren nass geworden.

Wilhelm hatte aufgeatmet, als er endlich zu Hause angekommen war. Völlig erschöpft war er die Treppe hinaufgestiegen und hatte mit zitternden Händen die Schlüssel aus seinem Arztkoffer hervorgezogen. Kaum hatte er seine Wohnung betreten, war er gegen die Tür gesunken und hatte so heftig geweint wie an dem Tag, an dem sein Vater gestorben war. Denn der Gedanke, Elisa verloren zu haben, fühlte sich an, als müsste er verbluten.

Seit seinem zwölften Lebensjahr war er in Elisa verliebt. Es war eine stille Liebe, die er ihr gegenüber nie auch nur ansatzweise erwähnt hatte. Natürlich hatte er so manches Mal davon geträumt, ihr seine Gefühle mitzuteilen, und, sofern sie diese erwiderte, ihr einen Antrag zu machen. Doch er kannte ihren Vater gut genug, um zu wissen, dass er niemals einer Heirat zwischen Elisa und ihm zustimmen würde. Zwar war Wilhelm ein angesehener Arzt mit einem stolzen Einkommen, aber er war nun einmal nicht vom gleichen Stand. Zudem fehlten ihm die Kontakte und Verbindungen, die für August von Treue von Nutzen sein könnten.

Wilhelm hatte jedoch nicht das Recht, schlecht über Elisas Vater zu denken, denn er hatte ihm viel zu verdanken. August von Treue war es gewesen, der Wilhelms Praxis größtenteils finanziert hatte. Der Rest war dem Erbe entsprungen, das Wilhelm nach dem Tod seines Vaters ausgezahlt bekommen hatte. Wilhelm hatte sich damals zunächst geweigert, dieses überaus großzügige Geschenk von Elisas Vater anzunehmen, doch der hatte darauf bestanden, ihm beim Aufbau seiner Praxis zu helfen. Sie hatten nie darüber gesprochen, aber der Grund für dieses Geschenk war offensichtlich gewesen: Herr von Treue kaufte auf diese Weise Wilhelms Versprechen, stets für Elisa da zu sein.

Die Sonne war schon längst hinter den dunklen Fabrikschornsteinen verschwunden, die sich im Berliner Osten vom rotgoldenen Himmel abhoben, als Wilhelm sich von der Tür löste und mit hängenden Schultern ins Wohnzimmer trottete.

Seit er vor einem Jahr eingezogen war, hatte sich nichts an der Wohnung verändert. Noch immer roch es nach den biederen Häkelkissen, die das alte Ehepaar, das zuvor hier gelebt hatte, hinterlassen hatte, und noch immer hingen die von den beiden gesammelten und gerahmten Bibelverse an den Wänden.

Die Eheleute waren Wilhelms Patienten gewesen, und da sie keine Kinder gehabt und Wilhelm vergöttert hatten, hatten sie ihm zunächst ein Zimmer in ihrer Wohnung vermietet und ihm diese schließlich nach ihrem Tod vermacht. Ein absolutes Glück, denn die Lage war perfekt: zentral in der Passauer Straße in Schöneberg, noch dazu in der Beletage.

Außer Ilse Förg, seiner tüchtigen, sechzigjährigen Haushaltskraft, kannte niemand seine Wohnung von innen. Wilhelm hatte nur wenige Freunde, und wenn er sich mit ihnen traf, dann unternahm er außerhalb etwas, ging beispielsweise ins Theater. Ilse schimpfte von Zeit zu Zeit mit ihm, weil sie der Meinung war, er müsse häufiger unter Leute. Aber Wilhelm versuchte, den Großteil seiner Freizeit mit Elisa zu verbringen, die an ihr Zuhause gekettet war.

Aus der Küche war das Klappern von Töpfen zu hören. Der Duft eines deftigen Eintopfs drang in die Wohnstube. Wilhelm war überrascht, dass Ilse noch da war, denn es war schon halb zehn Uhr abends, und die Haushaltskraft hatte eigentlich längst Feierabend.

»Wollen Se noch wat vom Eintopf, Herr Friedmann? Weil wenn nich, dann würde ick jetzt nach Hause jehen«, hörte er Ilse hinter sich sagen.

»Bitte, mach Feierabend, Ilse! Wenn ich Hunger habe, dann kann ich mir den Eintopf selber warm machen. Schönen Abend!« Er drehte sich nur halb zu ihr um, denn er wollte nicht, dass sie sein verheultes Gesicht sah.

»Ihnen auch, Herr Friedmann. Bis morgen.«

Wilhelm platzierte seinen Arztkoffer neben dem Häkeldeckchen, das auf dem Wohnzimmertisch lag. Eigentlich schrieb er abends stets Arztbriefe, doch nun saß er still am Tisch und starrte ins Leere.

Er kannte die Familie Lindquist sehr gut. Als Emma Lindquist erkrankt war, man aber noch nicht herausgefunden hatte, weshalb sie von derart starken Gliederschmerzen geplagt wurde, war sein Vater einer der vielen Ärzte gewesen, die vergeblich versucht hatten zu helfen. Sein Vater hatte ihn ohnehin oft mit zu Patienten genommen, in der Hoffnung, seinen Sohn für die Medizin zu begeistern, was ihm auch gelungen war. Und zweimal war Wilhelm auch mit bei den Lindquists gewesen. Damals hatte er Louis gesehen, der im Flur auf dem Boden kauerte, vor dem Zimmer, in dem seine Mutter langsam starb. Wilhelm versuchte jedes Mal, mit ihm zu reden und ihn zu trösten, aber stets sprang Louis auf und rannte davon. Seit Emma Lindquists Tod hatte Wilhelm hin und wieder etwas über die Familie gehört – nun, genau genommen nur über Louis, der die Stadt mit seinen Skandalen unterhielt. Nächtliche Schlägereien, Alkoholexzesse, Affären.

Und diesen Mann sollte Elisa heiraten?

Wilhelm dachte daran zurück, als er Elisa das erste Mal gesehen hatte. Das war damals im Garten der von Treues gewesen. Sein Vater hatte sich im Arbeitszimmer mit August und Pauline von Treue unterhalten, während Wilhelm auf der Terrasse Hausaufgaben gemacht hatte. Mit ihrem weißen Kleid und den dazu passenden Schuhen saß Elisa ihm gegenüber auf der Bank und lenkte ihn mit dem Blick ihrer beeindruckend blauen Augen von seinem Aufsatz ab. Sie war kleiner und auch schmaler als die Mädchen ihres Alters. Obwohl ihre Haut eine leichte Bräunung hatte, hatte sie ihn schon damals an die Porzellanpuppen erinnert, die ihre Mutter im Salon sammelte. Nur die Schiene, die damals ihren frisch gebrochenen Arm fixiert hatte, hatte nicht ins Bild gepasst.

Heute erinnerte Elisa noch viel mehr an diese Puppen, denn inzwischen war ihre Haut porzellanweiß, da so gut wie nie ein Sonnenstrahl sie berührte. Nach wie vor hatten ihre Augen diesen lebensfrohen, nahezu kindlichen Glanz. Noch immer war sie das schönste Geschöpf, das er jemals gesehen hatte.

Schon als er ihr vor sechzehn Jahren einen Kuss gegeben hatte, war ihm bewusst geworden, dass er in sie verliebt war. Ab da hatte er jeden Tag so schnell wie möglich seine Hausaufgaben gemacht, um Zeit mit ihr verbringen zu können. Immer seltener hatte er an den Ausflügen der Wandervogelgruppe teilgenommen, weil er wusste, dass Elisa dann alleine war.

Hin und wieder hatte es eine junge Patientin gegeben, die ihm gut gefallen und ihm schöne Augen gemacht hatte. Zweimal hatte er ein Mädchen ausgeführt; beide Male war es von ihren Eltern eingefädelt worden, beispielsweise durch Vorwände wie: »Unsere Ottilie würde so gerne einmal in die Oper, aber alleine traut sie sich nicht. Wären Sie so liebenswert, unsere Tochter zu begleiten?«

Wilhelm war dankbar dafür gewesen, dass es ihm so leicht gemacht worden war. Er hatte zugesagt, Ottilie von zu Hause abgeholt, sie ins Theater ausgeführt und nach der Vorführung wieder zu Hause abgesetzt. Aber mehr als Sympathie hatte er für Ottilie dann doch nicht empfunden. Und auch Marie, die er ein Jahr später während eines literarischen Salons ihrer Mutter kennengelernt hatte, war nicht mehr als eine angenehme Bekanntschaft gewesen. Denn der Blick seines Herzens war geradewegs auf Elisa gerichtet.

Und nun würde Louis Lindquist ihm Elisa wegnehmen.

Kapitel 8

Ein rötlicher Punkt glomm in der Dunkelheit auf. Louis hielt den Rauch seiner Zigarette lange in der Lunge. Er lehnte sich zurück gegen die Wand der Gartenlaube, streckte die Beine von sich und schloss die Augen. Dieser Moment war so schlicht und dennoch so perfekt, dass er ihn am liebsten festhalten würde wie einen Schmetterling in einem Marmeladenglas. Wohin würde es ihn wohl heute Nacht treiben? Vielleicht würde er sich einfach nur in einem namenlosen Nachtcafé an den Tresen setzen und darauf warten, dem morgendlichen Himmel bei seinem Farbenspiel zusehen zu dürfen.

Das Licht im Landschaftszimmer ging an. Eine schlanke Gestalt zeichnete sich an der Terrassentür ab, von hinten angestrahlt wie eine Heiligenfigur. »Louis«, hallte die Stimme seines Vaters über den Rasen. »Hier steckst du! Du hast das Abendessen verpasst.«

Louis drückte die Zigarette auf der Bank aus und schnippte den Stummel in den kniehohen Blumentopf an seiner Seite.

»Wenn du doch noch Hunger haben solltest, macht Magda dir das Essen warm. Ich hatte ihr extra gesagt: Den Kaiserschmarrn bitte mit vielen Rosinen, so wie du's am liebsten hast.«

Louis war überrascht, sagte aber nichts. Seit Jahren hatte er keinen Kaiserschmarrn mehr gegessen. Früher, wenn seine Mutter ein Bild fertiggestellt hatte, hatte es immer Kaiserschmarrn gegeben. Seine Mutter und er hatten sich dann ins Bett verkrochen und gemeinsam von einem Teller genascht. Zuerst hatten sie alle Rosinen herausgepickt und dann die weichen Teigbrocken in Erdbeermarmelade getaucht.

»Wie war dein Besuch bei den von Treues?«, wechselte sein Vater das Thema.

Um eben diesem Gespräch zu entgehen, hatte Louis sich in den Garten zurückgezogen. »Nett.«

»Das freut mich. Elisa ist wirklich ein liebes Mädchen. Ich habe sie kurz kennengelernt, als ich einmal bei den von Treues zu Besuch war. Schade, dass ich nicht dabei sein konnte.« Emil bedachte ihn mit einem aufmerksamen Blick. »Gefällt sie dir denn auch?«

Louis schlug die Spitzen seiner Schuhe aneinander. »Müssen wir dieses Thema nun breittreten?«

»Nein, natürlich nicht. Aber nur damit es keine Missverständnisse gibt: Wir werden doch demnächst eine Hochzeit zwischen dir und Elisa von Treue feiern, nicht wahr?«

Louis nahm sein Zigarettenetui, das auf dem Rand des Blumentopfes lag, und fischte eine weitere Zigarette daraus hervor.

»Louis?«

»Nein.«

»Nein? Was nein?«

»Nein, wir werden keine Hochzeit feiern.«

Auf einmal schmerzte ihn der Anblick seines Vaters. Und dieser Schmerz ärgerte ihn, denn er ließ ihn spüren, dass sein Vater inzwischen nur noch eine lächerliche Variante des Mannes war, zu dem Louis früher einmal aufgesehen hatte. Dessen Hände abends nach all den Wertpapieren und Verträgen gerochen hatten, die er tagsüber unterzeichnet hatte. Dessen Lächeln stets etwas Süffisantes gehabt hatte und der sich am Wochenende nicht zu fein gewesen war, dem Gärtner dabei zu helfen, einen Baum im Garten zu fällen.

Herr Lindquist sank neben Louis auf die Bank. Der laue Abendwind ließ sein schütteres Haar über den Ohren leicht abstehen. »Aber warum? Was hast du angestellt?«

»Nichts! Ohne mich kennenzulernen, hat diese Ziege gesagt, dass sie mich nicht heiraten will.«

»Aber …« Herr Lindquist schüttelte fassungslos den Kopf. »Es war doch schon mit August besprochen … Du musst das wieder geradebiegen!«

»Aber wenn sie mich nicht heiraten will, dann ist das doch ihr Problem.«

»Louis!«, sagte sein Vater mit Nachdruck. »Dass ich überhaupt diese Unterredung mit dir führen muss! Ich dachte, wenigstens in dieser Hinsicht sei auf dich Verlass. Wir brauchen die Verbindung, um den Fortbestand unserer Bank zu sichern! Oder willst du, dass wir alles verlieren, am Ende sogar unser Zuhause? Ich verlange von dir, dass du alles Mögliche versuchst, Elisa von Treue von einer Heirat mit dir zu überzeugen. Selbst wenn du ihr dafür eine ganze Kutsche voll mit Rosen kaufen musst.«

»Und was, wenn ich es nicht tue?«

Sein Vater sah ihm lange in die Augen, als hoffe er, Louis auf diese Weise zur Vernunft zu bringen. »Du weißt, was dann ist.«

Louis lachte verächtlich auf. »Dann wirfst du mich wirklich raus?«

Anstatt zu antworten, erhob sich Herr Lindquist von der Bank. Louis zündete seine Zigarette an. Obwohl er wusste, wie sehr es seinen Vater ärgerte, ließ er das abgebrannte Streichholz einfach in die Wiese fallen.

»Was hätte ich damals anders machen sollen?«, fragte ihn sein Vater unerwartet. »Erkläre es mir, Louis. Dann kann ich mich dafür entschuldigen. Aber diese Verachtung, mit der du mich strafst … So kann es doch nicht weitergehen.«

Demonstrativ sah Louis in die andere Richtung. So lange, bis sich sein Vater schließlich niedergeschlagen zurückzog. Jetzt, da er allein war, drehten Louis' stets ruhelose Finger die Zigarette hin und her, bis sie ihnen entglitt. Er trat sie aus, fiel im nächsten Moment kraftlos mit dem Oberkörper nach vorne und raufte sich die Haare. In letzter Zeit war sein Vater ungewohnt entschlossen ihm gegenüber. Käme diese Heirat nicht zustande, würde er vermutlich tatsächlich ausziehen müssen.

Er dachte nach. Natürlich könnte er sich möglichst rasch eine andere Fabrikanten-Tochter suchen und ihr einen Antrag machen. Aber die Vorteile, die Elisa von Treue bot und auf die sein Vater so sehr spekulierte, dass nämlich die Familie ein ordentliches Vermögen besaß und zudem über beeindruckende Kontakte bis hin zum kaiserlichen Hof verfügte, könnten auch für Louis von großem Nutzen sein. Pauline von Treue, Elisas Mutter, sagte man nach, dass sie naiv und dümmlich war. Wenn Elisa also nach ihrer Mutter käme, wäre sie für Louis eigentlich gar keine schlechte Partie. Er könnte sein leichtes Leben weiterführen, ohne dass ihm jemand hineinredete.

In dieser Nacht suchte er Ablenkung in Rosalies Armen. Es gefiel ihm, wie sie ihre dicken, blonden Haare meist zu zwei Zöpfen flocht. Er mochte den Duft von Rosenblüten, der an ihren Händen haftete und sie zu einem zarten Geschöpf machte, obwohl sie alles andere als zart war. Rosalie war ein Wildfang, sie war kaum zu greifen, und Louis wusste auch so gut wie nichts über sie. Hin und wieder erfuhr er ein Detail aus ihrer Kindheit, wenn er ihr Fragen stellte, aber sie schien nicht den Drang zu verspüren, von sich zu erzählen.

Er mietete nie dasselbe Gasthofzimmer, wenn er sich mit Rosalie traf, denn er mochte Abwechslung. Selten, wenn Rosalies Vater wieder einmal auf Reisen war, kletterte er nachts das Rosenspalier unter ihrem Balkon hinauf und klopfte an die Glasscheibe ihrer Tür. Das Fenster des Zimmers, in dessen Bett er nun lag, ließ auf das wilde Durcheinander der Fabrikschornsteine blicken. Schornsteine unendlich vieler Möglichkeiten. Der Essensgeruch des Gasthofs stieß ihn ab, aber er suchte keine Romantik, von daher konnte er darüber hinwegsehen.

Selbst, als Rosalie tief in der Nacht im Schlaf seinen Namen murmelte, stürmte es noch immer in seinem Kopf. Gedanklich war er schon längst wieder draußen in der Stadt. Getrieben von seiner eigenen Ruhelosigkeit.

Kapitel 9

JUNI 1913

Auf Wunsch ihrer Mutter wurde Elisa einmal in der Woche mit einem üppigen Pflegeprogramm verwöhnt. Während eines langen Bads, das mit wohltuenden ätherischen Ölen angereichert war, ließ Elisa eine Gesichtsmaske aus Rosenwasser, Milch und Honig einwirken. Ihr Haar wurde mit einer Mischung aus Ei und Cognac gepflegt, nach dem Vorbild der Kaiserin Sissi, die für ihre unglaubliche Haarpracht bekannt gewesen war. Zusätzlich kam alle zwei Monate die Friseuse in die Villa, um Elisas Spitzen zu schneiden; nicht mehr als unbedingt notwendig, denn je länger das Haar, umso schöner war es.

Heute war wieder einer dieser Schönheitstage. Über drei Stunden verbrachte Elisa nun schon im Badezimmer. Sie saß auf dem Stuhl am Fenster, den Kopf auf die verschränkten Arme gelegt, lauschte dem Knistern des Ofens und ließ die Sonne ihr Haar trocknen.

Sie dachte über Lindquist nach. Er war attraktiv, das konnte sie nicht leugnen. Aber was war ein hübsches Gesicht schon wert, wenn der Charakter nicht stimmte? Dort draußen gab es gewiss viele Mädchen, die glücklich wären, einen Mann wie Lindquist heiraten zu dürfen. Warum also verband das Schicksal ausgerechnet sie mit ihm? Und überhaupt: Sie war doch für Wilhelm bestimmt!

Ein Summen ließ sie aufhorchen. Es war das Summen einer Biene, die mit scheinbar unerschöpflicher Energie versuchte, nach draußen zu gelangen. Elisa öffnete das Fenster, um sie in die Freiheit zu entlassen – doch auf einmal war ihre Mutter neben ihr und drückte das Fenster wieder zu. »Kind! Du verkühlst dich doch!«

Frau von Treue übte mit beiden Händen leichten Druck auf Elisas Wirbelsäule aus, damit sie sich aufrichtete. »Sind deine Haare getrocknet?«

»Ich denke schon.«

Ihre Mutter machte sich daran, Elisas Haar zu bürsten und anschließend ein wohlduftendes Öl in die Spitzen zu massieren. Elisa liebte das. Für gewöhnlich zumindest. Heute erschien ihr das alles – das ätherische Bad, die Gesichtsmaske, der Haarschnitt – wie eine Vorbereitung auf den unausweichlichen Handel, den ihr Vater mit Herrn Lindquist geschlossen hatte. Sie fühlte sich wie ein Gaul, den man loswerden wollte und nun ordentlich striegelte, um vom Wesentlichen abzulenken: dass er nämlich krank war.

»Schau nicht so traurig, Elisa«, sagte ihre Mutter sanft. »Es wird alles gut werden.« Sie legte eine Hand unter Elisas Kinn, hob ihren Kopf leicht an und begann, ihr Haar zu flechten.

Noch immer suchte die Biene verzweifelt einen Weg nach draußen. Immer wieder stieß sie gegen die Fensterscheibe.

»Wusstest du davon?«, fragte Elisa. »Wusstest du, dass Vater sich mit Herrn Lindquist getroffen hat, um diese Heirat zu vereinbaren?«

»Ich habe es eine Woche vorher erfahren. August wollte, dass ich ein anständiges Kleid für dich finde. Damit du noch hübscher bist, wenn du deinem Zukünftigen das erste Mal gegenüberstehst.« Frau von Treue hatte einen freudigen Plauderton angeschlagen, als wäre diese Heirat etwas, auf das sie sich alle freuten.

»Warum hast du mir nichts gesagt?«

»Es hätte nichts geändert, es hätte dich höchstens beunruhigt.«

»Gibt es denn sonst wirklich niemanden, der mich heiraten würde?«

»Doch, mein Liebes«, erwiderte ihre Mutter. »Dort draußen gibt es gewiss viele junge Männer, die sich darum reißen würden, ein so hübsches und liebes Mädchen wie dich zur Frau zu haben. Aber dein Vater hat sich für Louis Lindquist entschieden, und als eine brave, anständige Tochter musst du deinem Vater vertrauen. Wie wäre für heute das weiße Hauskleid mit den zarten Rosen am Dekolleté?«

»Ja, das ist gut«, erwiderte Elisa mechanisch, denn es war ihr einerlei, welches Kleid sie tragen würde. Außer Wilhelm besuchte sie ohnehin niemand. Und nicht einmal der hatte sich für heute angekündigt.

Frau von Treue drückte den Elfenbeinknopf neben dem Waschbecken, der zwei Stockwerke tiefer im Dienstbotentrakt klingelte. Kaum eine Minute später war Bertha bei ihnen, um zu fragen, wie sie helfen könne. Frau von Treue wies sie an, das gewünschte Kleid zu holen, aber bitte schnell, ansonsten verkühle Elisa sich noch in ihrem dünnen Morgenrock.

»Wenn es Vater nur um die geschäftlichen Vorteile geht, dann lässt sich doch gewiss auch ein anderer Mann für mich finden«, wagte Elisa zu sagen. Jetzt oder nie. »Wilhelm beispielsweise …« Sie versuchte es so klingen zu lassen, als wäre ihr dieser Gedanke spontan gekommen.

»Wilhelm?«, fragte ihre Mutter, als sei das völlig absurd. »Er ist dein Arzt! Hat er dir gegenüber denn etwa Andeutungen gemacht?«

Nein, das hatte Wilhelm nie getan. Weil er geahnt hatte, dass Elisas Eltern ihn nicht für standesgemäß hielten? Oder hegte er am Ende doch nicht dieselben Gefühle für sie wie sie für ihn?

»Nein, das hat er nicht«, sagte Elisa und konnte sich gegen die in ihr aufsteigende Traurigkeit nicht wehren.

Frau von Treue schaute ihrer Tochter lange in die Augen, dann beugte sie sich zu ihr hinab, bis ihr Kopf Wange an Wange mit Elisas war. »Gefühle, mein liebes Kind, haben keine Bedeutung«, sagte sie, als habe sie Elisas Gedanken gelesen. »Weil sie keinen Bestand haben.«

Das Summen der Biene war verstummt. Erschöpft krabbelte sie über das Fensterbrett hinter die Silberschatulle mit den duftenden Lavendelblüten. Bertha brachte das Kleid, und ihre Mutter half Elisa, die zarten Stoffe anzulegen und die Samtschleife am Rücken zu binden.

»Ist Vater sich wirklich sicher, dass Louis Lindquist unserer Familie Gutes tun wird? Sein Ruf könnte der Süßwarenfabrik auch schaden.«

»Ja, dein Vater ist sich sicher. August ist ein schlauer Mann. Und du bist eine gute Tochter. Eine Tochter gehorcht ihrem Vater. So wie eine gute Ehefrau ihrem Gatten gehorcht.« Frau von Treue begann, Elisas Frisur mit Nadeln festzustecken. »Eine Frau darf sich selbst nicht zu wichtig nehmen. Wir sind auf unsere Männer angewiesen. Sie verstehen diese Welt besser als wir.«

»Aber …«, setzte Elisa an, doch ihre Mutter schnitt ihr das Wort ab.

»Ärgere deinen Vater nicht, Elisa. Bitte …«

Da war der schmerzliche Ausdruck auf dem Gesicht ihrer Mutter schon wieder verschwunden, und Frau von Treue lächelte. »Hast du dir denn schon Gedanken gemacht, wer deine Trauzeugin sein wird? Wie wäre es mit deiner Cousine Angela aus Potsdam?«

Es klingelte an der Haustür. Der unerwartete Besucher war Wilhelm.

Elisas Herz machte einen Sprung. Sie konnte es kaum erwarten, ihn zu sehen. Doch ehe sie zu ihm hinab ins Landschaftszimmer ging, wo er auf sie wartete, öffnete sie erneut das Fenster im Badezimmer.

»Los, raus mit dir«, sagte sie zu der Biene, die nun endlich ihren Weg in die Freiheit fand.

Wilhelm und Elisa plauderten über dies und jenes, nichts Bedeutendes, und dennoch war Elisa selig. Wenn Wilhelm bei ihr war, ging es ihr gleich besser. Dann war sie zufrieden mit ihrem Leben. Ihr fiel auf, dass Wilhelm es gar nicht eilig hatte, obwohl doch bestimmt Patienten auf ihn warteten.

»Nein, ich habe ein paar Termine abgesagt«, erwiderte er. »Ich wollte bei dir sein und sehen, wie es dir geht.«

Sie wusste ganz genau, worauf er hinauswollte, verstand ihn aber bewusst falsch. »Ich habe keine Beschwerden.«

»Ich meine, wie geht es dir mit der bevorstehenden Hochzeit?«

Elisa versuchte, Wilhelms Blick festzuhalten. Es war, als wäre zwischen ihnen ein Stolperdraht gespannt. Sollte sie den Versuch wagen, ihn zu überwinden? Sollte sie Wilhelm sagen, was sie für ihn empfand? Aber was, wenn er nicht dasselbe fühlte? Wenn sie ihre Freundschaft zu ihm riskierte? Die Alternative wäre, für immer zu schweigen, einen Mann zu heiraten, den sie verabscheute, und ewig einem Leben nachzutrauern, das sie vielleicht, wenn sie nur etwas mutiger gewesen wäre, mit Wilhelm hätte haben können. Doch warum sollte sich ein erfolgreicher, gesunder Mann wie Wilhelm ernsthaft für eine Frau wie sie interessieren, die nicht einmal das Haus verlassen konnte?

Sprechen oder schweigen. Sprechen oder schweigen …

»Was glaubst du, wie es mir geht?«, tastete sie sich vor.

Es kostete Wilhelm sichtlich Überwindung, aber er sagte: »Ich glaube, dass Louis Lindquist dich nicht glücklich machen kann.« Am Ende des Satzes hatte er die Stimme gehoben, als hätte er eine Frage gestellt.

Sie errötete, und zwar allein aufgrund der schier unglaublichen Möglichkeit, dass Wilhelm sie tatsächlich auf dieselbe Weise mochte wie sie ihn. »Nein, das kann er nicht. Ganz bestimmt nicht.«

»Ich wünschte, du würdest einen Mann an deiner Seite haben,

der immer für dich da ist. Der auf dich aufpasst. Und der dich von ganzem Herzen verehrt.«

Elisa zitterte.

»Ich finde nur, dass du das wissen solltest«, sagte er. Auf einmal schüttelte er den Kopf, als könne er nicht glauben, wie weit er gegangen war, und erhob sich vom Sofa. »Ich muss jetzt gehen.«

»Nein, geh nicht! Bleib! Bitte!«, flehte Elisa.

»Ich muss. Du weißt es.«

Mir sind die Hände gebunden, sagte sein Blick. *Dein Vater hat eine Entscheidung getroffen, und wir müssen sie akzeptieren.* Elisa fühlte sich, als hätte Wilhelm eine Tür vor ihrer Nase zugestoßen.

»Gibt es noch etwas, das ich für dich tun kann?«, fragte er.

»Sei mein Trauzeuge«, erwiderte sie leise.

Wilhelm sah sie an, als hielte sie eine Waffe auf ihn gerichtet. »Nein, Elisa …«

»Wen soll ich sonst bitten, Wilhelm? Meine Cousine, die das ganze Jahr über zu bequem ist, mich zu besuchen? Du bist alles, was ich habe.«

»Ich kann nicht. Das kannst du nicht von mir verlangen … weil …« Mehrmals holte er Luft, doch er brachte die Worte einfach nicht über die Lippen.

»Bitte, Wilhelm«, sagte sie. »Steh mir an dem Tag bei. Ich schaffe das nicht ohne dich …«

Da klopfte es an der Tür. Es war Johanna, die Lindquist ankündigte. »Soll ich ihn bitten zu warten?«

»Nein«, antwortete Wilhelm an Elisas Stelle. »Ich wollte gerade gehen.«

Er ging – und nahm Elisas Hoffnung mit sich.

Kapitel 10

Am nächsten Morgen kaufte Louis einem Blumenmädchen am Straßenrand die Veilchen ab, die sie am Vortag nicht losgeworden war, und päppelte sie mit ein wenig kaltem Wasser auf. Gegen ein Uhr läutete er an der Haustür der Villa von Treue.

Elisa von Treue sah die Blumen an. Sah Louis an. Das Weiß um die Iris war bei ihr leicht bläulich verfärbt. Kein Wunder, dass ihre Knochen leicht brachen, so dünn wie sie war. Ohne ein Wort des Dankes legte sie die Veilchen auf die Kommode in der Eingangshalle.

Sie setzten sich in das Landschaftszimmer. Das Dienstmädchen – ein junges, ansehnliches Ding, das um die Reize seiner vollen Lippen und gebärfreudigen Hüften wusste – stellte die Veilchen in einer Vase auf den Tisch. Die Sonnenstrahlen fielen an den dunklen Samtvorhängen vorbei auf die Blumen. Die Luft im Raum war staubig-trocken und so drückend, dass Louis am liebsten das Wasser aus der Vase über sich gegossen hätte.

»Darf ich den Herrschaften etwas zu trinken bringen?«, fragte der Hausdiener.

Elisa von Treue wies schweigend und mit einer Geste, als hätte sie eine lästige Fliege verscheucht, auf Louis, um die Entscheidung ihm zu überlassen.

»Etwas Erfrischendes, bitte«, sagte er und fächerte sich mit seinem Strohhut Luft zu. Wenn er wenigstens eines der Fenster öffnen könnte …

»Sehr wohl. Wünschen Sie sonst noch etwas? Vielleicht ein Stück Hefezopf mit Erdbeeren aus dem Garten?«

»Nein, danke, Stefan«, antwortete Fräulein von Treue, ehe Louis, der heute noch nichts gegessen hatte und dem das Wasser im Mund zusammenlief, Ja sagen konnte. »Herr Lindquist wird ohnehin nicht lange zu Besuch bleiben. Ach ja, sei doch bitte so lieb und nimm die Blumen mit.«

Unsicher huschte der Blick des Hausdieners von Fräulein von Treue zu Louis, zurück zum Fräulein und schließlich zu den Veilchen auf dem Tisch. »Ich stelle sie in den Salon«, sagte er zögerlich.

Louis hätte ihn am liebsten aufgehalten. Alles wäre ihm lieber gewesen, als allein mit Fräulein von Treue zu sein, die völlig regungslos vor ihm saß und ihn mit den Augen einer Sphinx fixierte.

»Mögen Sie keine Veilchen?«, wollte er wissen.

»Oh, doch, prinzipiell habe ich nichts gegen Veilchen. Nur in manchen Fällen erscheinen sie mir unpassend.«

Es war vollkommen verrückt, aber Elisa von Treue machte tatsächlich den Eindruck, als fühle sie sich ihm überlegen.

»Lindquist … Ist das ein schwedischer Name?«, fragte sie ihn.

»Ganz richtig. Mein Großvater kam aus Schweden.«

»Sprechen Sie Schwedisch?«

»Leider nicht.«

Sie nickte und schmunzelte dabei, als hätte sie mit dieser Antwort bereits gerechnet. Es ärgerte ihn, dass er sich tatsächlich einen Moment lang unbehaglich fühlte.

»Und was verschafft mir die Ehre Ihres Besuchs?«, fragte sie ihn und faltete dabei die Hände im Schoß.

Eine Feder drückte durch das Polster des Sessels in Louis' Rücken. Er rutschte ein Stück nach vorne, den Sphinx-Augen entgegen. Als er bemerkte, dass ihre Finger an den Spitzen rot waren, weil sie ihre Hände so fest drückte, begriff er, dass ihre Selbstsicherheit nur gespielt war. Seine Mundwinkel hoben sich zufrieden. »Die Tatsache, dass Sie es ablehnen, mich zu heiraten, ohne mich zu kennen, verletzt mich«, sagte er. »Das kann ich nicht auf mir sitzen lassen.«

Fräulein von Treue lachte auf. »Es verletzt Sie? Ich wusste nicht, dass Sie einen so guten Sinn für Humor haben.«

»Haben Sie wirklich ein solch schlechtes Bild von mir?«

Schlagartig wurde sie ernst. Ihr Blick gab ihm zu verstehen, wie wenig sie ihn leiden konnte.

»Ich habe viele gute Seiten.«

»Ach ja? Und die wären?«

Er fuhr mit dem Zeigefinger die in die Tischdecke gewebten Blumen nach. Dabei musterte er sie bewusst so unverschämt, dass ihre Wangen erröteten. Es war ihm, als hätte er für diesen kurzen Augenblick eine Festung eingenommen. »Finden Sie's heraus.«

Sie zog ihre dunklen, markanten Augenbrauen hoch, die in einem spannenden Kontrast zu ihrer blauen Iris standen. Das Muttermal rechts von ihrem weich aussehenden Mund zuckte kurz. Offenbar wusste sie nicht, was sie erwidern sollte.

In diesem Moment kam der Hausdiener zurück, um ein Tablett mit zwei Gläsern und einer Glaskaraffe mit selbst gemachter Zitronenlimonade auf den Tisch zu stellen. Louis leerte sein Glas in wenigen Zügen. Als er mit dem Handrücken über seine feuchten Lippen wischte, rümpfte Fräulein von Treue missbilligend die Nase.

»Weshalb begegnen Sie mir so ablehnend? Lassen Sie sich ernsthaft von den Gerüchten beeindrucken, die in der Stadt über mich kursieren? Ich hätte Sie für intelligenter gehalten, Fräulein von Treue. Ich hätte gedacht, Sie wissen, dass Gerüchte meist frei erfunden sind.«

Louis beugte sich nach vorne, als wollte er ihr ein Geheimnis anvertrauen. Er hatte erwartet, dass sie unangenehm wie dieses Haus roch, aber das tat sie nicht. Sie roch nach einem zarten Parfüm. »Unsere letzte Begegnung ist unglücklich verlaufen, und ich möchte mich bei Ihnen entschuldigen, sollte ich etwas getan haben, das Sie gekränkt hat.«

»Unglücklich verlaufen nennen Sie das? Sie haben versucht, die Mitgift hoch zu handeln, da ich – wenn ich Sie an dieser Stelle zitieren darf – ›ein Pflegefall‹ sei.«

Louis bemerkte, wie sie ihren Rücken fest gegen die Lehne drückte. Vermutlich um so weit wie möglich von ihm entfernt zu sein. Ihr Gesicht versank im Schatten.

»Sie haben also heimlich gelauscht? Das macht ein junges, wohlerzogenes Fräulein aber nicht.«

»Ist das Ihre Art, sich zu entschuldigen?«

»Nun seien Sie doch nicht so.«

Fräulein von Treue erhob sich so abrupt, dass Louis kurz verwirrt war. »Herr Lindquist, vielen Dank für Ihren Besuch. Stefan wird Sie zur Tür begleiten.«

Es war offensichtlich, dass er mit seinem Charme nicht zu ihr durchdrang. Also beschloss er, die Karten auf den Tisch zu legen. »Fräulein von Treue, ich bitte Sie, setzen Sie sich wieder. Ich weiß, dass Sie zu dieser Heirat ebenso gezwungen werden wie ich. Aber wir sollten das Beste daraus machen.«

»Ach ja?«

»Ja. Deshalb habe ich ein Angebot für Sie.«

»Ein Angebot?«

»Ganz recht. Ein Angebot.« Er wies auf ihren Sessel.

Er selbst lehnte sich trotz der schmerzhaften Sprungfeder im Rücken zurück und legte ein Bein über das andere. Das erste Mal, seit er diesen Raum betreten hatte, fühlte er sich Fräulein von Treue überlegen.

Kapitel 11

»Das ist eine Unverschämtheit!«, fuhr Elisa Lindquist an, nachdem er ihr sein Angebot unterbreitet hatte. Um möglichst viel Abstand zwischen ihn und sich zu bringen, trat sie hinter ihren Sessel. Sie hätte nicht geglaubt, ihn noch mehr verachten zu können. »Meine Eltern sperren mich hier nicht ein! Ich kann tun und lassen, was ich will!«

Er entschuldigte sich für seine unbedachte Wortwahl. »Aber man hat Sie noch nie auf einer öffentlichen Veranstaltung gesehen. Manche behaupten sogar, Sie hätten Ihr Zuhause noch nie verlassen.«

»Natürlich habe ich dieses Haus schon verlassen! Aber Sie vergessen wohl, dass es mir nicht möglich ist, wie ein normaler Mensch in der Welt herumzuspazieren. Es ist zu gefährlich.«

»Wer sagt das? Ihre Eltern?«

»Herr Lindquist, ich glaube nicht, dass Sie der geeignete Gesprächspartner für dieses Thema sind.«

»Ach ja, und warum nicht? Weil Sie mich nicht leiden können, richtig? Ich bin vielleicht nicht der Traumprinz, den Sie sich gewünscht haben. Ich habe weder eigenes Geld noch einen beeindruckenden Lebenslauf, und ich treibe mich auch nicht in Intellektuellen-Kreisen herum.«

Dieses bescheidene Bild, das Lindquist von sich selbst zeichnete, erstaunte Elisa. Sie musste sich eingestehen, dass es seine Wirkung nicht verfehlte und sich ihr Groll ihm gegenüber tatsächlich etwas legte.

»Aber mein Eindruck sagt mir«, fuhr Lindquist fort, »dass Ihr Vater Sie ebenso zu dieser Heirat drängt wie mein Vater mich. Deshalb sollten wir das Beste daraus machen.«

»Da täuschen Sie sich. Wenn ich mich weigere, wird mein Vater mich gewiss nicht dazu zwingen, Ihre Frau zu werden.«

Kurz wirkte Lindquist ernsthaft verblüfft, doch dann wurde sein Blick mit einem Mal weich. Er hatte sie durchschaut. Elisa hatte gelogen, und das offenbar so miserabel, dass man ihre Lüge sogleich enttarnt hatte.

Das einzig Positive an Lindquist war bisher gewesen, dass er sie nicht bemitleidet hatte, denn mit Mitleid wurde Elisa zur Genüge gequält. Und nun gelang es ihm durch einen einzigen Blick, dass sie sich erbärmlich fühlte. Ihre Wangen glühten vor Scham, sodass sie froh war, im Schatten des Raumes zu versinken.

»Ich bin mir da nicht so sicher. Überlegen Sie es sich doch noch einmal. Wie gesagt, als meine Ehefrau dürften Sie tun und lassen, wonach Ihnen der Sinn steht. Ich würde Ihnen nichts verbieten. Stellen Sie sich vor, wie es wäre, ins Theater zu gehen, über einen Markt zu schlendern oder am See zu picknicken.«

Das hatte sie sich schon oft genug vorgestellt. So, wie normale Menschen davon träumten, Abenteuer zu erleben, fremde Länder zu bereisen oder eine Schiffspassage über die unendliche Weite der Ozeane zu erleben, träumte Elisa von kleinen Dingen, wie im Winter Schlittschuh zu laufen oder im Sommer schwimmen zu gehen. Sie trat aus dem Schatten und sank mit hängenden Schultern auf die Lehne ihres Sessels nieder.

»Haben Sie schon einmal eine heiße Schokolade mit Sahne in einem Kaffeehaus getrunken? Oder gebrannte Mandeln auf einem Weihnachtsmarkt genascht?«, versuchte Louis Elisa zu locken.

»Meine Mutter brachte mir einmal gebrannte Mandeln von einem Ostermarkt mit.«

»Das ist nicht dasselbe, Elisa. Dort draußen …« Er deutete auf das Fenster. »Dort draußen ist das Leben, nicht hier drinnen.«

Lindquist hatte einen ungewöhnlichen Duft mit sich gebracht, der so gar nicht in die Villa passen wollte. Die Villa roch nach alten Möbeln, deftigem Essen und außerdem immer leicht nach Rauch, was daran lag, dass das ganze Jahr über der Kamin eingeheizt wurde. Selbst im Sommer, da Elisa leicht fror. Lindquists Duft war ganz anders. Er ließ Elisa an weite Wiesen denken.

»Wie gesagt, es ist zu gefährlich.«

»Das glaube ich nicht.«

»Ich habe gelesen, dass Richard Strauß mit seiner Oper *Salomé* die Menschen derart schockiert habe, dass manche Frauen in Ohnmacht gefallen seien. Stimmt das?«

»Ich weiß es nicht, könnte es mir aber vorstellen.«

»Sehen Sie? Es ist zu gefährlich.«

Lindquist lehnte sich nach vorne, um sich mit den Händen auf den Knien abzustützen. »Nicht, wenn jemand auf Sie aufpasst.« Seine gesenkte Stimme lockte sie noch näher an ihn heran.

»Und dieser jemand sollen ausgerechnet Sie sein?«

Lindquist schluckte, bevor er sprach. »Ja.«

»Ich weiß nicht … ich …«

Er glitt von seinem Sessel vor ihr auf die Knie. Elisas Herz schlug ihr mit einem Mal bis zum Hals. »Sagen Sie Ja, Fräulein von Treue.«

Ihr Vater würde sie zu dieser Heirat zwingen, also sollte sie vermutlich besser mit Lindquist Frieden schließen, so sehr sie ihn auch verachtete. Vielleicht hatte er recht, und es bot sich ihr mit ihm die Gelegenheit, ein wenig von dem zu erleben, was sie sich erträumte. Gerade wirkte Lindquist eigentlich recht vernünftig, sogar ganz nett, wie sie sich eingestehen musste.

Als würde er wittern, wie ihr Widerstand bröckelte, streckte er ihr seine Hand hin. Seine Haut war gebräunt und rau. Ungewöhnlich für einen Mann seines Standes.

Auf einmal nahm sie einen weiteren Duft an ihm wahr. Es war eindeutig ein Frauenduft, süß und verspielt.

Sie riss ihre Hand zurück, als hätte sie sich an ihm verbrannt. »Sie haben recht, Herr Lindquist, ich war eben nicht ganz aufrichtig zu Ihnen. Wie Sie werde auch ich zu dieser Heirat gezwungen, und ich kann Ihnen versichern, dass ich mir nichts Grausameres vorstellen kann. Wenn Sie mir nichts mehr zu sagen haben, dann würde ich nun vorschlagen, dass Sie unser Haus verlassen und wir beide auf ein Wunder hoffen, das uns vor dieser Verbindung bewahrt.«

Kapitel 12

AUGUST 1913

Das Wunder blieb aus.

Eigentlich war es für Verlobte in der Zeit vor einer Eheschließung üblich, gemeinsam Verwandte zu besuchen, ihnen freudestrahlend Einladungskarten für die Hochzeit zu überreichen oder zu Hause Gäste zu empfangen, die ihnen ihre Glückwünsche aussprachen. Man plante die Hochzeitsreise und suchte Möbel und feines Porzellan für die Wohnung aus, die das frisch getraute Ehepaar im schönen Stadtkern beziehen würde. Doch zu Elisas Erleichterung sah sie Louis während all dieser Zeit kein einziges Mal. Wenn ihre Ehe ebenso verlaufen würde, könnte sie sich tatsächlich damit abfinden.

Erst bei der standesamtlichen Trauung, die bereits Anfang August stattfand, traf sie erneut auf Lindquist, und selbst auf dieser sprachen sie kaum ein Wort miteinander. Lindquist erschien fünf Minuten zu spät, obwohl sein Bruder und Vater schon längst anwesend waren. Er rauschte mit zerzausten Haaren und vermutlich von einer durchzechten Nacht geröteten Augen in den Raum und unterschrieb, ohne Elisa auch nur eines Blickes zu würdigen, die Papiere.

Abgesehen von dem Standesbeamten, Louis' Familie, ihren Eltern und Wilhelm war der Raum leer. Außer Wilhelm hatte Elisa keine Freunde. Aus Louis' Freundeskreis war nur ein junger Mann erschienen, der Elisa unerwartet sympathisch war. Er war sehr schmal gebaut, und seine Anzughose war etwas zu kurz für seine langen Beine und entsprach nicht der neuesten Mode. Als er Elisa aufmunternd zulächelte, kniff er die Augen zusammen, als würde er in die Sonne blicken. Er wirkte ganz anders als die meisten reichen Industriellensöhne, die Elisa aus dem Bekanntenkreis ihres Vaters kannte. Bodenständiger und gar nicht arrogant. Doch Elisa hatte nicht die Gelegenheit, ihn zu begrüßen oder auch nur ein Wort mit ihm zu wechseln, denn noch in derselben Sekunde, in der der Standesbeamte verkündete, dass Louis und Elisa nun Mann und Frau seien, packte Louis seinen Freund am Arm und zerrte ihn aus dem Raum hinaus.

Nach der standesamtlichen Trauung folgte eine weitere Woche, in der sie keinerlei Kontakt miteinander hatten, was jedoch kaum auffiel bei all den Vorbereitungen für das große Hochzeitsfest in der Villa von Treue. Innerhalb weniger Tage verwandelte sich der Garten. Lampions, Papiersterne und Herzen aus rotem Wollstoff schmückten nun die Äste der Sträucher und Obstbäume. Frau von Treue hatte die Idee gehabt, zudem für die Kinder Bonbons aufzuhängen, die in knisternder Folie eingepackt waren. Seidene Tischdecken und Sitzbezüge glänzten in dem eigens aufgestellten Pavillon. Fackeln und hohe Kerzen beleuchteten den Weg dorthin. Wie auf einer Ameisenstraße eilten die zusätzlich engagierten Dienstboten mit polierten Gläsern, Goldrandtellern und glänzendem Silberbesteck zu den Tischen, um mit leeren Tabletts wieder zurückzukehren. Ununterbrochen dampfte es aus der Küche, weshalb die ohnehin stickige Luft in der Villa nun auch noch feuchtwarm war. Kisten voller Wein stapelten sich im Keller, Kisten voller fleischloser Orangenhälften neben dem Hintereingang. Der ausgepresste Saft süßte die Bowle, die am großen Tag nach Mitternacht über einem Feuer im Garten erhitzt werden würde. Im ganzen Haus duftete es nach einem Festmahl – aber Elisa sperrte den Duft und die Hektik aus, indem sie sich in ihrem Zimmer einschloss.

In der Nacht vor der kirchlichen Hochzeit war sie sich sicher, kein Auge zumachen zu können. Jedoch schlief sie bereits kurz nach dem Abendessen in ihrem überdimensional großen Kinderbett ein. Sie nannte es deshalb ein Kinderbett, da das Gestell zu den Seiten erhöht war, sodass sie – wenn sie sich nachts im Schlaf hin und her wälzte – nicht zu Boden stürzen konnte und sich womöglich etwas brach.

Sie hatte sich gewünscht, dass es regnen würde, aber als sie am nächsten Morgen aus dem Fenster sah, lächelte ihr die Sonne höhnisch entgegen. Zwei Stunden später, umhüllt vom strahlenden Weiß ihres Hochzeitskleides, fuhr der Ford ihres Vaters vor die Kirche.

»Ganz vorsichtig, ja?« Mit nervös geweiteten Augen, als würde Elisa in schwindelerregender Höhe auf einem Seil balancieren, nahm ihre Mutter Elisas Hand und half ihr dabei, aus dem Wagen zu steigen.

Es schmerzte, so ungewohnt fest drückte ihr Vater ihren Unterarm, als sie kurz darauf die Treppen zu der hohen Flügeltür aus massivem Holz hinaufschritten. Elisa bezweifelte, dass er sie so schraubstockartig festhielt, weil ihn die Vorstellung nervös machte, seine einzige Tochter würde gleich verheiratet werden. Nein, so wie sie ihren Vater kannte, befürchtete er vielmehr, sie könne stolpern, sich etwas brechen und dadurch die Vermählung vorerst umgehen.

Wäre der Platz vor dem Altar leer gewesen, hätte Elisa sich nicht gewundert. Aber als zwei Messdiener die Flügeltür aufzogen, war Louis der Erste, den sie sah. Weihrauchschwaden stiegen hinter ihm aus einem Behältnis am Boden auf. Der schwere Geruch trieb ihr Tränen in die Augen, schnürte ihr die Luft ab, noch mehr als ihr schweres Hochzeitskleid aus gerippter Seide, das mit aufwendigen Point-à-l'aiguille-Spitzen verziert war und dessen lange Schleppe Elisa jeden Schritt erschwerte. Reihen von erwartungsvollen und glücklichen Gesichtern blickten sie rechts und links des Mittelganges an. Orgelmusik setzte ein.

In diesem Moment fiel Licht durch das Kirchenfenster hinter dem Altar. Es wurde von den vielen bunten Scheiben gebrochen und ließ den einsamen Mann im Zentrum des Raumes leuchten. Louis Lindquist löste den Blick vom Boden. Sah sie an, sie, die sie gezwungen war, ihm entgegenzuschreiten, eingehakt bei ihrem Vater.

In der Kirche war es viel kälter als draußen, und Elisa fröstelte. Lindquists Kiefermuskulatur spannte sich deutlich an, als ihr Vater sie neben ihm ablieferte. In der ersten Reihe schluchzte ihre Mutter in ein Taschentuch.

Als ihr Trauzeuge stand Wilhelm an Elisas Seite, so nah, dass sie nur die Hand hätte ausstrecken müssen, um ihn zu berühren. Elisa war nicht stark genug, seinen Blick zu erwidern, denn es hätte sich angefühlt, als würde man ihr das Herz herausreißen. Stattdessen hielt sie während der gesamten Predigt den Blick fest auf den gekreuzigten Christus gerichtet.

Die Kirchentür ging auf. Licht flutete herein, an das sich Louis' Augen erst gewöhnen mussten. Zu lange stand er bereits in dieser dunklen, kalten Kirche und wartete. Wartete darauf, dass der zweitschlimmste Tag seines Lebens begann.

Elisa zeichnete sich wie ein Schatten in der Helligkeit ab. Ihr Gesicht war von einem Schleier verdeckt, auf dem ein Myrtenkranz saß, Symbol ihrer Jungfräulichkeit. Sein Vater hatte darauf bestanden, dass auch Louis sich einen Myrtenzweig an den schwarzen Smoking steckte, eine Anweisung, die Louis nur deshalb befolgt hatte, da ihm die Ironie gefiel.

In dem weißen Kleid sah Elisa noch dünner, noch zerbrechlicher aus. Die Tür glitt weiter auf, sodass nun auch der mächtige

Körper ihres Vaters sichtbar wurde. Musik setzte ein. Während seine zukünftige Frau langsam auf ihn zuschritt, spielten Louis' unruhige Finger mit einer Münze, die in seiner Hosentasche steckte.

Vor der standesamtlichen Trauung hatte er noch gehofft, das alles sei nur ein übler Scherz oder eine grausame Methode, ihn zu lehren, endlich sein Leben auf die Reihe zu bekommen. Aber nein. Sein Vater stellte tatsächlich das Wohlergehen der Bank über Louis' Glück. Die letzten Tage hatte Louis damit verbracht, ihn mit Verachtung dafür zu strafen. Das war leichter, als sich einzugestehen, dass er sich selbst in diese Lage gebracht hatte. »Das ist meine letzte Warnung!« oder »Eine Chance gebe ich dir noch!« oder »Wenn du dein Leben nicht endlich änderst, werde ich persönlich für Ordnung sorgen!« – wie oft hatte sein Vater ihm Sätze wie diese an den Kopf geworfen? Jedes Mal hatte Louis gelacht. Nichts als leere Hülsen! Bisher war er mit seiner lockeren Lebensführung gut durchgekommen, warum also aufhören? Hätte er bloß auf Hans gehört … Wie oft hatte der ihn gewarnt? »Sei lieber vorsichtig, Louis. Dein Vater wird irgendwann nicht mehr so nachsichtig mit dir sein.«

Und Elisa? Sie war zwar überheblich, aber recht ansehnlich und stammte aus einer wohlhabenden Familie. Unter normalen Umständen wäre es nicht schwer, einen Ehemann für sie zu finden. Aber sie war krank. Niemand wollte eine kranke Frau ehelichen.

Während der Predigt blickte Elisa die ganze Zeit über starr geradeaus und bewegte sich kein einziges Mal. Erst, als es von ihr verlangt wurde, hielt sie Louis ihre Hand hin, die er widerwillig ergriff.

»Bis dass der Tod uns scheidet«, sagte er, steckte ihr den goldenen Ring an den Finger und machte sie zu seiner Frau.

Nachdem auch Elisa mit dünner Stimme ihr Ehegelöbnis aufgesagt hatte, nickte der Pfarrer zufrieden. »Sie dürfen die Braut jetzt küssen.«

Luft staute sich schmerzhaft in Louis' Brust. Er hob Elisas Schleier an. Blickte in ihre ängstlich glänzenden Augen. Als er sie küsste, waren seine Lippen fest aufeinandergepresst, ebenso wie ihre. Es war, als würden sie ein Brett küssen.

Die nun einsetzende Orgelmusik verhieß das Ende der Zeremonie. Am liebsten wäre Louis hinaus an die frische Luft gerannt, denn er glaubte am Weihrauch, der finsteren Atmosphäre und dem blutenden Christus vor seinen Augen ersticken zu müssen. Als hätte sein Vater seine Gedanken gehört, sprang er von seinem Platz in der ersten Reihe auf, stellte sich ihm in den Weg und zischte: »Vergiss deine Braut nicht.«

Elisa stand noch immer auf ihrem Platz, keinen Zentimeter hatte sie sich bewegt. Louis hielt ihr den Arm hin, damit sie sich bei ihm einhaken konnte. Gemeinsam schritten sie an den voll besetzten Kirchenbänken vorbei, begleitet von Orgelmusik und dem Gesang eines Kinderchors.

Draußen vor der Kirche nahm er die Glückwünsche von Elisas Eltern, Bekannten, Freunden und Fremden entgegen. Danach wurde mit Sekt angestoßen, doch Louis entschuldigte sich, zog sich auf den Friedhof hinter der Kirche zurück, steckte sich eine Zigarette an und lehnte sich im Schatten einer Kastanie gegen die moosbewachsene Steinmauer.

All die Toten um ihn herum waren ihm in diesem Moment die liebste Gesellschaft.

Kapitel 13

Während des Festmahls blieb der Stuhl neben Elisa fast die ganze Zeit über leer. Lindquist wollte offenbar nicht länger als nötig neben ihr sitzen. Gegen neun Uhr abends begann die Kapelle zu spielen. Die ersten Gäste zog es auf die Terrasse, die als Tanzfläche diente. Wie schön wäre es gewesen, sich den tanzenden Paaren anzuschließen. Aber abgesehen davon, dass Elisas Eltern das niemals erlauben würden, streifte Lindquist haltlos vom Bierfass zu Bekannten und Freunden, mal schlich er sich nach drinnen oder in eine entlegene Ecke des Gartens, um dort zu rauchen.

Lindquist, das war nun auch ihr Name.

Hitze staute sich im Pavillon und trieb ihrem Vater, der dabei war, auf den Beirat des Kaiserlichen Automobil-Clubs einzureden, Schweißperlen auf die Stirn. Gerade, als Elisa zu Wilhelm gehen wollte, der neben ihrer Mutter saß und wirkte, als würde er Schmerzen leiden, glitt eine großgewachsene Frau neben ihr auf den Stuhl, auf dem eigentlich Louis sitzen sollte. Ihr fest geschnürtes Korsett konnte nicht die üppige Weiblichkeit ihres Körpers kaschieren, doch sie gehörte zu den Frauen, die ihre ausgeprägten Kurven mit Sinnlichkeit zu tragen verstanden. So wie sie ihre ansehnliche Büste herausstreckte, genoss sie die Aufmerksamkeit, die ihr Dekolleté auf sich zog. Sie war etwa vierzig Jahre alt, doch vielleicht ließ die Vitalität, die sie ausstrahlte, sie jünger wirken, als sie war.

»Ein begehrter Junggeselle weniger auf dem Markt«, seufzte sie mit rauchiger, amüsierter Stimme.

In einer eleganten, aber manierierten Bewegung ließ sie eine Zigarette aus ihrem Etui gleiten, zündete diese am Feuer einer Tischkerze an und nahm einen Zug.

Elisa hatte diese Frau noch nie zuvor gesehen, deshalb verwirrte sie deren vertrauliche Art. Unsicher verschränkte sie die Finger in ihrem Schoß, denn sie wusste nicht, was sie darauf erwidern sollte. Zudem spürte sie die Blicke einiger Gäste auf sich. Eine Frau, die rauchte? Auch noch in der Öffentlichkeit? Unerhört!, sagten ihre Blicke.

Die Fremde beugte sich zur Seite, damit ein Diener Louis' unberührten Nachspeisenteller abräumen konnte. Sie sah dem jungen Mann bei seiner Tätigkeit mit keckem Blick zu.

»Ich bin absolut verrückt nach Louis, musst du wissen.« Die Katzenaugen der Frau musterten nun Elisa aufmerksam. »Mein Name ist übrigens Florence. Florence de Millière. Ich bin Louis' Tante. Und du bist also Elisa … Ich muss gestehen, ich wusste bis vor etwa drei Wochen gar nicht, dass Louis verlobt ist.«

»Entschuldigen Sie«, stammelte Elisa.

»Ach, dafür kannst du doch nichts. So, wie ich meinen Neffen kenne, hat er es verschusselt, mir von der Verlobung zu berichten.«

Obwohl es sehr nett von Florence war, sich mit Elisa bekannt zu machen, schüchterte ihre Gegenwart sie ein. Denn alles an ihr – die feuerroten Locken, das aufdringliche Parfum, die glänzenden, Männer herausfordernden Lippen – verriet ein einschüchterndes Selbstbewusstsein.

»Als ich im Frühjahr zu Besuch war, hat Louis dich mit keiner Silbe erwähnt«, fuhr Florence in vertraulichem Tonfall fort. »Deshalb war ich zunächst etwas verwirrt, als ich die Hochzeitseinladung erhielt. Ich dachte, dass er es doch tatsächlich vergessen hat, mich einzuweihen! Fast war ich beleidigt, aber dann sagte ich mir: Papperlapapp, ich wohne ja auch nicht gerade um die nächste

Ecke, da bekommt man vieles nicht mit, was hier bei euch passiert. Außerdem ist das Einzige, was zählt, dass endlich ein Mädchen Louis' Herz gewonnen hat!«

Elisa hatte Louis' Herz ganz gewiss nicht gewonnen. Sie befürchtete, dass Florence sich nur schwer täuschen ließ, und lenkte deshalb das Gespräch auf ein unverfänglicheres Thema. »Wo wohnen Sie denn?«

»Du darfst mich ruhig duzen, Schätzchen. Ich wohne in der Nähe von München. Am Starnberger See, um genau zu sein. Wunderschöner Fleck. Ihr müsst mich bald besuchen kommen.« Sie stibitzte sich eine der auf Porzellan-Etageren servierten Pralinen.

»Ist dein Ehemann ebenfalls hier?«

»Mein Mann?« Sie warf den Kopf in den Nacken und lachte. So laut, dass eine ältere Dame, die der rauchenden Florence ohnehin schon die ganze Zeit über vernichtende Blicke zugeworfen hatte, kopfschüttelnd aufstand und sich einen Platz am anderen Ende des Tisches suchte. »Mein Mann ist seit fünf Jahren tot, Schätzchen. Zum Glück. Ich mache kein Geheimnis daraus, dass ich ihm keine Träne nachweine. Ich bin ihm dankbar, dass er mir ein so großes Vermögen hinterlassen hat. Aber das ist schon alles.«

»Dann lebst du allein am Starnberger See?«

»So ist es.«

»Warum ziehst du nicht nach Berlin zu deiner Familie?«

»Warum sollte ich? Am Starnberger See kann ich tun und lassen, was ich will, ohne dass mir jemand hineinredet. Ich wäre dumm.«

Elisa bemerkte, dass sich Louis am Eingang des Pavillons ebenfalls eine Zigarette anzündete. Als er seine rauchende Tante sah, prostete er ihr mit seiner Zigarette wie mit einem Weinglas zu. Wenn sein Lächeln ehrlich war, wie jetzt, hatte es tatsächlich einen gewissen Charme.

»Erzähl mal, wie habt ihr euch kennengelernt?« Florence maß die Praline zwischen ihrem Daumen und Zeigefinger mit demselben Blick, mit dem sie eben den jungen Diener bedacht hatte, ehe die Schokolade in ihrem Mund verschwand.

Elisa wusste nicht, ob sie ehrlich sein und sagen sollte, dass sie zu dieser Ehe gezwungen worden war. Oder ob es besser war, dieser Frage auszuweichen.

Florence nahm ihr die Entscheidung ab. »Ah, verstehe, eine arrangierte Ehe also. Deshalb hat Louis nichts erwähnt! Dann gibt es also tatsächlich noch ein paar Unglückselige, die verschachert werden. Dass mein lieber Bruder so etwas seinem eigenen Sohn antut, überrascht mich jedoch.«

In diesem Moment bemerkte Elisa, dass sich ein hübsches Mädchen zu Louis gesellt hatte. Sie kicherte über einen Witz, den er offenbar gemacht hatte, und hielt sich an ihrem perlenverzierten Täschchen fest. Louis hatte dieses schmeichlerische, schiefe Lächeln aufgesetzt, das Elisa nicht ausstehen konnte.

Florence nahm einen letzten Zug von ihrer Zigarette, deutete dann mit dieser auf Louis und drückte den Stummel schließlich auf dem Fuß von Louis' Weinglas aus. »Ich sagte ja, er kommt gut bei Frauen an.«

Elisa nippte an ihrem Apfelsaft. Nur zu gerne hätte sie Wein getrunken, am besten so viel, bis sie den heutigen Tag vergessen konnte. Aber daran war natürlich nicht zu denken.

»Verstehe«, sagte Florence und nickte.

»Was verstehst du?«

»Du bist eines von diesen lieben und braven Mädchen, die kaum Widerworte geben. Das darfst du ruhig bei Louis. Das musst du sogar! Er ist nämlich ein verzogenes Bürschchen, dem man zeigen sollte, wo's langgeht.«

»Hier steckst du, Tantchen.« Franz, Louis' Bruder, nahm Florence das Etui, aus dem sie sich gerade eine zweite Zigarette herausziehen wollte, aus der Hand und verstaute es in der Brusttasche seines Jacketts. »Eine Zigarette ist schon mehr als genug, findest du nicht auch?«

»Spielverderber«, murrte Florence, gab sich jedoch geschlagen.

»Was sagst du dazu, dass dein Lieblingsneffe nun verheiratet ist?«

»Lieblingsneffe! Papperlapapp!«

Doch selbst Elisa hatte das Funkeln in Florences Augen wahrgenommen, als sie über Louis gesprochen hatte. Ein Funkeln, das ihren Augen fehlte, wenn sie Franz ansah.

Franz war ganz anders als sein Bruder. Nach der Kirche hatte er Elisa gesagt, wie schön es sei, dass sie von nun an ein Teil der Familie war. Währenddessen hatte eine seiner zwei Töchter an seinem Hosenbein gezupft. Anstatt die Kleine zurechtzuweisen, hatte er ihr geduldig zugehört.

»Nur wegen dir bin ich in die Confiserie am Marienplatz gegangen, um dir deine Lieblingsschokolade zu kaufen!«, sagte Florence nun mit gespielter Empörung. »Bedeutet dir das denn gar nichts?«

»Ingrid, ich bin doch keine fünf Jahre mehr alt.« Trotzdem strahlte er wie ein kleiner Junge an Weihnachten.

»Für Schokolade ist man nie zu alt. Aber wie ich hörte, sitzt du mit unserem neuen Familienzuwachs nun an der Quelle. Verbindungen zu einer Süßwarenfabrik zu haben, ist für dich doch ein Segen, mein lieber Franz.«

»Ingrid?«, fragte Elisa verwundert dazwischen.

»Hat sie dir gesagt, sie heiße Florence?«, lachte Franz. »Das ist ihr Künstlername. Sie war Theaterschauspielerin, musst du wissen.«

»*Ist* Theaterschauspielerin, mein Lieber. So, jetzt werde ich mich mal meinem zweiten Neffen zuwenden und mit ihm anstoßen.« Sie küsste Elisa rechts und links auf die Wangen und erhob sich von ihrem Platz. »Ich hoffe, wir sehen uns bald wieder.«

»Das wäre schön.«

Als Florence – dieser Name passte einfach besser zu ihr – auf Louis zusteuerte, breitete dieser seine Arme aus und rief mit alkoholträger Zunge. »Lieblingstante!«

Florence würdigte das Mädchen an Louis' Seite keines Blickes. Sehr zu Elisas Genugtuung.

»Geht es dir gut?«, fragte Franz.

»Ja, natürlich«, log Elisa und zwang sich ein Lächeln auf.

Später, als sie sich ein paar Atemzüge lang unbeobachtet fühlte, stahl sie sich ins Innere der Villa. Doch anstatt etwas Ruhe zu finden, traf sie die Leere, die in ihrem Schlafzimmer herrschte, wie eine Ohrfeige. Ihr Bücherregal war ausgeräumt, ihr Tagebuch lag nicht mehr auf dem Schreibtisch, ihr Schmuckkästchen auf der Fensterbank war fort. Sämtliche Kleider waren aus ihrem Schrank verschwunden.

Ihre Mutter hatte ihr versprochen, dass Elisa nicht zu Louis Lindquist ziehen müsste. Sie hatte ihr Versprechen offenbar gebrochen.

Kapitel 14

Seit fast einer Stunde quälte Pauline von Treue Wilhelm damit, ihm alle fünf Minuten zu sagen, wie außergewöhnlich schön die Hochzeit ihrer Tochter doch sei. Er fragte sich, ob sie vergesslich wurde oder ob es der Marillenschnaps war, von dem sie sich zweimal großzügig nachgeschenkt hatte. Er selbst hatte für seine Verhältnisse ungewöhnlich viele Gläser Rotwein getrunken – normalerweise trank er nie mehr als zwei –, deshalb zweifelte er zunächst an seiner Wahrnehmung, als auf einmal Elisa völlig aufgelöst auf der Terrasse erschien. Niemand außer ihm schien zu bemerken, wie totenbleich sie war. Wilhelm, der gerade dabei gewesen war, mit dem Löffel seiner Nachspeise ein Insekt aus seinem Rotwein zu fischen, sprang vom Stuhl auf.

Als Pauline von Treue seinem Blick folgte, bremste sie Wilhelm, indem sie ihn sanft, aber bestimmt wieder zurück auf seinen Stuhl drückte. »Bleib ruhig hier und genieße das Fest. Ich kümmere mich darum«, sagte sie.

Vermutlich hätte er nicht den Mut gehabt, sich zu widersetzen, hätten Elisas Lippen nicht in diesem Moment eindeutig seinen Namen geformt. »Sie ist sehr blass«, meinte Wilhelm mit all seiner ärztlichen Autorität. »Ich sollte nach ihr sehen.«

Einen kurzen Moment lang schien Frau von Treue hin- und hergerissen zu sein. Schließlich nickte sie. »Wir gehen gemeinsam.«

Wilhelm lotste Elisa die Treppen hinauf. Ohne den geringsten

Widerstand ließ sie sich von ihm führen. Sie wirkte wie betäubt. Mit einem nervösen Blick über die Schulter schob Frau von Treue ihre Tochter in deren Zimmer, das offensichtlich ausgeräumt worden war, und bat Wilhelm dann, die Tür zu schließen.

»Du hast es mir versprochen«, brachte Elisa kraftlos hervor.

Wilhelm bemerkte, dass Frau von Treue leicht schwankte und ihre Augen glänzten. »Was meinst du denn?«, bemühte sie sich sichtlich, mit fester Stimme zu sagen. »Was habe ich dir versprochen?«

»All meine Sachen sind weg, obwohl du versprochen hattest, dass ich bei euch bleiben kann!«

Wilhelm hätte alles dafür getan, Elisa an sich zu ziehen, seine Arme um sie zu legen und sie zu trösten. Aber diese Nähe stand ihm nicht zu und würde ihm vermutlich auch niemals zustehen. Deshalb blieb ihm nichts anderes übrig, als tatenlos mitanzusehen, wie Elisa zitterte.

»Aber …« Er wusste nicht, was er sagen sollte. Was er sagen durfte, ohne seine Gefühle für Elisa zu verraten.

Das Licht der Deckenleuchte fiel von oben auf Elisa hinab, ließ ihre Haut noch blasser und ihre Augenringe noch dunkler wirken.

»Es tut mir so leid, mein Kind, so leid!«, flüsterte Frau von Treue.

»Dann wusstest du also davon, dass meine Kleider und Bücher weggebracht werden, während ich unten im Garten Hände schüttele und abgelenkt bin?«

»Es ist alles so unglücklich gelaufen! Du solltest hier bei mir bleiben! Bis gestern habe ich doch selbst nichts davon gewusst!«

Jetzt strömten Frau von Treue Tränen über das blasse Gesicht. Ihre nach vorne gefallenen Schultern bebten, während sie ihre Hände auf die Augen presste und mehrmals leidvolle Töne ausstieß. Das war nichts Neues für Wilhelm. Wann immer Elisa weinte, weinte ihre Mutter ebenfalls. Und das stets so heftig, dass Elisas Tränen mit einem Schlag versiegten. Wie auch jetzt.

Wilhelm ertrug es kaum mitanzusehen, wie Elisa ihrer Mutter tröstend über den Rücken strich, da doch eigentlich sie es sein sollte, der man Trost spendete. Er wandte sich ab und warf einen Blick durchs Fenster nach draußen. Drei Männer standen an der Garage und tranken aus einer Flasche, die sie untereinander herumreichten. Einer von ihnen war Lindquist. Er nahm einen kräftigen Schluck, verzog das Gesicht, da ihm der Alkohol offenbar in der Kehle brannte, und sagte dann etwas, was die anderen beiden zum Lachen brachte. Sofort lag ein saurer Geschmack auf Wilhelms Zunge.

»Lindquist ist ein Scheusal. Wie soll ich denn mit ihm in einem Haus leben?«

Frau von Treue vergrub ihr Gesicht an Elisas Hals. »Alles wird gut, meine Kleine, alles wird gut.«

»Nein …«, gab Elisa leise zurück. »Ich befürchte, dass ich nicht glücklich werde.« Sie sagte es ruhig und eindringlich, als hätte sie sich bereits mit ihrem Schicksal abgefunden.

»Glücklich?«, wiederholte Frau von Treue, als hörte sie dieses Wort zum ersten Mal. »Wer ist schon glücklich?«

In diesem Moment wurde die Tür aufgerissen. Wilhelm wirbelte herum und sah sich August von Treue gegenüberstehen.

»Was ist denn hier los?«

»Ihrer Tochter ging es nicht sonderlich gut, und da …«, setzte Wilhelm an, wurde aber jäh unterbrochen.

»Jemand wollte gerade einen Trinkspruch für die Eheleute ausbringen, aber keiner von beiden war anwesend!«

Hastig wischte Frau von Treue sich die Tränen aus dem Gesicht und nahm Haltung an.

»Du hast einfach meine Kleider und Bücher fortbringen lassen«, sagte Elisa mit dünner Stimme.

»Selbstverständlich.«

»Ich dachte, ich könnte hier bei euch bleiben.«

»Natürlich nicht! Du bist jetzt verheiratet, Elisa, und eine Ehefrau hat bei ihrem Mann zu wohnen.«

Elisas flehender Blick galt nun Wilhelm, der – wenn er ehrlich zu sich selbst war – sich genau davor gefürchtet hatte. Noch nie, nicht in all den Jahren, die er in diesem Haus ein- und ausging, hatte er es gewagt, August von Treue zu widersprechen.

»Wo wird das junge Ehepaar denn leben?«, tastete er sich zögerlich vor. Mit etwas Glück kam August von Treue von selbst darauf, dass in einem neuen Haushalt ungeahnte Gefahren für Elisa existierten. »In einer Wohnung im Zentrum?«

»Dort ist es doch viel zu hektisch und gefährlich!«, sagte Frau von Treue.

»In der Villa der Familie Lindquist«, entgegnete Herr von Treue knapp. »Und jetzt ist Schluss mit der Diskussion!«

Das Schlimmste für Wilhelm war, mitanzusehen, wie etwas in Elisa zerbrach. Er wollte ihr helfen, wollte etwas tun, um sie davor zu bewahren, mit Lindquist unter einem Dach zu wohnen – aber er stand einfach nur da, den Mund geöffnet, bereit, etwas zu sagen, und schwieg dennoch.

»Sorgen Sie dafür, dass meine Tochter sich beruhigt«, wies ihn August von Treue an.

»Ich bin mir nicht sicher, ob das …«

»Tun Sie, was ich Ihnen sage.« August von Treues große Hand umschloss den dünnen Arm seiner Frau, um sie aus dem Zimmer zu führen.

Wilhelm widerte sich selbst an, als er zu Elisa sagte: »Warte hier, ich hole dir in der Küche etwas zu trinken.«

Als er kurz darauf mit einem Glas mit Apfelsaft zurückgekehrt war, konnte er ihr nicht ins Gesicht sehen. Mit einem leisen Klicken fiel die Tür hinter ihm zu, und er war mit Elisa allein. Mit großen Augen sah sie zu ihm auf. Augen, die er als wunderschön empfand und die ihn berührten wie keine zweiten.

»Wenn du dort lebst und wir uns nicht mehr so oft sehen …«, setzte er an.

»Was ist dann?«

»Dann schreib mir. Am liebsten will ich jeden Tag einen Brief von dir erhalten. Und ich werde dich besuchen, so oft es dein Ehemann zulässt. Als dein Freund, nicht als dein Arzt.«

Elisa trank das Glas aus und wischte sich wenig damenhaft mit dem Handrücken über den Mund. Er sah ihr an, dass ihr noch etwas auf dem Herzen lag. Etwas, das sie unbedingt loswerden wollte. Etwas, das ihr Angst machte.

»Was ist los?«, fragte er sie sanft.

Sie hielt den Blick fest auf den Boden gerichtet, als sie antwortete. »Wenn ich von nun an bei Louis Lindquist leben soll, dann muss ich auch ein Bett mit ihm teilen. Dann ist die heutige Nacht meine Hochzeitsnacht.«

Kapitel 15

»Danke, dass ihr gekommen seid«, sagte Louis zu seinen beiden besten Freunden. Er nahm einen kräftigen Schluck aus der Flasche mit dem Zwetschgenschnaps.

Sie hatten sich in den Vorgarten an die Garage zurückgezogen und versteckten sich dort im Schatten eines üppigen Goldregens. Dieser Goldregen war so ziemlich das einzige Gewächs, das in diesem Garten wild zu gedeihen schien, denn der Rest glich einer perfekt durchdachten Symphonie aus getrimmten Buchsbaumhecken, mosaikartig angelegten Zierbeeten und einem gewaltigen Brunnen, in dessen Zentrum eine anmutige Venus Wasser aus einer Vase laufen ließ. Alles in diesem Vorgarten schien es darauf anzulegen, mit Perfektion und Symmetrie Passanten zu beeindrucken.

»Selbstverständlich«, entgegnete Rudolf, der sich breitbeinig positionierte und ihm zweimal kräftig auf den Rücken klopfte. »Wir verpassen doch nicht deine Hochzeit!«

Louis lag auf der Zunge, dass die beiden seine Hochzeit eben doch größtenteils verpasst hatten, wenn auch aus unterschiedlichen Gründen. Beide waren sie erst vor einer Stunde eingetroffen. Hans, weil er sich in der vornehmen Gesellschaft fehl am Platz fühlte und es ihm davor gegraut hatte, vor den Damen und Herren so tun zu müssen, als gehöre er dazu. Rudolf, weil er schlichtweg keine Lust gehabt hatte, den Tag an eine so langweilige und steife Veranstaltung zu verschwenden.

»Ihr könnt froh sein, dass ihr das Essen verpasst habt. Es war todlangweilig.« Louis reichte den Zwetschgenschnaps an Rudolf weiter, woraufhin dieser die Zigarre an Hans gab.

»Sind denn wenigstens auserlesen hübsche Töchter mit reicher Erbschaft anwesend?«, fragte Rudolf und leckte sich mit der Zunge über den rechten seiner spitzen Schneidezähne. Wie üblich lächelten seine Augen hochmütig.

Wie Louis war Rudolf Mitte zwanzig, wirkte jedoch älter mit seinem in Form gebrachten Schnurrbart im Stile des Kaisers, den er heißblütig verehrte. Die beeindruckende Wucht seines Körpers, die er zweifelsfrei dank seiner Mitgliedschaft im Ruderclub hatte, blieb trotz des zarten, champagnerfarbenen Seidenstoffes seiner Weste und des maßgeschneiderten Jacketts nicht verborgen. Seine Anzughose spannte über seinen kräftigen Oberschenkeln, sein Bizeps zuckte angriffslustig, als er die Flasche Schnaps ansetzte und eine gewaltige Menge in sich hineinfließen ließ, die ihm jedoch dank seiner enormen Körpermasse nichts anhaben würde.

Hans rollte mit den Augen. Er und Rudolf waren nie sonderlich warm miteinander geworden. Zwar verstanden sie sich gut, wenn sie zu dritt um die Häuser zogen, aber sie brauchten Louis als Bindeglied. Ohne ihn fanden sie einfach keine Themen, über die sie reden konnten. Rudolf war ja nicht mal auf die Idee gekommen, Hans auf dem Weg zur Hochzeitsfeier mit der Kraftdroschke abzuholen, sodass dieser nicht den weiten Weg hätte laufen müssen.

»Nicht dass ich wüsste. Außer Rosalie sind sämtliche Gäste über dreißig. Ausgenommen meine beiden kleinen Nichten.«

»Du hast deine Affäre eingeladen? Respekt!« Rudolf lachte laut, während Hans lediglich schmunzelte und fassungslos den Kopf schüttelte.

»Das habe ich gar nicht. Elisas Eltern haben Rosalies Vater eingeladen und damit natürlich auch seine Tochter.«

»Und was sagt die hübsche, nicht mehr unschuldige Rosalie zu deiner Hochzeit?«

Louis zuckte mit den Schultern. »Was soll sie schon sagen? Es geht sie nichts an.«

»Aber du magst sie doch«, warf Hans ein. Er zog an der Zigarre und blies den Rauch genüsslich in die Nacht.

»Die Dinge sind nun einmal, wie sie sind, und lassen sich nicht mehr ändern.«

»Gute Einstellung. Darauf trinke ich.« Rudolf prostete Louis mit der Flasche zu und nahm dann erneut einen kräftigen Schluck.

Er und Louis hatten sich vor drei Jahren eines Nachts in einer Kneipe kennengelernt. Sie waren beide völlig betrunken gewesen, und Louis hatte, als er von der Bar zur Bühne mit der hübschen Sängerin getorkelt war, das Gleichgewicht verloren und sein Bier über Rudolf geschüttet. Daraufhin hatte Rudolf ihn so heftig geschubst, dass Louis gegen einen Tisch mit drei Kartenspielern gestürzt war und sämtliche Schnapsgläser darauf zu Bruch gegangen waren. Der Wirt hatte sie beide vor die Tür gesetzt, doch weder Rudolf noch Louis hatten schon nach Hause gehen wollen. Es war Rudolf gewesen, der gefragt hatte: »Und was machen wir jetzt?«

»Weiterziehen«, hatte Louis ganz selbstverständlich entgegnet, als wären die beiden schon seit Jahren Freunde. »Ich kenne da eine nette Spelunke nicht weit von hier.«

Das war der Beginn ihrer Freundschaft gewesen.

»Dein Hochzeitsfest scheint mir sehr gelungen zu sein.« Es war typisch für Hans, so etwas zu sagen. Er sah überall das Gute. »Ich war eben kurz im Pavillon, und da haben alle Gäste einen sehr zufriedenen Eindruck gemacht«, meinte er und zog wieder an der Zigarre.

Nie war Louis einem Mann begegnet, der eine solch elegante Art zu rauchen hatte wie Hans. Er legte dabei den Kopf leicht in den Nacken, hielt den Rauch lange im Mund und blies ihn schließlich langsam und genießerisch aus.

Louis' Freundschaft zu Hans war ungewöhnlich. Als Louis' Vater ihn im Alter von vierzehn Jahren dazu gezwungen hatte, den Pfadfindern beizutreten, hatte Louis sich nachts aus seinem Zelt geschlichen. Er hatte es gehasst, singend und im Gleichschritt durch die Natur zu wandern. Nachdem er Stunden im Wald umhergeirrt war, hatte er endlich das Licht der Stadt entdeckt, war zielstrebig darauf zugelaufen und in dem Viertel gelandet, in dem Hans lebte. Auf Baumwollspinnereien, Glasfabriken, Textilmanufakturen standen zahllose Schornsteine, aus denen aschgrauer Dampf drang. Dieser senkte sich herab und zog wie graue Nebelschwaden durch das Gewirr enger und feuchter Gassen. Tränkte die Mauern der einschüchternd hohen Mietskasernen, in deren Schatten die rauen Stimmen der Prostituierten Freier herbeizulocken versuchten. Als die ferne Kirchturmuhr sieben Uhr abends schlug, spuckten die Fabriken graue Geistermenschen aus, deren Augen ins Leere stierten und die zu müde waren, um einander wahrzunehmen. Die wenigen Pflanzen, die hier in trostlosen, vergessenen Wiesenflecken gediehen, waren schmutzig vom Dreck der Eisenbahn, die hin und wieder ein geisterhaftes Kreischen ausstieß. Der Gestank hatte Louis die Luft abgeschnürt. Ein Gestank von Abfällen und Fäkalien, aber vor allem von Krankheit.

Einer von diesen Geistermenschen war Hans gewesen. Er hatte sich von seiner Arbeit in einer Leinenspinnerei nach Hause geschleppt. Später hatte er erzählt, dass es Louis' rotes Halstuch gewesen war, das seine Aufmerksamkeit auf den einsamen Jungen gezogen hatte, der in dem dunklen Hinterhof auf einer alten Holzkiste gekauert hatte. Louis hatte am ganzen Körper gezittert und die Augen vor Müdigkeit kaum offen halten können. Neben ihm hatte ein abgemagerter Hund gesessen, der sich die ganze

Zeit gekratzt und hin und wieder traurig wie ein Wolf geheult hatte.

»Du kommst nicht von hier, oder?«, hatte Hans ihn damals gefragt, nachdem er Louis' Pfadfinderuniform gemustert hatte: die grüne Mütze und den Rippelsamtanzug mit den kurzen Hosen und dem typischen Halstuch.

Stumm hatte Louis den Kopf geschüttelt. Mit einem Mal hatte er sich für das Halstuch und den Anzug geschämt, ja sogar dafür, dass er abgesehen von ein paar kleinen Kratzern und dem Dreck an seinen Schuhen sauber und unversehrt war, während Hans an einem rußverschmierten Verband um seine rechte Hand spielte. Ein paar Wochen zuvor hatte Hans sich mit einer Holzschneidemaschine den Finger abgeschnitten und nur knapp eine Blutvergiftung überlebt.

»Findest du nicht mehr nach Hause?«

»Ich weiß nicht. Ich hab es noch nicht versucht. Aber ich will auch gar nicht nach Hause.«

Unsicher hatte Hans einen Blick zu einem der Fenster im dritten Stock geworfen. »Wenn du willst, kannst du mit zu mir kommen. Aber bei mir ist es sicher nicht so schön wie bei dir zu Hause.«

Louis hatte nicht lange überlegen müssen, denn dieser Junge, den er das erste Mal sah, war ihm seltsamerweise vertrauter als die anderen Kinder aus seiner Schule, von den Pfadfindern oder dem Fußballverein.

In der engen Wohnung hatte Hans Louis etwas zu essen gegeben, obwohl die Familie kaum genug hatte, um die hungrigen Mäuler all der Kinder zu stopfen. Er hatte ihn neben seinen zwei kleinen Brüdern im Bett schlafen lassen, obwohl das bedeutete, dass er selbst auf dem Boden schlafen musste. Noch nie zuvor hatte Louis eine so tiefe Dankbarkeit für jemanden empfunden.

An diesem Tag waren Louis und Hans Freunde geworden. Sooft es ihm möglich war, hatte Louis sich heimlich abends von zu Hause fortgeschlichen, um Hans Essen oder Kleidung zu bringen. Auch heute trug Hans einen von Louis ausrangierten Anzug, der ihm etwas zu klein war, ihn aber dennoch wie den Sprössling einer wohlhabenden Industriellenfamilie aussehen ließ.

In jeder Hinsicht war Hans das glatte Gegenteil von Rudolf. Abgesehen von seinen rauen Händen, den von der Fabrikarbeit gestählten Armen und den tiefdunklen Augenringen hatte er nichts von einem Arbeiter an sich. Hans war wesentlich intelligenter als die meisten von Louis' Studienkollegen, was man seinen glasklaren blauen Augen sofort ansah. Er war ausgesprochen schmal gebaut, jedoch nicht auf ungesunde, sondern vielmehr auf elegante Weise. Er sagte nie viel, sondern schmunzelte lieber auf die für ihn typische wissende, gutmütige Weise.

»Was sagt ihr zu meiner Braut?«, fragte Louis und nahm von Hans die Zigarre entgegen.

»Ich habe sie noch gar nicht gesehen. Wo steckt sie denn? Ist sie hübsch?«, lachte Rudolf.

»Schon«, entgegnete Louis. »Aber sie ist mir irgendwie … unheimlich.«

»Du findest sie unheimlich?«, fragte Hans und legte den Kopf schief.

»Ja. Sie geht immer so vorsichtig. Oder vielmehr schleicht sie. Und dann ihr Blick … Das Weiß um die Iris ihrer Augen ist bei ihr leicht bläulich, was wohl mit ihrer Krankheit zu tun hat.«

»Ich finde, das macht ihre Augen besonders. Elisa ist wirklich hübsch«, sagte Hans. »Und auf der standesamtlichen Hochzeit wirkte sie sehr nett.«

»Du hast doch gar nicht mit ihr gesprochen! Außerdem hält sie sich für etwas Besseres.«

Rudolf warf den Kopf zurück und lachte erneut. »Das ist alles so urkomisch!« Er legte beide Hände auf seinen Bauch. Eine Geste, die er von seinem Vater, einem erfolgreichen und wohlhabenden Textil-Fabrikanten, übernommen hatte.

»Ja. Wirklich sehr komisch«, knurrte Louis.

»Wer hätte gedacht, dass du als Erster von uns heiratest?« Hans legte eine Hand auf Louis' Schulter und zog ihn schließlich an sich, um ihn zu umarmen.

»Du, der du immer gepredigt hast, dass du erst so spät wie möglich heiraten willst«, pflichtete Rudolf Hans bei. Auf einmal wurde er schlagartig ernst, als ihm ein neuer Gedanke zu kommen schien. Dann breitete sich ein Grinsen auf seinen Lippen aus. Louis kannte dieses Grinsen nur zu gut. Es hatte noch nie etwas Gutes bedeutet. »Wisst ihr, was heute für eine Nacht ist?«, fragte Rudolf.

»Vollmond?«, fragte Hans.

»Viel besser! Heute ist Louis' Hochzeitsnacht!«

Schlagartig wurde Louis bleich. Er hatte gewiss nicht vor, seine ihm aufgezwungene Ehefrau anzufassen! Zumal offensichtlich war, dass sie ihn ebenso wenig leiden konnte wie er sie.

Louis würde also das Bett mit einer hübschen Frau teilen, aber er würde keusch bleiben. Es gab wohl für alles ein erstes Mal.

Kapitel 16

Nach dem Gespräch mit ihren Eltern und Wilhelm war Elisa völlig erschöpft und hatte Schwierigkeiten, ihre Augen offen zu halten. Und das trotz ihrer Panik vor der Hochzeitsnacht.

Es hatte Elisa zutiefst beschämt, dieses Thema vor Wilhelm anzuschneiden, aber sie hatte keine Wahl. Unbeholfen hatte sie versucht, die Frage angemessen zu formulieren. »Wilhelm, ich … ich muss dich um deinen ärztlichen Rat fragen. Ist es denn … also rein theoretisch möglich, dass … Ich meine, was passiert, wenn … du weißt schon …?«

Wilhelm war rot geworden, hatte aber versucht, so sachlich wie möglich zu antworten. Doch auch ihm fehlten die richtigen Worte.

»Ich denke schon, dass es, also natürlich nur rein theoretisch, also, dass es möglich ist, dass du … aber es gibt dazu keine wissenschaftlichen Untersuchungen oder dergleichen. Ich kann also nur Vermutungen anstellen.«

Das war nicht die Antwort gewesen, die sie sich erhofft hatte. Sie wollte sich zurückziehen, doch in diesem Haus gab es kein Zimmer mehr für sie. Also machte sie sich auf die Suche nach ihrem Ehemann, doch da Louis mal wieder nicht auffindbar war, bat sie kurzerhand seinen Vater Emil, sie zu ihrem neuen Zuhause am Großen Wannsee zu bringen.

Die Fahrt über schwiegen sie größtenteils, obwohl Emil Lindquist zunächst noch versucht hatte, Elisa mit Anekdoten über seine beiden Söhne zu amüsieren. Doch so sehr Elisa sich auch bemühte, sämtliche Kraftreserven waren aufgebraucht, und sie brachte nicht mehr zustande als ein paar höfliche Worte.

Obwohl sie so erschöpft war, klopfte ihr Herz vor Aufregung in ihrer Brust. Geradezu verzaubernd wirkte der Anblick all der prächtigen Villen, die Elisa als kleines Mädchen vertraut gewesen waren, bevor sie ihr Zuhause nicht mehr hatte verlassen dürfen. Diese Villen waren Relikte einer Zeit, an die sie sich kaum erinnern konnte und die ihr seltsam fremd war, als wären es die Erinnerungen einer Bekannten und nicht die ihren. Dennoch empfand sie eine Verbundenheit zu den Straßen, deren Pflastersteine im Licht der Laternen golden schimmerten. Teils lagen die Villen auf bewaldeten Grundstücken im Verborgenen, und es waren nicht mehr als Turmspitzen zu sehen. Teils lagen sie direkt an der Straße, aus ein paar Fenstern drang sogar noch Licht. Am liebsten hätte Elisa den Fahrer gebeten anzuhalten, damit sie die Gebäude in Ruhe bewundern konnte. Die frische, abgekühlte Luft, das Ruckeln des Wagens, das Motorbrummen und der Zauber der Nacht, all das war ihr so märchenhaft fremd, dass sie kurz glaubte, doch eingeschlafen zu sein und zu träumen.

Als sie angekommen waren, reichte Emil ihr die Hand, um ihr aus dem Automobil zu helfen. »Herzlich willkommen.«

Sobald man das verspielt geschwungene Eisentor passiert hatte, betrat man eine Oase der Harmonie. Üppige Blumenbeete wurden von Kieswegen gesäumt, und während die Steinchen unter ihren Füßen knirschten, führte ihr Schwiegervater sie an einem plätschernden Brunnen vorbei, dessen halb nackte Frauengestalt in der Mitte des Beckens vom Licht der Villa angestrahlt wurde und die von der Witterung dunkel verfärbt war. Die zarten Blätter einer Robinie trieben auf dem Wasser und schimmerten im Mondlicht auf der Wiese. Efeu kletterte die Hausfassade empor. Als Elisa, bei Emil eingehakt, die Treppenstufen hinaufstieg, streifte sie der süße Duft blühender Rosen. Auch der Duft der Astern, die

die Beete an den Seiten umfassten, kam dann und wann durch die Luft daher. Der Hausdiener öffnete ihnen die Tür.

»Das ist Anton«, stellte Emil ihr den Mann vor. »Und das junge Dienstmädchen hier heißt Magda. Sie wird dafür sorgen, dass es dir an nichts fehlt.«

Magda machte einen Knicks. »Es freut mich sehr, Sie kennenzulernen, Frau Lindquist.«

Elisa schätzte Magda auf etwa siebzehn Jahre. Vielleicht war sie auch schon älter, und ihre sommersprossenbetupfte Nase und die rundlichen Wangen ließen sie jünger wirken als sie tatsächlich war. Mit ihren großen, kindlichen Augen, dem üppigen Busen und dem Schmollmund war Magda weiblicher als Elisa es jemals sein würde.

In diesem Moment fegte der Wind von draußen herein, streichelte Elisas Nacken, strömte durch die Eingangshalle, durch die offen stehende Flügeltür hindurch, bis ans andere Ende der Villa. Im Landschaftszimmer, einem Anbau aus aneinandergereihten Glastüren, die allesamt in dieser schwülwarmen Nacht weit geöffnet waren, flog er wieder hinaus in den Garten. Alles schien zu tanzen. Die vom Licht angelockten Falter. Die weißen Vorhänge, die sich wie die Kleider elfenhafter Wesen bauschten. Die Locken, die sich nach dem langen Abend aus Elisas mit zahlreichen Nadeln hochgestecktem Haar gelöst hatten. Es war ein spielerischer Zauber, der erst endete, als die Haustür hinter Elisa geschlossen wurde.

»Jetzt zeige ich dir euer Königreich. Du bist sicher sehr müde.«

Zu Elisas Erstaunen waren sie nicht in der Villa untergebracht, sondern in einem prächtigen, kleinen Bau, der an die Palazzi Venedigs erinnerte, wie Elisa sie in einem Fachbuch über italienische Architektur gesehen hatte. Eine breite, geschwungene Treppe führte in den ersten Stock. Ihre Finger glitten bewundernd über das Geländer mit den spielerischen, floralen Mustern.

»Dir und meinem Sohn gehört die Maison de l'arte – so hat meine Frau den Bau immer genannt. Dort hat sie gemalt und Gemälde anderer Künstler gesammelt. Interessierst du dich für Kunst?«

»Sehr.«

»Dann wirst du dich hier sicher wohlfühlen. Das meiste ist von Max Liebermann. Er wohnt ganz in der Nähe. Gewiss kannst du ihn einmal auf einen Tee besuchen.«

Elisa verehrte die Kunst Liebermanns. Sie hätte Emil gern gesagt, wie sehr sie sich darüber freuen würde, ihn persönlich kennenzulernen, aber der Tag war so lang gewesen und sie war so erschöpft, dass sie kaum einen klaren Satz formulieren konnte. So schwieg sie.

»Hier sind wir – euer Schlafzimmer.«

Er zog eine weiß lackierte Flügeltür auf, hinter der sich Elisa eine Art Saal offenbarte, der einlud, die Arme auszubreiten, sich zu drehen und zu tanzen, um schließlich auf das breite Himmelbett zu fallen und hinter den durchscheinenden, seidenen Vorhängen einzuschlafen. Die Fenster reichten bis knapp über den Boden. Auch sic waren weit geöffnet. Es war, als bestünde dieses Haus nur aus Luft.

»Was war das früher für ein Raum?«, fragte sie.

Emil holte tief Luft, zögerte und atmete dann die Worte, die ihm auf der Zunge gelegen hatten, ungesagt aus. Es war so still, dass Elisa hören konnte, wie die Vorhänge über den Boden strichen. Sie traute sich nicht noch einmal nachzufragen.

»Brauchst du noch irgendetwas?« Herr Lindquist wirkte mit einem Mal ebenso müde und erschöpft wie Elisa sich fühlte.

Sie schüttelte den Kopf.

»Dann schicke ich Magda nach oben, damit sie dir beim Auskleiden helfen kann.« Emil hatte schon fast die Tür erreicht, als er noch einmal innehielt. »Es freut mich wirklich sehr, dass du nun bei uns bist, Elisa.«

»Danke, Emil.«

Obwohl sie noch nicht viel mit Emil Lindquist gesprochen hatte, mochte sie ihn. Sein schmaler Mund wirkte, als würde er jede Gelegenheit nutzen, um zu lächeln. Was wunderlich war, denn bisher hatte sie ihn kaum lächeln sehen. Die wenigen Haare auf seinem Kopf waren so dünn, dass ein kleiner Luftzug genügte, um sie senkrecht stehen zu lassen, was ihm etwas leicht Verwegenes und vermutlich deshalb so Sympathisches verlieh.

Als Elisa allein war, fiel ihr Blick in den silbergerahmten Standspiegel. Ihr so zerbrechlicher Körper war schuld daran, dass sie nun mit einem Mann verheiratet war, den sie nicht ausstehen konnte. Rosenblätter formten auf der Tagesdecke ein Herz. Der Anblick trieb Elisa Tränen in die Augen. Sie riss die Tagesdecke vom Bett und hängte sie über den Spiegel.

Irgendwo in ihrem neuen Zuhause schlug es zwei Uhr nachts. Noch immer standen die Fenster offen. Die Vorhänge bäumten sich auf, um dann wieder in sich zusammenzufallen und auf den nächsten Windstoß zu warten. Der Mond hing voll und rund am sternenlosen Himmel. Ein blumiger Duft strömte von draußen herein, der Elisa die Bettdecke zurückschlagen ließ, um ans Fenster zu treten.

Auf einmal krachte etwas gegen die Tür des Schlafzimmers. Kurz darauf wurde die Klinke heruntergedrückt, und Louis stolperte in den Raum. Er schien etwas zu suchen. Als seine Augen Elisa fanden, deutete er mit dem Zeigefinger auf sie. »Du«, sagte er nur.

Schnell huschte Elisa zurück ins Bett, um die Decke über ihr Nachtkleid zu ziehen.

Louis verbeugte sich tief und schwankte ein wenig, als er sich wieder aufrichtete. »Die holde Prinzessin ist also schon zu Bett gegangen?« Mit ausgebreiteten Armen drehte er sich einmal um sich selbst. »Na, was sagst du zu deinem neuen Schlafzimmer? Extra für meine Frau hergerichtet.« Das *meine Frau* spuckte er regelrecht aus.

»Danke, es ist sehr hübsch.« Elisa sah bewusst an ihm vorbei in Richtung der Tür.

Er lachte laut. »Wie förmlich du bist.« Er ging zurück zur Tür und verpasste ihr mit dem Fuß einen Stoß, sodass sie in den Rahmen knallte. Dann begann er, ungeschickt die Arme aus seinem Hochzeitsfrack zu zerren.

»Ist dir eigentlich bewusst, dass das unsere Hochzeitsnacht ist?«, fragte er sie mit schwerer Zunge.

Der Frack fiel auf den Boden und Louis aufs Bett, wo er mit seinem rechten Schuh zu kämpfen begann. Dabei kippte er fast vorne über, konnte sich jedoch gerade noch am Holzgerüst festhalten.

Dann grinste er Elisa frech über die Schulter an. »Den anderen lasse ich einfach an.«

Elisa rutschte so weit es möglich war an die Bettkante und zog die Decke bis knapp unter ihr Kinn.

Die Matratze federte. Louis rückte näher. »So abweisend in unserer Hochzeitsnacht, meine allerliebste Frau?«

Elisa war sich nicht sicher, ob er scherzte oder tatsächlich glaubte, sie würde sich ihm hingeben. »Ich bin müde. Lass mich schlafen.«

»Schon mal was von ehelichen Pflichten gehört?«

Aus dem Augenwinkel sah sie, wie Louis sein Hemd aufknöpfte, bis zur Mitte der Brust. Er war Elisa so nah, dass ihr seine Fahne aus Bier, Wein und Schnaps entgegenschlug. Sie wäre viel zu schwach, um sich gegen ihn zu wehren.

Ein eiskaltes Zittern ergriff sie, als sie seinen warmen Atem an der Wange spürte. Sie dachte schon daran zu schreien, auch wenn es vergeblich wäre, denn Emil schlief im Hauptgebäude – doch

Louis lachte nur. »Keine Sorge, ich fühle mich kein bisschen zu dir hingezogen.«

Elisa war erleichtert. Gleichzeitig bohrten sich seine Worte wie ein Messer in ihre Brust.

Er rollte sich auf die andere Seite des Bettes und wandte ihr den Rücken zu. Schon nach wenigen Augenblicken begann er zu schnarchen. Erst, als Elisas Lunge zu schmerzen begann, merkte sie, dass sie die ganze Zeit über die Luft angehalten hatte. Sie konnte nicht einmal weinen. Zu groß war das Entsetzen darüber, wie sehr sie einen Menschen verachten konnte.

Kapitel 17

Neun Gemälde reihten sich an den Wänden in Louis' altem Zimmer, allesamt angestrahlt vom rosafarbenen Abendlicht, das ihre Schönheit am besten zur Geltung brachte. Etwa fünfzehn weitere waren an die Kommode, den Kleiderschrank oder das Bett gelehnt. Seine Mutter hatte die Bilder gemalt. Obwohl Louis nicht viel von Kunst verstand, war es für ihn offensichtlich, was für eine große Künstlerin sie gewesen war. Als sie gestorben war, hatte er sich vorgestellt, dass sie all ihr Leben ihren Bildern eingehaucht hatte.

Die untergehende Sonne glänzte auf der herbstlaubgelben Tagesdecke, die Louis ans Fußende getreten hatte. Ihr Licht reichte bis knapp vor die Stelle, an der er mit angezogenen Beinen am Bettgerüst lehnte. Seine Augen waren ganz trocken, so lange schon betrachtete er die Landschaften und Portraits, ohne zu blinzeln.

Nur wenige Tage nach Louis' neuntem Geburtstag war seine Mutter krank geworden. Nie würde er vergessen, wie deutlich sich die blauen Adern unter ihrer dünnen, wie durchscheinenden Haut abgezeichnet hatten. Am meisten hatten ihn jedoch die Augen seiner Mutter geängstigt. Sie waren so leer gewesen.

»Wird Mama wieder gesund?«, hatte Louis seinen Vater gefragt, als Emma Lindquist innerhalb einer Woche deutlich an Gewicht verloren und fast den ganzen Tag geschlafen hatte.

Sein Vater hatte auf dem Bettrand gesessen und die Stirn seiner Frau mit einem feuchten Tuch abgetupft. Nach einem Moment des Zögerns hatte er geantwortet: »Aber natürlich, Louis.«

»Dann stirbt sie nicht?«

Sein Vater hatte Louis lange angesehen, ohne ein Wort zu sagen. Innerhalb der vergangenen Woche war er sichtlich gealtert. »Nein, sie stirbt nicht«, hatte er schließlich geantwortet.

»Dann muss ich mich also nicht von ihr verabschieden? Dann bleibt sie bei uns?«, hatte Louis nachgehakt.

»Aber natürlich bleibt sie bei uns!«, hatte sein Vater ihn ungewöhnlich heftig angefahren.

»Versprochen?«

»Versprochen«, hatte sein Vater hervorgepresst.

Zwei Tage später war seine Mutter gestorben.

An diesem Tag war es Louis gewesen, als wäre er all die Jahre von einer Illusion seines Vaters getäuscht worden. Mit einem Mal hatte er in ihm nicht mehr den starken, allwissenden Mann gesehen, sondern einen Mann, der ihn angelogen hatte. Der ihm die Möglichkeit genommen hatte, sich von seiner Mutter zu verabschieden. Je älter Louis wurde, desto schlechter war sein Verhältnis zu seinem Vater geworden und desto weniger ließ er sich von ihm vorschreiben.

Louis hatte nie gefragt, welche mysteriöse Krankheit es gewesen war, die ihm seine Mutter genommen hatte. Er vermutete, dass es die Schwindsucht gewesen war. Aber die Vorstellung, dass eine Krankheit einen gesunden Menschen befallen und innerhalb kürzester Zeit aus dem Leben reißen konnte, ließ ihn jedes Mal erschaudern. Und nun hatte sein Vater ihn gezwungen, eine kranke Frau zu heiraten.

Es klopfte an der Tür. Obwohl Louis nicht antwortete, senkte sich die Klinke hinab, und sein Vater warf einen Blick ins Zimmer. »Hier steckst du«, sagte er. »Wie geht es dir?«

»Ausgezeichnet«, entgegnete Louis mit lustlosem Sarkasmus und ohne seinen Vater dabei anzusehen. »Was willst du?«

»Elisa sitzt unten allein im Salon. Ich dachte, du könntest ihr vielleicht Gesellschaft leisten.«

»Nein, danke«, knurrte Louis.

»Sie scheint wirklich ein liebes Mädchen zu sein.«

»Warum hast du sie dann nicht geheiratet?«

Ein schmerzlicher Ausdruck huschte über das Gesicht seines Vaters, der in Louis augenblicklich den Drang erweckte zu flüchten. Nach draußen, zu Salem, seinem Pferd, oder in ein Wirtshaus. Egal, irgendwohin, nur weg von hier, weg von den Erinnerungen, weg von seinem Vater, der ihn einfach nicht verstand, nie verstanden hatte und nie verstehen würde.

Gerade als er sich aus dem Bett schwingen wollte, setzte sich Emil Lindquist neben ihn. Eine Weile lang betrachtete er so wie Louis schweigend die Gemälde. Während die Landschaften in matten Braun-, Grün-, und Rosatönen gehalten waren, explodierten die Städteportraits geradezu vor bunten und kräftigen Farben.

»Deine Mutter ist viel zu früh von uns gegangen. Ich weiß, wie sehr du unter ihrem Tod leidest, Louis. Ihr zwei hattet immer eine besondere Verbindung.«

»Du weißt gar nichts!«, entfuhr es Louis.

Endlich wollte er seinem Vater ins Gesicht sagen, wie verletzt er war, weil er sich nie von seiner Mutter hatte verabschieden können. Doch er war so voller heftiger Emotionen, dass er gar nicht gewusst hätte, wo er anfangen sollte. All die jahrelang ungesagten Worte verstopften förmlich seine Luftröhre, und schließlich schüttelte er nur verächtlich den Kopf.

»Ich wünschte, ich könnte die Zeit zurückdrehen, Louis«, sagte sein Vater leise. »Dann würde ich vieles anders machen.«

Louis blickte auf das lichte Haar seines Vaters hinab. »Das würden wir alle gern. Aber wir können es nicht.«

Louis hatte für diese Nacht nur ein Ziel: Er wollte sich in den Straßen Berlins verlieren. Er war zu jung, um verheiratet zu sein. Er wollte noch so viel erleben. Ferne Länder bereisen, in anderen Städten wohnen, mit einem Schiff über die Meere segeln. Elisa von Treue – oder Elisa Lindquist, wie er sich selbst in Gedanken widerwillig verbesserte – war zwar hübsch, aber sie war krank. Wie sollte er mit ihr sein Glück finden?

Als er heute Morgen aufgewacht war, mit dröhnendem Kopf und einem fahlen Geschmack im Mund, hatte er ganz genau gespürt, dass auch sie wach war. Vermutlich hatte sie die ganze Nacht über kein Auge zugemacht. Louis hatte sich aus dem Bett geschwungen, ein Bad genommen, einen Kaffee heruntergekippt und sich den Rest des Tages bei Salem herumgetrieben, seinem Arabischen Vollblut, das neben zwei anderen Pferden in den Ställen auf dem weitläufigen Grundstück der Lindquists mit Blick auf den Wannsee untergebracht war.

Als es draußen bereits hell wurde, trugen ihn seine Füße automatisch zur Villa von der Heyt. Normalerweise kletterte er einfach am Rosenspalier hinauf und zog sich über den Balkon, aber dafür war er viel zu betrunken. Deshalb las er kleine Kieselsteine in der Einfahrt auf. Von insgesamt fünf Würfen traf er nur zweimal die Balkontür.

Endlich ging Licht an, und Rosalie erschien im Nachtkleid auf dem Balkon. »Louis! Was willst du hier?«, flüsterte sie nervös zu ihm herab.

»Was ich hier will?« Verständnislos breitete er die Arme aus, denn eigentlich war es absolut klar, was er von ihr wollte.

Sie rollte mit den Augen und verschwand ohne ein weiteres Wort wieder in ihrem Zimmer, doch Louis kannte sie inzwischen gut genug, um zu wissen, dass sie herabkommen und ihm öffnen würde.

Manchmal glaubte Louis, Gott habe es ein einziges Mal gut

mit ihm gemeint und ihm Rosalie geschenkt. Sie war wie er. Ein Freigeist. Ein Mensch, der das Leben in vollen Zügen genoss. Ihr Vater war Besitzer einer renommierten Dampf-Kaffee-Rösterei. Seit seine Frau vor fünf Jahren mit einem jüngeren Liebhaber durchgebrannt war, reiste er wann immer er konnte in ferne Länder zu seinen Kaffeeplantagen. Manchmal hatte er Rosalie mitgenommen, was vermutlich der Grund für ihren aufgeschlossenen und wagemutigen Charakter war. So sehr sich die Gouvernante auch angestrengt hatte, es war ihr nicht gelungen, Rosalie den Kodex der Gesellschaft nahezubringen. Zwar machte sie den Anschein eines wohlerzogenen Mädchens, das auf gesellschaftlichen Anlässen stets die Aufmerksamkeit zahlreicher Männer auf sich zog. Doch in ihr brannte ein unstillbares und gefährliches Feuer.

Als die Kirchturmuhr sechs Uhr morgens schlug, lag Louis verschwitzt neben Rosalie in ihrem Bett. Rosalie hatte ihm den Rücken zugewandt und schlief tief und fest. Die dünne, perlweiße Decke reichte gerade mal bis zu ihrer Hüfte. Er gab es auf, den Wandstuck anzustarren, und rollte sich auf die Seite, um Rosalie über den nackten Bauch zu streichen.

»Louis …«, murmelte sie. »Gib endlich Ruhe.«

Er versuchte es ja, aber es war ihm, als würde der Teufel an ihm rütteln. Seine Gedanken waren so laut, ließen ihn kein Auge zumachen. Nicht mal durch Rosalies Nähe gelang es ihm, sich zu beruhigen.

Louis wusste nicht, was er für Rosalie fühlte. Er wusste nie, wie er sich fühlte. Er dachte schlichtweg nicht darüber nach. Was sie für ihn empfand, war ihm ebenso ein Rätsel.

Ohne das achtzehnjährige Mädchen zu wecken, schlüpfte er in seine Kleidung und verließ die Villa. Eine halbe Stunde spazierte er durch den Morgen, ehe er einsah, dass es sinnlos war, vor etwas zu fliehen, dem er sich früher oder später würde stellen müssen.

Kapitel 18

Als Elisa morgens aufwachte, dauerte es ein paar Sekunden, bis zu ihr hindurchdrang, dass der Duft, der sie umgab, nicht der ihres Zuhauses war. Es war der Duft einer abgekühlten Nacht, der Süße von Sommerblüten, von frischer Luft. Die Matratze, auf der sie lag, war ungewöhnlich weich.

Ein dumpfes Gefühl machte sich in ihrem Bauch breit. Sie schloss die Augen und betete, dass sie sich getäuscht hatte, dass alles nur ein ewig langer, grausamer Traum gewesen war, dass sie Louis Lindquist nicht geheiratet hatte und nicht in ihrem Ehebett lag. Aber als sie die Augen aufschlug, befand sie sich inmitten eines fremden, viel zu großen Raumes, der bereits zu dieser Stunde von klarem Licht durchflutet war.

Eigentlich war es zu früh, um aufzustehen, aber Elisa war zu wach, um noch einmal einzuschlafen. So unauffällig wie möglich lugte sie zur Seite – doch Louis war nicht da. Auch wenn die Abneigung, die er offensichtlich ihr gegenüber empfand, sie verletzte, erleichterte es sie gleichermaßen, denn sie hielt ihn von ihr fern.

Den Nachmittag verbrachte Louis an den Stallungen. Das bedeutete, Elisa hatte Zeit genug, ein entspanntes Bad zu nehmen.

Magda half ihr, sich zu entkleiden. Vollkommen nackt vor einer ihr Fremden zu stehen, war Elisa unangenehm. Magdas starker, fester Körper, ihre üppige Brust und die flinken, arbeitsamen Hände führten ihr vor Augen, wie wenig weiblich und nutzlos sie war. Sämtliche Schritte, die Elisa am Tag ging, all ihre Bewegungen, waren langsam und vorsichtig.

»Ich habe Ihnen einen Brief auf den Nachttisch gelegt. Er ist von Ihrem Arzt«, sagte Magda, als Elisa aus dem warmen Wasser stieg.

Elisas Herz machte einen Hüpfer. »Ich danke dir.«

Nach dem Bad legte sie sich auf die auf dem Bett ausgelegten Handtücher. Ihre Mutter bestand darauf, dass Elisa jeden Tag mit einem wohlriechenden Mandelöl aus China eingerieben werden sollte, da sie der Ansicht war, eine geschmeidige Haut würde Elisas Knochen besser schützen. Elisa hielt das für Unsinn, aber sie hatte es nie gewagt, ihrer Mutter zu widersprechen.

Magda träufelte ein wenig Öl auf ihre Handfläche und begann, Elisas Arme einzureiben. »Ist das richtig so?«

»Ja, danke, Magda.«

Elisa konnte nichts dagegen tun – ihr Blick fiel auf den Standspiegel. Der Anblick versetzte ihr einen Stich. Dieser blasse und dünne Körper, dessen Arme und Beine durch das Öl glänzten, war der Grund, warum man sie in diesen vier Wänden einsperrte. Wie gerne hätte sie weiblicher und begehrenswerter ausgesehen.

Um sich abzulenken, wollte sie Magda etwas besser kennenlernen. Zu Hause hatte sie ein paarmal versucht, sich mit Bertha anzufreunden, doch Bertha war über vierzig und erzählte meist nur von ihrer Schwester, die Sekretärin und der Stolz der ganzen Familie war. Johanna war jünger, aber Elisa konnte sie nicht sonderlich leiden. Deshalb hatte Elisa es irgendwann aufgegeben, Freundinnen im Dienstpersonal zu suchen. Aber Magda war in etwa so alt wie sie und Elisa den ganzen Tag allein in dieser großen Villa. Sie sehnte sich nach einer Freundin, der sie sich anvertrauen konnte. »Magda, erzähl mir doch ein bisschen über dich«, tastete sie sich deshalb vor.

»Aber gnädige Frau, da gibt es nicht viel zu erzählen.«

»Oh, doch, du hast vermutlich viel mehr zu berichten als ich. Bist du in Berlin geboren?«, fragte Elisa.

»In Grünheide. Meine Eltern haben dort einen Bauernhof, aber sie sind schon alt und tun sich schwer. Deshalb kümmert sich mein ältester Bruder um das meiste.«

»Und wie lange bist du schon in Berlin?«

»Etwa vier Jahre, gnäd'ge Frau.«

»Das ist ein sehr mutiger Schritt, die Familie zu verlassen und allein in eine so große Stadt zu ziehen.

»Ich musste. Um Geld zu verdienen.«

»Und hast du dort jemanden außer deiner Familie zurückgelassen?«

»Was meinen Sie?«

»Einen Freund vielleicht oder jemanden, den du sehr gern hattest?«

»Nein …« Eine helle Röte stieg Magdas Hals bis zu ihren Wangen hinauf, doch sie lächelte, wenn auch verlegen.

»Und gibt es hier jemanden, den du gern hast?«

»Ich weiß nicht … Es ist … Es gibt da schon jemanden, der mir sehr gut gefällt.«

»Kennst du ihn schon länger?«

»Ja …«

»Erzähl mir ein bisschen von ihm.«

»Na ja … Er ist sehr attraktiv und großzügig. Und er hat so ein einzigartiges Lachen. Wenn er lacht, dann immer ganz laut. Dann kümmert es ihn nicht, wenn andere Leute ihn anstarren. Vor zwei Wochen, da hat er mir so eine Frucht geschenkt, eine exotische Frucht aus einem fernen Land. Er hatte sie extra für mich auf einem Markt gekauft.«

»Wie liebenswürdig! Du magst ihn also wirklich gerne, oder?«

»Ja.« Sie nickte. »Aber er ist unerreichbar für mich.«

»Sag doch so etwas nicht, Magda!«

»Ist aber so. Er gehört zur feinen Gesellschaft. Außerdem wird man nicht aus ihm schlau. Aber das wird man aus den Männern nie. Die wissen selbst nicht, was sie wollen und was gut für sie ist.«

Elisa lächelte undefiniert. Sie hatte keinerlei Erfahrung mit Männern, was also sollte sie darauf erwidern?

»Hast du denn manchmal Heimweh?«, fragte sie, um das Thema zu wechseln.

»Nur selten. Aber wenn ich dann doch mal Heimweh habe, dann gibt mir Herr Lindquist sonntags frei. Dann kann ich mit dem Zug nach Hause fahren. Er bezahlt auch die Zugfahrt. Er ist sehr gütig.«

»Ich kenne ihn zwar noch nicht sonderlich gut, aber er scheint mir tatsächlich ein liebenswerter Mensch zu sein.«

»Das ist er. Er schenkt mir auch jedes Jahr etwas zum Geburtstag. Letztes Jahr habe ich einen sehr schönen Seidenschal bekommen, auf den ich mit Adleraugen aufpasse und den ich nur trage, wenn ich meine Familie besuche. Damit meine Eltern stolz auf mich sind und sehen, dass es mir gut geht.«

»Das ist wirklich sehr nett von ihm.«

Magdas Schwärmen schien ihr dabei zu helfen, ihre Scheu gegenüber Elisa abzulegen. Erneut träufelte sie etwas Öl auf ihre Hand und machte sich dann mit sicheren Bewegungen daran, Elisas Unterschenkel einzureiben. »Ja. Er ist auch sehr geschickt. Er weiß sich in allem zu helfen. Als eines der Räder der Kutsche abgebrochen ist, hat er es repariert.«

»Tatsächlich?« Elisa fand es seltsam, wie sehr Magda sich für Emil Lindquist begeisterte. Sie hatte Romane gelesen, in denen sich Dienstmädchen unglücklich in ihren Herrn verliebten.

»Es scheint mir, als würde er sehr viel arbeiten«, meinte Elisa.

»Tatsächlich? Dabei pflegt Herr Lindquist eigentlich immer zu sagen: ›Man lebt nur einmal, und deshalb hat man die Pflicht, das Leben in vollen Zügen zu genießen‹. So, jetzt können Sie schon einmal den Bademantel anziehen, ansonsten erkälten Sie sich noch.«

»Moment, von wem sprichst du, Magda? Von Emil Lindquist?«

»O nein, verzeihen Sie, gnädige Frau! Ich sprach von seinem Sohn.«

»Franz?«

»Nein, ähm … dem anderen Sohn. Ihrem Ehemann.«

Elisa war sprachlos. Magdas Wangen glühten nun regelrecht vor Scham, denn offensichtlich war auch ihr bewusst geworden, dass sie zu viel verraten hatte.

In diesem Moment fiel unten die Haustür zu. »Magda? Ich habe die Karotten für Salem vergessen. Wo steckst du denn?«, rief der umschwärmte Ehemann.

Die Treppenstufen knarzten, als Louis heraufeilte.

»Du hast die Schlafzimmertür zugesperrt, oder?«, fragte Elisa.

Magdas Augen weiteten sich erschrocken. Das bedeutete wohl ein Nein.

Immer zwei Stufen auf einmal nehmend, sprintete Louis die Treppe hinauf. Er war außer Atem, weil er schon spät dran und deshalb die Strecke vom Stall zurück zur Villa gerannt war. Um drei Uhr hatte er einen Termin mit einer französischen Baronin – Madame Laurent –, die vor etwa einem Monat nach Berlin gezogen war und eine Unterbringung für ihr Pferd suchte. Louis wollte ihr die Stallungen zeigen und sich für den Preis von sechzig Mark im Monat um ihr Pferd kümmern. Das war etwas weniger, als ein Geselle verdiente. Sein Vater wusste von alledem nichts, und Louis hatte auch nicht vor, es ihm zu sagen. Wie gewöhnlich würde Emil es nur für Flausen halten.

»Magda?«, rief er. »Wo bist du denn?«

Er hörte hektisches Rascheln aus dem Schlafzimmer. Zielstrebig steuerte er der geschlossenen Tür entgegen, riss diese auf – und taumelte in Magda hinein, die erschrocken die Hände auf den Mund presste.

»Was ist denn hier los?«

Mit zitternden Fingern knöpfte Elisa soeben den Morgenrock zu, den sie sich dem Anschein nach gerade noch rechtzeitig über ihren nackten Körper geworfen hatte. Erst nach ein paar schweren Atemzügen merkte Louis, dass er einfach nur dastand und sie anstarrte. Unerwarteterweise empfand er den Anblick ihres schmalen Körpers unter dem dünnen Seidenstoff als anziehend. Ein V-förmiger Teil ihres Brustbeins lag frei und offenbarte porzellanweiße, makellose Haut. Angst glänzte in ihren großen Augen, und er begriff, wie unsicher sie war, obwohl sie diesen Umstand sonst immer gut zu verbergen gewusst hatte.

Dann erst bemerkte er, dass ihre Porzellanhaut an den Stellen, die nicht bedeckt waren, glänzte, als wäre sie eingeölt worden. Auf einmal war Louis wieder neun Jahre alt. Er stand am Bett seiner Mutter, die vor ein paar Stunden gestorben war und deren Körper die letzte Ölung erhalten hatte.

»Was wird das hier?«

Magda sagte es ihm an Elisas Stelle, da diese damit beschäftigt war, ihren Morgenrock so um ihre Beine zu drapieren, dass möglichst wenig Haut zu sehen war.

»Man ölt Menschen ein, wenn sie sterben«, meinte Louis trocken.

»Was hat er gesagt?«, fragte Elisa Magda.

»Ihr Mann sagte …«, setzte Magda an, brach dann jedoch ab, da es ihr scheinbar unangenehm war, seine Worte zu wiederholen.

»Würdest du bitte wiederholen, was du gesagt hast?«, wandte sie sich nun direkt an Louis. »Du musst wissen, dass ich schlecht höre. Das ist ein weiterer Nebeneffekt meiner Krankheit.«

An der hellen Röte ihrer Wangen erkannte er, dass ihr diese

Schwäche unangenehm war, auch wenn sie dies durch ihren direkten Tonfall zu verbergen versuchte. Mit einem Mal fühlte Louis sich schäbig. Er ging, ohne ihr die Frage zu beantworten.

Am Abend schob sich Louis müde und erschöpft auf einen der Hocker am Tresen in seiner Stammkneipe im finsteren Osten Berlins. Dort, wo Staub in den Augen kratzte und das Atmen erschwerte. Dort, wo die Arbeiter nach dem Feierabendläuten der Fabriken ihr hart verdientes Geld versoffen.

Louis war sich sicher gewesen, Madame Laurent davon überzeugen zu können, dass ihr geliebtes Irisches Vollblut bei ihm in den besten Händen war. Doch sein Ruf war ihm vorausgeeilt, weshalb die Madame bezweifelte, dass Louis sich verlässlich um ihr Pferd kümmern würde. Zum Glück war genau heute ein Brief von Florence eingetroffen. Seine Tante schickte einmal im Monat einen Umschlag mit Geld. Einerseits war das demütigend für ihn, aber andererseits war er darauf angewiesen, denn sein Vater bewachte mit Argusaugen das Familienkonto.

Louis bestellte noch ein Bier. Außer ihm waren noch drei Arbeiter anwesend, die hin und wieder zu ihm herübersahen und rätselten, was ein Mann, der sich einen perfekt sitzenden Anzug und eine modische Weste aus feinster Seide leisten konnte, in dieser Kneipe verloren hatte. Einer Kneipe, die nicht wie die kostspieligen Bars in der Friedrichstraße orientalische Tänzerinnen versprachen, um ein möglichst breites Publikum anzulocken. In der niemand das Piano in der Ecke zu bespielen wusste. In der die Zeitungen neben der Garderobe von letzter Woche waren. Und in der das bunte Glas der schmalen Fenster einem das Gefühl gab, von der Welt dort draußen vollkommen abgeschottet zu sein.

Kapitel 19

Am Sonntag frühstückte Elisa gemeinsam mit Emil, Franz und dessen Familie im Landschaftszimmer. Inzwischen hatte sie sich eingelebt. Oft kamen Hanni, Franz' Ehefrau, und ihre gemeinsamen Kinder zu Besuch, dann füllte sich die Villa mit Leben. Das Landschaftszimmer war Elisas Lieblingsraum, denn hier war es ihr, als würde sie mitten auf der Wiese sitzen. Die hohen Flügeltüren aus Glas standen allesamt weit offen. Vogelgezwitscher und Kinderlachen wurden von der frischen Brise hereingeweht und verwoben sich mit dem Duft des frisch aufgebrühten Kaffees, des süßen Napfkuchens und der Butterhörnchen. Morgenlicht schimmerte auf den taufeuchten Blütenblättern im Garten und im Gras, das in den Raum hineinzuwachsen schien.

»Effi, Hedwig! Kommt rein! Es gibt Frühstück!«, rief Hanni ihren zwei Töchtern zu, die draußen herumtollten. Die blonden Engelslocken der Mädchen, die sie zweifelsfrei von ihrer Mutter geerbt hatten, hüpften im Sonnenlicht. Elisa konnte sich an der Lebendigkeit der beiden gar nicht sattsehen. Mit einem erneuten Windhauch wurden auch die zwei Mädchen mit flatternden Kleidern hereingeweht und warfen sich zu beiden Seiten ihres Vaters auf das Sofa.

»Du isst ja kaum etwas«, stellte Hanni fest. Ihre kleinen Hände sammelten ein paar Weintrauben von der Käseplatte. »Hier. Iss wenigstens ein bisschen Obst.«

»Danke.« Aus Höflichkeit nahm Elisa auch noch eine Scheibe Brot, dabei hatte sie eigentlich keinen Appetit.

Hanni war ein ganz bezauberndes Geschöpf. Wegen ihres kindlichen Liebreizes konnte man nicht anders, als sie ins Herz zu schließen. Ihre großen, rehbraunen Augen guckten unentwegt fasziniert in die Welt, als wäre alles für sie neu und aufregend. Wenn sie kicherte, dann so fröhlich und keck, dass man einfach mit ihr lachen musste. Alles an ihr war weich und rund. Die frechen Kringel ihrer blonden Locken. Ihre Wangen, auf denen stets ein aufgeregtes und gesundes Rosa lag. Der halbmondförmige Bogen ihrer Augenbrauen.

Aus dem Augenwinkel nahm Elisa einen Schatten im Flur wahr, doch Emil zog ihre Aufmerksamkeit auf sich, als er zu ihr sagte: »Wenn du einen Ausflug machen möchtest, Elisa, dann musst du nur Bescheid sagen.«

»Au ja!« Hanni nahm eine kerzengerade Haltung an und breitete ihre Arme aus, als würde sie alles ganz genau vor sich sehen. »Wir könnten bummeln gehen! Zuerst sehen wir uns in der Kaisergalerie die neue Herbstmode an, und dann trinken wir in einem Café in der Friedrichstraße eine heiße Schokolade!«

Elisa lachte, angesteckt von Hannis Energie.

»Und wenn dann noch Zeit ist, dann …« Weiter kam Hanni nicht, denn der Schatten im Flur löste sich aus der Dunkelheit und stand nun im Landschaftszimmer.

»Du glaubst doch wohl nicht im Ernst, dass Elisa auch nur einen Fuß vor die Haustür setzen wird«, sagte Louis. In einer Hand hielt er seine Reitstiefel.

»Louis, du bist ja schon wach!«, rief Emil erstaunt aus. »Möchtest du uns in den Gottesdienst begleiten?«

»Nein, danke. Ich wollte zu den Stallungen.«

Franz legte seiner Frau eine Hand auf den Oberschenkel.

»Schatz, ein andermal vielleicht. Aber morgen fahren wir in den Urlaub, und du musst heute nach der Kirche noch packen.«

Hanni verzog bedrückt das Gesicht. »Ach ja. Aber dann ein andermal.«

»Setz dich doch zu uns«, bot Emil seinem Sohn an und rutschte auf dem Sofa ein Stück zur Seite. »Ohne ein bisschen was im Magen kannst du nicht ausreiten!«

Elisa hätte damit gerechnet, dass Louis sich wie immer weigern würde, doch zu ihrem Erstaunen stellte er die Reitstiefel ins Eck und ließ sich zwischen Effi und seinen Bruder fallen.

»Mama! Darf ich noch eine heiße Schokolade haben?« Hedwig, das ältere der beiden Mädchen, kuschelte sich an Hanni. Die ließ sich mit der Fünfjährigen gegen die Rückenlehne zurückfallen und bedeckte ihr Gesicht mit vielen kleinen Küssen.

»Du hast doch schon zwei gehabt!«, sagte Franz in einem Tonfall, der streng klingen sollte, es jedoch nicht war.

»Dann bekommt sie eben noch eine dritte!«, meinte Hanni. Franz wollte widersprechen, doch ein Wimpernaufschlag von Hanni genügte, und er seufzte resigniert. »Wie soll ein Mann sich bei drei Frauen nur durchsetzen?«

»Stimmt, Franz – wo bleibt eigentlich der langersehnte Erbe?«, fragte Emil halb frotzelnd, halb ernst.

Franz blickte erneut zu Hanni und reichte auf diese Weise die Frage weiter.

»Was schaust du mich so an? Zwei Kinder sind jetzt erst einmal genug. Vielleicht schenkt Elisa der Familie ja einen Thronfolger.«

Das Lachen erstarb langsam, bis zu jedem Einzelnen durchgedrungen war, warum Elisas Augen auf einmal glänzten.

»Ich befürchte …« Elisa holte Luft. »Ich befürchte, dass ich keine Kinder bekommen kann.«

Dann war es lange Zeit still, als hielten sie alle eine Schweigeminute für Elisa ab. Selbst Louis, der sich sonst nie einen Kommentar verkneifen konnte, hatte den Blick zu Boden gesenkt.

»Es tut mir leid …« Hanni streckte die Hand über den Tisch, um Elisas Unterarm zärtlich zu drücken.

Elisa kämpfte gegen die Tränen an. Es schmerzte nicht nur, niemals Kinder bekommen zu können, sondern auch, dass sie so voller Mitleid angesehen wurde. Als sie von ihren Knien aufsah, traf sie auf Louis' Blick. Eine … zwei … drei Sekunden lang. Sie konnte ihn nicht deuten. Was mochte ihm wohl durch den Kopf gehen?

»Mir tut es leid«, sagte Elisa leise.

Nach einem raschen Blick auf seine Armbanduhr sagte Franz: »Wir sollten langsam zur Kirche aufbrechen. Ansonsten sind wieder nur die Plätze in den hintersten Reihen frei.«

In diesem Moment klingelte es an der Haustür.

Emil, ganz der Hausherr, erhob sich von seinem Platz und knöpfte sein Jackett zu. »Wer könnte das sein?«

Am Ende des langen Flurs, gut sichtbar für Elisa, hatte Anton bereits die Haustür geöffnet. Ein seliges Lächeln breitete sich auf Elisas Lippen aus. »Wilhelm …«, hauchte sie und lief ihm entgegen.

»Wusste ich es doch, dass die Lindquists wie jede anständige Familie sonntags in die Kirche gehen«, flüsterte Wilhelm Elisa ins Ohr, während er Anton Hut und Handschuhe reichte. »Da dachte ich mir, nutze ich doch die Gelegenheit, um meiner lieben Elisa einen Besuch abzustatten.«

»Was für eine schöne Überraschung dein Besuch ist! Ich danke dir, Wilhelm!«

»Ich denke dabei nur an mich. Denn ein Sonntag ohne deine Gesellschaft ist ein verlorener Sonntag.«

Nachdem die Lindquists in die Kirche beziehungsweise Louis zu seinem Pferd verschwunden waren, führte Elisa Wilhelm in das sogenannte »Blaue Zimmer«, einen Raum, dessen Wände in Königsblau gestrichen waren. Es war ein fast kitschiger, aber dennoch außerordentlich schöner Raum mit allerlei gold gerahmten Portraits und Landschaftsgemälden von Künstlern, die Elisa verehrte. Cézanne, Liebermann, Renoir … Handverzierte Tapeten verkleideten die Wände, zeigten schimmernde Libellen, zarte Schmetterlinge oder faszinierend schöne Vögel. Die Fenster waren von bemaltem Glas umfasst, die Kirschholzmöbel hochpoliert und glänzend. Kleine Schatullen, Teekannen und Zuckerdosen aus altem Silber waren liebevoll neben üppigem Blumenschmuck über dem Kamin, auf dem Sekretär oder der mit Holzschnitzereien verzierten Kommode drapiert.

Elisa ließ sich auf der Chaiselongue nieder, und Wilhelm setzte sich auf den Sessel ihr gegenüber. Bei Kaffee und Kuchen plauderten sie ununterbrochen, als hätten sie sich ein ganzes Jahr lang nicht gesehen. Wilhelm erzählte ihr von seinem Alltag als Arzt, von den Patienten in den Arbeitervierteln und seiner Mutter, die sich bei ihm beschwert hatte, weil sie ihn kaum noch zu Gesicht bekam.

»Erzähl mir lieber, wie es dir geht«, sagte er schließlich. »Wie behandelt dich dein Ehemann?«

»Unverändert. Wir können uns kein bisschen leiden. Während der Nächte ist er so gut wie nie zu Hause, und tagsüber schläft er entweder oder ist bei seinem Pferd. Eigentlich sehe ich ihn kaum.«

»Kann ich denn irgendetwas für dich tun?«

»Wenn du hier bei mir bist, dann tust du schon genug für mich«, sagte Elisa mit leiser, tastender Stimme.

Wilhelms Blick wurde weich und zärtlich. Es war ihr, als würde er sie berühren. Und auf einmal umschloss seine Hand die ihre. Drei Atemzüge lang, in denen keiner von ihnen fähig war, etwas zu sagen oder auch nur zu blinzeln. Beide waren sie davon überwältigt, eine Grenze überschritten zu haben. Schon oft hatte Wilhelm Elisa berührt, jedoch stets nur, um sie zu untersuchen.

Jäh rückte er von Elisa ab und wollte ihr seine Hand entziehen, doch Elisa hielt sie fest. Viel zu schön war dieses angenehme Prickeln in ihrem Bauch.

»Ich habe dich so vermisst«, hauchte sie.

»Ich dich auch.«

Ein Klopfen riss sie auseinander. »Herein«, rief Elisa.

Es war Magda. Zunächst war ihr Gesicht wie meist hell und offen, doch ihr Lächeln verschwand schlagartig, als sie sah, wie nah Elisa und Wilhelm einander waren. Ihre Knie berührten sich beinahe. »Ich wollte nur fragen, ob Doktor Friedmann zum Mittagessen bleiben möchte.«

»Das ist sehr nett«, erwiderte Wilhelm höflich. Sein Gesicht glühte regelrecht vor Schamesröte. »Aber nein, danke.«

»Doktor Friedmann ist hier, um mich zu untersuchen«, erklärte Elisa unnötigerweise und ärgerte sich sofort darüber, denn ihre Rechtfertigung würde nur noch mehr Misstrauen in Magda erwecken.

Nachdem das Dienstmädchen verschwunden war, sperrte Elisa die Tür ab. Das metallische Geräusch, als sie den Schlüssel umdrehte, beschleunigte ihren Herzschlag. Sie sah Wilhelm an. Es schien, als wisse er nicht, was er sagen sollte, denn sein Mund stand offen, aber es kam kein Ton heraus. Elisa empfand so viel Liebe für ihn in diesem Moment, so viel, dass ihr Herz zu platzen drohte.

»Ich befürchte, du musst mir aus dem Kleid helfen«, meinte sie.

Er zögerte. Seine Brust hob und senkte sich deutlich. Auf einmal war er mit wenigen, eiligen Schritten bei ihr. »Entschuldige, wie unaufmerksam von mir.«

Es war nicht das erste Mal, dass Wilhelm Elisa beim Entkleiden half. Es war auch nicht das erste Mal, dass die beiden alleine miteinander waren. Aber es war das erste Mal, dass die Spannung zwischen ihnen nicht mehr zu leugnen war. Die Berührung seiner Fingerspitzen in ihrem Nacken, als er den obersten Knopf öffnete, war wie ein zarter Lufthauch. Seine Hände wanderten immer tiefer, ihr Kleid lockerte sich, und schließlich glitt der weiche Stoff über ihre Schultern. Wilhelm öffnete das Seidenband um Elisas Taille, und das Kleid fiel an ihren schmalen Hüften hinab zu Boden. Bis auf ihr Unterkleid war sie nun nackt. Sie spürte Wilhelms Atem am ganzen Körper, obwohl er nur die Haut an ihrem Hals kitzelte.

»Leg dich bitte hin«, sagte er mit rauer, unsicherer Stimme.

Sie drehte sich zu ihm um. Sah zu ihm auf. Wollte dieses Prickeln weiter erkunden. Sie war froh, ihr altes Zuhause verlassen zu haben, denn dort würde ihre Mutter der Untersuchung beiwohnen.

»In deiner Hochzeitsnacht …«, setzte Wilhelm an.

»Ja?«

»Was ist … Ich meine … Entschuldige, es geht mich nichts an.«

»Es ist nichts passiert, Wilhelm.«

Er nickte. Lächelte matt. »Nimmst du eigentlich deine Medizin?«, fragte Wilhelm sie.

Dahin war die Spannung. Schwer ausatmend ließ sich Elisa auf die Chaiselongue sinken. »Jeden Tag, wie du es gesagt hast.«

Seine Augenbrauen zogen sich zusammen, er schien hin- und hergerissen zu sein. Schließlich sagte er: »Jeder zweite Tag würde reichen. Ja, nimm sie nur jeden zweiten Tag.«

»Das höre ich gerne. Ich werde davon immer so müde.«

Wilhelm kniete sich vor sie auf den Boden und begann, ihre Unterschenkel abzutasten und nach Veränderungen der Knochenstellungen zu suchen. Erneut war da dieses Ziehen in ihrem Unterleib. Elisa schämte sich dafür, dass sie nur noch stockend atmen konnte. Aber Wilhelms Berührung war heute so viel mehr. Es war, als würde er ihren Körper erkunden. Sie sog scharf Luft ein, als seine Finger über ihre Knie wanderten.

»Untersuchst du eigentlich oft auf diese Weise junge, halb nackte Damen?« Ihre Stimme war höher als sonst und zitterte leicht.

Es sollte ein Scherz sein, doch Wilhelm blieb ernst. »Du bist die Einzige.« Er zog sich zurück. »Es ist alles in Ordnung. Keine Veränderungen.«

»Sind denn überhaupt Veränderungen zu erwarten?«

»Dein Hörvermögen könnte sich verschlechtern, ansonsten ist meiner Erfahrung nach nichts zu erwarten. Vorausgesetzt, du passt sehr gut auf dich auf. Du weißt, die Krankheit ist noch recht unerforscht. Ich kann nicht vorhersagen, wie dein Körper mit Knochenbrüchen umgehen würde. Bisher sind die Brüche gut verheilt, aber ob das auch weiterhin der Fall sein wird …« Als Wilhelm ihren besorgten Gesichtsausdruck sah, fügte er schnell hinzu: »Aber wir passen auf dich auf. *Ich* passe auf dich auf.«

Ehe Elisa begriff, was sie da tat, verschränkte sie ihre Finger mit seinen und führte sie zu ihrem Brustbein. Sie wollte seine Berührung, wollte mehr davon. Es fühlte sich viel zu gut an, um aufzuhören. Ihre Liebe und ihre Angst spiegelten sich in seinen Augen.

Doch alles, was er tat, war ihre Hand kurz zu drücken. Dann erhob er sich vom Boden und sagte: »Ich sollte jetzt besser gehen.«

»Kommst du wieder?«, fragte sie hoffnungsvoll.

»Natürlich, Elisa. Und wenn ich nicht zu Besuch komme, dann schreibe ich dir.«

Kapitel 20

Der Linseneintopf, den Ilse für Wilhelm gebracht hatte, war inzwischen kalt geworden. Aber Wilhelm hatte ohnehin keinen Appetit. Es war bereits nach zehn Uhr abends, doch noch immer saß er am Schreibtisch seiner Praxis, die sich praktischerweise direkt unter seiner Wohnung befand. Diesen Traum hatte August von Treue möglich gemacht, und dafür würde Wilhelm auf ewig in seiner Schuld stehen.

Alles in ihm sträubte sich dagegen, in seine Wohnung zu gehen, in der er tagsüber niemanden außer Ilse hatte und abends nicht mal mehr sie. Bis jetzt hatte er seine Einsamkeit kaum wahrgenommen, denn wann immer seine Sehnsucht nach Elisa zu groß geworden war, hatte er sie einfach besucht. Doch nun war alles anders, und Wilhelm fühlte sich einsamer denn je. Gestern hatte er ihr so nah sein dürfen … Auf eine Weise, die Elisa noch tiefer in sein Herz gebrannt hatte. Die seinen Körper unter Strom setzte. Schon immer hatte er nur an sie gedacht, aber nun dachte er auf andere Weise an sie. Er schluckte, wenn er sich daran erinnerte, wie hungrig, wie einladend ihr Blick gewesen war.

Er las den Brief, den Elisa ihm geschrieben hatte, zum dritten Mal.

Liebster Wilhelm,
wie sehr ich es genossen habe, den gestrigen Tag mit dir zu verbringen. Deine Gesellschaft ist das Wertvollste für mich. Ich danke dir von Herzen für die Glücksgefühle, die du mir schenkst. Komm so bald wie möglich wieder!
Deine Elisa

Es klopfte an der Tür. »Herein«, rief er.

Ilse streckte den Kopf ins Zimmer. »Ick wollte nur schaun, ob bei Ihnen alles in Ordnung is.«

»Ja, danke, Ilse.«

»Hörn'se auf, so viel zu malochen! Immer am Arbeiten! Se sollten …«

»Ich weiß«, schnitt Wilhelm ihr scharf das Wort ab.

Letzte Nacht hatte er kaum geschlafen. Sein ganzer Körper war erhitzt. Alles, woran er denken konnte, war Elisas weiche Haut … ihr zittriger Atem … Er wurde dieses Verlangen nicht los, und das reizte seine Nerven, denn es war nicht richtig und lenkte ihn zudem von seiner Arbeit ab.

»Ich danke Ihnen, aber ich muss noch etwas erledigen«, fügte er etwas sanfter hinzu.

»Allet in Ordnung, aber machen 'Se ned mehr so lange.«

Nachdem Ilse Förg wieder verschwunden war, zog Wilhelm die Schublade seines Schreibtisches auf und zog ein weißes Blatt daraus hervor. Er hatte ihr so viel zu sagen, doch es war so viel, was er niemals aussprechen konnte. Also begann er zu schreiben.

Liebste Elisa …

Kapitel 21

Liebster Wilhelm,
vier Tage ist es her, dass ich dich gesehen habe. Die Zeit will ohne dich einfach nicht vergehen. Wenn ich nach einer Ewigkeit auf die Uhr sehe, sind doch nur wieder ein paar Minuten vergangen. Ich vermisse dich. Zum Glück besucht mich meine Mutter jeden Tag, so habe ich wenigstens ein bisschen Gesellschaft.

Die Sonne brannte durch die Fensterscheibe auf Elisas Nacken. Ein schwarzer Tintenfleck breitete sich auf dem Papier aus, als sie die Feder nicht weiterbewegte. Aber Elisa war bewusst geworden, wie verzweifelt ihr Brief an Wilhelm klang. Deshalb zerknüllte sie das Blatt und warf es in den Papierkorb.

Um zwölf Uhr hatte sie Emil in seinem Arbeitszimmer aufgesucht, um zu fragen, ob sie gemeinsam zu Mittag essen würden. Doch er hatte seine Aktentasche ergriffen und war mit den Worten »Ich muss leider zu einem Geschäftsessen« aus der Villa geeilt. Vor Kurzem hatte er ihr anvertraut, dass Geschäftsessen ihm ein Gräuel waren, da es nicht in seiner Natur lag, sich bei seinen Klienten einzuschmeicheln. Damit war er das glatte Gegenteil von ihrem Vater, der das Knüpfen von Kontakten bei einem guten Krustenbraten und einem Glas Bier nahezu jeden Tag geradezu zelebrierte.

Vor der angelehnten Tür knarzten die Holzdielen, als Magda den Flur entlangeilte. Jeder in dieser Villa ging einer Tätigkeit nach, jeder hatte eine Aufgabe. Nur Elisa sah den Uhrzeigern dabei zu, wie sie über das Ziffernblatt krochen.

Durch das gekippte Fenster hörte sie Kinderlachen. Hedwig und Effi tanzten in weißen Pikeekleidern um Louis, der einen Schubkarren voller Dachziegel auf dem Weg zu den Pferdeställen balancierte. Sein graues Hemd war am Rücken nass geschwitzt und an den Armen hochgekrempelt. Die kleine, freche Effi schüttete etwas Wasser aus ihrer bunten Kindergießkanne über die Füße ihres Onkels.

»Na warte! Ich kriege dich!«, rief Louis und jagte das Mädchen, das vor Freude quiekte, durch den Garten.

»Louis! Erschreck Effi nicht so!«

Elisa hatte Franz gar nicht bemerkt. Er studierte auf der Terrasse die Tageszeitung und fächerte sich mit seinem Strohhut in der Nachmittagshitze Luft zu. Er, Hanni und die Kinder waren heute Morgen aus ihrem kurzen Urlaub in Italien nach Hause gekommen.

»Nun lass ihn doch«, lachte Hanni, die auf der Wiese im Schatten eines Apfelbaums auf einer Decke lag. »Den Kleinen tut es gut, wenn sie sich nach der langen Zugfahrt austoben können.«

Louis bekam Effi zu fassen, wirbelte sie durch die Luft, woraufhin das Mädchen nur noch mehr lachte und ihre große Schwester begeistert um die beiden herumhüpfte. Elisa konnte sich an dem Spiel nicht sattsehen. Sie versuchte, sich daran zu erinnern, wie schön es war, unbeschwert über eine Wiese zu rennen. Die meisten Menschen verstanden ihre Krankheit nicht. Entweder übertrieben sie und behandelten Elisa, als würde sie bei der kleinsten Berührung zersplittern. Oder sie lachten hinter ihrem Rücken und sagten Dinge wie: »Die Gute soll sich nicht so haben. Ich kenne genügend Leute, die sich schon einmal etwas gebrochen haben und dennoch das Haus verlassen.«

In diesem Moment sah Louis zu ihr auf. Er ließ seine Nichte wieder zu Boden, und das, ohne den Blick von Elisa zu wenden.

Da entdeckte auch Franz Elisa. »Komm doch zu uns!«, rief er.

»Es ist so heiß draußen«, entgegnete sie.

»Ach, komm schon«, rief ihr nun auch Hanni zu. »Es ist so ein wunderschöner Tag! Und hier unten gibt's Limonade und Wassermelone!«

Louis hob den Schubkarren an. Wahrscheinlich rechnete er damit, dass sie zu ängstlich war. Na warte!, dachte Elisa. Es war ohnehin längst an der Zeit, den Park auszukundschaften! Emil hatte ihr von der efeuumrankten Grotte erzählt, die sich unter der Terrasse befinden musste und Elisa brennend interessierte. Zudem gab es wohl hinter dem Stallgebäude noch ein Gewächshaus, einen Bootsschuppen, einen Bienenstock und sogar eine Kegelbahn. Der holperige Boden mit den Maulwurfhügeln machte ihr Angst, doch sie musste es einfach probieren. Ihr Gefängnis verlassen und ein weiteres Stückchen Freiheit dazu erobern.

Sie hielt sich am Rahmen der Terrassentür fest und blinzelte ein paarmal, bis sich ihre Augen ans Sonnenlicht gewöhnt hatten. Dann hielt sie noch einen Moment lang inne, um die Lebendigkeit des Gartens auf sich wirken zu lassen. Da war das Summen der Bienen, das Hämmern eines Spechts, das Rascheln der Blätter im Wind. Pollen tanzten durch die Luft. Elisa schmeckte die frische Luft, den süßen Duft der Rosenbeete, das warme Gras und die erwärmte Erde. Weiße Segel blinkten im Sonnenlicht auf dem Wannsee.

Hanni lag zwar im Schatten des Apfelbaums, hatte aber zusätzlich einen Sonnenschirm aufgespannt. Sie klatschte vor Freude, als sie Elisa entdeckte. »Wie schön! Komm rüber in den Schatten!«

Louis, der gerade mit zwei Brettern auf der Schulter hinab zum Stall marschierte, verfolgte interessiert, wie sich Elisa vorsichtig einen Schritt auf die Rasenfläche wagte. Gerade, als sie mit beiden Füßen auf dem Gras stand, packte eine Hand ihren Unterarm.

»Elisa! Was machst du denn da?«, stieß ihre Mutter aufgebracht aus. »Schon nach kürzester Zeit lässt du all deine Vorsicht fallen? Ich dachte, du seiest eine verantwortungsbewusste junge Dame!«

Ein Blick brannte in Elisas Rücken. Als sie sich umwandte, sah sie, dass Louis stehen geblieben war und zu ihnen herübersah. Sie konnte seine ernste Miene nicht deuten. Enttäuschung machte sich in ihr breit. Aber sie wusste, dass es keinen Sinn hatte, mit ihrer Mutter zu diskutieren. Sie würde es einfach ein anderes Mal versuchen, ohne Zuschauer, wenn sie ganz allein war. Oder noch besser, sie würde Wilhelm mitnehmen und sich bei ihm unterhaken.

»Es gibt Abendessen! Herr Lindquist! Wo sind Sie denn?«

Seit zehn Minuten suchte Magda den Garten nach Louis ab. Nun stand sie am Ufer des Wannsees, um zu prüfen, ob er vielleicht schwimmen gegangen oder mit dem Boot hinausgerudert war. Sie hatte keine Ahnung, wie nah sie ihm war, denn Louis saß schräg über ihr auf einem der breiten Äste der alten Linde, seinem Lieblingsplatz, und verfolgte amüsiert, wie sie eine Biene verscheuchte, die vor ihrem Gesicht herumsummte. Ein Bein hatte er angewinkelt, das andere ausgestreckt. Sein Hemd war dreckig und verschwitzt, und er war so erschöpft, dass er sich kaum auf dem Ast halten konnte. Trotzdem fühlte er sich gut. Den ganzen Tag hatte er an den Ställen gearbeitet, hatte morsche Bretter im Fußboden ausgetauscht und das Dach von Moos befreit. Alles, was er wollte, war, in Ruhe den Sonnenuntergang zu genießen.

Als Magda ihre Augen mit einer Hand vor dem hellen Abendlicht abschirmte und leise fluchte, hatte Louis Schwierigkeiten, sich ein Lachen zu verkneifen.

»Herr Lindquist!« Dann leise: »Zum Teufel, jedes Mal das Gleiche mit ihm.« Dann wieder laut: »Wo stecken Sie?«

Schließlich gab sie es auf und eilte mit gerafftem Kleid zurück zur Villa. Zufrieden mit sich und der Welt, lehnte er den Kopf gegen den Baumstamm und kramte in der Hosentasche nach seinem Zigarettenetui. Er hatte gerade zwei Züge genommen, als die Stimme seines Vaters nach ihm rief. »Louis! Nun komm endlich! Das Essen wird kalt! Elisa wartet schon am Tisch!«

»Eben«, murmelte Louis zu sich selbst.

»Ich weiß, dass du auf der Linde sitzt.«

Louis stöhnte. Sein Vater steuerte über die Wiese auf ihn zu, blieb jedoch auf halber Höhe stehen. »Wenn du dich zu uns setzt, bekommst du zehn Mark von mir.«

»Ich bin kein Kind mehr, Vater!«, rief Louis und schwang sich vom Ast.

»Offenbar schon. Immerhin versteckst du dich an derselben Stelle, wie du es als kleiner Junge getan hast.«

»Ich wollte einfach nur meine Ruhe haben«, knurrte Louis. »Spar dir dein Geld.«

Fünf Minuten später saß Louis Elisa gegenüber am Esstisch. Licht flutete durch die hohen Fenster in den Raum hinein und ließ die in der Luft treibenden Staubkörner schimmern. Auf dem Tisch reihten sich eine Platte mit Bratenscheiben, eine Schüssel mit Kartoffeln, verschiedene Salate und Brot. Von alledem fand sich nur ein winziger, geradezu lächerlicher Teil auf Elisas Teller.

»Du hättest dir wenigstens die Haare kämmen oder ein frisches Hemd anziehen können. Ich hoffe, auf unserem morgigen Sommerfest weißt du, wie man sich ordentlich kleidet«, beschwerte sich sein Vater und häufte einen Teelöffel Meerrettich auf seinen Teller. »Du hast ja sogar im Gesicht Dreck! Was hast du denn schon wieder angestellt?«

Louis wischte sich mit dem Handballen über die Wange. »Ich habe gar nichts *angestellt*. Ich habe gearbeitet.«

Herr Lindquist lachte einmal kurz auf. »Was hast du denn gearbeitet?«

»Als ob dich das interessieren würde.«

»Natürlich interessiert mich das!«

»Ist das so? Das bezweifle ich stark. Selbst wenn, dann hältst du wohl nichts davon. Warum sonst solltest du mich behandeln, als wäre ich ein Kind?«

»Wenn du dich nicht immer aufführen würdest wie ein Kind, müsste ich dich auch nicht so behandeln!«

»Gut, dann sage ich dir eben, was ich mache. Auch wenn ich mir sicher bin, dass du es für unsinnig halten wirst. Ich renoviere die Stallungen.«

»Aber aus welchem Grund?«

»Sie sind heruntergekommen. Viele Bretter sind morsch und …«

»Die Stallungen sind vielleicht nicht mehr auf dem neuesten Stand, aber sie sind nicht renovierungsbedürftig.«

»Wann warst du das letzte Mal dort? Vor einem halben Jahr? Außerdem will ich ein Geschäft daraus machen. Erst letzten Monat habe ich auf dem Diner von Rudolfs Mutter eine Dame aus Bristol kennengelernt, die vor Kurzem nach Berlin gezogen ist und eine Unterbringung für ihr Pferd sucht, das sie nächsten Monat nachholen möchte. Wenn es mir gelingt, ein paar mehr Pferdebesitzer davon zu überzeugen, ihre Pferde bei uns unterzustellen, dann …«

»Flausen!«, unterbrach Emil seinen Sohn. »Findest du nicht, dass du deine Energie besser darauf verwenden solltest, dir einen neuen Ausbildungsplatz zu suchen?«

»Siehst du? Ich wusste, dass du es nicht verstehst!«

»Ich verstehe es, aber ich halte es für einen Irrsinn!«

Louis warf seinem Vater einen wütenden Blick zu und zerdrückte dann, ohne weiter auf ihn einzugehen, mit der Gabel seine Kartoffel in der Soße.

»Gut. Wie du meinst. Dann schmoll eben.« Emil seufzte und wandte sich dann Elisa zu. »Und wie hast du deinen Tag verbracht?«

»Meine Mutter war heute Vormittag zu Besuch, dann habe ich gelesen und ein wenig geschlafen«, antwortete Elisa und schenkte Emil ein müdes Lächeln. Richtig lachen hatte Louis sie noch kein einziges Mal gesehen.

»Schön! Wie geht es deiner Mutter denn?«

Elisa berichtete freundlich und bereitwillig, doch Louis hörte sie kaum. Er gab sich Mühe. Er gab sich Mühe, nicht ihre porzellanweiße Haut zu bemerken. Nicht ihre deutlich hervorstehenden Schlüsselbeine. Nicht dieses seltsame, interessante Blau ihrer Iris. Er musste sich eingestehen, dass Rudolf und Hans recht hatten, wenn sie sagten, dass Elisa wirklich hübsch war. Aber es war doch ein Unterschied, wenn man mit ihr zwangsverheiratet war.

»Ich verstehe nicht, warum du nie etwas unternimmst«, hörte er sich auf einmal sagen. »Geh doch mal raus, fahr in die Stadt, genieß das Leben!«

Kurz war es still.

Mit einer langsamen Bewegung legte Elisa ihr Besteck auf den Teller und sagte dann: »Das kann ich nicht so einfach. Die Stadt ist zu gefährlich für mich. Jemand müsste mit mir kommen und auf mich aufpassen.«

Der Anblick, wie sie plötzlich in sich zusammengesunken die Hände in ihrem Schoß faltete und zu verbergen versuchte, wie hochrot ihr Kopf war, traf Louis unerwartet heftig.

Jäh sah sie ihn an. »Du hattest mir versprochen, etwas mit mir zu unternehmen.«

»Bitte? Wann? Daran kann ich mich nicht erinnern.«

Sie presste die Lippen fest zusammen und verzog die Augen zu Schlitzen. Natürlich erinnerte er sich an ihr Gespräch, als er sie ein zweites Mal bei ihr zu Hause aufgesucht hatte. Aber er hatte ganz sicher nicht vor, sein Versprechen einzuhalten.

»Ja, Louis! Du solltest dich wirklich mehr um deine Frau kümmern!«, mischte sich nun auch noch sein Vater ein.

»Ich habe keine Zeit. Und Hanni wollte doch etwas mit ihr unternehmen!«

»Du hast es versprochen«, betonte Elisa noch einmal und sah ihn dabei so eindringlich an, dass er sich noch schlechter fühlte. Auch wenn er das gut zu verbergen wusste.

»Mit Hanni ist es doch viel netter für dich, und außerdem ...«

Völlig unerwartet erhob sie sich von ihrem Stuhl und warf ihre Serviette auf den Teller. Hocherhobenen Hauptes verließ sie den Raum.

»Was war das denn?«, sagte Louis, als im oberen Stockwerk eine Tür knallte.

»Ich glaube, da hat jemand sein verstecktes Temperament offenbart«, murmelte sein Vater ebenso verblüfft.

Louis legte den Kopf in den Nacken und kippte sein drittes Glas Sekt hinab. Er spürte den Alkohol bereits in seinem Blut kreisen, dabei waren vor gerade mal zehn Minuten die ersten Gäste eingetroffen. Er lehnte am Gewächshaus und studierte unbemerkt die Herren und Damen, die wie Wachsfiguren auf der Terrasse standen.

Louis hasste das Sommerfest, aber es war nun einmal eine alte Tradition, dass die Familie Lindquist jedes Jahr sämtliche Geschäftspartner der Bank einlud. Sein Vater bestand darauf, dass auch Louis sich zumindest kurz blicken ließ. Hanni, die ganz verrückt nach Feiern jeglicher Art war, hatte vor fünf Jahren die Idee zu diesem Sommerfest gehabt. Damals war Louis begeistert von dem Vorschlag gewesen. Nur hatte er sich die Feier nicht so trocken vorgestellt.

Seine Abneigung gegen die Oberflächlichkeit und Künstlichkeit der Gäste ließ all die Gesichter zu verschwommenen Grimassen werden. Alles, was Louis sah, war das Aufblitzen von pomadegetränktem Haar, das streng zu einer Seite hin gescheitelt war. Waren feine, manikürte Hände, die ein Sektglas zum Mund führten oder gewichtige Verträge unterschreiben konnten, aber nie auch nur einen Nagel in ein Brett geschlagen hatten. Er sah mit Bordüren, Bändern, Blumen und Federn verzierte Hüte, die so viel gekostet hatten, dass eine Arbeiterfamilie von dem Geld einen Monat lang hätte leben können.

Louis setzte sein falschestes, aber charmantestes Lächeln auf, breitete die Arme aus und schlenderte zielstrebig auf Maximilian Krull zu, den Besitzer eines angesehenen Juweliergeschäfts in Köln. *Louis! Ich dachte, du bist in München! Was macht das Studium? Willst du nicht endlich bei deinem Vater in der Bank einsteigen?*

Louis ertrug dieses Gespräch fünf Minuten lang, dann zog er weiter. Als Franz das Bierfass mit einem Hammerschlag anstach, spritzte Bier in alle Richtungen. Die Damen stoben wie Hühner gackernd außer Reichweite. Alle lachten, denn Franz war von oben bis unten nass.

Louis eilte seinem Bruder zur Hilfe und drückte den Hahn, der sich gelockert hatte, wieder fest ins Fass. Noch immer grinsend kramte er dann sein Etui aus dem Jackett und fischte eine Zigarette daraus hervor. Die Streichholzflamme fraß sich gerade in die Zigarettenspitze, als er Rosalie abseits all der Gäste stehen sah.

Wie adrett sie war mit ihrem Sommerhut, den reinweißen Handschuhen, dem figurbetonten Kostüm, der kleinen Handtasche und den Spangenschuhen. Doch dann grinste sie, und rein gar nichts mehr war an ihr adrett, nur noch aufregend. Mit einem einzigen Wimpernschlag brachte dieses Mädchen sein Blut in Wallung. Ohne den Blick von ihr zu lösen, nahm Louis einen Zug, dann ließ er die Zigarette ins Gras fallen und drückte sie mit der Schuhspitze aus. Ganz automatisch trugen ihn seine Füße zu ihr. Doch ehe er sie erreichte, huschte sie davon, auf die Maison zu und in das Gebäude hinein. Adrenalin jagte durch Louis' Körper. Er folgte ihr, eilte die Treppe hinauf, immer zwei Stufen auf einmal nehmend. Blick nach links, Blick nach rechts – wo war sie? Da sah er, dass die Flügeltür zum Schlafzimmer einen Spaltbreit offen stand. Aus dem Spalt funkelten ihn zwei hellblaue Augen an. Schon war er bei ihr, drückte die Flügeltür zu und Rosalie gegen die Wand.

»Dieses Bett teilst du dir also mit deiner Ehefrau?«, fragte sie ihn und senkte das Kinn. Das tat sie oft, denn es ließ sie unschuldig wirken.

»Nicht wirklich«, murmelte er, während er ihren Hals mit Küssen bedeckte. »Warum tust du dir das an und kommst zu dieser langweiligen Feier?«

Sie bog sich ihm entgegen, lächelte und stöhnte auf, als seine Hand unter den Ausschnitt ihrer mit Rüschen verzierten Bluse fuhr. »Ich dachte, ich tue dir einen Gefallen.«

»Und warum bist du wirklich hier?«, lachte Louis.

»Mein Vater hat eine Einladung erhalten, und als artige Tochter begleite ich ihn natürlich.«

»Du rettest mich.«

»Ich weiß«, zwitscherte sie, klimperte mit den Wimpern und sog dann scharf die Luft ein, als Louis' Daumen ihre Brustwarze streifte.

Von vornherein hatte Rosalie es drauf angelegt, dass das hier passierte, denn ihr Kostüm machte es ihm leicht. Schon hatte er es ihr vom Körper gestreift. Ihr Cache-Korsett war aus feinster Seide gefertigt. Seine Finger schoben sich unter den Bund ihres

Unterrocks. Ihre Finger knöpften seine Hose auf. Sie keuchte, als seine Hand die Innenseite ihres Oberschenkels hinaufwanderte.

»Ist sie auch hier?«, fragte sie ihn.

»Wer?«

»Deine Ehefrau.«

»Natürlich. Vermutlich ist sie bei meinem Vater. Er ist ganz verrückt nach ihr, obwohl sie das langweiligste Geschöpf auf Erden ist.«

»Armer, armer Louis …«

Kurz kam Louis in den Sinn, besser die Tür abzusperren, aber ehe er es in die Tat umsetzen konnte, hatte Rosalie ihm seine Hose hinabgezogen. Und ab dem Moment war es um seine Vernunft geschehen.

Kapitel 22

Es wurde bereits die Nachspeise serviert – Schokoladentarte mit frischen Himbeeren aus dem Garten. Louis' Teller war zu jedem Gang unangerührt abgetragen worden, da er bisher nicht aufgetaucht war. Elisa vermutete, dass auch die Schokoladentarte so, wie sie war, in die Küche zurückgehen würde. Sie schob mit dem Löffel eine Himbeere hin und her, ehe sie es nicht mehr aushielt und sich nach vorne beugte, um an Hanni vorbei zu Franz sehen zu können. »Wo ist dein Bruder?«

Er schien bereits mit dieser Frage gerechnet zu haben, denn wie auf Kommando legte er seine Gabel neben seinem Teller ab. »Ich sehe nach ihm.«

Er wollte sich schon von seinem Platz erheben, da hielt Elisa ihn zurück. »Nein, iss deine Nachspeise. Ich weiß ja, wie gerne du Schokolade magst.«

Das ließ Franz sich nicht zweimal sagen, auch wenn er leicht aufgewühlt wirkte. Immer wieder huschte sein Blick zu dem leeren Stuhl am anderen Tischende. Offenbar fehlte noch jemand.

Elisa gegenüber saß eine etwa siebzigjährige Dame, die Trauer trug und ununterbrochen von ihrem erst vor Kurzem verstorbenen Ehemann erzählte. Elisa schämte sich dafür, ihren Ausführungen über ihre glückliche Ehe kaum zu lauschen. Jemand am Tisch riss einen Witz, und alle lachten. Nur Elisa nicht. Und Franz, wie sie feststellte. Die Lust auf Schokolade schien ihm vergangen zu sein, denn er rührte die Tarte nicht mehr an. Elisa ertappte ihn dabei, wie er sich umwandte, um zur Maison zu blicken.

»Wo steckt denn eigentlich Ihr Gatte?«, fragte die alte Dame Elisa.

»Es ging ihm nicht gut. Vermutlich hat er sich hingelegt. Bereits heute Morgen hatte er starke Kopfschmerzen, der Arme«, antwortete sie und nippte schuldbewusst an ihrem Wasser. Es ärgerte sie, dass sie für Louis log. Aber es war für die Familie beschämend, dass Louis sich nicht zum Essen blicken ließ.

Über den Tisch hinweg fing Elisa das Lächeln ihrer Mutter auf. Ein Lächeln, das irgendwie fern wirkte, als würde sie träumen und Elisa gar nicht wirklich wahrnehmen. Neben ihr redete ihr Vater energisch auf seinen Sitznachbarn ein.

»Es ist nur recht, dass sie in England diesen aufbegehrenden Frauen zeigen, wo's langgeht«, schimpfte er. »Überall schießen Frauenverbände aus dem Boden. Da fordern sie politisches Mitspracherecht! Wo waren die Frauen denn, als wir den Franzosen niedergeschlagen haben? Dem Manne der Staat, der Frau die Familie. So sagt man nicht grundlos!«

In dem Moment setzte ein leises Trommeln ein. Einen Moment lang war es ganz still. Sämtliche Gäste blickten verwundert zum Dach des Pavillons hinauf, auf dem die Regentropfen sich in unregelmäßigen Bahnen ihren Weg zu suchen begannen.

»Wie schön! Es regnet!«, freute sich Hanni. »Regen macht die Luft immer so herrlich frisch!«

»Ich suche Louis«, sagte Elisa.

Ehe Franz sie aufhalten konnte, steuerte sie bereits auf die Maison zu. Es war ihr gleichgültig, dass ihr Kleid und ihr hochgestecktes Haar nass wurden. Sie spürte ihr Herz gegen ihre Brust schlagen, als wisse es etwas, das ihr Kopf nicht wahrhaben wollte. Erst jetzt fiel ihr auf, dass sie ihr Wasserglas mitgenommen hatte. Auf der obersten Treppenstufe hielt sie inne. Ganz leise war ein

Geräusch zu vernehmen … Ein rhythmisches Klopfen, als würde etwas gegen Holz schlagen. Und ein Keuchen.

Zögerlich schob sie eine der beiden Flügeltürhälften auf.

Die Spur begann in der Mitte des weiten Raumes. Ein Rock, zusammengefallen zu einer cremefarbenen Pfütze. Ein heller Bolero. Louis' Hose. Und schließlich sein nackter Hintern. Zwei schlanke Frauenbeine klammerten sich um seine Oberschenkel, zwei Hände hielten sich an seinem Nacken fest.

Das fremde Mädchen saß auf dem Toilettentisch. Im Gegensatz zu Louis hatte sie Elisa entdeckt, doch anstatt sich zu erschrecken und hektisch ihre Kleider aufzusammeln, erwiderten ihre stahlblauen Augen trotzig Elisas Blick, ehe sie den Kopf in den Nacken warf, um voller Lust aufzustöhnen.

Ein Klirren. Elisas Glas war ihr aus den Fingern geglitten und auf dem Boden in tausend Splitter zersprungen.

»Elisa …«, entfuhr es Louis.

Was nun passierte, nahm Elisa nur lückenhaft wahr. Sie sah, wie das Mädchen sich eine Hand auf den Mund presste, um ihr Grinsen zu verbergen. Sah Louis seine Hose vom Boden aufsammeln. Sah nur verschwommen vor Tränen die Treppenstufen, als sie hinabeilte, und kaum noch die Fliesen, als sie am Ende der Treppe stolperte und die letzten zwei Stufen hinabstürzte.

Kapitel 23

Elisas linkes Handgelenk war gebrochen. In der Charité, zu der Wilhelm sehr gute Kontakte hatte, war ihre Hand notfallmäßig untersucht, geröntgt und schließlich eingegipst worden. Neben ihren Eltern hatte auch Louis darauf bestanden, Elisa ins Krankenhaus zu begleiten, doch sie hatte kein einziges Wort mit ihm gewechselt.

Es war bereits vier Uhr morgens gewesen, als Wilhelm sie nach Hause gebracht hatte. Nicht zurück zur Villa der Lindquists, sondern zu ihren Eltern. Denn auch wenn Louis ihr gleichgültig war, so fühlte sie sich dennoch zutiefst gedemütigt und wollte ihm nicht gegenübertreten.

Nun, nach zwei vergangenen Tagen, vermisste Elisa zwar das Leben in der Lindquistschen Villa. Den weitläufigen Garten mit Blick auf den Wannsee, die Gespräche mit Emil, Hannis quirlige Art und auch Magdas zurückhaltendes Lächeln … Andererseits graute es ihr davor, Louis wiederzusehen. Doch genau das würde jeden Moment der Fall sein, denn ihr Vater bestand darauf, dass Elisa sich mit ihrem Ehemann aussöhnte.

Sie war in ihrem alten Ankleidezimmer und bekam kaum Luft, so sehr schnürte sie das ungewohnte Korsett ein, dabei hatte Johanna es noch nicht einmal sonderlich festgezurrt. Mit beiden Händen zog das Dienstmädchen vorsichtig an den Bändern, während Elisa sich mit ihrer unversehrten Hand am Toilettentisch festhielt.

»Mutter …«, keuchte Elisa, als Johanna die Schnüre noch etwas fester zog. »Ich kann nicht mehr …«

In dem dreifach unterteilten Spiegel auf dem Toilettentisch sah Elisa sich von vorn und von beiden Seiten. In ihrem blassen Gesicht leuchteten ihre rot verquollenen Augen. Sie sah genauso elend aus, wie sie sich fühlte.

»Dein Vater will, dass du so hübsch wie möglich aussiehst, und ein Korsett gibt einer Frau Haltung. Du wirst auch nur ganz leicht geschnürt.« Ihre Mutter befühlte mit seltsam entrücktem Gesichtsausdruck eines der beiden Kleider, die auf Elisas Bett lagen.

»Aber ich will Louis nicht mehr sehen.«

Endlich gab Johanna sie frei und entfernte sich leise, als Frau von Treue ihr mit einer Handbewegung bedeutete, dass sie nicht mehr gebraucht wurde.

»Das wirst du aber. Ich denke, du solltest dafür die Bluse mit der breiten Passe tragen«, sagte ihre Mutter. »Die mit der Kreuzstichstickerei. Und dazu den braunen Faltenrock. Darin wirst du sehr hübsch aussehen.«

Vor allem sah sie darin alt aus. Was ihr gleichgültig war, denn sie legte keinen Wert darauf, dass sie Louis gefiel.

»Aber wie soll ich ihm vor die Augen treten? Er hat dieses Mädchen mit in unser gemeinsames Schlafzimmer genommen!«

Ihre Mutter lächelte ein zittriges Lächeln, so, wie sie es meistens tat, wenn sie nicht wusste, was sie sagen sollte. »Ach, Elisa …« Sie öffnete das Schmuckkästchen auf Elisas Toilettentisch. »Wir brauchen noch eine Perlenkette. Perlen sehen immer so anständig aus.«

»Mutter …«, versuchte Elisa verzweifelt, zu ihr durchzudringen. »Wie soll ich einfach so hinnehmen, was er getan hat?«

Pauline von Treue ließ die Kette mit den kleinen, zarten Perlen, die sie auf ihrer Handfläche auf Makel untersucht hatte, sinken.

Eine ungewohnte Ernsthaftigkeit trat in ihren Ausdruck. »Er ist dein Mann, Elisa. Und eine Frau ist ohne ihren Mann nichts wert. Ich gebe dir einen guten Rat«, sagte sie und stellte sich hinter Elisa, um ihren Blick im Spiegel aufzufangen. »Ich rate dir, so naiv und dumm wie nur möglich zu sein. Wegschauen ist das Geheimnis einer glücklichen Ehe. Wir Frauen sind so schrecklich sensibel … Wir zerbrechen, wenn wir alles, was unsere Männer tun, an uns heranlassen.«

Natürlich war Elisa klar gewesen, dass Louis sich das, was sie ihm nicht geben konnte, bei anderen Frauen holte. Doch eine dieser Frauen zu sehen, hatte ihr ihre Krankheit mit brutaler Deutlichkeit vor Augen gehalten. Niemals würde Elisa einen Mann so lieben können. Zudem war das Mädchen, mit dem Louis zusammen gewesen war, ausgesprochen hübsch gewesen. Elisa wusste nichts über die blonde Schönheit, aber ihr Kopf hatte sich allerlei Dinge über sie ausgemalt. Wahrscheinlich war sie eine großartige Reiterin. Im Sommer spielte sie Tennis, und im Winter jagte sie mit Schlittschuhen über das Eis. Und offenbar war sie eine leidenschaftliche Liebhaberin.

Sie zuckte zusammen, als eine Faust gegen die Tür hämmerte. »Ist sie so weit?«, rief ihr Vater. Keine Sekunde später schwang die Tür auf, knallte gegen die Wand und hinterließ dort eine Kerbe im Putz. »Was dauert das denn so lange? Lindquist dürfte jeden Moment hier sein.«

»Pünktlichkeit ist nicht gerade eine seiner …« Ihre Mutter drückte gegen Elisas Rücken, damit sie sich gerade aufrichtete.
»… Stärken«, vollendete Elisa den Satz.

Das Korsett war ein schlichtes Modell und betonte nur ihre Taille. Die meisten Damen bevorzugten jedoch jene Korsetts, die dem Körper eine S-Form aufzwangen, die also die Brust betonten und den Bauch scheinbar vollständig verschwinden ließen. Aber das wäre bei Elisas zerbrechlichen Knochen undenkbar.

»Ich will, dass sie bestmöglich aussieht«, sagte ihr Vater.

»Aber er hat mich betrogen! Ich will ihn nicht mehr sehen! Warum seid ihr auf seiner Seite?«

»Du bist krank, Elisa. Du kannst ihm keine richtige Ehefrau sein. Natürlich sucht er sich an anderen Stellen Unterhaltung! Er ist schließlich auch nur ein Mann.«

Elisa war zu müde, um weiteren Widerstand zu leisten.

»Du bist dir wohl nicht im Klaren darüber, was für dich auf dem Spiel steht. Ich habe eine außerordentlich hohe Mitgift dafür gezahlt, dass Lindquist dich nimmt! Wenn er sich von dir scheiden lässt, liegt das daran, dass du als Ehefrau versagt hast. Wie stehst du dann da? Wie steht dann die Von Treue GmbH da?«

In diesem Moment klingelte es an der Haustür.

Die Köchin hatte offensichtlich den Auftrag erhalten, Louis mit allerlei Süßkram zu verführen. Es gab Zitronenschnitten, gezuckerte Erdbeeren und einen silbernen Teller voller *Alpenbrillanten*. Nichts davon rührte Louis an. Wie Elisa nippte er nur an seinem Earl Grey, der in hauchdünnem chinesischem Porzellan serviert wurde.

Sie hatten sich in das Rokoko-Zimmer zurückgezogen, eine Wucht von Raum, der jedem neuen Gast mit seinem vergoldeten Deckenstuck, den verspielten, kitschigen Möbeln und den hohen Wandbemalungen zunächst einmal die Sprache verschlug.

»Dieser Abend ist ziemlich unglücklich gelaufen«, begann Louis, der ihr gegenüber auf dem Canapé saß und ungewöhnlich steif die Beine im neunzig Grad Winkel gestellt hatte.

Demonstrativ sah Elisa an ihm vorbei aus dem Fenster. »Das ist er.«

»Wie geht es deiner Hand?«

»Sie schmerzt.«

»Es tut mir leid, dass du wegen mir … dass du uns …« Aus

Verlegenheit rieb er sich das Kinn und schlug ein Bein über das andere.

»Dass ich euch dabei erwischt habe, wie ihr übereinander hergefallen seid?«

Ihr Ausdruck amüsierte ihn, denn seine Mundwinkel hoben sich leicht, doch er war schlau genug, sich zu kontrollieren. »Ich schätze, es hat keinen Sinn, dir vorzuheucheln, dass es sich nur um einen Ausrutscher handelt und dass so etwas nie wieder passieren wird. Dafür bist du zu klug.«

»Das heißt also, du wirst dieses Mädchen weiterhin treffen.«

»Das werde ich. Aber ich bitte dich, nach Hause zurückzukommen.«

»Weshalb? Was habe ich für einen Sinn in deinem Leben, Louis? Keinen.«

Mit dem Argument, das er nun vorbrachte, hatte sie bereits gerechnet: Es schade dem Ansehen der Bank, wenn sie nicht zurückkäme. Und es sei ja auch in ihrem Interesse, dass die Geschäfte gut liefen …

»Bist du dir darüber bewusst, wie sehr du mich verletzt hast? In dem Zimmer, in dem ich schlafe …«, sagte sie leise. Der Wind riss die Rosenblätter von den Blüten und wehte sie zu Boden.

»Elisa …« Die Weise, wie Louis ihren Namen aussprach, berührte sie. Es war so sanft. Dabei waren die Worte, die er wählte, tief verletzend. »Wir führen keine normale Ehe. Du empfindest nichts für mich, ich empfinde nichts für dich. Aber ich befürchte, wir müssen einen Weg finden, miteinander auszukommen.«

Elisa kippte das Fenster, um frische Luft hereinzulassen. Mehrmals atmete sie tief ein und aus, ehe sie sich zu ihm umwandte.

Obwohl Louis tiefdunkle Ringe unter den Augen hatte, sah er schön aus in den Lichtsprenkeln, die durch die vom Wind bewegten Spitzenvorhänge fielen und im Raum tanzten. Inzwischen hatte sie sich an seine markanten Gesichtszüge und die stets so wilden Haare gewöhnt. Sie verstand, was Frauen an ihm attraktiv fanden.

Zum süßen Duft der Rosen mischte sich ein fremder, wilder Geruch, den Louis mit in die Villa gebracht hatte. Er duftete nach frisch geschlagenem, harzigem Kiefernholz. Elisa mochte den Duft.

»Es ist nicht gerecht, dass du dich austobst und vergnügst, während ich den ganzen Tag allein in der Villa bin.«

Louis machte einen Schritt auf sie zu. Er war wütend, hatte sich jedoch unter Kontrolle. »Ich habe dir gesagt, dass du als meine Frau tun und lassen kannst, was du willst. Es gibt in der Nähe unseres Grundstücks herrliche Spazierwege, nicht zu vergessen den Wannsee, in dem du beispielsweise schwimmen könntest. Doch ich habe den Eindruck, dass du dich freiwillig zu Hause verkriechst. Es stehen dir eine Kutsche und ein Auto zur Verfügung, um in die Stadt zu fahren, aber nichts davon nutzt du.«

»Offensichtlich hast du dir keinerlei Gedanken über meine Krankheit gemacht.«

»Ich sehe keinen Grund, warum deine Krankheit dich hindert, das Haus zu verlassen. Du bist erwachsen, kein Kind mehr. Du könntest ein herrliches Leben führen. Stattdessen bemitleidest du dich dauerhaft selbst, anstatt etwas an deiner Situation zu ändern. Hast du auch nur einen Gedanken daran verschwendet, dass ich ebenfalls zu dieser Ehe gezwungen wurde? Ich wollte noch nicht heiraten. Und wenn, dann eine Frau, für die ich etwas empfinde.«

Erneut machte er einen Schritt auf sie zu, erneut wich sie zurück, doch diesmal stieß sie mit dem Rücken gegen die Wand. Louis war ihr nun so nah, dass sie seinen warmen Atem auf ihren Lippen spüren konnte, als er sagte: »Ich hätte mir gewünscht, ein Mädchen zur Frau zu nehmen, das ich begehre. Das mir auch wahrhaft eine Frau sein kann. Stattdessen fühle ich mich wie lebendig begraben. Mit einer Frau, die sich wie ein rohes Ei bewegt. Die sich mir gegenüber wie ein Eiszapfen benimmt.«

Er stützte sich mit einem Arm über ihrem Kopf ab. »Leidenschaft, Elisa … weißt du, was das ist?«

Aus dem Nichts heraus war da dieses Kribbeln in ihrem Unterleib. Ein aufregendes, berauschendes Gefühl, das es ihr erschwerte, einen einzigen klaren Gedanken zu fassen. Auf einmal begriff Elisa, warum sie dieses Mädchen, Rosalie, so sehr verachtete. Sie war eifersüchtig. Eifersüchtig darauf, dass sie diese Leidenschaft, von der Louis sprach, erfahren durfte, während Elisa in ihrem vierundzwanzigjährigen Leben nur einen einzigen Kuss geschenkt bekommen hatte.

Louis strich ihr eine Haarsträhne, die sich aus ihrer strengen Hochsteckfrisur gelöst hatte und vor ihre Augen gefallen war, aus dem Gesicht. Das Ziehen in ihrem Unterleib wurde stärker. »Wenn du wüsstest, wie Leidenschaft sich anfühlt, dann würdest du mich verstehen.«

Auf einmal tauchte ein Grinsen auf Louis' Lippen auf, das Überlegenheit ausdrückte. Er stieß sich von der Wand ab und zog aus der Innenseite seines Jacketts ein zusammengeschnürtes Bündel Briefe hervor, mit denen er vor Elisas Gesicht fächerte. »Oder weißt du es vielleicht sogar doch? Denn dein Briefwechsel mit deinem Arzt ist doch sehr romantisch.«

Elisa erstarrte und versuchte, Louis die Briefe aus der Hand zu reißen, doch er hielt sie in die Höhe, sodass sie unerreichbar waren. »Was fällt dir ein, meine Briefe zu lesen!«

»Es ist nicht so, dass ich mich sonderlich dafür interessiert hätte. Aber Magda wies mich darauf hin, dass du in einem regen Austausch mit deinem Arzt stehst und ich besser ein Auge darauf haben sollte.«

Elisa wurde schlecht. »Magda?«

»Du hast also Gefühle für Doktor Friedmann?«, fragte Louis sie. Von dem Grinsen war nun keine Spur mehr, er war ganz ernst.

Voller Verzweiflung schüttelte Elisa den Kopf. Wenn Louis

dachte, sie hätte eine Affäre mit Wilhelm, hätte er einen Grund, sich von ihr scheiden zu lassen. Und dann wäre sie ruiniert! Die Leute würden über sie reden, würden sie meiden, und sie würde niemals ein Teil der Gesellschaft sein! Dabei hatte sie sich erhofft, durch ihre Heirat mit Louis Leute kennenzulernen und Freunde zu finden …

»Ich habe keine Affäre mit …«

»Ich habe dich gefragt, ob du Gefühle für ihn hast«, unterbrach Louis sie. »Aber du musst nicht antworten. Ich sehe es in deinen Augen.«

Er blickte zu Boden, und als er wieder zu ihr aufsah, hatte sich sein Gesicht verdunkelt. »Ich würde sagen, du kommst jetzt wieder mit nach Hause, und dann sehen wir weiter.«

Kapitel 24

»Und wie hat Elisa darauf reagiert?« Hans reichte Louis, der auf der obersten Sprosse der Leiter stand, einen Stapel Schindeln.

»Sie hat Hut und Mantel geholt und ist mit mir nach Hause gefahren«, meinte Louis und nahm die Schindeln entgegen.

Es war nach sieben Uhr abends, und die glühende Abendsonne warf lange Schatten über das Grundstück. Louis legte die Schindeln auf dem Dach ab und wischte sich mit dem Handrücken den Schweiß von der Stirn.

»Was wird das eigentlich, wenn du hier fertig bist?«, fragte Rudolf und fächerte sich mit trägen Bewegungen Luft mit seinem Strohhut zu. Die Hosenbeine hatte er hochgekrempelt, bis seine strammen Waden es nicht mehr weiter zuließen. Sein maßgeschneidertes Jackett lag achtlos hingeworfen auf der Wiese, er selbst lang gestreckt auf der Bank.

Hans hatte ihn darauf hingewiesen, dass die Bank vom mittäglichen Sprühregen noch feucht war, und es wäre doch schade um die helle Seidenweste. Doch Rudolf hatte nur entgegnet: »Wenn sie schmutzig wird, schenke ich sie einfach dir.«

»Ich renoviere unsere Stallungen.«

»Und warum machst du dir die Arbeit?«

»Um damit Geld zu verdienen. Ich habe schon eine reiche Baronin an der Angel, die ihr Pferd hier unterstellen möchte.«

»Rentiert sich das denn? Du musst die Gäule ja auch versorgen.«

»Wenn alle Boxen voll sind, rentiert sich das auf jeden Fall. Ich habe alles ganz genau kalkuliert. Die Renovierungsarbeiten kosten mich zwar viel Zeit und Geld, aber es musste ohnehin gemacht werden, ansonsten würde das Gebäude verfallen.«

»Ich könnte dir helfen«, bot Hans an und reichte Louis erneut Schindeln hinauf.

»Du arbeitest schon genug, Hans. Aber danke.«

»Mein Vater meinte gestern übrigens zu mir, dass ich mir auch langsam einmal Gedanken über eine geeignete Braut machen sollte«, wechselte Rudolf das Thema. »Das hast du mir eingebrockt, Louis!«

Das erste Mal, seit sein Vater ihn gezwungen hatte, Elisa zu heiraten, konnte Louis wirklich lachen. Er warf den Kopf in den Nacken und lachte so laut und frei, dass er zu spüren glaubte, wie die Fessel um seine Seele riss. Als auch noch Hans und Rudolf mit einstimmten, konnte er sich gar nicht mehr halten, und so lachten sie gemeinsam, bis Louis sich auf die oberste Stufe der Leiter setzen und Luft holen musste.

»Wie sieht's eigentlich bei dir aus?«, fragte Louis Hans, als er sich wieder beruhigt hatte. »Du hast schon länger nichts mehr von deinen Liebschaften erzählt.«

»Na ja …« Mit der für ihn typischen, federleichten und absolut unbewussten Eleganz ließ sich Hans vor Rudolf auf die Wiese nieder. Er legte sich auf die Seite, stützte sich auf einen Arm, winkelte ein Bein an und schaffte es, so auszusehen, als läge er auf einem seidenbezogenen Canapé. Louis hatte seinen Freund schon immer für dessen feine Natürlichkeit bewundert. Hans war zu hundert Prozent und voller Stolz er selbst. »Es gibt da seit geraumer Zeit ein Mädchen.«

»Was? Erzähl schon!«, verlangte Louis.

»Sie heißt Frieda. Sie arbeitet mit mir in der Fabrik. Ich will unbedingt, dass sie dort aufhört, weil die Arbeit sie krank macht. Aber sie braucht das Geld, um ihre Familie über Wasser zu halten.«

»Wie sieht sie aus? Na los, ein paar Details, bitte!«, drängte Rudolf ihn.

»Hübsch. Auf schlichte Art und Weise. Wenn sie lacht, dann hat sie ungemein niedliche Grübchen. Dann geht einem das Herz auf …«

Noch nie hatte Louis Hans so befreit und gleichzeitig verträumt lächeln sehen. Dieses Lächeln versetzte ihm einen Stich.

Hans nahm den Kopf eines Gänseblümchens zwischen Zeige- und Mittelfinger und betrachtete es gedankenversunken. »Eigentlich lacht sie immerzu. Das mag ich so an ihr.«

»Warte mal …« Erst jetzt wurde Louis bewusst, was Hans eben gesagt hatte. »Wenn du nicht willst, dass sie in der Fabrik arbeitet, weil die Arbeit sie krank macht – was ist dann mit dir?«

»Was sollte mit mir sein?«

»Warum arbeitest du dort? Dich macht die Arbeit dann doch auch krank.«

Hans schüttelte energisch den Kopf. »Das ist etwas anderes. Ich halte das aus.«

»Wo arbeitest du noch gleich?«, fragte Rudolf, obwohl er das schon oft gefragt hatte.

Geduldig erzählte Hans ihm, dass er in einer mechanischen Leinenspinnerei arbeite. Unzählige Male hatte er versucht, Rudolf die Zustände in den Fabriken zu schildern. Aber zu Rudolf drang einfach nicht durch, dass es üblich war, Kinder und Frauen als billige Arbeitskräfte auszunutzen, dass Arbeiter oftmals zwölf Stunden oder länger am Fließband schufteten und abends in heruntergekommene Wohnungen zurückkehrten, in denen es kein warmes Wasser gab und an Strom gar nicht zu denken war. Rudolf war der Ansicht, dass die Arbeiter durch ihr ständiges Beschweren nur versuchten, die Löhne hoch zu handeln, obwohl sie sich mit dem, was sie verdienten, eigentlich glücklich schätzen sollten.

»Das Problem ist, dass der Maschinenraum oftmals total

überhitzt ist. Abends kommt Frieda in ihre Wohnung, und dort ist es kalt. Und dieser Wechsel macht krank. Sie musste schon ein paarmal von einem Arzt versorgt werden …«

»Elisas Arzt arbeitet ehrenamtlich in den Arbeitervierteln. Vielleicht kennt sie ihn.«

»Dann ist der Arzt deiner süßen Ehegattin also ein Held?«, fragte Rudolf und leckte sich über seinen Schneidezahn.

Louis zuckte mit den Schultern. »Ich kann nicht viel über ihn sagen. Ich habe ihn nur wenige Male gesehen und dann immer nur ganz kurz. Er passt zu ihr, so bieder wie er ist.«

»Ist Elisa denn wirklich so schlimm, wie du immer tust?«, fragte Hans.

»Was weiß ich … Ich kenne sie ja kaum.« Louis machte sich daran, die Schindeln auf dem Dach auszubreiten.

»Warum lernst du sie dann nicht langsam besser kennen? Immerhin seid ihr schon seit drei Wochen verheiratet.«

»Außerdem ist sie wirklich attraktiv«, warf Rudolf ein.

»Du findest alles attraktiv, was zwei Beine und einen Busen hat«, erwiderte Hans.

Woraufhin Louis meinte: »Busen hat sie keinen.«

»Störe ich?«, fragte auf einmal eine Frauenstimme. Der Klang war warm wie die Strahlen der Abendsonne.

Alle drei fuhren herum. In letzter Sekunde konnte Louis sich noch an der Regenrinne festhalten, sonst wäre er die Leiter hinabgestürzt.

Elisa lächelte freundlich, woraus Louis schloss, dass ihr entgangen war, was er gerade gesagt hatte. Hatte sie nicht erwähnt, dass sie schlecht hörte? Trotzdem fühlte er sich schlecht. Noch immer trug sie den Gips um ihre linke Hand.

»Nein«, erwiderte er hastig. Die letzten drei Stufen der Leiter sprang er hinab. »Hast du mich gesucht?«

»Ja, ich wollte dich sprechen.«

Wie auf Kommando erhoben sich Hans und Rudolf von ihren Plätzen, um Elisa zu begrüßen und sich im selben Zug zu verabschieden. Wie immer, wenn Rudolf einer Frau gegenüberstand, war er nicht wiederzuerkennen. Von einer Sekunde auf die andere bleckte er seine strahlend weißen Zähne zu einem Lächeln, küsste ihre Hand und bestand darauf, dass ihr schlichtes Hauskleid ihr ganz hervorragend stand. Missmutig verfolgte Louis, wie Rudolfs Art bei Elisa Wirkung zeigte, denn ihre Wangen erröteten, und sie lächelte schüchtern das Gras unter ihren Riemchenschuhen an. Dabei konnte es ihm eigentlich egal sein, welches Spiel Rudolf mit ihr trieb. Er fand es nur unfair, denn gewiss hatte Elisa keinerlei Erfahrung mit männlichem Charme und war deshalb umso empfänglicher dafür.

Trotzdem sah Louis seinen beiden Freunden nahezu wehmütig hinterher, als sie schließlich durch den Garten davonschlenderten. Er fühlte sich unwohl, wenn er allein mit Elisa war. Seit er ihr die Briefe ihres Arztes vorgelegt hatte, hatte er begriffen, warum er so fühlte. Denn durch die Briefe hatte er sich ihr das erste Mal überlegen gefühlt. Ansonsten gab ihm der Blick ihrer blauen Augen jedes Mal das Gefühl, ein Nichtsnutz zu sein. Das war es doch, was sie von ihm hielt.

»Hast du hier dein Pferd untergebracht?«, fragte Elisa ihn.

»Ja«, war alles, was er darauf erwiderte.

Unentwegt irrlichterten ihre Augen über das Ufer und den See, als hätte sie Angst, ihr könnte auch nur ein winziges Detail entgehen. Es war faszinierend, wie aufmerksam sie die Welt wahrzunehmen schien. Vielleicht sah sie die im Abendlicht schaukelnden Boote, das schwankende Schilf, die blinkenden Wellen tatsächlich das erste Mal, und selbst wenn nicht, dann schien dieser Moment dennoch etwas ganz Besonderes für sie zu sein.

»Wie schön es hier ist«, hauchte sie. »Schwimmst du oft im See?«

Er nickte. Verstand selbst nicht, warum er den Blick nicht von ihr lösen konnte.

»Ich war noch nie schwimmen«, sagte sie und lächelte dann traurig. »Und im Winter? Fährst du manchmal auf dem Eis Schlittschuh?«

»Ja, mit Franz' Töchtern und Hanni.« Er räusperte sich und nahm den Lappen, der auf einem der Griffe des Schubkarrens hing, um sich die schmutzigen Hände daran abzuwischen. »Warum wolltest du mich denn sprechen?«

Sie sah zu Boden. »Ich wollte mit dir über meine Freundschaft zu Wilhelm reden. Ich habe Angst, dass es diesbezüglich Missverständnisse gibt.«

Reden … Es gab nichts, was Louis mehr hasste. »Was gibt es da zu besprechen?« Er schmiss den Lappen in den Schubkarren und marschierte dann, ohne auf Elisa zu achten, in den Stall.

Es dauerte eine Weile, bis sie ihm folgte. Schritt für Schritt tastete sie sich ins Innere des alten Gebäudes vor. Draußen dämmerte es bereits, und durch die kleinen Fenster fiel kaum Licht. Louis entfachte die Gaslampe auf der Ablage.

»Es ist mir wichtig klarzustellen, dass ich keine Affäre mit Wilhelm habe«, sagte sie.

Louis lachte laut. »Das ist lächerlich.«

Es war offensichtlich, wie sehr sie sich um einen möglichst freundlichen Tonfall bemühte. »Was ist lächerlich?«

»Wie versessen du darauf bist, das Bild der reinen, fehlerlosen Elisa aufrechtzuhalten.«

Salem wieherte erfreut, als Louis die Tür seiner Box aufschob. Louis streichelte über seinen Hals. Skeptisch beäugte das Pferd Elisa, die den Blick nicht weniger skeptisch erwiderte. Als der Hengst schnaubte, zuckte sie merklich zusammen.

»Du hast Angst vor Pferden?«

»Ich war nur noch nie einem Pferd so nah.«

Ihre Schüchternheit rührte ihn. »Salem tut nichts. Er ist ganz brav. Wenn du ihn streichelst, freut er sich.«

Zögerlich streckte sie eine Hand aus, doch ehe sie sein Fell berührte, machte Salem einen Schritt nach vorne. Sofort zog Elisa die Hand zurück.

»Ruhig«, sagte Louis zu Salem, tätschelte seinen Hals und ging dann auf die andere Seite zu Elisa.

Er nahm ihre Hand, legte sie auf Salems Fell und hielt sie einen Augenblick lang, bis er merkte, dass sie aufgehört hatte zu atmen. Deshalb tat er nun so, als würde er prüfen, ob Salem genug Futter hatte, aber seine Aufmerksamkeit galt eigentlich der elfenhaften Sanftheit, mit der Elisa begonnen hatte, über den Hals des Hengstes zu streichen. Sein Körper wurde von einem angenehmen Schauer erfasst. Er sah zu ihr hinüber, konnte sich nicht an ihren Bewegungen sattsehen, die wie … Musik waren. Der warme Blick ihrer Augen traf ihn unerwartet. Ihr zartes Gesicht, ihre durchscheinende Haut …

»Die Zeitungsausschnitte dort … ist das Pferd auf den Fotografien Salem?«, fragte sie und ging auf den Bilderrahmen zu, der neben dem Waschbecken an der Wand hing.

»Ja, aber damals hat er mir noch nicht gehört. Salem war eines der besten Rennpferde, doch eines Tages knickte er um und lahmte. Sein Besitzer wollte ihn erschießen, aber ich habe ihm Salem abgekauft.«

»Wie hast du davon erfahren, dass er ihn erschießen will?«

»Ich sehe mir oft Pferderennen an. Ich war damals vor Ort, als er umknickte.«

»Ich wusste nicht, dass du eine so ehrenhafte Seite besitzt.« Das Licht umschmeichelte ihr zaghaftes, schüchternes Lächeln.

»Du kennst mich eben nicht«, erwiderte Louis. »Ich hole frisches Wasser.« Er nahm den Holzeimer, der griffbereit neben der Box stand, und marschierte zielstrebig nach draußen.

Er genoss es zu sehen, wie helle Röte ihren Hals hinaufstieg und ihre Wangen färbte.

»Du arbeitest so gut wie jeden Tag an den Stallungen, nicht wahr?«, versuchte sie abzulenken.

»Ja, die Arbeit macht mir Spaß«, erwiderte er und zog den Eimer aus dem Wasser.

Sie schien ihn neu wahrzunehmen, denn ihre Augen wanderten nun über seine schmutzige Hose sowie sein Hemd, das er bis zur Mitte seines Brustbeins aufgeknöpft und dessen Ärmel er hochgekrempelt hatte.

Mit vollem Eimer kehrte er zum Stall zurück, öffnete die Tür der Box und füllte das Wasser in Salems Trog. Diesmal kam Elisa nicht nach. Vielleicht war sie zur Villa zurückgegangen … Aber was, wenn sie erneut gestürzt war?

»Verdammt«, murmelte Louis. Im nächsten Moment war er schon draußen.

Sie stand am Ufer, hielt sich am Stamm seiner Lieblingslinde fest und war vollkommen versunken in den Anblick des goldroten Funkelns auf dem bewegten Wasser. Ein Funkeln, das sich in ihren Augen spiegelte und ihre Sehnsucht sichtbar machte. Das Abendlicht streichelte über ihr Gesicht, hauchte Lebendigkeit auf ihre sonst so porzellanblassen Wangen und zauberte kupferfarbene Pigmente in ihren Haaren hervor.

In diesem Moment konnte Louis nicht anders, als sie als schön zu empfinden. Sie hatte etwas Elfenhaftes an sich, etwas ungemein Zartes, das in Louis das Gefühl erweckte, sie beschützen zu müssen. Elisa war ganz anders als Rosalie. Ihre Haut war außerordentlich rein und matt. Die einzige Unebenheit, die sie hatte, war ein kleines Muttermal rechts von ihren Lippen, die so schön geschwungen waren, als hätte ein Künstler sie gemalt. Auch die Farbe ihrer Lippen war außergewöhnlich. Sie waren von Natur aus dunkler, als hätte sie gerade ein paar Kirschen gegessen. Am faszinierendsten an ihr waren jedoch ihre Augen. Dieser rätselhafte, irgendwie unwirkliche Blauton.

Wenn Elisa sprach, wählte sie ihre Worte achtsam und bewusst, während ihre sanfte, warme Stimme direkten Zugang zu seiner Seele fand. »Ich wünschte, ich könnte auch einmal in diesem See baden oder im Winter auf seinem Eis mit Schlittschuhen laufen«, sagte sie.

Dieser Moment hatte sie näher an ihn herangerückt, als ihm lieb war. »Du solltest zur Villa zurückkehren, ehe es dämmert«, sagte er mit belegter Stimme.

Und dann, völlig unerwartet: »Es tut mir leid, dass du Rosalie und mich erwischt hast. Und es tut mir leid, dass du Gefühle für deinen Arzt hast. Niemand sollte daran gehindert werden, mit dem Menschen zusammen zu sein, den er liebt.«

Sie sah ihn mit großen Augen an, als hätte sie Angst, er würde sich nur über sie lustig machen.

»Komm …«, sagte er dann. »Es ist schon dunkel draußen. Ich begleite dich zurück zum Haus.«

Die Nacht hatte sich inzwischen über dem Grundstück herabgesenkt. Doch während sie schweigend nebeneinander den Hang hinaufliefen, gingen nach und nach im Inneren der Villa die Lichter an. Louis hatte Elisa seinen Arm angeboten, und sie war dankbar dafür gewesen. Ein goldener Schein breitete sich über dem Rasen aus und erreichte schließlich auch sie. Auf der Terrasse blieben sie voreinander stehen und wussten beide nicht, was sie sagen sollten.

»Ich danke dir, Louis«, brachte sie schließlich hervor. »Deine Worte eben haben mich berührt. Da ist noch etwas anderes, weshalb ich dich aufgesucht habe … Du hast recht, wenn du sagst, dass ich mich endlich hinauswagen muss. Auf Märkte, in ein Kaufhaus, in die Oper … Aber diesen Schritt zu gehen, ist nicht leicht, wenn man fast sein ganzes Leben lang nur zu Hause war. Ich brauche jemanden, der mich begleitet.«

»Du denkst dabei an mich?«

Sie nickte.

Louis warf den Kopf in den Nacken und lachte laut. »Du meinst, ich soll dein Kindermädchen spielen?«

Die Ernsthaftigkeit ihres Blickes ließ sein Lachen erfrieren. »Ja. Bitte …«

»Es wird dir nicht gefallen, einen Abend mit mir zu verbringen! Dort, wo ich hingehe, gehen keine Damen hin! Du solltest lieber Hanni fragen …«

»Sie hat doch nie Zeit, weil sie mit den Kindern beschäftigt ist.«

»Dann deine Mutter oder wen auch immer! Warum willst du ausgerechnet, dass ich dich mitnehme? Du kannst mich doch noch nicht einmal sonderlich gut leiden!«, rief er aus.

Der sanfte Ausdruck ihres Gesichts, mit dem sie zu ihm aufsah, rührte ihn. »Weil du … weil du kein Mitleid mit mir hast. Bitte, Louis …« Ihre kleine, zarte Hand legte sich einen Moment lang auf seinen Ellenbogen. Beide sahen sie auf die Berührung hinab, nahezu erschrocken, ehe Elisa ihren Arm zurückzog.

Ihre Unterlippe zitterte leicht. Es schien sie Überwindung zu kosten, das loszuwerden, was ihr auf dem Herzen lag. »Wenn du mich mitnimmst, dulde ich im Gegenzug deine Affäre mit Rosalie.«

Fassungslos über die Absurdität dieses Vorschlags, schüttelte er den Kopf. Elisa schien nicht zu merken, dass ihre Worte ihn verletzt hatten. Besser so. »Kommt nicht infrage. Ich brauche deinen Segen nicht, um Rosalie zu treffen. Darauf lasse ich mich nicht ein.«

»Du hattest mir aber versprochen, dass du mich mitnimmst!«

»Elisa …« Louis atmete schwer aus. Sie hatte gesagt, dass er kein Mitleid mit ihr empfand. Doch genau das war es, was ihn sagen ließ: »Ich … ich denke darüber nach …«

Ehe sie noch etwas erwidern konnte, war er im Inneren der Villa verschwunden.

Kapitel 25

SEPTEMBER 1913

Ich wollte noch nicht heiraten. Und wenn, dann eine Frau, für die ich etwas empfinde.

Auch wenn Louis' Worte verletzend gewesen waren, so hatten sie Elisa gleichermaßen berührt. Es tat ihr leid, zuvor keinen Gedanken daran verschwendet zu haben, dass auch ihm durch ihre Zwangsheirat die Chance genommen worden war, mit dem Menschen zusammen zu sein, den er liebte. Ihre Verachtung ihm gegenüber hatte sie vergessen lassen, dass auch er Gefühle hatte. Das sollte sich ab jetzt ändern. Sie hatte sich fest vorgenommen, freundlicher zu ihm zu sein, um die Situation für sie beide erträglicher zu machen. Deshalb hatte sie ihn auch gestern an den Stallungen aufgesucht. Überraschenderweise hatte sie das kurze Gespräch mit ihm genossen und eine liebenswerte Seite an ihm kennengelernt, die er zuvor zu verbergen gewusst hatte.

Heute Vormittag hatte Emil seine Schwester Florence vom Bahnhof abgeholt, die seitdem nicht von Elisas Seite wich. Elisa wurde den Verdacht nicht los, dass Emil sie nur deshalb ein paar Tage zu Besuch eingeladen hatte, damit Florence ihr Gesellschaft leistete.

»Du meine Güte, ist es hier drinnen stickig«, stöhnte Florence und machte Anstalten, sich vom Sofa zu erheben, sank jedoch sogleich wieder erschöpft zurück. Einen milchweißen Arm legte sie auf ihre Stirn, der andere hing schlaff hinab. »Ich bin noch ganz erschlagen von der langen Fahrt. Außerdem dachte ich, wir würden drinnen ein wenig Abkühlung finden, aber man kann in diesem Raum kaum atmen, so sehr glüht die Luft! Wer kam nur auf die verrückte Idee, bei diesen Temperaturen auch noch den Kachelofen einzuheizen?« Sie wischte sich eine feuchte Locke aus der Stirn.

»Ich hatte darum gebeten«, erwiderte Elisa. »Zumindest in der Bibliothek. Die Wände in diesem Haus sind sehr dick, deshalb ist es morgens oft recht frisch. Und wenn man den ganzen Tag wie ich nur sitzt, kühlt man rasch aus.«

»Kein Wunder, dass du leicht frierst, so dünn wie du bist.« Florence schenkte ihr nicht mehr als einen kurzen Blick aus den Augenwinkeln.

»Du bist dran«, erwiderte Elisa, die einen Herzbuben abgelegt hatte.

Seit etwa einer halben Stunde spielten sie Rommé, wobei Florence das nach jedem Zug zu vergessen schien und es vorzog, die Sterbende zu geben. »Lass uns etwas unternehmen«, schlug sie vor. »Etwas, das Spaß macht.«

Die leuchtend gelb blühenden Äste des Goldregens vor dem Fenster wippten sanft im Wind und warfen flirrende Schattenpunkte auf den Sofatisch.

»Macht dir das Kartenspielen denn keinen Spaß?«

»Nein«, entgegnete Florence mit dem Trotz eines Kindes. Jäh fuhr sie vom Sofa hoch und schnippte einmal mit den Fingern. »Ich weiß, was wir machen!« Ihr Dekolleté plusterte sich auf, sodass Elisa schon befürchtete, es würde den zarten Chiffonstoff sprengen.

»Aber …«

»Schon gut, Liebes«, schnitt Florence ihr das Wort ab. »Wir tun nichts, was gefährlich ist. Keine Sorge. Ich passe schon auf dich auf. Aber frische Luft ist gesund, das kann nicht mal dein Spielverderber von Arzt leugnen.«

Zehn Minuten später hakte sich Elisa bei Florence unter, und sie spazierten den Weg zum See hinab. Auf dem Steg setzten sie sich auf eine Bank, und Florence hielt einen Schirm über ihren Kopf, damit die Sonne nicht auf ihre Schultern herabbrannte. Nach kurzer Zeit stand sie schon wieder auf, drückte Elisa den Schirm in die Hand und machte sich an einem der beiden Boote zu schaffen, die am Steg angebunden waren. Skeptisch verfolgte Elisa, wie Florence in eines der Wassergefährte stieg, das unter ihrem Gewicht gefährlich schaukelte. Mit ausgebreiteten Armen balancierte sie vom Heck zum Bug, prüfte unter der gewachsten Plane, ob beide Ruder im Boot waren, und verkündete dann zufrieden: »Wir können los. Na, komm schon! Oder bist du festgewachsen?«

Elisa drehte unsicher den Sonnenschirm. »Fahr du, ich bleibe hier und sehe dir zu.«

»Du glaubst doch nicht im Ernst, dass ich alleine auf das Wasser hinausrudere! Wie schrecklich langweilig wäre denn das? Gib mir deine Hand, ich helfe dir, ins Boot zu steigen.«

»Aber ich kann nicht schwimmen.«

»Meinst du etwa, ich kann schwimmen? Deshalb haben wir ja auch das Boot.«

Demonstrativ hob Elisa ihr noch immer eingegipstes Handgelenk in die Höhe. »Ich kann nicht, Florence. Es tut mir leid …«

Florence gab ihr deutlich zu verstehen, dass Elisa ihr den Tag verderben würde, wenn sie nicht endlich in das Boot stieg. Denn selbstverständlich würde dann auch Florence auf den Spaß verzichten und an Land bleiben. Zudem meinte Florence, sie könne Louis gegenüber beim Abendessen erwähnen, wie furchtlos Elisa in das Boot gestiegen war. Dieser Gedanke reizte Elisa, sodass sie die Hand, die Louis' Tante ihr entgegenstreckte, schließlich annahm.

Das Boot schwankte erneut gefährlich, als Florence das Tau löste. Elisa klammerte sich an der Holzbank fest. In ihrem Kopf schrillte die panische Stimme ihrer Mutter: »Kind, bist du verrückt geworden, dich in eine solche Gefahr zu begeben?!«

Mit geübten, kräftigen Schlägen brachte Florence das Boot ein ordentliches Stück weit auf den See hinaus. Schon bald standen Schweißperlen auf ihrer Stirn, und die Locken, die unter ihrem mit Federn geschmückten Hut hervorquollen, klebten an ihren Schläfen. »Jetzt wäre ein Mann von Vorteil. Nur dafür gibt es sie: Um feine Damen über einen See zu rudern, ihnen die Tür aufzuhalten und ihre Pralinen zu bezahlen. Das ist aber auch schon alles.«

Elisa kicherte leise. Was ihre Mutter wohl zu Florences Ansichten gesagt hätte? Vermutlich wäre ihr das Herz stehen geblieben.

Obwohl es ein normaler Arbeitstag war, war das Strandbad auf der anderen Uferseite gut besucht. Bunte Decken und Sonnenschirme leuchteten auf dem Sand. Kinder spielten im Wasser. Ihre Rufe und ihr Lachen wurden von dem angenehm wehenden Wind zu Elisa getragen, die unerwartet heftig vom Anblick des regen Treibens ergriffen wurde. Sie lachte, fühlte sich hellwach und war rundum glücklich. Welch ein Glück, dass Florence sie zu diesem Ausflug überredet hatte! Die furchtlose Florence, die einfach tat, wonach ihr war, und die Elisa insgeheim bewunderte.

Sie beschlossen, eine kleine Pause zu machen, das beruhigende Schaukeln zu genießen und die schönen Segelboote zu bestaunen. So musste sich Urlaub anfühlen.

Nach einer Weile raffte Florence den Saum ihres Kleides hoch und machte sich daran, ihre Schuhe auszuziehen. »Weiß sich mein Neffe zu benehmen?«, fragte sie unvermittelt.

»Manchmal mehr und manchmal weniger.« Elisa vermied es, Florence anzusehen.

»Franz meinte, Louis hätte eine Affäre?«

Sie rollte ihre Strümpfe die Unterschenkel hinab. Als Elisa nichts erwiderte, seufzte Florence. »Das war zu erwarten«, sagte sie.

»Was war zu erwarten?«

»Dass er eine Affäre haben würde. Die meisten Männer haben eine.«

Florences Reaktion überraschte Elisa. Sie hätte sich ein wenig mehr Mitgefühl erhofft.

»Nur verstehe ich Louis nicht«, fuhr Florence fort, stützte sich hinter ihrem Rücken auf die Bank und streckte die Zehen ins Wasser. »Du bist ein hübsches und intelligentes Mädchen. Ich kenne Männer, die ebenfalls zwangsverheiratet wurden und es wesentlich schlechter getroffen haben.«

Elisas Wangen glühten, als sie mit gesenkter Stimme zugab: »Aber ich befürchte, ich kann Louis nicht …« Sie brach ab. Zu unangenehm war das, was ihr auf der Zunge lag.

»Nicht was?«

Elisa holte Luft. Nahm Anlauf. »… nicht das geben, wonach er sich sehnt.«

Florence warf den Kopf in den Nacken und lachte laut und ungehemmt. »Du meinst, wegen deiner Krankheit? Schätzchen, es gibt andere Wege, einander glücklich zu machen.« Ein Segelboot zog an ihnen vorbei. Die Damen mit den im Wind flatternden Hutbändern winkten, und Florence und Elisa winkten zurück. Selbst als das Boot nur noch ein kleiner, weißer Fleck in der Ferne war, kicherte Florence noch immer.

»Das solltest du auch tun«, seufzte sie. »Das ist eine reine Wohltat.«

Elisas fragender und überdies leicht schockierter Gesichtsausdruck brachte sie erneut zum Lachen. »Ich meine damit, dass du deine Schuhe ausziehen und das Wasser genießen sollst. Meine Füße waren in diesen elendigen Lederstiefeletten schon ganz geschwollen.« Sichtlich zufrieden mit dem Leben streckte sie die Nase in die Sonne und wackelte mit den Zehen.

»Welche Wege?«, entfuhr es Elisa unerwartet.

Auf Florences Lippen breitete sich ein teuflisches Grinsen aus. »Meine Liebe, Gott hat der Frau zwei Hände und einen Mund geschenkt.«

Florence errötete nicht einmal, als sie Elisa erklärte, welche Möglichkeiten eine Frau hätte, einen Mann zu befriedigen. Elisa hingegen wurde so heiß, dass sie nun tatsächlich Schuhe und Strümpfe abstreifte, um die Füße ins kühlende Wasser zu strecken. Das Boot bekam nun Schlagseite, aber Elisa lauschte zu konzentriert Florences Ausführungen, um Angst zu haben.

»Wenn Louis eine Affäre hat, solltest du dir ebenfalls eine zulegen«, endete Florence ihre Erläuterungen.

»Was schlägst du mir denn da vor? Was wäre ich für eine Ehefrau!«

»Eine, die ihr Leben zu genießen weiß.«

»Louis ist dein Neffe!«

»Ja, deshalb weiß ich ja auch, dass er – so sehr ich ihn vergöttere – ein Idiot sein kann. Wenn er das Recht hat, eine Affäre zu haben, warum hast du es dann nicht? Du bist genauso viel wert wie er.«

»Das siehst vielleicht du so, die Gesellschaft sieht es jedoch ganz anders.«

Später beim Abendessen übertrieb Florence maßlos, als sie schilderte, wie begeistert Elisa von dem Vorschlag gewesen war, mit dem Boot auf den See hinauszufahren.

»Und über was habt ihr so gesprochen?«, fragte Louis und grinste. »Darüber, wie man Kissen bestickt?«

»Besser«, entgegnete Elisa und setzte das gleiche Grinsen auf wie er. »Viel, viel besser.«

Zwei Tage später reiste Florence wieder ab. Es versetzte Elisa einen Stich, als sie sah, wie die hohen Federn ihres Hutes im Inneren des Taxis verschwanden.

»Kommt mich mal am Starnberger See besuchen!«, rief Florence durch das offene Fenster, ehe die Kraftdroschke davonfuhr.

Ohne Florence kam Elisa die Villa schrecklich still vor. Emil und Franz waren bei der Arbeit, Hanni war mit Freundinnen in der Stadt, und Louis war mal wieder nicht auffindbar. Deshalb beschloss Elisa, ihre Zeit bei Hilde, der fünfzigjährigen, stämmigen Köchin, zu vertrödeln und mit ihr über deren Familie zu plaudern, obwohl es für eine feine Dame der Oberschicht nicht üblich war, die Küche aufzusuchen.

Magda war ebenfalls anwesend, denn sie aß gerade zu Mittag. In ihren Blicken schwang neuerdings eine Spur Feindseligkeit mit. Und was noch viel schmerzhafter war: auch Überlegenheit. Elisa konnte ihr nicht verübeln, dass das Dienstmädchen heimlich für Louis schwärmte, denn wann immer Louis mit ihr sprach, setzte er einen Tonfall auf, der verrucht und butterweich zugleich war. Dabei beugte er sich zu ihr hinab, als würde er ein Geheimnis in ihr Ohr flüstern, und lockte sie so noch näher an sich heran. Für ihn war es nur ein Spiel, doch dieses Spiel ging auf Magdas Kosten.

Nachdem ihre Mutter sie nachmittags für eine Stunde zu Kaffee und Kuchen besucht hatte, legte Elisa sich auf eine Decke auf die Wiese und blickte in den Sommerhimmel, über den Wattewolken trieben, sich zu neuen Formen zusammendrückten oder auseinanderzogen. Alles war in Bewegung. Die Zweige des duftenden Holunderstrauchs, der ihr Schatten spendete. Die Vögel, die durch die Lüfte tollten. Ihre Haarsträhne, die im Wind wippte und sie an der Nase kitzelte. Nur Elisa lag ganz still, den Kopf auf ihren Unterarmen gebettet. Sonnenlicht blendete sie durch die geschlossenen Lider hindurch. Einzelne flimmernde Punkte tanzten in einem gleißend hellen Weiß. Elisas Herz wurde leicht, sie blinzelte müde. Das sanfte Zittern eines Rosenzweiges verschwamm, und aus ihm heraus wuchsen feingliedrige Finger. Frauenfinger, die über gebräunte Haut strichen und sich an einem breiten Rücken festhielten. Der Wind atmete. Keuchte. Das Kitzeln der Haarsträhne wurde zu einer flüchtigen Lippenberührung. Aus dem Weiß heraus hoben sich zwei Körper ab. Das haselnussbraune, ungezähmte Haar gehörte unverkennbar Louis. Sein Mund strich über einen blassen Frauenhals, der sich ihm darbot. Rosalies schlanke, nackte Beine zogen ihn näher an sich heran.

Anstatt der Demütigung verspürte Elisa diesmal nur ein Kribbeln im Bauch. Es war ein angenehmes, aufregendes Gefühl, das sie Stellen im Körper spüren ließ, die sie zuvor noch nie wahrgenommen hatte. Voller Faszination sah sie, wie Rosalies langes dunkelbraunes Haar nach vorne fiel, als sie Louis' Schulter küsste.

Gerade, als Elisa dachte, dass Rosalie doch eigentlich blond war, sah das Mädchen zu ihr auf.

Die Augen, die ihren Blick erwiderten, waren ihre eigenen.

»Frau Lindquist! Besuch für Sie!«

Elisa schreckte aus ihrem Schlaf hoch. Nach und nach drang Antons Stimme zu ihr durch. Es dauerte eine Weile, bis sich ihr wild schlagendes Herz beruhigt hatte. Als sich ihre Augen an das Sonnenlicht gewöhnt hatten, erkannte sie, dass sich ihr zwei Männerhände entgegenstreckten.

»Hier steckst du. Der Hausdiener musste dich erst suchen. Was machst du denn im Garten?«, fragte Wilhelm sie und versuchte dabei zu überspielen, dass ihm Elisas kleiner Ausflug missfiel.

»Ich gehe jetzt öfters in den Garten, denn ich sterbe sonst vor Langeweile. Ich wollte mich nur kurz ausruhen und bin dann wohl eingeschlafen«, murmelte sie, noch immer leicht durcheinander von ihrem Traum. »Aber ich freue mich, dich zu sehen, Wilhelm.«

»Lass uns besser reingehen. Am Ende bekommst du noch einen Sonnenstich.«

Inzwischen war der Schatten der Villa auf die andere Seite des

Gebäudes gewandert, sodass Elisa in der Sonne gelegen hatte. Sie ließ sich von Wilhelm auf die Beine ziehen, nutzte den Schwung und schlang die Arme um ihn.

Ihre feste Umarmung entlockte ihm ein überraschtes Keuchen. »Womit habe ich denn diese stürmische Begrüßung verdient?«

Wilhelm erwiderte die Umarmung mit einem Tätscheln ihres Rückens, schob sie dann sogleich von sich und warf einen nervösen Blick über die Schulter in Richtung der Villa.

»Emil kommt heute erst spät nach Hause«, versuchte Elisa ihm die Unsicherheit zu nehmen. »Und wo Louis steckt, weiß ich nicht. Jedenfalls ist er nicht hier.«

»Es gibt ja auch nichts, was ihm Bedenken bereiten müsste.« Wilhelms Lächeln war ebenso steif wie seine gesamte Körperhaltung.

Das helle Nachmittagslicht durchflutete das Landschaftszimmer. Elisa sank auf das helle Sofa und klopfte auf den Platz zu ihrer Seite. »Setz dich neben mich.«

»Aber ich rieche vermutlich nach all den Patienten, die sich bis gerade eben in meiner Praxis die Klinke in die Hand gegeben haben.«

»Bitte, Wilhelm. Ich habe dich so lange nicht gesehen.«

In gebührendem Abstand kam Wilhelm ihrem Flehen nach, wobei er die Beine ordentlich nebeneinander und den Arztkoffer auf seinen Schoß stellte. Beide waren sie nervös, doch es machte sich auf unterschiedliche Weise bemerkbar. Wilhelm redete ohne Punkt und Komma über seinen Arbeitstag, Elisa lachte an den richtigen Stellen, doch ihr Lachen war ungewöhnlich hoch. Ihre Gedanken kreisten ununterbrochen um ihre Hände und ihren Mund und die Dinge, die sie laut Florence mit ihnen anstellen konnte.

»Langweile ich dich mit meinen Geschichten?«, fragte Wilhelm sie nach einer Weile.

»Wo denkst du hin? Ich war so traurig nach Florences Abreise. Deine Geschichten heitern mich auf!«

»Aber du wirkst so abwesend.«

Sie spürte ihren Herzschlag, als sie näher an ihn heranrückte. Ihre Hand lag nun dicht neben seiner. Ihr Mund war ganz trocken. »Ich bin nur etwas müde.«

Wie würde Florence sich verhalten, wenn sie an ihrer Stelle wäre? Jede ihrer Bewegungen war voller Sinnlichkeit. Sie verstand es, einem gewöhnlichen Wort den Klang von etwas Geheimnisvollem zu verleihen. Jedem noch so einfachen Satz eine tiefere Bedeutung einzuverleiben. Elisa beneidete Florence darum, wie Männer sie ansahen. Sie sahen sie an, als würden sie ihr Leben dafür geben, wenn sie nur ein einziges Mal die teuren Seidenstoffe von Florences weiblichem Körper schälen dürften.

Ein Anfang wäre es, die Beine ebenso elegant übereinanderzuschlagen, wie Elisa es bei Louis' Tante beobachtet hatte, aber sie hatte kaum Gespür für ihre Muskeln. Die Bewegung war sehr ungewohnt. Ihr Körper fühlte sich ungelenk und sehr ungeschickt an.

»Gibt es eigentlich jemanden, den du gern hast?«, tastete sie sich vor.

»Wie meinst du das?«, fragte er, doch sie sah an dem Unbehagen in seinen Augen, dass er sie verstanden hatte.

»Gibt es ein Mädchen, das dir mehr bedeutet als all die anderen Mädchen?«

Sein Mund öffnete sich, doch er schwieg.

»Bedeute ich dir mehr als andere Mädchen?«

»Was ist das für eine Frage ...«, antwortete er mit gequältem Gesichtsausdruck.

Ihr Knie berührte das seine. Damit überschritt sie eine Grenze. Ihr heftiger Herzschlag erfüllte sie bis in die Fingerspitzen. Fingerspitzen, die nach seiner Hand tasteten. Wilhelm wollte sich vom Sofa erheben, doch Elisa nahm all ihren Mut zusammen und hielt ihn zurück.

»Du bist mehr für mich als nur ein Freund, Wilhelm.«

»Elisa … du …«, stammelte er.

»Wenn ich dich sehe, dann geht es mir gut. Ich vermisse dich, sobald du das Haus verlassen hast.«

»Es ist das Haus deines Mannes.«

Da waren sie, die Tränen, die sie versucht hatte, zurückzuhalten. »Ich hatte die Hoffnung, du würdest ebenso empfinden wie ich.«

»Du darfst niemals daran zweifeln, wie gern ich dich habe, Elisa. Mein ganzes Leben habe ich nach dir ausgerichtet.«

»Warum zeigst du es mir dann nicht?«

Er flehte sie mit seinem Blick an. Flehte sie an, ihre Gefühle zurückzuhalten. Aber dafür war es zu spät.

Nur ein einziges Mal war Elisa geküsst worden, und diesen Kuss hatte Wilhelm ihr geschenkt. Nun schenkte sie ihm einen. Sie konnte gar nichts dagegen tun, beugte sich einfach nach vorne und legte ihre Lippen auf seine.

Erschrocken wich er von ihr zurück. So viele Gefühle tobten in seinen Augen. Da waren Angst, Unsicherheit, Verzweiflung – aber vor allem Liebe.

Und auf einmal umschlossen seine Hände ihr Gesicht und zogen ihren Mund an den seinen. Elisa hatte keine Ahnung, wie man küsste. Ihre Lippen berührten einander, mehr nicht. Als Louis Rosalie geküsst hatte, war da viel mehr gewesen …

»Störe ich?« Louis' Stimme war eiskalt. Er lehnte am Türrahmen, die Arme hatte er vor der Brust verschränkt. »Schön zu sehen, dass meine Gattin ihr Leben offenbar in vollen Zügen genießt. Wie lange ist es her, dass du behauptet hast, du hättest keine Affäre mit deinem Arzt? Ein paar Tage, eine Woche?«

Elisa zitterte. Gerade eben war sie noch so glücklich gewesen, und nun … nun war ihr schlecht vor Scham und der Angst, dass

Louis sie auf die Straße setzen würde. Als könnte sie auf diese Weise den Kuss ungeschehen machen, strich sie den Stoff ihres Kleides glatt.

»Ich gehe jetzt besser.« Wilhelm stolperte über den Teppich, so eilig hatte er es zu verschwinden.

»Sehr gut erkannt, Doktor Friedmann. Bei Ihrem Scharfsinn ist es vermutlich überflüssig hinzuzufügen, dass Sie in diesem Haus fortan nicht mehr willkommen sind.«

»Aber Wilhelm ist mein Arzt, Louis!«, rief Elisa nahezu panisch aus.

»Es gibt andere Ärzte.«

»Aber keinen, der so gut mit meiner Krankheit vertraut ist.«

»Das ist mir gleichgültig. Du wirst ihn nicht mehr sehen.«

Sie hörte die Haustür zufallen. Wilhelm war verschwunden.

Louis' Urteil traf sie hart. »Allem Anschein nach bist auch du nur ein Mensch«, sagte er, ging und ließ sie mit einem Rätsel zurück.

Kapitel 26

Louis hätte nicht gedacht, dass dies möglich war, aber am nächsten Tag sank seine Laune noch tiefer. Als er gerade auf der Terrasse stand und mit einer köstlich duftenden Tasse Kaffee der Sonne dabei zusah, wie sie sich über den Tannenspitzen erhob, brachte Magda ihm einen Brief von der Baronin Laurent. Er war sich sicher gewesen, dass die Baronin ihr Pferd bei ihm unterstellen wollte – doch er musste nur die erste Zeile lesen, um zu wissen, dass sie ihm absagte. *Leider muss ich Ihnen mitteilen, dass …*

Er verzichtete auf das Frühstück und machte sich sogleich zu den Stallungen auf. Die Lichtung im Wald war einer seiner Lieblingsorte, denn dort konnte Salem grasen, während er selbst einfach nur an einer Tanne lehnte und versuchte, den Kopf freizubekommen, indem er den Wolken dabei zusah, wie sie über einen perfekt blauen Himmel wanderten. Doch heute hörten seine Gedanken einfach nicht auf zu kreisen.

Prinzipiell war es ihm egal, was Elisa tat. Aber sie war seine Frau und hatte deshalb verdammt noch mal nicht das Recht, einen anderen Mann zu küssen!

Um sich abzureagieren, begann er, aus einem Stück Ast eine Holzfigur für seine beiden Nichten zu schnitzen. Doch das Taschenmesser rutschte ab und schnitt in seinen Daumen. Die Wunde fing sofort an zu bluten. Louis fluchte. Heute war einfach nicht sein Tag.

Es gab nur eines, was diesen Tag retten würde, und das war, sich in einer Kneipe ein paar Bier zu gönnen. Um acht Uhr abends klopfte er an die Tür der Wohnung, in der Hans mit seiner Familie lebte. Durch die dünnen Wände hindurch hörte er eine Frauenstimme schimpfen, kurz darauf fing ein Kind an zu weinen. Kalter, nächtlicher Ostwind pfiff durch das Loch in der Fensterscheibe und trug eine Woge des Gestanks aus der im Flur liegenden Toilette des Mietshauses zu Louis.

Er wollte sich gerade zurückziehen, da ging die Tür auf, und Hans' Mutter stand vor ihm. Aus dunklen Höhlen heraus fixierten ihre Augen ihn. Aschfarbenes Haar hing unter ihrem Kopftuch heraus und klebte an ihren Schläfen. Ihre Hände hielten einen Eimer mit Schmutzwasser fest.

»Ist Hans da?«, fragte Louis.

Sie stellte den Eimer in den Flur und trocknete ihre vom kalten Wasser geröteten Hände an ihrer Schürze ab. Dann rief sie: »Hans! Nu komm schon!«

Ein dünnes Kinderhusten ließ Louis herumfahren. Auf den Stiegen, die ein Stockwerk höher führten, saß Thomas, der jüngste von Hans' Brüdern. Er spielte mit dem Steiff-Teddybären, den Louis ihm geschenkt hatte. Louis hatte den Jungen gar nicht wahrgenommen, so leise war er gewesen.

»Was ist mit den Anziehsachen, die ich euch letztes Mal gebracht habe?«, fragte er Hans' Mutter. »Das Hemd, das Thomas trägt, hat Löcher und ist außerdem viel zu dünn.«

»Von Klamotten weiß ich nix.«

»Aber …«

»Louis! Mit dir habe ich heute nicht gerechnet.« Hans küsste seine Mutter zum Abschied auf die Wange und zog Louis die Treppe hinab, wobei er über die Schulter rief: »Kann spät werden!«

Als Hans und Louis kurz darauf in die Möckernstraße einbogen, fragte Louis seinen Freund, was mit der warmen Kleidung und den Schuhen geschehen war, die Louis für Thomas gekauft hatte.

»Ich befürchte, mein Vater hat die Sachen verscherbelt«, gestand Hans.

Louis hatte es sich bereits gedacht. Das Geld, das Hans' Vater für die Sachen bekommen hatte, war vermutlich schnurstracks in Schnaps investiert worden.

»Warum sagst du ihm nicht endlich mal, dass er ein Arschloch ist?!«

»Er ist mein Vater, Louis. Mal abgesehen davon, dass er mich halb tot prügeln würde.«

Sie schwiegen eine Weile, traten aus dem gelben Schein einer Straßenlaterne und waren dankbar für das Licht, das ihnen der Mond und die wenigen erhellten Wohnungen spendeten. Eine Ratte flitzte dicht an der Fassade der Mietskaserne entlang und verschwand in der Schwärze eines Hinterhofs.

»Was ist los mit dir?«, fragte Hans nach einer Weile.

»Nichts. Was sollte los sein?«

»Louis, wie lange kennen wir uns jetzt schon? Zehn Jahre? Elf Jahre? Jedenfalls lang genug, um sich einander anzuvertrauen.«

»Du machst dir umsonst Sorgen. Es ist alles in Ordnung. Ehrlich.«

»Das sagst du jedes Mal, und ich darf dich dann wieder völlig betrunken nach Hause schleppen.«

»Ich hatte einfach nur einen anstrengenden Tag«, wich Louis aus. »Erzähl mir doch lieber ein bisschen von deiner neuen Liebschaft.«

Das Thema schien Hans unangenehm zu sein, denn er blickte zu Boden und trat nach einem Stein auf dem Fußgängerweg. »Na ja …«

»Ist es schon wieder vorbei?«

»Nein. Das ist es nicht … Ich denke, ich werde Frieda fragen, ob sie mich heiraten will.«

»Was?!« Louis hielt inne. »Ist sie schwanger?«

»Nein.«

»Aber warum willst du sie dann heiraten?«

»Weil ich sie wirklich gern habe! Schon einmal an diese Möglichkeit gedacht?«

Sie gingen weiter, an den wartenden Kraftdroschken der Friedrichstraße vorbei, in denen die Fahrer mit müden Gesichtern dösten. Ein junges Mädel trat aus dem Schatten der Gasse hinter der Königsmauer und flüsterte ihnen warme, einladende Worte zu, und als sie nicht darauf reagierten, verschwand sie wieder.

»Durch eine Heirat wäre Frieda abgesichert und müsste nicht mehr in der Fabrik arbeiten«, meinte Hans. »Sie könnte sich eine andere, leichtere Arbeit suchen, die ihre Gesundheit weniger strapaziert. Außerdem könnte ich mir mit ihr eine eigene Wohnung suchen. Ihre Familie vermietet die Zimmer oft genug an Schlafburschen, und das macht mir Sorge. Wer weiß, wer da tagsüber in ihrem Bett schläft! Am Ende kommt sie eines Abends nach Hause und … Allein der Gedanke, dass so etwas passieren könnte, bringt mich fast um. «

Louis fühlte sich schlecht, da sein Freund offenbar das Gefühl hatte, sich ihm gegenüber rechtfertigen zu müssen. Er überholte ihn und lief rückwärts vor ihm her. »O mein Gott, du magst sie ja wirklich«, sagte er scherzhaft.

»Schön, dass du das auch endlich begreifst.« Es kam nicht oft vor, dass Hans gereizt war. »Freust du dich denn gar nicht für mich?«

Erneut blieb Louis stehen. Er legte die Hände an Hans' Wangen, damit er ihm ins Gesicht blicken und sehen konnte, wie aufrichtig Louis seine Worte meinte. »Wenn du glücklich bist, dann freue ich mich für dich.«

»Ich bin glücklich.«

»Falls du Geld brauchst, um eine Wohnung für euch beide zu finanzieren, dann werde ich dich selbstverständlich unterstützen, das weißt du, oder?« Louis umarmte seinen Freund. »Zur Feier des Tages gehen sämtliche Getränke des Abends natürlich auf meine Kosten!«

Kapitel 27

Als Elisa am nächsten Morgen die Villa durch die Haustür betrat, nahm sie einen Luftzug war. Es war, als würde das Haus atmen. Der leise Klang eines Windspiels lockte sie in das Landschaftszimmer, wo sich die weißen Vorhänge bauschten. Sie schienen nacheinander zu greifen und miteinander zu tanzen. Es gab keinen Raum mehr, nur noch weiches, warmes, reines Licht.

In all der Helligkeit fand sie Louis. Er schlief tief und fest auf einem der Korbsofas. Klammerte sich an dem Kissen unter seinem Kopf fest, die hellbraunen Haare durch die Sonnenstrahlen mit goldenen Strähnen versehen. Sein weißes Hemd war bis zur Mitte der Brust aufgeknöpft, sodass ein Teil seiner gebräunten Haut freilag. Sein Anblick traf Elisa unerwartet heftig.

Auf Zehenspitzen zog sie sich zurück. Als Louis eine Stunde später noch immer tief und fest schlief, bat sie Magda, das Frühstück herzurichten. Sie setzte sich auf das Louis gegenüberliegende Sofa und blätterte in einer von Emils Zeitschriften: der *Plutus*. Dabei konnte Elisa diese Wochenschrift für Volkswirtschaft und Finanzwesen eigentlich nicht ausstehen, denn sie hetzte gegen Künstler. Berichtete, es bereite ihnen ein »masochistisches Vergnügen«, kaum Geld zu verdienen und somit zu hungern, und ihre wirren Gedankengänge würden perversen Gehirnen entspringen. Elisa bezweifelte, dass Emil dieser Ansicht war, aber die *Plutus* war nun einmal eine Art Pflichtlektüre für einen Bankier.

Immer wieder wurden Elisas Augen von Louis angezogen, der im Schlaf leise sprach. »Nein, nicht gehen …« Er drückte das Gesicht fester ins Kissen. Sein Atem beschleunigte.

Elisa versuchte sich auf die Wirtschaftszeilen zu konzentrieren. Aber Louis stieß nun ein Kissen vom Sofa. Ehe sie wusste, was sie tat, kniete sie vor ihm auf dem Boden. Er roch nach dem Rotwein, der auf dem niedrigen Glastisch stand. Sie streckte die Hand aus, um ihm beruhigend über die Wange zu streichen.

Unerwartet schlug er die Augen auf. Ihre Blicke prallten förmlich aufeinander.

Als hätte er einen Stromschlag bekommen, rückte er von ihr fort. Doch er kam nicht weit, da ihn die Sofalehne bremste. Auch Elisa war zurückgezuckt.

»Beobachtest du mich etwa heimlich beim Schlafen?«, fragte er sie und rieb sich die Augen.

»Ich …« So würdevoll wie möglich setzte sie sich wieder, den Oberkörper von ihm abgewandt und das Kinn gereckt. »Natürlich beobachte ich dich *nicht* heimlich beim Schlafen.«

Damit er das Glühen ihrer Wangen nicht bemerkte, schnappte sie sich die Zeitschrift vom Tisch, hob sie vor ihr Gesicht, auch wenn ihr das mit ihrem noch immer eingegipsten Arm schwerfiel, und gab vor zu lesen.

Louis stöhnte leidvoll, als er sich aufzurichten versuchte. »Sah aber ganz danach aus.«

Elisa senkte die Zeitschrift so empört, dass eine Seite einriss. »Du hattest einen Albtraum. Ich wollte dich wecken.«

»Natürlich …« Seine Stimme triefte vor müdem Sarkasmus.

Elisa konzentrierte sich auf eine Werbeanzeige des Londoner Piccadilly Hotels, damit ihr Blick nicht aus Versehen Louis' Hals hinabwanderte, dorthin, wo seine nackte Brust zu sehen war.

»Frühstück wäre jetzt nicht schlecht …«, murmelte er.

Genau in diesem Moment betrat Magda mit einem Tablett das Landschaftszimmer. Der köstliche Duft von starkem Kaffee, Rührei, Schinken und warmen Rosinenbrötchen erfüllte den Raum. Dazu gab es Butter, Pflaumenmus und Honig von Emils Bienen.

Kaum hatte das Dienstmädchen das Tablett auf den Sofatisch gestellt, stürzte Louis sich wie ausgehungert auf die Speisen. Er schnappte sich eine Schinkenscheibe und schob sie sich gierig in den Mund. »Magda …«, seufzte er genießerisch, während er kaute. »Du bist ein Engel. Du rettest mich mit diesem Frühstück.«

»Die gnädige Frau wies mich an, es für Sie herzurichten«, erwiderte Magda. Von ihrem eisigen Tonfall bekam Louis nichts mit.

Louis war gerade dabei gewesen, sich ein Rosinenbrötchen dick mit Butter zu bestreichen – doch nun hielt er inne und sah zu Elisa auf. »Das war deine Idee?«

Elisa nickte.

Als Magda Anstalten machte, ihnen Kaffee einzuschenken, hob Louis eine Hand, ohne den Blick von Elisa zu lösen. »Ich mache das schon, Magda. Danke dir.« Er schenkte zuerst Elisa und dann sich selbst Kaffee ein. »Milch?«, fragte er.

Sie nickte. »Und einen Löffel Zucker bitte.«

»Erneuter Suffragetten-Anschlag«, las Louis die Überschrift eines Artikels vor. »Wie weit wollen diese Frauen in England denn noch gehen? Das Ganze eskaliert.«

»Auch wenn ich Gewalt und Zerstörung verurteile – aber nur so hört man ihnen zu und nimmt sie ernst«, erwiderte Elisa ruhig und nippte an ihrem Kaffee.

Louis maß sie mit einem herausfordernden Blick. Nach einer Weile sagte er: »Die Frau hat sich auf Familie, Haushalt und Nachkommenschaft zu beschränken. In der Politik hat sie nichts zu suchen.«

Wie oft hatte Elisa ihren Vater schon Ähnliches sagen hören. Nie hatte sie es gewagt, ihm zu widersprechen. Doch bei Louis war das anders. »Politische Rechte sind Menschenrechte. Keine Männerrechte.«

»Und was ist mit dem Plan Gottes? Gott hat Mann und Frau unterschiedliche Pflichten zugeteilt. Frauen sind viel weicher und sensibler als Männer. Warum sollten sie sich ihrer körperlichen und geistigen Stimmung zuwider in den Kampf der Männer stürzen?«

»Das geschieht doch bereits, nur in anderer Form! Frauen werden doch schon längst als billige Arbeitskräfte in den Fabriken ausgenutzt! Und was macht es überhaupt für einen Sinn, dass ein ungebildeter Tagelöhner wählen darf, aber eine gebildete Frau nicht?«

»Wenn eine Frau unweiblich handelt, raubt sie dem Mann seine Männlichkeit. Sie raubt ihm seine Herrschaftsposition in der Familie.«

»Herrschaftsposition in der Familie?«, rief Elisa erzürnt aus. »Gleichgesinnte Frauen sind weder ein Hemmschuh noch eine Konkurrenz für den Mann. Sie sind eine Unterstützung!«

Erst, als Louis leise in seine geballte Faust lachte, begriff sie, dass er sie lediglich hatte provozieren wollen. »Du glaubst gar nicht wirklich an den Unsinn, den du gerade von dir gegeben hast?«, fragte sie und ließ sich von seinem Lachen anstecken.

»Das darfst du für dich selbst entscheiden«, entgegnete er. »Diese vor Zorn geröteten Wangen stehen dir übrigens. Ich wusste gar nicht, dass du so viel Temperament haben kannst. Du wirkst wacher als sonst.«

»Was man von dir nicht behaupten kann«, erwiderte sie frotzelnd.

Kurz lag ein Schmunzeln auf seinen Lippen, doch dann fuhr er sich mit beiden Händen über das Gesicht und gähnte schließlich ausgiebig.

»Wie spät ist es eigentlich?«, fragte er und leerte seine Tasse Kaffee.

»Nach zehn.«

»Was?« Louis knallte die Tasse auf den Tisch, sprang vom Sofa auf und schnappte sich sein Jackett vom Boden. »Schon so spät?«

»Was ist denn?«

»Um zehn wollte ich mich mit einer Dame an den Stallungen treffen, die eventuell ihr Pferd bei uns unterstellen möchte.«

»Oh«, sagte Elisa nur. Mit seinem zerknitterten Hemd, den zerzausten Haaren und den Alkohol- und Zigarettenausdünstungen konnte Louis unmöglich einer Dame gegenübertreten! »Zieh dich ordentlich an. Ich gehe schon einmal zu den Stallungen und kümmere mich um die Frau.«

Louis – ein Arm bereits im Jackett – hielt inne und sah sie mit gerunzelter Stirn an.

»Nun mach schon!«, scheuchte sie ihn.

Mrs. Campbell war eine englische Lady um die fünfzig, die hervorragend Deutsch sprach und leidenschaftlich viel reiste. Den Herbst über hatte sie vor, sich in Berlin niederzulassen, weshalb sie nun eine Unterbringung für ihren Friesen namens Prince suchte.

»Und wird Ihr Gatte sich denn auch gut um meinen Prinzen kümmern?«, fragte sie und zog die Lederhandschuhe von ihren Fingern.

Elisa mochte die Reitkleidung der Dame. Auf den ersten Blick wirkte ihr Kostüm sehr schlicht, aber Rock und Jacke waren aus feinster schwarzer Schurwolle und perfekt geschnitten. Auf ihren glänzenden braunen Locken saß ein kleiner schwarzer Hut, an dem ein Netz festgesteckt war, das das Gesicht der Baronin bedeckte.

»Dessen bin ich mir sicher«, erwiderte Elisa. »Louis liebt Pferde über alles. Ich befürchte, er mag sein eigenes Pferd sogar lieber als mich.«

Mrs. Campbell lachte, dabei ahnte sie nicht, wie ernst Elisa ihre Worte gemeint hatte.

Endlich kam Louis auf sie zugesteuert. Er breitete beide Arme aus und schüttelte den Kopf, als wäre er fassungslos über seine Verspätung. »Entschuldigen Sie vielmals …«

Mrs. Campbell winkte ab. »Ach, sorgen Sie sich nicht. Ihre reizende Ehefrau hat mir schon erzählt, dass Ihre Schwester heute ein Kind zur Welt gebracht hat.«

Beschämt sah Elisa zu Boden, doch sie spürte Louis' amüsierten Blick am ganzen Körper.

»Ja, meine außerordentlich liebreizende Schwester Franziska«, bestätigte er. »Die Glückliche.«

Da wäre es fast um Elisa geschehen, doch sie konnte ihr Lachen als ein Hüsteln kaschieren.

Gemeinsam führten sie die Lady durch die Stallungen. Elisa war beeindruckt davon, wie gut Louis mit Menschen umzugehen wusste. Er fand genau die richtigen Worte, schien ein perfektes Gespür dafür zu haben, wann er witzig sein konnte und wann er sachlich sein sollte.

»Darf ich Sie fragen, wie lange Sie schon verheiratet sind?«, fragte Mrs. Campbell interessiert, als sie schließlich vor ihrem Wagen standen, in dem ihr Chauffeur hinter dem Steuer wartete.

»Erst seit etwa vier Wochen«, erwiderte Elisa, die schon seit einiger Zeit nichts mehr gesagt hatte. Es hatte ihr gefallen, Louis zuzuhören.

»Dann ist Ihre Ehe ja noch ganz frisch! Wie herrlich!« Sie beugte sich vor, als würde sie ihnen ein Geheimnis anvertrauen. »Vorgestern habe ich mir die Stallungen eines anderen Ehepaares angesehen. Doch dort werde ich meinen geliebten Prince gewiss nicht unterbringen, denn die beiden stritten pausenlos miteinander! Furchtbar war das! Zum Glück scheinen Sie beide ja ganz wunderbar miteinander zu harmonieren!«

Sogar Louis, der doch sonst ein so begabter Schauspieler war, konnte zwei Atemzüge lang seine Verblüffung nicht verbergen.

Doch dann riss er sich zusammen, legte einen Arm um Elisas Taille und sagte, als wäre er hoffnungslos in Elisa vernarrt. »Elisa ist das Beste, das mir passieren konnte.«

Noch nie hatte jemand etwas so Schönes über sie gesagt. Immer nur war sie das seltsame Mädchen gewesen, das das Haus nie verließ und nichts vom Leben wusste. Nie war sie jemand gewesen, der das Leben eines anderen Menschen besser machte. Sie sah zu Louis auf, der ihren Blick auf unergründliche Weise erwiderte.

Elisa erinnerte sich daran, dass Louis' Zuneigung lediglich gespielt war. Ein Gedanke, der sie unerwartet verletzte. Sie begriff, wie ausgehungert sie war, wie sehr sie sich nach Wärme sehnte. Noch ein weiteres Wort, eine Berührung, ein Blick und sie wäre Louis ergeben. Das war erbärmlich, aber es war die Wahrheit. Besser, sie würde auf Abstand gehen.

Kapitel 28

NOVEMBER 1913

Der Herbst bestimmte den Anblick der Natur. Die Blätter färbten sich gelb und rostrot, kalte Winde pflückten sie von den Ästen und wehten sie zu Boden. In den frühen Morgenstunden glänzte der Raureif im steifen Gras.

Eigentlich liebte Elisa den Herbst. Was gab es Schöneres, als dem Laub dabei zuzusehen, wie es durch die Luft taumelte und im Sonnenlicht blinkte? Doch dieses Jahr war der Herbst für Elisa ein Monat, dessen heftige Regengüsse die welken Rosenblätter abrissen und in Pfützen schlugen. Die sommerliche Süße der Blüten wurde verdrängt von einer erdigen Würze. Die Vögel sammelten sich am Himmel und zogen davon.

Es waren zwei Monate vergangen, in denen Elisa Wilhelm nicht gesehen hatte. Auch Franz oder Emil bekam sie so gut wie nie zu Gesicht, da sie meist bis spät in die Nacht in der Bank waren. Oftmals war es so still im Haus, dass sie zu hören glaubte, wie sich die letzten braun verfärbten Weinblätter von der Rebe an der Fassade des Anbaus lösten. Obwohl Hanni nicht weit von ihr entfernt wohnte, hatte Elisa sie in letzter Zeit kaum gesehen, da erst Effi die Windpocken gehabt hatte und anschließend Hedwig.

Einmal bat Elisa Hanni darum, sie an einem sonnigen Tag in die Stadt begleiten zu dürfen. Endlich war der Gips an ihrem Handgelenk abgenommen worden, und sie konnte sich wieder frei bewegen. Es war an der Zeit, dass sie sich hinauswagte, dorthin, wo sich das Leben abspielte. Da traf es sich gut, dass Hanni

Weihnachtsgeschenke kaufen wollte. Als Elisa in die Droschke stieg, war sie ganz aufgeregt – denn heute Morgen hatte Magda Anton noch erzählt, in der Friedrichstraße gäbe es eine neue bewegte Leuchtreklame der Sektmarke Kupferberg Gold! Sie war wohl riesig und zeigte, wie aus einer Flasche goldene Flüssigkeit in ein Glas geschenkt wurde. Und vielleicht würden sie sogar mit der Hochbahn fahren!

Doch Hanni hatte sich inzwischen von Paulines Sorge anstecken lassen. »Nein, ich glaube, das war keine gute Idee …«, sagte sie immer wieder, als die Pflastersteine der Innenstadt sie ordentlich durchrüttelten.

Wasser spritzte auf den Fußgängerweg, als der Wagen durch eine Pfütze rollte. Inzwischen hatte es zu regnen begonnen. Anton gab sich große Mühe, nicht mit den Rädern auf die rutschigen Schienen der Elektrischen zu geraten. Von den Menschen, die schnellen Schrittes durch die Stadt eilten, war nicht viel zu sehen außer Regenschirmen und hochgeschlossenen Mänteln in gedeckten Farben.

Für Hanni mochte das alles unbedeutend und uninteressant sein. Aber wie lange war Elisa schon nicht mehr im Zentrum Berlins gewesen? Das letzte Mal war sie sechs Jahre alt gewesen.

Bunte Plakate warben an Litfaßsäulen für Theaterstücke, Kunstausstellungen, Herbstfeste – es gab so viel, dass sie schon vorbeigefahren waren, ehe Elisa alles hatte lesen können.

In der Potsdamerstraße fuhr Anton an zwei Omnibussen vorbei, die hintereinander hielten. Die Sitzplätze auf den offenen Dächern waren bei dem Regen natürlich leer, die Menschen drängten sich im Inneren. Ein paar Gentlemen hatten dort jedoch keinen Platz mehr gefunden und mussten deshalb auf der unbedachten Treppe am hinteren Ende des Busses stehen. Sie passierten den Hochbahnhof in der Bülowstraße, und Elisa drückte ihre Nasenspitze gegen das Fenster, als in diesem Moment tatsächlich eine

Bahn einfuhr. Ein Kutscher schimpfte schrecklich, als ein Wagen zu dicht an seinen Pferden vorbeifuhr und die Tiere ängstigte.

»Nein, wirklich. Wir hätten zu Hause bleiben sollen!«, jammerte Hanni. »Dieser Ausflug ist einfach zu gefährlich für dich!«

Als die Droschke schließlich vor der Kaisergalerie hielt, sagte Hanni eindringlich, als würde sie mit einer ihrer Töchter sprechen: »Du bleibst hier in der Kutsche sitzen, ja?«

»Ich würde wirklich gerne mitkommen. Bitte …«

Es kostete Elisa einiges an Überredungsarbeit, aber schließlich gab Hanni nach. Die Kaisergalerie war ein faszinierend schönes Gebäude, dessen Fassade auf die französische Architektur der Renaissance anspielte. Drinnen musste Elisa erst einmal innehalten, so sehr überwältigten sie all die Eindrücke. Der Regen prasselte auf das enorme Glasdach, durch das Elisa die dunklen Wolken sehen konnte. Doch das Geräusch ging unter in dem Stimmengewirr der vielen Menschen, dem Lachen schlendernder Damen und der Musik, die zu ihnen herüberdrang. Terrakotta-Reliefs zierten die Wände und vorweihnachtliche Lichterketten die zahlreichen Geschäfte. Es duftete nach den Kuchen und Törtchen, die sich in der Auslage eines Wiener Cafés türmten. Die Tür des benachbarten Geschäfts schwang auf, und ein ganz anderer Geruch umwehte sie nun: der schwere, würzige Duft von Tabak. Schmuck glänzte in aufwendig dekorierten Schaufenstern.

»Ich hatte ganz vergessen, wie schön es hier ist«, sagte Elisa begeistert.

»Ich mag's auch. Die Kaisergalerie ist das einzige Kaufhaus der Stadt, das an die Läden in Paris oder London heranreicht.«

»Ich war noch nie in Paris oder London«, erwiderte Elisa daraufhin leise, während ihre Augen umherflogen und alles auf einmal erfassen wollten.

Fast zwanzig Minuten verbrachten sie in einer Buchhandlung, bis Hanni stöhnte und meinte, ihre Beine würden ganz schwer werden vom ewigen Stehen. Elisa kaufte mehrere Romane und Gedichtbände, unter anderem von Rilke.

»Bei dem, was du alles kaufst, müssen wir uns bald einen Träger leisten!«, scherzte Hanni.

Durch das Fenster eines Friseursalons konnte man sehen, wie einer Dame die Haare geschnitten wurden. Und erst all die Modegeschäfte mit wunderschönen Kleidern, wie Elisa sie in den Zeitschriften ihrer Mutter gesehen hatte, wie beispielsweise *Die praktische Berlinerin …*

Ein Gefühl erfüllte sie, das sie an die Weihnachtszeit ihrer Kindheit erinnerte. An diesen einzigartigen Moment, wenn sie endlich nach stundenlangem Warten den Salon hatte betreten und die Geschenke besehen dürfen. Ihr Herz hatte vor Aufregung ganz schnell geschlagen, weil sie am liebsten all die Geschenke gleichzeitig ausgepackt hätte.

Wie damals trommelte Elisas Herz gegen ihre Brust, und sie hatte so viel Energie, dass sie von einem Geschäft zum nächsten eilte, alles bestaunte und gar nicht müde wurde. Im Schaufenster eines Fotografen spiegelten sich ihre vor Aufregung geröteten Wangen. Ihre Mutter hätte geschimpft, weil ihre Haare in Unordnung geraten waren. Einzelne Strähnen hatten sich aus ihrem Zopf gelöst und lockten sich an ihrem Gesicht hinab.

»Oh, Hanni, ich bin ja so glücklich, dass du mich mitgenommen hast!«, rief sie. »Vielleicht können wir ja noch in der Friedrichstraße die Süßwarenboutique unserer Firma besuchen!«

Alles schien perfekt zu sein, doch inzwischen war der Regen ins Innere der Galerie getragen worden. Elisa, die vor lauter Aufregung ihre Vorsicht vergessen hatte, geriet mit der glatten Sohle ihrer Stiefeletten auf den rutschigen Fliesen ins Schlittern. Die Tüten mit den Büchern landeten auf dem Boden. Hanni versuchte noch, Elisa an ihrem Mantel festzuhalten. Zu spät. Elisa war gestürzt.

Ein paar Männer eilten herbei, um Elisa aufzuhelfen. Schmerz schoss in Elisas rechten Unterschenkel. Sie biss die Zähne fest zusammen, dennoch entkam ihr ein leiderfülltes Schluchzen. Sogleich ließen die Männer wieder von ihr ab. Jemand solle den Arzt rufen, rief Hanni. »Schnell!«

»Ich befürchte«, sagte Elisa leise zu sich selbst, »ich habe mir das Bein gebrochen.«

Zum Glück war Elisas Bein nur angebrochen. Dennoch musste sie eine Woche lang im Krankenhaus bleiben, ehe sie mit eingegipstem Unterschenkel nach Hause durfte. Dort fiel sie hart zurück in ihr altes Leben, in dem die Tage endlos zu sein schienen.

Ihre Mutter besuchte Elisa fast jeden Tag, doch meist schimpfte sie auf Hanni, die so verantwortungslos gewesen war und Elisa mit in die Stadt genommen hatte. Ansonsten waren Elisas Briefaustausch mit Florence, ihre abendlichen Gespräche mit Emil und Hannis Aufmunterungsversuche alles, was sie hatte. Hin und wieder setzte sich auch Louis zu ihr, meist nur kurz, dennoch freute sich Elisa über die Geste.

Wenn es an der Tür klingelte, hoffte Elisa, es wäre Wilhelm, der sich Louis' Besuchsverbot widersetzte. Doch jedes Mal war es nur der Postbote, der Gärtner oder eine der Bäuerinnen vom Land, die frische Milch verkauften, gewesen. Nach sechs Wochen wurde endlich der Gips abgenommen, dennoch war Elisa auf Krücken angewiesen.

Eines Nachmittags saß sie auf der breiten Fensterbank des Erkers der Maison, sah hinaus in den Nebel, der sich auf das Grundstück hinabgesenkt hatte, und wartete darauf, dass es Abend wurde.

»Sie hat heute noch überhaupt nichts gegessen«, hörte sie Magda hinter der geschlossenen Tür sagen. »Den ganzen Tag hat sie ihr Zimmer noch nicht verlassen.«

»Weiß man, was sie hat?« Das war Emils Stimme.

»Sie sagt, sie hätte keinen Appetit.«

Elisa nahm ihre Krücken und humpelte so leise wie möglich zum Bett, zog die Decke bis unters Kinn und stellte sich schlafend.

»Aber sie ist doch ohnehin schon so dünn!«, sagte Emil. »Ist sie krank?«

»Ich denke nicht. Sie hat kein Fieber und hustet auch nicht. Aber blass ist sie. Seit etwa einer Stunde habe ich kein Geräusch mehr dort drinnen gehört.«

Die Tür ging auf.

»Warum hat noch niemand ihren Arzt gerufen?«, flüsterte Emil. »Er soll sofort herkommen.«

Eine halbe Stunde später näherte sich jemand auf leisen Sohlen ihrem Bett. »Elisa?«, hörte sie eine leise warme Männerstimme.

Ehe sie sichs versah, hatte sie sich aufgerichtet und die Arme um seinen Hals geschlungen. »Du bist hier. Endlich bist du wieder bei mir …«

Wilhelm räusperte sich verlegen und schob seine Patientin dann von sich fort. Erst jetzt nahm Elisa wahr, dass auch Emil im Raum anwesend war. Sollte er sich über die stürmische Begrüßung und Elisas plötzliche Energie wundern, so ließ er es sich nicht anmerken.

»Ich lasse Sie dann besser mit meiner Schwiegertochter allein. Gewiss haben Sie vor, sie zu untersuchen«, sagte Emil.

»Du bist krank?«, fragte Wilhelm mit professioneller Distanz in der Stimme, nachdem Herr Lindquist die Tür hinter sich zugezogen hatte.

»Jetzt geht es mir schon besser.« Sie lächelte müde und blinzelte die Feuchtigkeit aus den Augen.

»Aber du bist ganz blass, Elisa. Was fehlt dir?«

»Was mir fehlt? Wie kannst du das nur fragen? Du fehlst mir, Wilhelm.«

»Elisa …« Er warf einen nervösen Blick über die Schulter, als befürchtete er, Louis würde erneut am Türrahmen lehnen.

»Lass uns ein Stück an die frische Luft gehen«, schlug sie vor, denn sie wusste, dass sie in diesem Haus, an ihrem Ehebett keine Chance hatte, zu Wilhelm durchzudringen.

»Du weißt, dass das nicht geht.«

»Alles, was ich weiß, ist, dass ich dich seit Wochen nicht gesehen habe und ganz schrecklich vermisse. Ich brauche doch nur einen einzigen Moment, der allein uns beiden gehört.«

»Elisa, du bist auf Krücken angewiesen …«

»Es wird mir nichts zustoßen, Wilhelm. Wir gehen nur ein kleines Stück. Du wirst auf mich aufpassen und mich sicher zurückbringen.«

Draußen – das waren für Wilhelm rutschige Eisflächen, unsichtbare Wurzeln und tückische Steine. Dennoch gab er sich widerstrebend geschlagen.

Sie gingen zunächst einen kurzen Waldweg entlang, bis sie ein freies Feld erreichten. Elisas Muskeln waren die Anstrengung nicht gewohnt, deshalb musste sie auf halber Höhe eines Hügels stehen bleiben, um tief Luft zu holen. Natürlich wollte Wilhelm sofort umdrehen, aber Elisa dachte gar nicht daran. Schon bald bedeckte ein dünner Schweißfilm ihre Stirn, doch das Atmen fiel ihr leichter, so glücklich machte sie ihr kräftiger Herzschlag. Die winterliche Luft, die glitzernde Natur, die erdigen Gerüche schienen etwas von ihrer Seele zu lösen.

»Ist es nicht wunderschön hier?«, fragte Elisa voller Begeisterung.

»Ja, trotzdem finde ich, dass wir es nicht übertreiben sollten.«

»Du bist immer so ernst«, neckte Elisa Wilhelm und knuffte ihn in die Seite.

In diesem Moment sah sie einen Mann auf einem fuchsbraunen Pferd, der in der Ferne mitten durch das kniehohe, gefrorene

Gras galoppierte. Er hielt auf die tief stehende Sonne zu und war deshalb nicht mehr als ein mysteriöser schwarzer Schatten. Er war zu weit weg, um ihn eindeutig erkennen zu können, doch aus irgendeinem Grund war Elisa sich sicher, dass der Reiter Louis war. Der Anblick verschlug ihr kurz die Sprache.

»Lass uns umkehren und zum Wasser hinabschauen«, schlug sie vor und blinzelte ins Sonnenlicht.

Ohne auf Wilhelms Reaktion zu warten, lief sie auf ihren Krücken los. Obwohl es ein Wochentag war, herrschte am Ufer noch reges Treiben. Eine Gouvernante ließ mit zwei Kindern einen selbst gebastelten Drachen steigen, ein Liebespaar wärmte sich gegenseitig auf einer Bank, Eheleute spazierten am Wasser entlang. Hier würde Elisa mit Wilhelm keine Ruhe finden. Zum Glück war nicht weit entfernt ein enger Pfad, der zu einem offenbar vergessenen Steg führte. Hier wuchs Schilf, das so hoch stand, dass es Elisa überragte. Der Duft des Seegrases war herrlich würzig. Es war kalt, aber der Wannsee war noch nicht gefroren.

»Was hast du vor, Elisa? Gewiss wimmelt es hier nur so vor Wasserschlangen«, rief Wilhelm, der sich hinter ihr durch das Schilf kämpfte.

Sollte er tatsächlich glauben, dass er Elisa damit zum Umkehren bewegen konnte, täuschte er sich gewaltig. Der Steg war so gut wie zugewachsen und das Wasser so tief und dunkel, dass Elisa den Seegrund nicht ausmachen konnte, zumal Wasserpflanzen fast die gesamte Oberfläche abdeckten, was einen wunderschön verwunschenen Anblick bot, doch andererseits musste Elisa zugeben, dass Wilhelm recht hatte: Hier züngelte und kroch vermutlich so einiges, dem Elisa lieber nicht begegnen wollte. Sie war indessen zu stolz, um das vor Wilhelm zuzugeben. Außerdem wollte sie unbedingt mit ihm allein und ungestört sein.

An einem der Pfähle war ein Boot angebunden, dessen Lack schon größtenteils abgeblättert war, das ansonsten aber keinerlei

Makel aufwies. Sie erinnerte sich an ihren wunderbaren Bootsausflug mit Florence und wie glücklich sie an diesem Tag gewesen war. Kurzerhand legte Elisa ihre Krücken ab, setzte sich etwas umständlich auf den Rand des Stegs und stieg in das Boot. Zu ihrer großen Freude fand sie darin zwei Ruder vor.

»Komm«, sagte sie.

»Elisa! Wir können doch nicht einfach ein Boot stehlen!«

»Wir stehlen es nicht, wir borgen es uns nur ganz kurz.«

»Muss ich dich wirklich daran erinnern, dass du dir gerade erst dein Bein gebrochen hast und …«

»Bitte, Wilhelm«, flehte sie. »Ich bin auch ganz vorsichtig!«

Wilhelm musterte das Boot, als wäre es ein giftiges Reptil. Dass Elisa ihn nach mehrmaligen erfolglosen Bitten schließlich als einen Angsthasen bezeichnete, konnte er nicht auf sich sitzen lassen und stieg deshalb zähneknirschend hinein. Während Wilhelm ruderte, streckte sie genießerisch die Nase in die Sonne.

»Was soll das, Elisa?«, hörte sie Wilhelm auf einmal sagen. »Was soll dieser irrwitzige Ausflug?«

»Ich wollte nur an die frische Luft.«

»Frische Luft hattest du ja nun. Wir sollten zurück. Meine Mittagspause ist bald zu Ende, und meine Patienten warten nicht gerne.«

Seine Worte enttäuschten sie. »Entschuldige. Daran habe ich überhaupt nicht gedacht. Lass uns nur noch einen kleinen Augenblick verweilen und die Stille genießen …«

»Elisa, was ist los mit dir?«, unterbrach er sie unerwartet. »Warum sollte ich herkommen? Dir fehlt offenbar nichts. Du bist nur ein wenig schwach, weil du nicht genug gegessen hast, und traurig, weil du dir erneut etwas gebrochen hast. Aber wenn du so weitermachst, wirst du dir bald wieder etwas brechen.« Mit beiden Händen klammerte Wilhelm sich an der Bank fest. Elisa fiel auf, dass er es vermied, das Wasser anzublicken, und wenn es doch geschah, dann sah er hastig weg, schloss die Augen und holte tief Luft. »Hast du deine Medizin genommen?«, presste er hervor.

Stur und ohne eine Antwort zu geben hielt sie Wilhelms Blick.

»Also nein. Warum nicht? Es ist wichtig, dass …«

»Warum ist es wichtig, dass ich die Medizin nehme? Du hast mir gesagt, dass meine Krankheit voraussichtlich nicht schlimmer werden wird. Abgesehen davon, dass mein Hörvermögen mit der Zeit nachlässt. Was bewirken die Tropfen also, wenn sich durch sie nichts bessert?«

»Die *Osteogenesis Imperfecta* ist noch nicht ausreichend erforscht. Das bedeutet, wir müssen zumindest in Betracht ziehen, dass sich dein Krankheitsbild verschlechtern könnte, auch wenn es bis jetzt nicht zu vermuten ist. Um vorzusorgen, sollten wir also sehr vorsichtig sein. Die Medizin sorgt dafür, dass es dir gut geht.«

»Es geht mir gut, Wilhelm! Sogar besser als sonst!« Sie breitete die Arme aus. »Ohne diese Tropfen habe ich viel mehr Energie!«

Wilhelm nahm sie an den Händen und hielt sie fest. Kurz hoffte sie, er würde sie küssen. Aber dann begriff sie, dass er nur Angst gehabt hatte, sie könne ins Wasser fallen.

»Ich wünsche mir so sehr, dass du mir deine Zuneigung zeigst«, sagte sie leise.

»Du weißt, dass ich das nicht kann.«

Der Wind fuhr durch das Schilf, bog die Gräser, und in dem Moment rückte Elisa näher an Wilhelm heran.

Dies war vielleicht ihre einzige Chance, Wilhelm noch einmal nahe zu sein. Sie nahm all ihren Mut zusammen und legte ihre Lippen vorsichtig auf seine.

Sanft und behutsam erwiderte er ihren Kuss. Wärme breitete sich langsam in ihrem Bauch aus. Schließlich lehnte er seine Stirn an ihre und flüsterte: »Ich würde alles dafür geben, wenn das unser Alltag wäre.«

Sie lächelte mit geschlossenen Augen. »Es kann unser Alltag sein.«

»Wie meinst du das?«

Zunächst kamen die Worte nur zögerlich, denn die Idee formte sich gerade erst in ihrem Kopf. Doch dann sprach sie immer schneller, fing Feuer und war sich sicher, dass dies der einzige Weg war. »Es ist kein Geheimnis, dass Louis ein Suitier ist. Man würde mich verstehen, wenn ich mich von ihm scheiden ließe. Und dann …«

»Was redest du denn da, Elisa?«

»Ich rede davon, mit dir zusammen zu sein.«

»Glaubst du wirklich, die Leute würden dulden, dass du dich scheiden lässt, um dann mit deinem Arzt zusammen zu sein? Glaubst du, deine Eltern würden das einfach so hinnehmen? Nicht nur der Ruf eurer Familie wäre ruiniert, sondern auch der meine. Wie viele ehrenwerte Leute möchten sich wohl von dem Mann behandeln lassen, der ein Eheglück ruiniert hat? Ich wäre der Mann einer Ehebrecherin.«

Elisa sah ihm an, dass er den letzten Satz bereute. Dennoch erhob sie sich von der Bank, um Distanz zwischen sich und ihn zu bringen. »Bin ich das für dich? Eine Ehebrecherin?«

»Bitte … setz dich wieder. Dein Bein … Und am Ende stürzt du noch ins Wasser.«

Sie wandte das Gesicht ab, damit er ihre vor Scham und Wut geröteten Wangen und die Tränen in ihren Augen nicht sah.

»Ich denke doch nur an dich, Elisa. Eine Scheidung würde dem Ruf der Bank und der Von-Treue-Fabrik schaden. Du würdest dein Leben im Wohlstand, dein Leben in Sorglosigkeit riskieren. Willst du das?«

»Ich will doch nur ein bisschen Glück mit dir …«

»Wir hätten kein Glück. Die Realität wäre, dass ich Patienten verlieren und weniger Geld verdienen würde. Wir wären gezwungen, in eine kleine Wohnung zu ziehen. Aber am meisten würde es mich schmerzen, dass die Leute schlecht über dich reden.«

»Oder würde es dich in Wahrheit schmerzen, dass sie schlecht über *dich* reden?«

»Sag so etwas nicht …«

»Liebst du mich denn überhaupt?«

Sie sah die Antwort in seinen Augen. Aber sie wollte es von ihm hören. Doch alles, was er sagte, war: »Ich rudere uns jetzt zurück ans Ufer. Es ist Zeit, nach Hause aufzubrechen.«

»Bitte, Wilhelm. Es ist mir wichtig, das zu klären«, erwiderte sie.

»Elisa, du bist nicht ganz bei dir, wie es scheint.« Er umfasste ihren Unterarm mit der Hand, doch Elisas Enttäuschung schlug um in Wut, sodass sie sich losriss.

»Elisa, du benimmst dich wie ein Kind!«

Erneut wollte Wilhelm sie packen, doch sie wich ihm aus. Dabei verlor sie das Gleichgewicht.

Auf einmal war da nur noch Luft.

Und dann Wasser.

Kurz war es ganz still um sie herum. Elisa öffnete die Augen. Hunderte winziger Blasen umwirbelten sie. Der Anblick war so schön, dass sie das Gefühl hatte, die Welt wäre stehen geblieben.

Plötzlich traf sie die Eiseskälte. Lähmte sie. Die Luft ging ihr aus.

Elisa konnte nicht schwimmen. Hilflos paddelte sie mit den Armen, um irgendwie an die Oberfläche zu kommen, aber ihr Körper war so gefühllos, dass er nicht mehr funktionieren wollte. Schmerz schoss in ihren Unterschenkel. Ihre Füße verfingen sich in den Wasserpflanzen.

Auf einmal wurde sie gepackt und atmete im nächsten Moment frische Luft. Sie hustete. Spuckte Wasser. Spürte Wilhelms harte Brust an ihrem Rücken und kurz darauf Boden unter ihren Füßen, nachdem er sie in Ufernähe gezogen hatte. Der Grund des Sees war weich, sodass sie leicht einsank. Vorsichtig wandte sie sich um und legte schwer atmend beide Hände auf Wilhelms Brust.

»Danke …«, hauchte sie und sah zu ihm auf – und blickte in Louis' Gesicht.

»Wa-wa-was sollte das denn?«, fuhr er sie zähneklappernd an, um dann einen wutentbrannten Blick auf Wilhelm abzufeuern, der noch immer in dem Boot saß und ihnen entgegenruderte. »Und du siehst einfach nur zu und machst nichts?« Fassungslos schüttelte er den Kopf. »Ihr habt doch beide den Verstand verloren!«

Als würde sie nichts wiegen, hob er Elisa hoch und setzte sie auf den Steg. Dann strich er sich, noch immer fluchend, mit den Händen die nassen Haare aus dem Gesicht, zog sich an einem Pfosten aus dem Wasser und ging.

»Hast du dich verletzt? Hast du Schmerzen?« Das war Wilhelm. Er kletterte aus dem Boot neben Elisa.

Elisa antwortete nicht auf seine Frage, sondern wies ihn an, ihr die Krücken aus dem Boot zu reichen. Ihre Lungen brannten. Ihr Kleid klebte an ihrem Körper, der ihr kaum gehorchte. Doch irgendwie gelang es ihr, Louis nachzulaufen, der mit großen Schritten über den schmalen Pfad durch das hohe Schilf davoneilte. Als sie keuchend das Ende des Pfads erreichte, schwang er sich gerade auf sein Pferd.

»Was machst du hier?«, presste sie hervor. Sie war kaum zu verstehen, so stark zitterte sie. Vor Kälte, aber auch vor Schreck.

»Ich war ausreiten, da habe ich dich schreien gehört und gesehen, wie du ins Wasser gestürzt bist.«

»Du hast mich gerettet … Ich danke dir«, sagte sie unter Tränen und meinte es aufrichtig ernst. »Und es tut mir leid …« Damit meinte sie, dass er sie erneut dabei erwischt hatte, Wilhelm so nah zu sein. Er sah verletzt aus.

»Was? Dass du ins Wasser gefallen bist oder dass du einfach nicht die Finger von deinem Arzt lassen kannst? Weißt du was, Elisa? Es ist mir gleichgültig. Weil du mir gleichgültig bist.«

Damit verschwand er. Elisa stand vollkommen reglos da, wie erschlagen von seinen Worten.

Kapitel 29

Spaziergänger drehten sich nach dem tropfnassen Mädchen um, das entschlossen auf Krücken den Weg entlanghumpelte. Elisa zitterte ganz fürchterlich. Fast wäre sie vor seinen Augen ertrunken! Und ausgerechnet Louis Lindquist hatte sie gerettet!

»Es tut mir so leid, Elisa«, beteuerte Wilhelm immer wieder. »Jetzt warte doch!«

»Ich wäre gerne allein!«

Bei dem Tempo, das sie vorlegte, hatte sie schon bald das nahe gelegene Lindquistsche Grundstück erreicht. Demonstrativ drückte sie das Gartentor hinter sich zu, doch ehe sie sich umwenden konnte, bekam er ihren Unterarm zu fassen.

»Mir ist kalt, Wilhelm. Ich werde jetzt ein Bad nehmen«, sagte sie und ließ ihn damit wissen, dass er gehen solle.

Aber er ging nicht. Wie sollte er einfach so verschwinden, ohne sich ihr erklärt zu haben?

»Bitte … Elisa!«, rief er, lief hinter ihr die Treppe hinauf, doch sie knallte ihm die Tür des Badezimmers vor der Nase zu.

»Ich kann doch nicht schwimmen …«, sagte er leise, eher zu sich selbst.

Er hatte es nie gelernt. Sein Vater hatte nie die Zeit gefunden, es ihm beizubringen. Vor seinen Freunden hatte er es stets zu verbergen gewusst, und irgendwann war es ohnehin egal gewesen, denn da hatte er Elisa kennengelernt und die Sommer mit ihr in der Villa von Treue anstatt am See verbracht.

»Kann ich Ihnen helfen?«, fragte das Dienstmädchen.

Erschrocken fuhr Wilhelm herum. »Nein, danke. Ich … Oder vielleicht doch. Ich würde gerne im Salon auf Frau Lindquist warten. Und eine Tasse Tee wäre wundervoll.«

Das Dienstmädchen knickste. Ehe sie davoneilte, bedachte sie Wilhelm mit einem langen Blick, der keinen Hehl daraus machte, dass sie mehr wusste. Hatte Louis ihr etwa erzählt, dass Elisa und er …? Wohl kaum.

Im Salon setzte er sich auf das Sofa, kerzengerade und die Beine in einem ordentlichen Neunzig-Grad-Winkel gestellt. Mit jedem Ticken der Pendule wurde er nervöser. Auf einmal schoss der kleine Holzvogel aus der Luke, und es schlug sechs Uhr abends.

»Ihr Tee, Herr Friedmann.«

Erneut zuckte er zusammen. Vollkommen geräuschlos hatte das Dienstmädchen sich ihm genähert. Langsam hielt sie ihn vermutlich für verrückt, so schreckhaft wie er war.

»Ich habe gleich eine ganze Kanne gemacht«, fügte sie hinzu. Schon wieder dieser Blick …

Ticktack. Ticktack. Ticktack …

Elisa würde gewiss gleich zu ihm stoßen. Sie hatte inzwischen ein emotionales Temperament offenbart, bei dem er nicht mithalten konnte. Früher oder später würde auch sie das begreifen und ihn als langweilig empfinden. Ihre Eltern hatten recht gehabt. Elisa hatte ihren eigenen Kopf. Allein deshalb war es überhaupt zu diesem Unglück gekommen!

Ehe Wilhelm sichs versah, hatte er seinen Arztkoffer geöffnet und das kleine Fläschchen daraus hervorgezogen, in dem Elisas Medizin war. Der Dampf, der von Elisas Tee aufstieg, wirbelte zur Seite, als drei Tropfen auf die Oberfläche schlugen.

»Was machst du da?«

Louis hatte sich in der Zwischenzeit umgezogen. Er trug ein blütenweißes Hemd, an dessen rechten Ärmel er einen Manschettenknopf befestigte, ohne dabei den Blick von Wilhelm zu nehmen.

Der Hausdiener eilte herbei, um Louis ein kariertes Sportsakko hinterherzutragen. »Das haben Sie in Ihrem Zimmer vergessen!«

Nicht einmal ohne Hilfe ankleiden konnte sich dieser Lindquist!

»Das ist Elisas Medizin«, entgegnete Wilhelm in seinem würdigsten Arzttonfall.

Louis nahm das Jackett und zog es über. »Danke, Anton, ich brauche dich dann nicht mehr.«

Wilhelm ahnte Übles, als Louis langsam auf ihn zu schlenderte. »Und warum gibst du diese Medizin heimlich in ihren Tee?«, fragte er ihn.

»Ich gebe sie nicht heimlich in ihren Tee …«

»Ach ja? Das sah mir aber ganz danach aus.«

»Elisa mag die Medizin nicht sonderlich. Sie weigert sich manchmal, sie zu nehmen. Dabei ist sie nur zu ihrem Besten.«

»Inwiefern ist sie nur zu ihrem Besten? Würde Elisas Krankheit ohne diese Tropfen schlimmer werden?«

»Nein … Nicht direkt …«

»Wenn du also nur zu ihrem Besten handelst, dann hast du doch gewiss nichts dagegen, dass ich Elisa davon erzähle. Sie wird es sicherlich sogar gutheißen.« Lindquist lehnte sich in Richtung der Tür und rief laut: »Elisa! Es gibt da etwas, das …«

Wilhelm sprang von seinem Platz auf dem Sofa auf. »Bitte! Nicht …«

Louis legte den Kopf schief. »Ich bin gespannt, welche Erklärung du mir nun lieferst. Also, was sind das für Tropfen?«

»Es ist ein Beruhigungsmittel. Es macht Elisa müde.«

»Was hat das für einen Sinn?« Lindquist war nun vollkommen ernst, seine Stirn war von Falten zerfurcht.

»Du hast doch eben selbst gesehen, was passiert, wenn Elisa

ihre Tropfen nicht nimmt! Sie hat so viel Temperament! Und das im Zusammenspiel mit ihrer Krankheit … Ihre Eltern wollen auf diese Weise nur sicherstellen, dass ihr nichts passiert. Denn wenn sie schläft oder sich ausruht, kann sie nicht stolpern und sich etwas brechen. Das dürfte doch auch in deinem Interesse sein. Ich kann nicht vorhersagen, wie sich ihre Krankheit entwickelt, wenn Elisa sich ständig einen Bruch zuzieht!« Wilhelm versuchte, nicht allzu flehentlich zu klingen.

»Du willst also, dass ich Elisa nichts davon erzähle.«

»Das wäre für alle das Beste. Soll sie sich wieder etwas brechen? Keiner weiß, was all diese Brüche mit ihrem Körper anstellen. Ob womöglich irgendwann fehlerhafte Knochenstellungen zurückbleiben.«

»Ich mag es nicht, Menschen zu hintergehen. Ich spiele lieber mit offenen Karten.«

»Du magst es nicht, Menschen zu hintergehen? Du hast eine Affäre …«

»Ich habe Elisa gegenüber nie behauptet, ihr treu zu sein«, schnitt Louis ihm das Wort ab. »Sie wusste, auf was sie sich bei dieser Ehe einlässt. Dir hingegen vertraut sie. Sollte ich dich noch einmal dabei erwischen, die Tropfen heimlich in Elisas Tee zu mischen, werde ich dich verpfeifen. Hast du mich verstanden?«

Seit der Hochzeit hatte Wilhelm Louis Lindquist dafür gehasst, ihm Elisa weggenommen zu haben. Und nun hatte der Kerl ihn auch noch in der Hand.

Kapitel 30

Mitten in der Nacht schreckte Elisa aus einem ohnmachtsähnlichen Schlaf hoch, da im Erdgeschoss der Maison die Haustür laut zu krachte. Schwere, unregelmäßige Schritte polterten die Treppe hinauf. Dann war es kurz so still, dass Elisa Louis' schweres Atmen vor der geschlossenen Flügeltür hören konnte. Im nächsten Moment öffnete sich eine der beiden Türen langsam und knarzend.

Wie ein Matrose bei stürmischem Seegang schwankte Louis in den Raum hinein. »Warum bist du wach?«, flüsterte er.

»Ich bin wach, weil du nicht zu überhören warst. Du bist betrunken«, erwiderte sie ruhig, woraufhin er abwehrend die Hände hob.

»Oh, entschuldigen Sie, Madame, dass ich mich im Gegensatz zu Ihnen amüsiere.«

Er riss die Vorhänge auf, öffnete das Fenster und hielt den Kopf an die frische Luft. Sein Hemd spannte sich am Rücken, so tief atmete er ein und aus. Ein und wieder aus. Ein und wieder aus. Er wirkte, als wäre er dort eingeschlafen. Wirkte, als würde er den funkelnden Sternenhimmel in sich aufsaugen.

An seinem Profil sah Elisa, dass Louis schwach lächelte. Silbernes Mondlicht fiel auf sein haselnussbraunes Haar und auf seine breiten Schultern. Er drehte sich zu ihr um und sah sie an.

Ohne darüber nachzudenken, war sie aus dem Bett gestiegen

und bereute es sofort, denn Schmerz fuhr in ihren Unterschenkel. Dennoch tastete sie sich ohne Krücken vorsichtig auf Louis zu. Abenteuer loderte in seinen braunen Augen. Elisa mochte den süffisanten Schwung seiner Lippen und den Geruch von Leben, der stets auf seiner Haut lag.

»Wie geht es deinem heißverehrten Wilhelm?«, fragte er herausfordernd, lehnte sich mit der Hüfte gegen die Fensterbank und verschränkte abweisend die Arme vor der Brust.

»Ich glaube nicht, dass du ernsthaft über ihn reden möchtest.«

»Ist er der Mann, den du dir für dein Leben gewünscht hast?«

»Ja«, sagte sie, ohne zu zögern.

Er überlegte kurz, ehe er darauf erwiderte: »Ich glaube, dass du keine Ahnung von Liebe oder Leidenschaft hast. Wie auch? Du warst ja noch nie dort draußen in dieser weiten Welt, um zu erkunden, wie viele Möglichkeiten es gibt.«

»Ich brauche diese Möglichkeiten nicht, um herauszufinden, dass Wilhelm ein ehrlicher, zuverlässiger und liebenswerter Mann ist.«

»Mit Verlaub, Elisa, aber deine Menschenkenntnis ist vermutlich nicht zuverlässig. Wilhelm ist der einzige Mann, der bisher Teil deines Lebens war. Du hast keinerlei Vergleiche. Ohne jegliche Konkurrenz war es ein Kinderspiel für ihn, dein Herz zu erobern.«

»Hast du denn eine Ahnung von der Liebe?«, fragte sie. »Von der Leidenschaft, ja, das glaube ich gern, aber von der Liebe?«

»Ich glaube zumindest fest an sie. Und ich weiß, dass sie existiert.«

Das überraschte Elisa. Offenbar nahm die Magie der Nacht ihnen die Rüstung ab und ließ sie zu anderen Menschen werden. Ihr Herz bebte, so groß war der Drang, die Hand auszustrecken und Louis' Wangenknochen mit den Fingerspitzen nachzuzeichnen.

Mehrmals musste sie schlucken, ehe sie schließlich hervorbrachte: »Vielleicht hast du recht mit alledem, was du über Wilhelm und meine Unerfahrenheit sagst. Aber ich empfinde nun einmal so für ihn und kann es nicht ändern.«

»Du empfindest, dass er ein zuverlässiger Mann ist! Das ist keine Liebe, Elisa! Und das ist auch keine Leidenschaft!«

Auf einmal stand er dicht vor ihr, so dicht, dass sie durch den dünnen Stoff ihres Nachtkleides die Hitze spüren konnte, die von seinem Körper ausging. Seine Haut roch nach Feuer. »Aber das musst du selbst herausfinden.«

»Warum bist du hier?«, wisperte sie. Sie teilten doch sonst nicht das Bett …

Seine Augen verdunkelten sich, und mit einem Mal war es, als falle in seinem Inneren ein Tor zu. Das Mondlicht schien plötzlich jegliche Bräune aus seiner Haut zu saugen, und er sah blass und erschöpft aus. »Ich … Ich schlafe in meinem Zimmer.«

Der neunzehnte Dezember stand kurz bevor und damit der sechzigste Geburtstag von Elisas Vater. Innerhalb einer Woche wurde die Treuesche Villa auf Hochglanz gebracht. Der Staub wurde aus den alten Perserteppichen geklopft, die Fußböden geschrubbt und die teuersten Vasen auf den frisch polierten Kommoden so drapiert, dass sie jedem ins Auge fielen, der hereinkam. Während dieser Tage besuchte Frau von Treue Elisa meist nur kurz, und Elisa beneidete sie um die aufgeregte Röte auf ihren sonst so blassen Wangen.

»Fast fünfzig Gäste sind eingeladen! Und manche bleiben auch noch über Nacht!«, schnatterte Pauline einen Tag vor der großen Feier, ehe sie in den Wagen vor der Villa stieg, in dem Stefan hinter dem Steuer auf sie wartete.

Der neunzehnte Dezember war auch der Tag, an dem Elisa Wilhelm erneut gegenüberstehen würde, nachdem ihre letzte Begegnung so katastrophal verlaufen war. Wenigstens konnte Elisa sich inzwischen wieder frei bewegen und war nicht mehr auf die Krücken angewiesen.

Die ersten Gäste aus Bayern trafen bereits in den frühen Morgenstunden ein. Um fünf Uhr zogen sich die Männer ins Herrenzimmer zurück, um dort Zigarren zu rauchen, über die allgemeine Aufrüstung der Großmächte und die Notwendigkeit eines Krieges zu diskutieren und sich bei kurzweiligen Anekdoten zu amüsieren. Elisa konnte Louis' Stimme durch das gesamte untere Stockwerk hören. Einmal wagte sie es, beim Vorbeigehen einen Blick in den Raum zu werfen. Wenn Louis wie jetzt voller Lebhaftigkeit seine Geschichten erzählte, versprühte er so viel Charme, dass man gar nicht anders konnte, als gebannt an seinen Lippen zu hängen.

»Ein Freund von mir – Rubens – arbeitet im Zirkus als Zauberer. Er hat mir die Tricks beigebracht.«

Louis steckte sich ein weißes Taschentuch in die rechte Hosentasche, nur um es dann aus Herrn Sedlmayrs Fracktasche zu ziehen. Die Männer amüsierten sich bestens. Lediglich ihr Vater brachte nicht mehr als ein erschöpftes Schmunzeln zustande. Er tupfte sich mit seinem Seidentuch den Schweiß von der Stirn und sank dann schwer atmend auf die Armlehne eines Ledersessels. Es war ein wichtiger Tag für ihn, nicht nur wegen seines Geburtstags, sondern auch, weil viele Geschäftspartner unter den Gästen waren.

»Einmal war Rubens krank, da musste ich ihn vertreten. Diesen Tag werde ich nie vergessen …«

Auf einmal huschten Louis' Augen zur Tür und ertappten Elisa dabei, seiner Geschichte gelauscht zu haben. Schnell machte sich Elisa auf in den ersten Stock, wo ihre Mutter vor dem Spiegel stand und sich in dem dunkelblauen, hochgeschlossenen Kleid aus Faille und Samt von allen Seiten begutachtete. Sie war so fest geschnürt, dass ihr Bauch nicht sichtbar und das Gesäß herausgestreckt war. Zugegebenermaßen sah sie beeindruckend aus. Wesentlich beeindruckender als Elisa, die ein schlichtes Reformgesellschaftskleid aus olivfarbener Seide und darunter wie gewöhnlich nur ein schlichtes Leibchen trug.

»Wie amüsant und belesen dein Mann ist«, schwärmte ihre Mutter, während sie Perlenohrringe aus dem silbernen Schmuckkasten auf dem Toilettentisch heraussuchte und diese dann anlegte. »Und er ist ein richtiger Kavalier!«

»Ein Kavalier? Als solchen würde ich ihn nicht bezeichnen.« Elisa lief im Raum auf und ab, denn wie so oft in letzter Zeit ließ sie das Thema Louis ungewohnt emotional und aufgewühlt werden. Doch warum drängte es sie, schlecht über ihn zu sprechen? War das am Ende nur ein armseliger Versuch, vor sich selbst zu leugnen, dass sie ihn inzwischen eigentlich recht gern hatte?

Die Gäste wurden aufgefordert, sich zum Abendessen an den ausgezogenen Tisch im Speisesaal zu setzen. Auf einmal nahm Elisa einen Duft wahr. Einen ganz speziellen Duft, den sie unter hundert anderen erkannt hätte. »Wilhelm …«, hauchte sie, wandte sich um und stand ihm gegenüber.

»Entschuldige, ich bin spät«, sagte er und nahm neben ihr Platz.

Es war Elisa kaum möglich, sich auf das Essen zu konzentrieren, so angespannt war sie. Auf der einen Seite saß der Mann, den sie liebte, und auf der anderen Seite ihr Ehemann. Immer wieder spürte sie Wilhelms Blick auf sich.

Ihr Vater trank zu viel, sein Gesicht war schon ganz rot. Er redete so laut, dass er alle anderen Gespräche übertönte. Als endlich auch die Nachspeise serviert war, zogen sich die Männer ins

Herrenzimmer zurück, um dort Schnaps zu trinken und Zigarren zu rauchen. Elisa folgte stillschweigend der Gruppe schnatternder Frauen ins Damenzimmer, um dort den neuesten Tratsch zu hören. Da umfasste auf einmal eine Hand ihren Unterarm.

»Kann ich dich sprechen? Allein?«, flüsterte Wilhelm dicht an ihrem Ohr.

Frau Rothschild, Gattin eines Kommerzienrates, warf einen neugierigen, skandalsüchtigen Blick zu ihnen herüber, doch alles, was sie sah, war, wie Wilhelm und Elisa gemeinsam ein Gemälde an der Wand betrachteten und darüber diskutierten.

Als sie sich wieder unbeobachtet fühlte, flüsterte Elisa Wilhelm schnell zu: »In einer Stunde kann ich mich unauffällig entfernen. Sagen wir also um elf in der Bibliothek.«

Elisas Herz schlug heftig, so aufgeregt war sie. Als die Standuhr schließlich elfmal schlug, erhob sich Elisa vom Canapé und entschuldigte sich, sie sei müde.

Als sie in die Bibliothek kam, stand Wilhelm mit dem Rücken zu ihr und betrachtete die Sammlung heimischer sowie exotischer Schmetterlinge, dic hinter einem gerahmten Glas auf Nadeln gespießt und ordentlich aufgereiht präsentiert wurden. Als sie den Raum betrat, knarzte eine alte Holzlatte im Boden und verriet sie. Wilhelm wirbelte herum, sie sahen einander an, und jedes Wort wäre zu viel gewesen.

Ihr Herz drohte ihr aus der Brust zu springen, als sie sich an das Ende des Raumes, hinter das letzte Bücherregal, zurückzogen, wohin das Licht des Kronleuchters kaum noch durchdrang. Wilhelm wollte eine Gaslampe entfachen, aber Elisa hielt ihn zurück. Zu schön war das Reflektieren des schwachen, bernsteinfarbenen Lichtscheins in seinen Augen.

»Ich habe noch einmal nachgedacht«, sagte er. »Über deinen Vorschlag. Ich … Ich vermisse dich, Elisa«, begann er unsicher.

Sie wusste, wie viel Kraft es ihn kosten musste, diesen Schritt zu wagen und ihr seine Gefühle zu offenbaren. Ihr Herz glühte vor lauter Dankbarkeit.

Er wirkte ganz verloren, als er nun mit den Schultern zuckte. »Vielleicht hast du recht. Vielleicht sollten wir es einfach wagen und uns heimlich treffen, und selbst wenn dein Ehemann es herausfindet … Das wäre eben Schicksal, denn er würde sich von dir scheiden lassen, und dann würde ich dich heiraten …«

»Und dann haben wir immer noch uns«, vollendete Elisa den Satz für ihn.

Sie gingen aufeinander zu, und er nahm ihre Hände in seine.

»Also wagen wir es …«, sagte Wilhelm leise, fassungslos, ängstlich.

»Also wagen wir es«, sagte Elisa und spürte ihren lebendigen Herzschlag.

In dem Augenblick gellte ein Schrei durch die Villa. Zunächst dachte Elisa, dass es ihre Mutter war, die schrie. Doch dann hörte sie diese verwirrt und aufgebracht im Flur rufen: »Was ist denn hier los? Elisa? Kind, geht es dir gut?«

»Schnell! Doktor Friedmann! Kommen Sie schnell!« Das war Johanna. »So kommen Sie doch!«

Elisas Vater lag auf dem Gang des Personaltrakts. Regungslos. Seine Lippen waren blau angelaufen, seine Augen aufgerissen. Johanna kniete an seiner Seite und weinte bitterlich. Wieder und wieder drückte Wilhelm auf seine Brust. Kämpfte darum, sein Herz erneut zum Schlagen zu bringen.

Schließlich wich jegliche Spannung aus ihm, und er sank in sich zusammen. »Ich kann nichts mehr machen«, sagte er. »Herr von Treue ist tot.«

Kapitel 31

*H*altung bewahren. Immer Haltung bewahren, egal was passiert. Das hatte ihre Mutter Elisa stets eingeschärft, auch wenn es Frau von Treue nun selbst kaum gelang, sich daran zu halten.

Wie erfroren stand Elisa in der Eingangshalle, schüttelte die Hände von Gästen, die ihr Beileid bekundeten und nach Hause aufbrachen. Es konnte nicht sein, dass ihr Vater, der doch gerade eben noch mit ihnen am Tisch gegessen und gelacht hatte, nun tot war …

Der leblose Körper wurde von zwei Männern in den ersten Stock getragen und ins Ehebett gelegt. Wie von fern hörte Elisa das bitterliche Schluchzen ihrer Mutter und das reißerische Flüstern eines Schwesternpaares, das darüber spottete, was August von Treue wohl im Dienstbotentrakt verloren gehabt hatte. Wilhelm versuchte, zwei hysterische Damen zu beruhigen, indem er erklärte, dass August von Treue an einem Herzinfarkt gestorben sei und nicht etwa eine ansteckende Krankheit gehabt hätte.

Noch eine einzige weitere Hand auf ihrer Schulter und Elisa würde zusammenbrechen. Niemand bemerkte, wie sie die Treppe hinaufschlich. Sie musste allein sein. Es zog sie auf den Balkon, wo sie das Geländer umklammerte und die frische Nachtluft tief in sich aufsog.

Erst jetzt traf sie der Schmerz mit voller Wucht. Sie hasste es zu weinen. Früher hatte sie fast jeden Tag geweint.

»Ich sollte dich besser allein lassen«, sagte auf einmal eine Männerstimme zu ihrer Seite.

Louis saß in einem Korbstuhl in der Ecke des Balkons. Die Spitze seiner Zigarette glomm rötlich in der Nacht auf, als er ein letztes Mal an ihr zog und sie dann auf dem Geländer ausdrückte.

Er machte Anstalten, sich zu erheben. Hastig wischte Elisa sich die Tränen aus dem Gesicht und sagte: »Nein, schon in Ordnung. Was machst du hier oben?«

Louis lächelte traurig, blieb ihr jedoch eine Antwort schuldig. »Kommst du zurecht?«, fragte er stattdessen.

Sie nickte so gefasst wie möglich.

»Wirklich?«

Damit Louis ihre Tränen nicht sah, blickte sie in den nachtschwarzen Garten hinab. Doch auf einmal stand er neben ihr. Es verwunderte sie, dass er noch nicht gegangen war, denn inzwischen war sie lang genug mit ihm verheiratet, um zu wissen, dass Gefühlsausbrüche Louis eine Tortur waren. Die Wärme seines Körpers in der kalten Nachtluft spendete ihr ein klein wenig Trost.

»Als meine Mutter gestorben ist, da … da konnte ich mir nicht vorstellen weiterzuleben«, sagte er leise. »Ohne sie hat einfach nichts einen Sinn mehr gehabt.«

Elisa hörte auf zu atmen. Noch nie hatte Louis vor ihr über den Tod seiner Mutter gesprochen. Sie sah ihm an, wie viel Überwindung ihn das kosten musste.

»Damals habe ich mir so sehr gewünscht, ebenfalls zu sterben, um bei ihr sein zu können. Als kleiner Junge war ich der festen Überzeugung, dass wir uns im Himmel wiedersehen würden.«

»Wie geht es dir nun?«, fragte Elisa vorsichtig.

Erneut lächelte er dieses traurige Lächeln. »Um ehrlich zu sein, tut jeder Tag, an dem sie nicht hier ist, aufs Neue weh. Meine Mutter war der beste Mensch, den ich kannte. Sie hat das Leben so sehr geliebt. Ich werde nie verstehen, warum ausgerechnet sie sterben musste.«

»Danke, dass du mir das anvertraust.«

Louis fischte eine Zigarette aus seinem Etui und bot ihr ebenfalls eine an.

»Nein, danke … Ich sollte nach meiner Mutter sehen.«

Elisa fand Frau von Treue in Wilhelms Armen, auf dem Sofa im Arbeitszimmer ihres verstorbenen Gatten. Inzwischen war ihr Schluchzen leiser geworden. Die Gäste waren allesamt abgereist. Elisa sank neben ihre Mutter und nahm deren eiskalte Hände in ihre.

»Was soll ich denn nun machen?«, schluchzte Pauline und löste sich von Wilhelm, um ihr rotes, aufgequollenes Gesicht an Elisas Brust zu drücken. »Die Leute werden reden. So sind sie, die Leute … Sie werden sagen ›Was hat ihr Mann dort unten verloren gehabt?‹. Ich muss Johanna entlassen. Ich muss ein neues Dienstmädchen suchen …«

»Darüber machen wir uns ein andermal Gedanken. Ich denke auch nicht, dass dies ein großes Thema sein wird«, versuchte Elisa ihrer Mutter Trost zu spenden.

»Ich muss … ich muss die Todesanzeigen versenden. Ich muss … O Gott, die Fabrik … Wer soll sie leiten? Dieser Skandal wird uns ruinieren!«

»Es wird alles gut. Mach dir keine Sorgen.«

»Ja …« Ihre Mutter entzog Elisa ihre Hände und richtete sich auf. Ihre Augen blieben an der illustrierten Firmenhistorie auf der Tapete hinter Augusts Schreibtisch hängen, und dabei wurde ihr Gesichtsausdruck ganz leer, als hätte sie vergessen, was sie hatte sagen wollen.

»Vielleicht wäre es besser, wenn Sie sich nun etwas ausruhen würden«, meinte Wilhelm vorsichtig.

Frau von Treue schüttelte so heftig den Kopf, dass sich eine Haarsträhne aus ihrer Frisur löste. »Nein. Ich …« Auf einmal sah sie Elisa fest an: »Ein Glück, dass du in einen so starken Männerhaushalt geheiratet hast. Das sichert uns ab.«

Elisa sah Wilhelm an, als sie erwiderte: »Ja. Das sichert uns ab.«

Kapitel 32

Weihnachten stand vor der Tür. Weihnachten … Für Wilhelm waren das Maroni, die von Verkäufern in dick gefütterten Jacken und robusten Lederhandschuhen auf rollbaren Öfen gebraten wurden. Das war nach Zimt und Nelken duftender Glühwein und Lebkuchen auf dem Lichtermarkt. Das waren Schaufenster, dekoriert mit goldenem Lametta und Tannenzweigen, auf denen silbrig gesprenkelter Kunstschnee funkelte und an denen bemalte Glaskugeln baumelten. Das waren blond gelockte Engelsfiguren aus Wachs, Holzschlitten und Weihnachtskrippen, Straßenbläser und Kinderchöre. Die Kaufhäuser übertrafen sich mit Kitsch, den keiner brauchte, aber jeder haben wollte. Goldrandgeschirr für das große Fest war im Angebot, außerdem Parfüm, Diamantschmuck und Staubsauger. Für die Männer gab es Füllfederhalter, Zigarren sowie Miniaturausgaben von Kampfflugzeugen, Zeppelinen oder der RMS Titanic, dem Passagierschiff der britischen Reederei *White Star Line*, das vor über einem Jahr auf tragische Weise verunglückt war.

Der Schnee knirschte unter Wilhelms Stiefeln. Kinder tanzten unter den taumelnden Schneeflocken. Es brummten Motoren, ratterten Straßenbahnen, schimpften Kutscher über den Matsch, der ihre Pferde rutschen ließ, und über die motorisierten Droschken, die ihnen zu dieser kalten Jahreszeit die Kunden wegschnappten.

Weihnachten … das war für Wilhelm ein Gefühl der Sicherheit

und Geborgenheit. Eine wunderbare Sorglosigkeit trieb durch die Luft. Die blinkenden Leuchtsterne und Lichterketten, das war Symbol des Fortschritts. Was sollte diesen Fortschritt dämmen, der doch immerzu aus sich selbst heraus neue, weitreichende Kräfte schöpfte? Während Wilhelm mit beiden Händen in den Taschen seines Mantels über den Potsdamer Platz schlenderte, all diese lachenden und sorglosen Gesichter sah und sein Atem in der bitterkalten Luft zu einer dichten, grauweißen Wolke gefror, kam ihm der Gedanke, dass das Deutsche Reich nie reicher, nie schöner, nie prächtiger gewesen war als nun. Der letzte Krieg lag vierzig Jahre zurück, da war Wilhelm noch nicht einmal auf der Welt gewesen. Er atmete tief ein und fühlte sich als ein Teil von etwas Großem, Unbesiegbarem. Als ein Teil einer Weltmacht. Einer Weltmacht, die eine Vorreiterrolle in Technik und Wissenschaft einnahm. Berlin war für Wilhelm der Inbegriff der Moderne.

»Wilhelm, hier bin ich!« Seine Mutter winkte mit beiden Armen, obwohl sie die Einzige war, die vor dem Gebäude der Neuen Berliner Secession wartete, und somit nicht zu übersehen war. Ihre Wangen glühten vor Kälte wie zwei Apfelhälften, und ihrem Lächeln sah man die mütterliche Freude an, die sie empfand, weil sie Zeit mit ihrem Sohn verbringen durfte. Das gute Gefühl, das Wilhelms Gang bei seinem Spaziergang durch Berlin beschwingt hatte, wuchs heran zu einem noch besseren Gefühl. Einem Gefühl der absoluten Geborgenheit.

»Du bist ganz grau im Gesicht«, schimpfte seine Mutter ihn liebevoll, als Wilhelm sie zur Begrüßung auf die Wange küsste. »Das kommt davon, wenn man mit der Elektrischen fährt.«

»Weigerst du dich noch immer, die Bahn zu benutzen?«

»Ja, und das wird sich auch nie ändern. Es ist mir einfach unheimlich, wenn die Leute die Technik zu ihrer neuen Religion machen. Gott sieht das nicht gern. Er will nicht, dass wir uns die Lüfte und Gewässer auf diese Weise untertan machen. Der Mensch überschätzt sich. Seit es all diese Dinge gibt, passieren so viele schreckliche Unglücke. Erst vor zwei Monaten ist doch dieser Zeppelin abgestürzt, die gesamte Mannschaft ist dabei umgekommen! Dieser Dichter, dieser van Hoddis, hat ganz recht, wenn er schreibt, dass …«

»Mutter«, schnitt Wilhelm ihr das Wort ab. »Jakob van Hoddis ist ein Hypochonder und Pessimist. Sein Gedicht *Weltende* ist ja wohl maßlos übertrieben und außerdem schon fast drei Jahre alt.«

»Natürlich ist es übertrieben, aber im Kern ist es wahr. Sag mir, Wilhelm, wo soll das hinführen, dass der Mensch Kampfflugzeuge und neuartige Maschinengewehre erfindet? Diese Kinder, die sich Kaiser und Zaren nennen, die juckt es doch schon in den Fingern, all diese Waffen zu erproben.«

»Sieh nicht immer alles so schwarz«, widersprach Wilhelm. »Das ist nicht gut für dein Herz.«

»Und dir tut es nicht gut, so viel zu arbeiten.«

Sie hatte ja recht. »Heute also Kunst?«, lenkte Wilhelm vom Thema ab.

»Ja, ich bin wirklich sehr gespannt auf diese Ausstellung. Der Großteil der Bilder ist wohl umstritten, wie ich hörte.«

Berlin – das war nicht nur das prächtige Zentrum des Fortschritts, wie die Ausstellung Wilhelm lehrte. Das war auch Einsamkeit, Entmenschlichung, Anonymität, Verfall und gar Apokalypse, zumindest wenn man einem Teil der Künstler Glauben schenken wollte, die in der Neuen Secession ausstellten. Diese Künstler waren von Akademien oder Kunstvereinen abgelehnt worden, da ihre Werke nicht dem aktuellen Geschmack entsprachen.

Ein Teil der Bilder entstellte Wilhelms wunderschönes Berlin regelrecht und würdigte es herab zu einer Montage aus Schornsteinen, hohen Gebäuden und Rauch, dargestellt mit schreiendem Rot, Nachtblau, Schwarz …

»Das ist doch nicht schön«, sagte Wilhelm, als er vor einem

Gemälde stand, auf dem die Menschen nicht mehr als schwarze Schatten waren.

»Aber es ist auch die Wahrheit«, seufzte seine Mutter. »Die Wahrheit ist selten schön. Trotzdem muss man sie akzeptieren.« Sie sagte es auf sanftmütige und deshalb umso eindringlichere Weise.

Nach etwa einer Stunde verließen sie die Ausstellung. Da seine Mutter Angst vor der modernen Technik hatte und sich weigerte, in die Elektrische zu steigen, begleitete Wilhelm sie zu Fuß nach Hause.

»Hast du es dir noch einmal überlegt?«, fragte sie ihn. Sie musste nichts weiter sagen.

»Nein …«, murmelte er und senkte seinen Blick auf den Schnee. »Wenn ich die Stelle in Amsterdam annehme, würde ich dich doch kaum noch sehen.«

In dem Krankenhaus in Amsterdam, in dem Wilhelm eine Zeit lang während seines Studiums gearbeitet hatte, war eine vielversprechende Stelle frei geworden. Einer seiner ehemaligen Professoren hatte sofort an ihn gedacht, und wenn Wilhelm sich ordentlich anstrengte, könnte er in ein paar Jahren dessen Professorenstelle übernehmen. Es käme schon fast einem Frevel gleich, dieses Angebot abzulehnen, aber es reizte Wilhelm kein bisschen, nach Amsterdam zu ziehen.

»Geht es hier denn wirklich um mich?«, fragte seine Mutter mit dezenter Wehmut in der Stimme, die in Wilhelm augenblicklich ein schlechtes Gewissen hervorrief.

»Natürlich! Um wen sollte es sonst gehen?«

»Ach, Wilhelm …«, seufzte seine Mutter. »Du richtest dein ganzes Leben nach Elisa aus, aber weiß sie das auch?«

»Ja, das weiß sie.«

»Bist du dir sicher? Hast du ihr von der Stelle in Amsterdam erzählt?«

»Nein, denn sie würde alles daran setzen, dass ich das Angebot annehme. Ich will nicht, dass sie sich schlecht fühlt, weil sie glaubt, ich würde wegen ihr hierbleiben.«

»Aber genau das tust du doch!«

»Das stimmt nicht …«

»Glaubst du, dass Elisa dich ebenso gern hat wie du sie?«

»Ich denke schon.«

Seine Mutter blieb stehen. »Dann kämpfe endlich um sie! Sieh nicht tatenlos zu, wie sie in dieser Ehe steckt, die euch beiden Leid zufügt. Denn so kann es nicht auf ewig weitergehen.«

Kapitel 33

Zwei Tage später wurde August von Treue am Erbgrab der Familie bestattet. Der Pastor huldigte in einer ermüdend langen Ansprache dem maßvollen, bescheidenen Leben des Süßwarenkönigs von Berlin. Louis musste sich bei dieser unbewussten Ironie zusammenreißen, nicht laut loszuprusten.

Bei der Testamentsverlesung erlebten sie alle eine Überraschung: August von Treue hatte Emil Lindquist als Firmeninhaber bestimmt.

»Ich kann noch immer nicht fassen, dass wir nun die Süßwarenfabrik zu leiten haben! Eine Fabrik mit achtzig Mitarbeitern!«, sagte Franz, als sie am nächsten Tag die Hundebörse im Hinterhof eines alten Gasthauses im Bezirk Kreuzberg besuchten.

Es brach Louis das Herz, das Gewinsel und Gebelle zu hören und all die großen Augen zu sehen, die sich nach einem schönen Zuhause sehnten.

»Eine international anerkannte Firma«, warf Louis ein. »Vater wird einen stellvertretenden Geschäftsführer einstellen müssen. Ich bin gespannt, an wen er da gedacht hat.«

Franz deutete lustlos auf einen schneeweißen Labrador-Welpen, der ohne einen Laut von sich zu geben in einem Korb saß und mit dem Schwanz wedelte. »Glaubt du, der hier könnte Hanni gefallen?«

Louis ging vor dem kleinen Tollpatsch in die Hocke und kraulte ihn hinter den Ohren. »Wenn es regnet, dann kannst du sehen, wie du sein weißes Fell nach einem Spaziergang wieder sauber bekommst! Aber niedlich ist er.«

Der Welpe versuchte, auf Louis' Schoß zu klettern, rutschte dabei jedoch ab. Louis lachte, packte den Kleinen und hielt ihn auf Augenhöhe. »Na du? Willst du bei meinem Bruder einziehen? Er hat zwei kleine Töchter, also würde ich mir das an deiner Stelle gut überlegen.«

»Warum hast du Hanni nicht einfach mitgenommen?«, fragte Louis. »Dann hätte sie selbst entscheiden können.«

»Es soll doch eine Überraschung sein … Jetzt, da ich vermutlich die nächsten Wochen in Arbeit ertrinken werde.« Auf einmal huschte ein Ausdruck über Franz' Gesicht, als hätte er zu viel gesagt.

»Warum? Was steht denn in der Bank an?«, fragte Louis.

»Ich finde den Kleinen hier wirklich ganz entzückend«, versuchte Franz abzulenken und sah sich nach dem Händler um. »Stellt sich nur die Frage, wie viel er kostet.«

»Franz«, sagte Louis eindringlich. »Verschweigt ihr mir etwas?«

Franz war schon immer ein miserabler Lügner gewesen. Sein Blick geisterte umher, als hoffte er, unter all den schlendernden Menschen Rettung zu finden. Als er selbst merkte, dass sein Zögern zu lang währte, atmete er schwer aus und sagte: »Früher oder später wirst du es ohnehin erfahren. Vater hat mich als stellvertretenden Geschäftsführer der Von Treue-Fabrik vorgesehen.«

Ganze drei Atemzüge lang dauerte es, bis diese Neuigkeit Louis wirklich erreichte. »Dich?. Einfach so? Ohne auch nur ein einziges Mal mit mir darüber zu sprechen?« Mit jedem Wort war er lauter geworden.

Zu Hause fand er seinen Vater gemeinsam mit Elisa im Landschaftszimmer, wo sie ein altes Fotoalbum durchblätterten. »Ach, das war an dem Tag, an dem Louis Schlittschuhlaufen lernte.« Die Erinnerung brachte Herrn Lindquist zum Lachen.

Noch ehe Louis den Raum betreten hatte, platzte seine Wut aus ihm heraus. »Hast du tatsächlich geglaubt, ich würde es nicht herausfinden?«

Das Lächeln verschwand aus Herrn Lindquists Gesicht. »Vielleicht sollten wir das in meinem Arbeitszimmer klären.«

»Für wie unfähig musst du mich halten, dass du mich nicht einmal in die Entscheidung einbeziehst, Franz zum stellvertretenden Geschäftsführer zu ernennen?«

»Red keinen Unsinn, Louis. Ich musste dich zwingen, überhaupt zur Testamentsverlesung zu gehen, so wenig interessierst du dich offenbar für die Fabrik. Du hast es dir selbst zuzuschreiben, dass ich diese Angelegenheit nicht mit dir besprochen habe.«

»Du …« Er brach ab. Sein Vater würde ihn ohnehin nicht verstehen.

Als das Testament seiner Mutter verlesen worden war, hatte Louis totenbleich neben seinem Vater auf dem Stuhl gesessen und mitangehört, was der letzte Wille seiner Mutter gewesen sein sollte. Diese trockenen, steifen, kühlen Worte sollte seine Mutter geschrieben haben? Es hatte wehgetan, dem Notar zuzuhören.

Louis holte tief Luft, um sich zu beruhigen. »Franz meinte, es fällt nun sehr viel Arbeit an. Sowohl in der Bank als auch in der Fabrik. Braucht ihr Unterstützung?«

»Ja, die bräuchten wir. Aber ich bezweifle, dass du der Richtige dafür bist.«

»Aber …«

»Ich bin es müde, diese Diskussion zu führen. Du willst nur wieder den bequemsten Weg gehen. Du musst endlich lernen, dass dir nicht alles einfach zufliegt.«

»Du täuschst dich. Ich …«

»Es tut mir leid, Louis. Aber du musst mir erst zeigen, dass du dich wirklich für die Süßwarenfabrik interessierst.«

Kapitel 34

Am Morgen des zweiten Weihnachtsfeiertags war Louis ausgeschlafen genug, um in der Bibliothek nach den Jahrbüchern der Süßwarenfabrik zu suchen. Sein Vater hatte gesagt, Louis solle ihm zeigen, dass er sich für die Fabrik interessiere, deshalb wollte er sich mit deren Firmengeschichte beschäftigen, um ein Gefühl für die *Von Treue Süßwaren & feinstes Gebäck GmbH* zu entwickeln. Am vergangenen Sonntagmorgen hatte Louis in der Kirche gehört, wie sein Bruder Hanni zugeflüstert hatte, dass die Verkaufszahlen der Süßwarenfabrik sanken. Vielleicht war das Louis' Chance, sich zu beweisen.

Im Türrahmen hielt er inne, denn er hatte Elisa gesehen, die am Fenster stand, ein Buch an den Bauch gedrückt hielt und die Eiszapfen bestaunte, die am Vordach der Villa herabhingen. Die Kombination aus dem weiß-blauen Chiffonstoff ihres Hauskleides, der Porzellanhaut und ihrer absoluten Bewegungslosigkeit ließen sie wie einen auf einem Gemälde festgehaltenen Engel wirken.

Inzwischen spazierte sie einmal am Tag den Weg im Garten entlang, den Anton jeden Morgen freischaufelte. Hin und wieder ertappte Louis sich dabei, durch das Fenster ihren vorsichtigen Gang zu bestaunen. Die Achtsamkeit, mit der sie alles um sich herum wahrnahm.

Offenbar hatte sie ihn bemerkt, denn sie wandte sich ihm nun im Profil zu, sah ihn jedoch nicht an. »Hanni meinte, heute sei ein Umtrunk in der Villa Rothschild. Ich würde dort gerne hingehen.«

»Schön. Tu das.«

»Aber nur in deiner Begleitung.«

»Was? Kommt nicht infrage! Weshalb willst du unbedingt dorthin? Dieser Umtrunk ist sterbenslangweilig!«

»Ich kann mir dort ja dann meine eigene Meinung bilden. Ich muss hier raus, Louis. Mir fällt die Decke auf den Kopf.«

Sie wandte sich ganz zu ihm um. Offensichtlich war sie gerade eben draußen gewesen, denn die zarte Haut über ihren feinen Wangenknochen hatte durch die frische Luft leicht an Farbe gewonnen, wodurch sie lebendiger wirkte. Es war ein rosa Hauch, schön wie das pastellfarbene Winterlicht, das sich abends in den Wolken brach.

»Wir müssten hier um sieben Uhr los. Ich will nicht zu spät kommen.« Dann sagte sie noch flehend und ganz sanft: »Bitte …«

Der Umtrunk bei den Rothschilds – das war für Louis ein Beisammensein älterer Herrschaften, die fragwürdige Ansichten vertraten, wie beispielsweise die, dass Juden nichts in der deutschen Armee verloren hätten.

»Ich kann auf dich zählen, nicht wahr?«, fragte Elisa hoffnungsvoll.

»Ja«, erwiderte Louis nach verräterischem Zögern. »Das kannst du.«

Louis' Lippen wanderten über Rosalies Dekolleté, von Sommersprosse zu Sommersprosse. Er schob den Stoff ihres Seidenkimonos, den ihr Vater ihr von einer seiner Reisen mitgebracht hatte, zur Seite und küsste ihre nackte Brust, während ihre Finger auf dem Nachttisch nach dem Zigarettenetui tasteten, das neben einer Vase mit welken Veilchen lag.

»Von einem Verehrer?«, fragte er.

»Vielleicht«, entgegnete sie und spitzte selbstzufrieden die Lippen.

»Magst du Veilchen denn überhaupt?«

»Warum nicht? Jede Frau mag Blumen.«

»Meine Frau offenbar nicht. Einmal habe ich ihr welche mitgebracht und musste befürchten, dass die Blumen unter ihrem Blick Feuer fangen.«

Da lachte Rosalie laut auf. »Du Dummchen! Vermutlich dachte sie, du willst dich über sie lustig machen!«

Es ärgerte ihn, dass Rosalie ihn als Dummchen bezeichnet hatte, aber gleichzeitig hatte er keine Lust, eine große Sache daraus zu machen. »Weil ich ihr Blumen mitbringe?«

»Weil du ihr Veilchen mitbringst. Sie sind ein Symbol für Unschuld.«

Sein Blick brachte sie nur noch mehr zum Lachen. Louis' Kiefer mahlte.

»Du hast deiner Gattin also Blumen mitgebracht. Wie süß. Erzähl mir mal ein bisschen etwas über deine Ehefrau«, sagte sie mit diesem ganz speziellen Schmunzeln, das meist auf ihren Lippen lag. Es war süffisant, doch oft genug meinte Louis auch etwas Angriffslustiges darin zu entdecken. Sie ließ das Etui aufschnappen und eine Zigarette herausgleiten, die sie sich zwischen ihre vollen Lippen steckte und mit einem Feuerzeug anzündete.

Louis rollte sich von Rosalie und runzelte die Stirn. »Was willst du denn wissen?«

Sie hielt den Rauch lange im Mund und blies ihn dann langsam aus. »Wie ist sie? Ich habe sie ja nur zweimal kurz gesehen und habe mich nicht wirklich auf sie konzentrieren können. Ich hatte Besseres zu tun …« Sie bedachte ihn mit einem kurzen Seitenblick, wobei sie sich mit der Zunge über die Lippen fuhr, und nahm schließlich einen erneuten Zug.

Louis legte den Kopf auf den Unterarm und betrachtete gedankenversunken den schnörkeligen Stuck an der Decke. »Schwer zu sagen. Jedenfalls ist sie nicht so schlimm, wie ich befürchtet habe.«

Rosalie richtete sich auf, sodass sie nun neben Louis auf dem Bett kniete. Ihr seidener Kimono rutschte ihre rechte Schulter hinab, jedoch nur gerade so weit, dass ihr Busen noch verdeckt war. Rosalie wusste, wie sie sich am besten in Szene setzte. »Das Wenige, was du bisher über sie erzählt hast, klingt ziemlich langweilig.« Sie schnippte die Asche ihrer Zigarette in das leere Weinglas auf dem Nachttisch. »Mein Vater meinte nach dem Sommerfest, er fände deine Ehefrau zwar hübsch, aber sie sei nichts Besonderes.«

»Ich finde schon, dass sie etwas Besonderes hat. Sie ist einfach nur sehr zurückhaltend, deshalb muss man vermutlich zweimal hinsehen.«

Das Schmunzeln auf Rosalies Lippen bröckelte kurz, doch sie fing sich schnell wieder und saß im nächsten Moment auf Louis' Schoß. »Findest du sie attraktiv? Fühlst du dich zu ihr hingezogen?«

»Nein … Ich sage nur, dass sie etwas Besonderes an sich hat.«

»Macht sie das mit dir?« Rosalies Hand strich über Louis' nackte Brust und seinen Bauchnabel. Als ihre Fingerspitzen unter den Bund seiner Hose glitten, sog Louis scharf die Luft ein, was Rosalie nur bestätigte. Sie nahm seine Hände und legte sie auf ihre Brüste. »Findest du sie schöner als mich?«

»Es reicht, Rosalie.« Louis' Tonfall war schärfer als beabsichtigt. Etwas sanfter fügte er hinzu: »Ihr zwei seid vollkommen unterschiedlich. Und ich will nicht, dass du schlecht über sie redest. Immerhin ist sie meine Frau.«

Rosalie legte den Kopf schief und bedachte ihn mit einem aufmerksamen, interessierten Schmunzeln. Schließlich seufzte sie und meinte mit einem gleichgültigen Schulterzucken: »Es interessiert mich ohnehin nicht.«

Schon war sie aus dem Bett. Der Seidenkimono glitt von ihren

Schultern und fiel zu Boden. Doch sie gönnte ihm nur den Bruchteil einer Sekunde den Blick auf ihr schönes Hinterteil, denn dann war sie schon hinter einem Raumteiler aus Reispapier verschwunden, um sich anzukleiden. Die Zeiger der Wanduhr über der Trennwand standen auf kurz nach sechs. Er hatte Elisa versprochen, sie um sieben Uhr zum Umtrunk der Rothschilds abzuholen.

»Ich muss gleich los«, sagte Louis. »Wir sind zu den Rothschilds eingeladen.«

»Du Armer. Ich könnte mir nichts Langweiligeres vorstellen …«

»Ich habe Elisa versprochen, mit ihr hinzugehen.«

»Du weißt, dass die Rothschilds außerordentlich konservativ sind?«

»Und was kümmert mich das?«

Rosalie hängte ihr Unterkleid griffbereit über den Raumteiler. Durch das hauchdünne Papier sah er die Silhouette ihres Körpers. »Ich bezweifele, dass die Einladung auch an dich gerichtet war. Ich denke, die Rothschilds dachten lediglich an deinen Vater und Franz inklusive seiner Frau.«

Louis war froh, dass Rosalie hinter dem Reispapier war und nicht sah, wie sehr ihn ihre Worte trafen.

»Es tut mir leid, das so ehrlich sagen zu müssen, aber ich befürchte, es könnte unangenehm werden, wenn du dort auftauchst und sie dir dezent erklären, dass deine Anwesenheit nicht erwünscht ist. Die Rothschilds sind diesbezüglich sehr strikt. Und du hast nun einmal einen gewissen Ruf …«

»Ach ja?« Louis schwang sich aus dem Bett und schnappte sich leicht angesäuert sein Hemd, das vor seinen Füßen auf dem Boden lag.

»Du könntest auch einfach hierbleiben …«

»Wie gesagt: Ich habe es Elisa versprochen.«

»Deine Entscheidung. Ach, übrigens, mein Vater ist neuerdings der Ansicht, dass es so langsam an der Zeit ist, einen geeigneten Ehemann für mich zu finden.«

»Und?« Louis zog sich sein Hemd über und richtete den Kragen. »Wirst du dich auf die Suche machen?«

Rosalie streckte ihren Kopf an der Trennwand vorbei. »Warum nicht? Das wäre mal etwas anderes.«

Louis hielt inne. Es war ihm bewusst, dass Rosalie nur einen neuen Weg suchte, ihn zu provozieren. Aber es funktionierte. Rosalie spielte die Empörte, als er auf einmal neben ihr stand und ihr das Unterkleid, das sie sich gerade über den Kopf hatte streifen wollen, aus der Hand nahm und auf den Boden fallen ließ. Er drückte sie gegen die Wand und seine Lippen auf ihren Mund.

»Ich denke nicht, dass es einem Mann gelingen wird, dich zu zähmen«, murmelte er.

Die Kirchturmuhr schlug halb sieben.

Auf einmal sah Louis Elisa vor seinem inneren Auge. Ihr Blick heute Morgen hatte sich unter seine Haut gebrannt. »Ich muss los«, sagte er und überraschte sich selbst.

Er drückte Rosalie einen letzten, schnellen Kuss auf den Mund, schnappte sich sein Jackett und war im nächsten Moment aus ihrem Zimmer.

Als er das Gartentor hinter sich zuzog, öffnete sich im ersten Stock die Balkontür. Rosalie tauchte als schwarze Silhouette im Gegenlicht auf. »Ist das dein Ernst?«, rief sie ihm nach. »Du wirst dich blamieren, Louis Lindquist!«

Es gelang Louis, Haltung zu bewahren, bis er das Ende der Tiergartenstraße erreichte. Dann blieb er stehen. Rosalie hatte ein ausgesprochenes Talent dafür, Worte wie Waffen zu benutzen. Er fühlte sich, als habe sie ihn angeschossen.

Auf einmal wurde ihm bewusst, weshalb sich Elisas Blick derart bei ihm eingeprägt hatte. Elisa hatte ihn heute Morgen angesehen, als wäre er es wert, auf ihn zu hoffen. Aber das war er nicht. Nicht nach ihren Maßstäben. Sie war kultiviert, belesen, intelligent, unschuldig, unverdorben … Sie war das glatte Gegenteil von ihm.

Wie konnte jemand wie sie Hoffnung in ihn setzen?

Kapitel 35

Elisa war so aufgeregt, dass sie bereits seit halb sieben fertig herausgeputzt im Salon am Fenster stand und darauf wartete, dass Louis zur Tür hereinkam. Den ganzen Nachmittag hatte sie an nichts anderes denken können als daran, neben wem sie heute Abend wohl sitzen und ob man sie in der feinen Gesellschaft willkommen heißen würde. Hoffentlich würde sie nicht allzu nervös sein oder die anderen Gäste langweilen, weil sie nichts Spannendes zu erzählen hatte …

Das Kleid, das sie trug, hatte ihre Mutter ihr letztes Jahr zu Weihnachten aus Frankreich schicken lassen. Es war von den Schwestern Callot, vier Modedesignerinnen aus Paris. Schon bald war es in Elisas Schrank vergessen worden, obwohl es ein absoluter Traum war. Doch diese extravagante Kreation aus sonnenblumengelber Seide und metallisch rot schimmerndem Tüll war für jemanden wie Rosalie, Louis' Affäre, gemacht. Nicht für jemanden wie Elisa, die sich lieber im Hintergrund hielt.

Inzwischen waren die Zeiger auf fünf vor sieben vorgerückt. Elisa konnte ihr Herz schlagen spüren. Auch um sieben Uhr gab es noch immer keine Spur von Louis. Natürlich nicht. Louis war noch immer Louis, vermutlich würde er sich verspäten. Hoffentlich nicht zu sehr, denn Elisa wollte nicht an ihrem ersten Abend in feiner Gesellschaft einen schlechten Eindruck hinterlassen.

Um Viertel nach sieben brannten Tränen in Elisas Augen. Ihre Kehle schnürte sich zu. Sie war so dumm gewesen … Wie hatte sie tatsächlich glauben können, Louis würde sich einen Abend lang mit ihr abgeben?

»Du einfältiges, naives Kind«, schalt sie sich leise.

»Kann ich Ihnen etwas bringen?«, hörte sie Magda hinter sich fragen.

»Nein, danke«, sagte Elisa, ohne das Dienstmädchen anzusehen, denn sie schämte sich. Schämte sich dafür, versetzt worden zu sein. Heute Nachmittag hatte Elisa noch groß getönt, dass Magda kein Abendessen für sie zubereiten müsse, da Elisa mit Louis eingeladen sei.

»Ich kann Ihnen etwas Hechtsuppe warm machen«, bot Magda an.

»Nein, danke.« Elisas Tonfall war scharf, aber sie wollte einfach nur in Ruhe gelassen werden.

Um kurz vor acht zog sie sich zurück in die Maison, legte sich auf das Bett und weinte. Trotz all der Nadeln in ihrem Haar und ihres unbequemen Kleides nickte sie ein, jedoch nur kurz, denn sie begann zu frieren. Mit der Bettdecke um die Schultern setzte sie sich auf die Fensterbank, zog die Beine an, ließ den Kopf gegen die kalte Fensterscheibe sinken und blickte hinaus in die tiefdunkle Nacht. So, wie sie Louis kannte, war er gerade bei Rosalie. Vielleicht lachte er sogar mit ihr über Elisas verzweifelten Versuch, einen Abend in Gesellschaft zu verbringen.

Ein Geräusch ließ sie aufschrecken. Die Haustür der Maison war zugedrückt worden. Die Treppenstufen knarzten. Kurz darauf öffnete sich die Tür zum Schlafzimmer.

Dunkelheit stand zwischen Louis und ihr. Er suchte den Raum nach ihr ab und fand sie. Als könnte er selbst nicht glauben, was er hier gerade tat, schüttelte er den Kopf und ging dann zielstrebig auf sie zu, um sich vor sie auf die Fensterbank zu setzen.

»Es tut mir leid«, sagte er. »Ich bin spät.«

Die Wolken wanderten über den Nachthimmel, das Mondlicht

schweifte unruhig durch den Raum. Es zerschnitt sein Gesicht in zwei Hälften: eine dunkle und eine weiß-silberne. Louis hatte einen zarten, süßen Duft mitgebracht, und das versetzte Elisa einen Stich. Er war also tatsächlich bei ihr gewesen. Bei Rosalie.

Sie war so maßlos enttäuscht und auch gleichermaßen fassungslos über seine Dreistigkeit, noch zu so später Stunde bei ihr aufzukreuzen, dass sie kein Wort hervorbrachte.

»Das wird in einer Katastrophe enden«, sagte er. »Wir zwei … wir könnten nicht unterschiedlicher sein. Wir sind wie Feuer und Wasser. Aber zum Teufel. Versuchen wir es.«

»Was redest du da?«

»Ich rede davon, dich heute Abend auszuführen.«

»Du bist wohl nicht ganz bei Sinnen! Weißt du, wie spät es ist? Der Umtrunk bei den Rothschilds ist schon längst vorüber!«

»Dort gehen wir auch nicht hin. Du willst doch ein Abenteuer erleben, oder etwa nicht? Dann los.«

Sie japste überrascht nach Luft, als er sie an den Unterarmen packte und von der Fensterbank zog. Jäh hielt er inne, und sein Blick wanderte ihr Kleid hinab. Louis sah sie nicht an, als wäre sie ein krankes Mädchen. Er sah sie an, als wäre sie etwas ganz Besonderes.

»Du … siehst schön aus«, sagte er.

»Danke«, hauchte sie.

Auf einmal schien Elisa nur noch aus Herzschlag zu bestehen. Darauf schob sie es auch, dass die Konturen des Spiegels mit denen des Tisches verschwammen. Sie musste sich erneut setzen, damit die tanzenden Lichtpunkte vor ihren Augen wieder verschwanden.

»Alles in Ordnung?«, fragte Louis sie.

»Ja … ich bin nur zu schnell aufgestanden. Das ist alles.« Verlegen betastete sie ihr Haar, höchstwahrscheinlich war sie vollkommen zerzaust.

»Wohin gehen wir?«, fragte sie.

Sein verschmitztes Grinsen machte ihr Angst. »Wir gehen dorthin, wo man wirklich Spaß haben kann.«

In der Mietdroschke, die sie in die Stadt brachte, schwitzte Elisa leicht, obwohl die Nacht so kalt war, dass ihr Atem eine kleine Wolke bildete. Je näher sie dem Zentrum kamen, desto kleiner wurden die Abstände zwischen den Straßenlaternen. Die Gebäude rückten näher zueinander, wie um sich an diesem kalten Winterabend gegenseitig zu wärmen.

Es war halb elf. Die Nacht war also noch jung, wie Louis mehrmals betont hatte. Aber Elisa war inzwischen so müde, dass sie Mühe hatte, die Augen offen zu halten. Dabei bezauberte sie der Anblick der Schneeflocken, die im goldenen Stadtlicht durch die Luft taumelten, sich wie Kronen auf die Litfaßsäulen legten und die hohen Dächer und Straßen bedeckten. Da waren Kneipen, Nachtcafés und Gasthöfe, hinter deren bunten Fenstern sich Silhouetten abzeichneten. Noch immer war die Stadt voller Leben. Kraftdroschken schlichen über die rutschigen Straßen. Eingepackt in dicke Wintermäntel und festes Schuhwerk tasteten sich Männer und Frauen durch die eisige Luft. Taxifahrer standen in Gruppen vor ihren Wägen, wärmten sich an ihren Zigaretten und Gesprächen.

Louis und Elisa schwiegen die meiste Zeit über. Hin und wieder fragte sie, wo genau sie sich gerade befanden. Aber Louis' Antworten halfen ihr nicht, sich zurechtzufinden. Alles, was sie heraushörte, war, dass sie Grunewald hinter sich gelassen hatten und sich in Richtung des Schlosses Charlottenburg immer weiter vom Zentrum entfernten. Wohin würde er sie wohl führen? Elisa rieb nervös ihre feuchten Handflächen aneinander. Sie rückte näher an das Fenster heran, an dem sich Schneeflocken verfangen hatten. Die Kälte fühlte sich angenehm auf ihren erhitzten Wangen an.

Der Wagen ruckelte über die Pflastersteine an der Spree entlang. Als er schließlich vor einem Hinterhof hielt, war Elisa sich sicher, dass der Fahrer sich im Weg geirrt hatte und nun aus Unsicherheit stehen geblieben war. Doch da drückte Louis ihm ein paar Münzen in die Hand und dankte ihm.

»Wo sind wir hier?«, fragte Elisa.

Schon hatte Louis den Wagen umrundet, um Elisa die Tür aufzuhalten. »Am Krögel. Wir gehen hier auf einen Polterabend.«

»Einen Polterabend? Hier?«

Elisa raffte ihr Kleid und machte einen großen Schritt, um nicht in eine Pfütze zu steigen, die sich am Bordstein gebildet hatte. Das Licht einer einsamen Straßenlampe erleuchtete gerade mal den Eingang des Hofs: Da lag ein umgefallenes Bierfass, aus dem zwei Katzenaugen sie anfunkelten. Auf alten, wahllos dahingeworfenen Brettern blitzten Hammer und Sägen im Mondlicht. Es gackerte aus einem Hühnerstall heraus. Gestank schlug ihr aus einem kleinen Anbau entgegen, auf dessen Dach Gestrüpp wucherte und der vermutlich den Abort der engen Mietwohnungen beherbergte.

»Louis, wo sind wir hier? Nein, hier bleibe ich keine Sekunde länger …«

Gerade, als Elisa umdrehen und wieder in den Wagen steigen wollte, fuhr dieser los und war schon bald um die nächste Ecke verschwunden.

»Komm«, sagte Louis und ging voraus.

»Das hier ist einfach nur ein schlechter Witz, ist es nicht so? Der Wagen wartet vermutlich eine Straße weiter.«

Schelmisch grinste Louis ihr über die Schulter zu.

»Louis!«, fluchte sie und tastete sich hilflos durch die Dunkelheit. Bestimmt war hier alles voller Ratten und Ungeziefer … Am Ende des Hinterhofs leuchteten goldgelb die Lichter eines Gasthauses, aus dem heraus dumpf Musik zu hören war.

»Nun komm schon!« Louis war stehen geblieben und wartete auf sie. Im Licht schimmerten die Schneeflocken golden und taumelten wie fallende Sterne vom Himmel herab. Sie verfingen sich in Louis' wildem Haar. Es war ein unerwartet schöner Anblick, der Elisa dazu bewegte, tief Luft zu holen und sich mit ihren glatten, reinweißen Schnallenschuhen vorsichtig über die Pflastersteine zu tasten. Welche Wahl hatte sie schon?

In diesem Moment flog die Tür des Gasthofs auf. Wilde Musik platzte nach draußen, und mit ihr ein Mann, der die einzelne flache Stufe übersah und auf alle viere stürzte. Die Tür fiel hinter ihm zu und drängte die Musik zurück ins Innere des Gasthofs. Der Mann war so betrunken, dass Louis ihm vom Boden aufhelfen musste. Seine Lider sanken auf Halbmast, als würde er jeden Augenblick einschlafen – da begriff er, in wessen Armen er gerade lag. Sofort hellte sich sein Gesicht auf, und er packte Louis fest an den Schultern. »Junge, na endlich!«

Wie ein Kind drückte er sein Gesicht an Louis' Brust, der lachte und ihm väterlich den Rücken tätschelte. »Ich freue mich auch, dich zu sehen, Bernhard …«

Woher kannte Louis diesen Mann, dessen Anzughose am Saum abgewetzt war und der schwarze Ränder unter den Fingernägeln hatte? Das Leder seiner Schuhe war ausgeleiert, und sein Bart wuchs wild herab, als hätte er noch nie eine Schere oder eine Rasierklinge gesehen.

Elisa verschränkte die Hände vor ihrem Schoß und zwang sich zu einer höflichen Miene, doch in Wahrheit war sie enttäuscht und wütend. Sie hatte erwartet, Louis würde sie in die feine Gesellschaft einführen! Sie hatte gehofft, Freundschaften mit intellektuellen Frauen zu schließen!

Doch da lächelte der Mann so freundlich und offenherzig, dass Elisa nicht anders konnte, als sein Lächeln zu erwidern. »Wat haste denn da für 'ne Perle mitjebracht, du Glücklicher?«

»Das ist Elisa«, stellte Louis sie vor, als wäre sie nicht mehr als eine gute Freundin.

Die himmelblauen Augen des Mannes, umfächert von liebenswerten Falten, kamen Elisa bekannt vor. Sie ergriff die Hand, die er ihr entgegenstreckte, und sagte: »Du bist Hans' Bruder, nicht wahr?«

Der Mann zog sich an Louis' Schultern hoch, sodass er aufrecht stand. »Jenau der bin ick! Schön, dich kennenzulernen, Elisa! Ick bin Bernhard.«

Als Bernhard auch Elisa in eine Umarmung schließen wollte, bremste Louis ihn, indem er sich vor Elisa stellte. »Wir sehen uns später«, sagte er, nahm Elisa an der Hand und zog sie ins Innere des Gasthofs.

Nur ein einziger Tisch war besetzt, an dem drei Kutscher mit langen schwarzen Gehröcken und Zylinder auf dem Kopf Karten spielten. Doch Louis ging zielstrebig auf eine Holztreppe zu, die in das Kellergewölbe des Gasthofs führte. Vorsichtig tastete Elisa sich die Holzstiegen hinab, der lauten Musik entgegen. Da endete die Steinwand zu ihrer Seite, und sie tauchte ein in eine ihr fremde, wilde, ungezähmte und faszinierend angsteinflößende Welt. Der Raum war voller Menschen, die lachten, tanzten, einander zuriefen oder mit ihren Gläsern anstießen. Es war so heiß, dass Elisa schon bald unter der Last ihres Kleides schwitzte. Vor einer Reihe uralter, mächtiger Weinfässer entlockten drei Musikanten Akkordeon, Geige und Querflöte die wildesten Töne. Frauen und Männer stampften, drehten und wirbelten ohne jegliche Schrittfolge über die kleine Tanzfläche, rempelten sich gegenseitig an, lachten und tanzten weiter, als wäre nichts gewesen.

Louis musste verrückt sein, Elisa an einen Ort wie diesen zu bringen! Dennoch war der Anblick ebenso faszinierend wie furchterregend.

»Keine Angst«, sagte Louis dicht an ihrem Ohr.

Ihre Mutter würde in Ohnmacht fallen, könnte sie Elisa sehen, denn sie folgte Louis durch die tanzende Menge. Ein Mann, an dem Elisa sich vorbeischob, hatte sogar ein Loch in der Hose! In den tiefen Falten seiner Stirn hing etwas Ruß. Sein Blick klebte im tiefen Dekolleté eines jungen Mädchens, das höchstens siebzehn Jahre alt war und schon Bier trank!

»Hans!«, rief Louis, der seinen Kumpel am Tisch vor den Weinfässern entdeckt hatte, eingeklemmt zwischen zwei Männern. Elisa hatte Mühe, ihm hinterherzukommen, so eilig hatte er es auf einmal.

»Ihr schummelt doch!«, hörte sie Hans sich mit alkoholschwerer Zunge beschweren, als sie endlich seinen Tisch erreichten. Die Reihenfolge der Karten, die auf dem Tisch lagen, ergab für Elisa keinen Sinn. Dieses Spiel kannte sie nicht.

»Du hast verloren, Hans. Sei ein guter Verlierer und trink!«, sagte einer der Männer, während er Hans' Schnapsglas bis zum Rand mit Whiskey füllte.

»Es ist dein Polterabend, Hans«, lachte Louis, strubbelte seinem Freund durch das blonde Haar und drückte ihm schließlich einen brüderlichen Kuss auf die Stirn. »Du hast doch nicht ernsthaft geglaubt, dass du den unbeschadet überstehst!«

»Louis!« Als hätte Louis' Stimme ihm neue Kraft geschenkt, richtete Hans den Oberkörper auf. Ein überglückliches Strahlen machte sich auf seinem Gesicht breit. »Endlich bist du da!«

Er versuchte aufzustehen, sackte aber sogleich wieder auf seinen Stuhl zurück. Dann entdeckte er Elisa, und seine Augen wurden groß. »Das ist ja wahrhaftig eine Überraschung!«

Er bemühte sich, deutlich zu sprechen, um zu vertuschen, wie betrunken er war. Das klang so lustig, dass Elisa tatsächlich trotz ihrer Angst, geschubst oder gerempelt zu werden, lachen musste. Mithilfe des Tisches stemmte Hans sich in die Höhe, strich mit den Händen die zerzausten blonden Haare glatt und prüfte hastig, ob sein Hemd auch ordentlich in der Hose steckte. »Wie schön du aussiehst!«, sagte er und vollführte eine ungeschickte Handbewegung, die ihre Hochsteckfrisur sowie das Kleid umfasste.

»Tut mir leid, dass wir kein Geschenk dabeihaben«, entschuldigte Elisa sich. »Aber Louis hat mit keiner Silbe erwähnt, dass du heute deinen Polterabend feierst!«

Hans winkte ab. »Kein Geschenk? Aber Louis hat doch …«

»Schon gut, mein Lieber«, schnitt Louis seinem Freund das Wort ab.

Elisa hätte gerne gewusst, was Louis ihm geschenkt hatte, aber Hans hatte von einer Sekunde auf die andere einen vollkommen abwesenden und verträumten Gesichtsausdruck aufgesetzt. Elisa folgte seinem Blick und sah ein etwa zwanzigjähriges Mädchen, das mit einem älteren Herrn tanzte. Ihre Locken hüpften, ein dünner Schweißfilm glänzte auf ihrer Stirn. Es versetzte Elisa einen Stich zu sehen, wie laut und unbeschwert sie lachte.

»Frieda! Komm her, ich stelle dir Elisa vor!«, rief Hans ihr zu.

Frieda hielt im Tanzen inne, taumelte ein wenig und hielt sich an den Unterarmen ihres Tanzpartners fest. Dann deutete sie eine spielerische Verbeugung an, dankte dem Mann für die gute Führung und steuerte schließlich zielstrebig auf Hans, Louis und Elisa zu.

Frieda war bezaubernd. Der Blick ihrer Haselnussaugen war rein und warm. Er schien absolut nichts zu verbergen und keine Hintergedanken oder Misstrauen zu kennen. Am meisten war Elisa jedoch von Friedas charmantem Selbstbewusstsein beeindruckt. Sie ließ sich nicht davon einschüchtern, dass sie einen alten, braunen Rock und darüber eine ausgewaschene weiße Bluse trug. Ihre erhitzten, kleinen Hände umschlossen ganz selbstverständlich Elisas, deren Kleid über dreihundert Mark gekostet hatte.

Auch diesmal vermied Louis es, Elisa als seine Ehefrau vorzustellen.

»Wie schön, dass du hier bist!«, sagte Frieda. »Ich freue mich ja so, dass du mit uns feierst!« Ihre Stimme klang wie die einer alten Freundin, die man bei einem lang ersehnten Wiedersehen in die Arme schloss.

»He, Hans, Louis!«, rief jemand. Es war Bernhard. In seiner Rechten hielt er einen Holzhammer in die Höhe. »Zeit, das neue Fass anzustechen!«

Louis grinste. Dann sah er zu Elisa herab, überlegte, zögerte. Schließlich sagte er: »Ich bin sofort wieder bei dir. Rühr dich nicht vom Fleck!«

Ehe sie etwas erwidern konnte, hatte er Hans gepackt und war schon in der Menge abgetaucht.

»Diese beiden …«, lachte Frieda. »Wenn Louis da ist, habe ich keine Chance.«

»Darf ich fragen, was Louis euch zu eurer Hochzeit geschenkt hat?« Elisa musste laut sprechen, damit Frieda sie über die Musik hinweg hörte. »Louis erzählt mir leider nicht sonderlich viel.«

»Ach, das darfst du nicht persönlich nehmen! Louis erzählt niemandem viel. Er hat uns diesen Polterabend geschenkt. Normalerweise hätten wir uns es niemals leisten können, all unsere Freunde und Verwandten einzuladen.«

Elisa hatte es ja bereits geahnt, dass Louis durchaus eine nette Seite besaß. Jemand, der sich so liebevoll um sein Pferd kümmerte, konnte kein schlechter Mensch sein. Sie verspürte das Bedürfnis, ihn zu sehen, suchte ihn in der Menge und fand ihn am anderen Ende des Raumes. Er warf gerade den Kopf in den Nacken und lachte laut. Elisa wunderte sich, wie glücklich und gelöst er in dieser Gesellschaft war. Auf dem Sommerfest oder den wenigen Diners, die sein Vater gab, hatte sie ihn immer sehr angespannt erlebt.

»Hast du Lust zu tanzen?«, fragte Frieda unvermittelt.

»Oh, niemals!«, rief Elisa fast erschrocken aus. »Das geht leider nicht …«

»Bist du mir böse, wenn ich noch ein wenig tanze?«

»Keineswegs! Es ist dein Polterabend! Du hast sogar die Pflicht, dich zu amüsieren!«

Durch die Hitze im Raum hatte Elisa schrecklichen Durst bekommen. Obwohl Louis ihr gesagt hatte, sie solle hier warten, beschloss sie, sich etwas zu trinken zu organisieren. Die lebendige Energie des Polterabends steckte sie an, und was sollte auf dem kurzen Weg zum Tresen schon passieren? Zudem wollte sie Louis beweisen, dass sie auch ohne ihn zurechtkam und nicht auf ihn angewiesen war. Alkohol war ihr von ihren Eltern und Wilhelm verboten zu trinken, denn Alkohol machte unvorsichtig. Deshalb bestellte sie Wasser, das aus großen Krügen ausgeschenkt wurde. Der junge Kerl hinter dem Tresen stützte sich mit beiden Händen am Tresen ab und brachte sein Gesicht dem ihren näher, als es sich ziemte. »Wat macht so'n schönes Mädel wie du auf diesem Fest?«

Elisa nahm einen tiefen Schluck aus ihrem Glas, damit er ihre errötenden Wangen nicht sah. Sie kam nicht dazu, ihm zu antworten, denn das Lied wechselte. Partnertausch. Völlig unerwartet wurde Elisa an der Hand gepackt und vom Tresen weg inmitten all der Tanzenden gezogen. Gerade noch konnte sie ihr Glas abstellen, ehe sie an einen stämmigen und verschwitzten Körper gedrückt wurde. Mit sich und der Welt zufrieden blickte Bernhard auf sie herab und fiel im nächsten Moment schon in die schnellen Tanzschritte all der Paare um sie herum ein.

»Lass einfach janz locker«, wies Bernhard Elisa an und drehte sie im nächsten Moment einmal, um sie dann nach hinten fallen zu lassen und mit einem Arm aufzufangen.

»Bernhard, wat haste dir denn da für 'n Schmuckstück jeangelt«, rief einer.

Ein Kreis hatte sich um sie herum gebildet. Die Leute klatschten im Takt. Gesichter flogen als verschwommene Grimassen an Elisa vorbei. Die Musik schwoll an. Pochte im schnellen Takt ihres Herzens in ihren Ohren, bis ihr schwarz vor Augen wurde. Ihre Beine wurden ganz weich. Sie musste hier weg. Sofort. Zwischen schweren Atemzügen presste sie Worte der Entschuldigung hervor und taumelte dann zurück zum Ausschank.

»Die is' wohl doch 'ne Nummer zu hoch für dich!«, rief ein hünenhafter Mann Bernhard zu. Die Leute lachten.

»Is' sie jar nicht! Die is' nur schüchtern.«

»Ach wat, so nen Suffkopp wie dir will doch keener!«

Auf einmal verstummte die Musik. Erst, als jemand laut »Schlägerei« brüllte, wurde Elisa das Schlamassel bewusst, in dem sie steckte. Von einer Sekunde auf die andere gab es nur noch rasche, hektische Bewegungen. Elisa drückte sich mit dem Rücken gegen einen der Stühle. Genau in dem Moment, in dem sich der junge Mann über den Tresen schwang und sich ins Getümmel stürzte. Er hinterließ eine Schneise, an deren Ende sich zwei ineinander verkeilte Kerle auf dem Boden wälzten. Bei seinem Versuch, die beiden auseinanderzubringen, wurde er selbst zu Boden geworfen. Immer mehr heißblütige Kerle mischten sich ein, Elisa verlor den Überblick. Die Panik lähmte sie. Sie zuckte zusammen, als direkt neben ihr eine Frau die geballte Faust in die Höhe streckte und lauthals zeterte, was für Hornochsen die Männer doch seien.

Irgendwo krachten mehrere Gläser zu Boden. Innerhalb kürzester Zeit breitete sich die Schlägerei aus wie ein Lauffeuer. Ein Kerl, dessen Hemd an der Brust zerrissen war, kletterte auf einen Tisch, um sich einen Überblick zu verschaffen, und warf sich dann auf einen höchstens achtzehnjährigen Burschen. Die beiden taumelten zurück, direkt auf Elisa zu, die vor Angst aufschrie. Alles ging so schnell, dass sie nur noch die Hände vors Gesicht halten konnte. Auf einmal wurde sie gepackt und zur Seite gezogen.

Zunächst sah sie nur einen breiten Rücken, der sie schützte, dann erkannte sie Louis' Duft. Unendlich dankbar klammerte sie sich an ihm fest.

»Ich bring dich hier raus«, sagte er über die Schulter.

Louis hielt Elisas Hand fest umschlossen, während er ihnen unnachgiebig einen Weg durch die aufgebrachte Menge hindurch und die Treppen hinauf erkämpfte. Etwa eine halbe Minute lang fühlte sich die frische Luft heilsam an, doch dann stürzten Elisas Angst und Hilflosigkeit über sie ein. Mit einem Mal drehte sich alles. Sie schwankte und fiel in Louis' Arme. Ihre Tränen tropften auf seinen Ärmel.

»Tut mir leid«, sagte er. »Ich weiß auch nicht, was dort unten auf einmal los war. Vermutlich zu viele Männer mit zu viel Alkohol im Blut.« Er lachte leise, als sei das alles nur ein Spaß gewesen.

»Wie kannst du mich an einen Ort wie diesen bringen?!« Elisa wischte sich die Tränen aus den Augenwinkeln, ballte ihre Hand zu einer kleinen Faust und schlug mit der Kraft eines Kindes gegen seine Schulter. Dann ging sie davon, bevor sie sich noch vollends vergessen würde.

»Es war dein Wunsch, dass ich dich mitnehme!«, rief er ihr hinterher.

»Ins Theater oder die Oper oder auch nur zu einem Spaziergang im Park!«

»Theater … Oper …« Er schnaubte.

Inzwischen hatte sie das Ende des Hinterhofs erreicht. Sie hörte, dass er ihr nachrannte. »Elisa! Wo willst du denn hin?!« Er hielt sie am Oberarm fest.

»Lass mich, Louis!« Sie riss sich los.

Diesmal ließ er sie gehen. Die einsame Straßenlaterne flackerte und erlosch schließlich. Von der Spree stieg Gestank auf. Es war absolut verrückt, sich in einem Arbeiterviertel wie diesem zu so später Zeit als Frau allein zu bewegen. Noch dazu in so provozierend feinen Stoffen. Ihre Wut wich einem unbehaglichen Gefühl, das nach wenigen Schritten zu Angst heranwuchs.

Auf einmal hörte sie hinter sich Schritte. Elisa wirbelte herum, da wurden schon ihre Hände gepackt und festgehalten.

»Ich gehöre nicht auf feine Veranstaltungen, Elisa«, sagte Louis. »Und ich kann mich auch nicht für dich ändern, ich bin nun mal so, wie ich bin. Du verurteilst mich für das Leben, das ich führe. Wie willst du ein Teil davon werden? Ich kann dir nicht das geben, was du dir wünschst. Du hältst mich für einen Nichtsnutz, für einen Trinker, für einen Ehebrecher. Und vermutlich hast du recht. Vermutlich bin ich all das …«

Sie blickten einander tief in die Augen, vollkommen offen und ehrlich, und ihr Herz versank in seinem.

»Ich halte dich nicht für einen Nichtsnutz, Louis«, sagte sie leise. »Du bist meine einzige Hoffnung.«

Einen Augenblick lang wollte ein Satz in seinem Mund Gestalt annehmen, doch dann schüttelte er überfordert von ihrer Offenbarung den Kopf, und seine Lippen öffneten sich wie die eines Stummen.

Als er nach ein paar Atemzügen noch immer nichts darauf erwiderte, schien der Schnee direkt in ihr Herz zu fallen. Gerade, als sie gehen wollte, hielt er sie am Handgelenk fest und sagte: »Weißt du eigentlich, dass du das erste Mädchen bist, das ich meinen Freunden vorgestellt habe?«

Es dauerte eine Weile, bis zu Elisa durchdrang, was er ihr gerade gestanden hatte.

Auf einmal wurde ihr bewusst, wie sehr sie sich an Louis' Anblick gewöhnt hatte. Mehr noch, wie vertraut er ihr war. Wie gern sie ihn ansah, diesen jungen, lebensfrohen Kerl, der sie zerzaust und außer Atem mit seinen warmen Augen anflehte, nicht verletzt zu werden. Der sich ihr erneut geöffnet hatte, wie damals auf dem Balkon, als er ihr anvertraut hatte, wie sehr er seine Mutter vermisste. Sie wusste, wie schwer ihm das fiel.

Schneeflocken taumelten auf sie herab, vollkommen lautlos,

und mit einem Mal war es Elisa, als hielte die ganze Welt den Atem an, um zu lauschen, was sie darauf erwidern würde.

»Ich kann nicht tanzen«, sagte sie leise an den Boden gerichtet. »Du müsstest es mir zeigen.«

Seine Schultern sanken erleichtert herab, als er die angestaute Luft ausatmete. Dann lachte er zögerlich und auf eine Weise, die Elisa das Gefühl gab, genau das Richtige gesagt zu haben. »Nichts leichter als das.«

In dem Keller war es, als hätte es nie eine Schlägerei gegeben. Die Männer und Frauen lagen sich erneut in den Armen, stießen miteinander an, lachten, sangen und tanzten.

»Es gibt keine Regeln«, erklärte Louis ihr über die Musik hinweg und führte sie an den Rand der tanzenden Paare. »Mach einfach das, was dir Spaß macht.«

Er umfasste ihre Hände mit seinen und sprang dann im Takt der Musik von einem Fuß auf den anderen. Auch wenn es ihr unangenehm war und sie sich für ihr Ungeschick schämte, versuchte Elisa, es ihm gleichzutun, natürlich so vorsichtig wie nur möglich. Eigentlich war es üblich, dass junge Mädchen der gehobenen Gesellschaft Tanzunterricht nahmen. Doch das hatte ihre Mutter verboten, wie so vieles andere auch.

Zunächst wagte Elisa nur ein paar zögerliche Hüpfer, aber nach und nach taute sie auf und fand sogar Spaß daran. Ehe sie es sich versah, fand ein Partnertausch statt, und sie tanzte mit einem ihr völlig fremden Mann, der eine Art Stepptanz vor ihr vollführte. Elisa war vollkommen fasziniert – bis der Mann auf sie deutete. »Jetzt du!«

Elisa schüttelte den Kopf. »Nein, das kann ich nicht.«

Die Leute um sie herum begannen zu klatschen und pfiffen durch die Zähne. »Los, Elisa!«, hörte sie Frieda rufen.

Sie überraschte sich selbst, als sie ihr Kleid raffte. Dabei hatte sie absolut keine Ahnung, was sie da mit ihren Füßen tat. Aber offensichtlich war das den Leuten egal, denn sie jubelten. Ein Kreis hatte sich um sie herum gebildet. Kurz erhaschte Elisa einen Blick auf Louis, der mit einem jungen Mädchen getanzt hatte, nun aber innehielt und mit einer Mischung aus Überraschung und Faszination ebenfalls in das Klatschen der Menge einstimmte. Sie drehte sich, schneller und schneller, bis die Welt um sie herum nur noch aus bunten Schlieren bestand. In diese Schlieren taumelte sie hinein und wurde sanft von ihnen aufgefangen.

Louis' Honigstimme war dicht an ihrem Ohr: »Vorsichtig.« Er hielt sie einen Augenblick länger als eigentlich nötig, ehe er sie hochhob, sodass ihr Gesicht über dem seinen schwebte. Er drehte sich mit ihr. Und auf einmal gab es da nur noch seinen Körper, den sie das erste Mal wirklich wahrnahm. Die Hitze, die von ihm ausging. Die von ihr selbst ausging. Die Musik rückte in die Ferne, die Zeit schien ein paar Atemzüge lang stillzustehen.

Schließlich rutschte sie an seinem Oberkörper hinab. Der Boden unter ihren Füßen fühlte sich ganz weich an.

Kurz nach Mitternacht zerschlugen Hans und Frieda im Hinterhof Porzellan, bis sich eines der Fenster öffnete, eine alte Dame ihren Kopf herausstreckte und schimpfte. Um ein Uhr nachts spielte Elisa mit ein paar Männern das ihr fremde Kartenspiel, obwohl keiner dazu in der Lage gewesen war, ihr genau zu erklären, was sie zu tun hatte. Hin und wieder gab Louis ihr einen Tipp, aber es amüsierte ihn viel mehr, wenn sie mal wieder eine völlig falsche Karte ablegte. Um drei Uhr nachts hielt die Mietdroschke, die Louis um zwei gerufen hatte, vor der Einfahrt des Lindquistschen Grundstücks.

Obwohl die Nacht eiskalt und Elisa verschwitzt war und entsprechend fröstelte, hatte sie das erste Mal das Gefühl, frei atmen zu können. Sie war so wach wie nie zuvor. Die Wolkendecke hatte sich geöffnet und gab direkt über ihren Köpfen ein funkelndes

Oval frei, als Louis und sie den freigeschaufelten Weg in Richtung der Maison entlanggingen. Vor dem weihnachtlichen Türkranz aus Tannenzweigen, Misteln und bemalten Holzsternen standen sie sich einen Moment lang gegenüber. Sie schwiegen beide andächtig, als könnte ein einziges Wort dieses zarte Band, das gerade erst zwischen ihnen entstanden war, zerschneiden.

»Ich danke dir, Louis«, hauchte Elisa schließlich.

»Gern geschehen«, sagte er mit seiner rauen und warmen Stimme, in die man sich verlieben konnte. »Ich hatte Spaß.«

Eine kalte, nächtliche Windböe drückte in Elisas Rücken und ließ sie unwillkürlich einen Schritt näher an Louis heranrücken. Sie sah zu ihm auf. Die Nacht war so zauberhaft still, dass man hören konnte, wie die Schneeflocken zu Boden taumelten. Ihr Herz machte auf sich aufmerksam, indem es schneller schlug als gewöhnlich.

»Das muss unser kleines Geheimnis bleiben …«, sagte sie und setzte einen verschwörerischen Blick auf, der Louis zu gefallen schien, denn er lachte leise.

»Dann sind wir also Komplizen?«

»Freunde«, sagte sie und streckte ihm die Hand entgegen, die er schüttelte.

»Freunde.«

Als sie später in ihrem Zimmer die Vorhänge zuziehen wollte, fiel ihr Blick hinüber zum Hauptgebäude, in dem ein einziges einsames Licht im ersten Stock brannte. Louis stand am Fenster und sah zu ihr herüber. Zögerlich hob er die Hand und winkte ihr. Elisa winkte zurück, ehe sie zu Bett ging, das Licht löschte und sogleich in einen tiefen Schlaf fiel.

Kapitel 36

Am nächsten Morgen schaffte Louis es tatsächlich, sich pünktlich um sieben Uhr morgens und vollkommen übermüdet aus dem Bett zu schälen. Doch Elisas Platz am Frühstückstisch war leer. Er fand lediglich seinen Vater vor, der die Zeitung zusammenfaltete und es versäumte, einen guten Morgen zu wünschen, so sehr erstaunte ihn Louis' frühes Erscheinen.

»Ich hoffe, du hast gut geschlafen«, begrüßte Louis ihn und drückte ihm liebevoll die Schulter, als er den Stuhl an dessen Seite vorzog und sich setzte. »Wo ist Elisa?«

»Ich weiß nicht. Es ist seltsam, dass sie nicht zum Frühstück erscheint.«

Louis schenkte sich Kaffee aus der Kanne ein und süßte ihn mit reichlich Zucker und Milch. Nach gestern Nacht brauchte er dringend Energie. »Es ist Sonntag, da kann sie schon einmal länger schlafen.«

»Es ist dennoch ungewöhnlich für sie. Und was hat dich schon so früh aus dem Bett getrieben?«

Louis nahm einen Schluck und sagte dann so beiläufig wie möglich: »Ich würde mir heute gerne die Fabrik ansehen.«

»Warum? Was willst du dort?«

»Na ja, die Verkaufszahlen sinken …«

»Und du willst herausfinden, woran das liegt?« Sein Vater lachte und schlug die Zeitung wieder auf, doch Louis wollte sich nicht so schnell geschlagen geben.

»Ich kann mir zumindest Gedanken machen.«

»Schwebt dir denn schon etwas vor?« Die Lesebrille seines Vaters rutschte auf seine Nasenspitze, als er das Kinn senkte und Louis mit einem amüsierten Blick bedachte, den Erwachsene oft hatten, wenn sie Kindern beim Spielen zusahen.

»Bis jetzt noch nicht wirklich, ich kenne den Geist der Firma auch nicht. Deshalb würde ich sie mir ja gerne einmal ansehen.«

»Komm lieber mit in die Kirche, Louis. Dort warst du schon lange nicht mehr.«

Louis verdrehte die Augen. »Eine Sache schwebt mir tatsächlich vor. Ich verstehe zum Beispiel nicht, warum unsere Pralinen noch immer in Gläsern verkauft werden, wohingegen beispielsweise die meisten Schokoladenproduzenten schon auf Pralinenschachteln umgestiegen sind. Sarotti hat bereits vor einer gefühlten Ewigkeit eine luftdichte Verpackung entworfen! Die Von Treue GmbH hingegen scheint mir immer noch im vergangenen Jahrhundert zu stecken.«

In diesem Moment klopfte Magda an die Tür des Speiseraums. »Entschuldigen Sie, gnädiger Herr, aber …«

»Nicht jetzt, Magda«, schnitt sein Vater ihr das Wort ab und wandte sich wieder seinem Sohn zu. Um sich Zeit zum Nachdenken zu verschaffen, faltete er seine Brille zusammen und legte sie neben dem Teller ab. Schließlich sagte er: »Die Schlüssel zu den Büros liegen in der Schublade meines Schreibtischs.«

»Es wäre dringend …«, meldete Magda sich erneut zu Wort. Unsicher trat sie von einem Fuß auf den anderen. »Die gnädige Frau hat hohes Fieber.«

Sämtliche Fenster in Elisas Schlafzimmer waren weit geöffnet. Eisige Winterluft fuhr von draußen herein und wehte die Seidenvorhänge des Himmelbetts auf, in dem Elisa lag und schlief. Ihre Haut war fast durchscheinend, ihr Atem ganz flach. So leise wie möglich näherte sich Louis dem Bett, setzte sich neben sie und legte seine Hand auf ihre.

»Louis …«, wisperte sie, als hätte sie ihn an der Berührung erkannt, und blinzelte ihn an.

»Guten Morgen«, sagte er sanft und befühlte ihre glänzende Stirn. »Du glühst ja!«

»Nur ein bisschen«, murmelte sie. »Es geht bestimmt gleich wieder.«

Louis wandte sich an seinen Vater. »Wurde Doktor Friedmann schon benachrichtigt?«

Sehr zu Louis' Leidwesen verständigte sein Vater nicht nur Wilhelm, sondern auch Elisas Mutter, die eine halbe Stunde später in einem schwarzen Trauerkleid mit Stehkragen den Weg zur Maison entlangschritt. Mit großen, ängstlichen Augen drückte sie Doktor Friedmanns Hand, drängte sich dann vor ihn, sank kerzengerade an Elisas Bett zu Boden und begann bitterlich zu weinen, als wäre ihre Tochter gestorben. »Mein armes Kind …«

»Frau von Treue, entschuldigen Sie, aber Sie müssen mir schon meinen Platz lassen, wenn ich Elisa untersuchen soll«, erklärte Wilhelm.

»Ja … ja, entschuldige, Wilhelm …« Mithilfe des Bettgestells zog sie sich hoch und fand dank ihrer sehr schmalen Hüfte neben Elisas Kopfkissen Platz.

Es verstrichen quälende Augenblicke, in denen Doktor Friedmann mit einem Stethoskop Elisas Atmung abhörte.

»Was hat sie denn nun?«, sagte Frau von Treue in Wilhelms angespannten Nacken, so dicht beugte sie sich über ihn, um zu verfolgen, was er tat.

Ihr ungeduldiges Drängen führte dazu, dass sie alle des Raums verwiesen wurden, damit Wilhelm sich konzentrieren konnte. Louis zog sich auf die Terrasse zurück, obwohl über Nacht eine Kältewelle aus Sibirien herangerollt war, und zündete sich eine

Zigarette an, die er jedoch nur zur Hälfte rauchte, denn der Tabak verschlimmerte seine Kopfschmerzen. Nach einer quälenden halben Stunde kam Wilhelm endlich die Treppe herab.

»Elisa hat die Grippe«, sagte er zu Frau von Treue.

Diese schlug die Hand vor den Mund und brach noch im selben Moment in ein hohes Schluchzen aus, das denselben Effekt wie die Zigarette hatte. »Du lieber Gott! Was hat sie denn nur getan, um so krank zu werden?«, schniefte sie in ein Batisttuch hinein, das Louis' Vater ihr gereicht hatte. »Seit sie hier lebt, hat sie sich schon zweimal etwas gebrochen, und nun auch noch das!«

»Beruhige dich, Pauline. Ich versichere dir, dass Elisa nichts Außergewöhnliches gemacht hat«, erwiderte Emil Lindquist. »Soweit ich weiß, hat sie gestern mit Magda das Weihnachtsmenü besprochen, das Haushaltsbuch geführt und danach ein bisschen gelesen …«

Wilhelms Blick galt Louis, als er sagte: »Und sonst nichts?«

»Ich glaube, sie hat noch ein langes Bad genommen. Vielleicht hat sie sich anschließend verkühlt«, log Louis, ohne mit der Wimper zu zucken.

»Vielleicht«, erwiderte Wilhelm mit zusammengebissenen Zähnen. »Trotzdem ist es meine Pflicht, noch einmal zu betonen, dass Elisas Immunabwehr sehr schwach ist. Deshalb sollte sie sich von Menschenmengen fernhalten und das Haus nicht verlassen, wenn draußen derart eisige Temperaturen herrschen.«

»Und sie ist doch so zerbrechlich …«, warf Frau von Treue ein.

Nachdem Wilhelm endlich verschwunden war, schlich Louis noch einmal zu Elisa hinauf, doch sie schlief so fest, dass er nur kurz ihre erhitzte Hand drückte und sich dann in die Stadt aufmachte. Er musste mehrmals mit der Faust gegen Hans' Wohnungstür hämmern, ehe dieser ihm endlich öffnete.

»Louis … Wie spät ist es?« Hans' Gesichtsfarbe unterschied sich nicht sehr vom grauen Putz. Sein blondes Haar stand zerzaust in sämtliche Richtungen ab, und er trug nichts außer einer langen Unterhose. Er und Frieda hatten sich mühsam zwei freie Tage erkämpft, denn morgen war die Hochzeit und am Tag darauf wollten sie anstelle von Flitterwochen ein paar Stunden auf dem Land verbringen, mehr konnten sie sich nicht leisten.

»Inzwischen dürfte es elf Uhr sein«, antwortete Louis.

»Mein Kopf brummt wie ein Bienennest …« Hans legte beide Hände vor das Gesicht.

Seine neue Wohnung, die er sich mit Frieda teilte, bestand aus einem einzigen Raum unterhalb der Dachschräge. Dann und wann polterte es laut, als würde das Gebäude einstürzen. Dabei war es nur der Schnee, der über die Schindeln schlitterte. An der höchsten Wand des Raums stand der Kleiderschrank, außerdem befand sich dort eine kleine Koch- und Feuerstelle; an der niedrigsten Stelle hatten sie einen Tisch sowie das Einmannbett untergebracht, das sie miteinander teilten. Frieda, die noch immer im Nachthemd war, streckte sich unter der Baumwolldecke und gähnte ausgiebig.

»Tut mir leid, dass ich störe.« Louis sackte auf einen der beiden Stühle am Tisch und blickte auf den Hinterhof hinab, in dem zwei Jungs Fußball spielten. »Aber ich musste mal raus …«

»Du bist jederzeit willkommen«, sagten Frieda und Hans wie aus einem Munde, wobei Frieda die Worte schlaftrunken ins Kissen murmelte und Hans mit der Überzeugung eines Soldaten sprach. Die beiden blickten einander an und kicherten dann auf diese überdrehte Weise, die nur frisch Verliebte verstanden.

»Möchtest du einen Tee?«, fragte Hans.

»Oder hast du Hunger?«, fragte Frieda.

Louis kam vor Hunger fast um, aber dennoch lehnte er dankend ab, denn die Speisekammer in der Villa war vollgestopft mit Köstlichkeiten. Für Hans und Frieda waren ein Brotlaib und etwas Butter oftmals alles, was im Regal unter dem Fenster zu finden war.

Trotzdem legte Hans noch etwas Holz im Ofen nach, um den Eintopf auf der Kochstelle zu erwärmen. Währenddessen erzählte Louis, was geschehen war.

»Es ist nicht deine Schuld«, versuchte Hans ihn zu beruhigen.

Anstatt sich zu Louis an den Tisch zu setzen, kuschelte er sich neben Frieda, die inzwischen aufrecht am Holzgestell saß, ins Bett. Hans war so schmal und leicht gebaut, dass er sich mit dem Rücken an sie lehnen konnte, ohne ihr dabei wehzutun. Seinen Kopf bettete er an ihre Schulter.

»Doch. Ist es«, erwiderte Louis. Seine Stirn hatte er an die Wand gelegt. In der Fensterscheibe spiegelte sich sein müdes Gesicht.

»Elisa sah gestern Abend wirklich glücklich aus«, meinte Frieda.

Louis sah kurz zu ihr hinüber und sogleich wieder weg, denn der Anblick ihrer Hände, die liebevoll über Hans' Haar streichelten, versetzte ihm einen Stich. »Ich hätte sie nicht mitnehmen dürfen. Ihr hättet Elisa heute sehen sollen … Sie war so blass …«

»Sie wird wieder gesund.« Frieda schenkte Louis ein fast mütterliches Lächeln, das wie Balsam für seine Seele war. »Ich mag Elisa«, sagte sie auf einmal.

»Ich auch«, stimmte Hans ihr energisch zu, was einen Hustenanfall bei ihm auslöste.

»Du musst endlich zu einem Arzt gehen.« Entgegen ihrer sonst so fröhlichen Natur sah Frieda nun ziemlich besorgt aus.

»Ist doch nur Husten. Der geht wieder weg«, erwiderte Hans.

»Das sagst du schon seit einer Woche.«

Hans zog es vor, einfach das Thema zu wechseln. »Mein lieber Bruder Bernhard ist übrigens gestern Abend mit der Kellnerin des Gasthofs verschwunden. Er war auf einmal fort.«

Gemeinsam erzählten Hans und Frieda, was geschehen war, nachdem Louis und Elisa nach Hause gefahren waren. Die beiden erweckten den Eindruck, als könnten sie nicht mehr ohne einander sprechen, denn immer wieder ergänzten sie einander, als wären ihre Gedanken miteinander verbunden. Nur ein halbes Jahr kannten sie sich, aber innerhalb dieser kurzen Zeit waren sie zu einer festen Einheit geworden, und Louis musste sich eingestehen, hin und wieder eifersüchtig auf Frieda zu sein. Was natürlich lächerlich war. Aber er vermisste seinen besten Freund nun mal. Dabei nahm Hans sich immer für ihn Zeit, wenn Louis ihn darum bat.

Je länger Louis darüber nachdachte, desto bewusster wurde ihm, dass er eigentlich gar nicht eifersüchtig auf Frieda war, sondern vielmehr auf das innige Verhältnis, das sie mit Hans teilte. Mit jeder Minute, die Louis der Einheit der beiden lauschte, wuchs das Loch in seinem Bauch. Als es nicht mehr auszuhalten war, verabschiedete er sich, nahm Hut und Wintermantel und ging hinaus in die kalte Luft.

Als es dämmerte, trugen seine Füße ihn automatisch zu Rosalie. Wie jedes Mal, wenn Louis dem Hausdiener weiszumachen versuchte, er wäre hier, um mit dem Fräulein Italienisch zu lernen, zog dieser nur eine Augenbraue hoch. Dann trat er zur Seite, nahm Louis Hut und Mantel ab und kündigte ihn bei dem werten Fräulein von der Heyt an.

»Wer ist es denn?«, rief die Gouvernante, die im Salon auf dem Sofa saß und Socken strickte.

»Il mio professore di italiano«, log Rosalie, ohne dabei rot zu werden.

»Ich wusste nicht, dass du Italienisch sprichst«, flüsterte Louis, als sie hintereinander und in gebührendem Abstand die Treppe hinaufgingen.

»Ich kann vieles, von dem du nichts weißt«, erwiderte Rosalie über die Schulter. Ihr Schneidezahn zeigte sich, als sie den rechten Mundwinkel zu einem gefährlichen Grinsen hob. »Und ich kann vieles, von dem du weißt.«

Kaum hatten sie es in Rosalies Zimmer geschafft, drückte sie die Tür hinter sich zu und ihn auf die rosafarbene Tagesdecke ihres Betts. Ihre Küsse waren heißhungrig. Louis erwiderte sie nur halbherzig. Als sie sich daran machen wollte, ihm die Hose zu öffnen, hielt er sie auf.

Er sagte: »Deshalb bin ich nicht hier.«

Sie sagte: »Warum bist du dann hier?«

Er wusste es nicht. Oder doch. Er wollte reden. Das erstaunte ihn selbst. Aber er bezweifelte, dass er von Rosalie verstanden werden würde. Dennoch begann er, einfach nur, um den Versuch zu wagen, zu erzählen. »Ich war gerade eben bei einem Freund. Er hat gestern seinen Polterabend gefeiert und wird morgen heiraten. Er und seine Freundin sind ein schönes Paar. Die beiden sind so vertraut miteinander.«

»Aha. Faszinierend.« Rosalie las mit Daumen und Zeigefinger einen Fussel von ihrem Kleid und ließ ihn auf den Boden fallen.

»Warst du schon mal verliebt, Rosalie? So richtig ernsthaft verliebt?«

Rosalie setzte sich auf seinen Schoß, legte den Kopf schief und dachte zu lange über seine Frage nach.

»Also nicht.«

»Warum willst du das wissen?«

Gedankenverloren verfing sein Blick sich an der Stuckverzierung der Decke, während Rosalie ihre Hand unter sein Hemd gleiten ließ. »Nicht so wichtig.«

Seltsamerweise blieb das aufregende Prickeln, das Louis sonst in Rosalies Gegenwart verspürte, aus. Das erste Mal seit Jahren reizte es ihn nicht, sich in Rosalies Armen zu verlieren. Er wollte auch nicht in den Kneipen Berlins versinken. Das erste Mal nach so langer Zeit wollte er nach Hause.

Kapitel 37

JANUAR 1914

Bis Elisa wieder vollkommen genesen war, galt für sie strikte Bettruhe. Auch die Silvesternacht verbrachte sie im Bett. Ihre Mutter wich nicht von ihrer Seite. Sogar nachts schlief sie in einem breiten Ohrensessel neben Elisas Bett, obwohl Emil ihr mehrmals das Gästezimmer angeboten hatte. Louis hingegen blieb fern. Elisa hatte die Vermutung, dass er ihrer Mutter aus dem Weg ging. Dafür stand er jeden Abend an seinem Fenster und sah zu ihr herüber.

Eines Nachts, nach einem Tag schrecklicher Langeweile, hielt Elisa es nicht mehr in ihrem Bett aus. Das leise, monotone Schnarchen ihrer Mutter, das sie zunächst noch als charmant und beruhigend empfunden hatte, reizte mittlerweile ihre Nerven. So leise wie möglich schob Elisa die Bettdecke von ihren Beinen, zog einen Morgenmantel über ihr Nachtkleid und schlich nach draußen. Der Hausarrest, den sie bekäme, wenn jemand sie dabei erwischen würde, wie sie sich mit ihren Pantoffeln durch den Schnee tastete, würde bis an ihr Lebensende andauern. Aber das Schicksal meinte es gut mit ihr, und sie schaffte es unbemerkt über die Terrassentür in die Villa hinein. Sie schlich die Treppe hinauf.

Das Herz schlug ihr bis zum Hals, als sie ohne zu klopfen in Louis' Zimmer huschte. »Louis«, flüsterte sie in die Dunkelheit hinein. »Louis, wach auf!«

»Mhhhm …«, war alles, was er im Tiefschlaf von sich gab.

Ein einziger schwacher Strahl Mondlicht fiel zwischen den

Vorhängen hindurch und direkt auf Louis' nackte Brust. Sie hätte nicht gedacht, dass er, einst die Quelle ihres Leidens, inzwischen ihr Verbündeter war. Das, was sie zunächst so sehr an ihm verurteilt hatte, erschien ihr nun aufregend und erstrebenswert.

Vorsichtig schlich sie durch die Dunkelheit und stolperte dennoch über ein Kleidungsstück am Boden. Mit den Händen voraus fiel sie auf sein Bett.

»Was …?« Louis schreckte aus dem Schlaf hoch. Es dauerte eine Weile, bis er sich gesammelt hatte. »Elisa?!«

»Pssst!« Schnell legte sie eine Hand auf seinen Mund. »Sei leise!«

»Was machst du hier?«, flüsterte er.

»Nimm mich wieder mit.«

»Wohin?«

»Nach draußen.« Die Sehnsucht in ihrer Stimme war erbärmlich, aber um stolz zu sein, war es ohnehin bereits zu spät.

»Du bist krank. Du musst zurück ins Bett.«

»Bitte, Louis …«

Die Wolken am Himmel wanderten, und mit ihnen das Mondlicht, das nun über Louis' Gesicht strich und die dunklen Ringe, die er für gewöhnlich unter seinen Augen trug, fortwischte.

»Es ist zu gefährlich, Elisa. Was, wenn du dich wieder erkältest?«

»Bitte, Louis. Es geht mir schon viel besser. Und ich hatte so viel Freude auf dem Polterabend. Dank dir.«

Er rieb sich mit beiden Händen über das Gesicht. »Mal sehen«, sagte er. »Und jetzt geh wieder schlafen.«

Sein »Mal sehen« genügte, um ihr Herz zum Glühen zu bringen.

Am nächsten Tag überraschte Louis Elisa beim Frühstück, indem er mit zwei Opernkarten vor ihrer Nase herumwedelte. »Entspricht das deinem Geschmack?«

Ihre Augen wurden groß. »Wir gehen in die Oper? Heute schon?«

»Exakt. Ein Klient meines Vaters brachte die Karten vorbei. Ein glücklicher Zufall, eigentlich schon Schicksal.«

»Aber meine Mutter …«

»Um die kümmere ich mich«, meldete Emil sich zu Wort, putzte seine Brille an seiner Stoffserviette und zwinkerte ihr zu. »Immerhin geht es dir wieder gut. Wenn ich sie heute Abend zum Essen ausführe, ist sie gewiss viel zu höflich, um abzulehnen.«

Um zwanzig Minuten vor sieben hielt ihre Mietdroschke vor der Oper Unter den Linden. Louis bezahlte den Fahrer und umrundete dann den Wagen, um Elisa die Tür zu öffnen.

»Bereit?«, fragte er sie und streckte ihr eine Hand entgegen.

»Bereit«, erwiderte sie, nahm seine Hand und stieg aus dem Wagen. Energiegeladen drehte sie sich um. »Lass uns …« Die Prächtigkeit des Operngebäudes verschlug ihr die Sprache.

Goldenes Licht ließ die sechs Steinsäulen erstrahlen, die den pompösen Vorbau trugen und durch die das Gebäude wie ein römischer Tempel wirkte. Elisa hielt sich an Louis' Arm fest, der sie mit einem ungewohnt sanften Blick bedachte.

Aus einer Pferdekutsche zu ihrer Seite tauchte ein ausladender und mit buschigen Federn verzierter Hut auf. Mit edlem, gnädigem Blick nickte die Dame ihnen zu, schob die zarten Hände tief in ihren Muff aus Fuchsfell und stolzierte mit stolz gerecktem Kinn auf den Eingang der Oper zu. Louis und Elisa folgten ihr die Steintreppe hinauf, hinein in den Hauptsaal, der so schön war, dass Elisa kurz stehen bleiben musste, um ihn wie ein Gemälde auf sich wirken zu lassen. Eine Vielzahl an Säulen umrahmte den leuchtend hellen Raum, der mit goldenen Fresken verziert war. Es war unerwartet laut. Doch das akustische Gewirr war angenehm, denn es setzte sich zusammen aus Klängen der Sorglosigkeit. Da war das Summen zahlreicher Gespräche, vereinzeltes Lachen, das

Geklapper von Absätzen auf dem cremefarbenen Marmorboden, das Klirren von Sektgläsern. Das Licht der pompösen Kronleuchter verfing sich in den feinen Seidenstoffen und den kunstvoll frisierten Haaren der Damen. Edelsteine funkelten an ihren Fingern, Ohren und Hälsen. Der süße Duft von Parfüm wehte zwischen den Steinsäulen und den vornehmen Menschen hindurch.

»Es ist mir unbegreiflich, warum du nicht jedes Wochenende hier verbringst«, wisperte Elisa ehrfürchtig.

»Vielleicht begreifst du es am Ende des Abends, wenn du ermüdet bist von all den oberflächlichen, seichten Gesprächen.«

Louis führte sie zur Garderobe, wo sie ihre Mäntel und Hüte abgaben. Fremde Gesichter lächelten ihr zu, plauderten kurz mit ihnen über dies und das und verschwanden wieder, ohne dass Elisa eine tiefere Verbindung zu ihnen verspürt hätte.

»Möchtest du ein Glas Sekt oder Champagner?«, fragte Louis sie.

»Nein, danke. Ich darf keinen Alkohol trinken.«

Louis ließ Elisa eine Minute allein, um für sie ein Glas Orangensaft und für sich selbst ein Glas Sekt zu holen. Als er wieder zurück war, deutete er auf eine etwa fünfzigjährige Dame, deren ovales, attraktives Gesicht von braunen Kringellocken umspielt wurde. »Siehst du die Dame dort drüben?« Die Frau presste gerade ihre kleinen, prallen Lippen aufeinander und lauschte angestrengt einem älteren Herrn, den Elisa einmal auf einem der Diners ihres Vaters kennengelernt hatte. »Das ist Aniela Fürstenberg. Bankiersgattin. Ihre Salons sind stadtbekannt.«

»Ich würde so gerne einmal auf einen Salon gehen …«

»Das kannst du doch. Wenn du willst, kannst du sogar einen geben. Schlau genug bist du in jedem Fall dafür.«

Hitze stieg in ihre Wangen. »Mir fehlen aber die Freunde und Kontakte …«

»Darum können sich mein Vater und Franz kümmern. Je länger ich darüber nachdenke, desto besser finde ich die Idee eigentlich. Vielleicht können wir auf diese Weise die Süßwarenboutique wieder in der Gesellschaft etablieren.«

Louis wollte noch etwas hinzufügen – doch eine ungewöhnlich tiefe Mädchenstimme kam ihm zuvor: »Louis Lindquist. Wer hätte das gedacht?«

Louis und Elisa drehten sich beide gleichzeitig um und standen Rosalie von der Heyt gegenüber. Ihr Haar war mit Edelstein-Spangen hochgesteckt, und in ihren Augen verfing sich das gesammelte Licht des Raumes. Das Kleid, das sie trug, führte Elisa vor Augen, dass sie nie die feinen Boutiquen der Stadt aufsuchte, um die frisch eingetroffenen Modelle zu begutachten. Deshalb hatte sie meist keine Ahnung, was der aktuellen Mode entsprach. Rosalies Kleid war an den Beinen eng geschnitten, weshalb böse Zungen diesen Stil als »Humpelröcke« bezeichneten. Elisa hatte keine Hoffnung, jemals einen solchen Rock tragen zu dürfen. Ebenso wie sie niemals ein solches Korsett tragen würde, das Rosalies Körper eine beeindruckende S-Form verlieh. Weinrote Seide schimmerte unter dem dunklen Chiffon hindurch, der mit raffinierten Rosen aus weißem Samt verziert war. Es kam einer Ohrfeige gleich mitanzusehen, mit welch intensivem Blick Rosalie Louis herauszufordern versuchte. Und das trotz Elisas Gegenwart.

»Rosalie. Das ist Elisa, meine Frau«, versuchte Louis die Situation zu entschärfen, indem er sie miteinander bekannt machte. Er wirkte angespannt.

Rosalie schenkte Elisa ein knappes, gewinnendes Lächeln und fixierte dann wieder Louis. »Du magst die Oper doch gar nicht. Dann tust du also deiner Frau einen Gefallen, indem du sie begleitest?«

»Ein bisschen Kultur hat noch niemandem geschadet.«

Rosalie seufzte gelangweilt. Dann feuerte sie einen Blick auf Elisa ab. »Und du darfst neuerdings dein trautes Heim verlassen?«

»Und du musst neuerdings noch nicht um acht Uhr abends im Bett sein?«, gab Elisa mit derselben falschen Höflichkeit zurück.

Louis, der gerade an seinem Sekt genippt hatte, verschluckte sich und versuchte, sein Kichern als ein Hüsteln zu tarnen.

Ein Gong ertönte und rief sie dazu auf, ihre Plätze einzunehmen. Elisa atmete erleichtert aus, als sie sich endlich setzen konnte. Das Licht wurde gedimmt. Unerwartet beugte sich Louis zu ihr herüber und flüsterte: »Ich wollte dir noch etwas sagen. Du solltest aufhören, die Medikamente zu nehmen, die Wilhelm dir verschreibt.«

Gerade, als Elisa fragen wollte, wie Louis darauf kam, richtete dieser sich wieder auf und lauschte den einsetzenden, himmelzarten Klängen des Streichorchesters.

Kapitel 38

Nach der Oper waren Elisa und Louis nicht die Einzigen, die auf die Idee kamen, sich ein Taxi zu rufen. In Windeseile waren alle Droschken besetzt, weshalb sie auf den Stufen, die zum Eingang hinaufführten, warten mussten. Die Nacht war bitterkalt. Obwohl Elisa dick eingepackt war in einen Mantel mit Fuchspelzkragen, hatte sie doch kaum Fleisch um die Knochen, das sie wärmen konnte. Louis bereute es, nicht selbst mit dem Wagen seines Vaters gefahren zu sein.

»Wie schön … Berlin bei Nacht ist«, hauchte Elisa andächtig. Sie sagte es in zwei Intervallen, da sie zwischendurch von einem starken Zittern geschüttelt wurde. Ihre Worte gefroren in der eisigen Luft sogleich zu einer grauen Wolke.

So leid sie Louis in diesem Moment tat, so ungemein reizend fand er sie, deren Augen vor Lebensfreude erstrahlten. Sie schien von innen heraus zu leuchten, nicht minder als der Schein der Straßenlaternen, der sich golden in den beiseite geschaufelten Schneetürmen des gegenüberliegenden Universitätsgebäudes verfing. Er zog seinen Mantel aus und legte ihn ihr um die Schultern.

»Danke«, wisperte sie schüchtern. »Das ist lieb von dir.«

Louis hatte sich selten so nützlich, so ehrenwert, so stolz gefühlt.

»Was hältst du von einem kleinen Nachtspaziergang?«, schlug er vor. »Die Bewegung wärmt dich vielleicht, das ist besser, als hier herumzustehen und zu erfrieren. Dann können wir uns am Brandenburger Tor ein Taxi rufen.«

Elisa nickte begeistert. Sie nahmen einen kleinen Umweg und liefen am erleuchteten Stadtschloss vorbei, das sie vom gegenüberliegenden Ufer der Spree aus nur kurz betrachteten, um nicht erneut auszukühlen. Dann machten sie kehrt und spazierten über den Gendarmenmarkt in Richtung Friedrichstraße. Ohne Mantel spürte Louis schon bald ein Kratzen im Hals. Doch das verbarg er vor Elisa, denn er hätte es als äußerst unmännlich und unehrenhaft empfunden, wenn sie ihm seinen Mantel zurückgegeben hätte. Selbst wenn seine Opferbereitschaft bedeutete, morgen mit Fieber im Bett zu liegen, so war es das wert, denn Elisa sagte immer wieder: »Dass du so gar nicht frierst, ist schon erstaunlich. Aber du arbeitest auch viel und hast viel Muskelmasse, das hilft gewiss, dich zu wärmen.«

Louis gab sich Mühe, sie zu unterhalten, indem er ihr allerlei Anekdoten über die Stadt erzählte. Es gefiel ihm, wie aufmerksam sie ihm lauschte.

»Dein Vater hat mir erzählt, dass du in der Fabrik warst«, sagte sie.

»Nicht nur dort. Ich war auch in der Süßwarenboutique, um mir einen Überblick zu verschaffen.«

»Sinken die Verkaufszahlen noch immer?«

»Leider ja. Und das auch nicht erst seit gestern.«

»Glaubst du, mein Vater hat deshalb so sehr auf unsere Heirat bestanden?«

Louis zuckte mit den Schultern. »Vermutlich.«

Auf der anderen Straßenseite entdeckte er eine zugeschneite, etwa brusthohe Säule. »Komm, ich zeige dir etwas«, sagte er, nahm sie an der Hand, ließ einen Wagen passieren und führte Elisa dann hinüber. Trotz seiner Lederhandschuhe brannte seine Hand vor Kälte, als er den Schnee zu Boden fegte. Gelb lackiertes Metall kam zum Vorschein, dann die Aufschrift »Stollwerck«.

»Stollwerck … Ist das nicht eine Schokoladenfabrikation?«, fragte Elisa.

»Nicht nur das. Die Stollwercks sind so etwas wie die Pioniere auf dem Schokoladenmarkt.«

»Was ist das für ein Kasten?«, fragte Elisa und streckte die Hand aus, um die bunt aufgemalten Blumen mit ihren behandschuhten Fingern nachzuzeichnen.

»Sieh und staune.« Louis las ein Zehn-Pfennig-Stück aus seiner Geldbörse und warf die Münze in den Automaten. Dann zog er an dem Ring, der seitlich daran befestigt war. Es polterte im Herzen des Automaten, woraufhin Louis die Klappe öffnete und dem Bauch der Maschine eine Tafel Schokolade entnahm.

Elisa staunte. »Besitzen wir auch solche Automaten?«

»Leider nein. Dabei trifft das genau den Nerv unserer Zeit. Vor allem die jungen Leute wollen nicht ständig in Läden rennen müssen. Stollwerck hat seine Automaten überall aufgestellt. An Bahnhöfen, Schulen oder vor Gasthäusern. Inzwischen hat die Firma sogar ganze Automatenrestaurants eröffnet«, erzählte er. »Ein Geschäft schließt um sechs Uhr abends. Aber was, wenn man seiner Angebeteten nachts eine Tafel Schokolade kaufen möchte?«

Elisas Wangen glühten ohnehin vor Kälte, doch nun verdunkelte sich das Rot. »Du bist ein Filou«, sagte sie und nahm ihm die Schokolade aus der Hand. »Du weißt genau, was du zu sagen hast, um junge Fräuleins in Verlegenheit zu bringen.«

Auf der Verpackung war ein lachendes Mädchen abgebildet, das zwei Tafeln in die Höhe hielt. Die Aufschrift »Auf dem ganzen Erdball verbreitet« las Elisa laut vor und senkte dann den Blick zu Boden. »Ich würde so gerne helfen, aber mein Vater hat mir nie viel über die Angelegenheiten der Firma erzählt. Er hat immer gesagt, dass ich als Frau nicht den Kopf für Wirtschaft habe. Ich habe nicht mal Ahnung von Schokolade, Bonbons oder Backwerk. Ich mag Süßigkeiten gar nicht besonders.«

»Warum nicht?«

»Ich weiß nicht … Vermutlich weil ich sie immer im Überfluss haben konnte. Es war nie etwas Besonderes.«

»Dann musst du dich eben neu verlieben.«

Die Worte waren bereits heraus, ehe Louis sich darüber bewusst werden konnte, was er da gerade gesagt hatte.

»Soso«, sagte Elisa, wobei sie die zwei kleinen Wörter erstaunlich lang dehnte und dabei langsam nickte. »Trägst du denn die Schlüssel zur Süßwarenboutique noch bei dir?«

»Ja, warum fragst du?«

»Ich würde die Boutique gerne sehen.«

»Jetzt?«

»Was denkst du denn? Die Nacht ist doch noch jung!«

Als kleiner Junge war Louis mit seiner Mutter hin und wieder in der Süßwarenboutique gewesen. Dann war seine Mutter gestorben, und die Boutique war zu einem Ort schmerzhafter Erinnerungen geworden. Es hatte ihn Überwindung gekostet, vor drei Tagen hierherzukommen, als er sich einen Einblick in die Geschäfte hatte verschaffen wollen. Und es kostete ihn auch in dieser Situation Überwindung, vor dem Schaufenster zu stehen und die Glasschatulle mit *Alpenbrillanten* zwischen Rentieren von Steiff, Holzschlitten und Weihnachtsengeln zu sehen.

Am härtesten traf Louis der Duft der Boutique, denn der war nach all den Jahren noch immer der gleiche. Eine süße Mischung aus karamellisiertem Zucker, Schokolade und Marzipan.

Hier und da hatte sich innerhalb der letzten zehn Jahre etwas verändert. Früher hatte die Boutique den Anschein einer Apotheke gehabt. Damals hatten die Leute tatsächlich noch geglaubt, Bonbons und Schokolade seien gesundheitsfördernd. Nun waren die Holzregale schicken Glasvitrinen gewichen, in denen die Schokoladentafeln, Pralinen und Lutschpastillen wie teurer Schmuck angeboten wurden. Deshalb auch der Name: »Süßwarenboutique.«

Von Treue hatte seit jeher die obere Gesellschaftsklasse angesprochen. Das missfiel Louis. Zum einen, weil er der Ansicht war, auch die weniger wohlhabenden Leute hätten ein Recht darauf, in den Genuss köstlicher Naschereien zu kommen. Zum anderen schien es ihm unter geschäftlichen Aspekten schlichtweg unsinnig, eine Klasse, die den Großteil der deutschen Gesellschaft ausmachte, aus dem Kundenstamm auszuschließen.

Die größte Veränderung, die August von Treue hatte vornehmen lassen, war die, dass durch das große Schaufenster Einblick in die Süßwarenproduktion gewährt wurde. Wie oft hatte Louis leise geflucht, wenn er auf die Straße ausweichen musste, da wieder einmal eine Menschentraube den Gehweg vor dem Fenster belagerte. Aber die Menschen liebten Einblicke in unbekannte Welten und ließen sich davon faszinieren, wie Schokoladenmädchen mit rosafarbenen Hauben und reinweißen Schürzen Kakaobohnen mahlten oder flüssige Schokolade über mehrstöckige Torten gossen. Laut der Aufzeichnungen hatte sich der Verkauf seit dem Umbau verdoppelt. Zumindest während der ersten fünf Jahre. Danach hatten die Kunden begriffen, dass die Schokolade der Konkurrenz wie Stollwerck oder Sarotti ebenso gut und vor allem günstiger war.

Elisa war vor einem Regal mit allerlei bunten Bonbons, die in großen Glasschalen aufbewahrt wurden, stehen geblieben. Daneben war ein zweites Regal mit medizinischen Pastillen. »Wie ich die Brustkaramellen gehasst habe … Dass es die überhaupt noch gibt«, stöhnte sie. »Mein Vater hat immer steif und fest behauptet, dass die gut für die Atmung sind.«

»Ich musste immer die hier essen, wenn ich krank war. Kümmel-Pastillen für die Immunabwehr. Ekelhaft. Die *Deutsche Medizinische Wochenzeitschrift* hat die Wirkung inzwischen widerlegt.«

»Wirklich? Aber mein Vater hat doch immer Werbung gemacht mit ›Von dreiundzwanzig Ärzten empfohlen‹!«

»Ich befürchte, dein Vater hat diese Ärzte gekauft. Wie so ziemlich jede Süßwarenfabrikation. Nur haben die meisten inzwischen begriffen, dass sich niemand mehr für diese Art von Süßigkeit interessiert. Wir produzieren all diesen Kram noch immer, obwohl er kaum noch gekauft wird.«

Elisa rümpfte angewidert die Nase, als sie *Salbeibonbons* las, die angeblich gut gegen Bluthochdruck waren.

Louis stibitzte eine Tafel der *Alpenbrillant*-Schokolade aus einer Glasbox und riss anschließend die knisternde Zinnfolie der Stollwerck-Schokolade auf, die er aus dem Automaten gezogen hatte. »Mach die Augen zu«, wies er Elisa an.

Elisa schmunzelte abenteuerlustig, und ihre Lider senkten sich herab.

»Kommen wir nun zum schönsten Teil«, kündigte Louis an. »Der Schokoladen-Verkostung.«

Zuerst ließ er sie die *Alpenbrillant*-Schokolade probieren. Sie hatte ja keine Ahnung, wie herzzerreißend liebenswert sie in diesem Augenblick war. Sie versuchte, ein kleines Stück abzubeißen, was bei Schokolade nie gelang. Am Ende hatte sie fast die halbe Tafel im Mund.

»Und?«, fragte er sie leise lachend.

Sie betupfte mit dem kleinen Finger die Mundwinkel. Dabei machte sie ein nahezu spitzbübisches Gesicht und ließ ihre Zungenspitze ganz leicht an der Oberlippe spielen. »Gut. Schmeckt wie Schokolade.«

»Jetzt die andere«, sagte er. Diesmal brach er ein Stück ab und reichte es ihr.

Sie sog erschrocken Luft ein, als sich ihre Hände unerwartet berührten. Die Schokolade schmolz leicht zwischen ihren erhitzten Fingern, ehe sie das Stück der Stollwerck-Schokolade auf ihre

Zunge legte und ihre schön geschwungenen Lippen schloss. An der Bewegung ihres Kinns konnte er sehen, wie die Schokolade in ihrem Mund zerging.

Ein seltsames Gefühl der Erregung erfasste Louis, als er etwas Schokolade auf ihrer Unterlippe sah. Ihre Zunge leckte über ihre Mundwinkel, die sich zu einem Lächeln hoben. Dabei erstrahlte sie vor kindlicher, liebenswerter Unschuld. Louis konnte sich kaum beherrschen, sich nicht zu ihr hinabzubeugen und die Schokolade von ihren Lippen zu küssen.

»Schmeckt ebenfalls wie Schokolade«, sagte sie und öffnete die Augen.

Das brachte Louis erneut zum Lachen, doch dann wurde er auf einmal ernst. Unbeabsichtigt hatte Elisa ihn auf eine Idee gebracht. Doch dann erinnerte er sich daran, dass sein Vater ihm nichts zutraute und ohnehin nicht auf ihn hören würde, und verwarf die Idee wieder.

Kapitel 39

FEBRUAR 1914

Die Menschen um Elisa waren außer sich. Damen pressten die Hände vor die offen stehenden Münder, Herren feuerten die Indianer an, die mit wildem Kriegsgeschrei vortäuschten, eine Postkutsche zu überfallen. Nicht mehr als ein Lendenschurz aus Leder und bunter Federschmuck bedeckte die dunklen Körper der Eingeborenen, der »Wilden«, wie es auf dem Plakat am Eingang des Zoos geheißen hatte.

Natürlich waren die Kämpfe der Indianer auf der Bühne nur nachgestellt. Dennoch wurden Elisas Augen groß, als Speerspitzen durch die Luft rauschten und die Fremden laute, seltsam schrille Rufe ausstießen.

Louis hatte sie mit zur Wild-West-Aufführung des Berliner Zoos genommen, deren aktuelle Sensation eine Völkerschau der Sioux-Indianer war. Elisa wusste nicht recht, was sie davon halten sollte. Auf der einen Seite faszinierte sie das Geschehen auf der Bühne, auf der anderen Seite empfand sie es als barbarisch, dass die Indianer wie Tiere in Käfigen vorgeführt wurden.

»Und, wie hat es dir gefallen?«, fragte Louis sie am Ende der Show über den tosenden Beifall hinweg.

»Es war sehr spannend«, antwortete Elisa. »Aber was machen diese Menschen nun? Die Einheimischen, meine ich.«

»Viele von ihnen sind wie Artisten und Schausteller unterwegs und reisen von einer Stadt in die nächste. Rudolf hat mir jedoch erzählt, dass er letzte Woche einen Indianer in einer Kneipe gesehen hätte. Der Kerl sprach sogar Englisch.«

Elisas Augen wurden noch größer. Vermutlich würde sie in Ohnmacht fallen, wenn sie einem dieser Männer nachts begegnen würde!

»Keine Sorge«, beruhigte Louis sie. »Ich schätze, dass das eine Ausnahme gewesen ist.«

In der Nähe des Zoos war ein kleiner Markt mit Ständen voller Süßigkeiten. Es gab einen Zauberer, eine Wahrsagerin und orientalisch gekleidete Frauen auf Stelzen, die eine Art Tanz mit bunten Tüchern aufführten.

Freude konnte schmerzen, wie Elisa feststellte, als sich Louis' Finger mit ihren verschränkten und er sie zu einem der Süßwarenstände führte, wobei er ihren Arm sanft hin- und herschwang. Er kaufte ihr Zuckerwatte, die herrlich süß war und an den Fingern klebte. Sie schlenderten durch den Geruch von Bratwürsten, durch die Süße von Glühwein und gebrannten Mandeln, durch Kinderlachen und Gitarrenmusik eines Straßenmusikanten hindurch, bis Louis vor einem der Spielstände stehen blieb. Hier konnte man mit einem Ball auf pyramidenförmig gestapelte Dosen werfen und – wenn man traf – eines der Plüschtiere aus den Seitenregalen gewinnen.

Louis reichte Elisa die Tüte mit gebrannten Mandeln, die er sich gekauft hatte, und zog seine Geldbörse aus der Hosentasche. »Wie viel kostet ein Versuch?«, fragte er den Besitzer, der vor Kälte von einem Bein auf das andere wankte, die Hände tief in die Taschen seines Mantels vergraben.

»Zehn Pfennig.«

Louis gewann eine Kunstrose, die er Elisa mit einer Verbeugung überreichte. Sie schnupperte an der Rose und ließ dabei gespielt genüsslich die Augenlider flattern. »Sie duftet himmlisch.«

Während sie über den Markt liefen, warf Louis mehrfach eine

Mandel in die Luft und fing sie mit dem Mund auf. Er redete so lange auf Elisa ein, es auch einmal zu versuchen, bis sie nachgab. Die Mandel traf sie an der Wange. Elisa verbarg ihr Lachen hinter der Hand.

»Nicht«, sagte Louis, löste ihre Hand von ihrem Mund und betrachtete ihr Lächeln mit einem verträumten Ausdruck.

Es fing an zu schneien, der Platz leerte sich.

»Dir ist vermutlich kalt«, sagte Louis. »Vielleicht sollten wir …«

»Einen Moment noch«, wisperte Elisa, breitete die Arme aus und drehte sich mit der Zuckerwatte und der Rose in der Hand. Ihr Kleid schwang um ihre Beine, sie schloss die Augen und spürte das Leben, das vom Himmel mit den Schneeflocken auf sie herabzufallen schien.

Als sie die Augen wieder öffnete, begegnete sie Louis' ungewöhnlich ernstem Blick.

»Was ist?«, fragte sie unsicher.

»Ich mag es, wenn du so bist wie jetzt«, sagte er.

Sie brauchte drei Atemzüge, bis sie antwortete: »Ich mag es auch.«

Um sich aufzuwärmen, führte Louis sie in das *Café des Westens*, auch *Café Größenwahn* genannt, am Kürfürstendamm. An der Theke ließen sie sich von einer Frau im weiß-schwarz gestreiften Kleid mit Stehkragen und weißer Schürze die Kuchenauswahl zeigen und zogen sich dann ins obere Stockwerk zurück. Dort gab es einen Billardtisch, der von einer Gruppe junger, hitzköpfiger Burschen belagert wurde. Doch Louis und Elisa verfolgten viel lieber von ihrem Fensterplatz aus, wie das Schneegestöber zunahm und die Straßen immer weißer wurden.

Den ganzen Mittag über war Elisa auf den Beinen gewesen, hatte so viel gesehen und erlebt, dass sie unglaublichen Hunger hatte. Innerhalb kurzer Zeit hatte sie ihre Donauwelle verputzt. Nun wurde sie leicht schläfrig. Ihr Blick glitt durch den Raum, über einen zeitunglesenden Mann, über ein Paar auf der Eckbank, erstarrte und glitt zurück zu dem Mann. Mit großen Augen beugte sie sich nach vorne und flüsterte: »Ich glaube, dort hinten sitzt Max Liebermann!«

Max Liebermann war ein bekannter Maler, der ebenfalls am Wannsee wohnte, nicht weit von der Lindquistschen Villa entfernt. Dennoch hatte Elisa ihn bisher noch nicht zu Gesicht bekommen. Die Haare, die ihm auf dem Kopf fehlten, saßen in Form eines buschigen Schnauzers über seiner Oberlippe.

Auch Louis beugte sich ihr entgegen. »Kann schon sein. Dieses Kaffeehaus ist bekannt dafür, dass hier zahlreiche Künstler ein- und ausgehen. Ich dachte mir, so kunstbegeistert wie du bist, würde dir das gefallen.«

Und wie es ihr gefiel. »Ich bin dir so dankbar für das, was du für mich tust.«

»Was tue ich denn?«

Elisa ließ die Löffelspitze in der Sahnehaube ihrer heißen Schokolade kreisen. »Du nimmst mich mit in dieses Kaffeehaus, in die Oper, auf einen Jahrmarkt oder einen Polterabend. Ohne dich wäre mir das niemals möglich gewesen. Allein wäre ich viel zu ängstlich.«

»Du bist gar nicht so ängstlich, wie du glaubst.«

»Doch, das bin ich. Ganz furchtbar ängstlich sogar.«

Louis lehnte sich auf seinem Stuhl zurück und schien nachzudenken. Schließlich sagte er: »Du täuschst dich. Als du mir bei unserem ersten Treffen ins Gesicht gesagt hast, dass du mich nicht heiraten würdest, da hat mich deine innere Haltung vorübergehend sprachlos gemacht. Oder wie du um deine Liebe zu Wilhelm gekämpft hast … Du bist nicht schwach, Elisa. Du bist eine der stärksten Frauen, die ich kenne.«

Emil und Louis erschienen an diesem Abend gemeinsam zum Essen.

Louis war gerade dabei, energisch auf seinen Vater einzureden. »Ich sage dir, wir sollten das zumindest im Auge behalten. Dieser Schweizer – Neher war, glaube ich, sein Name – stellt Aluminiumfolie her. Diese Art der Folie ist undurchlässig für Licht und Luft und damit vielleicht die Zukunft der Schokoladenverpackung!«

»Papperlapapp. Wir warten erst einmal ab, was die anderen Süßwarenfabriken machen«, entgegnete Emil daraufhin.

»Großartig! Dann sind wir wieder die Letzten. Wir werden immer weiter vom Markt abgedrängt werden, wenn wir so weitermachen.«

»Von was redet ihr?«, mischte Elisa sich ein.

»Von Geschäften. Nichts für Frauen also«, neckte Louis sie.

»Sehr witzig.«

Louis zwinkerte ihr versöhnlich zu, während er seine zu einem Schwan gefaltete Serviette ausschüttelte. Die Suppe wurde serviert. Rinderbrühe mit Speckknödeln.

Erneut wandte sich Louis seinem Vater zu: »Lass es dir noch einmal durch den Kopf gehen. Außerdem fände ich es gut, wenn wir die Schaufenster der Süßwarenboutique vergrößern würden. Die Leute lieben es, etwas bestaunen zu können! Warum meinst du, gibt es überhaupt Völkerschauen und dergleichen?«

»Du meinst wohl eher, dass die männlichen Passanten es genießen, mit einem flüchtigen Blick im Vorübergehen ihre zivilisatorische Überlegenheit bestätigt zu finden«, warf Elisa schmunzelnd ein. »Oder gefällt es euch Männern etwa nicht zu sehen, wie die schwere Arbeit an Maschinen von euresgleichen betreut wird, wohingegen man Frauen bestenfalls zutraut, die Süßigkeiten zu verpacken?«

Da lachte Louis laut auf. Elisa mochte die Neckereien mit ihm und freute sich stets, wenn sie ihn mit ihrem spitzfindigen Humor begeistern konnte.

»Wer soll all deine Ideen finanzieren?«, kam Herr von Treue zum Thema zurück.

»Vielleicht hast du es vergessen, aber du bist Inhaber einer Bank …«

»Papperlapapp!«, war alles, was Emil dazu sagte.

»Ich finde Louis' Vorschläge sehr gut«, setzte sich Elisa für ihren Ehemann ein. »Man sollte noch einmal darüber nachdenken.«

Doch Emil war an diesem Abend zu erschöpft, um sich über dieses Thema Gedanken zu machen. Elisa würde einen besseren Zeitpunkt finden, um das Familienoberhaupt beiseitezunehmen und mit ihm über Louis' Ideen zu sprechen.

Eine Weile lang löffelten sie stillschweigend die Suppe, bis Elisa sie alle überraschte, indem sie sagte: »Ich würde gerne einen Salon geben.«

»Das ist eine sehr schöne Idee, Elisa«, sagte Emil begeistert. »Dann kommt endlich wieder etwas Kultur in dieses Haus! Du hast meine volle Unterstützung.«

»Ich denke da an ein ganz ungezwungenes Beisammensein. Vielleicht sogar schon nächste Woche.«

Gemeinsam mit Hanni wählte Elisa als Thema des Salons den *Brief des Lord Chandos* von Hugo von Hofmannsthal aus. Sogar Frau Rothschild erwies Elisa die Ehre – nicht nur zu erscheinen, sondern auch noch zwei Bekannte mitzubringen. Außerdem kamen Frau von Treue, Wilhelm und seine Mutter sowie zwei Freundinnen von Hanni. Während Frau von Treue die meiste Zeit über schwieg und an ihrem Tee nippte, unterhielten Wilhelm und seine Mutter sich angeregt mit Elli von Schwabach, einer Bankiersgattin, deren Salons aufgrund der sorgsam ausgewählten und teils berühmten Gäste stadtbekannt waren, und diskutierten einige interessante Ideen zu den ebenso sonderbaren wie reizvollen Formulierungen Hofmannsthals und seinen Vorstellungen von Dichtung und Sprache.

Louis zog es vor, die morschen Hölzer der Pferdeboxen im Gestüt auszutauschen. Seine Abwesenheit enttäuschte Elisa heftiger als erwartet, dabei hatte sie eigentlich sogar damit gerechnet, dass er fernbleiben würde.

Im Ganzen war Elisa zufrieden mit ihrem ersten Salon. Die Gäste unterhielten sich allesamt sehr angeregt und lobten die Blätterteigpasteten sowie die Windbeutel, die zum Tee gereicht wurden. Zu Elisas Leidwesen musste Wilhelm als Erster aufbrechen, da er noch zwei Hausbesuche zu erledigen hatte. Elisa vermisste ihn, und an seinem blassen Gesicht und den Augenringen erkannte sie, dass auch er sie vermisste. Sie beschloss, bald selbst die Initiative zu ergreifen und ihn zu besuchen.

Um fünf Uhr verabschiedeten sich die Gäste, kurz darauf stieg auch Pauline von Treue in einen Einspänner, der sie nach Hause brachte. Nur Anita Friedmann saß noch immer auf dem Sofa. »Dürfte ich Sie noch kurz unter vier Augen sprechen?«, fragte sie Elisa.

Nur ein einziges Mal hatte Elisa Wilhelms Mutter gesehen, als Wilhelm sie zur Feier von Elisas achtzehntem Geburtstag mitgebracht hatte. Elisa mochte Frau Friedmann sehr gern, aber in dieser Situation fühlte sie sich leicht unbehaglich, denn weshalb wollte Wilhelms Mutter sie sprechen?

»Hat Wilhelm Ihnen erzählt, dass man ihm eine vielversprechende Stelle in Amsterdam angeboten hat?«, fragte sie Elisa direkt.

»Nein! Darüber hat er kein Wort verloren!«

»Das dachte ich mir.«

»Wir haben uns nur selten gesehen in letzter Zeit. Bestimmt wird er mir bald davon erzählen.«

»Das bezweifle ich. Denn er hat die Stelle bereits abgelehnt.«

»Was?«, fragte Elisa, aufgebracht und auch leicht beschämt.

»Wilhelm wollte nicht, dass Sie davon erfahren.« Frau Friedmann sah Elisa vielsagend an.

»Warum erzählen Sie mir dann davon?«, fragte Elisa vorsichtig, obwohl sie die Antwort bereits ahnte.

»Weil er die Stelle wegen Ihnen abgelehnt hat, Elisa.«

Kapitel 40

MÄRZ 1914

Anfang März fuhr Louis für eine Woche zu Florence an den Starnberger See, um in den Alpen Ski zu fahren. Vor einem dreiviertel Jahr hätte Elisa es nicht für möglich gehalten, aber sie vermisste ihn. Obwohl sie jeden Tag mit Emil frühstückte und zu Abend aß und sowohl Hanni als auch ihre Mutter sie oft besuchen kamen, fühlte sich die Villa ohne Louis ganz leer an.

Elisa vertrieb sich die Zeit damit, Frau Rothschild bei der Organisation eines Säuglings- und Mütterheims zu helfen, das diese gegründet hatte und von ihrem Mann Karl größtenteils finanziert wurde. Zudem besuchte Frau Rothschild einmal in der Woche Mietskasernen, um die Armen mit Küchenresten und Altkleidern zu versorgen. Es war Elisa eine große Freude, sie bei dieser ehrenamtlichen Arbeit zu unterstützen. Einmal kam Wilhelm, um nach ihr zu sehen, doch genau an diesem Tag hatten die Lindquists Besuch von einem befreundeten Bankier aus Frankfurt erhalten, und Elisa fand keine Zeit, ungestört mit Wilhelm zu sein.

Als Louis wieder nach Hause kam, umarmten sie sich herzlich und wichen dann voneinander, als seien sie beide über die unerwartete Nähe erschrocken. Der Wannsee war noch immer zugefroren und die Sonne nicht stark genug, die dicke Schneeschicht auf dem Grundstück zu schmelzen. Fast jeden Tag ging Hanni mit den Kleinen Schlittschuh laufen, weshalb Elisa ihren zweiten Salon ohne sie ausrichtete. Pünktlich um drei Uhr fanden sich die Gäste ein, unter denen diesmal zu Elisas Freude auch Gerhart

Hauptmann war. Ihr Vater drehte sich vermutlich im Grab um, denn Hauptmann war bekennender Sozialdemokrat und damit Gegner des Kaisers. Elisa hatte ihn auf einem der Salons von Elli von Schwabach kennengelernt, den sie vor ein paar Tagen besucht hatte.

Ihre Mutter hatte vorgegeben, zu Hause bleiben zu müssen, um eine Weinlieferung in Empfang zu nehmen, was Elisa nicht sonderlich enttäuschte. Was sie hingegen enttäuschte, war, dass Louis auch diesmal ihrem Salon fernzubleiben schien.

Gerade, als sie allen Kaffee eingeschenkt hatte und beginnen wollte, hallten eilige Schritte durch den Flur. Nachdem er einen Moment im Türrahmen innegehalten hatte, schwang Louis in den Raum herein, beschenkte alle mit einem verwegenen Lächeln, das die zwei ledigen Moutet-Schwestern aufseufzen ließ, und sagte: »Entschuldige die Verspätung, Liebling. Habe ich etwas verpasst?«

»Nein«, hauchte Elisa, bevor sie lange, schwer und versöhnlich ausatmete.

Das Thema des heutigen Salons waren einige Gedichte Rilkes, den Elisa heiß verehrte. Die ganze Zeit über spielte Louis den kulturinteressierten Charmeur. Mit seiner warmen, melodischen Stimme, deren Höhen und Tiefen fast beschwörend waren, verzauberte er ihre Gäste. Jedes seiner Worte war gezielt gewählt, und er wusste um die Macht seiner kurzen, inszenierten Spannungspausen, wenn er einen Gedanken zur Geschöpflichkeit der Welt oder Naturbetrachtung des Dichters äußerte. Die Gardinen aus weißer Spitze brachen das Licht der nachmittäglichen Frühlingssonne in eine Vielzahl kleiner Punkte, die um ihn herum zu tanzen schienen.

Elisa vergaß ihren Kaffee, der in ihrer Tasse kalt wurde. Immer wieder sah Louis sie an, als wolle er überprüfen, ob sie zufrieden mit ihm war und noch immer an seinen Lippen hing.

Als die Diskussion eine neue Richtung nahm, nutzte Elisa die

Gelegenheit, ihren Gästen Tee und Kaffee nachzuschenken und ihnen vom Kuchen anzubieten. Sie spürte Louis' Lächeln auf sich ruhen. Kein Wunder, dass ihr die Kuchengabel entkam, auf Frau von Schwabachs Tasse fiel und Kaffee die weiße Tischdecke braun färbte. Schon gingen Stimmen durcheinander, die beteuerten, dass ihr Malheur nicht so schlimm sei. Aber es war schlimm, denn Louis hatte es gesehen, und das ließ ihr Gesicht glühen.

Unerwartet war er neben ihr, nahm ihr die Serviette ab, mit der sie versuchte, das Ungeschick fort zu putzen, und sagte: »Schaut sie euch an, wie schön sie ist, wenn ihre Wangen gerötet sind.«

Sie wünschte, ihre Gäste würden sich in Luft auflösen, damit sie herausfinden konnte, ob dieser Louis, der sie so zärtlich betrachtete, tatsächlich existierte oder ob er heute Abend bereits wieder in Rosalies Arme fallen würde.

»Wie wundervoll«, lachte Barbara Barkowsky, eine perlenbeschmückte Bekannte von Frau Rothschild, und holte sie damit ins Hier und Jetzt zurück. »Wie ihr Mann Sie nach einem halben Ehejahr noch immer derart in Verlegenheit bringen kann. Das muss Liebe sein!«

Wilhelms Blick fühlte sich an wie der Stich einer Biene.

»Wie ich sehe, habt Louis und du euch inzwischen angenähert?«, fragte er sie, als Elisa die Gäste eine Stunde später verabschiedet hatte.

Sie hatte nicht damit gerechnet, noch jemand im Blauen Zimmer vorzufinden. Deshalb fielen ihr fast die Gedichtbände, die sie eingesammelt hatte, aus den Armen, als er sich vom Sofa erhob. Der Abend näherte sich bereits, die Sonne schlich langsam über die Schneedecke hinweg, und an ihrer Stelle breiteten sich lange Schatten aus.

»Das haben wir«, sagte sie, weil es die Wahrheit war.

Er nickte, als hätte er diese Wendung kommen sehen. »Schön … sehr schön.«

Sie sprach ihn auf die Stelle in Amsterdam an. »Warum hast du mir diese Neuigkeit verschwiegen? Und warum hast du diese Chance abgelehnt?«

»Ich … Du weißt, warum …«

Ihr Ausdruck wurde weich. »Wilhelm, du sollst dein Leben nicht nach mir ausrichten! Ich fühle mich schlecht deshalb.«

»Aber du bist mein Leben …«, flüsterte er.

»Elisa?« Louis hielt sich mit beiden Händen am Türrahmen fest. Sein Jackett sowie seine Weste hatte er vermutlich noch in derselben Sekunde, in der die letzten Gäste die Villa verlassen hatten, abgelegt.

Elisa hatte keine Ahnung, was Louis eigentlich hatte sagen wollen, denn er verstummte. »Ich lasse euch beide besser allein«, meinte er schließlich, obwohl es ihm Schmerzen zu bereiten schien.

Ehe er ging, schoss er einen letzten Blick auf Wilhelm ab, der mehr auszudrücken schien als bloße Rivalität. Elisa setzte sich, schenkte sich Tee nach und süßte ihn mit einem Würfel Zucker.

»Ich frage mich wirklich, was sich zwischen euch verändert hat…«, sprach Wilhelm das ihn offensichtlich schmerzende Thema erneut an.

»Wir unternehmen viel gemeinsam. Louis war sogar auf einem Jahrmarkt mit mir.«

»Nimmst du deine Medizin noch?«, wollte er wissen.

»Nein. Aber ich fühle mich ohne sie besser.«

Wilhelm nickte schwach. »Es bringt vermutlich auch nichts, wenn ich dich darum bitte, sie weiterhin zu nehmen, nicht wahr? Weißt du, es ist gar nicht leicht, auf einen Menschen aufzupassen, den man so gern hat wie ich dich.« Wilhelm sprach langsam, deutlich und ohne jegliches Verhaspeln, als würde er einen Text von dem Blumenmuster des Perserteppichs ablesen, an dem sich seine Augen festhielten. »Auf der einen Seite will ich nur, dass es dir gut geht und dir nichts passiert. Auf der anderen Seite ist es auch eine ständige Prüfung, wenn ich für dich sorge. Denn auf gewisse Weise habe ich dich unter Kontrolle. Obwohl es falsch war, hat mich dieser Gedanke immer beruhigt.« Er legte die Fingerspitzen aneinander. »Nun unternimmst du all diese tollen Dinge mit Louis. Er entzieht dich meiner Kontrolle, und das … das macht mich verrückt.«

»Was redest du da?«, fragte Elisa.

»Ich habe Angst, dich zu verlieren«, wisperte er.

Die Verzweiflung, die in seinen Augen glänzte, jagte Elisa einen kalten Schauder den Rücken hinab.

»Am liebsten wäre es mir, du wärst ganz klein«, fuhr er fort, »sodass ich dich in ein Marmeladenglas stecken und den ganzen Tag mit mir herumtragen könnte.« Hilflos zuckte er mit den Schultern.

»Ich danke dir für deine warmen, ehrlichen Worte. Aber du musst keine Angst haben, mich zu verlieren. Du musst mir vertrauen, Wilhelm.«

In diesem Moment kam Magda herein, um das Geschirr abzutragen. »Lass meine Tasse stehen, ich trinke meinen Tee später aus«, wies Elisa sie an. Zu Wilhelm sagte sie: »Du solltest jetzt besser gehen. Ich komme dich bald wieder besuchen. Es birgt eine Chance, dass ich nun endlich selbstständig bin.«

Es zog Elisa nach draußen an die frische Luft, doch ehe sie die Terrasse erreicht hatte, hörte sie ein lautes Krachen. Und dann ein Klirren, als wäre Porzellan zerbrochen. Es kam aus dem Blauen Zimmer. Elisa lief hin und konnte ihren Augen nicht trauen. Wilhelm betastete seine blutende Nase. Er schwankte und musste sich an der Stuhllehne festhalten. Vor ihm stand Louis, die Fäuste noch immer erhoben.

»Was ist denn in dich gefahren?«, fuhr Elisa fassungslos Louis an.

»Was in mich gefahren ist? Du schenkst diesem unehrlichen Mistkerl dein Vertrauen, obwohl er dich seit Jahren hintergeht!«

Verständnislos blickte Elisa zu Wilhelm, dessen Augenlider herabsanken. Kurz befürchtete sie, er würde zusammenklappen. Doch dann sah sie die Tränen, die über seine Wangen liefen.

»Was meint er damit, Wilhelm?«, fragte sie.

Als er verzweifelt den Kopf schüttelte, hob sie sein Kinn an und wollte ihn zwingen, sie anzusehen. Doch er hielt den Blick gesenkt. »Wenn du nichts sagst, muss ich Louis glauben. Dann glaube ich, dass du mich hintergehst, ohne zu wissen, weshalb und auf welche Weise.«

Louis bückte sich und hob ein kleines Fläschchen vom Boden auf. »Das hier ist deine Medizin, Elisa. Wilhelm hat sie dir heimlich in deinen Tee gemischt. Das ist aber noch nicht alles.«

Wilhelm hob den Blick. Die Leere in seinen Augen traf Elisa eiskalt. Er sah aus wie jemand, der alles im Leben verloren hatte.

Kapitel 41

»Elisa, ich flehe dich an, mir zu verzeihen!«, hatte Wilhelm gebettelt. »Ich wollte dir niemals schaden ... Ich habe dir die Medizin doch nur gegeben, weil dein Vater es von mir verlangt hat!«

»Mein Vater?«, hatte Elisa gefragt, fassungslos, und war auf einen Stuhl gesunken. »Was hat mein Vater damit zu tun?«

»Er wollte auf diese Weise sicherstellen, dass du nicht auf die Idee kommst, die Villa zu verlassen. Dass du dich nicht in Gefahr begibst. Die Medizin hat dich müde gemacht ... zu müde, um etwas zu unternehmen oder auch nur Widerworte zu geben.«

»Und ich habe mich gewundert, warum ich immer so müde war ... Du und meine Mutter habt das zugelassen? Ihr habt zugelassen, dass ich mein Leben *verschlafe?!*«

»Dein Vater hatte mich doch in der Hand ...«

»Was meinst du damit?«

»Du weißt, dass er mir meine Praxis größtenteils finanziert hat ...«

»Und aus Angst, deine Praxis zu verlieren, hintergehst du mich?«

»Ich weiß, das war ein schrecklicher Fehler, den ich nie wiedergutmachen kann. Aber dein Vater hätte mir nicht nur meine Praxis weggenommen, er hätte auch einen anderen Arzt gesucht, der sich um dich kümmert. Ich dachte mir, wenn ich weiterhin dein Arzt bleibe, kann ich aufpassen, dass dein Vater es mit der Medizin nicht übertreibt. Und ich konnte bei dir sein ...«

»Du hättest es mir sagen müssen, Wilhelm. Ich werde dir nie wieder vertrauen können. Dabei warst du mein einziger Freund!« Elisa war laut geworden, doch nun hatte sie die Stimme gesenkt. »Ich habe dich geliebt … Wie konntest du mir das antun?«

»Bitte, Elisa … verzeih mir.« Wilhelm war vor Elisa auf die Knie gefallen. »Du bist alles für mich …«

An diesem Punkt war Louis eingeschritten und hatte Wilhelm vor die Tür gesetzt.

Der März ging über in den April. Noch immer schliefen Elisa und Louis in getrennten Betten, was bedeutete, dass er Elisa meist nur sah, wenn sie am Esstisch vor ihm saß, und selbst dann sah er sie nicht wirklich, denn sie war nicht mehr dieselbe. Ihre Lebensfreude war verflogen, seitdem sie wusste, dass Wilhelm und ihre Eltern sie jahrelang hintergangen hatten. Er vermisste sie. Hin und wieder erwischte er sich dabei, abends zu Hause zu bleiben, um in ihrer Nähe zu sein. In der Bibliothek nach einem Buch zu suchen, weil sie dort war. Und dieses Buch auch tatsächlich zu lesen, um sie zu beeindrucken. Ohne dass es ihm bewusst gewesen wäre, konnte Louis inzwischen den Klang ihrer Schritte von Hannis oder Magdas unterscheiden, so gut kannte er Elisa. Das Rascheln ihrer Kleider war lauter als ihr vorsichtiger Gang.

Zweimal war Frau von Treue innerhalb der letzten Woche an der Lindquistschen Villa erschienen, um Elisa um Verzeihung zu bitten. Doch beide Male hatte Elisa gesagt, der Schmerz und die Enttäuschung säßen noch zu tief, um die Kraft aufzubringen, ihrer Mutter gegenüberzutreten. Auch Wilhelm, der fast jeden Tag vor der Haustür gestanden und gefleht hatte, ihm die Chance zu geben, mit Elisa zu sprechen, hatte sie jedes Mal zurückgewiesen.

In der Zwischenzeit war es Louis gelungen, neben Mrs. Campbell ein junges Mädchen dazu zu bewegen, ihr Pferd bei ihm unterzustellen. Der rostbraune Hengst, ein prächtiger Fuchs mit demselben Namen, war wohl ein Weihnachtsgeschenk gewesen. Doch so gut die Eltern es auch gemeint hatten, sie hatten nicht ausreichend bedacht, dass ein Tier ständig versorgt werden wollte. Louis kamen das Geld und die Ablenkung gerade recht.

Fast zwei Wochen waren vergangen, als Elisa Louis aufsuchte. Es war später Abend, und Louis hatte sich mit einer Flasche Rotwein ins Musikzimmer zurückgezogen, wo er ein paar Kerzen angezündet und sich ans Klavier gesetzt hatte. Die tiefen, traurigen Töne, die er dem schwarzen Flügel entlockte, verwoben sich mit der golden schimmernden Luft, trieben durch die weit geöffneten Flügeltüren hinaus in den Abend und schienen nach etwas zu rufen, das ihm selbst nicht bewusst war. Als der letzte Ton verklang, sackten Louis' Schultern herab.

»Ich wusste gar nicht, dass du Klavier spielen kannst«, sagte Elisa hinter ihm. Er hatte sie nicht kommen hören.

»Meine Mutter hat es mir beigebracht«, antwortete er, ohne den Blick von den Tasten zu lösen.

»Louis …«, setzte Elisa an.

Er sah sie über die Schulter an und war sprachlos, weil dieses zarte Geschöpf im Kerzenschein elfenhafter denn je aussah.

»Bring mich hier weg …«, wisperte sie.

Die weißen Seidengardinen der Flügeltür bäumten sich auf und umrahmten sie, die nur ihren Morgenrock trug. Er würde alles tun, damit sie ihre Lebensfreude zurückgewann.

»In Ordnung. Pack deine Sachen. Gleich morgen fahren wir«, sagte er.

»Wohin?«

»An den Starnberger See zu Florence. Vermutlich hast du Angst, mit mir allein fortzufahren, aber ich verspreche dir, dass …«

»Nein, ich habe keine Angst. Ich vertraue dir.« Sie kniete sich vor ihn auf den Boden, legte die Hände auf seine Knie und sah zu ihm auf. Sie hatte ja keine Ahnung, mit welchen Gefühlen ihr Anblick ihn erfüllte. Er fühlte, dass er ein Herz hatte und dass Gutes in ihm war.

Er fühlte, dass dieses zarte Geschöpf vor ihm ihn retten würde.

Kapitel 42

APRIL 1914

Keuchend stieß die Lokomotive grauweißen Dampf aus, als sie in den Münchner Bahnhof einrollte. Obwohl es sehr früh am Morgen war, war der Bahnsteig voller Menschen. Damen und Herren warteten im morgendlichen Kältedunst, um ihre Liebsten, Freunde oder Verwandten abzuholen. Gepäckträger eilten hin und her. Da waren Bahnbeamte, Wachmeister und Zeitungsverkäufer. Elisa hatte die Fingerspitzen an das vom Fahrtwind eisige Fenster gelegt und konnte sich gar nicht an dem Trubel sattsehen.

Inzwischen hatte sich der Waggon bis auf zwei Diener, die einen Teil des Gepäcks hinaustrugen, schon fast geleert.

»Kommst du?«, fragte Louis sie.

Ein angenehmes Prickeln erfüllte Elisas Körper, als er eine Hand auf ihren Rücken legte, um ihr die drei steilen Stufen des Nachtzugs hinabzuhelfen. Auf dem Bahnsteig hakte sie sich ganz selbstverständlich bei Louis ein. Die Kälte drückte den Dampf der Lokomotive hinab auf die Gleise, auf denen rußgeschwärzte Arbeiter in dicken Filzstiefeln und Mänteln geschäftig umherliefen. Dahinter stieg die Sonne empor.

»Sieh an, was wir hier einmal mehr finden.« Louis wies auf einen gelben Stollwerck-Schokoladenautomaten. »Manchmal habe ich das Gefühl, dass mein Vater sich nur deshalb gegen die Automaten sperrt, weil der Vorschlag, ebenfalls welche aufzustellen, von mir stammt.«

»So darfst du nicht denken«, erwiderte Elisa. »Er und Franz

müssen selbst erst einmal in ihre Rolle des Geschäftsführers einer Süßwarenfabrik finden.«

»Glaubst du, dass sie das jemals werden? Sie sind Bankiers mit Leib und Seele und werden deshalb immer erst einmal sorgenvoll auf Geldausgaben blicken. Sie sehen nicht, dass Investitionen die Zukunft der Firma sind. Wie soll es bergauf gehen, wenn alles beim Alten bleibt und wir nichts Neues wagen?«

»Es war viel los in den letzten Monaten. Dein Vater hat vielleicht einfach noch nicht die Zeit gefunden, sich deiner Vorschläge anzunehmen.«

»Und was ist mit dir? Es ist doch die Firma deines Vaters. Sorgst du dich nicht darum, wie es weitergeht?«

Dass Louis sich für ihre Meinung interessierte, erstaunte und ehrte Elisa und führte dazu, dass er noch mehr in ihrem Ansehen stieg. Sie war damit groß geworden, dass ihr Vater ihrer Mutter tagtäglich zu verstehen gegeben hatte, eine gute Gattin hätte sich aus den Geschäften ihres Mannes herauszuhalten. Frauen seien nicht mehr als dekoratives Beiwerk, das sich um Haushalt und die Erziehung der Kinder zu kümmern habe und im Übrigen zu ungebildet war, um das weite Feld einer Unternehmensführung zu begreifen. Louis' Vertrauen in sie regte sie an, sich mehr Gedanken über die Zukunft der Von Treue GmbH zu machen.

Sie nahmen sich ein Taxi nach Feldafing, wo Louis' Tante Florence direkt am Starnberger See wohnte. Elisa war so müde, dass sie trotz der holprigen Fahrt immer wieder kurz wegnickte. Irgendwann rüttelte jemand sanft an ihrer Schulter. »Aufwachen«, sagte Louis. »Wir sind da.«

»Ach, du liebes bisschen! Das nenne ich mal eine Überraschung!«, rief Florence aus, nachdem ihr Hausdiener Louis und Elisa angekündigt hatte. Obwohl es inzwischen gewiss schon neun Uhr morgens war, war sie noch immer nicht angekleidet, sondern trug einen japanischen Morgenrock mit malerisch verzierten und weiten Ärmeln, die bis knapp über den Boden reichten.

»Entschuldige den Überfall, Tantchen.«

»Ach, papperlapapp! Es ist ja nicht so, dass ich dergleichen nicht von dir kennen würde, mein lieber Neffe.«

Florences Villa war wie Florence selbst: stilbewusst, aber gleichermaßen handfest. Weinranken und wilder Efeu bedeckten fast die gesamte Front, an deren rechter Seite ein spitz zulaufender Turm in die Höhe ragte. Auf diesem Turm prangte das Familienwappen von Florences verstorbenem Gatten: ein nach einer Maus greifender Falke.

Die Villa lag auf einem abfallenden Hügel und hatte insgesamt drei Stockwerke. Die Zimmer des ersten und zweiten Stocks hatten jeweils Zugang zu einem großflächigen Balkon, auf dem Korbstühle das morgendliche Sonnenlicht einfingen. Zum Garten hin gab es einen Anbau aus dunklem Holz, das sich in der Wärme der Morgensonne ausdehnte und knisterte. Flache Steinstufen führten den Hang hinab, vorbei an Rondellen mit bunten Frühlingsblumen und zwei Reihen von blühenden Apfelbäumen. Die schweren, tief hängenden Äste einer uralten Linde berührten auf einer Seite fast das frisch gestutzte, duftende Gras, auf der anderen Seite hingen sie teils im bewegten Wasser des Starnberger Sees.

Die Villa wurde bewirtschaftet von drei Angestellten: einer Köchin, einem betagten Dienstmädchen namens Käthe, das Louis aufs Herzlichste begrüßte, und einem Hausdiener namens Mikael, der ihre Koffer in das Gästezimmer im ersten Stock trug. Mikael war gerade mal neunzehn Jahre alt, weshalb seinem hübschen, unverbrauchten Gesicht die männliche Herbheit fehlte. Florence genoss es, seine schwedischen Wurzeln zu betonen, die sich vor allem im Weißblond seiner dichten Haare ausdrückten.

Mit hinter dem Rücken verschränkten Armen wartete Mikael in einer Ecke des Raums auf Anweisung, während Florence sich einmal um sich selbst drehte und dann mit ausgebreiteten Armen trällerte: »Voilà, euer Zimmer!«

Als Elisa dem breiten Doppelbett mit seidenem Überwurf gegenüberstand, stieg ihr sämtliches Blut in den Kopf. »Gibt es … Würde es eventuell noch ein zweites Gästezimmer geben?«, wagte sie es zu fragen. »Es ist nur, dass ich meist in der Mitte des Bettes schlafe, um nachts nicht aus Versehen hinauszufallen … «

»Leider nein. Aber keine Angst, meine Liebe. Louis hält dich einfach fest, dann kann nichts passieren.«

Den Abend verbrachten Louis und Elisa mit Florence im Landschaftszimmer, um dieser von den neuesten Entwicklungen in Berlin zu berichten. Florence war, nachdem Elisa ihr erzählt hatte, dass sie jahrelang von ihrem Arzt und ihren Eltern durch Medikamente ruhiggestellt worden war, den Tränen nahe. Sie holte eine Flasche Schnaps sowie drei Gläser, doch Louis und Elisa lehnten beide ab.

Die Kuckucksuhr läutete Mitternacht. Florence, die noch immer ganz blass war, wünschte eine gute Nacht und zog sich zurück.

»Man nimmt das zunächst gar nicht an, wenn man sie kennenlernt, aber sie ist sehr sensibel«, erklärte Louis.

Zu einer Seite hin wurde die Eckbank von einem mit bunt bemalten Kacheln verzierten Ofen begrenzt, in dem ein Feuer knisterte, das Elisa eben noch als gemütlich empfunden hatte. Mit einem Mal erschien es ihr zu heiß in dem Raum. Es lag an Louis, an seiner Nähe, an der Tatsache, dass sie die Nacht gemeinsam in einem Bett verbringen würden. In derselben Sekunde, in der Elisa sich von der Eckbank erhob, sprang auch Louis von seinem ihr gegenüber platzierten Stuhl auf.

»Ich wollte ans Fenster«, sagte sie.

»Ich hatte denselben Gedanken«, sagte er.

Mit hinter dem Rücken verschränkten Armen stellten sie sich nebeneinander und bewunderten den vollen silbernen Mond.

»Wir sollten auch zu Bett gehen«, sagte Louis nach einer Weile an den blühenden Sternenhimmel gerichtet.

»Ja, ich bin müde«, sagte Elisa, wagte es aber nicht, Louis ins Gesicht zu blicken.

Ein paar Atemzüge lang waren da nur das Ticken der Uhr und das Knistern des Kamins, die das zwischen ihnen entstandene Schweigen hörbar werden ließen.

Jäh meinte Louis: »Ich schlafe im Salon auf dem Sofa.«

»Nein … nein, das kommt nicht infrage. Wir teilen uns das Bett. Das ist schon in Ordnung.«

Wie oft waren sie schon hintereinander die Treppe hinaufgestiegen? Nie war Elisa dabei so nervös gewesen. Ihr Herz machte auf sich aufmerksam, indem es kräftig schlug.

Die Zeit, die Louis im Bad verbrachte, nutzte Elisa, um sich zu entkleiden. Sie beeilte sich, doch ihre Finger mühten sich an den Knöpfen ihrer Bluse ab. Sie streifte sich gerade ihr Nachtkleid über, als Louis hereinkam. Kurz hielt er inne, unter seinem Blick wurde ihr ganz heiß. Doch dann steuerte er zielstrebig dem Bett entgegen, wo er sich in einer einzigen, schnellen Bewegung das Hemd über den Kopf zog. Das erste Mal in ihrem Leben sah Elisa einen nackten Männeroberkörper. Noch dazu einen, der ausgesprochen schön anzusehen war. Mit einem Mal prickelte ihr ganzer Körper, und gleichzeitig war sie derart nervös, dass sie kaum noch atmen konnte.

Louis legte sich hin, wartete, bis auch Elisa unter ihre Bettdecke geschlüpft war, und löschte dann das Licht. »Gute Nacht«, sagte er leise.

»Gute Nacht«, hauchte sie.

Mondlicht fiel zwischen den Vorhängen hindurch und umspielte die Muskulatur von Louis' schönem Rücken. Sie fragte sich, wie es wohl wäre, über diesen Rücken zu streichen, seine Muskeln zu spüren, ihre Haut auf seiner … Elisa musste es sich eingestehen: Sie fühlte sich zu Louis hingezogen.

Kapitel 43

MAI 1914

»Geh noch mehr in die Knie«, wies Louis Elisa an.

Sein Gesicht schien jegliches Sonnenlicht, das vom See reflektiert wurde, einzufangen. Er blinzelte keck und hielt dann die Hand über die Augen. »Und versuch den Stein locker aus dem Handgelenk zu werfen, nicht so verkrampft.«

Seit einer halben Stunde versuchte Louis ihr beizubringen, Steine über das Wasser hüpfen zu lassen. Vergeblich. Auch ihr erneuter Versuch landete mit einem lauten Platscher im Starnberger See, und Elisa fast mit ihm. Louis versuchte, sein Lachen zu verbergen, indem er sich an der Nase kratzte, aber Elisa durchschaute ihn.

»Es freut mich, dass du dich so gut amüsierst.« Sie reckte ihr Kinn, konnte sich aber selbst ein Schmunzeln nicht verkneifen.

»Nein, das war wirklich gut für deinen zwanzigsten Versuch.«

Mit einer lässigen Handbewegung ließ Louis seinen Stein fünfmal über das Wasser hüpfen.

»Bei dir sieht es so leicht aus!«

»Es ist leicht.« Louis suchte das Ufer nach einem neuen Stein ab und legte ihr schließlich einen kleinen, flachen in die Hand. »Hier. Der ist perfekt.«

»Dann nimm du ihn doch lieber.«

»Nein, ich schenke ihn dir.«

Sie lächelte dankbar, ihre Freude hielt sich jedoch in Grenzen. »Okay, ein letztes Mal«, sagte sie schließlich und stellte sich seitlich und leicht breitbeinig hin, wie Louis es ihr gezeigt hatte.

Das war zwar absolut nicht damenhaft, aber in diesem Augenblick unwichtig.

Louis' Berührung kam unerwartet. Seine Finger legten sich um ihre Hand, in der sie den Stein hielt. Er stand ganz dicht hinter ihr, sodass sein warmer Atem ihre Wange streifte, als er sagte: »Der Zeigefinger schiebt den Stein sozusagen an. Auf drei. Eins …«

Ihr Herz schlug ihr bis zum Hals. Wie sollte sie sich jetzt noch konzentrieren können?

»Zwei … drei!«

Wieder einmal verschwand der Stein ohne einen einzigen Hüpfer im Wasser. Eine Weile lang sah Louis ihm mit zerfurchter, rätselnder Stirn nach, als könnte er ihn noch sehen. »Ich befürchte, du hast einfach kein Talent.«

Der jugendlich schalkhafte Blick, den er ihr nun schenkte, versöhnte Elisa sofort mit ihm. Genau das machte Louis' Zauber aus. Er sagte etwas Provozierendes und lächelte dann auf eine derart liebenswürdige Weise, dass es einem unmöglich war, ihm böse zu sein.

Elisa seufzte resigniert und setzte sich auf einen größeren Stein. Ein Motorboot ließ Wellen zu ihnen ans Ufer rollen, die die Spitzen ihrer Lederschnürschuhe berührten. Die wenigen Wolken am Frühlingshimmel spiegelten sich auf dem klaren See. Dort, wo die alte, mächtige Linde das Wasser durch ihren Schatten dunkel machte, schwirrten ein paar Mücken. Elisa schloss die Augen, ihre Seele wurde leicht.

Auf einmal war da ein leises Klacken. Elisa schirmte mit der Hand das Sonnenlicht ab und blinzelte zu Louis, der einen kleinen, kastenförmigen Apparat auf Bauchhöhe hielt – die neue Kodak Nr. 2, die er sich am Tag zuvor in München gekauft hatte.

»Was machst du da?«

»Ein Bild von dir«, sagte er. »Du siehst schön aus, wie du da am Ufer sitzt.«

Ihr Mund öffnete sich, als wollte sie etwas sagen, doch sie wusste nicht, was, deshalb wandte sie sich schließlich ab. Sein Kompliment freute sie, aber es verunsicherte sie auch. War es einfach nur so dahingesagt? Oder meinte er es ernst? Sagte er ähnlich schöne Dinge auch zu Rosalie?

Aber Louis war nun einmal Louis und liebte es, sie herauszufordern, zu provozieren, zu reizen. »Glaubst du mir nicht?«

Sie schwieg, zwang sich ein Lächeln auf und erhob sich dann von dem Stein, ehe er eine weitere Fotografie von ihr machen konnte.

Die letzten Tage hatte Elisa sich ununterbrochen Gedanken über ihr Verhältnis zu Louis gemacht. Es bedeutete doch etwas, dass er dazu bereit gewesen war, sein Leben in Berlin von einem Tag auf den nächsten zurückzulassen und mit ihr fortzufahren, oder nicht?

Als sie an Louis vorbeigehen wollte, stellte er sich ihr in den Weg. »Wir bleiben so lange hier, bis du mir glaubst.«

Erneut hob er die Kamera. Sein Finger lag schon auf dem Auslöser, doch Elisa hielt die Hände vors Gesicht. Louis versuchte ihre Hände zu lösen, sie rangen spielerisch miteinander. Elisa musste so sehr lachen, dass ihre Knie ganz weich wurden und nachgaben. Vergessen war ihre Krankheit, ihre Zerbrechlichkeit. Da schlossen sich Louis' Arme um ihre Taille, und er fing sie auf. Gemeinsam sanken sie hinab auf die weiche Wiese. Er saß dicht hinter ihr, sie lehnte an ihm. Spürte das Heben und Senken seiner Brust. Elisas Lachen wurde immer leiser, und auf einmal war sie ganz ruhig. Noch immer hielt Louis sie fest, und er machte auch nicht den Eindruck, als hätte er vor, sie loszulassen. Sein Kinn lag an ihrer Schläfe, sie atmeten gemeinsam.

Es war Elisa nicht bewusst gewesen, wie sehr sie sich nach menschlicher Wärme sehnte. Sie versuchte, Louis' Nähe gemeinsam mit seinem angenehm männlichen Duft einzuatmen, sie in ihrem Herzen zu speichern, denn sie konnte sich nicht daran erinnern, sich schon einmal so sicher und geborgen gefühlt zu haben. Gemeinsam blickten sie hinaus auf den See und verloren sich im Lichtweg der Abendsonne.

Kapitel 44

JUNI 1914

»Deshalb mag ich den Juni nicht. Es ist ja wirklich ungeheuerlich heiß heute!«, stöhnte Florence, als sie aus dem Kaufhaus Oberpollinger in der Kaufingerstraße an die schwüle Mittagsluft traten.

Sie ließ ihren Fächer aufschnalzen und bewegte ihn träge vor ihrem Gesicht hin und her, um ihre geröteten Wangen zu kühlen, während Elisa ihren Sonnenschirm aufspannte. Bereits seit zwei Stunden bummelte sie mit Florence und deren drei besten Freundinnen durch die Gassen Münchens.

»Wir sollten etwas trinken gehen. Wer hätte Lust auf eisgekühlten Champagner?« Dieser Vorschlag kam von Kitty, eigentlich Katharina, die am längsten mit Florence befreundet war.

Kitty hatte dunkelblondes Haar und ein hübsches, wenn auch gewöhnliches Gesicht mit einer recht hohen Stirn und vollen Lippen, die sie gern betonte, indem sie die Unterlippe vorschob. Sie war klein und zierlich, dafür war ihr Blick jedoch scharf und entschieden. Wie Florence war sie Witwe, wobei Kitty gerade mal dreißig Jahre alt war.

»Wenn ihr zahlt«, meinte Margot und schob beide Hände in die Taschen ihres Rocks.

Ihre Schultern fielen stets nach vorne, eine Haltung, die Elisas Mutter entsetzt hätte. Doch für Elisas Geschmack verlieh dies Margots großem, sehr schlankem Körper etwas ungemein Lässiges. Margot war eine eigentümliche Schönheit mit dunklen, stets misstrauisch zusammengezogenen Augenbrauen, einer außerordentlich geraden, spitzen Nase und weit auseinanderliegenden Mandelaugen. Man sah sie nur selten lächeln, dennoch mochte Elisa sie aufgrund ihrer direkten Art sehr gern. Drei Jahre lang war Margot mit einem Künstler verheiratet gewesen, dem wohl öfters die Hand ausgerutscht war. Bis Margot eines Tages endlich den Mut und die Kraft gefunden hatte, ihn zu verlassen. Seitdem hatte Margot den Männern abgeschworen und war auf sich allein gestellt, was sie jedoch hervorragend meisterte. Sie war leidenschaftliche Sozialistin und Bewunderin Rosa Luxemburgs sowie Clara Zetkins, Begründerin des Internationalen Frauentags.

Die vierte im Bunde war Lisbeth. Lisbeth hatte ein mondrundes, nettes Gesicht mit roten Pausbäckchen, in dessen Stirn ein paar gelockte, frühzeitig ergraute Strähnen hingen. Vordergründig verkörperte sie das Bild einer sorgsamen Ehefrau und liebenden, aufopferungsvollen Mutter zweier Jungs. Doch wenn Florence einen anzüglichen Witz riss, grinste Lisbeth auf so herrlich teuflische Weise, dass ein sonst offenbar versteckter Teil ihres Charakters zum Vorschein kam.

»Um fünf muss ich zu Hause sein. Mein Mann kommt heute Abend nach Hause«, meinte Lisbeth, während sie in ihrer Handtasche zwischen bunten Murmeln ihrer Kinder nach einem Tuch wühlte, um sich den Schweiß von der Stirn zu tupfen.

Kitty schnalzte mit der Zunge. »Und du musst deinen ehelichen Pflichten nachkommen?«

»Ach was. Seit dem zweiten Kind sieht mich Ernst kaum noch an.«

»Ich habe dir schon ein paarmal gesagt, dass du dir eine Affäre zulegen solltest«, warf Kitty empört ein, als wäre es eine Schande, dass Lisbeth nicht schon längst eine hätte.

»Wer sagt überhaupt, dass sie einen Mann braucht?«, meinte Margot, woraufhin der Rest der Gruppe betreten schwieg.

Florence hatte Elisa einmal flüsternd anvertraut, dass sich in letzter Zeit wohl des Öfteren eine junge Hutmacherin aus Marseille bei Margot zu Hause herumtrieb und Florence und ihre Freundinnen gewisse Rückschlüsse daraus zogen.

Die Hitze wurde von den Pflastersteinen zurückgeworfen und brannte trotz des Sonnenschirms auf Elisas dunklem Haar. Es war so stickig, dass das Atmen schwerfiel. Die meisten Menschen hatten sich in den Schatten der Cafés, des Englischen Gartens oder an den Starnberger See zurückgezogen, weshalb nicht viel auf den Straßen los war. Auch die Straßenbahn, die ratternd an ihnen vorbeirollte, war so gut wie leer.

»Wir könnten alle zu Florence fahren und im See schwimmen gehen«, schlug Margot vor.

»Kommt nicht infrage!« Florence schüttelte energisch den Kopf. »Wir haben weder Schmuck noch eine Tasche noch ein Kleid für Elisa. Ich möchte doch, dass sie auf den kommenden Diners und Bällen die Schönste von allen ist.«

Elisa lächelte dankbar, verstand jedoch nicht, weshalb Florence so großen Wert darauf legte. Schämte sie sich etwa für Elisas schlichten Geschmack? Zwar war Elisas Kleiderauswahl bei Weitem nicht so modern wie die Rosalies, aber es waren ein paar hübsche Modelle dabei.

Florences Finger umschlossen Elisas Unterarm. »Zuerst schauen wir ins Kaufhaus Tietz. Dort sollte hübscher Schmuck zu finden sein. Dann gehen wir zu diesem Mode-Atelier am Odeonsplatz. Und dann …« Sie wandte sich zu ihren Freundinnen um. »… dann lade ich euch alle auf Champagner mit einer riesigen Portion Erdbeeren ein. Wie klingt das?«

Bei dem Atelier, von dem Florence gesprochen hatte, handelte es sich um einen kleinen Laden eines französischen Designers namens Jean Braque. Monsieur Braque war ein außerordentlich charmanter, elegant und ebenso schlicht gekleideter Franzose in den besten Jahren. Er nahm Elisas Hand und deutete einen

Handkuss an. Seine leise, beschwörende Stimme ließ die Damen sich synchron und wie hypnotisiert nach vorne beugen, um näher bei ihm zu sein, als er, noch immer in der Verbeugung, zu Elisa aufsah und hauchte: »Bei Ihren besonderen Augen muss es auch ein ganz besonderes Kleid sein.«

Jäh klatschte er in die Hände, und alle zuckten zusammen, wie aus einer Trance erwacht. »Justine! Wo steckst du?«, rief er.

Justine schob mit dem Rücken die Tür eines Nebenraumes auf und balancierte ein Silbertablett mit Sekt und Biskuits zu ihnen auf den niedrigen Sofatisch. *»Oui, Monsieur?«*

»Such mir das kornblumenblaue Chiffonkleid heraus! Dann noch das burgunderrote mit dem tiefen Dekolleté und, wenn du schon dabei bist, auch gleich das waldgrüne mit der langen Schleppe! *Vite, vite!«*

Justine half Elisa dabei, ihr Kostüm abzulegen und stattdessen die teuren Stoffe überzustreifen. Die Kleider von Monsieur Braque waren Wunderwerke aus Tüll, Chiffon, Spitze oder Pongéseide, aufwendig verziert mit Pailletten, Steinchen, Perlen oder Stoffblumen. Mit jedem Kleid, das Elisa ihren Freundinnen präsentierte, stießen diese erneut mit Sekt an und waren innerhalb einer Stunde beschwipst.

Das Kleid, das Elisa nun trug, war aus einem reinweißen Stoff gefertigt, an dessen gewagt tiefem Ausschnitt mit schwarzen Perlen verzierte Bänder hinabhingen. Zudem war es äußerst figurbetont. Unsicher betrachtete sie sich in einem gold gerahmten Wandspiegel.

»Nun zeig dich schon!«, rief Kitty.

»Nein, das hier ist es nicht. Ich probiere das nächste an«, erwiderte Elisa und gab Justine mit einem Nicken zu verstehen, dass sie die Knöpfe öffnen solle.

»Kommt gar nicht infrage! Zeig dich! Sei nicht so schüchtern!«, rief Florence.

Im nächsten Moment wurde der Vorhang aufgerissen.

Kitty klatschte begeistert in die Hände, als Elisa aus der Kabine trat. Lisbeth seufzte verträumt. Margot meinte: »Nicht übel.«

»Ich finde nicht, dass es zu mir passt«, gestand Elisa. »Der Ausschnitt ist so tief.«

»Deshalb mögen wir es ja«, meinte Florence.

»Wenn ich so ein schönes Dekolleté wie du hätte, würde ich nur solche tiefen Ausschnitte tragen«, seufzte Lisbeth. »Ich beneide dich um deinen kleinen Busen. Wenn ich kein Korsett trage, hängen meine Brüste bis zum Bauchnabel.«

»Seht euch erst diese schönen Schlüsselbeine an.« Das war Kitty. »Wie von Michelangelo gezeichnet.«

Ehe sich's Elisa versah, wurde sie von den drei Frauen umschwärmt wie von Schmetterlingen, die Justine aus der Kabine vertrieben und an ihrer Stelle Elisa entkleideten und in das nächste Wunderwerk halfen. Elisa schämte sich für ihren Körper, den bisher außer Bertha, Magda und ihrer Mutter niemand zu sehen bekommen hatte.

»Wie weich ihre Haut ist!« Kitty streichelte Elisas Oberarm, als wäre sie eine Katze. »Meine Haut ist das ganze Jahr über rau, obwohl ich jeden Sonnenstrahl meide!«

»Nicht nur weich, sondern auch straff«, fügte Lisbeth hinzu. »Keine einzige Delle hat sie an den Oberschenkeln.«

Margot versuchte, Elisas kerzengerade Haltung zu imitieren, fiel jedoch schon bald wieder in sich zusammen. »Wie machst du das nur?«

»Alles in allem ist es absolut nicht nachvollziehbar, dass nicht Hunderte von jungen Männern vor meiner Haustür kampieren, um dir den Hof zu machen«, resümierte Florence. »Was ein unverschämtes Glück mein lieber Neffe mal wieder hatte.«

»Ich bezweifele, dass Louis das auch so sieht. Immerhin bin ich …«

»Komm mir nicht wieder mit deiner Krankheit!«, unterbrach Florence sie.

»Du bist krank?«, fragte Margot.

»Elisas Knochen brechen leichter als die der meisten Menschen. Wie Glas, deshalb spricht man auch von der Glasknochenkrankheit.«

Da war es wieder, dieses Stechen in der Brust. Das Gefühl, anders zu sein. Nicht dazuzugehören.

»Siehst du?«, sagte Florence, die offenbar sogleich bemerkt hatte, dass Elisa sich in ihr Schneckenhaus zurückzog. »Margot hat dir deine Krankheit nicht einmal angemerkt! Du bist eine wunderschöne, starke junge Frau. Mehr noch, du bist etwas Besonderes! Und das weiß mein Neffe auch. Ich glaube sogar, dass es ihn manchmal ein wenig verunsichert.«

Elisa sollte Louis verunsichern? Das war kaum denkbar …

»Nichts gegen dich, Elisa«, sagte Kitty, die einen Hut mit ungewöhnlich tief ins Gesicht fallender Krempe von der Puppe im Schaufenster nahm, aufsetzte und sich von allen Seiten im Spiegel begutachtete. »Aber ich kann noch immer nicht glauben, dass Louis verheiratet ist.«

»Kitty hatte ein Auge auf ihn geworfen«, erklärte Florence Elisa mit nur minimal gesenkter Stimme, sodass Kitty ihre Freundin hören konnte.

»Gar nicht wahr! Du lügst!«, beschwerte sich Kitty mit hochrotem Kopf. »Und wenn schon! Es ist doch wahr, dass Louis kein unbeschriebenes Blatt ist. Und so wie ich ihn einschätze, wird er sich nie ändern.«

»Das glaube ich allerdings schon«, erwiderte Florence in einem donnernden Tonfall.

Monsieur Braque schien ein wenig erschöpft, als der Damentrupp schließlich seine Boutique verließ. Elisa hatte sich nicht zwischen zwei Kleidern entscheiden können. Kurzerhand hatte Florence ihr beide geschenkt.

Als sie sich vor dem Schlafengehen das Gesicht wusch und anschließend mit einem Handtuch trocken tupfte, fiel ihr Blick ungewollt in den Spiegel. Sie versuchte, die Komplimente ihrer Freundinnen über ihre Haut und ihr weiches, glänzendes Haar nachzuvollziehen. Noch nie zuvor hatte Elisa diese Dinge an sich wahrgenommen. Das war das erste Mal, dass sie in den Spiegel blickte und eine junge, begehrenswerte Frau sah, die es allemal mit einer Rosalie von der Heyt aufnehmen konnte.

Kapitel 45

Der Ball hatte gerade erst begonnen, als Elisa sich bei Louis einhakte und die von Lakaien flankierte Treppe hinaufging. Selbst das Geländer war mit Gestecken exotischer Blumen geschmückt, die Elisas Augen fremd waren.

Während Louis ihre Mäntel und Hüte einem Diener übergab, wartete Elisa abseits. Ein bartloser Jüngling, der im Gehen seine Krawatte zurechtrückte, eilte an Elisa vorbei, hielt inne, verbeugte sich und bat sie darum, den ersten Walzer für sich reservieren zu dürfen.

»O nein, ich tanze nicht«, erwiderte Elisa freundlich und gab beiläufig ihren Ehering zu erkennen, indem sie eine Locke hinter ihr Ohr steckte.

Sie folgten dem roten Teppich durch den lichtdurchfluteten Saal, vorbei an einer Gruppe junger Mädchen, die vor dem Spiegel ihre Frisuren und Kleider in Ordnung brachten, und näherten sich einem zweiten Saal, aus dem ein Summen wie aus einem Bienenstock drang. Dort trafen sie erneut auf den Jüngling. Er bat gerade einen »Frischling«, wie Florence die jungen Mädchen nannte, die das erste Mal einen Ball besuchten, um einen Tanz. Das blond gelockte Mädchen bat ihre Anstandsdame, ihr die Tanzkarte zu reichen, um den jungen Mann einzutragen. Im zweiten Saal waren die ersten zaghaften Klänge des Streichorchesters zu hören, das einen Walzer anstimmte. Hin und wieder streifte Elisa ein nach Parfüm duftender Luftzug, wenn eines der kreisenden Paare auf der

Tanzfläche nah an ihr vorbeiwirbelte. Prächtige Kleider fächerten bei jeder Drehung auf.

»Habe ich zu viel versprochen?« Louis' Mund war auf Höhe ihres Ohrs.

»Nein …«

Alles hier floss für Elisa zu einem zauberhaften Märchen zusammen. Louis hingegen merkte man an, dass er bereits auf zahlreiche Bälle geschleppt worden war und sich an diesem Glanz sattgesehen hatte. Nur wenn sein Blick auf Elisa ruhte, hellten sich seine Augen auf, und er gewann einen Ausdruck, den Elisa bisher noch nie an ihm gesehen hatte. Aus seinem Blick sprach Ergebenheit, aber auch Furcht.

»Da seid ihr ja!« Kitty hauchte Elisa einen Kuss auf die Wangen, Louis hingegen begrüßte sie lediglich mit einem tiefen und bedeutsamen Nicken, wobei sie die schmalen Lippen fest zusammenpresste. Dann hakte sie sich bei Elisa unter und führte sie ein Stück von Louis fort, als wären sie alte Freundinnen auf einem Spaziergang. »Ich dachte mir schon, dass ihr auch hier sein würdet. Ah, da hinten ist Florence!«

Sie winkte Florence herbei, die gerade in einer Damengesprächsrunde steckte und recht gelangweilt wirkte.

»Ich verachte diese Diskussionen über die Kolonien des Deutschen Reiches«, sagte Louis' Tante, nachdem sie sich zu Kitty und Elisa gerettet hatte. »Mit Politik kenne ich mich nicht sonderlich aus. Es interessiert mich einfach nicht. Ich vertraue denen, die an der Macht sind. Die wissen schon, was sie tun. Ich weiß gar nicht, hat das Deutsche Reich denn viele oder wenig Kolonien?«

»Wenig«, erwiderte Louis lachend, der hinter seiner Tante aufgetaucht war und zur Begrüßung liebevoll ihre Oberarme drückte. Dann wandte er sich Elisa zu: »Ich werde noch einmal zu diesem Ingenieur gehen, mit dem ich mich eben unterhalten habe. Vielleicht ist er für die Fabrik von Nutzen.«

Elisa nickte lächelnd. »Viel Spaß.«

»Sie ist ganz hübsch, aber nichts Besonderes«, meinte Kitty, als Louis in der Menge verschwunden war.

»Von wem sprichst du?«

»Na, von dem Mädchen, zu dem Louis geht! Er hat sich doch gerade eben mit einem von diesen jungen Dingern unterhalten. Ich verwette meinen teuersten Diamantring darauf, dass er nun nach ihr ausstreunt.« Sie lachte laut auf. »Du glaubst doch nicht im Ernst, dass er tatsächlich zu einem Mann geht!«

Als sie Elisas verwirrten Ausdruck sah, ergriffen verschiedene Emotionen der Reihe nach von Kitty Besitz. Zunächst wurde sie ernst, dann schmunzelte sie verwirrt und ungläubig und schüttelte schließlich den Kopf, als hätte es ohnehin keinen Sinn, Elisa die Männerwelt zu erklären.

»Genug jetzt, Kitty!«, fuhr Florence ihre Freundin an. »Ich will nicht, dass du einen solchen Unsinn von dir gibst! Nur weil mein Neffe dich einst verschmäht hat!«

Kitty stieß einen Laut der Empörung aus. »Ich bin wenigstens ehrlich! Menschen ändern sich nun mal nicht! Du tust ja gerade so, als wäre Louis ein Heiliger geworden!«

»Ich sehe einfach nach ihm«, sagte Elisa versöhnlich, ehe ein Streit zwischen den beiden Freundinnen ausbrach.

Im Eingangsbereich steuerte ihr Louis bereits achselzuckend entgegen. »Leider habe ich ihn nicht mehr gefunden«, sagte er. »Ich befürchte, er ist bereits nach Hause gefahren. Schade. Du weißt, wie sehr es mich juckt, in das Automatengeschäft einzusteigen. Und dafür brauchen wir einen guten Ingenieur, der sich mit den Maschinen auskennt. Aber genug davon, lass uns den Abend genießen. Komm, wir holen uns etwas zu trinken. Ich habe Durst.«

Geschickt lavierte Louis sie unter einem fortwährenden »pardon, mesdames, entschuldigen Sie« durch all die Seidenstoffe,

Rosetten und Bänder hindurch, ohne dabei auch nur den Saum eines Kleides zu streifen. Innerhalb der kurzen Zeit hatten all die Eindrücke Elisa erschöpft, weshalb sie im Nebensaal auf einen Sessel sank. Dabei bauschte sich ihr Rock um sie auf wie eine Wolke. Dezent näherte sich ein Diener mit einem Tablett voller Champagnergläser, in denen hellgoldene Flüssigkeit sprudelte. Erst jetzt merkte Elisa, wie durstig sie war, und bediente sich dankend.

Sie spürte Louis' Blick auf sich. »Hast du denn schon einmal Alkohol getrunken?«

»Habe ich«, log sie Louis an. Sie wollte unbedingt dazugehören, unbedingt ein Teil dieser Champagner trinkenden Gesellschaft sein.

Louis ließ sich etwas steif auf die Lehne des Sessels nieder. »Vielleicht solltest du …«

»Hier steckt ihr!«, unterbrach Florence ihn. Sie drückte Elisas Hände vor lauter Entzücken. »Ach, wie befreiend so ein Walzer sein kann. Amüsierst du dich denn auch gut?«

»Ja, sehr«, erwiderte Elisa und nickte energisch.

Plötzlich fragte Louis: »Möchtest du denn auch tanzen?«

»Ich kann leider nicht tanzen«, erwiderte sie. »Das weißt du doch. Ich hatte nie einen Tanzlehrer, Tanzen war meiner Mutter zu gefährlich.«

»Auf Hans' Polterabend hat es doch gut geklappt.«

»Ja, aber da gab es keine feste Schrittfolge. Hier wird Walzer getanzt.«

Nach kurzem Überlegen sagte Louis: »Komm mit.«

»Wohin gehen wir?«

»An einen Ort, an dem wir ungestört sind.«

Louis führte sie aus dem Traum aus Farben und Klängen hinaus an die frische Luft, die Elisa wie eine Oase der Ruhe erschien. Sie verließen den Lichtkreis der prächtigen Villa und folgten der Reihe Fackeln, die an einem Buchsbaum-Rondell endete, in dessen

Mitte ein Brunnen plätscherte. Die Klänge des Streichorchesters waren nur noch leise zu vernehmen, aber laut genug, um herauszuhören, dass erneut ein Walzer gespielt wurde.

Der silberne, volle Mond warf eine schimmernde Straße auf den See, die am Steg des Grundstücks ihr Ende fand. Louis leitete Elisa bis an den Rand jenes Stegs, legte den Kopf in den Nacken und verlor sich im Anblick des blühenden Sternenhimmels. Stunden hätte Elisa ihn betrachten können, denn es schien, als habe er das erste Mal, seit sie ihn kannte, seine innere Ruhe gefunden.

»Darf ich um diesen Tanz bitten?«, fragte er dann, streckte die Hand aus, und ohne zu überlegen, legte sie die ihre in seine. »Ich zeige dir, wie man Walzer tanzt.«

Ein seltsames Gefühl der Freude und gleichzeitig der Angst regte sich in ihrem Herz. Geduldig erklärte Louis ihr die Schritte und bestand darauf, es auch sogleich auszuprobieren. Obwohl der Steg nicht besonders breit war und es zu drei Seiten hinab ins Wasser ging, fühlte Elisa sich in seinen Armen sicher.

Nach einer Weile wurde Elisa leicht schwindelig, und sie bat Louis darum innezuhalten. Anstatt von ihr abzulassen, schloss Louis sie in eine Umarmung, legte sein Kinn an ihren Kopf und hielt sie fest, als befürchtete er, sie würde sich ansonsten in Luft auflösen. Überwältigt von dieser Nähe, dauerte es eine Weile, bis Elisa sich entspannte. Als sie so weit war, gelang es Louis, ihr das Gefühl zu schenken, dass nichts auf dieser Welt ihr schaden könnte, solange er nur bei ihr war.

Nach einer Weile löste sie sich leicht von ihm, um zu ihm aufzusehen. »Ich danke dir«, hauchte sie.

Louis brachte sein Gesicht dem ihren näher und berührte mit seinen Lippen sanft ihre Stirn. Und selbst diese Berührung, die noch nicht mal ein Kuss zu nennen war, fühlte sich intensiver und erhebender an als die Küsse, die Wilhelm ihr geschenkt hatte. Da füllten sich Elisas Augen mit Tränen, weil sie nicht anders konnte, als Louis zu lieben, obwohl sie ihn doch vor einem Jahr noch von ganzem Herzen verachtet hatte.

Kapitel 46

Es war nach Mitternacht, als sie den Ball verließen. Florence war nicht mehr auffindbar gewesen, deshalb gingen sie davon aus, dass Mikael sie bereits nach Hause gefahren hatte.

Sie spazierten vielleicht zehn, vielleicht auch zwanzig Minuten unter den wiegenden Ästen einer Allee, wobei Elisas Wangen trotz der kühlen Nachtluft noch immer erhitzt waren. Es war ein Ausdruck der reinen Lebhaftigkeit und Freude, der auf ihrem Gesicht lag und Louis mit Stolz erfüllte.

In der Villa angekommen, entfachte Louis die Gaslampe auf der rustikalen Eichenholzkommode im Eingang. Völlig erschöpft sank Elisa auf den Sessel neben der Garderobe. Seit etwa zwei Monaten teilten sie sich nun ein Bett, und Louis hatte Elisa ein paarmal dabei beobachtet, wie sie einschlief. Zunächst wurde ihr Atmen lang und ruhig, dann hoben sich ihre Mundwinkel ein winziges bisschen. Genau dies geschah auch nun. Am liebsten hätte Louis sie die Treppen hinaufgetragen, ins Bett gelegt und zugedeckt. Aber sie sammelte all ihre Kräfte zusammen, beugte den Oberkörper nach vorn und machte sich daran, die Samt-Schleifen ihrer Schuhe mit müden, ungeschickten Fingern zu lösen.

»Ich mach das schon«, sagte er und kniete sich vor sie, um ihr die Schuhe von den zarten Füßen zu streifen.

»Danke … Ich bin so hungrig, als hätte ich Jahre nichts gegessen«, murmelte sie.

Louis lachte, verstummte im nächsten Moment jedoch, denn

auf einmal vernahm er das Geräusch verräterisch leiser, schleichender Schritte. Haar, so hellblond, dass es sich von der Dunkelheit abhob, schwebte im ersten Stock den Flur entlang bis zu der Holztür, die ins Dachgeschoss führte, wo die Zimmer der Angestellten lagen.

»War das Mikael? Er kam doch nicht etwa aus Florences Zimmer, oder doch?«, flüsterte Elisa.

Ihre Empörung amüsierte Louis, und er lachte leise. »Jeder Mensch braucht Wärme.«

Er begann, ihre nackten Füße zu massieren, woraufhin sie tiefer in den Stuhl rutschte und seufzte. »Wollen wir in der Küche schauen, ob wir etwas zu essen für dich auftreiben können?«, fragte er.

»Ich kann nur leider nie wieder aufstehen«, murmelte sie.

»Komm her, ich trage dich.«

Es war, als hielte er eine Feder, so leicht war sie. Louis trug sie die Treppe hinab zur Speisekammer, in der sie sich zwischen Büscheln von getrocknetem, duftendem Salbei an die Wand gelehnt auf den Boden setzte. Ihr fliederfarbenes Atlaskleid raschelte bei jeder Bewegung. Es war ein schönes Kleid, das ihm erst jetzt auffiel. Denn es war nicht mehr als ein unbedeutender Rahmen, der sie hervorhob, und man sah nur sie in ihrer Schlichtheit und Natürlichkeit. Louis zog sein Jackett aus und wickelte es um ihre nackten Füße, damit sie auf dem Steinboden nicht auskühlte.

Florence liebte deftiges Essen, und genau diesem Geschmack entsprach der Inhalt der Speisekammer. Räucherschinken hingen von der Decke, ganze Laibe von würzigem Bergkäse lagen aufbewahrt in speziellen Holzgerüsten über Fässern mit eingelegten Gurken und Zwiebeln. Zum Glück gab es jedoch auch ein Regal, in dem all die Von Treue *Alpenbrillant*-Schokolade aufbewahrt wurde, die sein Vater Florence monatlich schickte, seit er die Fabrik leitete.

Sie reichten eine Tafel hin und her und bissen von ihr ab, anstatt sie zu brechen, denn in eine Schokoladentafel zu beißen, war für Louis mit einem ganz speziellen Gefühl von Luxus und Glück gleichzusetzen. Er hätte Elisa stundenlang dabei zusehen können, wie sie so dasaß, die Augen vor Genuss zusammenkniff, und er in ihrem Schmunzeln lesen konnte, dass es ihr gut ging.

»Und?«, fragte Louis und meinte damit, ob sie noch Hunger hatte.

»Schmeckt wie Schokolade«, entgegnete Elisa und zerknüllte die leere Folie.

»Das hast du schon einmal gesagt, und auch damals ging mir der Satz nicht aus dem Kopf. Was wäre denn, wenn Schokolade nicht immer nur nach Schokolade schmeckt?«

Das interessierte Lächeln, das sie ihm daraufhin schenkte, sammelte seine bisher planlos zersplitterten Kräfte zusammen und richtete sie auf ein Ziel: Elisa war dieses Ziel. Sie war Ursprung und Ende von alldem, was er ersehnte. Und allein das Wissen, dass er so empfand, erfüllte ihn mit Energie und reiner, purer Inspiration.

»Die Leute kennen nur gewöhnliche Schokolade in Form von Tafeln oder kleinen, runden Pralinen. Aber was, wenn Schokolade auch einmal anders schmecken würde? Wenn man ihr etwas beimischen würde?«

»Marzipan beispielsweise? Das gibt es leider schon.«

»Ich denke da eher an etwas Exotisches. Warum, meinst du, strömen die Leute in Völkerschauen und Zoos? Sie wollen überrascht werden, sie wollen Exotik! Lass uns etwas versuchen …« Louis sprang vom Boden auf, sammelte wahllos Boxen mit Gewürzen und Aromen aus den Regalen und wies Elisa an, ein paar Tafeln Schokolade mit in die Küche zu nehmen.

»Was hast du denn vor?«, fragte sie, als Louis von einer Gaslampe zur nächsten eilte, um diese zu entfachen.

»Wir probieren etwas aus, und zwar Schokolade mit Geschmack! Von Treue steht für Tradition und Qualität, was jahrelang funktioniert hat, aber das entspricht nicht mehr dem Zeitgeist. Wir müssen wagemutig werden!«

Er öffnete all die Dosen und Boxen, aus denen verschiedenste Aromen strömten. Manche süß, andere bitter und wieder andere juckten sogar in der Nase, so würzig waren sie. Er entdeckte Nelken, geriebene Orangenschalen, Vanille- oder Chilischoten, getrockneten Rosmarin, Pfefferkörner …

Es dauerte eine Weile, bis das Feuer im Ofen kräftig genug war und das Wasser, das Louis in einem Topf auf eine der Platten gestellt hatte, zu kochen anfing. Elisa stützte sich auf der Ablage auf die Unterarme und verfolgte amüsiert, wie er die Schokolade in kleine Stücke brach, um sie schließlich im Wasserbad zu schmelzen. Diese Aufgabe übertrug er an sie, was ihre Augen zum Leuchten brachte, obwohl sie sonst im dämmrigen Licht und unter den langen, dichten Wimpern dunkel wirkten.

»Und jetzt?«, fragte sie ihn, als die Schokolade geschmolzen war.

»Jetzt startet die Versuchsreihe. Es wird alles ausprobiert. Ohne Ausnahme. Bist du bereit für Schokolade mit …« Er griff nach der erstbesten Box. »… Kümmel.«

Elisa rümpfte die Nase, genoss jedoch das Abenteuer zu sehr, um Widerspruch einzulegen. Sie füllten einen kleinen Teil der Schokolade in eine Schüssel und mischten eine Teelöffelspitze Kümmel unter. Elisa zog sich auf die Ablage und nippte an dem Holzkochlöffel, den Louis ihr entgegenhielt.

»Gewöhnungsbedürftig«, war ihr Fazit. »Und zwar nicht im guten Sinne.«

Ab diesem Moment verloren sie jegliches Zeitgefühl, und keiner von ihnen warf einen Blick auf die Wanduhr über der Tür. Sie tröpfelten verschiedene Schnäpse in die Schokolade, mischten ihr von Oregano über getrocknete Aprikosen bis hin zu Curry alles bei. Wenn Louis Elisa ansah, musste er lächeln, ohne genau zu wissen, weshalb. Er hatte ihre Schönheit schon zuvor bemerkt, doch heute war sie vollkommen. Aber das war nicht der Grund, weshalb er seinen Blick nicht von ihr abwenden konnte. Vielmehr war es ihre Lebhaftigkeit, die auf ihrem lieblichen Gesicht spielte. Meist versuchte sie, ihre Erregung zu zügeln, indem sie sich auf ihre schmunzelnden Lippen biss. Doch dann wanderte jene Erregung sogleich in ihre Augen hinauf, die aufblitzten und noch größer wurden. Dankbar lachte sie über all seine Witze, auch wenn sie größtenteils nur mäßig waren. Ihr Lachen erfüllte Louis mit Stolz. Er fühlte sich als Sieger.

»Zu guter Letzt …« Louis öffnete die letzte verbliebene Box und hielt sie Elisa unter die Nase, die sogleich niesen musste.

»Getrocknete Chilischoten«, verkündete er und warf sich in die Brust, als stünde ihnen eine Mutprobe bevor.

»Die willst du doch nicht wirklich testen?!«

»Wir haben gesagt, dass ausnahmslos alles probiert wird. Und ich mische ja nur ein kleines bisschen hinein …«

Er freute sich über ihr tapferes Nicken. Sie rutschte von der Ablage und stellte sich dicht neben ihn, um genau zu verfolgen, wie er die Schoten zerbrach und die Brösel in die Schokolade streute.

Er probierte zuerst, aus Angst, es könnte zu scharf für sie sein. Nach etwa zwanzig Sekunden schokoladiger Süße breitete sich Schärfe in seinem Mund aus. Unerwarteterweise mochte er dieses geschmackliche Zusammenspiel.

Auch Elisa wagte einen Versuch. Er konnte in ihrem Gesicht genau ablesen, wann sich die Schärfe entfaltete, und lachte. »Wie findest du's?«

»Interessant«, presste sie hervor und schmatzte leicht, als könne sie so den Chiligeschmack von ihrer Zunge streichen.

Louis hätte sie unwahrscheinlich gern geküsst.

»Man glaubt erst, dass nichts passiert«, fuhr sie fort. »Aber dann kommt unerwartet die Schärfe. Das ist gut. Ja, das ist wirklich gut …«

»Wirklich?«

»Ja! Und du hast recht, Von Treue braucht etwas Innovatives, um sich auf dem Markt behaupten zu können. Ich denke, wir sind auf dem richtigen Weg.«

»Mein Vater wird schwer zu überzeugen sein …«

»Nicht, wenn du ihm ein durchdachtes und umfängliches Konzept vorlegst.«

»Daran wird es scheitern. Du weißt, dass ich mit Zahlen, Geld und Kalkulationen nicht umgehen kann.«

»Gemeinsam schaffen wir das.«

Sie entschieden sich für vorerst vier außergewöhnliche Geschmacksrichtungen: Minze, Salz, Ingwer und Chili. Gewiss würde man nach und nach noch auf mehr stoßen, aber zuvor würden sie seinen Vater für die Idee gewinnen müssen.

»Und wie nennen wir das Ganze?«, fragte Elisa.

Louis überlegte. »Die Schokolade, die mehr kann«, schlug er schließlich vor.

Elisa verzog das Gesicht. »Nein … Ich fände es besser, die Leute direkt anzusprechen.«

»Mhhm … Wie wäre es dann mit: *Lust auf mehr?*«

»Ja …«, hauchte sie, und ihre Augen wurden kurz matt vor Sehnsucht. Doch dann sah sie ihn an, und ihr Lächeln kam zurück. »Das ist es.«

Kapitel 47

Am 29. Juni fuhr Elisa mit Louis noch vor dem Frühstück nach München, um die dortige Filiale der Von-Treue-Süßwarenboutique zu besuchen. Louis steuerte den Wagen, während Elisa das morgendliche Treiben bestaunte. Es war noch sehr früh, und die Stadt zeigte sich von einer Seite, die Elisa nur selten sah. Schulkinder marschierten die Straße entlang, blaugraue Tauben flogen von Dächern auf das Trottoir herab, um dort in den Brotresten zu picken, die ihnen der Bäcker hinwarf. Währenddessen legte des Bäckers Frau mehlbestäubte Brötchen ins Schaufenster. Louis hielt und kaufte Elisa zwei Stück davon, da sie noch nichts gegessen hatte.

Als sie den süßwarmen Duft der Bäckerei verließen, riss ein Zeitungsjunge die aktuelle Ausgabe der *Berliner Morgenpost* in die Luft und rief: »Sensationsnachrichten! Der österreichische Thronfolger und seine Gattin ermordet!«

Louis und Elisa tauschten einen schockierten Blick aus, dann winkte Louis den Jungen herbei, kaufte eine Zeitung und überflog die Zeilen. Bei ihrem Besuch in Sarajevo waren Erzherzog Franz Ferdinand und seine Ehefrau Sophie Chotek erschossen worden.

»Sie gehen davon aus, dass es ein Serbe war«, sagte Louis zu Elisa.

Sorgen flackerten in seinen Augen auf. Elisa drückte sein Handgelenk. »Wie schrecklich das ist …«

Inzwischen hatten mehrere Passanten eine Zeitung gekauft

und waren wie Louis und Elisa auf dem Bürgersteig stehen geblieben, sodass sich eine immer größere Traube bildete. Die meisten wurden still und blass, denn Österreich-Ungarn hatte durch die Kriege im Balkan ein höchst angespanntes Verhältnis zu Serbien. Was also, wenn die Monarchie sich rächen würde?

»Wie, glaubst du, wird Österreich-Ungarn darauf reagieren?«, fragte Elisa Louis.

»Franz-Ferdinand war nicht sonderlich beliebt als Thronfolger, deshalb hoffe ich, dass …« Er atmete schwer aus. »Ich weiß nicht, Elisa. Wenn Kaiser Franz Joseph Serbien den Krieg erklärt, betrifft das auch uns. Unser Kaiser wird sich auf seine Seite stellen.«

Aufgewühlt von den beunruhigenden Geschehnissen, sahen Elisa und Louis an jenem Tag von einem Besuch in der Münchner Von-Treue-Filiale ab.

Am nächsten Tag, als Elisa die Treppe hinabkam, riss das Dienstmädchen Käthe den Juni vom Kalender. Noch immer hatte Louis keine Andeutung gemacht, dass er wieder nach Hause wolle, und Florence betonte fast täglich, wie bereichernd sie Elisas Gesellschaft fand. Elisa war erleichtert darüber, vorerst am Starnberger See zu bleiben, denn es bedeutete, dass sie noch mehr Zeit mit Louis verbringen konnte.

Es wurde zur Gewohnheit, dass Louis und Elisa nach dem Mittagessen einen Spaziergang machten. Einmal wagten sie sich weiter als sonst, obwohl graue Wolken am Himmel hingen und die Seidenbänder von Elisas Hut im Wind flatterten. Doch zu sehr genossen sie die Gesellschaft des anderen und dachten gar nicht daran umzukehren. Der Weg führte sie vom See fort und an Maisfeldern und Bauernhöfen vorbei. Sie sahen eine Kirche, in der offenbar am heutigen Tage eine Hochzeit gefeiert worden war, denn der Pfad war mit Blüten ausgelegt, über die sie nebeneinander herliefen. Inzwischen hatte sich eine dunkle und dichte Wolkendecke über ihren Köpfen gebildet, die sie beide zwar wahrnahmen, aber ignorierten, bis es schließlich zu tröpfeln begann. Sie kehrten um, doch innerhalb kürzester Zeit verwandelte sich der leichte Schauer in einen wahren Wolkenbruch. Die Kühle des Regens wirbelte den Duft der erhitzten Erde und die würzigen Aromen der Felder auf. Die dicken, schweren Tropfen hüpften von den Steinen des Weges empor.

»Schnell«, sagte Louis, nahm sie an der Hand und wollte mit ihr in Richtung einer Scheune eilen. Doch Elisa musste vorsichtig sein, und deshalb waren sie beide vollkommen durchnässt, als sie endlich die Scheune erreichten. Noch immer hielt Elisa mit der freien Hand ihren Sonnenhut fest, unter dem ihre Haare vermutlich in sämtliche Richtungen abstanden, aber das war ihr in diesem Moment vollkommen egal. Alles, was zählte, war, wie kräftig ihr Herz schlug. Ihre Muskeln und Lungen brannten. Regentropfen kitzelten sie an den Wangen. Noch nie hatte sie ihren Körper so sehr gespürt wie in diesem Moment.

Elisas Augen mussten sich erst an die dämmrige Stimmung gewöhnen, ehe sie die Heuballen, Anhänger und Gerätschaften ausmachen konnte. Sie nahm den Hut vom Kopf und schüttelte den Regen ab. Louis zog sein nasses Jackett aus und hängte es über einen Schubkarren. Sogar sein Hemd war feucht und klebte an seiner Haut. Er ertappte Elisa dabei, wie sie einen Augenblick zu lang auf seine gebräunte Haut schaute, die unter dem weißen Stoff hindurchschimmerte. Doch er schmunzelte nur.

Auf einmal wurde sie sich der Tatsache bewusst, dass auch ihr Kleid weiß war und somit durchscheinend. Sofort schlang sie die Arme um ihren Körper. Doch es war zu spät. Louis hatte es ebenfalls bemerkt.

Ein Gentleman hätte fortgesehen. Aber Louis war nun mal kein typischer Gentleman, und sein Kopf schien mit einem Mal wie leer gefegt zu sein. Sämtliches Blut war in Regionen gesackt, die nicht das Geringste mit Verstand oder Tugendhaftigkeit zu tun hatten.

Elisas Kleid klebte auf ihrer Haut. Und sie war nicht geschnürt, weshalb die Silhouette ihres Körpers genau nachzuvollziehen war. Während der letzten Monate hatte sie an Gewicht zugelegt, was kein Wunder war, immerhin aß sie fast das Dreifache von dem, was sie zuvor zu sich genommen hatte. Doch sie hatte genau an den richtigen Stellen gewonnen. Nun hatte sie Kurven. Weibliche Kurven. Begehrenswerte Kurven.

Jäh drehte sie sich um. »Sieh weg!«

Mit dem Rücken zueinander gewandt standen sie da, aber sie zeichnete sich noch immer vor seinem inneren Auge ab, mit ihren erhitzten Wangen, dem wilden Haar, dem lebhaften Blick …

Louis konzentrierte sich darauf, ruhig und normal zu atmen. Um kein unangenehmes Schweigen aufkommen zu lassen, begann Elisa haltlos zu reden. Louis war nur mit halbem Ohr bei ihr. Denn während er das Hüpfen der Tropfen vor der Scheune betrachtete, war es ihm, als würden Gefühle auf ihn herabregnen. Elisas Art, die Lippen zu bewegen, die warmen Töne, die ihren Mund verließen – es war wie ein Versprechen. Ein Versprechen auf laue Sommernächte, sternklare Himmel und hauchzarte Berührungen ihrer langgliedrigen Finger.

Ehe er sichs versah, wirbelte er auf einmal herum, packte sie an der Taille, zog sie an sich und küsste sie.

Sie erschrak. Wich von ihm zurück. Natürlich tat sie das … Wie hatte er nur so dumm sein können, sich dieses zarten Geschöpfs einfach so zu bemächtigen? Sie sah ihn mit großen, ängstlichen, aber gleichzeitig sehnsuchtsvoll glänzenden Augen an. Ein, zwei, drei Herzschläge lang. Dann presste sie sich an ihn und küsste ihn zurück. Erst war es nur eine drängende, fast gierige Berührung ihrer Lippen, doch dann öffneten diese sich. Der Kuss wurde tief und lang und brachte Louis fast um den Verstand. Ihre Hingabe und Leidenschaft überraschten ihn. Obwohl er sie am liebsten ins Heu gelegt und ihren nackten Körper mit Küssen übersät hätte, zügelte er sich, auch wenn es ihn seine gesamte Kraft kostete.

Seine Stirn an ihrer sagte er: »Wir sollten aufhören … Ansonsten kann ich mich nicht mehr zurückhalten …«

»Ja …«, sagte sie und küsste ihn erneut wie eine Verhungernde, der man endlich zu essen gab.

Er hatte nicht gewusst, wie schön, wie begehrenswert ein Körper sein könnte. Da war noch mehr … als würden sich unter ihrem Kuss seine Gefühle endlich zusammensetzen und ein Ganzes ergeben: Er liebte Elisa.

Kapitel 48

Am 23. Juli stellte Österreich-Ungarn Serbien ein Ultimatum. Die Doppelmonarchie forderte von der serbischen Regierung unter anderem, sich von der südslawischen Vereinigungspolitik zu distanzieren. Zwar nahmen die Serben die Forderungen an, jedoch nur zum Teil, und so begann Österreich-Ungarn bereits am 29. Juli mit der Beschießung von Belgrad.

Am Morgen des 30. Juli schlug Louis bereits vor Sonnenaufgang die Augen auf. Er war hellwach. Am liebsten wäre er sofort aus dem Bett gesprungen, aber er wollte Elisa in dem Glauben lassen, dass er noch fest schlafe. Deshalb atmete er bewusst tief und schwer und gab einmal sogar vor zu schnarchen.

Seit einer Weile rieb Elisa ihre Füße unter der Bettdecke aneinander. Sie war also nicht nur wach, sondern auch aufgeregt. Es kostete ihn einiges an Anstrengung, nicht zu lachen. Sicherheitshalber grub er das Gesicht tiefer in sein Kopfkissen und zog die Bettdecke halb über sein Gesicht.

Er spürte, wie sich die Matratze auf der anderen Seite des Bettes hob, hörte Füße über das Holzparkett schleichen, hörte, wie die Türklinke gedrückt wurde. Das arme Mädchen … Hoffentlich würde es sie nicht allzu sehr enttäuschen zu sehen, dass absolut nichts vorbereitet war. Und das, obwohl doch heute ihr fünfundzwanzigster Geburtstag war.

Er wartete noch zehn Minuten, ehe auch er sich aus dem Bett schwang. Im Badezimmer versuchte er, seine von der Nacht zerzausten Haare zu ordnen. Mehrmals kämmte er sie von einer Seite auf die andere, aber ein Scheitel sah an ihm einfach nur furchtbar aus. Deshalb zerstrubbelte er sie mit beiden Händen wieder und ging dann die Treppe hinab.

Elisa saß auf der Terrasse, sehr ordentlich und mit einem Roman auf ihrem Schoß. Doch Louis hatte sie lang genug heimlich beobachtet, um zu wissen, dass sie nicht wirklich darin las. Immer wieder sah sie auf, warf einen Blick zum Landschaftszimmer, um zu sehen, ob endlich jemand wach war. Als sie Louis entdeckte, fuhr sie sofort von ihrem Platz hoch und strahlte ihn an.

»Gut geschlafen?«, fragte er und küsste sie.

»Ja, und du?«

Er nickte, tat so, als ob er gähnte, und blinzelte dann in die Sonne. »Scheint ein schöner Tag zu werden.«

Es brach ihm fast das Herz mitanzusehen, wie nach und nach ihr Lächeln bröckelte, als ihr dämmerte, dass er ihren Geburtstag vergessen hatte. Was keineswegs der Fall war. Aber er wollte, dass die Überraschung perfekt war.

Während des Frühstücks schwieg Elisa die meiste Zeit. Als Florence sich, noch immer im Morgenrock, zu ihnen bequemte und auf Louis' Anweisung hin ebenfalls kein Wort über Elisas Geburtstag verlor, hielt Louis die Enttäuschung in ihren Augen kaum noch aus.

Zum Glück klingelte es da bereits an der Haustür. »Wer wird das wohl sein?«, fragte er und runzelte dabei die Stirn. Woraufhin Florence mit den Augen rollte, denn sein Schauspiel wäre sogar für eine Bauernbühne zu schlecht.

»Besuch für Sie, Frau Lindquist«, sagte Mikael.

»Für mich?« Elisa legte ihre Butterbreze auf den Teller, wischte sich den Mund an ihrer Serviette ab und ging zur Haustür.

Kurz darauf erklang Musik. In voller bayerischer Tracht standen drei Männer mit Trompete, Ziehharmonika und Kontrabass vor den Treppenstufen der Villa und spielten Elisa ein Geburtstagsständchen. Mit Florences Hilfe und nach der Entrichtung eines kleinen Obolus war es Louis gelungen, die Musikantengruppe Feldafings zu einem Besuch zu überreden.

Elisa wandte sich zu Louis um und presste sich eine Hand auf den Mund. Sie lachte kurz, wurde dann aber vor Aufregung ganz ernst. Ihre Augen glänzten. Auf einmal schlang sie die Arme um Louis' Hals und drückte ihn fest an sich, sodass er sich wunderte, welche Kraft ihre schmalen Arme doch hatten. »War das deine Idee?«

»Na ja …«, stammelte er.

»Es war ganz allein Louis' Idee«, mischte sich Florence ein, die kein bisschen rot geworden war, obwohl sie im Morgenrock vor drei fremden Männern im Türrahmen lehnte.

Nachdem die Musikanten noch einen Schnaps getrunken und dann wieder in ihre von zwei prächtigen Haflingern gezogene Kutsche gestiegen und davongefahren waren, fragte Louis Elisa: »Lust auf einen kleinen Geburtstagsausflug?«

»Und ich dachte, ihr hättet meinen Geburtstag vergessen …« Zwei Tränen lösten sich aus ihrem unteren Wimpernkranz, doch sie wischte sie schnell fort. »Wo fahren wir denn hin?«

Mikael brachte sie im Einspänner auf die andere Uferseite nach Leoni. Die Roggenfelder leuchteten in der Sonne und verströmten einen herrlich würzigen Duft. Aufgeschreckt von den Schlägen der Pferdehufe, flüchtete sich ein Reh in den angrenzenden Wald. Auf ihrem Weg lagen weiße Kirchen mit dunkel verfärbten Hauben, kleine Kapellen und alte Bauernhöfe. Ein Bauer in blauer Baumwollhose und seine Frau im groben braunen Baumwollkleid trugen Heu von den Heureutern zu einem Karren, auf denen ihr Sohn es flach trat.

Schließlich erreichten sie das Hotel in Leoni, ein prächtiges Gebäude mit zwei Türmen, der eine spitz, der andere abgerundet.

Zu Elisas Verwunderung wendete die Kutsche, nachdem sie ausgestiegen waren, und fuhr in Richtung Heimat zurück. »Nimmt Mikael uns denn nicht wieder mit nach Hause?«

»Nein«, antwortete Louis. »Wir kommen auf andere Weise zurück, aber lass dich überraschen.«

Louis hatte einen Tisch im Restaurant des Hotels reserviert. Er hatte dem Personal gegenüber erwähnt, dass Elisa Geburtstag hatte. Neben Kerzen und Blumenschmuck zierten sogar Rosenblätter die weiße Decke.

»Dein Vater hat mir einen sehr netten Geburtstagsbrief geschrieben«, erwähnte Elisa.

Louis sah recht ernst zu Elisa auf. »Was hat er geschrieben?«

»Er hat mir natürlich gratuliert und außerdem erzählt, dass Franz und er sehr viel Arbeit haben. Hast du deinem Vater inzwischen von deiner Idee erzählt? Von der *Lust auf mehr?*-Schokolade?«

»Noch nicht. Der Zeitpunkt muss stimmen. Wenn er angespannt ist, hört er mir ohnehin nicht zu.«

Sie durchschaute ihn. »Kann es sein, dass du Angst davor hast, ihm von der Idee zu erzählen?«

»Mein Vater hält doch ohnehin alles, was ich ihm vorschlage, lediglich für Flausen. Aber lass uns von etwas anderem sprechen. Hat mein Vater sonst noch etwas geschrieben?«

»Er hat gefragt, wann wir wieder nach Hause kommen«, sagte Elisa, legte den Kopf schief und sah Louis fest an.

Louis wollte noch nicht zurück nach Berlin. Elisa blühte hier mit jedem Tag mehr auf, und Louis genoss es, ihr dabei zuzusehen.

Da breitete sich ein Lächeln auf Elisas schönen Lippen aus. »Ich denke, ich werde ihm schreiben, dass ich gerne noch ein paar Tage bleiben würde. Aber natürlich nur, wenn es dir ebenso geht.«

»Es geht mir ebenso«, sagte er und erwiderte ihr Lächeln.

Zur Vorspeise gab es Flusskrebssuppe mit ofenwarmem Weißbrot, als Hauptgang Ente in Orangensoße und zum Nachtisch Bayerische Creme. Am Ende des Menüs war Elisa so satt, dass sie sich auf ihrem Stuhl zurücklehnte und die Hände auf den Bauch legte. Ihre Augen wurden schwer.

»Nicht schläfrig werden«, sagte Louis und lächelte. »Der Tag ist noch nicht vorbei.«

Sie fuhren mit dem Dampfer zurück, der zwanzig Minuten später direkt am Hotel hielt. Vom Dach aus genossen sie die gute Seeluft. Zwar befürchtete Louis, dass Elisa dort auskühlen könnte, aber Elisa überhörte seine Einwände und umfasste fest die Reling. Das ganze Boot vibrierte, als der Motor ansprang. Sie bewunderten die unglaublich schöne Alpenlandschaft sowie die Segler, die den leichten Wind nutzten. Schwarzgrauer Rauch drang aus dem Schornstein und wehte hinter ihnen her. Die bayerische Flagge flatterte im Fahrtwind, ebenso die Bänder von Elisas Hut. Es machte Louis glücklich, Elisa glücklich zu sehen.

Als der Dampfer schließlich in Feldafing hielt, war es bereits nach sechs Uhr abends. In der gesamten Villa duftete es köstlich nach Rosmarin und karamellisierten Zwiebeln. Louis wollte die Zeit bis zum Abendessen nutzen, um Elisa ihr Geschenk in dem festlich gedeckten Speisesaal zu überreichen.

»Noch ein Geschenk? Aber der ganze Tag war doch schon ein Geschenk für mich!« Ihre Augen funkelten wie zwei Edelsteine.

Vor Freude presste sie die Hände unter ihrem Kinn zusammen, als Louis das Päckchen hinter seinem Rücken hervorzauberte. Er hatte es selbst eingepackt. Nicht sonderlich gekonnt, aber immerhin hatte er eine Margerite unter das Geschenkband gesteckt.

Gerade, als Elisa das Band gelöst hatte, klingelte es an der Haustür. Vermutlich Besuch für Florence, denn kaum jemand wusste, dass Elisa und Louis am Starnberger See waren. Gerade einmal seine Familie, Hans und …

»Rudolf!«, stieß Louis aus, als sein Freund den Türrahmen mit seinem mächtigen Körper ausfüllte.

»Überraschung!«, frohlockte Rudolf, und seine Zähne blitzten im Licht auf. Dann trat er in den Raum, als wäre er hier zu Hause, und hielt einen üppigen Blumenstrauß aus weißen Rosen vor Elisa, den er hinter seinem Rücken versteckt gehalten hatte.

Rudolf behauptete, dass er aus geschäftlichen Gründen in München sei. Und anlässlich dieses glücklichen Zufalls wäre es doch das Mindeste, einem so reizenden Geschöpf wie Elisa persönlich zum Geburtstag zu gratulieren.

Vermutlich sollte Louis sich freuen, dass sein Freund zu Besuch gekommen war. Aber das Gegenteil war der Fall. Mit einem Mal war seine Laune so tief gesunken, dass er nur noch in seinem Sessel hing und hin und wieder zustimmend brummte, um den Schein zu wahren und Elisa den Abend nicht zu vermiesen.

»Die Rosen sind wirklich wunderschön«, versicherte Elisa und stellte die Blumen in die Vase, die Mikael ihr gebracht hatte.

»Ich sah sie und musste sogleich an dich denken. Außerdem habe ich noch etwas für dich.«

Aus der Innenseite seines Jacketts zog Rudolf ein kleines Schächtelchen hervor. Als Elisa es nehmen wollte, neckte er sie, indem er die Hand zurückzog, und bellte vor Lachen, während Elisa schmunzelnd den Kopf schüttelte. Dann legte er ihr das Schächtelchen mit einem charmanten Augenzwinkern in die Hand, wobei seine Finger die ihren ganz umschlossen. »Es ist nichts Besonderes. Hoffentlich bist du nicht enttäuscht.«

Es war ein silbernes Armband, an dem ein zart gearbeiteter Anhänger baumelte. Ein Schwan.

»Oh, Rudolf, das kann ich nicht annehmen! Ich danke dir vielmals, aber …«

»Es ist wie für dich gemacht«, säuselte Rudolf.

Elisa kannte Rudolf noch nicht lang genug, um herauszuhören, wie falsch diese Worte aus seinem Mund klangen. Sie schien sich aufrichtig über sein Kompliment zu freuen, denn sie lächelte, und an ihrem Schwanenhals stieg helle Röte hinauf.

Erneut griff Rudolfs Prankenhand nach Elisas und legte sie auf sein Knie, auf dem ihre Hand noch kleiner wirkte. Er zog ihr das Armband auf eine Weise an, als würde er sie damit zu seinem Besitz erklären, und fragte währenddessen Louis, ohne ihn anzusehen: »Und was hast du Elisa geschenkt?«

Louis kannte das Grinsen, das auf Rudolfs schmalen Lippen lag, nur zu gut. Rudolf hatte es stets im Gesicht, wenn er Louis fragte, auf welches Pferd er gesetzt hatte, um herauszufinden, ob Louis verloren oder gewonnen hatte.

»Wir haben einen ganz wundervollen Tag miteinander verbracht!«, begann Elisa begeistert zu erzählen. »Zuerst waren Musikanten hier, dann sind wir mit der Kutsche nach Leoni gefahren und schließlich mit dem Dampfer zurück nach Feldafing. Es war …«

»Nein, ich meine, was hat er dir geschenkt?«, unterbrach Rudolf sie. »Das hier?« Er stupste Louis' jämmerliches Päckchen mit dem Zeigefinger an.

»Exakt«, knurrte Louis. »Immerhin habe ich es selbst eingepackt und das nicht in einem Laden für mich erledigen lassen.«

Mit einem Mal schämte Louis sich für die einsame Margerite, die bereits ganz verdurstet aussah. Natürlich war ein Strauß weißer Rosen wesentlich eindrucksvoller.

Elisa öffnete das Geschenkpapier und holte einen Bilderrahmen hervor, in dem eines der Fotos war, die Louis mit der Kodak Nr. 2 am See gemacht hatte. Es war sein Lieblingsbild von ihr. Sie saß auf einem Stein, hatte die Augen genießerisch geschlossen und lächelte in die Sonne.

Elisa presste den Bilderrahmen an ihre Brust und wollte etwas sagen, da klatschte Rudolf laut in die Hände und sprang von seinem Sessel auf. »Wo bleibt eigentlich das Abendessen? Ich sterbe vor Hunger!«

In diesem Moment räusperte sich Mikael, um auf sich aufmerksam zu machen. »Ich habe Ihre Koffer ins zweite Gästezimmer getragen, gnädiger Herr.«

»Deine Koffer?«, fragte Louis.

»Ins zweite Gästezimmer …?«, murmelte Elisa.

»Ja. Ich dachte mir, wenn ich schon mal hier bin, kann ich auch ein paar Tage bleiben. Schön, nicht wahr?«

»Sehr schön«, knurrte Louis.

Kapitel 49

AUGUST 1914

»Ich erinnere mich ganz genau, dass du gesagt hast, du hättest nur ein Gästezimmer«, beharrte Elisa. »Und dann taucht Rudolf auf, und auf einmal gibt es doch noch ein zweites.«

»Papperlapapp. Vielleicht habe ich das gesagt, vielleicht auch nicht. Freu dich doch einfach. Wenigstens teilst du nun mit deinem Ehemann ein Bett, so, wie es sich gehört.« Florence hob den kleinen Spiegel vor ihr Gesicht, zog mit Zeige- und Mittelfinger die Falten unter ihren Augen glatt und betastete schließlich ihre rote, hochgesteckte Lockenpracht. Ihr voluminöser Körper erstreckte sich besitzergreifend über das Bett im Pavillon, wobei sie seitlich lag und ein Bein lasziv aus ihrem Morgenrock hervorblitzte. Sie war die Königin des Pavillons und um sie herum, auf der Chaiselongue, dem Sessel und dem Boden, hielten sich ihre Zofen Kitty, Margot, Lisbeth und Elisa auf.

Der Pavillon war ein gläserner Bau mitten im Garten, der sich nur aus Türen zusammensetzte, die meist – wie auch nun – weit offen standen. Der milde, süße Duft der Nacht strömte zu ihnen herein, streifte Elisa, die in ihrem Sessel wie hingegossen lag, und verfing sich in den weißen Seidenvorhängen. Auf der einen Seite des Pavillons streichelten sie das Bett und Florences nackte Füße, auf der anderen Seite streckten sie sich nach dem im Mondlicht blinkenden See aus.

Es kam nicht selten vor, dass Margot, Kitty und Lisbeth abends wie Nachtfalter hereinschwirrten, sich erschöpft vom

Nichtstun auf die Sofas sinken ließen und Mikael mit knappen Handbewegungen scheuchten, Sekt zu bringen. Auch heute hatten sie sich spontan in Florences Pavillon eingefunden, und Elisa freute sich, denn das erste Mal in ihrem Leben hatte sie richtige Freundinnen.

»Wie lange plant Rudolf denn überhaupt zu bleiben?«, fragte Florence. »Er lädt sich selber ein und verliert kein Wort darüber, wann er abzureisen gedenkt. Ich muss sagen, das ist kein gutes Benehmen.«

»Bis zum Ball bleibt er gewiss«, entgegnete Elisa, die sich in Rudolfs Gegenwart nicht sonderlich wohlfühlte. Er schüchterte sie ein.

»Was für ein Ball?«, fragte Kitty, die am Boden auf einem überbreiten Kissen lag. Sie ließ eine Goldkette, die ihr ein Verehrer geschenkt hatte, über ihrem Gesicht baumeln, als könne sie sich selbst hypnotisieren und auf diese Weise herausfinden, ob sie den bemitleidenswerten Kerl nun mochte oder nicht.

»Mein Neffe hatte die wunderbare Idee, einen Ball zu veranstalten, um die Von-Treue-Schokolade in München wieder bekannter zu machen. Vermutlich wird der Ball im Oktober stattfinden.«

»Ach, Louis und seine Ideen …«, sagte Kitty. »Mal sehen, ob es dazu kommt. Immerhin befindet sich Deutschland im Krieg …«

Am ersten August hatte das Deutsche Reich Russland und gestern, am dritten August, Frankreich den Krieg erklärt. Extrablätter angesehener Zeitungen wurden auf allen offiziellen Plätzen angeboten und riefen dazu auf, zu den Waffen zu greifen. Kriegsgottesdienste wurden abgehalten.

»Der Kaiser sprach von einem Blitzkrieg«, entgegnete Lisbeth. »Kein Grund zur Beunruhigung.« Doch es war ihrer Stimme anzuhören, dass sie sich dennoch sorgte. »Wechseln wir besser das Thema …«

»Was ist das nun eigentlich mit dir und Louis?«, wollte Margot wissen, die am Türrahmen hinter Elisa lehnte. Sie nahm einen letzten Zug ihrer Zigarette und drückte diese dann in der Wiese aus.

»Ich … wir haben uns geküsst«, erwiderte Elisa unsicher.

Alle waren auf einmal ganz aufgeregt, bis auf Florence, die Elisa bereits eingeweiht hatte.

»Erzähl, wie war's?«, wollte Lisbeth wissen, die die Chaiselongue für sich allein beanspruchte und in einer Zeitschrift mit Strickmustern blätterte.

»Es war …« Ihre Wangen erröteten, als sie sich an den Kuss mit Louis erinnerte, oder an die langen Küsse, die er ihr nachts im Bett geschenkt hatte. Ein Lächeln stahl sich auf ihre Lippen. »Es war wunderschön.«

»Oh, Schätzchen!«, sagte Florence. »Kann es sein, dass du dich in deinen Ehemann verliebt hast?«

Die Freundinnen lachten.

»Und … habt ihr schon?«, wollte Kitty wissen.

»Was?«, fragte Elisa unschuldig.

»Na, miteinander geschlafen?«

»Nein … aber … ich …«

Weiter kam sie nicht, denn Rudolf schlenderte über den Rasen auf den Pavillon zu. »Haben die Damen Spaß? Ich hörte das Gekichere und dachte mir, ich sollte mal nach dem Rechten sehen.«

»Sehr anständig von Ihnen.« Kittys Blick wanderte von Rudolfs ordentlich gescheiteltem, pomadegetränktem Haar über sein Grinsen und seine breite Brust, an der sich seine mit goldenen Fäden durchzogene Weste bei jedem Atemzug spannte, bis hin zu seinen frisch gewichsten Lederschuhen.

»Darf ich mich zu den Damen gesellen?«, fragte er.

Ohne auf eine Antwort zu warten, setzte er sich ans Fußende der Chaiselongue. Margot maß ihn mit einem kurzen, uninteressierten Blick, während sie sich eine zweite Zigarette anzündete, und wandte sich schließlich ab, als wäre Rudolf die Aufmerksamkeit nicht wert.

»Wir freuen uns immer über männliche Gesellschaft. Außerdem hörte man schon von Ihnen«, zwitscherte Kitty.

»Ach ja? Was hörte man denn?«, erwiderte Rudolf mit amüsiertem Ausdruck.

»Dass Sie ein erfolgreicher und attraktiver junger Mann seien.«

»Kitty! Hör auf, mit dem Freund meines Neffen zu flirten! Das ziemt sich nicht für eine Dame!«, tadelte Florence ihre Freundin halbherzig, als wisse sie, dass ihre Worte vergeudet waren.

»Sei keine Spielverderberin. Wir sind beide erwachsen und wissen damit umzugehen. Wie könnte ich dem Reiz einer selbstbewussten Frau widerstehen?«, erwiderte Rudolf und fixierte dabei Elisa.

»Ich werde nach Louis sehen«, sagte sie, erhob sich sogleich aus ihrem Sessel und floh vor Rudolfs Blick in die Villa.

Die Straßen waren der Ort, an dem man am schnellsten an Neuigkeiten kam. Auch Louis und Elisa zog es deshalb immer wieder nach draußen. Kaiser Wilhelm II. versuchte, den Leuten glaubhaft zu machen, es herrsche allgemeine Kriegsbegeisterung. Doch sah man sich um, fand man im besten Fall Neugier und Erregung in den Gesichtern, aber größtenteils war es Anspannung. Aufrichtige Begeisterung war nur in den gehobenen Kreisen zu finden, bei Gelehrten oder Studenten. Also kurzum bei Menschen, die eigentlich intelligent genug sein sollten, um zu erfassen, dass ein Krieg nicht heldenhaft, sondern schlicht tödlich war. Manchmal, bei größeren Versammlungen, spielte eine Kapelle, dann drangen die Töne von *Deutschland, Deutschland über alles* an Louis' Ohr.

Ende September war es, als wollte der Himmel noch einmal seine Macht beweisen. Eine gnadenlose Hitzewelle quoll aus Italien über die Alpen nach Bayern.

Rudolf war an jenem Morgen gleich nach dem Frühstück zu einem Geschäftsessen nach München aufgebrochen, was Louis erleichtert hatte, denn er hatte die Zweisamkeit mit Elisa vermisst. Sie hatten den Nachmittag am See verbracht und sich in den Schatten der Linde auf eine Decke gelegt. Inzwischen dämmerte es bereits, doch noch immer war es so heiß, dass sie weder den Zwetschgendatschi noch den Kaffee anrührten, auch wenn beides herrlich aus dem Korb duftete.

Elisa lag auf dem Rücken, den Kopf auf beide Unterarme gebettet, und blinzelte zu den schwankenden Lindenblättern hinauf. Ihr weißes Kleid leuchtete zwischen all dem saftigen Grün und dem himmlischen Blau. Der Sommer hatte ein paar Sprenkel auf Nase und Wangen hinterlassen, was Louis ausnehmend gut an ihr gefiel.

»Ich bin verliebt in all das hier«, sagte sie.

»In was denn genau?«, fragte er.

»In den Sommer, das Glitzern des Sees, die Luft …« Sie machte eine Pause und sah ihn an. Ihr Blick sagte noch so viel mehr.

Er lag auf der Seite, ein Bein angewinkelt, den Oberkörper ihr zugewandt, ihr ganz nah, zu nah in diesem Moment, denn sein Herz machte sich bemerkbar, und sein Kopf war wie leer, und er wusste einfach nicht, was er auf ihre Worte erwidern sollte. Das Einfachste war, dem Sportboot nachzusehen, das über das Wasser jagte. Seine Finger nestelten an einer Gänsefeder herum, die er am Ufer gefunden hatte.

»Ich werde mich im Wasser etwas abkühlen«, sagte er und begann, noch immer liegend, sein Hemd aufzuknöpfen. »Kommst du mit?«

Eine Sekunde lang entglitt ihr die Kontrolle über ihren Blick, und ihre Augen huschten zu seinen Fingern, die Knopf für Knopf öffneten. »Solltest du nicht am besten wissen, dass ich nicht schwimmen kann?«, sagte sie und sah sogleich in die andere Richtung.

»Du musst ja nicht schwimmen. Nur die Füße ins Wasser strecken.« Er richtete sich auf und zog sein Hemd aus.

»Ohne Badeanzug?«

»Ich trage doch auch keine Badehose.« Er sprang vom Boden auf und machte sich daran, seine Hose auszuziehen.

»Willst du etwa nackt ins Wasser?!«

Schon war seine Hose unten. Elisa rollte sich auf den Bauch und rief so zornig, dass Louis lachen musste, dass er verrückt sei.

»Trau dich«, sagte er noch und rannte dann splitterfasernackt auf das Wasser zu.

Das Letzte, was Elisa von Louis gesehen hatte, war sein nackter Hintern. Dann war er im Wasser abgetaucht, um einige Meter entfernt vom Ufer entfernt wieder aufzutauchen. Er strich sich die Haare mit beiden Händen zurück, sodass Elisa das Spiel seiner Rückenmuskulatur bewundern konnte. Das Wasser reichte ihm bis unter das Brustbein.

»Du verpasst etwas!«, rief er ihr zu, breitete die Arme aus und wandte sich zu ihr um.

Elisa war hin- und hergerissen. Auf der einen Seite hatte sie Louis den ganzen Sommer über darum beneidet, wie er einfach in die Kühle des Sees gesprungen und weit hinausgeschwommen war. Auf der anderen Seite hatte sie keinen Badeanzug bei sich, und Louis war splitterfasernackt …

»Dreh dich um!«, rief sie zurück.

Elisa spürte Louis' Blick auf sich, als sie den Samtgürtel um ihre Taille löste. »Umdrehen, habe ich gesagt!«

Der weiße Stoff ergoss sich zu ihren Füßen. Sie trug ein schlichtes Unterkleid von Farcy & Oppenheim, das ihr bis knapp über die Knie reichte. Der hauchzarte Stoff machte kein Geheimnis daraus, dass sie darunter nicht geschnürt war.

Das Problem war, dass die Steine im Wasser von einer dünnen Algenschicht überzogen und deshalb rutschig waren. Immer wieder ruderte sie mit den Armen, um das Gleichgewicht zu halten.

»Gott, ist das kalt!«, stöhnte sie und lachte dabei.

Louis watete auf sie zu und streckte ihr seine Hand entgegen. »Ich helfe dir.«

»Nein, nicht nötig«, sagte sie schnell, denn das Wasser reichte nur noch bis zu seinem Bauchnabel. »Ich kann ohnehin nicht weiter hinein.«

Die Sonne knallte auf ihre Schultern herab. Sie spreizte ihre Hände und tauchte sie ins Wasser. Die Kühle war so angenehm, dass sie den Kopf in den Nacken legte, die Augen schloss und einfach nur unendlich dankbar war. Dankbar für die Schönheit der Natur, die köstlich würzige Seeluft und das beruhigende Rauschen, wenn die kleinen Wellen ans Ufer rollten.

Unerwartet wurde sie hochgehoben und lag in Louis' Armen. Er trug sie tiefer in den See hinein, bis das Wasser ihren Bauch zum Teil bedeckte.

»Louis! Was soll das?«

»Keine Sorge, ich halte dich. Entspann dich«, sagte Louis mit rauer, elektrisierender Stimme.

Im Vergleich zum kühlen Wasser war Louis' gebräunte Haut von der Sonne erhitzt. Rosarote, federartige Wolken zierten den Abendhimmel. Elisa breitete die Arme aus und legte den Kopf in den Nacken, sodass ihr Haar im Wasser versank. Die Wolken über ihr begannen sich zu drehen, als Louis sich drehte. Wasser kitzelte sie am Bauch und ließ ihr Kleid durchsichtig werden. Ihr Körper war so leicht … Sie glaubte zu schweben.

Als Louis sie vorsichtig auf die Füße stellte, reichte ihr das Wasser bis knapp unter die Rippen. Sie standen einander so nah, dass sie das Heben und Senken seiner Brust spürte. Seinen beschleunigten Atem auf den Lippen fühlte.

Louis machte einen Schritt zurück, jedoch nur, um seinen Blick ihren Oberkörper hinabgleiten zu lassen. Ihr Kleid lag durchscheinend auf ihrer Haut. Ihr Herz schlug so heftig, dass sie glaubte, es würde jeden Moment aus ihrer Brust springen. Mehrmals hüpfte Louis' Kehlkopf auf und ab.

Er küsste sie. Sie schmiegte sich an ihn, drückte ihren Unterleib an seinen, wagte sich weiter als je zuvor. Ihre Haut auf seiner Haut, ihr Atem in seinem … In den letzten Nächten hatten sie sich oft geküsst und jedes Mal weiter vorgewagt. Doch das hier war anders. Die dämmrige Abendluft, die Hitze, das Abenteuer, egal was es war, es war da, und Elisa war erfüllt von einem einzigen *Ich will dich*.

Louis hob sie hoch, sie schlang die Beine um ihn, und er trug sie aus dem Wasser ans Ufer des Grundstücks, wo er sie auf die Picknickdecke bettete und küsste, küsste und küsste, bis er ihren Namen sagte, als würde sie dadurch zur Vernunft kommen.

Sie war so lang vernünftig gewesen, viel zu lang.

»Nicht aufhören«, wisperte sie und rollte sich auf ihn.

Elisa dachte an ihr Gespräch mit Florence, als sie mit dem Boot auf den Wannsee hinausgefahren waren. Sie konnte nicht hier, im Freien, mit Louis schlafen. Aber es gab andere Möglichkeiten, einen Mann glücklich zu machen. Und es war an der Zeit, diese kennenzulernen.

Kapitel 50

SEPTEMBER 1914

Berlin stand noch in voller Blüte. In den Blumentöpfen vor den Kaffeehäusern streckten Anemonen ihre Köpfe der Sonne entgegen, Gänseblümchen übersäten die Grünflächen des Stadtkerns, aber dazwischen waren auch schon die ersten Herbstzeitlosen zu finden. Seit einem Monat herrschte Krieg. Die Zeitungen berichteten von Erfolgen der Deutschen Truppen an der Front, wie etwa der Schlacht bei Tannenberg gegen Russland am 30. August.

Wilhelm trat aus dem Duft frisch gebackener Butterhörnchen, der seine Lieblingsbäckerei erfüllte, hinaus in den Trubel der Stadt. Die Apfeltasche, die er gekauft hatte, war noch warm. Durch die Papiertüte hindurch fühlte er diese Wärme, die ihn sonst stets mit kindlicher Vorfreude erfüllt hatte. Diese Freude blieb jedoch diesmal aus.

Früher, dachte er, hatten lediglich das Schlagen von Pferdehufen auf den Pflastersteinen und das Knallen der Kutscherpeitschen die Stadt erfüllt. Nun ratterten die Elektrischen und brummten Autos durch die Stadt. Obwohl sämtliche Ecken mit Wohnungen und Gaststätten vollgestopft und überall Menschen, immer mehr Menschen waren, fühlte Wilhelm sich einsam. Mit Elisa hatte er seine Lebensfreude verloren.

Immer wieder hatte er Emil Lindquist angerufen und ihn angefleht zu verraten, wo Elisa sich aufhielt. Wilhelm würde auf Knien vor ihr kriechen, wenn sie ihm dadurch verzieh. In einem einzigen äußerst barschen Satz hatte Herr Lindquist ihm das letzte Mal zu verstehen gegeben, dass seine Schwiegertochter sich bei ihm melden würde, sollte sie einen Kontakt zu ihm wünschen, und dann aufgelegt.

Unter der Woche stürzte Wilhelm sich in Arbeit. Bis spätabends besuchte er Patienten, schrieb Arztbriefe oder studierte in der Universitätsbibliothek seltene Krankheitsbilder. Das alles, um sein Leben mit etwas zu füllen, das wichtig und bedeutsam war und ihm das Gefühl gab, nicht umsonst auf dieser großen Welt zu sein. Er hatte ja keine Ahnung gehabt, wie abhängig er von Elisa war. Das Wissen, dass Louis an ihrer Seite war, brachte ihn fast um. Zwar hatte sie behauptet, nichts für ihn zu empfinden, aber Louis war ein Charmeur und wusste, wie man Frauen verführte. Die Vorstellung, dass Elisa ihm verfallen sein könnte, drehte Wilhelm den Magen um.

Er war noch zu jung, um sich zu verkriechen, hatte seine Mutter gesagt. Sein Leben müsse weitergehen. Deshalb hatte sie für ihn kurzerhand vor zwei Wochen eine Verabredung mit der Tochter einer Bekannten arrangiert. Katja Lichtenberg war ihr Name. Bei ihrem ersten Treffen, das recht angenehm gewesen war, hatte Wilhelm sie ins Gartenrestaurant des Treptower Parks ausgeführt. Heute würden sie ins Lichtspielhaus gehen. Das machte es Wilhelm leichter, denn während der Vorstellung würde er nicht mit ihr reden müssen, und anschließend würden sie einfach über den Film diskutieren.

Katjas Vater war Professor der Mathematik an der Berliner Friedrich-Wilhelms-Universität, die auch Katja besuchte. Sie interessierte sich vor allem für naturwissenschaftliche Fächer, nahm jedoch hin und wieder auch an philosophischen Vorlesungen teil. Das alles beeindruckte Wilhelm zugegebenermaßen, aber es schüchterte ihn auch ein. Katjas Geist war nicht leicht zufriedenzustellen. Angesichts ihrer ruhigen, alles bedenkenden Sachlichkeit, mit der sie sich Themen wie dem Dreiklassenwahlrecht annahm, fühlte Wilhelm sich unfähig und ungebildet.

Die Nummer drei der Elektrischen brachte ihn bis zum Brandenburger Tor. Wilhelm war recht früh dran, weshalb er eine Weile gedankenversunken einem Musikanten lauschte, der auf der Gitarre spielte und dazu sang. Er warf zehn Pfennig in den Hut vor dessen Füßen und seine Apfeltasche in den Müll. Die stickige Luft in der Bahn war ihm auf den Magen geschlagen. Vor dem Adlon blieb er stehen, um zu beobachten, wie Pferdekutschen vor dem Hotel hielten, wie feine Damen und Herren ins leuchtende Innere schlenderten und Gepäckträger die schweren Koffer hinter ihnen her wuchteten. Gemächlich spazierte er am Denkmal von König Friedrich II. vorbei und stand kurz darauf und zwanzig Minuten zu früh vor der Friedrich-Wilhelms-Universität.

Einen Augenblick lang ließ er das prächtige Gebäude auf sich wirken. Zu seinen Studienzeiten war es noch für Frauen verboten gewesen zu studieren. Auch heute noch sah man wesentlich mehr Männer im Gebäude verschwinden oder herauskommen. Er musste schmunzeln, denn im Prinzip hatte sich nichts geändert, nur die Gesichter waren andere geworden. Noch immer standen die Studenten vor dem Eingang, kramten Aufzeichnungen aus ihren Ledertaschen hervor, überflogen diese schnell vor den Vorlesungen oder plauderten mit ihren Kommilitonen.

Mit einem Mal hatte er Angst, Katja könne ihn hier warten sehen. Lindquist würde vermutlich fünf Minuten zu spät erscheinen. Vielleicht sollte auch er zu spät kommen, überlegte Wilhelm, denn Louis kam mit seiner gleichgültigen Art gut bei Frauen an. Doch wollte Wilhelm überhaupt gut bei Katja ankommen? Er beschloss, noch einmal um den Block zu laufen.

Am Schaufenster eines Tabakgeschäfts überprüfte er seine Erscheinung. Er rückte seine Krawatte zurecht und glättete das mit Pomade in Form gebrachte Haar. Er überprüfte seinen Atem, indem er in seine Hände hauchte.

»Kaufen Sie Ihrer Liebsten doch einfach eine Rose«, meldete sich der Blumenhändler neben ihm zu Wort. An einem Lederband um seinen Hals war ein großer Korb befestigt, der voller Tulpen war. Außerdem hielt er noch einen schweren Rosenstrauß in der Hand.

Wilhelm war hin- und hergerissen. Eigentlich brachte ein Gentleman einer Dame Blumen mit, das hatte ihm zumindest seine Mutter beigebracht, aber er befürchtete, dass Katja Blumen albern finden könnte. Oder sie würde sich durch einen Strauß Rosen zu große Hoffnungen machen, während Wilhelm noch unsicher war, wie er eigentlich zu Katja stand …

Die Entscheidung wurde ihm abgenommen, als es drei Uhr schlug. Sofort hatte er Angst, Katja müsse auf ihn warten, obwohl der Haupteingang doch um die Ecke lag. Tatsächlich lehnte Katja bereits am Zaun. Im Vergleich zu den anderen Damen, die Wilhelm kannte, war sie schlicht gekleidet. Sie trug einen geraden erdbraunen Rock und dazu eine cremefarbene Bluse. Ihr Hut war ebenfalls braun, klein und schmucklos. Sie war hübsch anzusehen, auch wenn sie nicht Wilhelms Geschmack entsprach. Sie hatte kurzes, aschblondes Haar, das ihr knapp über die Schultern reichte und durch das sich ein gerader Scheitel auf der linken Seite ihres Kopfes zog. Man hätte fast sagen können, dass ihr quadratisches Gesicht akkurat angeordnet war, wie mit einem Lineal ausgemessen und durch eine Formel konstruiert. Ihr schmaler Mund glich einem Strich, ebenso ihre markanten, dunklen Augenbrauen, und dazwischen saß eine schmale, sehr gerade Nase.

Wilhelm verlangsamte seinen Schritt und versuchte, ihr so gelassen wie möglich entgegenzuschlendern. Er schob eine Hand in die Jacketttasche, aber das fühlte sich seltsam an, also ließ er beide Hände an seinen Seiten hängen, aber das fühlte sich ebenfalls seltsam an.

»Entschuldige, bin ich zu spät?«, begrüßte er sie.

»Auf die Minute«, erwiderte sie und stieß sich mit dem Rücken vom Zaun ab. »Was nicht schwer ist, wenn man bedenkt, dass du schon seit zehn Minuten um die Ecke wartest.«

Sein Gesicht wurde vor Scham ganz heiß. »Woher …«

»Der Saal, in dem ich die Vorlesung hatte, liegt an der Seite der Universitätsstraße, und ich saß am Fenster. Du solltest dich schämen, so unterhaltsam zu sein, ich konnte mich kaum noch konzentrieren! Und gut, dass du keine Blumen gekauft hast. Ich mag gar keine Blumen.«

Katjas freche und dennoch liebenswürdige Art und ihre schonungslose Ehrlichkeit hatten etwas von einem Kind. Dann, eine Minute später, blickte sie wieder ganz ernst, nahezu finster drein, wie ein Wissenschaftler vor einem kniffligen Experiment.

Zum Glück war das Lichtspielhaus nicht weit von der Universität entfernt. An der Kasse warteten vor ihnen zwei offensichtlich frisch Vermählte, die es nicht lassen konnten, sich zu berühren oder zu küssen. Wilhelm war die Nähe der beiden unangenehm. Er war erleichtert, als er sich endlich setzen konnte. Obwohl mehrere Schilder die Damen darauf hinwiesen, ihre Hüte abzunehmen, saß auf dem Stuhl vor ihm ein junges Fräulein mit Hut, dessen Federschmuck Wilhelm dazu zwang, näher an Katja zu rücken, um zur Leinwand sehen zu können. Wilhelm überlegte, das Fräulein auf die Schilder hinzuweisen, wagte es dann aber doch nicht.

Die Lampen, die an langen Kabeln von der hohen Decke herabhingen, erloschen. Das Summen der Gespräche verstummte. Der Film ging los. Die Schauspieler auf der Leinwand bewegten ihre Lippen, ohne dass ein Ton ihren Mund verließ. Dafür untermalte ein Klavierspieler die Szenen.

Als die Vorstellung vorbei war, bestand Wilhelm darauf, Katja nach Hause zu begleiten. Mit ausgebreiteten Armen balancierte sie die Kante des Bordsteins entlang. »Erzähl mir von deinem spannendsten medizinischen Fall«, bat sie.

So kam es, dass Elisa – obwohl sie ihm ferner war als je zuvor – dennoch auf gewisse Weise anwesend war. Er beschrieb Katja die Glasknochenkrankheit, erläuterte, wie empfindlich Elisas Knochen waren und welche Gefahren für sie im Alltag herrschten.

»Ich habe noch nie von dieser Krankheit gehört! Wie interessant!«, meinte Katja. »Ist es denn eine seltene Krankheit?«

»Ja, sie ist sehr selten. Und sie verläuft nicht immer gleich. Es gibt auch Patienten, deren Körper Missbildungen haben. Etwa verkürzte oder verkrümmte Gliedmaßen. Doch Elisa sieht man ihre Krankheit äußerlich kaum an. Sie ist sogar … Sie ist sogar ausgesprochen hübsch.«

Katja hörte zunächst aufmerksam zu, als Wilhelm schilderte, wie er von seinem Vater als kleiner Junge mit zu dessen Hausbesuchen genommen worden und wie er mit Elisa groß geworden war. Als er ihr erzählte, dass er nach dem Tod seines Vaters von seinem Studium in Amsterdam nach Berlin zurückgekehrt war, um Elisas Behandlung fortzuführen, gähnte Katja indessen hinter vorgehaltener Hand. Doch Wilhelm konnte sich nicht mehr zurückhalten. Es tat zu gut, jemandem sein Herz auszuschütten. Schließlich, als Wilhelm damit beginnen wollte, wie Elisa zur Heirat gezwungen worden war, hob Katja abwehrend die Hände. »Ich denke, ich habe verstanden.« Auf seinen verwirrten, fragenden Blick fügte sie hinzu: »Ich war eigentlich hier, um dich kennenzulernen. Nicht deine offenbar heiß verehrte Elisa.«

Die Hände in die Taschen geschoben und den Hut tief ins Gesicht gezogen, suchte Wilhelm nach einem Weg, Katjas Laune wieder zu heben. »Es tut mir leid, sollte ich dich gelangweilt haben«, entschuldigte er sich.

Knatternd und quietschend hielt die Straßenbahn neben ihnen. Eine Gruppe junger Mädchen stieg aus. Kurz verlor Wilhelm

Katja aus den Augen. Doch dann zogen die Fräuleins an ihm vorbei, wie ein Vorhang, der aufglitt, und er sah sich Katjas charakterstarkem Gesicht direkt gegenüberstehen.

»Während des Films ist mir das geflochtene Band aufgefallen, das du trägst«, sagte sie, griff nach seinem Handgelenk und schob den Ärmel seines Gehrocks nach oben. »Das hier. Es ist schön. So schön bunt.«

Nach all den Jahren war sich Wilhelm gar nicht mehr darüber bewusst, dass er das Armband trug. Es war ein fester Teil von ihm geworden, wie Finger oder Ohren.

»Eine Freundin hat es mir vor langer Zeit gemacht«, erklärte er.

Katja lief eine Weile schweigend neben ihm her, dann blieb sie stehen.

»Ist es etwa von Elisa?«, fragte sie ihn.

»Ja … ich …« Wilhelm drückte die Arme eng an seinen Oberkörper.

Sie liefen weiter. Schließlich meinte Katja: »Vielleicht sollten wir doch ein Taxi nehmen.«

In der Pferdedroschke saßen sie so dicht nebeneinander, dass ihre Oberarme sich berührten. Und dennoch war es Wilhelm, als wären sie in zwei verschiedenen Welten. Katja war wütend, aber er hatte kein Interesse daran, herauszufinden, weshalb genau sie wütend war. Er war traurig. Und er wusste durchaus, warum, wollte sich jedoch unerklärlicherweise in dem Gefühl suhlen.

Die Droschke hielt vor dem Palais der Familie Lichtenberg. Katja zog ihren Schlüsselbund aus ihrem dünnen Mantel. »Alles Gute, Wilhelm«, sagte sie und schlüpfte aus der Droschke.

»Sehen wir uns wieder?«, rief er, als sie die Haustür bereits aufgesperrt hatte.

Sie drehte sich auf dem Absatz um, dachte nach und sagte schließlich: »Lieber nicht. Weißt du, ich will meine Zeit nicht damit verschwenden, mit deiner hoch verehrten Elisa zu konkurrieren.«

»Es tut mir aufrichtig leid«, sagte er. »Bitte … ich werde mein Verhalten wiedergutmachen.«

Darüber dachte sie einen Moment lang nach. »Du musst nichts wiedergutmachen. Für Gefühle muss man sich nicht entschuldigen. Aber gestatte mir eine Frage: Hast du jemals einer anderen Frau eine aufrichtige Chance gegeben? Es gab in deinem Leben immer nur Elisa, nicht wahr? Dann sag mir eins, Wilhelm: Woher willst du wissen, dass es Liebe ist, die du für sie empfindest? Vielleicht ist es nämlich auch einfach nur Abhängigkeit.«

»Du bist sehr … ehrlich.«

»Bin ich nicht. Die Wahrheit ist nämlich, dass ich mich eigentlich über einen Strauß Blumen gefreut hätte. Ich habe vorhin gelogen, als ich sagte, dass ich Blumen nicht mag. Jede Frau bekommt gerne Blumen von einem Mann geschenkt. Es hätte mir gezeigt, dass ich dir etwas bedeute.« Sie holte Luft. »Denk einfach darüber nach, Wilhelm. Und dann sehen wir weiter.«

Auf einmal war auch Wilhelm wütend. Wütend auf sich selbst, aber vor allem auf Elisa, die – obwohl sie nicht einmal anwesend war – ihn so sehr beherrschte. Katja war ein hübsches, liebes und kluges Mädchen, das eine ehrliche Chance verdiente. Aber er hatte sie verstimmt.

Zu Hause sank Wilhelm noch immer sprachlos auf sein Bett. Er lockerte die Krawatte und sah aus dem Fenster, ohne etwas zu sehen. Die mit bemaltem Porzellan umfasste Uhr auf seiner Kommode tickte so laut, als wäre sie direkt in seinem Kopf.

Auf einmal wurde er von einer Art Rausch überwältigt. Er stürzte in die Küche, durchsuchte die Schubladen nach einer Schere. Er fand keine, also nahm er ein Messer und sägte damit Elisas Armband durch.

Seine Haut war dort, wo das Band aufgelegen hatte, etwas

heller als der Rest seines leicht gebräunten Arms. Er rieb sich mit einer Hand über die Stelle. Es fühlte sich seltsam an, und kurz bereute er auch, was er getan hatte. Doch dann fiel ihm ein, dass Elisa ihr Band schon vor Jahren abgelegt und nie mehr getragen hatte.

Kapitel 51

Es war ihm, als wären die Tasten der Schreibmaschine Augen, die ihn erwartungsvoll anstarrten. Aber Louis wollte einfach nicht einfallen, wie er seinen Brief am besten beginnen könnte.

Louis wollte Elisa unbedingt sagen, wie viel sie ihm bedeutete, aber er kannte sich und wusste, dass er niemals dazu in der Lage wäre, ihr ins Gesicht zu sehen und seine Gefühle zu gestehen. Also wollte er versuchen, seine Gefühle zu Papier zu bringen.

Wichtig war, dass der Brief noch heute fertig wurde. Denn am Abend desselben Tages würde Louis sich in den Nachtzug setzen und nach Berlin reisen. Am Vormittag war überraschenderweise ein Telegramm von seinem Vater eingetroffen. Offenbar war Frieda bei ihm gewesen, um auf diesem Weg Louis davon in Kenntnis zu setzen, dass sie sich große Sorgen um Hans mache, er sei schwer krank.

Louis hatte ein ungutes, undefinierbares Gefühl im Bauch, das ihn drängte, Elisa noch vor seiner Abreise den Brief auf ihr Kopfkissen zu legen. Er schloss die Augen, atmete tief ein und versuchte, den Poeten in sich hervorzulocken. Je angestrengter er nachdachte, desto lauter wurde das Ticken der Tischuhr vor ihm.

»Liebe Elisa …«, tippte er, um einen Anfang zu machen.

Gerade war er noch zufrieden, endlich begonnen zu haben, doch schon im nächsten Moment hielt er inne. Das klang viel zu gewöhnlich. Fast freundschaftlich. Er riss das Blatt heraus, zerknüllte es und warf es in den Papierkorb. Wenn schon die Anrede so schwer war, wie sollte er dann dazu fähig sein, den Rest auszudrücken?, dachte er, als er sich mit den Ellenbogen auf den Schreibtisch stützte und sich die Augen rieb.

Es machte ihn nervös, wie unaufhaltsam die Uhrzeiger vorrückten. Sie schienen ihr Tempo beschleunigt zu haben, denn inzwischen war es schon fast zwölf Uhr mittags.

Er drehte ein leeres Blatt in die Schreibmaschine und begann von Neuem. »Meine liebste Elisa …«

Er kräuselte die Lippen. Das klang nach Wilhelm, aber nicht nach ihm. Erneut riss er das Papier aus der Schreibmaschine. Zerknüllte es. Warf es in den Papierkorb.

Halb eins. Das Ticken der Uhr machte ihn so nervös, dass er jäh vom Tisch aufsprang. Wie ein Tiger im Käfig lief er im Arbeitszimmer auf und ab. Im Bücherregal fand er einen Goethe-Gedichtband, in dem er ein wenig blätterte. Er lehnte sich an die korkenzieherartig gedrechselte Wand des Regals, las und fühlte sich mit jedem Wort kleiner.

Er beschloss, ein Bad zu nehmen. Kaltes Wasser strömte aus dem Hahn, das würde ihm helfen, einen klaren Kopf zu bekommen. Mittagssonne fiel durch das Fenster auf den Holzboden, der sich unter der Wärme ausdehnte und hin und wieder knarzte.

Unruhig rieben seine Füße in der Wanne aneinander. »Eine Blume bist du für mich …«, formulierte er laut. Wie der Dirigent eines Orchesters vollführte er dabei Bewegungen. »Eine Rose bist du!«

Er lachte, so erbärmlich klang das. Dann stöhnte er, als ihm bewusst wurde, dass er noch immer kein Stück weitergekommen war. Er ließ Wasser durch seine Finger rinnen und versuchte es auf andere Weise: »Mein Herz schlägt wie verrückt, wenn ich … Wenn ich dich ansehe, dann …«

Er tauchte unter. *Dann stelle ich mir vor, welche Lust ich dir bereiten könnte. Wie du unter meinen Händen erzitterst. Wie dein zarter Körper sich unter meinem wölbt.*

Wieder am Schreibtisch, klebte sein Hemd auf seinem noch

nassen Oberkörper, kaltes Wasser tropfte aus seinen Haaren. Endlich schrieb er. *»Ich will dich an Stellen küssen, an denen du noch nicht einmal berührt worden bist.«*

Er biss sich auf die Lippen, schmunzelte. Dann schüttelte er den Kopf und wollte gerade weiterschreiben, da fiel sein Blick durch das Fenster nach draußen, wo Elisa und Florence Cricket spielten. Elisa gelang es, den Ball mit nur einem Schlag durch zwei Metallbögen zu schießen. Sie hüpfte vor Freude einmal, erschrak, wie unvorsichtig sie gewesen war, und umarmte dann Florence, die schon immer eine schlechte Verliererin gewesen war und die Umarmung nur halbherzig erwiderte.

Louis schob die Hände unter seine Hosenträger. Sein Schmunzeln, das eben noch lasziv gewesen war, wurde liebevoll. Er legte ein neues Blatt ein und fing an zu tippen. Doch diesmal wählte er seine Worte ganz anders.

»Wenn ich dich sehe, dann sehe ich die stärkste Frau, die mir jemals begegnet ist. Du bist in jeder Weise einzigartig. Dich nicht von Anfang an zu lieben, von der ersten Sekunde an, war verlorene Zeit.

Dieses Gefühl ist so neu für mich, dass ich es selbst kaum glauben kann. Aber es ist wahr und macht mich stolz, und deshalb würde ich es dir am liebsten hundertmal sagen.

Ich liebe dich.

Ich liebe dich.

Ich liebe dich.

Die Tür schwang auf. Rudolf trat ein und sagte im selben Zug: »Dieses Gestüt, das ich entdeckt habe, ist überraschend nett. Die Pferde reiten sich passabel. Das nächste Mal kommst du mit. Ganz in der Nähe ist König Ludwig ertrunken.«

Er hatte sich die Handschuhe von den Fingern gestreift, die er nun neben Louis auf den Tisch warf. Dann stützte er sich mit einer Hand neben der Schreibmaschine ab, die andere legte er auf die Stuhllehne. »Was machst du da?«

»Nichts … Ich …«

Louis zog das Papier aus der Maschine, um es zusammenzufalten und zu verstecken. Doch ehe er sichs versah, hatten ihm Rudolfs große Hände das Papier entrissen. Seine Augen wanderten von links nach rechts und wieder von links nach rechts und das noch zwei weitere Male, bis er die Zeilen gelesen hatte. »… macht mich stolz, und deshalb würde ich es dir am liebsten hundertmal sagen«, las er vor und drückte das Blatt dann an seine breite Brust. »Wie romantisch.«

Als würde ihn das Geschriebene nun langweilen, warf er den Brief vor Louis auf den Tisch, der mit beiden Händen darüberstrich, um das Papier zu glätten.

»Ist das für Elisa? Willst du ihr das etwa zu lesen geben? Ich hoffe nicht, denn damit machst du dich ordentlich lächerlich.« Da stach Rudolf etwas ins Auge. »Und was ist das da?«

Zum Glück lag der Brief mit den ganz anders formulierten Zeilen verkehrt herum, sodass die schwarzen Buchstaben nur leicht durch das Papier hindurchschimmerten.

»Ein gescheiterter Versuch war das«, erwiderte Louis so gelassen wie möglich. Würde er versuchen, das Blatt zu verstecken, würde Rudolf sich nur umso mehr dafür interessieren. »Und du bist dir sicher, dass du nicht mit mir nach Berlin reisen willst?«, lenkte er vom Thema ab.

»Ja, ich würde gern noch ein paar Tage hierbleiben. Selbstverständlich nur, wenn es dir recht ist.«

»Ist es«, entgegnete Louis mit zusammengebissenen Zähnen. »Aber es scheint Hans wirklich sehr schlecht zu gehen.«

»Ach, der Junge kommt auch ohne mich klar! Ich habe etwas Geld geschickt für die Arztkosten. Wollen wir den Damen beim Cricket zusehen?«

Kapitel 52

Als Elisa aufwachte, rollte sie sich auf die Seite und erwartete schon, Louis' müdes Lächeln zu sehen. Doch das Bett neben ihr war leer. Ihr wurde so schwer ums Herz, dass sie ihr Gesicht in seinem Kopfkissen vergrub. Wenn sie daran dachte, dass er seit zwei Tagen in Berlin war, wurde ihr ganz schwindelig. Er war dort, wo Rosalie war. Sie schalt sich selbst, da sie ihn und sich selbst nicht durch Eifersucht herabwürdigen wollte.

Kurz hatte Elisa überlegt, spontan mit ihm zu reisen. Seit fünf Monaten war sie nicht mehr zu Hause gewesen. Doch der Gedanke reizte sie kaum, denn hier, am Starnberger See, in dieser rustikalen Villa, hatte sie sich an ein Leben gewöhnt, das ganz und gar lebenswert war.

Elisa saß gerade an ihrem Toilettentisch und hatte den dritten und letzten Knopf ihrer langen Seidenhandschuhe zugeknöpft, die ihre Hände nun eng umschlossen, als Rudolf ohne anzuklopfen eintrat. Immer wieder erstaunte es Elisa aufs Neue, wie mächtig, nahezu gewaltsam sein Körper doch war. Das Glas Rotwein wirkte ungewöhnlich klein in seiner großen Hand, und die Reitstiefel spannten an seinen muskulösen Unterschenkeln. »Der lästige Gaul hat den ganzen Tag gebockt. Ich habe die Lust verloren. Wir fahren in die Stadt. Ich würde gerne mit dir über etwas sprechen.« Es ginge um eine delikate Angelegenheit, erklärte er noch.

Mikael war nicht auffindbar, deshalb zwängte sich Rudolf selbst hinter das Lenkrad. Sie schossen über die holprige Straße und überholten in einer Kurve einen Bauern, der mit einem Ochsengespann unterwegs war. Die meiste Zeit blickte Rudolf nicht geradeaus, sondern konzentrierte sich vielmehr darauf, Elisa in aller Breite auszuführen, wie erfolgreich er gestern auf der Jagd mit Florence gewesen war. »Florence hat meilenweit danebengeschossen. Aber meine Kugel traf das Reh mitten ins Herz!«

Schlaglöcher sah er meist erst in letzter Sekunde, dann riss er das Lenkrad herum, sodass Elisa mit der Schulter gegen die Tür prallte. Endlich erreichten sie die Stadt. Vor wenigen Tagen, am zweiundzwanzigsten September, hatte im Englischen Garten ein Restaurant eröffnet, das er testen wollte. Es lag direkt am Chinesischen Turm, und der Biergarten war überdacht von einer wunderschönen, mächtigen Kastanie. Obwohl es ein angenehm warmer Tag war und die Gäste die Sonnenstrahlen auf der Terrasse einfingen, bestand Rudolf darauf, sich ins Innere zurückzuziehen. Der Saal war hell und elegant eingerichtet mit zierlichen Stühlen und Tischen. Im Hintergrund plätscherte ein Brunnen, zu dessen beiden Seiten Treppen in den ersten Stock führten, wo sich das Damencafé befand.

Es war Elisa unangenehm, mit Rudolf allein zu sein. Obwohl sie gesagt hatte, keinen Hunger zu haben, bestellte Rudolf für sie beide Leberknödelsuppe und Krustenbraten und zum Abschluss Schokoladentorte. In gewisser Weise erinnerte Rudolfs schnelle, kräftige Art zu kauen Elisa an ihren verstorbenen Vater.

»Warum wolltest du mich sprechen?«, fragte Elisa.

Rudolf wischte mit der Stoffserviette über seinen Mund und zerknüllte diese dann in seiner geballten Faust. »Es geht um Louis. Und Rosalie. Hier, den habe ich gefunden.«

Aus der Innentasche seines Jacketts zog er einen Brief hervor, auf dem Rosalies Name geschrieben stand, und schob ihn Elisa über den Tisch zu.

»Was ist damit?«

»Du solltest ihn lesen.«

Elisa schob den Brief zurück. »Es geht mich nichts an, was Louis Rosalie schreibt.«

»Unsinn! Es ist dein Recht zu wissen, was Louis treibt! Louis spielt dir den treuen Gatten vor und hält dich dadurch zum Narren! Das hast du nicht nötig!« Er war laut geworden, sodass ihnen die Dame am Nachbartisch einen verstohlenen Blick zuwarf.

Ihre kleine Hand verschwand unter seiner großen, als er den Brief wieder zu ihr schob. »Deine Eltern und dein Arzt haben dich lange genug an der Nase herum geführt. Willst du für immer das kleine Naivchen bleiben?«

Als Elisa sich noch immer nicht rührte, griff Rudolf sein fettverschmiertes Messer und schnitt das Kuvert auf. Die Zweifel und die Angst in Elisa wurden zu groß, sie zog den Brief aus dem Umschlag. Die Tinte von Rosalies Namen hinterließ eine schwarze Spur auf ihren weißen Handschuhen.

Wut, Trauer, aber vor allem Scham erfüllten Elisa, als sie die Zeilen las. *Ich will dich an Stellen küssen, an denen du noch nicht einmal berührt worden bist.*

»Es ist eine Schande, wie schlecht er dich behandelt«, zischte Rudolf und schüttelte den Kopf, als wäre er selbst betroffen.

»Wann hast du den Brief gefunden? Vielleicht ist er schon älter.«

»Ich sah Louis vor ein paar Tagen die Zeilen verfassen.«

Elisa faltete den Brief zusammen und steckte ihn zurück in das Kuvert. Sie brauchte all ihre Kraft, um sich nicht anmerken zu lassen, welches innerliche Beben die Zeilen in ihr ausgelöst hatten.

Erstaunlich sanft verschränkten sich Rudolfs Finger mit den

ihren. »Sei nicht so nachsichtig mit ihm, Elisa. Du machst es einem leicht, dich schlecht zu behandeln! Dabei verdienst du es, dass man dich auf Händen trägt!«

Kapitel 53

Frieda hatte den Kopf gegen die raue Steinwand des Flurs gelehnt und starrte mit leeren Augen vor sich hin, als Louis die Holztreppe hinaufkam. Sie hielt einen Wäschekorb in den Händen, den sie offenbar vergessen hatte, und merkte nicht, dass Tränen ihre Wangen hinabliefen. »Geh zu ihm, vielleicht ist er inzwischen aufgewacht«, sagte sie.

Hans schlief tief und fest, wobei er bei jedem Ausatmen leidvoll stöhnte. Seine Haut war gelblich, seine Stirn glühte. Louis' Herz zog sich zusammen. Er wollte ihn noch etwas schlafen lassen. Vor der Wohnung nahm er Frieda die Wäsche ab und begleitete sie in den Hinterhof.

»Er hat gesagt, dass er sterben will«, schluchzte sie, als Louis Hans' frisch gewaschene Nachthemden an einer Leine aufhängte, während Frieda auf einer alten Kiste kauerte und in ein Stofftuch schnäuzte. »Er hat mich angesehen und gesagt: ›Ich wünschte, ich würde einfach einschlafen.‹ Wie kann er denn so leicht aufgeben? Er muss doch kämpfen! Was ist denn mit mir?«

Ihre leeren Augen sprachen davon, wie viele Nächte sie nicht geschlafen hatte. Wie oft sie geweint hatte. Wie wenig Hoffnung sie noch hatte. Alles in Louis schrie danach, aufzuspringen, davonzurennen und sich von der Nacht verschlingen zu lassen. Aber stattdessen schloss er Frieda in eine feste Umarmung.

»Warum Hans?«, weinte Frieda. »Er ist der gutmütigste Mensch, den ich kenne … Er lebt so gerne!«

»Wie geht es seiner Familie?«

»Seine Mutter war ein paarmal hier, sein Vater nur ein einziges Mal. Er hat nichts gesagt, hat Hans nur angesehen und ist dann gegangen.«

»Das dachte ich mir schon. Hans und sein Vater standen sich nicht sonderlich nahe. Wann war der Arzt das letzte Mal hier?«

»Vorgestern. Ich befürchte, er taugt nicht viel. Er ist sich nicht einmal sicher, was Hans hat. Vielleicht ist es eine Lungenentzündung, dann müsste Hans ins Krankenhaus, vielleicht ist es auch nur eine hartnäckige Grippe … Aber dann würde es ihm doch nicht so schlecht gehen!«

»Gute Ärzte gibt es leider nicht viele. Sehen wir, was Doktor Friedmann sagt, wenn er Hans morgen Abend untersucht.«

»Du hast Elisas Arzt angerufen?«

»Elisa hat immer viel von seinem fachlichen Wissen gehalten.«

»Ich danke dir, Louis. Das muss gewiss schwer für dich gewesen sein.«

Tatsächlich hatte Louis lange vor dem Telefon gesessen, ehe er sich endlich überwunden hatte. Er verachtete Wilhelm für das, was er Elisa angetan hatte. Aber noch schlimmer war seine Angst, dass es Wilhelm irgendwann gelingen würde, Elisas Herz zurückzugewinnen.

»Was ist das für ein Gott, der so etwas zulässt?«, sagte Frieda und vergrub das Gesicht hinter den Händen. »Hans und ich hatten doch gar keine Zeit miteinander!«

»Mach dir keine Sorgen. Heutzutage ist medizinisch so viel möglich. Hans wird wieder gesund.«

»Ja …«, sagte Frieda leise.

Als sie erneut nach Hans sahen, schlief dieser noch immer tief und fest. Nur eine dünne Wand und ein schlecht isoliertes Fenster trennten ihn von der Nacht. Die Gespräche der angrenzenden Nachbarswohnung waren zu hören. Das Zimmer lag zu einem

Hinterhof hinaus, in dem ein paar Kutscher beisammensaßen und Karten spielten.

In diesem Hinterhof hupte auf die Minute pünktlich um sieben Uhr abends ein Automobil. Louis verabschiedete sich von Frieda. Franz hatte ihm angeboten, ihn aufzusammeln und noch einmal gemeinsam in die Fabrik zu fahren, damit Louis sich einen Überblick über den aktuellen Kundenstamm verschaffen konnte.

Louis lehnte die Stirn an die kalte Scheibe des Wagens und lauschte dem Knistern von Papier, als sein Bruder Verträge aus seiner Ledertasche zog, die noch heute gelesen und morgen zur Post gebracht werden mussten. Immer wieder spürte Louis Franz' besorgten Blick auf sich ruhen. Franz holte tief Luft, um etwas zu sagen, und schwieg dann doch. Louis wollte nicht reden, und sein Bruder spürte das.

Grau verschwommene Häuser, Parks und Droschken zogen an ihnen vorbei, verschwammen hinter den Regentropfen, die die Scheibe hinabliefen. Louis' Brust war wie zugeschnürt. Seine Augen brannten, so lange hatte er nicht mehr geblinzelt. Doch wenn er sie schloss, sah er Hans.

»Ich fahre morgen Abend mit dir«, sagte Franz, als der Wagen vor der Fabrik hielt.

»Nein, du musst nicht …«

»Es würde mich beruhigen«, unterbrach Franz ihn. »Du hast die letzten Tage kaum geschlafen. Du hetzt nur noch von Hans in die Fabrik und dann wieder zurück. Außerdem haben wir alle Hans gemocht. Ich würde mich freuen, ihn auch noch einmal sehen zu dürfen.«

Sie stiegen aus, Louis zog sein Etui aus der Manteltasche und fischte eine Zigarette daraus hervor. Er brauchte mehrere Anläufe, diese anzuzünden, da der Herbstwind immer wieder das Feuer des Streichholzes ausblies. »Du sprichst von ihm, als wäre er fast schon gestorben«, sagte er kraftlos. Er nahm einen tiefen Zug, hielt den Rauch lange im Mund und blies ihn dann in Richtung des grauen Himmels.

»Das tut mir leid. Ich …«

»Lass gut sein, Franz«, schnitt Louis ihm das Wort ab.

Auch sein Vater und Hanni hatten versucht, mit ihm darüber zu reden. Aber die Einzige, der er sein Herz ausschütten wollte, war Elisa. Er vermisste ihre Wärme, den Klang ihrer beruhigenden, sanften Stimme …

Am nächsten Tag wollte sein Vater ihn in seinem Büro sprechen. Louis hatte ein ungutes Gefühl. Fräulein Fritz, die vierzigjährige, warmherzige Sekretärin seines Vaters, sprang von ihrem Stuhl auf, als er die Geschäftsräume in der Mohrenstraße betrat. Louis begrüßte sie für seine Verhältnisse ungewöhnlich kühl und steuerte zielstrebig der hohen, dunklen Eichentür entgegen, die ihm wie der Eingang zum Fegefeuer erschein. Noch nie hatte es etwas Gutes bedeutet, wenn sein Vater ihn zu sich ins Büro gerufen hatte. Die Gespräche waren stets darauf hinausgelaufen, dass Louis endlich Ehrgeiz entwickeln und sein Leben auf die Reihe bringen sollte.

Herr Lindquist musste das Kinn recken, um über all die Aktenordner blicken zu können, die sich auf seinem Schreibtisch stapelten. Er lächelte Louis väterlich an. »Louis, wie schön, du bist pünktlich. Setz dich doch.«

Neben seinem Vater standen eine Tasse Kaffee und ein Käsebrot, doch der Schaum auf dem Kaffee war eingefallen, und die Käseränder waren angetrocknet und bogen sich bereits. Die Luft im Raum war abgestanden, deshalb öffnete Louis eines der Fenster, um frische Luft hereinzulassen. Eigentlich hatte er vorgehabt, so schnell wie möglich von hier zu verschwinden, doch die Sorge, die er um seinen Vater empfand, hielt ihn auf dem Stuhl.

»Tee? Kaffee?«, bot sein Vater an.

Louis lehnte dankend ab. »Lass uns lieber anschließend ein

kleines Mittagessen einnehmen. Du scheinst noch nichts gegessen zu haben.«

»Papperlapapp. All diese Unterlagen hier …« Er wies mit beiden Handflächen nach links und rechts auf die gestapelten Aktenordner. »… muss ich noch heute durchsehen.«

»Ich helfe dir, dann geht es schneller und dann …«

»Nein, nein, Louis. Das ist sehr aufmerksam von dir. Aber das sind alte Unterlagen, du müsstest dich erst mühsam einarbeiten und …«

»Und du glaubst, das kann ich nicht«, vollendete Louis den Satz für seinen Vater.

»Das meinte ich nicht. Es ist nur … Das sind alte Unterlagen von früher, als ich noch so jung war wie du. Den Großteil davon brauchen wir nicht mehr, deshalb wollte ich sie aussortieren. Wir gehen morgen gemeinsam Mittagessen.«

Diese Antwort ließ Louis zornig werden. Seine Familie – das waren nur noch sein Vater und Franz. Das hatte ihn bis vor Kurzem zwar kaum geschert, aber inzwischen würde Louis alles tun, damit es dieser Familie gut ging. Doch er konnte nicht den ganzen Tag neben seinem Vater sitzen und darauf achten, dass er ausreichend aß und trank und nicht bis zur Erschöpfung arbeitete.

»Aber selbst all diese Ordner stehen hinten an, denn gerade bin ich mit etwas anderem beschäftigt«, sagte sein Vater und legte beide Hände neben das Buch, in das er gerade geschrieben hatte.

Am roten, abgegriffenen Leder erkannte Louis, dass es sich um das Familienbuch handelte. Seit Generationen wurden darin Geburten, Vermählungen oder Todesfälle festgehalten. Das Letzte, was darin eingetragen worden war, war Louis' Heirat mit Elisa gewesen.

Sein Vater lehnte sich zurück und legte die Fingerspitzen priesterlich aneinander. »Du besitzt eine Gabe, die du zweifelsfrei von deiner Mutter geerbt hast und nicht von mir. Die Gabe, Menschen für dich zu gewinnen.« Sein Vater nahm das Binokel von der Nase und putzte es mit einem Tuch. »Heute Nachmittag treffe ich mich mit einem aufstrebenden Spielzeughersteller aus Frankfurt, der darüber nachdenkt, eine zweite Produktionsstätte in Berlin zu eröffnen, und eventuell mit unserer Bank kooperieren möchte. Meine Gesellschaft allein wird ihn langweilen. Deshalb bitte ich dich darum, mich zu diesem Termin zu begleiten und das Gespräch zu führen.«

»Woher kommt dieser plötzliche Sinneswandel?«

»In den letzten Tagen habe ich viel nachgedacht, Louis. Du zeigst inzwischen reges Interesse an der Süßwarenfabrik und der Bank, und das freut mich sehr. Ich war achtundzwanzig, als mein Vater mir Verantwortung in der Bank gegeben hat. Dabei hätte ich ihm schon viel früher zur Hand gehen können. Ich habe die Befürchtung, dass alte Männer wie ich es nur schwer ertragen, wenn die Jugend aufrückt. Vermutlich ist es die Angst davor, auf einmal nicht mehr gebraucht zu werden.«

Louis schwieg.

»Ich hätte früher bemerken sollen, dass du gute Ideen hast. Im Gestüt sind inzwischen zwei Pferde untergebracht. Die Besitzer sind sehr zufrieden, und das Gebäude wird sinnvoll genutzt. Das ist allein dein Verdienst.«

Louis nickte zum Dank. »Wobei Anton sich während meiner Abwesenheit um die Pferde gekümmert hat.«

»Trotzdem war es deine Idee. Und gute Ideen sind vermutlich genau das, was die Fabrik retten kann. Deshalb würde ich dich gerne fest mit ins Geschäft einbinden.«

Louis hatte mit allem gerechnet, nur nicht damit. Er sprudelte vor Glück. »Ist das dein Ernst? Ich werde mir allergrößte Mühe geben.«

»Das verlange ich auch von dir. Natürlich musst du noch viel lernen, aber Franz und ich versuchen, dir zügig alles beizubringen.

Und wenn du so weit bist, kann ich mich endlich zurückziehen. Aber kommen wir nun zu deinem Aufgabenbereich. Elisa hat mir von deiner Idee erzählt …«

»Du hast mit Elisa gesprochen?!«

Die Frage schien seinen Vater zu überraschen. »Weißt du denn nichts davon?«

»Nein, ich … ich kam nicht dazu, Kontakt mit ihr aufzunehmen. Es hat einfach die Zeit gefehlt.«

»Natürlich, du bist ja, wann immer es deine Zeit zulässt, bei Hans. Jedenfalls korrespondieren Elisa und ich miteinander, und sie berichtete mir von deiner Idee, Schokolade mit ausgefallenen Geschmacksrichtungen zu produzieren. Mir gefällt die Idee.«

»Tatsächlich?«

»Ja. Mein Vorschlag ist: Wir produzieren nur eine kleine Menge, das erhöht die Exklusivität. Eine Tafel wird dafür entsprechend mehr kosten, allein schon wegen der teuren Zutaten.«

»Aber wenn die Schokolade teurer ist, kann sich wieder nur die Noblesse diesen Luxus leisten. Genau das hat mich an den *Alpenbrillanten* gestört.«

»Dann werden wir eben ausgleichsweise die *Alpenbrillanten* kostengünstiger anbieten. Aber wenn wir die neuen Geschmacksrichtungen als exklusiv verkaufen wollen, müssen wir die Preise vorerst höher ansetzen. Später können wir sie noch immer senken.«

Damit konnte Louis sich zufriedengeben.

»Elisa meinte, ihr habt mit Florence einen Ball geplant?«, fragte Herr Lindquist. »Nutzt ihn, um die Schokolade dort erstmals zu präsentieren. Das ist einerseits kostenlose Werbung, und andererseits werden wir die ersten Reaktionen sehen.«

»Das werden wir.«

»Ich freue mich, mein Sohn. Sehr sogar. Ich hätte früher auf Elisa hören sollen.«

Louis sah fragend zu seinem Vater auf.

»Schon bevor ihr abgereist seid, hat sie mir gegenüber erwähnt, dass sie glauben würde, dein Esprit würde dem Geschäft guttun. Ich hoffe nur, dass ich dir nicht noch zusätzliche Sorgen damit aufhalse. Das würde ich nicht wollen.«

»Ach was«, erwiderte Louis. »Mach dir keine Gedanken!«

Da lächelte sein Vater und schob Louis das Familienbuch zu. Die Tinte der frisch geschriebenen Worte war noch nicht ganz getrocknet. Hinter dem Datum des heutigen Tages stand ein simpler, einfacher Satz, der Louis nicht nur mit einem unbeschreiblichen Glücksgefühl, sondern auch mit Dankbarkeit und Ruhe erfüllte.

»Louis Lindquist übernimmt die stellvertretende Leitung der Süßwarenfabrik«, las Louis vor.

Kapitel 54

OKTOBER 1914

Der vierte Oktober war ein Sonntag. Ilse hatte sonntags frei, weshalb Wilhelm, noch immer im Schlafrock, sich selbst vor die Haustür bequemte, um die Frischmilch hereinzuholen, die ihm eine Bäuerin gegen einen monatlichen Fixbetrag täglich lieferte. Mehrere Gedanken gingen ihm gleichzeitig durch den Kopf. Er dachte an einen Patienten, den eine recht schlimme Grippe plagte und den er später noch aufsuchen wollte. Er dachte an eine Fliese im Bad, die von einem Riss durchzogen war, der jeden Tag zu wachsen schien. Er dachte an seine Mutter, die schon seit zwei Monaten nicht mehr schlafen konnte, so sehr quälte sie der Gedanke, dass Wilhelm in den Krieg eingezogen werden würde.

All das ging Wilhelm durch den Kopf, als er die Tür öffnete. Deshalb erschrak er sehr, als unerwartet jemand vor ihm stand. Es war Katja, die offenbar in dieser Sekunde die Klingel hatte betätigen wollen. Auch sie fuhr zusammen und geriet ins Taumeln, doch Wilhelm gelang es, sie rechtzeitig aufzufangen. Katja war überraschend weich, warm und anschmiegsam in seinen Armen. Wilhelm hätte erwartet, dass sie ihn sogleich voller Empörung von sich stoßen würde, doch das tat sie nicht. Dabei lag seine Hand recht tief auf ihrer Hüfte. Und sie trug nur ein Sommerkleid aus dünnem Chiffon, das Wilhelm einen recht genauen Eindruck von ihrer schmalen Taille gewinnen ließ.

»Hallo«, hauchte sie und sah mit großen, erschrockenen Augen zu ihm auf.

»Guten Morgen«, sagte er.

Sie räusperte sich verlegen, nahm sich zusammen und richtete sich auf, wobei sie mit beiden Händen ihr Kleid glatt strich. »Du bist gerade erst aufgestanden?«, fragte sie ihn, wobei ihr Blick über seinen Morgenrock glitt.

»Nein, ich bin schon seit sieben Uhr wach. Ich habe ein paar Briefe geschrieben.«

»Apropos Brief …«, sagte sie. »Danke für den Brief, den du mir geschrieben hast. Ich bin bereit, dir noch eine Chance zu geben. Deshalb bin ich hier. Hast du ein wenig Zeit?«

Ihr schmuckloser Strohhut war in leichte Schräglage geraten, als Wilhelm sie gehalten hatte, was sie selbst aber offenbar nicht bemerkte. Wilhelm überlegte, ihn für sie zu richten, und hatte schon die Hände gehoben, ließ sie jedoch tatenlos wieder sinken.

»Ja … schon«, erwiderte er stattdessen einfach nur.

Wie jemand, der bereits einige Male hier gewesen war, legte sie Handtasche und Hut auf der Fensterbank ab und zupfte an dem kleinen, gestärkten Fallkragen ihres weißen Kleides. Das Kleid gefiel Wilhelm gut. Es war schlicht und lediglich mit ein paar Perlen geschmückt.

»Wir gehen am besten gleich los«, sagte Katja.

»Aha. Darf ich mich vorher noch umziehen?«, scherzte er, woraufhin ein erleichtertes Lächeln ihr Gesicht erhellte, das sie recht reizvoll machte.

Sie sah ihn an, als wäre es Wilhelm zu verdanken, dass nun die Anspannung gelöst war, die zuvor in ihrem Nacken gesessen hatte.

»Wohin gehen wir denn?«, fragte Wilhelm.

»Lass dich überraschen«, entgegnete sie, wobei sie ihr Kinn reckte.

»Katja …« Wilhelm konnte Überraschungen nicht leiden.

»Wenn ich es dir jetzt schon sage, weigerst du dich nur, mitzukommen.«

»Das klingt ja vielversprechend …«, murmelte er.

Eine Stunde später kämpfte Wilhelm sich durch in die Höhe gerissene Arme, Ellenbogen und Hüte hindurch. Katja hatte ihn zur Festwiese des Treptower Parks geführt. Eine an sich schöne Idee, nur hatte sich herausgestellt, dass dort heute mehrere Partei- und Gewerkschaftsfunktionäre sprachen und dieses Ereignis eine beachtliche Menschenmenge angelockt hatte. Man wollte für den Frieden demonstrieren, doch die Leute waren aufgebracht.

»Katja …«, rief er über die erhobenen Stimmen hinweg.

Ihr kleiner, schmaler Körper war zwischen all den Mänteln und Hüten verschwunden. Nur hin und wieder blitzte ihr aschblondes Haar in Wilhelms Blickfeld auf, doch wenn er dann an die Stelle eilte, an der er sie gesehen hatte, war sie schon wieder verschwunden. Wilhelm befürchtete, dass sie nach vorne zur Tribüne wollte, was absoluter Wahnsinn war.

Der Mann, der gerade zur Menge sprach, wirkte recht vernünftig, gar sympathisch mit seinem dunklen, krausen Haar, dem akkuraten Schnurrbart und der runden Brille. Dieser Mann war Karl Liebknecht. Ein an sich guter Mann, dessen grundlegende Ansichten Wilhelm teilte. So empfand er beispielsweise die Frauenbewegung als positiv und hielt auch den Ausbau des Arbeiterschutzes für wünschenswert, wie ihn Liebknechts Partei, die SPD, forderte. Nur gefiel ihm der linke Flügel der SPD nicht, der auf massive Protestaktionen drängte und die Arbeitermassen zum Kampf gegen die Kriegshetzer drängen wollte. Immer häufiger kam es zu Krawallen und Aufständen, die mit Gewalt niedergeschlagen werden mussten. Liebknecht selbst hatte sogar über ein Jahr wegen Hochverrats im Gefängnis gesessen.

Endlich blieb Katja stehen, um sich nach Wilhelm umzusehen.

Er war etwas aus der Puste, als er zu ihr aufschloss, und seine Augen irrlichterten nervös hin und her, denn er wurde das ungute Gefühl nicht los, dass sich etwas zusammenbraute. Noch immer waren sie zu weit von der Tribüne entfernt, um alles, was Liebknecht ausrief, verstehen zu können. Auch der Rest der Menge verstand nur einen Teil, was zur Folge hatte, dass die Leute untereinander zu diskutieren anfingen, und das mit steigender Erregtheit. Der Großteil der hier Versammelten waren Arbeiter, und Wilhelm war schon oft genug in Arbeiterviertel gerufen worden, um von Schlägereien verursachte Platzwunden zu flicken und verstauchte Gelenke zu fixieren.

»Wir sollten besser gehen …«, stieß er hervor.

»Nun sei doch nicht so! Wir sind doch gerade erst gekommen!«

»Aber die Leute sind angespannt. Ich fühle mich nicht wohl dabei, wenn …«

»Ach, Wilhelm, du Angsthase«, unterbrach Katja ihn. »Entspann dich!«

Im nächsten Moment sah Wilhelm, wie die Menge plötzlich zurückwich. Zwei junge Arbeiter waren aneinandergeraten. Ein hünenhafter Kerl stieß einen Mann mit Spitzbart mit aller Kraft zurück, sodass der Spitzbart mit voller Wucht gegen Katja krachte. Gemeinsam stürzten sie zu Boden, wobei der Spitzbart auf Katja landete.

Ehe Wilhelm auch nur einen klaren Gedanken fassen konnte, hatte er den Hünen am Kragen seines Hemdes gepackt und brüllte in sein Gesicht hinauf: »Du Idiot!«

Dann kniete er sich neben Katja auf den Boden, die an der rechten Augenbraue blutete. Sie zischte vor Schmerz, als er mit seinem Batisttuch die rote Bahn forttupfte, die sich inzwischen über ihre Schläfe zog und in ihrem Haar verschwand.

»Ich hab doch gesagt, dass es hier gefährlich ist …«, schimpfte er.

»Wilhelm, das hilft jetzt wirklich nicht!«

Inzwischen hatten sich andere von der angriffslustigen Energie anstecken lassen. Der Hüne stritt heftig mit zwei Hitzköpfen, die höchstens siebzehn Jahre alt waren und den Anschein machten, als hätten sie auf einen Krawall wie diesen nur gewartet.

»Wir sollten hier weg. Und zwar schnell.«

In seiner Praxis desinfizierte Wilhelm die Wunde, um sie anschließend zu nähen. Katja hielt tapfer still, nur einmal biss sie die Zähne zusammen und stöhnte leidvoll. Ihr Anblick, wie sie so auf der Pritsche saß, mit ihrem weißen, mit Blut betropften Fallkragen und den baumelnden Beinen, war herzzerreißend.

»Die Wunde sieht mir nicht danach aus, als würde eine Narbe bleiben. Aber versprechen kann ich nichts.«

»O nein … nein, nein, nein … Mein Vater wird mir wochenlangen Hausarrest erteilen. Er hat mir strikt verboten, auf Demonstrationen und Versammlungen zu gehen.«

»Du hättest besser auf ihn hören sollen. Aber wenn du willst, können wir sagen, dass du bei einem Spaziergang über einen Stein gestolpert bist.«

»Ich will nicht lügen. Lügen verabscheue ich.«

Sein Vorschlag war Wilhelm sofort unangenehm, auch wenn er es nur gut gemeint hatte.

Tränen glänzten in Katjas Augen. Von der robusten, selbstbewussten Frau war nun nicht mehr viel übrig. Vor ihm saß ein junges Mädchen, das weiß wie die Wand war und dem der Schreck noch immer tief in den Knochen saß.

»O nein, morgen ist doch das Diner …« Sie sprach schnell, ihr Blick war abwesend. »Mein Vater hat extra ein paar seiner jüngeren Kollegen eingeladen, um mich ihnen vorzustellen. Und ich soll doch hübsch aussehen …«

»Ich hätte nicht gedacht, dass du dir von deinem Vater vorschreiben lässt, welche Männer für dich infrage kommen.«

»Tu ich auch nicht«, sagte sie, doch sie sagte es so halbherzig, dass ihr misslungener Täuschungsversuch sie beschämt den Blick senken ließ. »Aber so läuft es doch meistens, nicht wahr? Eltern wissen schon, was gut für ihr Kind ist.« Sie erinnerte sich an ihren Stolz und sah nun wieder zu ihm auf, doch in ihren Augen lag noch immer der erschrockene, verwundete Glanz. »Und selbst wenn mir keiner der Männer gefällt, so will ich trotzdem hübsch aussehen.«

»Das tust du ganz gewiss«, sagte Wilhelm sanft und strich ihr eine Haarsträhne hinter das Ohr.

»Meinst du?«, sagte sie mit schüchternem Augenaufschlag.

Da war er wieder, der Mut, der vorhin Besitz von ihm ergriffen und ihn dazu gebracht hatte, den Hünen am Kragen zu packen. Dieser Mut leitete ihn nun erneut. Er beugte sich zu Katja hinab und legte seine Lippen auf ihre. Zunächst war es nur ein stilles Berühren, doch dann löste sich etwas in ihr, und sie gab sich ihm hin. Ihre schlanken Finger wagten sich zu seinem Kinn vor, ihre Lider senkten sich herab, und sie öffnete den Mund, um den Kuss zu vertiefen. Diese Leidenschaft und Zärtlichkeit hätte Wilhelm ihr nicht zugetraut.

Wilhelm erinnerte sich an die Verantwortung, die er ihr gegenüber hatte, und zog sich zurück. Der Glanz in ihren Augen war nun ein anderer, er war verträumt. Das Beben ihrer aufeinanderliegenden Lippen verriet, wie ernst sich dieser Kuss für sie angefühlt hatte, während Wilhelm sich noch immer nicht darüber klar war, wie er zu Katja stand. Kurz dachte er an Elisa, und es überkam ihn dabei ein triumphierendes Gefühl.

»Möchtest du denn auch morgen zu dem Essen kommen?«, fragte sie ihn mit reizender Schüchternheit.

»Ich … ich weiß nicht. Ich kenne dort niemanden, und vermutlich störe ich nur.«

»Du störst gewiss nicht.«

Er zögerte. »Ich denke darüber nach, in Ordnung?«

Wilhelm fuhr Katja nach Hause, stieg jedoch nicht aus, denn er fühlte sich noch nicht dazu bereit, ihre Eltern kennenzulernen.

Wie sie so verschreckt und kleinlaut auf der Pritsche in seiner Praxis gesessen hatte, war Katja bezaubernd gewesen. Das erste Mal in ihrer Gegenwart hatte Wilhelm sich nicht eingeschüchtert gefühlt. Er hatte sich gefragt, wie es wohl wäre, sie zu küssen, und es im nächsten Moment einfach getan. Er hatte nicht über die Konsequenzen nachgedacht. Nun war er gezwungen, darüber nachzudenken, wie er zu diesem Kuss stand. Doch je länger er darüber grübelte, desto verwirrter war er, desto komplizierter schien sein Leben zu werden und desto weniger wusste er, was er fühlte.

Kapitel 55

Frieda hatte die Möbel umgestellt. Am Fenster, wo der Tisch gewesen war, stand nun das Bett, in dem Hans lag. Er lächelte matt, wodurch die Risse seiner trockenen Lippen sichtbar wurden. »Grüß dich, Louis. Gut siehst du aus.« Sein Blick richtete sich auf die Krawatte, die Louis trug.

»Ungewohnt, nicht wahr?«, witzelte Louis.

Auch Frieda lachte dankbar, als hätte jemand etwas wirklich Lustiges gesagt. Gleichzeitig war spürbar, dass eigentlich keinem von ihnen wirklich nach Lachen zumute war. Mit einem Mal eilte Frieda zum Ofen, um Holz nachzulegen, und versuchte doch eigentlich nur zu verbergen, dass sie weinte.

Hans anzusehen, tat weh. Während seine Wangen eingefallen waren, die Augen hervortraten und die Nase spitz aus dem weißen Gesicht stach, waren Beine, Arme und Hände ganz aufgequollen. Es fiel Louis schwer, Hans' Blick zu erwidern, denn der lebensfrohe Glanz, der seine Augen ausgemacht hatte, war einer angsteinflößenden Mattheit gewichen.

»Tut mir leid, dass du wegen mir so eine Unruhe hast«, sagte Hans zu Louis.

»Hab ich nicht.«

»Doch. Das hast du. Ich hab ein richtig schlechtes Gewissen. Und gleich musst du wegen mir sogar noch deinem Erzfeind gegenübertreten.«

Damit meinte er Wilhelm, der zehn Minuten später an der Tür

klopfte. Er setzte sich vor Hans' Bett auf einen Hocker und vermied es, Louis wahrzunehmen. Was nicht sonderlich schwer war, denn Louis hatte sich, um Platz für die Untersuchung zu machen, auf eine Holzkiste ins hinterste Eck des Raumes zurückgezogen. Dorthin, wo Frieda Kartoffeln und Zwiebeln lagerte und wo kein Licht hinkam.

Wenn Louis ehrlich zu sich selbst war, erfüllte es ihn mit Unbehagen, Wilhelm gegenüberzutreten. Auch wenn er Abscheuliches getan hatte, so hatte Elisa ihn einmal geliebt.

Die Untersuchung dauerte etwa zwanzig Minuten. Obwohl Louis unbedingt jedes Wort hören wollte, döste er kurz weg. Schlaf hatte er in den letzten Tagen kaum bekommen. Als Wilhelm sein Stethoskop in seiner Arzttasche verstaute und sich zum Aufbruch bereitete, schreckte Louis hoch. »Danke, dass du noch nach Feierabend hierhergekommen bist«, sagte er.

Wilhelm verharrte einen Moment, dann spannte sich sein Jackett, als er Luft holte. Er erhob sich und wandte sich langsam und widerwillig um. Er sah sich Louis' ausgestreckter Hand gegenüber, die er nach kurzem Zögern ergriff und schüttelte. »Herr Lindquist.« Er sprach Louis' Nachnamen gedehnt und überdeutlich aus. »Es ist Teil meines beruflichen Ethos, dass es für Ärzte keinen Feierabend gibt.«

Nur ein halbes Jahr war vergangen, und dennoch hatte Wilhelm sich stark verändert. Zuerst vermutete Louis, dass es an den grauen Strähnen lag, die vereinzelt in seinem kupferfarbenen Haar zu finden waren. Aber dann wurde Louis bewusst, dass es das allein nicht sein konnte, denn neuerdings empfand er so etwas wie Respekt vor Wilhelm.

Die Frage, welche Erkrankung Hans so stark schwächen könnte, stand im Raum. Sie war wie ein unsichtbares Gift, das der Luft den Sauerstoff entzog. Irgendwer musste sie stellen, aber Louis konnte es nicht. Seine Angst vor der Antwort war zu groß. Louis versuchte, Wilhelms neutrale Miene zu entschlüsseln. War er so gefasst, weil Hans nur eine besonders zähe Grippe hatte? Oder schottete der Arzt sich innerlich ab, weil sein Patient todkrank war?

»Was hat er denn nun?«, presste Frieda mit erstickter Stimme hervor.

Kurz war es so still, dass Louis sein Herz schlagen hören konnte.

Dann sagte Wilhelm: »Ich befürchte, es sieht nicht gut aus.«

Ein hohes Piepen setzte in Louis' Ohren ein, wurde lauter und lauter. Louis glaubte, sich übergeben zu müssen. Dennoch gelang es ihm, gefasst zu wirken und zu fragen: »Was bedeutet das?«

»Im Bestfall haben wir es mit einer Lungenentzündung zu tun. Aber leider könnte es auch sein, dass es sich um Krebs handelt. Der Patient hat viel Wasser eingelagert, seine Haut ist verfärbt, und er hat Herzrhythmusstörungen. In jedem Fall kann ich nichts weiter tun. Man müsste entsprechende Untersuchungen im Krankenhaus anstellen.«

Frieda kämpfte darum, die Tränen zurückzuhalten. Ihre Unterlippe zitterte.

»Aber selbst wenn es Krebs wäre, dann wäre dieser doch heutzutage therapierbar«, sagte Louis, der sich weigerte zu begreifen, was diese Diagnose bedeutete.

Wilhelm schwankte mit dem Kopf, als wäre er nicht ganz sicher. »Kommt ganz darauf an.«

»Auf was?«

»Um welche Art es sich handelt und wie weit der Krebs schon metastasiert ist.«

Louis nickte. Hans war stark und voller Lebenswille. Er würde nicht sterben.

Auch wenn es Louis widerstrebte, begleitete er Wilhelm zu seinem Wagen. Sein Anstand gebot es ihm, aber vor allem wollte er unter vier Augen mit ihm sprechen. »Gibt es im Krankenhaus gute Therapiemöglichkeiten?«, fragte er.

»Die gibt es, aber wie gesagt: Es hängt ganz davon ab, mit was wir es zu tun haben. Bringen Sie ihn in die Charité. Dort ist er gut aufgehoben.«

»Aber er wird doch wieder, oder?«

Ein »vielleicht« hätte Louis genügt. Denn ein »vielleicht« hätte Hoffnung ausgedrückt. Aber alles, was Wilhelm ihm bot, war ein: »Dazu kann ich keine Aussage treffen.«

Wilhelm verstaute seine Arzttasche auf dem Beifahrersitz und war schon halb eingestiegen, da tauchte sein Kopf noch einmal aus dem Wagen auf. »Wie … wie geht es ihr?«

Louis musste nicht fragen, von wem Wilhelm sprach. »Gut.«

»Vielleicht könntest du ihr sagen, dass …« Er brach ab. Schüttelte kaum merklich den Kopf, den Blick auf den Boden gesenkt. »Unwichtig.«

»Ich werde ihr sagen, dass du Hans hilfst. Das wird Elisa dir hoch anrechnen. Auch ich tue das.«

Louis reichte ihm die Hand zu einem versöhnlichen Abschied, doch Wilhelm sah die Hand nur an, stieg dann ohne ein weiteres Wort in seinen Wagen und fuhr davon.

Zurück in der Wohnung, zog sich Frieda zu den Nachbarn zurück, damit Louis allein etwas Zeit mit Hans verbringen konnte. Louis sank auf den Hocker, auf dem Wilhelm eben noch gesessen hatte. Hans' Lunge rasselte noch lauter, als er schwerfällig die Hand nach dem frisch aufgebrühten Kräutertee ausstreckte, der neben dem Bett auf dem Fußboden stand. Es war eine Qual zu sehen, wie er sich bemühte und den Tee doch nicht erreichte. Louis bückte sich und nahm die Tasse. »Ich helfe dir«, sagte er.

Er hätte Widerstand erwartet, denn Hans konnte es nicht leiden, wenn man ihn wie ein kleines Kind behandelte. Aber er ließ es zu, dass Louis die Tasse an seine Lippen ansetzte und ihm den Kräutertee einflößte. Und diese Widerstandslosigkeit machte den Kummer, den Louis verspürte, noch schlimmer.

»Danke«, hauchte Hans schwach, ließ den Kopf zurückfallen und senkte langsam die Lider, als wäre er in den Schlaf davongeglitten. »Es tut mir leid«, sagte er. »Alles.«

»Ich will nicht, dass du so etwas sagst. Dir muss doch nichts leidtun.«

»Doch. Ich weiß, wie schwer es für dich sein muss, hier neben mir zu sitzen. Ich wollte nicht, dass Frieda dir schreibt. Ich wollte still und leise sterben, sodass du nichts davon mitbekommst und das hier nicht noch einmal durchmachen musst.«

Louis' Kehle schnürte sich zu. »Was redest du da? Du stirbst doch nicht …«

Hans lächelte traurig.

»Du stirbst nicht!« Louis war laut geworden. »Das hier, das ist ein kurzzeitiges Tief. Aber du wirst schon sehen, in einem Jahr lachen wir darüber, stoßen mit Bier an und sagen: ›Weißt du noch damals, als du fast gestorben wärst, dem Tod aber doch noch von der Schippe gesprungen bist‹?«

Die Vorstellung ließ Hans grinsen. Louis liebte dieses kecke, freche und abenteuerlustige Grinsen an seinem besten Kumpel. Doch dann bröckelte eben dieses Grinsen, und Hans wurde traurig und ernst. Er fragte: »Ist es sehr schwer für dich? Ich meine, vermutlich kommt all das wieder hoch, was du beim Tod deiner Mutter durchgemacht hast, oder?«

Louis holte mehrmals tief Luft, ehe er sprechen konnte. Alles, was er hervorbrachte, war ein schwaches »Schon in Ordnung«. Eine Träne löste sich, lief über seine Wange und tropfte auf Hans' Bettdecke. Es war eine Seidenbettdecke, die Emil vor einem Jahr ausrangiert und die Louis Hans geschenkt hatte.

»Das tut mir leid. Auch, dass du mit Doktor Friedmann in einem Raum sein musstest.«

»Du bist mir definitiv was schuldig«, witzelte Louis, doch sein

Lachen klang misslungen. »Wenn ich mir was aussuchen darf, dann nehme ich, dass du schnell wieder gesund wirst.«

»Ich versuch's.« Da brach aus Hans ein Weinen hervor, das ihn schüttelte, ehe er sich rasch wieder mit der letzten ihm verbleibenden Kraft fasste. Er wischte sich die Tränen aus dem Gesicht, holte tief Luft, um seine zittrige Stimme zu zähmen, und sagte dann: »Erzähl mir ein bisschen vom Starnberger See. Wie läuft es mit Elisa? Habt ihr euch inzwischen angefreundet?«

Louis nickte. »Ja, das haben wir. Mehr als das. Ich habe sie aufrichtig gern.«

Kurz erwog Louis, Hans den Brief, den er an Elisa geschrieben hatte, zu verschweigen. Denn Elisa hatte auf diesen noch immer nicht reagiert, und Louis kannte seinen Freund und wusste, dass er sich seinen Kopf darüber zerbrechen würde. Aber dann erzählte er es ihm doch, weil er Hans immer mehr als allen anderen anvertraut hatte, mehr als er Rudolf jemals von sich erzählt hatte, und das sollte auch weiterhin so sein.

»Ist Rudolf denn noch immer bei euch?«, fragte Hans mit sorgenzerfurchter Stirn.

»Ja. Und es macht auch nicht den Eindruck, als würde er demnächst abreisen wollen.«

»Vermutlich ist jetzt ein guter Zeitpunkt, um vollkommen ehrlich zu sein.« Hans machte eine kurze Pause, holte schnell Luft und stieß dann hervor: »Ich habe Rudolf nie sonderlich leiden können. Und über den Weg traue ich ihm auch nicht recht. So, jetzt ist es raus.«

»Ich weiß«, lachte Louis. »Aber du hast es stets gut zu verbergen gewusst. Und dafür danke ich dir.«

»Aber Elisa mag ich. Sehr sogar. Sie hat das Herz am rechten Fleck. Es klingt eigentlich gar nicht nach ihr, deinen Brief zu ignorieren.«

»Das dachte ich mir auch schon.«

Als Hans Louis fragte, wann er vorhabe, zu Elisa zurückzukehren, entgegnete er: »Sobald du gesund bist. Morgen bringen wir dich gleich in der Früh ins Krankenhaus. Wenn du wieder nach Hause darfst, hätte ich gern, dass du zu uns in die Villa ziehst. Hier ist es zu kalt.«

»Das ist lieb von dir, aber nein. Wir können gerne morgen ins Krankenhaus fahren, danach möchte ich wieder hier sein.«

»Aber wenn Frieda tagsüber in der Fabrik ist, kann sich niemand um dich kümmern.«

»Dann ist das so. Hier ist mein Zuhause, Louis, hier will ich auch sterben.«

Kurz hatten sie die Krankheit tatsächlich vergessen können. Kurz war Hans einfach nur ein junger Kerl gewesen, der müde war, deshalb im Bett lag und sich Louis' Geschichten anhörte. Aber nun war die Krankheit wieder da und hatte das erdrückende Gefühl der Hilflosigkeit zurückgebracht.

»Sag so etwas nicht, Hans … Du darfst die Hoffnung nicht aufgeben! Doktor Friedmann …«

Hans' Stimme zitterte, als er Louis unterbrach: »Es ist aber die Wahrheit. Friedmann weiß es, du weißt es, Frieda weiß es, ich weiß es.«

Louis schüttelte den Kopf. »Nein …«

Franz' Wagen fuhr in den Hinterhof und warf hellgelbes Licht durch das Fenster herein, das Hans, der Louis' bester Freund war, der ihm wie ein Bruder war, noch blasser aussehen ließ.

»Ich mache mir um Frieda Sorgen«, sagte Hans. »Wenn ich nicht mehr hier bin, wer soll sich dann um sie kümmern?«

»Du stirbst nicht.«

»Bitte, Louis, hab ein Auge auf sie.«

»Natürlich. Natürlich …«

»Ich danke dir …«, hauchte Hans.

Louis legte die Hände vor sein Gesicht und weinte so bitterlich, dass Hans ihm beruhigend über den Rücken strich. So saßen sie da, bis Hans' Atmung tief und schwer wurde, stets begleitet vom Rasseln seiner kranken Lunge. Er war eingeschlafen.

Als Louis ging, öffnete sich die gegenüberliegende Wohnungstür, und Frieda trat in den Flur, eine Wolldecke um die Schultern gelegt. Sie musste nichts sagen. Louis erkannte die Frage, die ihr auf der Seele lastete, in ihrem hoffnungsvollen, flehenden Blick.

»Er wird nicht sterben«, sagte er.

Die Worte waren ausgesprochen, ehe er sich der Konsequenz bewusst werden konnte. Da verstand er seinen Vater, der vor so vielen Jahren gelogen hatte, um seinen Sohn vor der Wahrheit zu bewahren.

»Ich danke dir«, sagte Frieda. »Für alles.«

Zu Hause fand Louis seinen Vater im Arbeitszimmer. Er war gerade in den Schlagzeilen der Tageszeitung versunken, als Louis an der Tür klopfte.

»Da bist du ja endlich. Ich habe mir schon Sorgen gemacht.«

»Lenk mich ab. Erzähl mir, was es Neues gibt«, sagte Louis und sank in den Ohrensessel neben der Vitrine mit den edlen Zigarrenboxen.

»Rosalie von der Heyt war heute Abend unerwartet zu Besuch. Sie wartete über eine Stunde auf dich. Kurz bevor du nach Hause gekommen bist, ist sie gegangen.«

»Was wollte sie?«

»Das hat sie nicht gesagt.« Sein Vater nahm das Binokel von der Nase und legte es auf den Schreibtisch. »Du bist mit einer wundervollen Frau verheiratet, Louis, und …«

»Was denkst du denn von mir, Vater? Ich habe keine Ahnung, was Rosalie hier wollte. Ehrlich. Ich habe sie seit fünf Monaten nicht mehr gesehen oder gesprochen. Erzähl mir lieber, was die Welt macht.«

»Die Kriegsberichterstattungen sind recht positiv. Es heißt, unsere Artillerie sei hoch überlegen.«

»Und das glaubst du? Ich hingegen bin mir sicher, dass die Berichterstatter nichts Negatives schreiben dürfen, damit die Kriegsbegeisterung weiterhin anhält.«

»Das ist ein weites Feld, und es ist zu spät am Abend, um politisch zu werden. Lass uns lieber von etwas anderem sprechen. Wie geht es Hans?«

Louis schilderte ihm Wilhelms Diagnose. Sein Vater hörte aufmerksam zu, unterbrach ihn kein einziges Mal und rieb sich nur dann und wann über das glatt rasierte Kinn. Louis ahnte, dass er mit seinen Gedanken bei seiner verstorbenen Frau war.

Schließlich, als Louis alles erzählt hatte, sagte er: »Solltest du etwas brauchen, Louis, sollte ich etwas tun oder dir bei etwas behilflich sein können, so lass es mich wissen.«

Da stemmte sich Louis aus dem Ohrensessel empor und tat etwas, das er seit vielen Jahren nicht mehr getan hatte. Er umarmte seinen Vater. »Du hast schon so viel für mich getan. Ich danke dir für die Geduld, die du mit mir hattest.«

Etwas hilflos tätschelte sein Vater Louis' Unterarm. »Das war selbstverständlich.« Und da auch sein Vater kein Mann großer Emotionen war, fügte er noch hinzu: »Ich sollte nun zu Bett gehen. Morgen wird ein anstrengender Tag.«

Am nächsten Morgen fuhr Louis Hans mit dem Wagen seines Vaters in die Charité, wo sein bester Freund stationär aufgenommen wurde. Zwei Tage später konnten die ersten Befunde gestellt werden. Die Ärzte bestätigten Wilhelms Vermutung, dass Hans an Krebs erkrankt war. Das Bild, das sich ihnen gezeigt hatte, war erschreckend gewesen, wie sie sagten. Der Krebs hatte im Bauchraum bereits zu sehr gestreut, als dass eine Therapie empfehlenswert wäre. Man würde das Unvermeidliche nur hinauszögern und den Patienten unnötig quälen. Also packte Louis Hans, der inzwischen zu schwach war, um ohne Unterstützung zu laufen, wieder in den Wagen und brachte ihn nach Hause.

Zwei Tage später klingelte mitten in der Nacht das Telefon in der Villa. Louis, der – wenn überhaupt – nur noch in einen leichten, oberflächlichen Schlaf fiel, sprang sofort aus dem Bett und eilte die Treppe hinab. Wilhelm war am anderen Ende der Leitung. Er sagte, Frieda habe ihn gerufen, als Hans keine Luft mehr bekommen habe.

Wilhelm und Louis sprachen nur kurz miteinander, viel gab es nicht zu sagen.

Hans war gestorben.

Eine Woche später fand die Beerdigung statt. Louis hatte Rudolf einen Brief geschrieben, in dem er ihm den Termin mitgeteilt hatte. Eine Antwort hatte er nicht erhalten. Selbst als die Trauergäste um das Grab versammelt standen und Hans' Familie sowie Frieda Trauerbekundungen entgegennahmen, hoffte Louis noch immer, Rudolf würde mit dem für ihn typischen großen, schwungvollen Schritten über den Kiesweg daherkommen und auf die Eisenbahn schimpfen, auf die einfach kein Verlass sei. Doch auch das geschah nicht.

»Ich würde es verstehen, wenn du eine Auszeit brauchst«, sagte sein Vater, als sie unter den hohen Pappeln des Friedhofs dahinschritten. »Nimm dir alle Zeit der Welt.«

»Ich danke dir, Vater. Aber ich brauche keine Auszeit. Ich bin froh, wenn ich mich ablenken kann. Morgen früh fahre ich wieder nach München und bleibe dort bis zum Ball. Danach kehren Elisa und ich so bald wie möglich nach Berlin zurück. Es gibt hier genug zu tun, immerhin habe ich nun eine Firma zu leiten.«

Kapitel 56

Am Morgen des siebten Oktobers erreichte Elisa die entsetzliche Nachricht, dass Hans gestorben war. Eine Nachricht, die kaum zu begreifen war. Sie schleppte sich die Treppen hinauf und sperrte sich im Badezimmer ein, wo sie weinte und weinte und nicht fassen konnte, wie ungerecht und grausam das Leben mitunter war.

Gegen Mittag klopfte Florence an der Tür des Badezimmers. Elisa rief ihr zu, dass sie allein sein wollte. Doch Florence meinte, es sei wichtig, deshalb sperrte Elisa auf.

»Margot ist im Krankenhaus!«, schluchzte Florence. »Stell dir vor, sie wurde von Unbekannten verprügelt!«

»Was?« Elisa nahm Florences eiskalte Hände in die ihren und drückte sie fest.

»Sie war in Stuttgart. Dort trifft sie sich hin und wieder mit ein paar Freundinnen, die für diese emanzipatorische Zeitschrift arbeiten – *Die Gleichheit* oder wie die heißt. Es war wohl schon dunkel, als sie aus einem Gasthaus kam, und da haben sie sie einfach hinterrücks überfallen.«

Florence hatte vor, sogleich mit der Eisenbahn nach Stuttgart zu fahren, um ihre Freundin zu besuchen. So gern Elisa sie begleitet hätte, aber sie konnte hier nicht fort, denn Louis hatte angekündigt, in der Nacht zurückzukommen, und nach Hans' Tod wollte sie für ihn da sein. Das sah sie als ihre Pflicht an. Außerdem hatte sie das dringende Bedürfnis, ihn zur Rede zu stellen. Es war ihr seinetwegen nicht gut gegangen. Tief enttäuscht war sie, weil er mit Rosalie offenbar weitermachte, als würden ihm die zarten Bande zwischen ihm und Elisa nichts bedeuten, als seien sie überhaupt nur ein Hirngespinst ihrer sehnsüchtigen Seele.

Nun war es bereits nach Mitternacht, und Louis war noch immer nicht zurück. Elisa lag auf dem Bett des Pavillons und sah dem sanften, warmen Wind dabei zu, wie er mit den weißen Seidenvorhängen spielte. Sie wartete auf das Geräusch von Autoreifen auf Kies, wartete auf zuschlagende Autotüren. Aber es blieb still bis auf die nächtlichen Rufe eines Käuzchens und das Gluckern des ans Ufer rollenden Wassers.

Weil ihre Gedanken ohnehin um Louis und die Gefühle, die sie füreinander hegten und derer sie sich keineswegs mehr sicher war, kreisten, hatte Elisa in den letzten Nächten kaum ein Auge zugemacht. Jetzt kam die Sorge um ihn hinzu. Immer wieder sanken ihre Lider hinab, und sie schlief kurz ein, nur um dann hochzuschrecken aus Angst, Louis' Heimkehr verpasst zu haben. Doch noch immer brannte nur in Rudolfs Zimmer Licht.

»Hier steckst du also.«

Einen kurzen Moment lang wagte Elisa zu hoffen, es sei Louis – aber nein, die Stimme war zu tief und zu rau.

Ehe sie sichs versah, senkte sich die Matratze an ihrer Seite hinab, als sich Rudolf neben sie setzte. »Sollten brave Mädchen nicht schon längst im Bett sein?«

»Brave Ehefrauen sollten vor allem ihren Ehemann erwarten, wenn dieser nach einer langen Reise nach Hause kommt.«

»Du nennst ihn also inzwischen deinen Ehemann?«

»Er *ist* mein Ehemann.«

Rudolf ließ eine Zigarette aus dem Etui gleiten, das Florence gestern Abend auf dem Schränkchen neben dem Bett liegen gelassen hatte, und zündete sie mit einem Streichholz an. »Ich nenne das Doppelmoral«, sagte er, nachdem er einen Zug genommen und das Streichholz auf die Wiese geworfen hatte.

»Wie darf ich das verstehen?«

»Gerade gibst du die gute Ehefrau, aber im nächsten Moment schließt du dich wieder diesen wilden Weibern an«, sagte er mit der Zigarette zwischen den Lippen.

»Diesen wilden Weibern? Du sprichst doch nicht etwa von Florences Freundinnen?«

»Genau von denen spreche ich.«

»Ich hatte den Eindruck, du würdest ihre Gesellschaft genießen.«

Rudolf nahm einen genüsslichen Zug an seiner Zigarette, ohne Elisa dabei aus den Augen zu lassen. »Natürlich, die Gesellschaft einer Frau ist meist ein Genuss. Aber es gibt Unterschiede. Sieh diese Margot an, die mehr Mann als Weib ist. Oder Kitty, die sich jedem Mann anbietet, weil sie der Meinung ist, das reine, keusche Bild der Frau sei überaltert. Zugegebenermaßen sind die beiden unterhaltsam. Aber sie sind nichts im Vergleich zu dir. Du bist so viel wertvoller …« Sein Blick entblößte sie.

»Es ist schon spät«, sagte sie. »Ich sollte ins Bett gehen und dort auf Louis warten.«

Schnell drückte er die Zigarette im Aschenbecher aus. »Ich wollte dich nicht mit meinem Gerede vertreiben. Entschuldige.«

»Das hast du nicht.«

»Aber mal unter uns.« Er näherte sich Elisa, als ob er ihr etwas ins Ohr flüstern wollte. Dabei brachte er seine Lippen den ihren unangenehm nahe. »Louis' Tante hätte man bei ihrem Männerverschleiß früher als Hexe verbrannt.«

»Wie kannst du so etwas über Florence sagen!« Elisa sprang auf, doch Rudolf hielt sie am Unterarm fest.

»Wie unschuldig du schaust.« Er zog sie zurück auf das Bett und beugte sich über sie. »Dabei wird es schon einen Grund geben, weshalb du dir diese Freundinnen ausgesucht hast. Kann es sein, dass du in Wahrheit genauso denkst wie sie?«

»Du tust mir weh. Lass mich sofort los.«

»Ich weiß, dass du mich magst, Elisa. Ich weiß, welche Leidenschaft in dir brennt.« Über ihrem Nachtkleid trug sie einen Morgenrock, den er aufzog. Er fuhr mit seiner Hand in ihren Ausschnitt. »Gefällt dir das?«

Elisa versuchte, Rudolf von sich zu schieben, doch er war zu schwer. Im nächsten Moment war er über ihr und umklammerte sie mit seinen mächtigen Oberschenkeln. »Louis muss ja nichts davon erfahren.«

Als sie schrie, erschrak er und drückte seine Pranke auf ihren Mund. Sie trat mit den Beinen um sich, doch sie traf nur Luft. Er schob ihr Kleid nach oben. Es gelang ihr, ihn in den kleinen Finger zu beißen. Für den Bruchteil einer Sekunde ließ seine Kraft nach. Elisa stieß ihn von sich und sprang aus dem Bett. Doch schon war er vor ihr und schlug zu. Ihr Kopf prallte auf das Bett zurück. Kurz tanzten silberne Punkte in der Dunkelheit um sie her.

Sie rappelte sich auf, um erneut zu versuchen, aus dem Pavillon zu flüchten, aber Rudolf hatte sie an ihrem Mantel zu fassen bekommen. Aus einem Reflex heraus schlüpfte sie aus den Ärmeln und rannte los – da packte er sie an der Taille und drückte sie an die Glaswand.

»Wildes Kätzchen!«, lachte er dreckig.

Auf einmal wurde er nach hinten gerissen. Eine Faust traf ihn am Kinn. Er stürzte.

»Du elendiges Schwein!«

Louis war zurückgekommen! Er hatte Rudolf mit beiden Händen am Kragen seines Jacketts gepackt und hielt ihn auf den Boden gedrückt.

»Du hast gesagt, dass sie dir gleichgültig ist!«, schrie Rudolf.

»Vor langer Zeit vielleicht einmal. Aber längst nicht mehr. Und selbst wenn es noch so wäre, so gibt dir das noch lange nicht das Recht, sie zu bedrängen!«

»Ist ja gut! Ich hab's verstanden!«

Louis ließ von Rudolf ab und erhob sich vom Boden.

»Haben wir uns jetzt wieder beruhigt?«, fuhr Rudolf ihn an, nachdem er auch wieder auf die Beine gekommen war. »Fühlst du dich jetzt besser?«

Da holte Louis erneut mit der Faust aus und brach Rudolf mit einem gezielten Schlag die Nase. »Jetzt fühle ich mich besser.«

Während er seine Finger massierte, fügte er noch hinzu: »Pack deine Sachen. Ich rufe dir ein Taxi. Du wirst keine einzige weitere Nacht hier verbringen.«

Louis weckte Käthe und bat sie darum, sich um Elisa zu kümmern, während er sicherstellte, dass Rudolf so bald wie möglich die Villa verließ. Elisa saß vollkommen regungslos im Pavillon auf dem Sessel und starrte ins Nichts. Käthe hatte einen Arm um sie gelegt und redete tröstend auf sie ein. Doch erst als Louis sich vor sie kniete und ihre Hände mit seinen umschloss, stürzten die letzten Minuten auf Elisa ein. Sie weinte so heftig, dass es ihren ganzen Körper schüttelte.

»Er ist weg«, sagte Louis sanft.

Käthe knickste und zog sich aus dem Pavillon zurück.

»Wie geht es dir?«, fragte Elisa, was Louis ein ungläubiges Schmunzeln entlockte.

»Wie es mir geht?«

»Du hast eine so furchtbare Zeit hinter dir und kommst nach Hause und dann das …«

»Ach, meine liebe, liebe Elisa«, sagte er, legte seinen Kopf auf ihren Schoß und hielt sie einfach nur fest.

Kapitel 57

Bereits am Montagmorgen begannen die Vorbereitungen für den Ball, der am Freitagabend in Florences Villa stattfinden sollte. Drei Gärtner brachten die Hecken in verspielte Formen und die Beete mit bunten Stiefmütterchen zum Leuchten. Staubpartikel flimmerten in der Nachmittagssonne, als Käthe die Teppiche auf der Terrasse ausklopfte. Der von der Witterung verfärbte Brunnen wurde geschrubbt und die Flügeltür des Salons zum Speisezimmer hin geöffnet, damit Platz zum Tanzen war. Immer wieder war das Geklapper von Pferdehufen in der Einfahrt zu hören, wenn Droschken Kisten mit Wein aus Italien, Orangen aus Spanien und feinsten Käse aus Frankreich lieferten. Ab Mittwoch war die Villa von der deftigen Würze der Häppchen erfüllt, die gereicht werden würden. Ab Donnerstag mischte sich die fruchtige Süße des Punsches sowie der Duft geschmolzener Schokolade hinzu, die in der Küche über die dreistöckige Torte gegossen wurde.

In all dem Trubel fanden Elisa und Louis kaum Zeit füreinander, und Louis war zudem damit beschäftigt, die Herstellung der neuen *Lust auf mehr?*-Tafeln in der Münchner Süßwarenboutique zu überwachen, damit diese pünktlich zum Ball geliefert werden würden. Die Tafeln waren etwas kleiner als üblich und passten perfekt in jede Handtasche. Seit heute waren sie offiziell in großen Kaufhäusern und den Von-Treue-Filialen erhältlich.

Noch hatte Elisa keine Gelegenheit gefunden, Louis auf den

an Rosalie adressierten Brief anzusprechen. Wenn sie nach seinem Verhalten seit seiner Rückkehr hätte urteilen sollen, gab es nichts, das sie an seinen Gefühlen ihr gegenüber zweifeln ließ. Aber die so intimen Worte des Briefes an Rosalie hallten täglich in ihrem Kopf wider.

Am nächsten Tag trafen mit dem Sechs-Uhr-Schlag der Kuckucksuhr die ersten Gäste für den Ball ein. Nach und nach füllte sich die Villa mit schimmernden Seidenstoffen sowie funkelnden Ringen, Ketten und Haarnadeln. Der Garten blinkte wie ein Sternenhimmel, denn hundert Fackeln waren aufgestellt worden, und sogar auf dem Wasser des Brunnens trieben Schwimmkerzen.

Vier Lakaien waren für den Ball zusätzlich engagiert worden, flankierten die mit einem roten Teppich ausgelegte Eingangstreppe und halfen den feinen Herrschaften bei der Ankunft aus ihren Mänteln. Zudem überreichten sie jeder Dame ein Seidentäschchen als Gastgeschenk, in dem sich jeweils ein handtellergroßer Spiegel, ein kleiner Fächer sowie eine Tafel der neuen Von-Treue-Schokoladensorten befanden.

Vom ersten Stock aus beobachtete Elisa, wie die Damen ganz entzückt von dieser Überraschung waren. »Lust auf Meer?« stand auf der Schokolade mit etwas Salz, »Lust auf Frische?« auf der mit Minze, »Lust auf Schärfe?« auf jener mit Chili, und »Lust auf Exotik?« bewarb die Schokolade mit Ingwer.

Gerade trafen Lisbeth und Kitty ein. Im vollen Bewusstsein ihrer Reize stolzierte Kitty vorneweg, während sie den Blick über die bereits anwesenden Gäste streifen ließ. Sie sah hinreißend aus in ihrem cremefarbenen Kleid mit den zarten Stoffblumen darauf. Auch Lisbeth hatte sich ordentlich herausgeputzt und glänzte in einem dunkelblauen Seidenkleid mit flachen, spitzenverzierten Epaulettes. Das Haar hatte sie mit einer roten Samtschleife geschmückt. Ihr Mann war bei ihr, was vermutlich der Grund dafür war, dass Kitty leicht gelangweilt dreinblickte und ihr Gesicht sich erst erhellte, als sie Elisa im ersten Stock entdeckte.

Sogleich eilte sie die Treppe herauf und küsste sie auf beide Wangen. »Wie schön du aussiehst! Dein zarter Hals ist geradezu geschaffen für dieses Collier!«

Florence hatte Elisa ein Diamantcollier geliehen, um die Tiefe des Ausschnitts zu kaschieren und gleichzeitig die Aufmerksamkeit darauf zu lenken. Eine Kunst, die nur Florence verstand. Fast zwei Stunden lang hatte Elisa damit zugebracht, sich für den Ball herzurichten.

Lisbeth und ihr Mann kamen nun ebenfalls herauf. »Donnerwetter«, sagte Lisbeth. »Da hat sich aber jemand ins Zeug gelegt.«

Sie stellte Elisa ihren Gatten vor, einen leicht untersetzten Mann, der sich höflich für die Einladung bedankte und Elisa ebenfalls ein Kompliment für ihre Toilette machte. Sie sprachen über Margot, die inzwischen aus dem Krankenhaus entlassen worden und wieder zu Hause war, sich jedoch noch schonen musste.

»Schrecklich, die ganze Geschichte. Wirklich ganz schrecklich«, sagte Kitty immer wieder, während sie die Menge nach interessanten Gästen absuchte.

Louis trat in Elisas Sichtfeld. Er begrüßte einen Herrn mit festem Händedruck und dessen Ehefrau mit einem Handkuss, brachte beide zum Lachen und setzte dann seinen Streifzug fort. Immer wieder schweifte sein Blick durch den Raum, als wäre er auf der Suche nach etwas – da sah er auf einmal zu ihr auf. Ein kleines Lächeln breitete sich auf seinen Lippen aus. Er hielt auf die Treppe zu. Langsam ging Elisa ihm entgegen, streckte auf der vorletzten Stufe die Hand aus, die er nahm und sanft drückte.

»Das wird ein guter Abend«, sagte er.

Hand in Hand bahnten sie sich ihren Weg durch die Gäste, tauschten mal hier, mal da ein paar freundliche Worte aus und ihre leeren Champagnergläser durch frisch gefüllte. Louis ließ seinem Talent, Herzen für sich zu gewinnen, freien Lauf. Er erzählte in mühelosem Fluss, hinreißend und wortwitzig wie ein Humorist. Vom Champagner beflügelt, schob Elisa das Thema, das sie bedrückte, weit von sich und schwelgte zunehmend in der Faszination, wie geschickt Louis mit Menschen umzugehen wusste und wie spielerisch leicht es ihm gelang, von einem netten Geplänkel zum Geschäft überzugehen. Florence hatte ein paar ehemalige Bekannte ihres Mannes eingeladen, die für die Süßwarenfabrik von Bedeutung sein könnten. Besitzer von Kaffeeplantagen, Ingenieure und das Wichtigste: zwei Journalisten.

Der Saal war erfüllt von Bewegung, Leichtigkeit und Eleganz. Junge Mädchen schwirrten umher und sammelten eifrig Namen, um ihre Tanzkarten zu füllen. Die prächtigen Kleider der Damen fächerten bei den Drehungen auf und schwangen über das Parkett.

»Komm«, sagte Louis zu Elisa, als das Orchester einen Walzer anstimmte, und führte sie auf die Tanzfläche.

Sie begannen langsam und zurückhaltend. Ihr Herz drohte Elisa aus der Brust zu springen, um sich Louis vor die Füße zu werfen, so sehr erfüllte seine Nähe sie. Louis wagte es, sie einmal zu drehen. Perfekt im Takt der Musik schwebte er mit ihr zwischen den wirbelnden Paaren hindurch. Das Orchester, das Geräusch der Absätze auf dem Parkett, das Summen der Gespräche – all das war mit einem Mal verstummt. Es gab nur noch sie und ihn.

Nach all dem, was in den letzten Tagen geschehen war – Louis' Abreise nach Berlin, Hans' Tod, der ominöse Brief und Rudolfs Übergriff –, empfand Elisa umso stärker die Notwendigkeit, Louis zu lieben. Sie fühlte, dass ihre Liebe zu ihm durch all das, was sie bisher gemeinsam durchgemacht hatten, nur reiner und stärker geworden war. Wenn Louis nur den Brief an Rosalie nicht geschrieben hätte, dann hätte jetzt kaum etwas ihre Empfindungen trüben können.

Auf einmal ertönte ein lauter Knall.

Der Sektkorken schoss an Louis vorbei, prallte mit Wucht gegen die Porzellanskulptur eines nackten Mädchens auf dem Kamin und fegte diese zu Boden, wo sie in tausend kleine Scherben zerbrach. Sekt spritzte neben Louis' Füße auf das dunkle Parkett. Das Orchester war verstummt, ein letzter Violinenklang ertönte noch, dann war es ganz still, nur für einen Augenblick, bis ein lautes, kehliges Lachen ertönte. Es war Florence, die lachte, wobei sie den Kopf in den Nacken gelegt hatte. Den meisten Männern war es unmöglich, den Blick von Louis' Tante zu nehmen, deren weit ausgeschnittenes Dekolleté tiefe Einblicke auf ihren bebenden Busen bot, wobei manche fasziniert, andere irritiert dreinblickten.

»Ich sagte doch, öffne die Flasche draußen!«, rief sie offensichtlich über die Maßen amüsiert mit lauter Stimme durch den Saal, obwohl der junge Mann mit dem hellroten Backenbart, an den die Worte wohl gerichtet waren, nur eine Handlänge entfernt neben ihr stand.

Florence klatschte in die Hände und verkündete laut: »Es ist gleich zwölf Uhr, und draußen wartet eine Überraschung. Lassen Sie sich Ihre Mäntel und Pelze bringen oder suchen Sie sich einen starken Mann, der Sie wärmt!«

An der frischen Luft wartete ein Feuer auf die Gäste, über dem in einem großen Kessel eine Feuerzangenbowle erhitzt wurde. *Ohs* und *Ahs* tönten durch die Menge, als Florence über dem Kessel zwei große Zuckerhüte mit Rum übergoss, diese anzündete und bläuliche Flammen emporwuchsen. Der Zucker schmolz und tropfte zischend in die Bowle. Für die Damen gab es Wunderkerzen, die größte Attraktion waren jedoch die Luftballons. Florence wies jeden Gast an, einen Wunsch auf einem goldenen Papier, das Käthe verteilte, zu notieren. Dieses Papier wurde dann am Luftballon befestigt, und schließlich, als jeder Gast so weit war, wurden sämtliche Ballons gemeinsam losgelassen. Es herrschte ein andächtiges, zauberhaftes Schweigen, als die weißen Punkte höher und höher stiegen, vom Wind auf den See hinausgezogen wurden und dort wie Sterne schimmerten.

»Was hast du auf deinen Zettel geschrieben?«, fragte Louis Elisa.

»Das darf man doch nicht verraten, sonst geht der Wunsch nicht in Erfüllung«, entgegnete sie.

Noch immer hatte Elisa nicht auf Louis' Brief reagiert, was ihn verwunderte, denn das sah ihr überhaupt nicht ähnlich. Inzwischen kannte sie ihn doch gut genug, um zu wissen, wie viel Überwindung es ihn gekostet hatte, sich derart zu öffnen.

Er nahm ihre Hand und sagte: »Komm.«

»Wohin gehen wir?«, fragte sie.

Sie sah es schon, denn die Allee mit Florences geliebten Boskopbäumen war nicht weit und dennoch weit genug von der Terrasse entfernt, um ungestört zu sein. Das Mondlicht drang nur hier und da in Form silberner Fäden durch das Geäst. Der säuerlich-süße Duft der Apfelbäume erfüllte die Luft und ebenso ein monotones Summen, das von der Terrasse kam und aus dem hin und wieder ein Lachen herausstach. Ein unsicheres, abenteuerliches Lächeln huschte über Elisas Lippen.

»Es frisst mich fast auf, nicht zu wissen, was du über meinen Brief denkst, den ich dir geschrieben habe«, begann Louis.

Elisa wusste nicht, von welchem Brief er sprach.

»An dem Tag, an dem ich nach Berlin gereist bin, habe ich dir geschrieben.«

»Ich habe nie einen Brief von dir erhalten, Louis.«

»Aber du musst ihn gesehen haben! Ich habe ihn dir auf dein Kopfkissen gelegt.«

Elisa schüttelte den Kopf. »Der einzige Brief, den ich in deiner Abwesenheit las, war ein Brief, den Rudolf mir zeigte. Du hast ihn wohl für Rosalie geschrieben.«

»Rosalie?« Er schüttelte den Kopf. »Gewiss nicht. Ich habe sie nicht einmal gesehen, als ich in Berlin war. Der Brief war an dich gerichtet.« Louis schwieg einen Moment, und seine Miene zeugte von intensivem Nachdenken. Dann verdüsterte sie sich. »Ich fasse es nicht ... Rudolf ... muss dich absichtlich getäuscht haben.«

»Dieser Brief ... er war *an mich* gerichtet?« Elisa errötete. All die Gedanken, die sie sich gemacht hatte, all der Schmerz – ein Irrtum, eine Intrige dieses Grobians Rudolf? Dann schmunzelte sie mit einem Mal schüchtern und gleichzeitig abenteuerlustig. »Wirst du denn halten, was du mir darin versprochen hast?«

Als Louis sie leicht verwirrt fragte, was sie damit meinte, stellte sie sich auf die Zehenspitzen und flüsterte in sein Ohr: »Ich will dich an Stellen küssen, an denen du noch nicht einmal berührt worden bist.«

Auf einmal lagen ihre Lippen auf seinen. Ihre Finger vergruben sich in seinem Haar, während ihr Körper sich dem seinen entgegendrängte. Ihr Mund öffnete sich, und sie vertieften den Kuss.

»Diesen Brief habe ich zwar auch an dich geschrieben«, sagte Louis, nachdem er sich – wenn auch widerstrebend – von ihr gelöst hatte. »Aber es war ein anderer, den ich dir auf dein Kopfkissen legte. Rudolf muss ihn von dort fortgenommen haben. Darin stand, dass ich dich liebe. Aufrichtig und ehrlich, und dass ich ein Idiot war, das nicht schon viel früher zu begreifen.«

»Dann zeig es mir.«

Auf einmal gab es nur noch ihren warmen, süßen Atem an seinem Hals, ihre schmetterlingshaften Berührungen an seiner Brust, die leichte Feuchte ihrer Lippen. Sie war reine, pure Verführung.

Es war ein Zerfließen, ein *Ich gehöre ganz dir, mach mit mir, was du willst.* Erneut senkte sich sein Mund auf ihren hinab, doch diesmal hob Louis Elisa dabei hoch, sie schlang die Beine um seine Hüfte, er drückte sie gegen den Stamm eines Apfelbaumes. Er hatte Angst, zu grob, zu schnell zu sein, und zögerte, doch sie legte ihre Finger in seinen Nacken und zog ihn näher an sich heran. Ihr Atem verwob sich mit seinem, er fuhr mit der Hand über ihren dünnen Strumpf, der ihre schlanken Beine bedeckte, tastete sich höher, spürte ihre nackte Haut, und sie erzitterte.

»Herr Lindquist?« Das war Mikael, der ihn zu suchen schien.

Es kostete Louis all seine Kraft, sich von Elisa zu lösen. Er wandte das Gesicht leicht von ihr ab und rief: »Was ist denn?«

»Ein junges Fräulein würde Sie gerne sprechen.«

»Jetzt? Worum geht es denn?«

»Das wollte sie nicht sagen. Aber sie meinte, es wäre dringend.«

Louis stöhnte leiderfüllt. Er sah zurück zu Elisa, die ihm so nah war, dass nicht mehr als ein einziger Lichtfaden zwischen sie passte.

»Geh nur«, meinte Elisa und strich sanft mit den Fingerspitzen an seinem Wangenknochen entlang.

Louis betrachtete die dunklen, markanten Brauen in ihrem so fein geschnittenen Gesicht. Die kleine Nase, ihre reine, weiche Haut und die helle Röte auf den blassen Wangen und er begriff, dass er, der ewig Rastlose, endlich angekommen war.

»Sagen Sie dem Fräulein, sie soll unten im Jagdzimmer warten«, rief er Mikael zu.

Elisa richtete ihr Kleid, und Louis küsste ein letztes Mal ihre Handknöchel.

»Wer könnte das wohl sein?«, fragte Elisa, als sie nebeneinander die Villa betraten.

»Ich habe nicht die leiseste Ahnung«, entgegnete er. Was gelogen war, denn in Wahrheit hatte er einen Verdacht.

Elisa mischte sich unter die Gäste, und Louis sah ihr einen Augenblick nach, ehe er sich ins Jagdzimmer begab.

»Ich bin's«, sagte eine wohlvertraute, ungewöhnlich tiefe Mädchenstimme.

Rosalie von der Heyt trat in einem prächtigen Ballkleid aus rosafarbener Seide ins Licht des Kronleuchters. Sie knickste provozierend adrett, ehe sie sagte: »Lange nicht gesehen.«

Kapitel 58

Louis hatte Mühe, sich zu beherrschen. Um zu vermeiden, dass herumschwirrende Gäste ins Jagdzimmer hereinplatzten, sperrte er vorsorglich ab, bereute es jedoch sogleich, denn Rosalie quittierte dies mit einem frivolen Lächeln. Noch immer hielt er sie recht grob am Oberarm gepackt, doch nun ließ er von ihr ab, als hätte er sich an ihr verbrannt.

In militärsteifer Haltung und mit hinter dem Rücken verschränkten Händen trat er ans Fenster. Dabei verfolgte er aus dem Augenwinkel, wie Rosalie auf einen Sessel sank und die Arme über den Kopf auf die Rückenlehne legte. Als würde sie einem Maler Modell sitzen, bot sie sich dar und war sich ihrer Reize ganz und gar bewusst.

Noch immer gelang es Rosalie, Louis mit ihrer provozierenden und aufregenden Schönheit zu verunsichern. Ihre eisblauen Augen hielten an seinem Profil fest, denn sie wusste, dass er sich früher oder später zu ihr umdrehen würde. Ihre Wangen waren etwas voller geworden, allgemein schien sie etwas fülliger geworden zu sein, doch vielleicht war es nur das Korsett, das ihren Busen prall im Ausschnitt ihres Seidenkleides stehen ließ.

»Die Villa passt zu deiner Tante«, sagte sie und rutschte nicht gerade damenhaft noch ein Stück tiefer im Sessel.

Das Jagdzimmer war ein Raum mit schweren dunklen Möbeln, ausgestopften Tieren und alten Teppichen. Hier rauchte man Zigarren und trank Cognac. Eben diese Atmosphäre verlieh seinem

Beisammensein mit Rosalie etwas unerwünscht Intimes. Er schalt sich dafür, sie in ausgerechnet dieses Zimmer gebeten zu haben, auch wenn er ja keine Ahnung von ihrer Ankunft gehabt hatte.

»Was willst du hier?«, fragte er mit einer bewusst eingesetzten Kälte in der Stimme.

»Dich sehen, nachdem du in Berlin derart herzlos warst und dich geweigert hast, mich zu treffen.«

»Ich habe mich nicht geweigert, ich hatte schlichtweg keine Zeit.«

»Nicht einmal für ein kurzes Hallo?«

Über die Schulter sah er ihren belustigten Ausdruck und begriff, dass es keinen Sinn hatte, ihr etwas vorzumachen. »Du weißt, warum ich dich nicht treffen konnte.«

»Ich weiß es. Aber begreifen tue ich es nicht. Von einem Tag auf den anderen verschwindest du, ohne ein Wort zu sagen. Behandelt man so ein Mädchen, das man mal gern hatte?«

Es ärgerte Louis, dass Rosalie recht hatte. Dennoch sagte er: »Elisa und ich sind von einem Tag auf den anderen aufgebrochen. Es gab keine Gelegenheit, sich zu verabschieden. Von niemandem.«

Als würde sie das Gespräch langweilen, fing sie nun an, an ihrer Perlenkette zu spielen. »Dennoch war ich traurig. Ich habe nicht viele Freunde außer dir.«

»Du bist eines der beliebtesten Mädchen Berlins. Männer verehren dich, und die jungen Fräuleins eifern dir nach. Erzähl mir nicht, dass du keine Freunde hast.«

»Beliebt zu sein, bedeutet nicht, dass ich diese Leute auch mag. Sie ermüden mich mit ihren Moralvorstellungen und ihrem schablonenhaften Lebensstil. Du jedoch bist anders.«

Als Louis sich umwandte, stand Rosalie ihm auf einmal direkt gegenüber. Sie war ihm so nah, dass sich zum Geruch der Möbel, Felle und Teppiche die Süße ihrer rosigen Haut wob. Wie oft hatte er diesen Duft tief eingeatmet wie eine Droge, hatte sich an ihm berauscht. Aber nun, da er Elisas Herz so nah gewesen war, ließ ihn dieser Duft kalt.

»Um mir das zu sagen, kommst du extra aus Berlin angereist? Du hättest auch einfach einen Brief schreiben können.«

»Hättest du mir denn geantwortet?« Sie verströmte ihren nach Bowle duftenden Atem über seinem Gesicht.

Als er nicht antwortete, wisperte sie: »Siehst du. Und du kennst mich doch. Ich ergreife gern die Initiative.« Sie legte ihre ringgeschmückte Hand auf seine Brust.

Louis wich zurück und stieß mit dem Rücken gegen die Fensterbank. »Rosalie, was willst du hier?«

Sie presste die Lippen aufeinander. Ihre Augenbrauen zogen sich zusammen, und der für sie übliche überhebliche und spöttische Ausdruck wich einer nahezu angsteinflößenden Entschlossenheit. »Heirate mich.«

»Wie bitte?« Louis lachte laut auf. »Ich glaube, du stehst etwas neben dir!«

»Ganz und gar nicht. Du und ich, wir waren ein gutes Team. Ich vermisse dich.«

»Dir ist wohl entgangen, dass ich bereits verheiratet bin.«

Sie zuckte mit den Schultern, unbeeindruckt von diesem Argument. »Unglücklich verheiratet. Du musst dich nur scheiden lassen.«

Fassungslos schüttelte Louis den Kopf. »Dieses Gespräch ist hiermit beendet. Du kannst heute Nacht im Gästezimmer schlafen. Morgen in der Früh bringe ich dich zum Bahnhof und dann …«

»Ich werde die Nacht gewiss nicht mit deiner Frau unter einem Dach verbringen. Ich schlafe in einem Hotel und fahre morgen in der Früh mit einer Mietdroschke zum Bahnhof. Und du wirst mich begleiten.«

»Rosalie«, sagte Louis sanft, als spräche er mit einem kleinen

Kind. »Ich werde nicht mit dir nach Berlin fahren. Es war nicht ehrenhaft von mir, ohne ein Abschiedswort nach München zu verschwinden. Das tut mir leid. So bald wie möglich kehren Elisa und ich nach Berlin zurück. Wenn du möchtest, können wir uns dort hin und wieder sehen. Als Freunde, wohlgemerkt. Aber ich werde mich weder scheiden lassen noch dich ehelichen.«

Er versuchte, die Entschlossenheit ihres Blicks zu erwidern, und begriff zu spät, dass er in eine Falle getappt war, denn das nutzte sie, um ihre Hände unter sein Jackett gleiten zu lassen.

Louis packte sie an den Schultern und schob sie von sich fort. Dann sagte er mit fester Stimme: »Du fährst jetzt. Mikael bringt dich in dein Hotel.«

Es gab diesen winzigen Augenblick, in dem Rosalie wirkte, als würde etwas in ihr zerbrechen. Ihre Lider senkten sich, und sie atmete schwer aus, ohne wieder einzuatmen. Louis war unsicher, ob dies ein gelungenes Schauspiel war oder ob Rosalie tatsächlich kurz davor stand, in Tränen auszubrechen. Da bemerkte er die Ringe unter ihren Augen, die ihm zuvor in der Dunkelheit des Raumes nicht aufgefallen waren.

Jäh straffte sie die Schultern und nahm Haltung an. »Wie Sie befehlen, Sir.« Sie deutete eine militärische Verbeugung an und drehte dann auf dem Absatz um.

Erstaunlich artig ließ Rosalie sich zum Ausgang begleiten. In Louis wuchs ein ungutes Gefühl heran, denn er kannte Rosalie und wusste, dass sie niemand war, der leicht aufgab. Er fürchtete, dass ihr Auftritt auf dem Ball nur der erste Akt eines Dramas gewesen war.

Draußen warf sie ihre Handtasche in den wartenden Wagen, schlug den Kragen ihres Mantels hoch und sagte: »Wir sehen uns in Berlin, Louis Lindquist.«

Kapitel 59

Wilhelm fand vor seiner Haustür einen Brief und war freudig erregt darüber, dass ihm jemand schrieb, bis er den Absender las. Nur wenige Zeilen, mit schwarzer Tinte geschrieben, standen inmitten des weißen Papiers.

»Liebster Wilhelm, such mich doch bitte bald auf. Ich leide so sehr unter meiner Migräne. Deine Pauline.«

Wilhelm stöhnte. Frau von Treue war seit Elisas Verschwinden sehr anhänglich geworden. Immer wieder hatte sie ihn zu sich gerufen, weil sie angeblich von Husten oder Kopfschmerzen geplagt wurde oder unter Migräne litt. Jedes Mal, wenn Wilhelm ihrem Drängen nachgegeben hatte, waren Kaffee und Kuchen vorbereitet gewesen, und er hatte es nicht übers Herz gebracht, sich sogleich zu verabschieden.

Obwohl Wilhelm sich darüber ärgerte, mit ihr seine Zeit zu verschwenden, war er doch immer wieder zu Frau von Treue gefahren, so wie er auch nun in seinen Wagen stieg, obwohl Sonntagabend war und er noch nicht zu Abend gegessen hatte.

»Die gnädige Frau erwartet sie im Rokoko-Zimmer«, sagte Stefan, der bereits die Haustür geöffnet hatte, als Wilhelm in der Einfahrt vorgefahren war.

Seit fast einem Jahr war Herr von Treue nun tot, doch die Villa wurde noch immer derart von ihm beherrscht, als würde er jeden

Moment aus seinem Arbeitszimmer treten und Wilhelm eine Zigarre anbieten. In den meisten Räumen hielten noch immer dicke Samtvorhänge das Sonnenlicht fern, da dieses den Gemälden und Teppichen zusetzte, wie Herr von Treue immer behauptet hatte. Noch immer hing der Geruch schwerer Zigarren in den dunklen Polstermöbeln, und noch immer waren die hochglanzpolierten Kommoden und Schränke mit wertvollsten Vasen und Skulpturen beladen, um den Reichtum der Familie zu demonstrieren. Mit leeren Augen starrten die Porzellanpuppen, die Frau von Treue leidenschaftlich sammelte, Wilhelm an.

Inzwischen hatte Wilhelm sich daran gewöhnt, dass Elisa nicht mehr Mittelpunkt seines Lebens war. Sie fehlte ihm zwar, und er dachte oft an sie, aber der Schmerz war nicht mehr so heftig, als hätte er ein Bein oder einen Arm verloren. Trotzdem hatte Katja keine Geduld mehr mit ihm gehabt und ihm in einem Brief geschrieben, dass sie ihre Zeit nicht mit jemandem verschwenden wolle, der sich nicht sicher war, wie er zu ihr stand. Das war in Ordnung für ihn. Doch in der Treueschen Villa zu sein, war für ihn eine Qual. Denn alles hier erinnerte ihn an Elisa. Er sah sie vor seinem inneren Auge die Treppe herabkommen, so deutlich, als wäre es real. Sie breitete die Arme aus, ging mit kleinen, vorsichtigen Schritten auf ihn zu und sagte: »Wie schön, dass du da bist.«

Jedes Mal hatte er durch ihren Anblick die dunkle Villa vergessen und das Gefühl gehabt, nach Hause gekommen zu sein.

Pauline von Treue saß auf dem Canapé und war dabei, ein Puzzle zusammenzusetzen. Ihre Haltung war wie immer kerzengerade, die Beine hatte sie schräg angewinkelt, und sie saß auf der Kante des Sofas, als wolle sie möglichst viel Distanz zwischen sich und die Rückenlehne bringen. »Wie schön, dass du noch gekommen bist, mein lieber Wilhelm! Setz dich doch.«

Wilhelms Griff um seinen Arztkoffer wurde fester. »Sie haben geschrieben, Sie hätten Migräne?«

»Hatten wir uns nicht darauf geeinigt, uns zu duzen?«, erwiderte sie und klopfte mit der Hand auf den Sessel vor sich.

Widerwillig nahm er Platz.

In den letzten Wochen und Monaten hatte Frau von Treue, die schon immer eine sehr schlanke Frau gewesen war, noch mehr an Gewicht verloren. Ihr Kinn war spitz, und deutliche Falten ließen ihre Mundwinkel hängen. Früher hatte sie sich immer mit einer Pariser Tinktur die Haare blond gefärbt, doch nun durchzogen graue Strähnen ihr glanzloses Haar.

»Was darf ich dir anbieten? Ein Glas Wein? Oder hast du Hunger mitgebracht? Ich könnte dir etwas …« Sie wurde vom Läuten der Haustür unterbrochen. »Wer mag das wohl sein?«

»Das weiß ich nicht. Jedenfalls kann ich mich ja nun verabschieden, wenn es Ihnen … dir …«, verbesserte er sich, »… wenn es dir offensichtlich besser geht.«

In dieser Sekunde drang ein Lachen aus dem Flur zu ihnen ins Rokoko-Zimmer. Es war ein helles, warmes, unglaublich weiches Frauenlachen, das die Villa einerseits wie Sonnenstrahlen erfüllte und andererseits Wilhelm pfeilartig ins Herz traf.

War es möglich, dass …?

Nein. Die Villa täuschte ihn, ließ ihn Dinge hören, die er sich vielleicht ersehnte, die aber nicht real waren.

Erneut war da dieses Lachen. Sein Herz beschleunigte. Auf einmal war er so nervös, dass seine Hände und Beine zu zittern begannen. Er wollte fliehen.

Schritte waren zu hören. Stefan schwatzte aufgeregt.

»Offensichtlich hast du Besuch«, stellte Wilhelm unsinnigerweise fest.

»Der kann warten.«

Wilhelm sprang von seinem Sessel auf und griff nach seiner Arzttasche. Eine Vielzahl von Emotionen ergriff ihn. Da war Angst, da waren Hoffnung, Schmerz, Trauer, Scham, Verzweiflung … Sein

Herz würde jeden Moment aus der Brust springen, so schnell schlug es. Es schien etwas zu wissen, was sein Kopf noch nicht wahrhaben wollte.

Das Klackern von Absätzen hallte im Flur, das Geräusch kam immer näher.

»Frau von Treue, als Arzt rate ich Ihnen, ein warmes Bad zu nehmen und viel zu schlafen. Mehr kann ich im Augenblick nicht für Sie tun. Wenn Sie mich nun entschuldigen, dann werde ich wieder nach Hause …«

Es klopfte an der Tür.

»Nicht jetzt!«, schrillte Frau von Treues Stimme erbost durch den Raum.

Dennoch wurde die Klinke gedrückt, und die Tür ging auf.

»Oh, ich hoffe, ich störe nicht«, sagte diese eine Stimme, die Wilhelms Herz selbst unter zehntausend anderen erkannt hätte.

Langsam, als würde jemand den Lauf einer Pistole auf ihn richten, sah Wilhelm vom Boden auf. »Hallo, Elisa.«

Kapitel 60

Louis wartete in der Einfahrt im Wagen. Es war nicht leicht für ihn gewesen mitanzusehen, wie Elisa in der Villa verschwand, in der sie nach so langer Zeit auf ihre Mutter treffen würde. Am liebsten wäre er mit ihr gegangen, aber er wollte Elisa Zeit lassen, das komplizierte Verhältnis zu ihrer Mutter, insbesondere die jahrelange Verabreichung ruhigstellender Medikamente, in Ruhe zu klären.

Er versuchte, sich mit der Tageszeitung abzulenken. Es war etwa eine halbe Stunde vergangen, als Elisa nach draußen kam. Aber sie sagte nur, dass Louis schon einmal fahren solle. Zwischen ihrer Mutter und ihr gäbe es noch einiges zu klären. Außerdem sei Wilhelm zugegen. Stefan würde sie später nach Hause bringen.

Wieder in die Lindquist-Villa zurückgekehrt, studierte Louis im Blauen Zimmer ein paar Rechnungen und versuchte, sich auf diese Weise wach zu halten. Ein paarmal glaubte er, dass Scheinwerferlicht herannahte und Autoreifen auf dem Kiesweg der Einfahrt knirschten. Aber er täuschte sich jedes Mal. Leise drang das elfmalige Schlagen der Standuhr im Flur zu ihm ins Blaue Zimmer. Eine halbe Stunde später läutete es endlich an der Haustür, und Louis sprang sogleich von seinem Sessel auf.

»Es tut mir leid, dass es so spät geworden ist«, seufzte Elisa schwer, während sie ihre Handschuhe aufknöpfte und von den Fingern zog.

»Schon gut«, meinte er und half ihr aus dem Mantel. »Was hat Wilhelm so gesagt? Und wie war es für ihn, dich unerwartet wiederzusehen? Was war überhaupt der Anlass seines Besuchs?«

»Ach, meine Mutter wurde wohl von Migräne geplagt. Aber Wilhelm und ich haben kaum miteinander gesprochen. Lass uns schlafen gehen«, wich sie ihm aus und errötete nicht einmal dabei.

»Wie kann er nicht viel gesagt haben? Immerhin wart ihr Stunden im selben Haus.«

»Er ist kurz nach dir gefahren. Wir hatten also gar keine Gelegenheit, uns in Ruhe und ungestört zu sprechen.«

Sie legte ihren Pelz auf den Polstersitz im Flur und machte sich dann auf den Weg durch den Garten zur Maison, wo sie erneut untergebracht waren.

»Willst du das denn? Ich meine, dich mit ihm aussprechen?«

»Louis! Was soll diese Fragerei? Natürlich will ich mich mit ihm aussprechen!«

Louis blieb im Türrahmen des Badezimmers stehen. Er schwieg, denn wann immer er glaubte, die richtigen Worte gefunden zu haben, fand er sie im nächsten Moment schon wieder lächerlich.

Elisa begann, die Nadeln aus ihrem hochgesteckten Haar zu ziehen. »Im Übrigen plant meine Mutter uns zuliebe eine Krocketpartie mit anschließender Musiksoiree zu geben, um uns nach unserer Rückkehr in der Berliner Gesellschaft zu begrüßen.«

»Schön«, murmelte Louis, konnte aber nicht verbergen, wie sehr ihm vor diesem Abend graute.

Im Schlafzimmer setzte Elisa sich auf das Bett und machte sich daran, ihre Bluse aufzuknöpfen. »Du hast mir noch immer nicht gesagt, weshalb Rosalie extra von Berlin nach München gekommen ist, um dich zu sprechen.« Sie versuchte, es beiläufig klingen zu lassen.

Wie ein Tiger im Käfig lief Louis im Raum auf und ab, die Arme hinter dem Rücken verschränkt, und versuchte ein möglichst neutrales Gesicht zu machen. »Sie wollte mich sehen, das ist schon alles.«

»Sie reist also extra von Berlin nach München, um dich zu *sehen?*«

»Ich werde sie nicht erneut treffen. Ist das nicht alles, was zählt?«

Der Wind, der gerade eben durch die offen stehenden Fenster hereingefahren war und mit den weißen Seidenvorhängen des Himmelbetts getanzt hatte, wich nun nach draußen, und die Vorhänge erstarrten. Elisa wirkte zerbrechlicher denn je.

»Ich will nicht mit dir streiten«, sagte Louis, kniete sich vor sie und sah zu ihr auf, in ihr feines, ebenmäßiges Gesicht, das ihn berührte wie kein zweites.

»Ich will auch nicht mit dir streiten …« Sie rutschte die Bettkante hinab, sodass sie nun vor ihm kniete, ihm ganz nah war, die Nasenspitzen nur einen Zentimeter voneinander entfernt.

Kurz war es so still zwischen ihnen, dass er seinen eigenen Herzschlag hören konnte. »Ich …«, hauchte er schließlich.

Auf einmal nahm sie sein Gesicht in ihre Hände und küsste ihn leidenschaftlich, sehnsüchtig, gierig. Es war ihm, als wollte sie ihm durch diesen Kuss zeigen, was sie zu bieten hatte, als wollte sie ihm sagen, dass sie es wert war, sie zu lieben, aber das tat er ohnehin schon, so sehr. Er hob sie hoch, legte sie auf das Bett. Sie bewegte sich unter ihm, zog ihn noch näher an sich heran, obwohl er schon jetzt Angst hatte, sie mit seinem Gewicht zu erdrücken. Sie schob sein Hemd von seinen Schultern, strich über seinen Rücken.

Kurz kamen ihm Zweifel, denn er hatte Angst, diesem zerbrechlichen Geschöpf wehzutun. Doch in ihren Augen sah er, wie sehr sie ihm vertraute und ihn liebte, und er konnte nicht anders, als sich dem Duft ihrer weichen Haut hinzugeben. Ihre Berührungen waren federleicht und erweckten den Wunsch in ihm, sie noch fester zu packen. Als sie nackt vor ihm lag, die Haut hell wie die eines Engels, verspürte er fast Ehrfurcht, so schön war sie. Ihre Finger fanden einander und verschränken sich.

Sie rückte noch näher an ihn heran, sodass er ihren beschleunigten Herzschlag spüren konnte. Er war sich sicher, alles durchstehen zu können, solange Elisa ihn liebte.

Er legte seine Stirn an ihre und hauchte ihren Namen. »Ich liebe dich«, sagte er.

»Zeig es mir«, wisperte sie an seinen Lippen.

Als bereits die ersten rosagoldenen Strahlen des Morgenlichts ins Zimmer fielen, schlief sie auf seiner Brust ein, und Louis war es, als hielte er sein Leben in den Armen.

Kapitel 61

Drei Tage später veranstaltete Elisas Mutter die von ihr angekündigte Krocketpartie mit anschließender Musiksoiree. Der Harfenist, ein junger Musikstudent mit geröteten Wangen und frisch gesprossenem Flaum am Kinn, war bereits eingetroffen, um seine Harfe einzustimmen, während die Damen draußen Krocket spielten, Eistee schlürften und eifrig schwatzten. Die Sonnenschirme bogen sich im Wind, der aufgekommen war und in den hohen Pappeln rauschte. Die ersten Blätter hatte der Herbst schon abgepflückt und ließ sie in der Luft umherwirbeln.

Elisa gab sich Mühe, ihrer Mutter zu verzeihen, auch wenn diese das Unrecht, das sie Elisa jahrelang angetan hatte, nie eingestanden hatte. Das Gespräch in der von Treueschen Villa war in dieser Hinsicht wenig ergiebig gewesen. Zweimal hatte Elisa versucht, ihre Mutter darauf anzusprechen, doch beide Male hatte diese, bevor Elisa auch nur ein Wort gesagt hatte, bitterlich zu weinen begonnen. »Wie du mich immer ansiehst! Als wäre ich eine Verbrecherin!«, hatte sie sich dann beklagt. »Willst du mich denn wirklich so quälen?«

»Zieht da etwa ein Gewitter heran?«, rief Barbara Barkowsky aus, die heute durch höchst elegante herabhängende Ohrringe auffiel.

Der Wind verfing sich in den Samtbändern ihres Hutes und wehte ihr diesen fast vom Kopf. Alle Blicke folgten ihrem erhobenen, mit einem Diamantring geschmückten Zeigefinger, der auf die drohend schwarze Wetterfront gerichtet war, die in der Ferne dräute.

»Wir sollten rasch nach drinnen umziehen«, sagte Frau von Treue in dem Moment, als eine stärkere Böe in die kunstvoll drapierten weißen Servietten fuhr, diese in die Luft hob und im Garten verstreute. Stefan, der soeben Meldung gemacht hatte, dass ein neuer Gast eingetroffen war, eilte mit weit vorgestreckten Armen hinterher.

»Stefan, lass das!«, rief Frau von Treue ungehalten. »Führe lieber die Damen hinein. Elisa und ich wollen schon einmal vorgehen, um den neuen Gast zu begrüßen.«

Synchron erhoben Elisa und ihre Mutter sich von den Klappstühlen, entschuldigten sich bei den Damen, und machten sich auf, um den Neuankömmling willkommen zu heißen.

»Entzückend sehen Sie aus! Ganz reizend!«, rief Frau Rothschild begeistert aus, während sie ihren Mantel, ohne Bertha auch nur eines Blickes zu würdigen, von ihren Schultern in deren Hände gleiten ließ.

»Ach, das ist eigentlich nur eines meiner Alltagskleider«, erwiderte ihre Mutter mit einer halbherzig abwehrenden Handbewegung, woraufhin Frau Rothschild verwirrt dreinblickte und die Mundwinkel hängen ließ. »Ich meinte eigentlich Ihre Tochter.« Sie packte Elisa an den Schultern und maß sie von oben bis unten. »Etwas fülliger sind Sie geworden. Sie werden doch wohl nicht schwanger sein?«

»Gewiss nicht«, entgegnete Elisa ruhig und höflich.

Tatsächlich hatte Elisa etwas zugenommen, aber sie war noch immer zierlicher als die meisten Frauen. Was auch dem schlanken Erbe ihrer Mutter zuzuschreiben sein mochte.

Zunächst war Elisa unsicher gewesen, ob die Farbkombination des Kleides, das sie nun trug, nicht zu gewagt war. Doch Florence hatte sie, als sie das Kleid gemeinsam in München gekauft hatten, davon überzeugen können, dass das kräftige Weinrot und das auffällige Schwarz des Chiffons, der an den Seiten drapiert war, perfekt zu ihrem dunklen Haar und ihrem Porzellanteint passten. Frieda hatte ihr die Haare aufwendig hochgesteckt und die Frisur mit einer goldenen Spange in Form eines Schmetterlings verziert.

Nachdem Hans gestorben war, hatte Louis sich dafür eingesetzt, dass Frieda als Elisas Kammerfrau bei der Familie Lindquist eingestellt wurde. Elisa genoss es, mit ihr zu plaudern, wenn Frieda abends ihr Haar ausbürstete oder ihr beim Ankleiden half. Sie hoffte, dass mit der Zeit eine Freundschaft daraus entstehen würde.

Gerade, als Bertha die Haustür hinter Frau Rothschild schließen wollte, rief jemand von draußen: »Halt! Lassen Sie mich auch noch hinein!«

Für ihn ungewöhnlich leichtfüßig eilte Wilhelm den buchsbaumgesäumten Kiesweg entlang, sprang die drei Treppenstufen hinauf und zog dann seinen Hut vom Kopf, wobei er über sich selbst schmunzelte. Eine Hand auf die Brust gelegt, verbeugte er sich tief vor den anwesenden Damen.

Dann sah er Elisa an. Und sagte ihren Namen auf eine Weise, die ihr Herz berührte.

Inzwischen hatten sich sämtliche Gäste im Salon zusammengefunden, um dem Harfenisten zu lauschen. Um fünf nach sieben kündigte Stefan Louis an, der sich zwar für die Verspätung entschuldigte, jedoch nicht den Eindruck erweckte, als täte es ihm aufrichtig leid.

»Wo warst du?«, fragte Elisa ihn, während er seine Manschettenknöpfe richtete.

»In der Fabrik. Wo sonst?«

Er schenkte ihr ein Lächeln, hob ihr Kinn mit einer Hand an und küsste sie. Aus dem zunächst keuschen Kuss, der aus kaum mehr als einer Berührung ihrer Lippen bestand, wurde durch ihre Angst um seine Zuneigung zu ihr deutlich mehr, wie eine kleine Flamme, die zu einem veritablen Feuer entfacht wird. Elisa öffnete ihren Mund, biss Louis zärtlich in die Unterlippe, taumelte mit ihm zurück, sodass sie mit der Hüfte gegen die Kommode stieß und die Vase darauf gefährlich wackelte. Sie schmeckte sein Lachen, während er seine Hände an ihren Hüften hinabgleiten ließ.

Jäh wurden sie unterbrochen, denn jemand räusperte sich hinter ihnen. »Der Harfenist wäre dann so weit. Die Herrschaften warten«, ließ Stefan sich steif vernehmen, machte auf dem Absatz kehrt und eilte in Richtung der Küche davon.

Die Gäste bildeten einen Kreis, der sich überwiegend aus Bankiersgattinnen zusammensetzte. Einzig Wilhelm, Frau Barkowsky sowie ein schwerhöriger Leutnant namens Gustav von Hirsemann und dessen Frau hatten nichts mit dem Bankierswesen zu tun.

Etwa eine Stunde lang lauschten sie der Harfenmusik, anschließend wurde das Abendessen serviert. Es gab Flusskrebssuppe, geräucherte Forelle, Rehrücken mit karamellisierten Feigen und zum Abschluss Schokoladencreme mit eingelegten Pflaumen. Natürlich wurde über den Krieg gesprochen. »Den Franzosen giert es nach der ganzen Welt, das sage ich Ihnen! Ebenso den Engländern!«, schimpfte Frau Rothschild. »Das konnte man doch schon früh an der Verteilung der Kolonien beobachten. Die haben sich alles genommen und uns so gut wie nichts übrig gelassen!«

»Und die Deutschen hat es etwa nicht nach der Welt gegiert? Was meinte unser lieber Kaiser denn dann mit seinem propagierten ›Platz an der Sonne‹?« Natürlich konnte Louis es nicht lassen, die alte Dame zu provozieren. Eigentlich liebte Elisa ihn dafür, dass er kein Blatt vor den Mund nahm, doch gerade waren ihre Nerven zum Zerreißen gespannt, da sie Wilhelm an dem lang gezogenen Tisch direkt gegenübersaß.

»Lass gut sein, Liebling«, sagte sie deshalb mit mahnendem Unterton.

Ein Fuß streifte Elisa aus Versehen, und sie befürchtete, dass es Wilhelms gewesen war. In all der Zeit, die sie sich nicht gesehen hatten, hatte er an Gewicht verloren. Gleichzeitig waren seine Schultern breiter geworden, was wohl daran lag, dass er vor zwei Monaten einem Turnverein beigetreten war, wie ihre Mutter ihr zu berichten gewusst hatte. Die ersten grauen Strähnen blitzten hier und da in seinem kupferfarbenen Haar auf, und seine warmen Augen erzählten davon, dass er neue tragische, jedoch auch schöne Facetten des Lebens kennengelernt hatte. Er war zweifellos ein attraktiver Mann, was auch Frau Barkowsky nicht entging, die zu seiner Rechten saß. Ihr rotweinschwerer Atem verströmte Geschichten ihrer Jugend in seine Richtung. Dabei sprach sie mit bewusst betörender und vor allem leiser Stimme, um Wilhelm näher an sich heranzulocken.

Es fiel Elisa schwer, einen Weg zu finden, mit ihrem ehemaligen besten und einzigen Freund sowie Liebhaber umzugehen. Einerseits sehnte sie sich danach, dass es zwischen ihnen so war wie früher. Zudem reizte es sie, den neuen Wilhelm kennenzulernen und herauszufinden, inwiefern er sich verändert hatte. Doch andererseits bezweifelte sie, ihm jemals wieder vertrauen zu können.

»Denken Sie wie Ihr Gatte oder unterstützen Sie den Krieg?«, wandte sich Frau Rothschild direkt an Elisa.

Elisa war der Meinung, dass ein Krieg entsetzlich und in keinster Weise wünschenswert sei. Eine Ansicht, die kaum einer am Tisch teilte.

»Es geht hier nicht darum, was *wünschenswert* ist. Es geht um Vaterlandsliebe!«, krakeelte Frau Rothschild.

Woraufhin Frau Barkowsky Wilhelm ins Ohr pispelte: »Natürlich ist unsere reinherzige, fehlerfreie Elisa von Treue dieser weltfremden Ansicht.«

Frau Rothschild erhob ihr Rotweinglas. »Wir alle müssen Opfer bringen, um das Deutsche Reich noch stärker zu machen!«

Woraufhin Louis trocken meinte: »Ich sehe kein Opfer, wenn man weiblich und achtzig Jahre alt ist und damit weder in den Krieg ziehen noch Sozialarbeit leisten muss.«

»Unerhört!«, rief Frau Rothschild aus. »Eine Schande ist es, so etwas zu sagen! Das Geschwätz eines kleinen Jungen!«

»Was machen die Geschäfte?«, wechselte Frau Barkowsky zum Glück das Thema.

Frau Rothschilds Blick, der noch immer auf Louis lag, war lauernd. »Ich hörte, Sie sind inzwischen weitgehend vom Bankgeschäft abgekommen und nun für die Fabrikation Von Treue tätig?«

»Das ist richtig. Vielleicht haben Sie mitbekommen, dass Von Treue eine neue Schokoladenreihe auf den Markt gebracht hat? Das ist ein Projekt, das Elisa und ich zusammen ins Leben gerufen haben.«

»Ja, davon habe ich gehört. Meine Nichte wollte vorgestern eine Tafel in der Boutique kaufen, aber nicht eine einzige war noch da!«

Es war nicht herauszuhören, ob es ein Vorwurf oder ein Kompliment sein sollte. Louis lächelte, doch die kleinen Fältchen, die seine Augen umrahmten, wenn er ehrlich lachte, blieben aus. »Die Reihe ist bis jetzt ein unerwartet großer Erfolg. Wir kommen kaum mit der Produktion hinterher.«

Elisa war stolz auf ihren Ehemann, der das richtige Gespür gehabt hatte und dem es gelungen war, die *Von Treue Süßwaren & feinstes Gebäck GmbH* wieder auf dem Markt zu etablieren.

Elisas Mutter redete energisch auf Wilhelm ein. Seine Augen schweiften hilfesuchend die Gästereihe entlang und blieben schließlich an Elisa hängen. Es war wie früher, wenn Elisas Vater Wilhelm einen Vortrag darüber gehalten hatte, dass Geld, Kontakte, eine anständige Frau und ein gut organisierter, erlesener Weinkeller einen richtigen Mann ausmachten. Auch damals hatte Wilhelm immer nach Elisa gesucht und sie stumm angefleht, ihn zu retten.

»Louis erzählte mir, dass du dich um Hans gekümmert hast, bevor er starb«, sagte Elisa zu ihm.

Ihre Mutter richtete sich jäh kerzengerade auf, als wäre sie angesprochen worden und nicht Wilhelm. »Ja, das hat er! Er hat so ein reines, gutes Herz!«

»Richtig«, sagte Wilhelm nach kurzem Zögern zu seinem Teller hinab.

»Das war sehr freundlich von dir.«

»Es war vor allem seine Pflicht«, warf Louis ein.

»War es nicht«, verteidigte Elisa Wilhelm. »Er hat genug Patienten. Er hätte ablehnen können.«

»Mein Gewissen hat mich verpflichtet.« Wilhelm putzte sich die Mundwinkel an seiner Stoffserviette ab und legte sie dann neben seinen Teller.

Es herrschte Schweigen, das Frau Barkowsky nutzte, um einen Arm auf Wilhelms Rückenlehne zu legen und ihn zu fragen: »Wer war eigentlich die reizende junge Dame, die ich vor ein paar Wochen auf der Straße an Ihrer Seite sah, Herr Doktor Friedmann? Sagen Sie bloß, dass Sie verheiratet sind! Sie tragen aber gar keinen Ehering.«

»Nein«, antwortete Wilhelm und kratzte sich vor Verlegenheit an der Nase. »Ich bin nicht verheiratet.«

»Oh, nicht? Das ist mir aber ein Rätsel! Oder sind Sie derart wählerisch?«

Elisa spürte, wie unbehaglich Wilhelm zumute war. Da begriff sie, wie verbunden sie sich ihm noch immer fühlte. Sie vermisste ihn. Vermisste es, stundenlang mit ihm auf dem Sofa zu sitzen, ohne ein Wort zu sagen, weil sie keine Worte gebraucht hatten, um einander zu verstehen. Sie vermisste seine ruhige Art, die so oft ihre Tränen getrocknet hatte, wenn ihr tristes Leben wieder einmal über ihr eingestürzt war. Sie vermisste sein sanftmütiges Lächeln, mit dem er sie manchmal heimlich beobachtet hatte, wenn sie in ein Buch versunken gewesen war. Sie vermisste seine leise, langsame Art zu sprechen. Vermisste das Gefühl warmer Sonnenstrahlen auf ihrer Haut, das er ihr stets von draußen mitgebracht hatte. Sie vermisste ihn als ihren Freund. Und deshalb wollte sie ihm eine Chance geben, sich ihr zu erklären.

Als der Nachtisch abgetragen wurde und die Gäste sich ins Rokoko-Zimmer zurückzogen, um dort erneut dem Harfenisten zu lauschen, überwand sie sich und fragte Wilhelm, ob er sie an die frische Luft begleiten wolle.

»Du siehst anders aus«, stellte er mit Zärtlichkeit in der Stimme fest, als sie draußen den Weg aus Rosenblättern, die der Wind abgeschlagen hatte, entlangspazierten.

»Findest du?« Sie schmunzelte.

»Ja. Du … du bist …« Er brach ab.

Elisa senkte, geschmeichelt vom Glanz in seinen Augen, den Blick zu Boden. Der Kies knirschte unter ihren Schritten und machte ihr unsicheres Schweigen hörbar. Bis auf das silberne Licht der Mondsichel, die am klaren Himmel hing, und der Lampions, die im noch immer starken Wind hin- und herschaukelten, war es dunkel. Die bewegte Oberfläche des Brunnenwassers schimmerte. Elisa berührte mit den Fingerspitzen die Lindenblätter, die von den ersten kalten Herbstnächten abgepflückt worden waren und darauf umhertrieben.

»Ich danke dir, dass du mir die Chance gibst, mit dir zu sprechen und dich um Verzeihung zu bitten«, sagte Wilhelm und atmete dabei schwer aus, als hätte er zuvor die Luft angehalten. »Ich wünschte, ich könnte das, was ich dir angetan habe, wiedergutmachen …«

»Ich habe dir vertraut«, sagte Elisa mit fester Stimme. »Du warst mein einziger Freund.«

»Ich weiß …« Er legte die Hände vor sein Gesicht. »Aber dein Vater hatte mich in der Hand … Alles, was ich im Leben habe, habe ich ihm zu verdanken.«

»Und aus Angst, dass es dir sonst schlecht ergehen würde, hintergehst du mich lieber jahrelang.«

»Ich hatte auch Angst um dich, Elisa! Du bist so lebhaft. Kaum warst du mit Lindquist verheiratet, hast du dir zweimal etwas gebrochen!« Noch nie zuvor hatte Elisa Wilhelm so aufgebracht erlebt.

»Zuvor habe ich mein Leben verschlafen, Wilhelm. Ich bin jetzt endlich wach!« Auch Elisa hatte ihre Stimme erhoben.

Seine Verzweiflung drückte sich in einer Folge impulsiver Gesten aus. Er wandte sich von ihr ab, raufte sein Haar, schüttelte mit vor das Gesicht gelegten Händen den Kopf. Schließlich gab er ein Geräusch von sich, als hätte er Schmerzen, und sank dabei ganz in sich zusammen, sodass er vor ihr auf dem Boden kniete.

»Ich habe dich immer geliebt, Elisa. Schon als mich mein Vater das erste Mal mit zu dir genommen hat und du vor mir standst, mit deinem reinweißen Kleid und der hellblauen Schleife im Haar. Ich hab dich gesehen und gewusst, dass ich immer auf dich aufpassen würde. Mein ganzes Leben habe ich nach dir ausgerichtet.«

Elisa ging vor ihm in die Hocke und umfasste sein Gesicht mit ihren Händen. »Ich danke dir von ganzem Herzen für all die Liebe und Zeit, die du mir geschenkt hast, Wilhelm. Und ich will dir verzeihen, denn ich vermisse dich.«

Er verstand ihre Worte falsch, fand neue Kraft, umrahmte nun auch ihr Gesicht mit den Händen. »Wir zwei gehören zusammen. Du und ich. Das ist unsere Bestimmung.«

Sie löste sich von ihm und schüttelte den Kopf. »Nein, Wilhelm. Ich habe geglaubt, dich zu lieben. Aber es war nie mehr als

Freundschaft.« Gänsehaut bildete sich zwischen den kurzen Ärmeln ihres Kleides und den schwarzen Handschuhen. »Es tut mir leid«, hauchte sie.

In seinen Augen konnte sie seine Welt zerbrechen sehen. »Ist es wegen Lindquist?«

Sie schwieg.

»Du liebst ihn?«

Sie nickte und spürte Schmerz dabei. Sie wollte Wilhelm nicht verletzen.

»Glaubst du wirklich, dass du ihm etwas bedeutest? Glaubst du, dass er sich für dich ändern wird?«

»Das hat er bereits«, sagte sie, erhob sich vom Boden und ging zurück in die Villa.

Kapitel 62

Vor etwa einem halben Jahr hatte Louis damit angefangen, am Ende jedes Monats »abzurechnen«, wie er es nannte. Das bedeutete, dass er sich an den Schreibtisch seines Vaters setzte und eine Liste schrieb, die sämtliche Einnahmen und Ausgaben des Monats zusammenfasste. Der Verdienst der neuen *Lust auf mehr?*-Schokoladen floss größtenteils auf sein Konto, und das war keine unerhebliche Summe. Doch um konkurrenzfähig zu bleiben, plante Louis weitere Neuerungen, unter anderem das Aufstellen von Schokoladenautomaten an Bahnhöfen und vor Gaststätten. Dieses Vorhaben würde jedoch einiges kosten.

Vor allem machte Louis diese monatlichen Abrechnungen jedoch, da er hoffte, Elisa und sich bald eine Wohnung im Stadtkern Berlins finanzieren zu können. Eigentlich war es üblich, dass frisch Vermählte nach der Hochzeit von zu Hause auszogen und sich ein eigenes Domizil einrichteten. Das entsprach damals jedoch weder seinen noch Elisas Wünschen, und die Maison hatte es ihnen leicht gemacht, einander aus dem Weg zu gehen. Nun war das Gegenteil der Fall. Louis wollte am liebsten Tag und Nacht mit Elisa verbringen. Zudem wusste er, wie sehr Elisa die Lebhaftigkeit der Stadt liebte. Er malte sich aus, wie sie nachmittags mit Freundinnen in einem Kaffeehaus eine heiße Schokolade trinken oder spontan in der Stadt bummeln gehen könnte, ohne auf einen Chauffeur angewiesen zu sein.

Inzwischen hatte Louis etwas Geld gespart, und gewiss würde

sein Vater ihm gern aushelfen, wenn er ihm von seinem Vorhaben erzählte. Neben dem Abrechnungsbuch lag die Tageszeitung, in der er später nach einer Immobilie suchen wollte. Vielleicht könnte er diese Woche noch die ein oder andere Wohnung besichtigen. Er war sich nur noch nicht sicher, ob er Elisa einweihen oder mit einer Wohnung überraschen sollte.

Die Entscheidung wurde ihm abgenommen, denn die Tür schwang auf, und Elisa trat ein. Sie lächelte ihr unwiderstehlich hübsches Lächeln und sagte: »Hier steckst du! Ich wollte mir von Emil etwas Briefpapier leihen, um Margot zu schreiben. Ich würde so gern wissen, wie es ihr geht.«

Louis zog eine Schublade auf und holte ein Blatt handgeschöpftes Papier daraus hervor, das er vor sie auf den Tisch legte. »Hier, bitte. Wie war dein Tag?«

Elisa setzte sich auf die Tischkante. »Recht eintönig. Ich habe Hanni geholfen, alte Kleider aus ihrem Schrank zu sortieren. Das war das einzig Spannende.«

»Wenn es dir langweilig ist, könntest du Frau Moretti besuchen. Sie empfängt immer am Donnerstag, also schon morgen. Und ihre Empfänge sollen recht lustig sein, wie ich gehört habe.«

»Ich würde gerne etwas Sinnvolles tun. Warum kann ich dir nicht in der Fabrik zur Hand gehen?«

»Du hast schon genug damit zu tun, den Haushalt zu führen. Und du kennst doch die Leute. Was würden sie tratschen, wenn meine Frau in der Fabrik arbeiten müsste!«

»Seit wann kümmert es dich, was die Leute sagen? Und ich will raus! Ich will …«

»Wenn du möchtest, kannst du mich nächste Woche ins Waisenhaus begleiten, dort schenken wir den Kindern Schokolade«, unterbrach Louis sie in sanftem Tonfall.

Schmollend schob Elisa die Unterlippe vor, doch da fiel ihr

Blick auf die Immobilienanzeigen, und sie lachte auf. »Bist du mich schon leid und willst von mir fortziehen?«, scherzte sie.

»Ohne dein nächtliches Gemurmel könnte ich gar nicht schlafen.«

»Ich spreche nicht im Schlaf!«, verteidigte sie sich, aber Louis sah ihr an, dass die Vorstellung sie belustigte.

Er neckte sie, indem er das, was sie in der letzten Nacht ins Kopfkissen gemurmelt hatte, nachmachte, und Elisa kam um den Tisch herum und setzte sich auf seinen Schoß. Eine Hand legte sie in seinen Nacken, und mit der anderen packte sie seine Nase. »Du Lügner! Pass auf, dass deine Nase nicht wächst wie die Nase dieser Holzfigur!«

»Was? Von welcher Holzfigur sprichst du?«, lachte Louis.

»Du weißt schon! Die Holzfigur aus diesem italienischen Kinderbuch, das Hanni in Florenz für Effi und Hedwig gekauft hat. Darin gibt es eine sprechende Puppe, deren Nase ganz lang wird, wenn sie lügt.«

Es war ihm unbegreiflich, wie er jemals ohne sie hatte leben können. Er küsste sie lang und innig. »Wenn du nur wüsstest, wie gern ich dich habe …«

»Wie gern?«, fragte sie und spitzte herausfordernd die Lippen.

Da sagte er es ihr: »So gern, dass ich uns unser eigenes Zuhause schaffen will.«

Mit offenem Mund sah sie ihn an, drehte sich dann um, warf einen Blick auf die Immobilienanzeigen und sagte dann: »Du willst uns eine Wohnung kaufen?«

»Freust du dich?«

Sie umschlang ihn mit beiden Armen und drückte ihre vor Aufregung erhitzte Wange fest an seine. »Und wie ich mich freue! Ich werde das gleich Margot schreiben! Und vielleicht kann ich diese Woche mit Frieda schon nach ein paar hübschen Möbeln Ausschau halten! Du machst mich so glücklich, Louis!«

Kapitel 63

NOVEMBER 1914

Der zwanzigste November war ein hoffnungsloser, trister Herbsttag. Dichter Nebel lag über der Landschaft, und der Wannsee schien verschwunden unter der grauen sumpfigen Wolke. Hin und wieder brachen die Wolken auf, und es strömte vom Himmel herab. Der Wind drückte den harten Regen gegen die Fensterscheiben und riss die rostbraunen Blätter der Linde mit sich zu Boden.

Elisa saß am Fenster des Salons und sah der Pfütze unter der Straßenlaterne dabei zu, wie sie schäumte und größer wurde. Das helle Klangspiel des Regens, wenn die Tropfen die Regenrinne hinabflossen und auf das Dach trommelten, beruhigte sie und machte sie melancholisch zugleich. Im Haus war es vollkommen still, denn Louis war in der Arbeit, Emil traf sich zum Mittagessen mit Freunden in der Stadt, und Frieda half in der Küche beim Einkochen der Kürbisse aus dem Garten.

Es klopfte an der Salontür. Anton machte Meldung, dass ein gewisses Fräulein von der Heyt Elisa zu sprechen wünsche.

»Da muss ein Missverständnis vorliegen. Sagen Sie ihr, mein Mann ist nicht hier«, sagte Elisa angespannt.

»Das Fräulein hat explizit nach Ihnen gefragt.«

Rosalie sah wie immer wunderschön aus und das, obwohl sie ein für ihre Verhältnisse schlichtes hellbraunes Kleid trug, das direkt unter der Brust sackartig auffächerte und ihre Weiblichkeit nur erahnen ließ.

»Elisa«, sagte sie und lächelte, als wären sie alte Freundinnen. »Wie schön, dass ich dich antreffe.«

Ihr Anstand und ihre gute Kinderstube geboten es Elisa, sich zumindest anzuhören, weshalb Rosalie sie sprechen wollte. Auf Antons Frage, ob er Tee und etwas Gebäck bringen solle, erwiderte sie jedoch, dass Tee allein ausreichend sei.

Rosalies Schönheit versetzte Elisa einen Stich. Sie hatte kein typisches Mädchengesicht, selbst jetzt nicht, da ihre Wangen etwas voller und rosiger schienen. Doch eben dieses Untypische war es, das ihr Gesicht mit den markanten Zügen, dem süffisanten Schwung ihrer Lippen und den gefährlichen Augen so interessant machte, dass man nicht aufhören konnte, sie anzusehen.

Wie ein Raubtier, das die Umgebung auslotet, streifte Rosalie durch den Salon. »Wie entzückend«, sagte sie, als sie auf das Hochzeitsbild von Louis und Elisa stieß, auf dem Louis die Lippen verächtlich zusammenpresste und Elisa bewusst nicht in die Kamera sah.

»Du wolltest mich sprechen?«, sagte Elisa und wies mit einer Hand auf das Sofa.

Ohne eine Antwort zu geben, raffte Rosalie ihr Kleid und ließ sich erstaunlich unelegant, sogar leicht breitbeinig niedersinken. Sie atmete schwer aus, wie jemand, der nach einer langen Wanderung endlich nach Hause kam. »Dieser Körper ist so träge geworden. Ich fühle mich wie ein gestrandeter Walfisch.«

Es war Frieda, die den Servierwagen hereinrollte, auf dem Tee und – obwohl Elisa es abgelehnt hatte – ein Teller mit Buttergebäck standen. Noch ehe Frieda den Teller auf den Sofatisch gestellt hatte, hatte Rosalie sich bereits heißhungrig drei Kekse geschnappt und sich einen davon in den Mund geschoben.

Elisa ließ sich zurücksinken und legte die Arme auf die Lehnen. »Also, weshalb bist du hier?«

Als würde Frieda sie vorwarnen wollen, zuckten ihre Blicke zu Rosalies Bauch, ehe sie sich eilig davonmachte.

Die Erkenntnis traf Elisa wie ein Gewehrschuss mitten in die Brust. »Du bist schwanger«, sagte sie.

Kapitel 64

Louis war mit einer Mietdroschke auf dem Weg zu einem Geschäftsessen, als ihm sein Gefühl sagte, es wäre besser umzukehren. In seinen Ohren klang Elisas Stimme, was natürlich Unsinn war, aber trotzdem sorgte er sich mit einem Mal um sie.

Seit ein paar Tagen erwähnte Elisa immer wieder, wie gerne sie nach Italien reisen würde. Deshalb war Louis in seiner Mittagspause zum Bahnhof gefahren und hatte zwei Tickets nach Mailand sowie einen prächtigen Strauß dunkelroter Rosen gekauft. Denn dunkelrot war Elisas Lieblingsfarbe.

Mit jeder Minute, die verstrich, wurde Louis unruhiger, sodass er dem Kutscher befahl, so schnell wie möglich zu fahren. Er legte die Beine auf den Sitz ihm gegenüber und redete sich selbst ein, dass seine Sorge unbegründet war. Die Vorfreude auf Elisas Reaktion und seine Reiselust vertrieben seine Müdigkeit, die er seit ein paar Tagen mit sich herumschleppte, und verschwammen zu einem Gefühl der Aufregung.

Endlich erreichte er die Villa. Noch ehe die Kutsche auf dem Kies der Einfahrt hielt, hatte Louis die Fahrt bereits bezahlt und war nach draußen gesprungen.

»Die gnädige Frau hat gerade Besuch«, antwortete Anton, als Louis im Eingang nach ihr fragte.

»Besuch?«, fragte Louis. »Von wem?«

Die Antwort, die er erhielt, ließ sein Herz sinken. Als er den

Salon betrat, sah er das Unheil bereits in Elisas farblosem Gesicht geschrieben stehen.

»Was willst du hier?«, fuhr er Rosalie an.

»Es gibt etwas, über das wir sprechen müssen«, erwiderte Rosalie in einem süßlichen Tonfall, als wäre das hier ein nettes Beisammensein unter Freunden.

»Egal was es ist, ich will, dass du dich von meiner Frau fernhältst!«

»Du hast mir nicht vorzuschreiben, wen ich besuche.«

»In diesem Fall schon! Du bist in meinem Haus.«

»Hör auf, mich anzuschreien! Ich darf mich nicht aufregen!«

Er zischte verächtlich. »Ach ja? Es tut mir leid, aber ich werde keine Rücksicht auf dein Gemüt nehmen, wenn du …«

»Sie ist schwanger«, sagte Elisa leise.

Louis war sich sicher, sich verhört zu haben. Doch Elisa sprach es noch einmal aus, wobei sie zu ihm aufsah und das Gesicht zusammenzog, als hätte sie Krämpfe. »Rosalie ist schwanger.«

Diese Nachricht überwältigte Louis so sehr, dass er den beiden Frauen den Rücken zuwandte und sich auf die Fensterbank stützen musste. Er empfand so viel, dass er all diese heftigen Emotionen nicht gleich ordnen konnte. Zunächst war er wütend auf Rosalie, weil sie es womöglich absichtlich zu dieser Schwangerschaft hatte kommen lassen. Dann brach ihm das Herz, als ihm klar wurde, wie sehr Rosalies Schwangerschaft Elisa quälen musste. Er empfand Panik, denn was, wenn Elisa mit dieser Schmach nicht leben wollte und alles auseinanderbräche?

Doch dann wurde ihm bewusst, was Rosalies Schwangerschaft eigentlich bedeutete. Er würde Vater werden. Als er sich umwandte, glänzten seine Augen vor Rührung, auch wenn er spürte, dass sein Mund eher zu einer Grimasse verzogen war, denn er empfand es Elisa gegenüber als grausam zu lächeln.

»Freust du dich?«, fragte Rosalie. Das erste Mal in all der

Zeit, die er Rosalie kannte, sah er so etwas wie Angst in ihren Augen.

»Wir klären das im Arbeitszimmer unter vier Augen«, erwiderte Louis.

»Schon gut«, sagte Elisa kaum hörbar und erhob sich mechanisch. »Ich lasse euch allein.«

»Elisa«, setzte er an, aber sie drehte sich nicht einmal zu ihm um.

Ein unangenehmes Schweigen machte sich im Raum breit. Rosalie verlagerte ihr Gewicht von einem Oberschenkel auf den anderen, wobei sie eine Hand auf ihren Bauch legte. »Das ist mein Ruin, Louis«, sagte sie.

»Bist du deshalb seinerzeit nach München gekommen?«

Sie nickte. »Meine Gouvernante hat recht schnell herausgefunden, was los war. Ich habe wirklich versucht, es geheim zu halten, aber auf einmal waren mir all meine Kleider zu eng, dann blieb meine monatliche Blutung aus, und ich habe mich mehrmals am Tag übergeben. Der alte Besen hat es natürlich sofort brühwarm meinem Vater erzählt.«

»Wie hat er reagiert?«

»Er hat mich rausgeworfen. Hat mich eine Dirne genannt. Ich sei genauso ein Flittchen wie meine Mutter.«

Louis setzte sich vor sie auf den Sofatisch. »Weiß er, wer der Vater ist?«

Sie schüttelte den Kopf. »Nein. Er hat zwar gefragt, aber ich habe es ihm nicht gesagt. Ich will dich nicht in Schwierigkeiten bringen.«

Das erstaunte Louis. Er hätte geglaubt, sein Ruf wäre Rosalie egal.

»Aber ich befürchte, es ist nur eine Frage der Zeit, bis die Leute eins und eins zusammenzählen«, fuhr sie fort. »Man hat dich oft genug bei mir gesehen.«

Als sie hilflos mit den Schultern zuckte, sah sie jünger aus denn je. »Ich weiß nicht, was ich sagen soll. Es tut mir leid. Ich weiß, dass ein Kind keinesfalls auf deinem Plan stand. Ich würde es verstehen, wenn du nichts mit dem Kleinen zu tun haben willst, aber ich brauche eine Wohnung und Geld und deshalb deine Hilfe.«

»Wo wohnst du jetzt?«

»Bei einer Freundin. Aber lange kann ich dort nicht mehr bleiben, denn ich will sie nicht in Schwierigkeiten bringen. Du weißt ja, wie die Leute sind. Sie stürzen sich auf alles, was die Gerüchteküche zu bieten hat …« Ihr Lachen missglückte.

Louis legte beide Hände vor sein Gesicht. »Mach dir keine Sorgen«, sagte er. »Wir werden eine Unterbringung für dich finden. Nur hier kannst du nicht bleiben.«

»Das dachte ich mir bereits. Es ist wegen deiner Frau, nicht wahr? Aber wie willst du auf die Schnelle eine Alternative finden?«

Louis hatte keine Idee, wie er es anstellen sollte, so schnell eine Wohnung für Rosalie zu finden, aber er versprach ihr, sich darum zu kümmern. Erneut senkte sich Schweigen zwischen ihnen herab, in dem sie beide ihren Gedanken nachhingen. Bis Rosalie jäh die Arme ins Sofa stemmte und versuchte, sich zu erheben. »Ich werde euch dann mal wieder in Ruhe lassen. Für heute zumindest.«

»Ist das Kind denn gesund? Was sagen der Arzt oder die Hebamme?«, fragte Louis. Er sprach schnell, die Wörter überschlugen sich fast in seinem Mund.

»Es ist alles so, wie's sein soll. Bis jetzt zumindest.«

»Und wann ist es so weit?«

»Bald schon. Im Januar.«

Louis nickte, als hätte er mit einem Geschäftspartner zu tun. Seine Seele schien ihm zerrissen zu sein. Natürlich würde er Rosalie unterstützen. Aber wenn er sich zu sehr für das Kind interessierte, hatte er das Gefühl, Elisa zu hintergehen. Gleichzeitig fühlte er,

Teil eines Wunders geworden zu sein. Louis hatte sich immer Kinder gewünscht. Einen Sohn, mit dem er im Sommer fischen und im Winter Schlitten fahren konnte. Aber ein Mädchen würde er genauso lieben. Auch mit einem Mädchen würde er in die Natur hinausziehen, reiten, bergsteigen.

Auf einmal hielt Rosalie inne, sank zurück auf das Sofa und krümmte sich. Sofort war Louis bei ihr und legte seine Hände auf ihre Oberarme, als müsste er sie festhalten, damit sie nicht auseinanderbräche. »Was ist?«

»Es tritt nur manchmal schon. Möchtest du … möchtest du einmal fühlen?«

Louis zögerte. Doch er fürchtete, etwas Großartiges, Unbeschreibliches zu verpassen, würde er nicht seine Hand ausstrecken und auf ihren Bauch legen. Tatsächlich. Nur ganz sanft spürte er eine kleine Regung in Rosalies gerundetem Bauch.

»Schön, nicht wahr?«, sagte Rosalie.

»Ja«, hauchte Louis, und in seinen Augen glänzten Tränen der Rührung.

Kapitel 65

JANUAR 1915

Rosalies Bauch war inzwischen so kugelrund, dass es ihr trotz ihrer weiten Kleider nicht mehr möglich war, ihre Schwangerschaft zu verbergen. Obwohl Krieg herrschte, hatten die Damen und Herren der feinen Gesellschaft nichts Besseres zu tun, als mit nahezu detektivischer Feinarbeit zu ermitteln, dass das noch ungeborene Kind Louis' Bastard war. Früher hatte man die beiden ungewöhnlich oft bei öffentlichen Anlässen zusammen gesehen. Und hin und wieder hatte Louis ihr Zuhause besucht oder verlassen, und das zu Zeiten, zu denen Rosalie weder Gäste empfing noch einen Teekranz gab.

Wenn Elisa ihr Spiegelbild betrachtete, war sie unzufrieden mit sich. Sie hatte erneut an Gewicht verloren, und ihre Augen lagen in tiefen, dunklen Höhlen. Louis war kaum noch zu Hause, denn nach Feierabend sah er meist nach Rosalie und dem Kind. Neuerdings wurde Rosalie immer wieder von heftigen Krämpfen geschüttelt.

Hanni hielt sich fast den ganzen Tag bei Elisa auf, um sie aufzumuntern. Elisa brachte es nicht übers Herz, ihr zu sagen, dass sie lieber alleine wäre. Zum einen, da der Anblick ihrer hübschen, süßen Töchter nun noch heftiger schmerzte. Und zum anderen, da Hanni sie zu trösten versuchte, aber nie die richtigen Worte fand. »Also das muss wirklich eine grausame, ganz, ganz schreckliche Situation für dich sein«, sagte sie immer und immer wieder, als wäre das Elisa selbst nicht bewusst.

Franz betonte mehrmals, dass er den Bastard nicht in der Familie akzeptieren würde, auch, wenn Elisa jedes Mal erwiderte, dass das Kind nichts dafür könne und das gleiche Recht habe, bedingungslos geliebt zu werden wie jedes andere Kind auch. Emil war furchtbar wütend geworden, als Louis ihm die Neuigkeit mitgeteilt hatte. Er war auf seinen Schreibtischstuhl gesunken, hatte eine Hand auf sein Herz gepresst und nach Luft gerungen.

Nach und nach gewöhnte sich Emil jedoch an die neue Situation und begann, Kinderspielzeug zu kaufen. Zwar würde er es Elisa niemals antun, mit ihr über Rosalies Schwangerschaft zu sprechen, aber sie hörte hin und wieder, wie er Louis nach dem Ungeborenen befragte, und das war noch schlimmer. Denn es fühlte sich an, als schlössen die beiden sie aus.

An einem Morgen saß Elisa allein am Ende des langen Frühstückstisch und bekam kaum einen Bissen herunter. Da brachte ein Bote einen Brief. Elisa hoffte, dass er von Florence war, mit der sie im regen Kontakt stand und der sie all ihre Gefühle und Gedanken anvertrauen konnte. Doch der Brief war von Frau Rothschild. Mit ihrem Buttermesser zerschnitt Elisa das Kuvert, faltete das ordentlich beschriebene Papier auseinander und las die wenigen Zeilen mehrmals, ehe sie verstand, was Frau Rothschild ihr mitteilte. Weder Louis noch Elisa seien mehr auf der Dichterlesung, die nachmittags in Frau Rothschilds Villa stattfinden würde, erwünscht. Elisa fror. Mit langsamen Bewegungen zerriss sie den Brief und ließ ihn in ihre leere Kaffeetasse fallen. Kurz überlegte sie, Louis in der Fabrik aufzusuchen, aber sie bezweifelte, dass er verstehen würde, wie es ihr erging. Elisa fühlte, dass Unheil heranrollte. All das Glück, das sie gefunden hatte, würde zerstört werden.

Auch wenn Louis es niemals ausgesprochen hatte, ahnte sie, dass er das Ungeborene lieb gewonnen hatte. Sie sah es an dem Lächeln, das er auf den Lippen trug, wenn er spätabends nach Hause kam. Sie sah es an den Sorgenfalten auf seiner Stirn, wenn es Rosalie erneut schlechter ging. Vermutlich wäre es nur noch eine Frage der Zeit, bis er auch Rosalie wieder lieb gewinnen würde.

In Elisa wuchs ein ihr bis jetzt unbekanntes Gefühl heran. Sie hasste Rosalie, und sie hasste sogar ihr Kind, das noch nicht einmal das Licht der Welt erblickt hatte. Sie hasste die beiden dafür, weil sie ihr Louis wegnahmen und weil sie selbst niemals Kinder haben würde. Sie wusste, dass es falsch war, so zu empfinden, und schämte sich dafür, aber egal wie oft sie sich ihre niederträchtigen Gedanken verbot, so konnte sie diese doch nicht einfach verscheuchen.

Im Schlafzimmer der Maison setzte Elisa sich an ihren Toilettentisch, sank vornüber und vergrub das Gesicht in den Händen. Sie hatte keine Ahnung, wie lange sie so dagesessen hatte, als ein Klopfen sie hochschrecken ließ. Sie wagte zu hoffen, dass es Louis war, dass er früher von der Arbeit nach Hause gekommen war, um nach ihr zu sehen. Aber es war Frieda, die ihren Kopf in den Raum steckte. »Wollen wir gemeinsam ein Kleid für dich auswählen? Für die Lesung heute Nachmittag.«

»Nein, danke«, antwortete Elisa und machte sich daran, ihre Bernsteinohrringe auszuziehen. »Ich gehe nicht hin.«

»Aber du hast dich doch schon darauf gefreut!«

»Ach, nicht wirklich.« Elisas aufgezwungenes Lächeln schmerzte in ihrem Gesicht. Beschämt ordnete sie ihren Kamm sowie die Schmuckkästchen an.

»Ist denn alles in Ordnung?«, fragte Frieda.

Elisa bejahte.

»Du weißt, dass du über alles mit mir sprechen kannst, nicht wahr?«

In letzter Zeit kam es oft vor, dass Elisa fühlte, wie die Bediensteten, so nun auch Frieda, sie mit fragender Verwunderung ansahen. Sie verstanden nicht, wie Elisa sich verhielt, wie stumm sie ihre Situation ertrug, und es war, als würden sie irgendetwas von ihr erwarten.

Frieda wandte sich zum Gehen, blieb jedoch noch einmal im Türrahmen stehen, um loszuwerden, was ihr auf dem Herzen brannte. »Du bist eine so würdevolle, stolze und elegante Frau, Elisa. Ich bewundere dich.«

Als Elisa wieder allein war, verschränkte sie die Arme auf dem Tisch, legte den Kopf darauf und weinte. Noch nicht allzu lang war es her, da hatte sie so viele Einladungen erhalten, dass sie nicht alle hatte annehmen können. Man hatte ihr gesagt, wie reizend sie aussah und wie angenehm ihre Gesellschaft war. Sie richtete sich auf und betrachtete ihr tränenüberströmtes Gesicht, die geröteten Augen, die blasse Nase und den traurigen Mund.

Sie dachte an Friedas Worte. Auf einmal war es ihr, als hätte sich das Durcheinander in ihrem Kopf geordnet, als könne sie endlich wieder klar sehen. Sie löste die Klammern aus ihrem Haar und betrachtete ein letztes Mal die sanften Wellen, die lang über ihre Schultern fielen. Aus einer Schublade ihres Schminktischs zog sie eine Schere und setzte sie auf Schulterhöhe an die erste Strähne an. Es erfüllte sie mit einem Gefühl tiefer Ruhe, die glänzende Locke zu Boden fallen zu sehen. Nach und nach wurde ihr Kopf immer leichter.

»Frieda!«, rief sie schließlich, erhob sich von ihrem Stuhl und trat ans offene Fenster. Frieda war gerade dabei, eines ihrer Nachtkleider an der Wäscheleine zu befestigen. »Komm«, rief sie zu ihr hinunter. »Wir suchen mir ein Kleid heraus!«

Elisa war, wie Florence behauptet hatte, eine der wenigen Frauen, der die Farbe Schwarz stand. Doch das war nicht der Grund, weshalb Elisa sich für das nachtschwarze Plisseekleid mit dem breiten Bortenbesatz entschieden hatte. Die Farbe Schwarz drückte das aus, was sie in dem Moment empfand, als sie Anton anwies zu warten und schließlich hocherhobenen Hauptes auf den Eingang der Villa Rothschild zuschritt. Sie fühlte sich, als hätte sie nichts mehr zu verlieren. Und das war es, was ihr die Kraft gab, dem Hausdiener ein strahlendes Lächeln zu schenken, als sei es ganz selbstverständlich, dass sie zu den geladenen Gästen zählte.

Sie war fast zwanzig Minuten zu spät, was Elisa nicht weiter betrübte. Sie kannte diese Runden inzwischen und wusste, dass erst einmal ausgiebig geplaudert wurde, ehe man sich tatsächlich der Literatur zuwandte.

Mit langen, energischen Schritten näherte Elisa sich dem Wintergarten. Schon von Weitem hörte sie das sonore Summen der Gespräche.

»Warten Sie noch«, wies Elisa den Hausdiener an, der bereits die bunte Glastür öffnen wollte, um sie anzukündigen. Sie warf einen Blick in den ovalen, gold gerahmten Wandspiegel und prüfte, ob ihre neue Frisur saß. Als Frieda Elisas Haar auf dem Boden hatte liegen sehen, waren ihr die Tränen in die Augen gestiegen, und sie hatte die Hand vor den Mund geschlagen.

»Ich bräuchte Hilfe«, hatte Elisa gesagt und ihr die Schere gereicht.

Frieda hatte Folge geleistet und das Haar an ihrem Hinterkopf abgeschnitten. Als das Werk vollbracht war, hatte Elisa mit einem diebischen Schmunzeln gesagt: »Das wird den Damen reichlich Stoff zur Diskussion geben.«

Da hatte auch Frieda wieder gelächelt. »Vor allem werden sie vor Neid vergehen, denn nun kommt dein hübsches Gesicht noch viel mehr zur Geltung.«

Durch die Tür hindurch hörte sie eine der Frauen stöhnen: »Die Tage sind so schrecklich langweilig. Es passiert nichts. Bis auf den Krieg.«

»Ach, Politik, dieses leidige Thema«, erwiderte eine andere.

»Immerzu Krieg, Krieg und Krieg. So etwas interessiert mich nicht im Geringsten. Gibt es denn nichts Spannendes?«

»Die Ballsaison hat noch nicht begonnen. Und es sind doch meist die Bälle, die für Unterhaltung sorgen.«

»Ach, nicht nur Bälle«, warf Frau Rothschild ein. »Man muss nur ein paar Familien genauer unter die Lupe nehmen und hat genug Stoff.«

Elisa nickte dem Hausdiener zu, er öffnete die Flügeltür, kündigte sie an, und es wurde still.

Die Gastgeberin selbst blinzelte ein paarmal verwirrt, ehe sie sich fing und Elisa kühl begrüßte. Wie von einem unsichtbaren Faden hochgezogen, erhob sie sich. »Frau Lindquist. Was für eine Überraschung.«

»Verzeihen Sie die Verspätung«, erwiderte Elisa mit einem süßlichen Lächeln und ließ den Blick auf der Suche nach einem Platz über die Frauenrunde schweifen.

Zwei Damen, die auf einem Canapé saßen, rückten auseinander, und Elisa setzte sich mit einem Ausdruck von Gleichgültigkeit, den die hochgezogenen Brauen ihrem Gesicht verliehen, zwischen die beiden. Sie begrüßten einander mit laschem Händedruck. Die groß gewachsene, schlanke Dame zu ihrer Rechten hieß Anna Iwanowitsch. Wie die meisten russischen Frauen hielt sie sehr viel von sich und sah immer wieder zum Fenster, um in der Spiegelung zu überprüfen, ob ihre perlenverzierte und mit Haarteilen aufgepolsterte Hochsteckfrisur noch saß. Die Dame zu Elisas Linken war Frau Barkowsky, in deren Blick weniger etwas Verächtliches, sondern vielmehr Amüsement lag.

Frau Rothschild schüttelte den Kopf, als könnte sie auf diese Weise ihre Gedanken ordnen, die durch Elisas unerwartetes Erscheinen durcheinandergeraten waren, und sagte dann mit eisigem Lächeln: »Bei Ihrem turbulenten Leben ist eine Verspätung wohl verzeihlich. Ihre Frisur ist … interessant. Trägt man sein Haar nun so?«

»Wohl eher nicht, aber das macht die Frisur ja auch zu etwas Besonderem.«

Der Hausdiener brachte ein Gedeck und schenkte Elisa Schwarztee ein. Mit ruhiger Hand gab sie etwas Milch und zwei Stücke Kandiszucker hinzu, rührte lange um und erwiderte dann: »Im Übrigen würde ich mein Leben nicht als turbulent bezeichnen. Man könnte es sogar als ausgesprochen ruhig bezeichnen. Die Leute scheinen ja alle in den Winterschlaf gegangen zu sein. Seit fast einem Monat gibt es keine Empfänge, Diners oder sonstige Treffen mehr. Jedenfalls erhalte ich keine Einladungen.«

»Sollen wir nun mit der Lesung beginnen?«, wagte der Dichter, ein groß gewachsener, junger Mann mit rotem Haar und dichten Favoris, zu fragen. Dabei zählte er die beschriebenen Pergamentblätter durch, als sähe er sie das erste Mal. »Immerhin sind es …«

Frau Rothschild hob die Hand und brachte ihn zum Verstummen. »Wie merkwürdig. Mich erreichen noch immer Einladungen.«

»Aber wenn Sie nun mehr Zeit haben, können Sie diese ja nutzen, um sich um Ihre kranke Mutter zu kümmern«, erwiderte Frau Barkowsky. Ihre spitze Nase verschwand hinter ihrer Teetasse, die sie mit abgespreiztem kleinem Finger hielt. Sie war über und über behängt mit Ketten, Armbändern und Broschen, als trage sie ihr gesamtes Vermögen zur Schau. »Man sagt, Ihre Mutter hätte einen Nervenzusammenbruch erlitten, die Arme.«

»Man sagt auch, Ihre Mutter würde nichts mehr mit Ihnen zu tun haben wollen«, fügte Frau Iwanowitsch hinzu.

Elisa wurde eiskalt. »Da täuschen Sie sich. Meine Mutter hatte weder einen Nervenzusammenbruch, noch weigert sie sich, mich zu sehen.«

»Ach ja?«, meinte Frau Rothschild, setzte sich und drückte die

Beine fest aneinander. »Da haben wir etwas anderes von ihr gehört.«

»Wäre es nun möglich, die Lesung zu beginnen?«, wagte der Dichter zu fragen. »Es sind fünf Gedichte und …«

Erneut hob Frau Rothschild die Hand. »Warum haben Sie denn Ihren Mann nicht mitgebracht?«

»Wie schade, dass er nicht hier ist bei so viel weiblicher Gesellschaft. Das sagt ihm doch besonders zu, nicht wahr?«, warf Frau Iwanowitsch ein.

»Nicht so sehr wie Ihrem Mann, der sich vor einem Jahr von Ihnen scheiden ließ«, erwiderte Elisa kalt.

Frau Iwanowitsch zog scharf die Luft ein. Frau Rothschild gab dem Dichter mit wächsernem Gesichtsausdruck ein Zeichen, er solle nun endlich zu lesen anfangen. Erneut wurde es still, bis die wohl gewählten Worte des jungen Mannes endlich die Stille füllten. Doch Elisa konnte ihnen nicht folgen. Es war ihr, als läge auf ihrem Herzen ein schwarzer, schwerer Stein. Wie lange hatte sie davon geträumt, Teil dieser Gesellschaft zu sein! Dabei waren diese Frauen um sie herum wie Aasgeier, die nur darauf warteten, sich beim geringsten Zeichen von Schwäche über ein Opfer herzumachen. Und mit solchen Menschen wollte Elisa befreundet sein? Nein. Louis hatte von Anfang an recht gehabt.

Als der junge Schriftsteller das erste Gedicht vorgetragen hatte, erhob sich Elisa von ihrem Platz. »Auch wenn ich gerne weiter den Gedichten lauschen würde, so habe ich Ihre Gastfreundschaft genug strapaziert und breche nun nach Hause auf.«

»Gehen Sie nur, meine Liebe«, zwitscherte Frau Rothschild süßlich.

»Fühlen Sie sich nicht wohl?«, hakte Frau Iwanowitsch nach.

»Nicht, dass Sie schwanger sind«, meinte Frau Barkowsky besorgt.

»Das erledigen ja wohl andere für sie«, tuschelte Frau Iwanowitsch und presste die Hand vor den Mund, als hätte sie etwas Verbotenes gesagt, dabei waren ihre Worte sehr bewusst gewählt gewesen.

Es war Elisa, als habe sie ein Schuss in die Brust getroffen. Sie stellte ihre Tasse ab und erhob sich. »Ich weiß nicht, wovon Sie sprechen.«

Frau Rothschild sagte: »Nicht? Nun ja. Gratulieren Sie Ihrem Mann jedenfalls von uns zum Wohnungskauf.«

»Wohnungskauf?«, fragte Elisa.

»Ja. Herr von Schwabach, dessen Palais in derselben Straße liegt, erzählte uns, Ihr Gatte habe vorgestern den Kaufvertrag unterschrieben. Sie wussten das nicht? Oh, entschuldigen Sie. Ich wollte Sie damit nicht vor den Kopf stoßen.«

»Bestimmt sollte es eine Überraschung sein! Und die haben Sie nun verdorben!«, beschwerte sich Frau Barkowsky bei Frau Rothschild. »Setzen Sie sich doch wieder, Elisa.«

Es kostete Elisa all ihre Kraft, nicht in Tränen auszubrechen. Sie holte tief Luft, schenkte Frau Barkowsky ein kleines, dankbares Lächeln und sagte: »Nein, aber ich weiß die Geste zu schätzen. Frau Rothschild, Ihnen danke ich dafür, mir die Augen geöffnet zu haben.«

»Wie darf man denn das verstehen?«, zischte diese voller Bitterkeit.

Elisa war schon fast aus dem Raum, als sie noch einmal innehielt, sich umwandte und sagte: »Wissen Sie, es ist leicht, nach jemandem zu treten, der bereits am Boden liegt. Jemandem die Hand zu reichen und aufzuhelfen, verlangt einem weit mehr ab. Zum Glück warten zu Hause Menschen mit mehr Rückgrat auf mich. Guten Abend.«

Kapitel 66

Wütend donnerte Louis den Schraubenschlüssel in den Werkzeugkasten und fluchte laut, sodass Johann, Vorarbeiter in der Süßwarenfabrik, einen unsicheren Blick in seine Richtung warf. Ein Mélangeur war ausgefallen, eine der Maschinen, in der die gewalzten Kakaobohnen mit Zucker, Milchpulver, Kakaobutter und Aromen vermischt wurden. Obwohl konstant heißer Dampf in die Ventile geblasen wurde und der Kolben sich hin und her bewegte, drehte sich das Rad nicht. Und da sich das Rad nicht drehte, bewegte sich auch nicht die Triebstange, die die Zutaten miteinander vermengte. Hin und wieder gab die Maschine ächzende Geräusche von sich, und so langsam fürchtete Louis, ihm würden gleich sämtliche Schrauben und Räder um die Ohren fliegen, wenn weiterhin heißer Dampf in die Maschine gepumpt wurde, er aber nicht bald die Lösung des Problems fand.

»Vielleicht is einfach nur die Kurbel rostig«, rief Johann ihm über das Klappern und Rattern der Maschinen hinweg zu.

Louis zog diese Möglichkeit zwar ernsthaft in Betracht, glaubte jedoch nicht daran, dass dies die Ursache war. Der Mechaniker, der die Maschinen gewartet hatte, war vor zwei Wochen verstorben, was bedeutete, dass Louis jemand anderen auftreiben musste, der den Mélangeur reparieren konnte.

»Hier steckst du!« Sein Vater kam auf ihn zu, wobei er vor einem der funktionierenden Mélangeurs stehen blieb und zufrieden einen Blick auf die duftende Schokoladenmasse warf. Es war ungewöhnlich, seinen Vater ohne Aktentasche in der Hand zu sehen. »Ich habe dich schon gesucht. Franz meinte, es gäbe ein Problem?«

»Nicht nur eins«, erwiderte Louis und fuhr sich mit der Hand über die Stirn.

Wie früher, wenn Louis als kleiner Junge im Garten gespielt und sich dabei ganz dreckig gemacht hatte, zog sein Vater ein weißes Stofftuch aus dem Revers seines Jacketts, befeuchtete dieses mit Spucke und wischte Louis damit über die Stirn. »Dein Gesicht ist ja ganz schwarz.«

»Kann sein. Ich habe eben nach den Heizkesseln gesehen. Meine Hoffnung war, dass einfach nicht ausreichend Dampf nach oben gedrückt wird. Wann bist du denn schon zurückgekommen?«

Sein Vater hatte ein paar Tage in einem Sanatorium im bayerischen Ebenhausen verbracht. In letzter Zeit hatte er schlechter Luft bekommen und hin und wieder auch ein Ziehen in der linken Brustseite verspürt, sodass Franz und Louis ihm gedroht hatten, ihm die Schlüssel zur Bank fortzunehmen, wenn er nicht endlich auf seine Gesundheit achte.

»Heute Morgen kam ich mit dem Zug an. Fünf Minuten vorher hattest du das Haus verlassen, wie Frieda mir berichtete. Wir haben uns also knapp verpasst.« Er lachte, als hätte er einen Witz gerissen. »Du und dein Bruder, ihr hattet recht. Nach dieser kleinen Auszeit fühle ich mich frisch und munter. Die bayerische Landluft ist herrlich und nicht wie hier verpestet von all den Abgasen und dem Rauch der Fabriken.«

Tatsächlich sah sein Vater viel besser aus. Das bayerische Essen hatte sich in Form von ein paar zusätzlichen Kilos an Wangen und Bauch niedergelegt, was ihm jedoch gut zu Gesichte stand. Zudem hatte er offenbar ein paar winterliche Sonnenstrahlen einfangen können, denn seine Nase und die Stirn waren leicht gebräunt.

Dann aber verschwanden die Lachfältchen um seine kleinen Augen, und er wurde ernst. »Jetzt erzähl mal von all deinen Problemen.«

Louis erhob sich vom Boden, breitete die Arme aus und drehte sich einmal von rechts nach links, um die ganze Fabrik zu umfassen. »Du siehst ja, was los ist. Wir können die Nachfrage der *Lust auf mehr?*-Tafeln trotz des Krieges kaum stillen, aber ich befürchte, wir brauchen demnächst neue Maschinen. Diese hier sind alt und nicht mehr leistungsstark genug.«

Sein Vater grüßte Johann, der mit seiner ursprünglich weißen, nun aber schokoladenverschmierten Schürze gerade dabei war, Zucker aus einem Eimer in die Mélangeurs zu kippen. »Hattest du denn heute schon eine Mittagspause?«

Louis warf einen Blick auf die große Uhr, die über dem Eingangstor des Saals hing. Es war kurz vor drei. »Noch nicht. Ich wusste nicht, dass es schon so spät ist. Ich werde gleich einen Kaffee trinken.«

»Und du sagst zu mir, dass ich mehr auf mich achten muss! Was hältst du davon: Du führst deinen alten Herrn ein bisschen in der Fabrik herum. Dann kannst du mir zeigen, was sich unter deiner Leitung verändert hat. Anschließend essen wir etwas zusammen. Danach sieht die Welt gewiss schon wieder ganz anders aus.«

Louis, der Schokolade zwar schon immer gemocht, sich aber nie sonderlich für sie interessiert hatte, war inzwischen ganz verliebt in den Geruch frisch gerösteter Kakaobohnen und das Rascheln, wenn die dunklen Perlen über das feine Sieb rollten. Sein Herz brannte vor Leidenschaft, als er seinem Vater zeigte, wie die Bohnen nach dem Rösten gebrochen und gewalzt wurden. Es gab Maschinen zur Reinigung und Sortierung der Bohnen. Es gab Walzwerke, um die Schokoladenmasse fein zu mahlen, und Kakaopressen, um die goldgelbe, klare Kakaobutter von der festen Masse zu trennen. Besonders faszinierte seinen Vater der Saal, in dem die sogenannten Conchen standen, Maschinen, die ein spezielles Rührwerk besaßen, das die Schokolade zartschmelzend machte. Zusätzlich gab es noch einen Raum mit einer Eintafelanlage sowie eine Halle, in der das Firmenlogo auf die Folien und Papiere gedruckt wurde, die die fertigen Schokoladen schützten.

Eine der ersten Veränderungen unter Louis' Firmenleitung war in eben jener Halle vorgenommen worden. Inzwischen wurde die Schokolade nicht mehr in Zinn-, sondern in Alufolie verpackt, und auch die *Alpenbrillanten* wurden nicht mehr in Gläsern, sondern aufwendigen, luft- und lichtdichten Schachteln verkauft. Das alles hatte eine gute Summe Geld verschlungen, aber der Verkauf der *Lust auf mehr?*-Schokolade florierte, und bald würden sie auch ausreichend beiseitegelegt haben, um endlich ins Automatengeschäft einzusteigen.

»Ein Kaffee wäre jetzt tatsächlich angenehm«, meinte sein Vater, als sie die nächste Halle betraten. »Vielleicht …«

Weiter kam er nicht, denn in diesem Moment erfassten seine Augen den Tempel der Weiblichkeit, wie Louis diesen Teil der Fabrik insgeheim nannte. Frauen mit blütenweißen Schürzen und ebenso weißen Hauben saßen an lang gezogenen Tischen, scherzten miteinander, naschten heimlich und sortierten die Tafeln und Pralinen in die vorgesehenen Verpackungen. Die Mundwinkel von Herrn Lindquist hoben sich, und seine Augen leuchteten auf.

Louis stibitzte einer der Damen einen *Alpenbrillanten* und schob für sich und seinen Vater eine »Lust auf Meer?«-Tafel, Schokolade mit einem Hauch Salz, in die Tasche seines Jacketts. Sie setzten sich auf eine der Bänke vor der Halle, in der die Jutesäcke mit den Kakaobohnen gelagert wurden. Normalerweise verbrachten die Schokoladenmädchen auf diesen Bänken ihre Mittagspause. Von hier überblickte man das ganze Fabrikgelände bis hin zum großen Tor, das pünktlich um sieben Uhr abends aufschwingen und all die fleißigen Arbeiter nach Hause entlassen würde.

Eine Weile lang unterhielten sie sich über den Kuraufenthalt in Bayern, doch dann fragte sein Vater ihn: »Erzähl mir von deinen anderen Problemen.«

»Wolltest du nicht einen Kaffee trinken? Wenn du willst, dann …«

»Louis, lenk nicht ab. Franz hat …«

»Was hat Franz dir schon wieder erzählt?«

»Nichts. Er meinte nur, du hättest große Sorgen, aber ich solle dich selbst fragen.«

Es hatte ohnehin keinen Sinn, seinem Vater etwas vorzumachen. Also erzählte er seinem Vater, wie sehr Elisa unter der aktuellen Situation litt. Doch das war noch nicht alles. Rosalie hatte dringend eine Bleibe gebraucht, doch niemand erklärte sich dazu bereit, eine Unterkunft an eine unverheiratete Schwangere zu vermieten. Louis war nichts anderes übrig geblieben, als die Wohnung, die er mit Elisa besichtigt hatte, zu kaufen und Rosalie dort fürs Erste unterzubringen. Nun fürchtete er, Elisa würde davon erfahren. Ihr Herz würde brechen, aber Louis hatte in der Not keine andere Möglichkeit gesehen … Er schwor sich, dass es nur eine vorübergehende Maßnahme war.

»Du musst es Elisa sagen. Sie darf es nicht von anderen erfahren. Sie hat so viel durchgemacht in letzter Zeit. Erst starb ihr Vater, kurz darauf findet sie diese furchtbare Geschichte mit den Beruhigungsmitteln heraus. Dann stirbt Hans, dann wird sie von Rudolf bedrängt. Und nun das. Du musst unbedingt für sie da sein, das ist wichtig.«

»Ich finde nur nie die richtigen Worte.«

»Es geht auch nicht um Worte, Louis. Gib ihr einfach das Gefühl, an ihrer Seite zu sein, egal was passiert.«

Es war nach elf Uhr abends, die Angestellten waren bereits zu Bett gegangen, und die Lichter in der Villa waren gelöscht. Deshalb machte Louis, dessen Tag um sechs Uhr morgens begonnen hatte, sich gleich auf zur Maïson, um sich schlafen zu legen.

Er fragte sich, wie lange diese unglückliche Situation noch währen sollte. Elisa war am Rande ihrer Kräfte, doch wenn Louis sie darauf ansprach, versuchte sie, ihr Leid hinter einem gut gemeinten Lächeln zu verbergen. So zu tun, als wäre alles in bester Ordnung, obwohl das Herz tieftraurig war, musste für sie, die so viel Feingefühl besaß, besonders grausam sein.

Heute Morgen hatte sie ihn darum gebeten, sie mit zu Rosalie zu nehmen. Schon allein die Vorstellung, dass seine Frau, seine Elisa, in ein und demselben Raum mit seiner ehemaligen Liebschaft war, die ihm rein gar nichts mehr bedeutete, schüttelte ihn vor Entsetzen. Aber vor allem war er nicht damit einverstanden, dass Elisa etwas mit dieser Schwangerschaft zu tun und deshalb ein Interesse daran hatte, Rosalie zu treffen.

Er fand das Schlafzimmer leer vor, doch Elisas Bettdecke war ans Fußende getreten, als hätte sie schon geschlafen, wäre jedoch noch einmal aufgestanden. Ein schwarzes Kleid lag über dem Stuhl ihres Toilettentischs, was schon allein deshalb merkwürdig war, da Elisa großen Wert auf Ordnung legte. Offenbar war sie heute ausgegangen.

Als er sich vorhin müde die Treppe hinaufgeschleppt hatte, hatte er den dünnen Lichtstreifen übersehen, der unter der Tür ihres Ankleidezimmers hindurchschimmerte. Er klopfte und trat ein, obwohl er keine Antwort erhalten hatte.

Elisa saß inmitten einer riesigen Pfütze aus roten, blauen, weißen und grünen Stoffen. Sie hatte all ihre Kleider aus dem Schrank gezogen und um sich herum ausgebreitet und fuhr nun mit ihrer kleinen Hand vorsichtig über die zarten Rosetten, die im Licht glänzenden Perlen und Spitzenbordüren.

»Was machst du denn hier?«, fragte er sie.

Er nahm die Wolldecke, die auf dem Korbsessel in der Ecke zusammengefaltet lag, ging vor ihr in die Hocke und legte sie ihr um die Schultern. Obwohl ihre nackten Arme eiskalt waren, zitterte sie nicht, als würde sie die Kälte gar nicht spüren. Sie war barfuß, und ihr weißes Nachtkleid reichte ihr nur bis knapp über die Knie. Ihr Gesicht mit den zarten Sommersprossen wirkte im gedämpften Licht der Petroleumlampe viel jünger, geradezu mädchenhaft. Doch als ihr müder Blick sich auf ihn richtete, war jenes Mädchenhafte mit einem Mal dahin, und sie war nur noch blass.

»Ich wollte schon einmal mit dem Packen beginnen«, sagte sie kraftlos und sah an Louis vorbei. »Weil wir doch bald umziehen werden.«

Er wärmte ihre kalte Hand, indem er sie mit seinen Händen umschloss und zärtlich rieb. »Du weißt es also«, sagte er.

»Dass du die Wohnung gekauft hast? Ja, das weiß ich. Ich erfuhr es heute von Frau Rothschild.« Ihr Gesicht wurde rot vor Scham, dann farblos, dann wieder rot. »Und nun überlege ich, was ich einpacke«, wisperte sie und brach in Tränen aus.

Louis zog sie an sich und hielt sie eine Weile lang fest. Sein Hemd wurde an der Brust feucht von ihren Tränen. Louis hatte Elisa immer für ihre Stärke bewundert. Sie nun so zu sehen, brach ihm das Herz und ließ ihn spüren, dass er versagt hatte.

»Deine neue Frisur gefällt mir«, sagte er, um sie zu trösten, doch sie schien ihn nicht zu hören.

Mit geröteten Augen sah sie zu ihm auf, verzog den Mund und hielt sich an seinem Hemd fest. Sie stand völlig neben sich, und dennoch verstand Louis, was sie von ihm erwartete. Sie erwartete, dass er es aussprach. Und das tat er. »Rosalie wird erst einmal in die Wohnung ziehen, bis wir eine Lösung für sie gefunden haben.«

Die letzten Tränen liefen aus ihren Augen, und mit ihnen der Glanz, in den er sich so bedingungslos verliebt hatte.

»Es tut mir alles so unglaublich leid, Elisa. Ich verspreche dir, dass es nur vorübergehend ist. Aber Rosalie braucht eine Bleibe, und wir wohnen doch gut hier. Mein Vater freut sich, wenn etwas Leben im Haus ist. Und auch du bist doch ein Familienmensch.«

Er ertrug sein hilfloses Gerede selbst kaum.

»Ja, das bin ich … Nur bin ich meiner eigenen Mutter offenbar gleichgültig geworden. Ich war vorhin bei ihr, aber sie wollte mich nicht sehen. Stefan sagte mir, ich solle nach Hause fahren.«

»Was?«, stieß Louis fassungslos aus. »Ich fahre gleich morgen zu deiner Mutter und stelle sie zur Rede!«

»Nein, Louis … Es ist ihre Entscheidung. Gewiss beruhigt sie sich bald wieder …«

»Aber …«

»Was wird sein, wenn das Kind auf der Welt ist?«, fragte Elisa auf einmal. »Was ist dann? Wirst du dich dann nur noch um Rosalie kümmern?«

»Natürlich nicht. Aber Rosalie hat außer mir niemanden mehr. Sie braucht mich.«

»Und ich? Ich brauche dich auch.«

»Ich weiß. Ich weiß …« Er zog ihr Gesicht an sich heran und küsste sie. Mit der Berührung seiner Lippen erblühte sie wie eine Blume. »Und ich brauche dich«, murmelte er an ihren Lippen.

Er schmeckte ihre Tränen, schmeckte ihre Zweifel, doch da erfasste sie ein Schauer, und sie erwiderte seinen Kuss und öffnete ihren Mund, um ihre Nähe zu vertiefen.

Er hob Elisa ganz selbstverständlich hoch und trug sie ins Schlafzimmer, wo er sie sanft auf dem Bett absetzte. Als wäre seine Berührung für sie lebensnotwendig, zog sie ihn an seinem Hemd zu sich herab, küsste ihn erneut und sank dann mit dem Rücken auf das Bett. Er folgte ihr, stützte sich neben ihr ab, zeichnete die Linie ihres Kinns mit seinen Lippen nach.

Wärme durchströmte ihn. Erst durch Elisa war er ein Ganzes.

Kapitel 67

Hin und wieder sah Frieda nach Rosalie. Das war alles, was Elisa wusste. Aber jedes Mal, wenn Frieda von der Schwangeren nach Hause kam, rauschte sie mit kleinen, energischen Schritten durch die Villa und fing unkoordiniert an, hier Staub zu wischen, dort den Fußboden zu putzen, um dann doch wieder aufzuspringen und sich in der Küche zu schaffen zu machen. Wenn Elisa sie fragte, was sie denn so aufrege, sagte sie jedes Mal: »Wie man nur so ein gottloses Leben führen kann! Und wie ungerecht das ist! Schau, Elisa. Wie gern hättest du ein Kind und kannst keins haben? Und wie gern hätte ich eins, hab aber meinen Mann verloren. Und die da, die bekommt ’nen Bastard, freut sich kein bisschen drauf und kann den armen Wurm nicht mal versorgen!«

Ein dumpfes, bedrückendes und unnachgiebiges Gefühl regte sich in Elisa, das sich immer wieder bemerkbar machte und das sie nicht zu ignorieren vermochte. Sie fühlte, jegliche Kontrolle über ihr Leben mit Louis verloren zu haben und endlich, um ihres Stolzes willen, in die Offensive gehen zu müssen.

Eine halbe Stunde später parkte Anton den Wagen in der Mauerstraße direkt vor dem Haus, in dem Rosalies Wohnung lag. Elisas Hände, die sich fest um den Henkel ihrer Handtasche schlossen, waren eiskalt und feucht zugleich. Antons Blick ließ ihren Nacken ganz steif werden, deshalb wandte sie sich um und sagte ihm, dass er nach Hause fahren möge. Sie würde sich später ein Taxi rufen.

Elisa versuchte, sich ein paar Worte zurechtzulegen. Sie schämte sich für die Abscheu, die sie Rosalie gegenüber empfand. Doch das Kind, das Rosalie in ihrem Bauch trug – Louis' Kind –, war wie ein lebendig gewordener Beweis dafür, dass sie krank war. Ein Kind war genau das, was Elisa Louis vermutlich niemals würde schenken können.

Schmerzhaft erinnerte Elisa sich daran, wie sie einst mit Louis die Wohnung in der Beletage besichtigt hatte. Sie wusste noch genau, dass sie damals das sandfarbene Straßenkleid mit dem hohen Rüschenkragen getragen hatte, um dem Verkäufer gegenüber einen besonders anständigen Eindruck zu erwecken. Es hatte draußen geregnet, deshalb hatte sie im Flur des Erdgeschosses ihren Hut mit der breiten Krempe ausgeklopft. Louis war schon einmal die Treppe hinaufgeeilt, immer zwei Stufen auf einmal nehmend. Doch als er sah, dass Elisa nicht hinterherkam, war er das Holzgeländer hinabgerutscht. Er war direkt vor ihr aufgekommen, sodass sie sich erschrocken hatte. Ehe sie es sich versehen hatte, hatte er sie bereits gegen die Wand gedrückt und geküsst.

»Mein Gefühl sagt mir, dass diese Wohnung wie für uns gemacht ist«, hatte er gesagt und ihr erneut einen Kuss auf den Mund gedrückt.

»Ach ja?«, hatte sie amüsiert erwidert.

»Ja.« Er hatte ihr einen letzten, kurzen Kuss geschenkt, dann ihre Hand genommen und war gemeinsam mit ihr die Treppe hinaufgegangen.

Elisa klingelte. Im Inneren der Wohnung schien sich nichts zu bewegen, obwohl Rosalie daheim sein musste. Sie war hochschwanger und durfte nicht mehr allein auf die Straße, das wusste Elisa von Frieda.

Als sie zusätzlich klopfte, waren schwere, langsame Schritte durch die Tür zu hören. »Wer ist da?«, rief Rosalie.

»Ich bin es. Elisa.«

Eine Zeit lang war es still. Dann setzte ein Orchester an Schlüsselklimpern und Riegeln, die aufgeschoben wurden, ein, und die Tür öffnete sich.

»Mit dir habe ich nicht gerechnet«, sagte Rosalie.

»Darf ich reinkommen?«

»Um mich die Treppe runterzustoßen, damit das Kind stirbt, ist es ein bisschen zu spät«, sagte sie und legte eine Hand auf ihren kugelrunden Bauch, mit der anderen stützte sie sich am Türrahmen.

»Ich bin hier, um nach dir zu sehen«, erwiderte Elisa ausdruckslos.

»Mhhhm«, machte Rosalie, trommelte mit den Fingernägeln auf dem Holz, warf einen Blick zurück in die Wohnung und sagte dann: »Es ist etwas unordentlich.«

In dem Moment, in dem sie beiseitetrat, um Elisa hereinzulassen, machte sich offenbar das Kind bemerkbar, denn Rosalie krümmte sich vor Schmerz. »Er macht ständig Ärger. Ganz der Vater.«

Elisa stützte Rosalie und half ihr in den Salon, woraufhin diese sagte: »So schwach, wie du aussiehst, bist du ja gar nicht.« Sie ließ sich auf das Sofa fallen und streckte die Beine von sich.

Elisa ging nicht darauf ein. »Hast du denn heute schon etwas gegessen?«

»Frieda brachte mir gestern Abend etwas Graupensuppe mit Speck vorbei.«

»Ich meine heute«, sagte Elisa. »Hast du heute etwas gegessen?«

»Nein …« Rosalie blickte auf ihre Hände hinab und begann, den Ärmelsaum ihres Kleides mit Daumen und Zeigefinger zu reiben.

Elisa stellte ihre Tasche auf dem Sofatisch ab. »Ich habe dir Graubrot mitgebracht.«

Langsam, aber sicher breitete sich ein schiefes Lächeln auf Rosalies Lippen aus. »Das klingt ziemlich gut.« Sie legte beide Hände auf ihrem Bauch ab und schloss die Augen, als wolle sie hier und jetzt einschlafen.

Als Elisa sich umsah, spielte ihr Herz ihr einen Streich. Sie blinzelte ein paarmal, damit ihre Augen sich an das weiße Winterlicht gewöhnten, das durch die Balkontür fiel. Inmitten dieses Lichts zeichnete sich Louis ab, umtanzt von funkelnden Staubkörnern. Eine Traumgestalt.

»Glaubst du, du könntest dich hier wohlfühlen?«, fragte er sie.

Elisa liebte diese Wohnung, die verspielt und exotisch zugleich war. Der einstige Besitzer, ein Herr im Ruhestand mit buschigen Koteletten und kunstvoll gedrehtem Schnurrbart, war erstaunlich viel gereist und hatte aus all den fernen Ländern, die er besichtigt hatte, bemalte Truhen, Holzschnitzereien, Vasen und Edelsteine mitgebracht. In jedem Raum war etwas Besonderes zu finden, zu dem es eine Geschichte gab. Im Salon und im Frauenzimmer streckten menschengroße, exotische Pflanzen ihre leuchtend orangefarbenen Blüten nach der Sonne aus.

»Muss ganz schön übel für dich sein«, riss Rosalie Elisa ins Hier und Jetzt zurück.

»Was meinst du?«, erwiderte Elisa ruhig.

»Meine Schwangerschaft.« Es schien ihr ernst zu sein, denn Elisa fand keinerlei Provokation, weder in ihrem Blick noch in ihrer Stimme.

»Jedenfalls tut es mir leid«, fuhr Rosalie fort. »Louis hat mir erzählt, was du in letzter Zeit durchgemacht hast. Diesen feinen Ziegen sollte man die Zungen herausschneiden.«

»Louis und du habt über mich gesprochen?«, fragte Elisa.

»Mit Louis kann man nur noch über dich sprechen. *Elisa ist ja so belesen. Elisa ist ja so feinfühlig. Und wie tapfer sie erst ist!*«, machte sie ihn nach. »Ich war kurz davor, mich auch in dich zu verlieben. Er tut das vermutlich, damit ich nicht glaube, ich hätte noch eine Chance bei ihm. Jedenfalls rechne ich es dir auch hoch an, dass du hier bist.«

Elisa flüchtete sich in die Küche, die offensichtlich nicht benutzt wurde. Sie öffnete ein paar Schränke, bis sie einen Teller fand. Als sie zurück in den Salon kam, versuchte Rosalie, an ihrem Bauch vorbeizugreifen, um ihre niedlichen weißen Schnallenschuhe auszuziehen. Ihre Finger streiften den kleinen Absatz, dann sank sie erschöpft zurück.

»Heute Nacht habe ich in diesen unbequemen Dingern geschlafen«, schnaufte sie.

Wortlos stellte Elisa den Teller ab, kniete sich vor Rosalie auf den Boden und zog ihr die Schuhe aus.

»Ich hoffe, der Racker lässt nicht mehr zu lange auf sich warten. Manchmal habe ich das Gefühl, er saugt sämtliche Kraft aus mir heraus.«

»Ich will das nicht wissen«, erwiderte Elisa kühl. Sie spürte Rosalies Blick auf sich ruhen, gab jedoch vor, es nicht zu merken.

Als sie sich vom Boden erhob, gab Rosalie auf einmal ein schmerzerfülltes Knurren von sich. Sie stemmte beide Hände ins Sofa und biss die Zähne zusammen. Einen kurzen Augenblick lang war Elisa wie erstarrt, dann fasste sie sich und sagte: »Ich rufe sofort einen Arzt.«

»Nein … es geht schon«, keuchte Rosalie und holte ein paarmal tief Luft. »Keine Sorge, ich kenne das schon. Das ist gleich wieder vorbei, und dann ist es, als wäre nichts gewesen.«

»Ich fühle mich aber nicht wohl dabei. Du scheinst starke Schmerzen zu haben.«

»Es hat noch niemand behauptet, eine Schwangerschaft sei leicht.« Rosalie zog die Augenbrauen hoch, als hätte sie einen Witz gerissen. »Ich bin so froh, wenn ich das hier überstanden habe.«

»Freust du dich denn auf das Kind?«, rutschte Elisa heraus.

»Schon.« Sie klang nicht überzeugt. Nach einer Weile fügte sie etwas ehrlicher hinzu: »Aber dieses Spießbürgerleben, das ist nichts für mich. Kinder, Ehemann, Haushalt … Allein diese Wohnung fühlt sich wie ein Gefängnis an.«

»Aber dein Leben ist doch alles andere als ein Spießbürgerleben.«

Rosalie schmunzelte erschöpft. »Das stimmt. Aber vermutlich werde ich mir einen Ehemann suchen müssen. Ich brauche Geld, außerdem sollte ein Kind mit einem Vater aufwachsen. Was werde ich allein dem Kleinen schon bieten können?«

»Liebe«, antwortete Elisa, ohne zu zögern.

In einem Kramerladen kaufte Elisa Butter für das Graubrot. Die Regale waren so gut wie leer. Der Krieg hielt an, die Lebensmittel wurden knapp. Es wurden nun Brotkarten ausgegeben.

Zurück in der Wohnung, machte Rosalie sich sogleich heißhungrig darüber her. Elisa nutzte die Gelegenheit, sie zu fragen, weshalb sie nicht in eine Privatentbindungsanstalt gegangen sei. »Dort wärst du doch viel besser versorgt als hier.«

»Das kostet aber auch viel mehr. Außerdem glaube ich nicht, dass man mich dort aufgenommen hätte. Die meisten Hebammen haben bei ungewollten Schwangerschaften doch immer Angst, dass sie angezeigt werden, sollte etwas schiefgehen. Am Ende glaubt man nämlich, ich hätte sie darum gebeten, mir bei einer Abtreibung zu helfen, und dann werden sie am Ende noch für zwei Jahre ins Gefängnis gesteckt! Als ob ich für eine Abtreibung das Geld hätte …«

»Heißt das, du hast über eine Abtreibung nachgedacht?«

»Natürlich«, erwiderte Rosalie ungerührt. »Aber wie gesagt, ich hatte ohnehin Schwierigkeiten, überhaupt eine Hebamme zu finden, und das Geld, sie zu bestechen und das Kind abzutreiben, hatte ich nicht.«

Elisa war entsetzt. Sie würde alles dafür geben, schwanger sein zu können. Und Rosalie hatte ihr Kind einfach … töten wollen!

»Schau mich nicht so an. Wärst du in meiner Lage, hättest du vielleicht ebenso gedacht.«

»Trotzdem wäre es mir lieber, wenn du in eine Privatentbindungsanstalt gehen würdest. Ich rede mit der Hebamme vor Ort und bezahle deinen Aufenthalt.«

Rosalie schüttelte den Kopf. »Erstens hat Louis das schon versucht, aber keine Privatentbindungsanstalt gefunden, die mich aufnehmen würde. Zweitens will ich nicht noch mehr Geld von euch annehmen.«

»Und was, wenn es auf einmal losgeht und niemand ist bei dir?«

»Dann ist das eben so.«

»Unterstützt dich dein Vater nicht?«

»Kein bisschen.«

»Hast du versucht, mit ihm Kontakt aufzunehmen?«

»Nein. Und das werde ich auch nicht.«

»Aber du brauchst Hilfe! In deinem Zustand genügt es nicht, wenn Louis jeden Abend nach der Arbeit nach dir sieht.«

»Ich hab doch dich«, erwiderte Rosalie und legte den Kopf schief.

Elisa presste die Lippen fest aufeinander. Dann sagte sie: »Frieda wird sich um die Einkäufe kümmern.«

Da hoben sich Rosalies Mundwinkel zu einem schiefen Grinsen, denn offenbar kannte sie Elisa besser als sie sich selbst. Sie wusste, dass Elisa wiederkommen würde.

Der Januar fand ein Ende, und ehe Elisa sichs versah, verbrachte sie bereits die fünfte Nacht neben Rosalie in deren Bett. Louis war das zwar überhaupt nicht recht, er sagte, wenn überhaupt, wäre es seine Aufgabe, nachts auf Rosalie aufzupassen. Aber das wiederum würde Elisa niemals zulassen. Man konnte nicht sagen, dass ihr die Schwangere ans Herz gewachsen war, aber sie sorgte sich um sie und das Kind. Denn immer wieder wurde Rosalie von heftigen Krämpfen geschüttelt, und laut der Hebamme, die inzwischen in der Wohnung nächtigte, war die Geburt überfällig.

Während Rosalie tief und fest schlief, stupste Elisa ununterbrochen mit dem Zeigefinger die Holzwiege an, die Emil vor ein paar Tagen vorbeigebracht hatte. In dieser Holzwiege hatten schon Franz und Louis als Babys gelegen. Sie war ausgesprochen niedlich mit den Blumenverzierungen, den geschnitzten Herzen und dem bunt getupften Vorhang. Eine tiefe Traurigkeit überkam Elisa, und Tränen tropften von ihrem Nasenrücken auf das Laken, denn in dieser Wiege würde niemals ein Kind liegen, das sie zur Welt gebracht hatte.

Rosalie stöhnte im Schlaf. Elisa wischte sich die Tränen von den Wangen und rollte sich dann auf die andere Seite, um nach Rosalie zu sehen. Sie wachte auf und verzog das hübsche Gesicht zu einer Grimasse des Schmerzes.

»Weinst du?«, presste Rosalie zwischen ihren zusammengebissenen Zähnen hervor.

»Nein«, log Elisa und richtete sich auf. »Soll ich einen Arzt rufen?«

»Es geht schon …«

Auf einmal schrie Rosalie, bäumte sich auf und erschlaffte im nächsten Moment. »O Gott …«, stöhnte sie. »Ich glaube … ich glaube, es geht los.«

Sofort sprang Elisa aus dem Bett, schaltete das Licht an und zog die Decke von Rosalie. Das Laken zwischen ihren Beinen war nass. Die Fruchtblase war geplatzt.

Die Hebamme war eine Frau um die fünfzig mit kurzen, sauberen Nägeln, wie es sich für eine Dame ihres Berufs gehörte. Mit einer kräftigen, flinken Bewegung stellte sie einen Stuhl ans Bett und wuchtete ihren Koffer darauf. Daraus hervor holte sie eine weiße Haube, unter der sie ihr zu einem Zopf geflochtenes

Haar versteckte, sowie einen weißen Überwurf, den sie um ihren voluminösen Körper band. Ihre roten Apfelwangen hoben sich zu einem ermutigenden Lächeln, als sie bemerkte, dass Elisa sie mit großen, ängstlichen Augen dabei beobachtete, wie sie nach und nach ihr Werkzeug auspackte. Handtücher, Seife, Desinfektionsmittel, eine Schere sowie eine Bürste und viele andere Instrumente, die Elisa noch nie zuvor gesehen hatte.

»Haben Sie Kinder?«, fragte die Hebamme.

Elisa schüttelte den Kopf. »Nein.«

»Ist es Ihnen lieber, aus dem Zimmer zu gehen?«

Erneut schüttelte sie den Kopf. »Nein … Außer natürlich …«

»Bleib«, kam Rosalie ihr zuvor und streckte die Hand nach Elisa aus. Mehr aus einem Reflex heraus nahm Elisa diese, spürte die Berührung jedoch kaum. Sämtliches Blut schien aus ihr gewichen zu sein.

»Deine Hände sind ja eiskalt«, sagte Rosalie und hätte fast gelacht.

»Entschuldige …«

»Mach dir keine Sorgen. Es wird schon alles gut gehen.«

Es war eine schwere Geburt, die die ganze Nacht beanspruchte. Als die Sonne sich blutrot am Himmel erhob, war das Kind endlich auf der Welt. Es war ein Junge. Die Hebamme schnitt die Nabelschnur durch und legte den Säugling auf Rosalies verschwitzte Brust. Der Kleine schrie aus Leibeskräften, was die Hebamme mit einem befriedigten Lächeln quittierte.

»Das ist ein gutes Zeichen«, sagte sie, »wenn er so schreien kann. Sorgen würde ich mir machen, wenn er still wäre.«

Der Anblick, wie der kleine Wurm auf Rosalies Brust kauerte, war so wunderschön und rührend, dass Elisa zu weinen begann. Doch sie lächelte dabei, weil dieses kleine Geschöpf ein Wunder war und sie daran hatte teilhaben dürfen.

Die Hebamme wies Elisa an, warmes Wasser in die Kinderwanne zu lassen, die sie bereitgestellt hatte. Als Elisa mit einem Eimer Wasser ins Schlafzimmer zurückkam, schrie der Kleine noch immer aus Leibeskräften.

Rosalie hielt ihn von sich fort. »Nimm du ihn«, sagte sie.

Elisa glaubte, die Hebamme sei gemeint. Aber als diese Elisa aufmunternd zunickte, begriff sie, dass Rosalie mit ihr gesprochen hatte. »Ich weiß nicht … Ich …«

»Nun nimm ihn schon.«

Vorsichtig, ganz vorsichtig pflückte Elisa den Kleinen aus Rosalies Händen und hielt ihn an sich. Er roch ganz wunderbar, und seine Haut war samtweich. Erneut füllten Tränen ihre Augen, als sie seine kleinen Hände an ihrem Schlüsselbein spürte und seinen sanften, dünnen Atem an ihrem Hals. Sie schloss die Augen und war sich sicher, nie wieder etwas so Schönes erleben zu dürfen.

Die Hebamme maß die Wassertemperatur mit einem Thermometer und nickte zufrieden. Während sie den Kleinen badete, untersuchte sie ihn gleichermaßen auf Missbildungen und prüfte die Atemfunktion. Schließlich zog sie ihm Kleidung an, die den Säugling warm hielt und gleichzeitig Bewegungsfreiheit bot. Und das alles geschah so schnell und flink, dass Elisa schon vergessen hatte, wie lang und qualvoll die Nacht gewesen war.

»Dann mache ich mich jetzt auf den Weg nach Hause«, sagte die Hebamme, während sie ihre Instrumente einsammelte und in den Koffer packte. »Morgen schaue ich vorbei, um sicherzugehen, dass es Mutter und Kind gut geht.«

Nachdem sie gegangen war, setzte Elisa sich neben Rosalie ans Bett und warf einen Blick in die Wiege, in der das Neugeborene schlief.

»Wie schön er ist. Ein Wunder«, flüsterte sie andächtig.

Sie bekam keine Antwort und wandte den Blick Rosalie zu. Da sah sie, dass Rosalie stumm weinte.

Kapitel 68

Der Februar ging dem Ende entgegen, und noch immer weigerte sich Elisas Mutter, sich mit ihrer Tochter auszusprechen. Die Zustände, in denen Elisa lebte, seien eine Schande, wie Frau von Treue sagte.

Der Morgentau auf der Wiese glänzte im noch schwachen Sonnenlicht. Von einem Tag auf den anderen standen die allerersten Narzissen in den Beeten. Duftveilchen und Waldmeister umsäumten die Stallungen, in denen Louis seine wenige Freizeit verbrachte. Nur noch zwei Pferde waren dort untergebracht: Prince, der inzwischen träge gewordene Friese der englischen Lady Mrs. Campbell, und Fuchs. Fuchs gehörte einer Professorentochter, die das Interesse an ihm verloren zu haben schien. Das letzte Mal hatte sie im Herbst nach Fuchs gesehen, und so langsam begann Louis, den schönen Hengst als sein eigenes Pferd zu betrachten, wie er Elisa anvertraut hatte. Die meiste Zeit über trat Fuchs federnd von einem Fuß auf den anderen, blähte die Nüstern und schlug mit dem Schweif. Doch Elisa hatte beobachtet, dass das prächtige Tier ganz still wurde, wenn Louis sich ihm näherte. Zwar bebten seine Muskeln noch immer unter dem feinen, weichen Fell, doch wenn Louis seinen kräftigen Hals streichelte, blinzelte es und streckte die schwarze Lippe nach ihm aus.

Hin und wieder brachte Louis seinen Sohn, der im kommenden Monat auf den Namen Joseph getauft werden würde, mit in die Lindquistsche Villa. Jedoch nur, wenn Louis das Gefühl hatte, Rosalie sei mit dem Kleinen überfordert und brauche etwas Ruhe.

Auch wenn Louis es vor Elisa niemals aussprechen würde, so war er völlig in Joseph verliebt. Er versuchte sich zurückzuhalten, aber hin und wieder drängte es ihn doch, Elisa zu erzählen, was die Amme gesagt oder getan hatte oder wie erwärmend es war, wenn sich Josephs kleine, dicke Fingerchen um einen seiner Finger schlossen. Die Zerrissenheit, die Elisa Joseph gegenüber empfand, konnte sie kaum verbergen. Einerseits erwärmte sein Anblick ihr Herz, doch andererseits fürchtete sie, gegen das Kind und seine Mutter nicht bestehen zu können.

Es wurde April, und aus den Brutkästen, die Louis an der Linde und am Gestüt aufgehängt hatte, war das helle, hungrige Rufen von Vogelkindern zu hören, die darauf warteten, dass ihre eifrige Mutter einen weiteren Regenwurm herbeibrachte. Louis war oftmals bis spät in der Nacht in der Fabrik, doch wenigstens hatten sie inzwischen einen Mechaniker gefunden, der sich der Reparatur der Maschinen annehmen konnte.

So vergingen die Monate wie im Flug, und es war eine Zeit, die Elisa, Louis und Rosalie ihre ganze Kraft abverlangte. Es waren für sie alle fordernde, schwer erträgliche und wegen der gesellschaftlichen Vorbehalte geradezu unwürdige Verhältnisse, in denen sie lebten und die die Zeit viel schneller vergehen und sie kaum zur Ruhe kommen ließen.

Im Mai wollte Louis Elisa unbedingt etwas in der Süßwarenfabrik zeigen. Er habe eine Überraschung für sie, wie er sagte. Es war bereits spät am Abend, und die Arbeiter waren allesamt nach Hause gegangen. Louis führte sie in die sogenannte »Küche«, in der mit neuen Geschmacksrichtungen experimentiert wurde. Hier war ein Regal zu finden, in dem allerlei Gussformen gelagert wurden, sowie Gewürze, Trockenfrüchte, Kaffeesorten und auch Spezialitäten wie Rosenblätter und Trüffel.

Louis zog die Kühlschranktür auf und holte eine Form daraus hervor. Die Form war sehr flach und in viele kleine Vierecke unterteilt. Er löste eines der hauchdünnen Plättchen aus schwarzer Schokolade und reichte es Elisa. »Hier.«

Die Schokolade war so hauchzart, dass sie sofort auf der Zunge zerschmolz.

»Und? Was sagst du?«

Elisa fand es großartig, und Louis strahlte. »Ich wollte etwas kreieren, das einerseits ganz zart ist, aber andererseits stark, deshalb die Zartbitterschokolade.«

»Hast du schon einen Namen?«

»Kannst du dir den nicht denken?«

Fragend sah sie zu ihm auf.

»Elisa heißt sie«, sagte er. »Ich habe die Schokolade nach dir benannt.«

»Ist das wahr?«, stieß sie hervor. »Ist das wirklich wahr?«

Sie stellte sich auf die Zehenspitzen, schlang die Arme um seinen Hals, und ihre Lippen suchten seinen Kuss.

»Ich weiß, wie sehr du darunter leidest, mich mit einem Kind zu erleben, das nicht deines ist«, sagte er. »Ich danke dir für deine Geduld, deine Tapferkeit, deine Stärke, dein Vertrauen und deine Liebe zu mir. Ich liebe dich, Elisa. Mehr als alles andere auf dieser Welt.«

Sie lächelte an seiner Brust, denn sie dachte, dass all das – ihre Geduld, ihre Tapferkeit, ihre Stärke – Louis' Liebe zu ihr entsprang. Es war wie ein Kreislauf, eine Symbiose. Sie waren eins.

Kapitel 69

MAI 1915

Am 25. Mai wurde Louis dazu aufgerufen, Fuchs dem Deutschen Militär zu überlassen. Elisa sprach kein Wort, als Louis das Tier zur Einfahrt führte, denn sie wollte nicht, dass Louis die Tränen in ihrer Stimme hörte, die sie so schwer zurückhalten konnte. Louis' Gesicht war starr und ernst.

Fuchs' kluge, liebe und dunkle Augen schienen zu wissen, welch schreckliche Dinge auf ihn zukommen würden. Obwohl Louis ihm immer wieder über seinen kräftigen Hals streichelte und die Haare an seinem Kamm in eine Richtung strich, hörte der Hengst diesmal nicht auf, mit den Hufen zu scharren. Seine Nüstern blähten sich, sein Schweif schlug hin und her, die Muskeln zeichneten sich deutlich unter dem feinen Fell ab und bebten.

»Was passiert jetzt mit ihm?«, presste Elisa hervor.

»Vermutlich wird er erst einmal schussfest gemacht«, erwiderte Louis. Seine Stimme klang fremd. »Man wird ihn mit anderen Pferden in einen Bunker bringen, und dann werden Kanonen abgeschossen, damit die Tiere sich an den Lärm und Explosionen gewöhnen. Und dann wird man sehen, wo man sie gerade braucht.«

Elisa suchte nach tröstenden, aufmunternden Worten, doch sie fand sie nicht. So bot sie Louis an, gemeinsam mit ihm in die Stadt zu reiten, doch er lehnte ab und sagte nur: »Wie grausam es ist, dass unschuldige Tiere für einen Krieg, den die Menschheit verbrochen hat, sterben müssen.«

Als hätte der Abschied von Fuchs Louis aus einem Traum aufgeweckt, bestand er am nächsten Tag darauf, Elisa nach Feierabend in der Süßwarenfabrik herumzuführen, um ihr all die Dinge zu zeigen, die für einen funktionierenden Ablauf von Bedeutung waren. Die Geräte, die tagsüber dampften, zischten, ratterten und ächzten, standen nun still. Es war so leise in der hohen, großen Halle, dass Gänsehaut Elisas Unterarme überzog. Louis erklärte ihr, wo die alten Aktenordner abgelegt wurden, was bei der Lagerung der Kakaobohnen zu beachten war und wie die Maschinen funktionierten.

»Ich werde Johann darum bitten, dich in den Abläufen noch einmal genau zu unterweisen«, sagte er. »Es ist wichtig, dass du damit vertraut bist. Einige Männer aus der Fabrik mussten bereits in den Krieg ziehen, und es werden weitere folgen. Dann müssen neue Arbeiter oder Arbeiterinnen eingelernt werden. Wenn sich dann niemand mit den Maschinen auskennt …«

»Du kannst sie doch einlernen«, sagte Elisa, wobei sich ihre Stimme hob, als hätte sie eine Frage gestellt.

Louis presste die Lippen zusammen und schwieg. Elisa drückte ihr Gesicht an seine Brust, schlang die Arme um ihn und hielt ihn einfach nur fest.

Die Flamme der Kerze vor ihm auf dem Tisch flackerte, als Louis mit dem Finger durch sie hindurchfuhr. Außer ihrem rötlich-goldenen Schimmer war es nachtschwarz im Herrenzimmer. All die Zigaretten, die er geraucht hatte, hatten ihn nicht davon abhalten können, über das Schreiben nachzudenken, das vor ihm auf dem Tisch lag.

Es war ein Einberufungsbefehl.

Elisa wusste noch nichts davon. Allein bei der Vorstellung, es ihr beibringen zu müssen, quoll Louis' Herz über vor Trauer.

Obwohl es mitten in der Nacht war, klopfte es an der Tür. Es war sein Vater, im Morgenrock und die Augen klein und schlaftrunken. »Wusste ich doch, dass ich die Haustür gehört habe. Was machst du mitten in der Nacht so allein hier?«

Wortlos schob Louis den Einberufungsbefehl über den Tisch. Sein Vater setzte sich zu ihm, um den Bescheid zu lesen. Er schwieg lange.

Nach einer Weile sagte er: »Die Leute meinen, es wird wie 1870/71 sein. Ein Blitzkrieg.«

Louis schwieg.

»An Weihnachten wirst du längst wieder zu Hause sein«, beharrte Herr Lindquist.

»Der Krieg dauert nun schon fast ein Jahr! Es wird keinen Blitzkrieg geben. Ich mache mir Sorgen um Elisa«, sagte Louis.

»Um Elisa?«, fragte sein Vater erstaunt.

»Ich weiß, dass sie stark ist. Aber sie ist so sehr an mich gewöhnt. Sie ist daran gewöhnt, dass immer jemand bei ihr ist. Früher waren es ihre Eltern und Wilhelm, dann war ich es. Wir haben immer alles gemeinsam gemacht. Und wenn wir doch einmal getrennt voneinander waren, dann waren Florence, Frieda oder Hanni bei ihr. Sie weiß gar nicht, wie es ist, allein zu sein. Und was ist mit Joseph? Er ist doch erst drei Monate alt. Er braucht doch einen Vater …«

»Du redest, als würdest du nicht wiederkehren«, sagte Herr Lindquist. »So etwas mag ich nicht hören.«

Louis lehnte sich auf seinem Stuhl zurück, legte sich seine Worte zurecht und sagte dann ruhig und leise: »In den letzten Jahren hat die Menschheit Waffen hergestellt, deren verheerende Auswirkungen wir uns nicht einmal vorstellen können. Panzer, U-Boote, Maschinengewehre, Flugzeuge und Giftgas … Die Wissenschaft hat den Krieg auf ein neues Niveau gehoben. Es kämpfen nicht länger Menschen gegen Menschen, sondern Maschinen gegen

Maschinen. Ich glaube, dieser Krieg wird alles an Grausamkeit übertreffen, was die Welt bisher gekannt hat.«

Heißer Dampf zischte aus dem Schornstein des Transportzuges, als Louis und Elisa das Bahngleis erreichten. Louis schwitzte in seiner grauen Uniform, an die Elisa Blumen gesteckt hatte. Gewehr, Pickelhaube und die Fotografie, die er vor endloser Zeit von Elisa am Starnberger See aufgenommen hatte, trug er bei sich – das war alles, was er zum Überleben brauchte.

Es war ohrenbetäubend laut. Euphorische Kriegslieder wurden angestimmt, Frauen weinten bitterlich, Kinder riefen nach ihren Vätern. Inmitten dieser Menschenmenge war Louis nur einer von vielen Soldaten, so wie Elisa nur eine von vielen Ehefrauen war, die mitansehen mussten, wie ihre Männer in diesen Transportzug steigen würden, der über und über mit siegessicheren Phrasen beschmiert war wie »Auf zum Preisschießen nach Paris!«, »Auf in den Kampf, mir juckt die Säbelspitze« oder einfach nur »Ausflug nach Frankreich«.

Manche der uniformierten Körper, an denen Louis sich vorbeischob, rochen nach Angst, andere nach Alkohol. Louis fühlte sich klein und hilflos, dabei warf er sich Elisa zuliebe stolz in die Brust, als würde er tatsächlich daran glauben, dass derselbe Zug dieselben Männer schon bald wieder nach Hause bringen würde. Die Wahrheit war jedoch, dass Kaiser Wilhelm, ein Mann, dem er nie begegnet war, ihm einfach so sein Leben raubte.

Gemeinsam trugen Elisa und Louis seinen Tornister, jeder hielt einen Träger. Der Zug gab ein schrilles Pfeifen von sich. Es war Zeit, sich zu verabschieden. Weinen und Schluchzen überall.

Louis blieb stehen. Er blickte auf das Gesicht hinab, das er so sehr liebte.

»Komm wieder nach Hause«, hauchte Elisa. Tränen liefen aus

ihren Augenwinkeln über ihre Schläfen und verschwanden in ihrem Haar. »Bitte …«

Er nickte. Die ersten Männer streckten sich schon aus dem Fenster und winkten ihren Familien.

Erneutes Pfeifen.

»Ich liebe dich«, sagte er, legte die Hände an ihr Gesicht und küsste sie. Der Kuss schmeckte nach Salz.

»Ich liebe dich auch«, wisperte sie. »Komm zurück zu mir …«

Er küsste sie auf die Nasenspitze, auf die Stirn, auf ihr Haar. »Ich verspreche es.«

Er stieg ein. Nur mit Mühe gelang es ihm, sich einen Platz am Fenster zu erkämpfen, und als er endlich einen hatte, rollte der Zug auch schon knatternd über die Gleise. Da waren so viele Köpfe, Hände, Hüte, dass er Elisa zunächst nicht fand. Doch dann sah er sie. Ihr Anblick war das Schmerzhafteste, das Louis je in seinem Leben gesehen hatte. Sie wurde kleiner und kleiner, und es war Louis, als könnte er sich selbst neben ihr stehen sehen. Er sah den jungen Mann, den er zurückließ und dem er vielleicht nie wieder begegnen würde.

Kapitel 70

SEPTEMBER 1915

Meine liebste Elisa,
ich schreibe dir aus dem Barackenlager, in dem ich inzwischen angekommen bin. Die Zugfahrt hat fast dreiunddreißig Stunden gedauert, dann mussten wir noch einmal sieben Stunden warten, ehe wir einen anstrengenden Marsch antraten. Auf dem Wege sah man die ersten Zerstörungen des Krieges. Ausgebrannte Häuser, ganze Dörfer völlig zerstört.

Sorge dich nicht, es geht mir gut und ich bin wohlauf. Ich denke jeden Tag, jede Stunde, jede Minute an dich und hoffe, dich bald in meine Arme schließen zu dürfen.

Bitte vergiss nie, wie sehr ich dich liebe.

Dein Louis

Elisa legte den Brief auf den Schreibtisch, sammelte ihren Seidenmantel und ihre Handtasche von dem Ohrensessel auf und ging dann die Treppe hinab. Frieda, die gerade dabei war, die letzten Johannisbeeren vom Strauch zu pflücken, um davon Marmelade zu kochen, sah Elisa mit dieser ganz bestimmten Art von Blick an, mit der sie Elisa in letzter Zeit oft bedachte. Dieser Blick sagte aus, dass sie unzufrieden mit Elisa war.

»Wo willst du hin?«, rief sie Elisa zu, als diese schon fast ums Eck verschwunden war.

»Zu Rosalie.«

»Findest du nicht, sie sollte nach sieben Monaten endlich wissen, wie man mit einem Kind umgeht?«

»Sie gibt sich Mühe. Aber Joseph lässt sie kaum schlafen, deshalb ist sie tagsüber sehr müde und braucht Unterstützung.«

»Ach ja? Ich glaube vielmehr, dass du nur nicht wahrhaben willst, dass sie deine Hilfsbereitschaft ausnutzt. Denn dann müsstest du einen Schlussstrich ziehen, und das würde bedeuten, dass du nicht mehr so viel Zeit mit Joseph verbringen kannst. Du erziehst ihr Kind zu deinem eigenen.«

»Das stimmt nicht«, erwiderte Elisa, doch dabei senkte sie den Blick, denn sie fühlte sich ertappt.

»Wie du meinst, dann fahr zu ihr.«

»Das werde ich. Kümmere du dich bitte um Emil.«

Herr Lindquist war außergewöhnlich ernst und wortkarg geworden und hörte Elisa kaum, wenn sie ihm sagte, wie tapfer und stark Louis sei, der sich immer in allem zu helfen wusste. Wenn es jemand nach Hause schaffte, dann er, versicherte sie ihrem Schwiegervater. Ihre Hoffnung, Louis wiederzusehen, hielt Elisa aufrecht. Ein Leben ohne ihn war so unvorstellbar, dass die Möglichkeit, er könne im Krieg fallen, für sie schlichtweg nicht existierte, und nur deshalb fand sie die Kraft, sich jeden Tag an Louis' Schreibtisch in der Süßwarenfabrik zu setzen und dafür zu sorgen, dass die Produktion nicht stillstand. Tatsächlich war die Nachfrage an Süßigkeiten gestiegen, denn Familien schickten ihren Männern und Söhnen mit Briefen oftmals etwas zu naschen an die Front. Aber vor allem die Einkäufer der Proviant- sowie Lazarettverwaltungen sorgten für ein volles Auftragsbuch.

Eine halbe Stunde später hatte Anton Elisa vor einem Kramerladen abgesetzt, in dem sie noch etwas Butter und Brot kaufen wollte.

»Na endlich!«, rief Rosalie aus ihrem Schlafzimmer, als Elisa wenig später die Wohnungstür hinter sich zudrückte. »Ich dachte schon, du kommst heute gar nicht mehr.«

Rosalie saß an ihrem Toilettentisch und frisierte sich ihren blonden Schopf unter Einsatz falscher Haarteile. Sie trug das feldgraue Tailleurkostüm im militärischen Schnitt, das sie sich letzte Woche geleistet hatte. Dazu hatte sie ihre besten Stiefeletten aus Lackleder ausgesucht.

Elisa wollte eben etwas darauf erwidern, doch da fiel ihr Blick auf Josephs kleines, pausbackiges Gesicht, die wunderschönen Haselnusslocken, die wild sein Gesicht umspielten, seine hohe Stirn, und Elisa wurde mit Ruhe und Freude erfüllt. Louis' Sohn lag auf einer Wolldecke auf dem Boden und spielte mit einer Rassel. Elisa kniete sich vor ihn und küsste ihn auf seine Stupsnase.

»Gibt es etwas Neues von Louis?«, fragte Rosalie.

»Heute hat mich ein Brief erreicht. Es scheint ihm gut zu gehen.«

Doch Rosalie hörte ihr gar nicht richtig zu, denn sie war vielmehr damit beschäftigt, etwas Agua de Colonia auf ihren Hals zu tupfen.

»Ich habe etwas Brot und Butter mitgebracht«, sagte Elisa.

Als Rosalie sich einen schlichten schwarzen Hut auf das frisierte Haar setzte, fragte Elisa: »Gehst du noch aus?«

»Ganz recht. Ich muss mal etwas anderes sehen als diese vier Wände hier.« Rosalie erhob sich, nahm ihre Tasche von der Kommode und steuerte zielstrebig der Wohnungstür entgegen.

»Du warst erst gestern Abend aus.«

»Na und? Ich bin jung«, erwiderte Rosalie. »Da wird es doch wohl erlaubt sein, sich ein wenig zu amüsieren.«

»Und wer passt auf Joseph auf?«

»Ach, Elisa«, seufzte Rosalie nur, küsste sie auf die Wange und schwang sich im nächsten Moment am Türrahmen aus der Wohnung.

Kapitel 71

OKTOBER 1915

Der Plan des Deutschen Militärs war ein offensiver gewesen, denn man hatte befürchtet, von den Feinden eingekreist zu werden. Deshalb war vorgesehen, sich zunächst auf die Franzosen zu konzentrieren, davon ausgehend, Frankreich innerhalb weniger Wochen schlagen zu können, indem man das Land vom Rücken her fasste. Auf diese Weise sollten die französischen Befestigungen umgangen werden. Anschließend hatte man sich mit geballter Kraft dem Russen annehmen wollen. Um Frankreich zu umklammern, war ein Teil der deutschen Truppen durch Belgien marschiert. Ein Kriegseintritt Großbritanniens war die Folge gewesen, das Garantiemacht der belgischen Neutralität war.

Nach anfänglichen Erfolgen auf französischem Boden hatte Euphorie geherrscht. Doch dann waren die deutschen Truppen im September 1914 am französischen Fluss Marne geschlagen worden. Seitdem befanden sich die Deutschen Truppen in einem Stellungskrieg, in den auch Louis berufen worden war. Es war bereits Mitte Oktober 1915, und Louis glaubte nicht mehr daran, an Weihnachten zu Hause zu sein.

Das Lager befand sich zehn Kilometer hinter der Front. Inzwischen hatte Louis sich an das ständige, gedämpfte Dröhnen und Brummen des nahen Krieges gewöhnt, er nahm es kaum noch wahr. Die melancholischen Töne einer Ziehharmonika klangen aus einer der Baracken.

Seit zwei Tagen war seine Kompanie zurück. Wobei von einer

Kompanie kaum noch die Rede sein konnte, denn etwa die Hälfte der Soldaten lag im Lazarett oder war tot.

»Entschuldigen Sie, ist der Platz neben Ihnen noch frei?«, scherzte Vinzenz, der von allen Kaiser genannt wurde. Er ließ sich auf die Bank neben Louis fallen und machte sich sogleich über seine Portion Bohnen her. Unter seinen Nägeln saß der Schmutz des Grabens.

»Was macht die Wange?«, fragte Kaiser.

»Ist in Ordnung.«

Im Gefecht war genau dort eine Granate eingeschlagen, wo Louis ein paar Sekunden zuvor gestanden hatte. Er wäre jetzt tot, hätte Kaiser ihn nicht gepackt und fortgerissen. Jetzt hatte er nur einen bereits gut verheilten Schnitt im Gesicht, weil ein Granatsplitter seine Wange aufgeschlitzt hatte.

»Steht dir«, sagte Kaiser und deutete auf die Stelle. »Gibt dir was Verwegenes.«

Kaiser – das war ein siebenundzwanzigjähriger Student des Ingenieurwesens, dessen richtiger Name Vinzenz Kloppenheim war. Seine Freunde nannten ihn Kaiser, da er während seiner Schulzeit einmal in der Pause auf das Lehrerpult gestiegen war, sich einen der roten Fenstervorhänge über die Schultern gehängt und eine leidenschaftliche Rede über die Sinnlosigkeit des Heldentodes gehalten hatte, wobei er Kaiser Wilhelms Stimme nachgemacht hatte. Es hatte seine Eltern einiges an Überredungsarbeit gekostet, den Lehrer, der ungünstigerweise unbemerkt zurückgekommen war, davon zu überzeugen, ihren Sohn nicht der Schule zu verweisen. Seitdem trug Vinzenz den Namen Kaiser und hatte sich selbst so sehr daran gewöhnt, dass er manchmal vergaß, auf welchen Namen er getauft worden war.

Obwohl Louis sich vorgenommen hatte, keine tiefergehenden Freundschaften zu schließen, hatte er sich schon bald an Kaisers trockenen Humor, an seine Stimme, an sein schwarzes Haar und seine gebräunte Haut gewöhnt und ihn schließlich auch ins Herz geschlossen.

Kaiser war über und über mit Sommersprossen gesprenkelt, selbst seine schlanken Finger waren getupft, und wenn man genau hinsah, fand man sogar ein paar hellbraune Sprenkel in seinen grünen Augen. Seine groß gewachsene, schlanke Gestalt schien nicht für den Krieg gemacht zu sein. Doch Louis hatte schon bald gelernt, dass es gar nicht darauf ankam, wie stark oder flink jemand war. Solche Eigenschaften retteten einen Soldaten auch nicht immer, ebenso wenig wie eine ausgeprägte Intelligenz. Größtenteils war es einfach nur Glück, das Louis bisher hatte überleben lassen. Letzte Woche hatten Kaiser und er in einem Unterstand gesessen, darauf gewartet, dass sich die Lage draußen beruhigte, und mit ein paar anderen Kameraden Karten gespielt. Nicht weit von ihnen hatte die Front getobt. Zittriges Kerzenlicht hatte Schatten an die Holzwand geworfen. Der Artillerist hatte ausgespuckt.

Wie aus einem Instinkt heraus hatte Kaiser auf einmal aufgesehen, aufgehorcht, hatte die Karten niedergelegt und gesagt: »Wir könnten mal bei dem Bauernhof, an dem wir vorbeigefahren sind, gucken, ob's dort was zu essen gibt.«

Sie hatten Glück gehabt. Sie hatten drei Eier im Hühnerstall gefunden, die sie aufbrachen und austranken. Als sie wieder zurückkamen, war von dem Unterstand, in dem sie vor einer halben Stunde mit ihren Kameraden gesessen hatten, nichts mehr übrig gewesen außer ein paar verkohlten Brettern, Fetzen von Uniformen und einem schwarzen Einschlagsloch.

Das war seit etwa einem Monat Louis' Leben. Aber davon würde er Elisa nichts in seinen Briefen erzählen.

Die Erinnerungen, die Louis überfielen, waren allesamt stumm. Er sah Elisa in seinen Träumen, sah ihr zartes, reines, klares Gesicht. Doch wenn sich ihre Lippen bewegten, war da kein Ton.

Dann schreckte er aus dem Schlaf, was jedes Mal mitten in der Nacht war. Meist riss er auch noch seine Kameraden mit sich, die sofort an einen Angriff dachten, nach ihren Gewehren griffen und sich in kampfbereite Position wälzten.

Nachdem sie vier Tage am Stück gemeinsam im Graben verbracht hatten, vertraute Louis sich einem seiner Kameraden an, dem sanftmütigen Lenz, der selbst verheiratet war und sogar schon zwei Kinder hatte. Eigentlich war sein Name Lorenz Landauer, doch er bestand darauf, dass man ihn einfach nur Lenz nannte. Er war so groß und breit wie ein Bär, hatte kräftige Hände, ein rundes, liebenswertes Gesicht und eine träge, schwankende Art zu gehen.

In den Gräben und Gängen wachten, schliefen und kochten sie. Nachts hörten sie, wie die Franzosen ihre Gänge ausbesserten. Wie sie Stacheldrahthindernisse aufstellten. Wie sie zu Patrouillengängen aufbrachen. Am schlimmsten war jedoch das Heulen, Stöhnen, Hecheln der Verwundeten, die irgendwo in der Mondlandschaft zwischen den Fronten lagen und einfach nicht sterben wollten.

Es hatte in der Nacht viel geregnet. Bevor es hell wurde, versuchten sie, einen Teil der Dreckbrühe aus dem Gang zu schöpfen.

»Ich habe Angst, dass ich ihre Stimme vergessen habe«, sagte Louis dabei zu Lenz. »Und wenn ich ihre Stimme vergessen habe, dann ist es doch nur noch eine Frage der Zeit, bis ich auch ihr Gesicht vergessen habe, und wer bin ich dann noch?«

Lenz überlegte. »Ich glaube nicht, dass du ihre Stimme vergessen hast. Den ganzen Tag haben wir diesen Lärm um uns. Wir hören Bomben fallen, hören Salven an Munition knallen, hören Todesschreie, und sogar wenn wir in den Baracken sind, dann ist da doch immer noch das ferne Donnern des Krieges. Ich glaube, in deinen Träumen findest du bei deiner Elisa Ruhe.«

Kapitel 72

Die meisten Menschen hatten es nicht glauben können, als von einem Tag auf den anderen Krieg herrschte. Wilhelm hingegen hatte den Krieg schon lange kommen sehen. Bereits im Mai 1914 waren Schulen, Stadthallen und Vergnügungslokale auf die Möglichkeit, Verwundete dort unterzubringen, geprüft worden, wie er damals über einen befreundeten Kollegen erfahren hatte. Deutschland hatte sich nach und nach vorbereitet.

Dass der Krieg solche Ausmaße erreichen würde, hatte er jedoch nicht geahnt. Natürlich hatte sich das Deutsche Reich an die Seite Österreich-Ungarns stellen müssen, aber dass es in Kauf nahm, in einen Krieg mit Russland einzutreten, war doch erstaunlich. Immerhin war Zar Nikolaus II. ein Neffe des verehrten deutschen Kaisers.

Wilhelm, eigentlich Pazifist, war erleichtert gewesen, als der Krieg über das Deutsche Reich hereingebrochen war. Er schämte sich, so zu empfinden, aber ändern konnte er es auch nicht. Wilhelm war ein großer Verehrer Thomas Manns, und selbst der empfand wie zahlreiche andere Künstler und Intellektuelle den Krieg als eine Art Reinigung. Er war eine Befreiung aus dem alten Trott. Eine Flucht aus der geächteten, erstarrten und überdrüssig gewordenen Alltagswelt. Auch anerkannte Ärzte wie der Neurologe Albert Eulenburg hatten die Nachricht, es herrsche Krieg, mit Begeisterung vernommen. Durch Verstädterung, Mobilität und Technisierung hatte man eine nervöse, verweichlichte und degenerierte Gesellschaft herangezüchtet. Ein Krieg würde die Menschen wieder abhärten. Andere Kollegen gingen noch weiter und waren der Ansicht, dass ein Krieg als eine Art Prüfstein diejenigen aussortieren würde, die schwach und faul waren. So weit würde Wilhelm niemals gehen wollen, doch er begriff schnell, dass es vor allem die Intellektuellen waren, die einen Krieg begrüßt hatten. Wohingegen seine Patienten der Arbeiterklasse recht still wurden, kam man auf den Krieg zu sprechen.

Seit der Musiksoiree in der Villa von Treue, die schon ein Jahr zurücklag, hatte Wilhelm weder mit Elisa gesprochen noch sie gesehen. Über Umwege hatte er mitbekommen, dass Louis Vater geworden war. Doch war es nicht Elisa gewesen, die das Kind ausgetragen hatte, sondern Louis' Affäre Rosalie von der Heyt. Wilhelm verachtete Louis mehr denn je. Es war ihm unbegreiflich, wie Elisa nach alldem, was er ihr angetan hatte, bei ihm bleiben, ihn sogar lieben konnte. Dabei hatte Wilhelm seit dem Tag, an dem er Elisa das erste Mal gesehen hatte, immer nur das Beste für sie gewollt. Er hatte sie verehrt. Er hatte sein gesamtes Leben nach ihr ausgerichtet.

Katja war inzwischen verlobt. Das hatte sie ihm gesagt, als er sie vor einer Woche zufällig auf der Straße getroffen hatte.

»Ich freue mich für dich«, hatte Wilhelm mechanisch geantwortet.

Katja hatte genickt. »Weißt du«, war es mit einem Mal aus ihr herausgeplatzt. »Es stört mich kein bisschen, dass du dich offenbar nie wirklich für mich interessierst hast. Ich bin ein intelligentes, hübsches und liebenswertes Mädchen, das viel zu bieten hat. Das hast du verpasst, und daran bist du selbst schuld.«

Sie hatte sich schon halb von ihm abgewandt gehabt, als sie noch einmal innegehalten und hinzugefügt hatte: »Hängst du noch immer so sehr an deiner Elisa?«

Wilhelm hatte geschwiegen.

»Du bist ein Trottel, Wilhelm. Selbst nach allem, was deine Elisa durchgemacht hat, ist sie noch immer bei ihrem Mann. Du solltest endlich einsehen, dass sie sich niemals für dich entscheiden wird. Niemals. Ich meine es nur gut, wenn ich dir das sage.«

Das menschliche Gehirn war schon ein erstaunliches Ding, denn – obwohl Wilhelm das bereits gewusst hatte – hatten ihn Katjas Worte wie ein Pistolenschuss direkt in die Brust getroffen.

In derselben Nacht hatte er über die reinigende Wirkung des Krieges nachgedacht und sich bereits einen Tag später freiwillig als Feldarzt gemeldet.

Nun erreichte Wilhelm nach einer fünfzehnstündigen Fahrt mit dem Zug endlich den Bahnhof auf französischem Boden, wo er gemeinsam mit Rekruten auf das Ladeteil eines Lastwagens stieg. An der Westfront wurden dringend Ärzte gebraucht.

Obwohl das Feldlazarett recht nah an der Front lag, war der Krieg nicht mehr als ein fernes Summen. Und selbst dieses Summen war nur zu hören, wenn man sich darauf konzentrierte, denn auf dem Vorplatz des Lazaretts wurde es übertönt von Schmerzensschreien, zugerufenen Befehlen und dem Knattern des Motors, als der Lastwagen mit den Rekruten davonfuhr. Staub wirbelte auf und kratzte in seinen Augen. Wilhelm blinzelte ein paarmal. Auf einmal zuckte er zusammen, denn eine Hand legte sich auf seinen angewinkelten Ellenbogen.

»Sind Sie der neue Arzt?«, fragte eine Frauenstimme.

Vor Wilhelm stand eine junge Schwester, hinter der sich die aufgewirbelten Staubpartikel langsam im Sonnenlicht herabsenkten. Sie zog an einer Zigarette, die sie dann zu Boden warf und austrat. Für eine Frau war sie groß, nahezu so groß wie er selbst. Ihr Kittel spannte über ihrem drallen Busen. Doch als sie aufmunternd lächelte, hatte sie ein recht hübsches, trotz ihres fülligen Körpers fein geschnittenes Gesicht.

»Kommen Sie schon«, sagte sie, ohne eine Antwort abzuwarten. »Es warten drei Patienten auf Sie.«

Im Inneren des Lazaretts stank es nach Eiter, Schweiß und Karbol. Wilhelm drehte sich der Magen um. Die Luft war schwül. Betten drängten sich aneinander. Und in diesen Betten lagen Gesichter, deren Wangen eingefallen waren. Wilhelm spürte im Rücken, wie ihm in tiefen Höhlen liegende Augen folgten. Einer der Verletzten rief ihm etwas nach, der Rest begann zu grölen.

»Einfach ignorieren«, sagte die Schwester, als sie die Saaltür hinter Wilhelm schloss. »Die nehmen jeden Spaß, den sie kriegen können. Verdenken kann man' s den armen Seelen ja nicht.«

Wilhelm hätte gerne gewusst, was der Soldat ihm nachgerufen hatte, er hatte es nicht verstanden. Doch es war ihm unangenehm, die Schwester zu fragen.

»Vor allem die hübschen Schwestern haben's hier manchmal schwer«, sagte sie über die Schulter und lief mit eiligen, langen Schritten den Korridor entlang. Sie schien sich offenbar selbst nicht zu den hübschen Schwestern zu zählen. In Wilhelm entflammte Mitgefühl.

Auch hier lagen Verwundete. Bei einem stand ein Becken unter dem Bett, um den Eiter aufzufangen, der aus der infizierten Oberarmwunde tropfte. Bei anderen lebten lediglich noch die Augen.

Wilhelm lief weiter.

»Womit haben wir es bei den Verletzten zu tun?«, fragte er im geschäftigen, nüchternen Tonfall, den er immer bei seinen Patienten aufsetzte. Das würde ihm hoffentlich helfen, einen klaren Kopf zu bewahren.

»Mit einem Granatsplitter im Oberarm, einem Bauchschuss und einem zertrümmerten Knie.«

Wilhelm war sich sicher, dass die Schwester scherzte. Aber es schien ihr durchaus ernst zu sein, denn sie lachte nicht und stieß die Tür zu einem engen Nebenraum auf. »Wo Sie schlafen, zeige ich Ihnen später. Stellen Sie hier Ihren Koffer ab, ich sperre zu. Man will es kaum glauben, aber geklaut wird hier wie verrückt. Erst heute Morgen hat ein Soldat beklagt, dass man ihm seinen Ehering gestohlen hat, während er bewusstlos war.«

Das letzte Mal operiert hatte Wilhelm zu seiner Zeit im Krankenhaus in Amsterdam, was schon eine Ewigkeit zurücklag! Zu seinen Studienzeiten hatte er aus Interesse einmal in ein kriegschirurgisches Lehrbuch hineingelesen, doch das zuletzt verfasste stammte aus dem Jahr 1877 und war damit nicht ansatzweise aktuell. Mit einem Mal erschien ihm seine Anwesenheit, ja eigentlich das ganze Lazarett wie kompletter Irrsinn.

»Ich … ich kann keine Operationen am Bauch vornehmen. Und ich bin mir auch nicht sicher, ob ich …«

»Glauben Sie, dass der Stabsarzt das konnte, als er herkam? Dann lernen Sie's eben hier. Apropos Stabsarzt, den stelle ich Ihnen jetzt vor. Ziehen Sie sich einen Kittel über.«

Der Stabsarzt hatte graue, von tiefen Falten zerfurchte Haut, einen erstaunlich kräftigen Händedruck und einen ungepflegten Bart. »Sehr gut, dass Sie da sind. Sehr gut.« Das sagte er immer wieder, wie eine Beschwörungsformel.

»Wenn Sie merken, dass einer krampft, dann gleich die Tetanus-Spritze her. Sie glauben ja gar nicht, wie viele uns in den ersten Monaten allein an Wundstarrkrampf weggestorben sind …«, erklärte er und ging dann einfach los, als hätte er Wilhelm schon wieder vergessen.

Unschlüssig, wie er sich verhalten sollte, blieb Wilhelm stehen, zumindest bis die Schwester ihn mit einer Handbewegung fortscheuchte. »Los, los!«

Nach ein paar Schritten drehte Wilhelm sich im Gehen noch einmal um und fragte mit leiser, überforderter Stimme. »Wie heißen Sie eigentlich?«

»Waltraut«, rief sie ihm nach, winkte und lächelte dabei.

Wilhelm begriff schnell, wie falsch er mit seiner Kriegsbegeisterung gelegen hatte. Er hatte seinen Aufenthalt hier als eine Art schnellen Geniestreich betrachtet. Etwas, das er durchzog, um schon bald voller Stolz und gestärkt nach Hause zurückzukehren. Wie dumm er gewesen war. Die medizinische Versorgung war auf den Stellungskrieg absolut nicht eingestellt.

Wilhelm arbeitete als chirurgischer Assistent und hatte drei Säle zu betreuen, in denen insgesamt etwa achtzig Patienten lagen. Tagtäglich behandelte er Beinschüsse, Hüftschüsse, Hals-, Kopf-, Gesicht- und Brustschüsse. Die Patienten mit großen Zertrümmerungen, Bauchwunden oder Amputationen von Körperteilen starben meist an der Front oder auf dem Weg ins Lazarett, da die Verwundeten nur nachts von ihren Kameraden geborgen werden konnten. Oft konnten sie sogar erst nach mehreren Nächten geholt werden, wenn die Gräben zu sehr unter Beschuss standen.

Wilhelm lernte schnell. Er lernte, dass die Hilfsschwestern des Roten Kreuzes zwar liebenswert waren, aber etwas ungeschickt. Verbände konnten sie wechseln. Aber ging es darum, Blutungen zu stillen oder Wunden zu reinigen, schickte man lieber eine richtige Schwester.

Er lernte, dass das, was er aus den besten Lehrbüchern mitgenommen hatte, ihm hier nicht genügte. Die Verletzungen, die von den neuen Waffensystemen zugefügt wurden, von Granatsplittern, Gasen, Maschinengewehren, überstiegen alles, was ihm bisher begegnet war.

Er lernte, dass es nicht darauf ankam, die Männer wirklich gesund zu pflegen. Es kam darauf an, sie schnellstmöglich wieder auf die Beine zu bekommen, damit sie zurück an die Front geschickt werden konnten.

Er lernte, dass Hygiene hier ein Wunschtraum war. Die Verwundeten wurden vom Schlachtfeld auf schmutzigen Lastwägen herbeigekarrt, manchmal schleppten Kameraden sie auf den

Schultern an. Hatte man sie mit Müh und Not wieder zusammengeflickt, wurden sie im Zug in Richtung Heimat auf schmutzige Gepäckwagen verfrachtet, wo sie dicht wie Heringe auf Stroh gebettet beieinanderlagen. Hin und wieder hatte einer mehr Glück und bekam im Abteil ein richtiges Bett.

Er lernte, dass man sich nicht an Patienten gewöhnen durfte. Zu Hause waren seine Patienten wie alte Bekannte, auch wenn Wilhelm sich immer Mühe gegeben hatte, die Distanz zu wahren. Hier kamen und gingen sie wie auf dem Fließband. Manche wurden anschließend beurlaubt, manche waren dienstunfähig und wurden nach Hause geschickt. Die meisten wurden begraben.

Er lernte, dass es hier niemanden interessierte, wer er war oder was er vor dem Krieg getan hatte. Hier zählte nur, dass er schnell arbeiten konnte und Durchhaltevermögen bewies.

Es war ihm, als wäre er an diesem Ort ein völlig neuer Mensch.

Kapitel 73

NOVEMBER 1915

Es gab mal wieder doppelte Essensrationen. Ein überraschender Angriff hatte fast die Hälfte seiner Kameraden das Leben gekostet. Ihre Reihen waren frisch aufgefüllt worden. Ein paar ältere, erfahrene Soldaten waren zum Glück auch darunter. Doch der Großteil waren halbe Kinder, frisch aus dem Rekrutenlager, ohne jede Kampf- und Lebenserfahrung.

Als es dunkel wurde, ging es zum Schanzenbau zurück an die Front. Nacheinander kletterten sie den Lastwagen hinauf. Wie Schweine, die zur Schlachtbank gefahren wurden, drängten sie sich aneinander. Kaiser bot Louis eine Zigarette an, doch der schüttelte den Kopf. Es roch nach warmem Asphalt, nach Schweiß und dem fernen Pulver der Artillerie. Ihre Stahlhelme schimmerten matt im Mondlicht. Die Rücken der Pferde glänzten. Louis versank im Anblick ihrer schönen, kräftigen, edlen Bewegungen. Ihre Augen blitzten, wenn sie die Köpfe nach hinten warfen. Ob das Militär inzwischen auch Salem geholt hatte? So ruckelten sie durch die Dämmerung, neben ihnen die lange Reihe der Munitionskolonne.

Sie kamen an einem Dorf vorbei, an das ein Grundstück mit Apfelbäumen grenzte. Von den Apfelbäumen waren nicht mehr viele übrig, nur hier und da standen noch ein paar. Die Stämme waren zerrissen, der Boden tief zerpflügt.

Es wurde still. Das war das erste Mal, dass Louis die verheerenden Auswirkungen von Minenwerfern sah.

In den Ästen hingen Tote. Nackte Teile von ihnen, die durch

den enormen Luftdruck aus den Uniformen gerissen wurden. Stofffetzen lagen verstreut. Blutiger Brei klebte an den Wurzeln. Er schimmerte in der Dämmerung, war also noch recht frisch. Kaiser drückte seine Zigarette am Geländer des Lastwagens aus und warf sie auf die Straße.

»Scheiße«, sagte er.

An einem kleinen Wäldchen stiegen sie ab und marschierten durch den Nebel auf den Pionierpark zu. Dort luden sie Drahtrollen, Eisenstäbe und Schaufeln auf und zogen zu Fuß weiter. Morgen, bevor es hell wurde, würden die Lastwagen wiederkommen und sie abholen.

Bald kam der Befehl, alle Zigaretten auszudrücken. Die Gräben waren nah, und das Glimmen würde den Feind aufmerksam machen.

Es gewitterte von der Front her. Die Luft war ein einziges Heulen und Zischen. Der nächtliche Horizont wurde durchzuckt von rötlicher Helle. Maschinengewehre knarrten. Scheinwerfer suchten den Himmel nach Fliegern ab.

Die Eisenpfähle rammten sie in den Boden, der Stacheldraht wurde abgerollt und befestigt. Eine ekelhafte Arbeit, bei der man sich leicht die Hände aufriss. Als sie fertig waren, war es noch immer tiefdunkel. Ihnen blieb nichts anderes übrig, als darauf zu warten, dass der Himmel aufklarte. Sie setzten sich in einen nahen Unterstand. Schon bald fehlte die Bewegung, und sie kühlten aus. Ein paar der jungen, schmächtigen Rekruten schlotterten richtig. Das Klappern ihrer Zähne reizte Louis' Nerven, denn er hatte Mitleid mit ihnen, wollte aber keines mit ihnen haben. Das machte alles nur noch viel schwerer.

Er versuchte zu schlafen, aber das Rauschen über ihren Köpfen hörte nicht auf. Dicht an dicht kauerten sie im Unterstand. Oft saßen sie Stunden, Tage, Nächte beisammen, träumten sich an warme, saubere Orte und spielten Karten. Auch die Arbeiten waren immer dieselben. Grabenarbeiten, Gewehrreinigen, Postenstehen. Selbst Granateinschläge oder Feuerüberfälle hatten an Stärke verloren und verblassten in diesem Sumpf des Stumpfsinns.

Dicht hinter ihnen schlug es ein. Die Rekruten fuhren zusammen. Durch das offene Scheunentor sahen wie, wie Dreck in der Nacht hochspritzte. Das Schlimme war, man konnte hier nicht weg. Alles, was man tun konnte, war, abzuwarten und zu hoffen, dass es nicht den Unterstand erwischte.

»Spielen wir ein Spiel«, schlug Kaiser nach einer Weile vor. »Das Spiel heißt ›Wenn ich hier rauskomme‹.«

»Wo raus?«, fragte Lenz. »Aus dem Krieg oder nur aus diesem Unterstand.«

»Aus dem Unterstand natürlich. Aus dem Krieg kommen wir nicht mehr. Und selbst wenn, dann hat sich die Welt gedreht und wir sind kein Teil mehr von ihr.«

»Ich fange an«, sagte Lenz. »Wenn ich hier rauskomme, dann schreib ich meiner Carola, dass sie sich und den Kindern was Gutes zu essen kaufen soll. Ich kenn sie. Sie spart alles auf, damit was Anständiges da ist, wenn ich nach Hause komme.«

Er zog ein Bild aus seiner Brieftasche, das herumgereicht wurde.

»Bei der hast du aber auch gut was zum Anpacken«, meinte Kaiser und pfiff frech durch die Lücke seiner Schneidezähne. Dabei packte er mit beiden Händen die Luft, als hielte er einen drallen, festen Körper.

Louis nahm das Bild und musste schmunzeln, als er eine liebeswerte, pausbackige Frau sah, die den Eindruck erweckte, gern auch mal ein paar hinter die Löffel zu geben. Die zwei Kleinen, Junge und Mädchen, waren Lenz wie aus dem Gesicht geschnitten.

»Was würdest du machen, Louis?«, fragte Kaiser.

»Wenn ich hier rauskomme, dann … dann schreibe ich meiner Elisa. Und meinem Sohn.«

»Also wenn ich hier rauskomme …«, setzte Kaiser an und überlegte, »… dann gehe ich schnurstracks in die Feldbibliothek und leihe mir *Moby Dick*. Und einen der Karl-May-Romane. Oder ich schnappe mir eine der Schwestern aus dem Feldlazarett.«

»Als ob die dich lassen würden, mit deinen Läusen«, lachte Lenz.

»Was hast du eigentlich eben damit gemeint?«, fragte Louis. »Damit, dass wir nach dem Krieg kein Teil der Welt mehr sind?«

Er glaubte es zu wissen, was Kaiser damit hatte sagen wollen. Er hatte schon selbst ein paarmal einen ähnlichen Gedanken gehabt.

Kaiser überlegte, wie er es am einfachsten formulieren sollte. »Na ja, ich kann jetzt nur von mir selber reden. Aber vor dem Krieg, da gab's für mich nichts Böses. Ich hab studiert, bin abends in Kneipen gegangen, hatte hin und wieder eine kleine Liebschaft, und wenn ich mal ein paar Tage freihatte, hab ich meine Familie auf dem Hof besucht. Das war mein Leben, und es hat mir so, wie's war, gefallen. Und jetzt klebt Blut an meinen Händen. Ich habe getötet, habe zerfetzte Körper gesehen, Menschen sind vor meinen Augen gestorben. Ich glaube nicht, dass ich das Pfeifen herannahender Granaten oder das ständige Brummen des Krieges jemals aus dem Kopf bekommen werde. Und auch die Menschen zu Hause werden andere sein. Meine Familie macht ihren eigenen Schrecken durch, die bleiben auch nicht mehr ganz.«

Louis war ganz still und blass geworden.

»Aber vielleicht täusche ich mich«, fügte Kaiser deshalb schnell hinzu. »Vielleicht komme ich nach Hause, und alles ist wie immer. Ja … ja, vermutlich ist alles wie immer.«

All das Grausame und Schreckliche, das sie in den letzten Tagen und Wochen erlebt hatten, schrieb Louis Elisa in einem langen Brief, als sie in den frühen Morgenstunden endlich zurück in den Baracken waren. Sein Herz weinte bitterlich, während die Feder über das Papier kratzte, doch seine Augen blieben trocken. Kaum war das letzte Wort geschrieben, zerriss Louis das Papier, bis nur noch viele kleine Fetzen übrig waren. Auch wenn Elisa ihn darum gebeten hatte, ehrlich zu sein, konnte er sie nicht mit dem belasten, was er mitansehen musste und wie er fühlte. Also schrieb er einen zweiten Brief, der ihr das Gefühl geben sollte, dass alles irgendwann wieder gut werden würde.

Kapitel 74

Es hatte eine Zeit gegeben, in der Elisa ihren Vater hin und wieder in der Schokoladenfabrik besucht hatte. Das war vor ihrem siebten Geburtstag gewesen, bevor ihre Eltern sie zu Hause eingesperrt hatten.

In anderen Werken drehte einem der konzentrierte Geruch von verbrannter Kohle und Schmierfett den Magen um. In der Schokoladenfabrik duftete es nach gerösteten Kakaobohnen und Aromen wie Vanille oder Rum.

Seit Tagen versuchte Elisa, sich im Büro ihres Vaters mit den Firmengeschäften abzulenken, aber oft war sie mit ihren Gedanken bei Joseph oder Louis. Mit dem Unterschied, dass sie nur zu Hause anrufen musste, um zu erfahren, ob es Joseph gut ging. Wenn ein Brief von Louis sie erreichte, in dem er ihr seinen Aufenthaltsort nannte, war er wahrscheinlich schon längst wieder weitergezogen. Elisas Herz blutete.

Doch manchmal sah sie Louis. Sie sah ihn wirklich. Dann war es, als stünde er im Raum und spräche mit ihr. Sie hatte Frieda davon erzählt, woraufhin sie Elisa mit einem sorgenvollen Blick bedacht hatte. Elisa wusste, wie verrückt das klang. Aber Louis war bei ihr, um ihr Mut zu machen und ihr zu versprechen, dass er, egal wie, zu ihr zurückkommen würde.

Mit Louis an ihrer Seite hatte sie sich stark gefühlt. Ohne ihn fühlte sie sich klein und verwundbar. Wie sollte sie das Von-Treue-Unternehmen ohne ihn führen?

In ihren Händen hielt sie einen Brief, der sie heute Morgen erreicht hatte.

Elisa, meine Elisa,
in deinem letzten Brief hast du mich darum gebeten, ehrlich zu sein, wenn ich dir sage, wie es mir geht. Die Wahrheit ist: Ich weiß es nicht. Ich habe Angst, darüber nachzudenken.

Ich schreibe dir aus dem Feldrekrutendepot. Dort werden wir neu zusammengestellt und die Lücken gefüllt. Unsere Kompanie braucht über hundert Mann Ersatz. Die Neuen sind alle noch so schrecklich jung … Wenn ich mit ihnen rede, fühle ich mich wie steinaltes Militär. Zum Abendessen gab es Steckrübenbrot, aber Kaiser meinte, dass es eher aus Sägespänen gemacht war. Es gibt wohl Gerüchte, dass das Essen auf diese Weise gestreckt wird. Man merkt, dass wir nahe am Meer sind. Nachts wacht man vor Kälte immer wieder auf.

Die Front ist wie eine ungewisse rötliche Helle am Horizont. Sie ist in ständiger Bewegung. Wird vom Mündungsfeuer der Batterien durchzuckt. Leuchtkugeln steigen immer wieder auf. Stell sie dir vor wie silberne und rote Bälle, die zerbersten und in weißen, grünen und roten Sternen niederregnen. Eigentlich fast schön.

Eine unerhörte Qual ist, wie sehr die Tiere leiden. Wie viele Pferde an der Front sterben. Kaiser weiß, wie man Pferdefleisch weich braten kann. Anfangs habe ich mich geweigert, davon zu essen. Aber inzwischen ist der Hunger zu groß.

»Ich will nach Hause«, meinte Kaiser gestern zu mir, als wir Stacheldraht spannen mussten und uns dabei die Hände aufgerissen haben. Aber er meinte damit nicht sein richtiges Zuhause, sondern die Baracken. Und ich habe sofort gewusst, was er meint. Und das hat mir Angst gemacht. Denn mein Zuhause, meine liebe Elisa, das bist doch eigentlich du. Langsam scheinen alle um mich herum zu vergessen, wo sie herkommen und wer sie sind. Der Krieg verleibt sich uns ein. Nur der Gedanke an dich erinnert mich daran, dass ich nicht das stumpfe Monster bin, für das ich mich halte.

Mehr kann und werde ich dir nicht erzählen. Das, was tagtäglich an der Front geschieht, kann mit nichts in der Welt beschrieben werden. Und es soll nichts mit dir zu tun haben. Wenn ich dir schreibe, dann will ich nur darüber sprechen, wie sehr ich dich liebe.

Als ich damals in der Eisenbahn saß und von dir fortgebracht wurde, da habe ich mich gefühlt, als hätte man mir die Seele aus dem Leib gerissen. Du bist meine Seele, Elisa. Und solange du zu Hause auf mich wartest, kann ich mir vorstellen, irgendwann, wenn dieser Krieg vorbei ist, wieder zu dem Menschen zu werden, der ich früher einmal war.

Man überlegt, mir bald Urlaub zu geben! Sicher ist es noch nicht. Aber ich bemühe mich, besonders positiv aufzufallen, damit sie nachsichtig sind. Deshalb werde ich mich in nächster Zeit hin und wieder freiwillig melden. Beispielsweise morgen, denn da soll eine Patrouille ausgeschickt werden, um festzustellen, wie weit die feindliche Siedlung noch besetzt ist. Hinzu kommt, dass ich bezüglich meines Urlaubs ein sonderbares Gefühl den anderen gegenüber habe, als würde ich sie im Stich lassen. Aber vielleicht werde ich schon bald bei dir sein! Ich kann an nichts anderes mehr denken, als dich vielleicht bald in meine Arme zu schließen, den Duft deines Haars einzuatmen und genau so zu verweilen, bis mein Herz ganz leicht wird.

Du hast mich schon einmal gerettet, als ich verloren war. Und du wirst mich auch ein zweites Mal retten.

Elisa, ich liebe dich so sehr, dass ich Angst habe, niemals für meine Gefühle die richtigen Worte finden zu können. Du bist alles für mich.

Dein Louis

Draußen hatte es wieder zu schneien begonnen. Es war Elisa, als fiele der Schnee direkt in ihr Herz. Louis durfte sich nicht freiwillig melden, wenn es darum ging, feindliches Gebiet auszuspionieren! Vor Sorge um ihn wurde ihr ganz schlecht.

In dem Augenblick klopfte es an der Tür. »Herein.«

Es war Johann. Seit fast fünfzig Jahren war er als Vorarbeiter der Schokoladenfabrik treu ergeben und kannte die Fabrik wie seine Westentasche. »Entschuldigen Sie, Frau Lindquist. Aber hätten Sie einen Moment Zeit?«

Elisa spürte, dass Johann sie musterte, und richtete sich auf. Sah er ihr etwa an, dass sie den Tränen nahe war? »Gewiss, Johann.«

Johann trat vor sie, wobei er leicht hinkte. Er hatte im Deutsch-Französischen Krieg gedient und war damals am Bein verletzt worden. »Wir müssen Sparmaßnahmen treffen«, sagte er. »Dringend. Alles wird rationiert. Meine Frau hat gestern keinen Zucker mehr bekommen, als sie einkaufen war. Und das ist erst der Anfang! Gleichzeitig steigen die Lebensmittelpreise täglich. Wenn es so weitergeht, überlebt die Fabrik kein Jahr mehr!«

Elisa ließ sich auf den breiten Stuhl hinter dem Schreibtisch nieder und legte die Arme auf die Lehnen, darum bemüht, den Eindruck zu erwecken, sie hätte alles unter Kontrolle. »Das ist mir bewusst. Ich suche nach einer Lösung.«

»Ich befürchte, dafür ist keine Zeit mehr. Wir müssen Mitarbeiter entlassen.«

»Sie wollen Mitarbeiter entlassen? Ich bin froh um alle, die noch hier arbeiten! Wie viele unserer Männer wurden einberufen, wie viele der jungen Mädchen wurden uns fortgenommen, um in der Rüstungsindustrie zu arbeiten?«

»Dessen bin ich mir bewusst, Frau Lindquist. Aber ich befürchte dennoch, dass wir bei den steigenden Lebensmittel- und Kohlepreisen Entlassungen vornehmen müssen, um das Fortbestehen der Firma zu sichern. Die Ausgaben der Firma übersteigen schon fast die Einnahmen.«

»Es herrscht Krieg, Johann. Die Leute haben kaum Geld, um sich etwas zu essen zu kaufen. Und dennoch wollen Sie Mitarbeiter entlassen?!«

»Wenn wir es nicht tun, sitzen bald alle auf der Straße und hungern. Das kann nicht in Ihrem Sinne sein!« Dunkle Schatten lagen unter Johanns Augen.

»Diese Leute, die Sie entlassen wollen, haben vielleicht Familie, Johann.«

»Ich weiß …«, sagte er. »Ich fühle mich ehrlich schlecht, da ich Sie um diese Maßnahme bitte. Aber, wie gesagt, am Ende verlieren wir alle unsere Arbeit, und dann kann niemand mehr seine Familie versorgen. Ich bitte Sie, seien Sie vernünftig.«

»Ich kann niemanden entlassen, Johann«, wisperte Elisa. »Nicht in diesen Zeiten. Wer wäre ich?«

Da verdunkelten sich Johanns Augen. »Sie sind eine Frau und damit zu weich für die Position, die Sie innehaben. Ihr Vater hätte das Richtige getan.«

Johanns Worte trafen Elisa wie ein Pfeil in die Brust. Ehe sie ihre Sprache wiederfand, fiel die Tür bereits hinter dem alten Vorarbeiter zu. Sie zitterte. Das, was Johann gesagt hatte, war unerhört! Doch hatte er am Ende recht? Was würde Louis an ihrer Stelle tun?

»Louis, ich brauche dich hier …«, sagte sie leise. »Komm zu mir zurück …«

Als Elisa in dieser Nacht im Bett lag, sah sie Louis. Er war ihr zugewandt, ihr Blick hielt sich an seinem fest.

»Sag mir, was ich tun soll …«, flüsterte Elisa.

Louis strich ihr eine Haarsträhne aus dem Gesicht. Ein kleines Lächeln huschte über seine Lippen. »Du brauchst mich nicht, Elisa … Du schaffst das auch ohne mich.«

Da löste er sich auf, und sie spürte, dass sie allein war.

Eine Woche später fällte Elisa einen Entschluss, der sich anfühlte, als würde sie sich selbst das Herz herausreißen. Sie hatte vor, die Produktion der *Lust auf mehr?*-Tafeln einzustellen. Tränen traten in ihre Augen, als sie daran zurückdachte, wie Louis und sie mitten in der Nacht in Florences Küche Schokolade geschmolzen und mit verschiedenen Aromen und Gewürzen gemischt hatten. Zutaten wie Ingwer oder Chili waren nicht erhältlich, solange Krieg herrschte, und Johann hatte recht: Die Von Treue GmbH musste Sparmaßnahmen treffen. Es gab keine andere Möglichkeit.

Es war bereits nach elf Uhr abends und das Fabrikgelände stockdunkel. Gerade als Elisa sich ein Taxi rufen wollte, fiel ihr auf, dass aus einer der beiden Lagerhallen ein schwaches Licht drang. Offenbar hatte jemand eine der Lampen brennen lassen. Doch als Elisa vor dem großen Tor der Halle stand, sah sie, dass auch das Schloss nicht abgesperrt war. Ein ungutes Gefühl beschlich sie. War ein Einbrecher im Lager? Sollte sie die Polizei rufen? Aber würde das nicht viel zu lange dauern?

Vorsichtig, um kein Geräusch zu verursachen, schob Elisa das Tor ein Stück weit auf, bis sie ihren schmalen Körper ins Innere der Halle schieben konnte. Im vorderen Teil stapelten sich die mit Kakaobohnen gefüllten Leinensäcke. Doch das Licht drang aus dem durch eine dünne Wand abgetrennten Nebenraum, in dem die verkaufsfertige Schokolade gelagert wurde. Auf Zehenspitzen näherte sich Elisa diesem Teil der Halle. Adrenalin jagte durch ihren Körper. Als sie vor der Tür stand, hielt sie den Atem an. Lauschte. Nichts zu hören. Ihr Herz trommelte wie verrückt. Schließlich schob sie die Tür auf.

Alles ging blitzschnell. Sie wurde zur Seite gestoßen. Zu ihrem Glück konnte sie sich gerade noch am Regal festhalten, ehe sie stürzte. Der Dieb floh – doch er hatte seine Identität nicht vor ihr verbergen können. Elisa hatte ihn erkannt. Die Weise, wie er sein rechtes Bein leicht nachzog, hatte ihn verraten.

»Johann!«, rief sie.

Er wurde langsamer und blieb schließlich stehen. Elisa konnte sehen, wie er in sich zusammenfiel. Zwei Atemzüge lang war es still. Schließlich wandte er sich zu ihr um.

Elisas Angst war verschwunden. Mit einem Mal war sie nur noch wütend und unendlich enttäuscht. »Wie lange arbeiten Sie schon für uns, Johann? Haben wir Sie jemals schlecht behandelt? Als Dank bestehlen Sie uns?«

»Es ist wegen meiner Familie«, sagte Johann.

»Wegen Ihrer Familie?«

»Ja. Ich habe vier Kinder zu versorgen, aber es gibt kaum etwas zu essen, und das Wenige ist fast nicht bezahlbar. Die Kleinste hat morgen Geburtstag. Zwei Tafeln sollten es zur Feier des Tages sein. Den Rest hatte ich vor, auf dem Schwarzmarkt zu verkaufen.« Johann senkte den Blick. »Ich bin dann wohl entlassen.«

Elisa überraschte sich selbst, als sie sagte: »Nein. Ich werde Sie nicht entlassen.«

Sprachlos sah er zu ihr auf.

»Ich verstehe Ihre Situation. Sie lieben Ihre Familie und sorgen sich um sie. Deshalb vergebe ich Ihnen. Doch natürlich darf so etwas nie wieder vorkommen.«

»Aber …«

»Überrascht Sie meine Reaktion? Mein Vater wäre wohl nicht so nachsichtig mit Ihnen gewesen, vermutlich hätte er sogar die Polizei gerufen. Aber wie Sie bereits sagten: Ich führe diese Firma auf andere Weise als mein Vater. Mag sein, dass es daran liegt, dass ich eine Frau bin. Vielleicht ist es aber auch einfach nur eine Charakterfrage. Ich finde, man darf die Menschlichkeit nie vergessen. Welche Führungsweise die richtige ist, wird sich irgendwann zeigen. Gehen Sie nach Hause und legen Sie sich schlafen. Es wird einige Veränderungen in der Schokoladenproduktion geben, darüber sprechen wir morgen.«

Am nächsten Tag bat Elisa die Mitarbeiter, sich nach Arbeitsschluss zu versammeln. Sie verkündete, dass die Produktion der *Lust auf mehr*-Tafeln bis auf Weiteres eingestellt werden würde.

»Um das Fortbestehen der Firma zu sichern, müssen wir sparen«, erklärte sie. »Wie ihr sicher wisst, haben einige Fabriken Mitarbeiter entlassen müssen, um zu überleben. Ich verspreche euch, dass euer Arbeitsplatz hier sicher ist, solange es die Von Treue GmbH gibt. Jedoch sehe ich mich gezwungen, euer Gehalt leicht zu kürzen, zumindest solange die Lage derart angespannt ist.«

Aufgeregtes Murmeln setzte ein.

»Sobald der Krieg vorbei ist, werden die Gehälter natürlich wieder neu verhandelt«, fuhr Elisa fort. »Es herrscht eine Notsituation. Deshalb könnt ihr jederzeit zu mir kommen, wenn ihr Unterstützung braucht. Dann werden wir gemeinsam eine Lösung finden. Wir müssen zusammenhalten, um diese Zeit zu überstehen. Ich möchte, dass ihr heute alle eine Tafel Schokolade mit nach Hause nehmt.«

Kurz war es so still wie in einer Kirche.

»Ehrlich? Wollen Sie das wirklich?«, fragte ein junges Mädchen.

»Ja, es wäre mir eine Freude«, erwiderte Elisa und deutete lächelnd auf die Schachteln, die neben ihr auf einem Tisch aufgestapelt war. Darin war die »Elisa«-Schokolade, die Louis für sie kreiert hatte. »Ich wünsche mir, dass ihr die Schokolade mit euren Liebsten genießt und wenigstens für diesen kurzen Moment den Krieg vergessen könnt.«

Während ihre Mitarbeiter ihr überschwänglich dankten, spürte Elisa Louis neben sich. Er lächelte voller Stolz und Liebe.

Kapitel 75

DEZEMBER 1915

Weihnachten stand vor der Tür. Es würde das erste Weihnachtsfest sein, das Joseph erlebte.

Überall zierten aus Wachs geformte Engel, bemalte Holzsterne und mit Kerzen geschmückte Nester aus Mistelzweigen die Villa. Fast ununterbrochen duftete es nach frisch gebackenen Plätzchen und Bratäpfeln und schließlich, am großen Tag selbst, nach dem prächtigen Weihnachtsbaum, den Emil mit Franz' Hilfe im Salon aufgestellt hatte. Emil hatte nie viel davon gehalten, den Baum in den Farben des Deutschen Reiches zu schmücken. Doch dieses Jahr, wo einer seiner Söhne in der Ferne an der Front kämpfte, war der Baumschmuck in den Farben Schwarz, Weiß und Rot. Zudem hatte Emil eine wunderschöne Krippe aus Wurzeln, Zweigen und Moos auf der lang gezogenen Kommode aufgebaut. Einen Teil der Figuren hatte Louis geschnitzt, wie Emil ihr und Joseph erzählte. Franz war, was sich jetzt als Glück erwies, stark kurzsichtig, weshalb er noch nicht einberufen worden war.

Mit seinem kecken Lächeln und den funkelnden Augen ähnelte Joseph sehr seinem Vater. Elisa empfand ein ganz eigenes Gefühl der Zärtlichkeit für den Jungen. Er rettete sie, denn ansonsten hätte die Sorge um Louis sie bereits umgebracht. Manchmal versank sie förmlich im Anblick seines kleinen, schlafenden Gesichts. Sie war dankbar dafür, dass Joseph ihr so viel zu tun gab, um zeitweise den Schmerz, den sie verspürte, zu vergessen. An anderen Tagen wurde sie von einer heftigen Traurigkeit geschüttelt. Dann dachte sie an Louis und daran, wie ungerecht es war, dass er diese wichtige und wunderschöne Zeit mit seinem Sohn verpasste.

Das letzte Mal hatte Elisa ihre Mutter gesehen, als sie einen langen Spaziergang zu ihrem alten Zuhause unternommen und Joseph im Kinderwagen mitgenommen hatte, damit ihre Mutter ihn endlich kennenlernte.

»Du hast dich also dieses Bastards angenommen?«, hatte Pauline von Treue sie mit angewidertem Blick auf Joseph gefragt.

»Er ist kein Bastard«, hatte Elisa erwidert. »Er ist der Sohn meines Mannes.« Es war Elisa unbegreiflich gewesen, wie man so viel Verbitterung in sich tragen konnte.

Fast jeden Tag brachte Rosalie den Kleinen in die Lindquistsche Villa und verschwand, ohne zu sagen, wohin. Elisa vermutete, dass Rosalie entweder eine Arbeit oder einen Mann gefunden hatte. Denn eines von beidem brauchte sie zum Überleben, wie sie immer wieder betonte. Elisa war das nur recht.

Eines Samstagmorgens, wenige Tage nach Silvester, machte sie sich auf, um Rosalie ihr Kind in die Mauerstraße zu bringen. Rosalie hatte Elisa darum gebeten, Joseph die Nacht zu sich zu nehmen. Auch das war nichts Neues, denn Rosalie behauptete immer, mit dem Kleinen an ihrer Seite kein Auge zuzumachen. Anton hielt direkt vor der Wohnung, hinter einer Mietdroschke, in die der Fahrer gerade zwei Koffer lud. Elisa entdeckte Rosalie neben dem Taxi, wie immer sehr adrett gekleidet in einem himmelblauen Kostüm, über dem sie einen langen Gehrock mit Biberpelzbesatz trug.

»Rosalie?«, rief Elisa, die nicht wartete, bis Anton ihr die Tür geöffnet hatte, sondern im nächsten Moment schon aus dem Wagen gesprungen war.

Rosalie, die gerade in das Taxi hatte steigen wollen, sah zu ihr herüber. Ihr Blick war zunächst erschrocken, wurde dann jedoch flehentlich. »Es tut mir leid«, sagte sie.

Sie stieg in die Mietdroschke. Als diese sich in Bewegung setzte, rief Elisa erneut Rosalies Namen. Wieder und wieder. Sie vergaß ihre Vorsicht und eilte dem Wagen hinterher, ein paar Schritte nur, denn dann begriff sie, dass es keinen Sinn hatte.

In Rosalies Wohnung fand Elisa auf dem Tisch im Salon einen an sie adressierten Brief.

Liebe Elisa,
vermutlich hast du es kommen sehen. Wenn nicht, dann tut es mir leid, dich derart überrumpeln zu müssen. Aber Joseph ist bei dir besser aufgehoben als bei mir. Ich muss mein Leben erst einmal auf die Reihe bekommen, ehe ich ein Kind großziehen kann. Ein Neuanfang ist das, was ich brauche, aber der ist mit Kind nicht möglich. Ich habe jemanden kennengelernt, mit dem dieser Neuanfang gelingen könnte.

Ich hoffe, du vergibst mir. Hoffentlich wird auch Joseph mir irgendwann vergeben.

Eure Rosalie

Elisa wusste nicht, was sie fühlen sollte. Sie verspürte Fassungslosigkeit, Angst, Wut … Aber das, was ihr Herz nach einer Weile fast vollends erfüllte, war Freude. Denn ein Wunder war geschehen: Elisa war Mutter geworden.

Kapitel 76

APRIL 1916

Die Abendsonne stand schräg, als ihre Marschkolonne ausrückte, um eine Ortschaft zu säubern. Es war ein recht milder, klarer Tag. Frühlingshafte Süße lag in der Luft. Sogar die Vögel hatten sich inzwischen an das ständige Dröhnen, Knallen und Wummern gewöhnt, plusterten sich auf frisch sprießenden Zweigen auf und stimmten Frühlingslieder an. Die Läusebisse juckten kaum.

Louis sah Kaiser an, der wiederum ihn ansah und grinste. Lang genug waren sie vertröstet worden – aber bald würden sie endlich Heimurlaub bekommen, wie man ihnen zugesagt hatte.

Sie liefen gerade über ein freies Feld. Louis hasste das, denn ein freies Feld wie dieses bedeutete, dass man ungeschützt war.

Gebeugte Gestalten kamen ihnen entgegen. Das waren die Dorfbewohner, die den Ort räumen mussten. Unschuldige Gesichter der Angst, der Verzweiflung, der Ergebenheit blickten in ihre Gesichter der Schuld, Ratlosigkeit und Müdigkeit und größtenteils der Abgebrühtheit. Ihr Leben hatten diese Leute hastig in Taschen und auf Karren gepackt, manche auch in Kinderwagen. Ein Junge klammerte sich an der Hand seiner Mutter fest. Louis dachte an Joseph, der inzwischen schon über ein Jahr alt war.

Die Luft heulte. Die Erde bebte. Schreie bohrten sich in Louis' Rücken.

»Deckung!«, brüllte jemand.

Eine Granate hatte den hintersten Zug der Kolonne zerfetzt.

Chaos. Die Soldaten stoben auseinander. Ein ohrenbetäubender Knall raubte Louis die Orientierung. Dann setzte sein Überlebensinstinkt ein. Er rannte. Doch ehe er den Wald erreicht hatte, schlug etwas in sein Bein ein. Er taumelte. Stürzte.

Vielleicht zwei Schritte vor ihm sah er Lenz auf dem Boden liegen. Louis dachte nicht mehr an sich selbst, er dachte nur noch an Lenz, der zwei Kinder und eine Frau hatte und der unbedingt nach Hause musste.

Er kämpfte sich selbst auf die Füße, packte Lenz am Kragen seiner Uniform und zog ihn auf die Beine. »Hinter zum Wald!«, schrie er.

»Ich kann nicht …«, stöhnte Lenz.

»Los jetzt!«

Mit vereinter Kraft schleppten sie sich vorwärts. Munition heulte über sie hinweg und folgte ihnen.

Im Wald ging es steil hinab. Sie schlitterten, purzelten und schlugen schließlich in einem Graben auf.

»Ich kann nicht mehr«, hörte Louis Lenz hinter sich sagen.

»Nicht stehen bleiben. Wenn du einmal schlappmachst, kommst du nicht mehr weiter.«

Gnadenlos zerrte Louis seinen Kameraden aus dem Graben. Lenz konnte kaum noch gehen, aber er schaffte es mit Louis zu einem Unterstand. Dort stürzte er sogleich zu Boden. Als Louis all das Blut sah, dass Lenz' Uniform am Bauch tränkte, fragte er sich, wie es ihm gelungen war, Lenz hierher zu schaffen.

»Dich hat's ja übel erwischt«, keuchte Lenz. Seine Lider hingen auf Halbmast. Er versuchte sich aufzurichten, konnte sich aber schon kaum noch bewegen.

Louis sah an sich herab und erinnerte sich erst jetzt daran, dass er am Bein getroffen worden war.

Er riss ein Stück seines Unterhemds ab und drückte es auf Lenz' Wunde am Bauch. Sofort sog sich der Stoff mit Blut voll.

»Ist es schlimm?«, fragte Lenz.

Louis schluckte. Sein Mund war ganz trocken. »Nein«, log er.

Es wurde Nacht. Langsam arbeitete sich der Tod durch Lenz' Körper. Sein Gesicht wurde ganz fahl. Wo zur Hölle blieben die Sanitäter? Warum suchte sie niemand? Endlich erhob sich die Sonne am Horizont.

Louis dachte an Lenz' Frau und an seine Kinder. »Ich hole Hilfe«, hörte er sich sagen.

»Nein … Zu gefährlich …«

Lenz atmete nur noch flach. Der Tod beherrschte nun auch seine Augen, die in seinem Gesicht zu versinken schienen. Louis fror.

»Ach was. Die Franzosen sind längst wieder abgezogen. Unsere Sanitäter sind bestimmt schon ausgeschwärmt, die finden uns nur nicht. Ich bin gleich wieder da.«

Es schwindelte Louis, als er aus dem Unterstand humpelte.

Kurz waren da wieder der frühlingshafte Gesang der Amseln und diese taufrische Süße.

Kurz war da die Hoffnung, bald nach Hause zu kommen, mit einem kaputten Bein erst recht.

Kurz war da dieses leise, verräterische Zischen.

Etwas schlug in Louis' Brust.

Ein einziger, perfekt gezielter Schuss.

Kapitel 77

Kurz vor Sonnenaufgang fuhr Elisa im Bett hoch. Ihr Herz schlug wie verrückt.

Den ganzen Tag über war sie aufgewühlt, ohne zu wissen, weshalb. Ihr Puls war noch immer beschleunigt.

In derselben Sekunde, in der es nachmittags an der Haustür klingelte, ahnte sie, was geschehen war.

Sie hörte, wie Anton öffnete. Hörte, wie jemand zu ihr in den Salon trat. Sie stand am Fenster, hatte dem Fremden den Rücken zugewandt, sah jedoch in der Spiegelung, dass es jemand vom Militär war.

Eine halbe Stunde später war der Mann gegangen. Elisa konnte sich nicht daran erinnern, ob er ihr seinen Namen genannt hatte oder nicht.

Alles, was sie wusste, war, dass er ihr ein Schreiben überreicht hatte, in dem stand, dass Louis gefallen war.

Kapitel 78

Wilhelm war gerade dabei, eine Gesichtswunde zu vernähen, als es plötzlich hieß: »Alles eiligst zurück! Wir ziehen um!« Die Bagage und Munitionskolonnen rückten sofort ab.

»Aber die Verwundeten!«, rief Wilhelm.

Man lud sie auf Planen und wuchtete einen Teil von ihnen zwischen Kisten auf einen Lastwagen. Ein paar hatten solche Angst, in der Hektik vergessen zu werden, dass sie trotz ihrer Verletzungen aus eigener Kraft auf die Straße krochen. Wilhelm schleppte einen siebzehnjährigen Jungen, dem man ein Bein amputiert hatte, auf dem Rücken aus dem Lazarett. Kaum saß er selbst, ging es schon los.

Sie kamen in einer Kirche unter, in der es um diese Jahreszeit bitterkalt war. Zudem schüttete es fast eine Woche lang wie aus Eimern.

Am Ende dieser Woche klarten die grauen Wolken auf, und die Sonne wagte sich hervor. Es war ein guter Tag. Wilhelm überquerte den Hof vor der Kirche und lief Slalom um all die Pfützen. Er wollte sich zehn Minuten Verschnaufpause gönnen, um sein Butterbrot zu essen. Dafür setzte er sich auf die alten Bretter hinter der Scheune, in der ebenfalls verwundete Soldaten untergebracht waren. Das Lazarett platzte aus allen Nähten.

Wann immer Wilhelm Zeit hatte, kam er hierher, denn hier fand er wenigstens ein klein wenig Frieden. Er atmete tief ein. Nach all der Zeit an der Front hatte er gelernt, dass es immer eine

Frage des Blickwinkels war. Er konnte zum Lazarett blicken, vor dem zwei Krankenschwestern nebeneinander auf dem Boden kauerten und mit matten, müden Blicken ihre Zigaretten rauchten. Er konnte aber auch dem Zitronenfalter dabei zusehen, wie er durch die laue Luft taumelte und sich schließlich auf dem einzigen Löwenzahn der kleinen Grünfläche vor Wilhelms Füßen niederließ. Er konnte das Stöhnen und das Lungenrasseln hören, das aus der Scheune drang, in der ein Patient mit Brustschuss lag. Oder er könnte das alles ausblenden und nur dem Rauschen des Windes lauschen, der den blühenden Kirschbaum kämmte und es weiß von oben herabregnen ließ.

Erst, als sie sich neben ihn auf die Bretter setzte, bemerkte er Waltraut. Sie ließ zwei Zigaretten aus der Packung gleiten und bot eine davon Wilhelm an. Als er den Kopf schüttelte, steckte sie beide wieder zurück, schloss die Augen und holte tief Luft. »Manchmal erinnert mich all das an Krebs.«

»Wie meinst du das?«, fragte Wilhelm.

»Na, der Mensch ist wie Krebs. Er ist böse. Wuchert. Nimmt alles Leben. Und man kann nichts gegen ihn machen.«

»Glaubst du das wirklich?«

Sie zuckte mit den Schultern und nestelte dann an der Spitze ihres tabakbraunen Zopfes herum. »Schon. Manchmal zumindest. Seit ich hier bin, öfters.«

Sie schwiegen kurz, dann sagte Waltraut: »Ich bin froh, dass du hier bist.« Ihre eigenen Worte brachten sie in Verlegenheit, deshalb fügte sie schnell hinzu: »Du leistest gute Arbeit.«

Das war das erste Mal, dass Wilhelm sich fragte, welches Leben Waltraut wohl vor dem Krieg geführt hatte. Welcher Charakter hinter diesem kräftigen Körper steckte, hinter dem feinen Gesicht mit dem hübschen, ernsten Augenaufschlag und den feinen Äderchen, die sich unter der blassen, dünnen Haut abzeichneten.

Dann waren die zehn Minuten schon wieder um, und Wilhelm musste zurück an die Arbeit. Eine Arbeit unter Eiterströmen und Jauchungen. Er hatte es sich angewöhnt, die spitzen, gelben, fahlen Gesichter nicht mehr anzusehen, wenn es nicht unbedingt sein musste. Das Schlimmste waren die eingesunkenen Augen. Denn in ihnen sah man Ehefrauen und Kinder. Sah man Hoffnungen und Träume. Deshalb konzentrierte sich Wilhelm nur noch auf die Verletzungen. Es war alles eine Frage des Blickwinkels.

Auf einmal herrschte Tumult auf dem Hof.

»Schnell, wir brauchen Hilfe!«, rief ein Soldat. Er schleppte einen Kameraden, der kaum gehen konnte und dessen Uniform sich an der Brust und am Oberschenkel mit Blut vollgesogen hatte.

»Um Himmels willen, das ist noch einer vom gestrigen Angriff!« Das kam von Waltraut, die über den Hof eilte.

Gestern Abend hatte es einen Angriff gegeben, bei dem fast ein ganzer Zug getötet worden war. Es hatte unzählige Verletzte gegeben.

»Warum wird er erst jetzt gebracht?«, fluchte Wilhelm.

Der Soldat, der seinen Kameraden schleppte, glaubte sich verteidigen zu müssen. »Ich habe ihn erst jetzt gefunden. Ich habe ihn die ganze Nacht gesucht …«

Der Verletzte wurde auf eine Pritsche gelegt. Die Gummirollen quietschten auf dem Boden, als man ihn in den provisorischen Operationsraum brachte, wo Wilhelm die Uniform an der Brust aufschnitt. »Lungenschuss«, sagte er.

Schwester Waltraut atmete schwer aus und stemmte dabei die weichen und doch so kräftigen Arme in die runde Taille. So wie sie es immer tat, wenn ein Patient verloren war. Die Haut des Mannes war ganz weiß, er hatte viel Blut verloren. Er krächzte etwas, vielleicht hustete er auch nur.

»Die Mühe, seinen Kameraden hierher zu schleppen, hätte der Soldat sich sparen können«, sagte Wilhelm.

Beim nächsten Röcheln des Patienten glaubte Wilhelm, einen Namen herauszuhören. »Elisa …«

Das erste Mal seit so vielen Wochen sah er einem Patienten ins Gesicht. Und erstarrte.

Vor ihm lag der Mann, den er mehr verachtete als alles auf dieser Welt. Louis Lindquist.

»Soll ich ihn fortbringen?«, fragte Waltraut.

Damit meinte sie, dass sie ihn ins Sterbezimmer bringen würde. In diesem Raum lagen die Patienten, die man nicht retten konnte.

Er spürte, dass Louis' Leben in seinen Händen lag.

Er blickte auf ihn hinab. Sah die trockenen, eingerissenen Lippen. Die in tiefen Höhlen liegenden Augen. Ja, die Augen waren noch wach. Sie schrien, brüllten, flehten. Leben bäumte sich in ihnen auf. Er sah sein Gesicht in ihnen gespiegelt.

»Nein«, sagte Wilhelm. »Auch wenn es nicht danach aussieht, aber den hier retten wir. «

Kapitel 79

Die ersten Tage nach Erhalt des Briefes vergingen, ohne dass Elisa etwas um sich her wahrnahm. Sie wollte nur schlafen, einfach nur wegdämmern und am besten nie mehr aufwachen.

Dann und wann öffneten sich ihre Augen, und ein Bild fiel hinein. Dann sah sie Emils von Falten zerfurchtes Gesicht. Sie sah, wie sich seine Lippen bewegten, aber seine Stimme drang nicht zu ihr durch. Ein andermal beugte sich Frieda oder Hanni zu ihr herab. Dann wieder war tiefe Nacht, und alles schwarz um sie herum.

Sie fühlte sich unendlich leer. Ein überlebenswichtiger Teil war ihr entrissen worden. Es war ihr ein Rätsel, wie die Welt sich weiterdrehen konnte, während ihre doch stehen geblieben war. Es konnte einfach nicht sein, dass Louis sie für immer verlassen hatte …

Sie begann zu hoffen. Was, wenn ein Fehler vorlag und Louis gar nicht tot war? Was, wenn er desertiert und auf dem Weg zu ihr war? Was, wenn … Auch wenn diese Gedanken absurd waren, klammerte Elisa sich trotzdem an sie.

Einmal fand sie die Kraft, aufzustehen und sich zu Emil und seiner Familie an den abendlich gedeckten Tisch zu setzen. Emil von ihrer Hoffnung zu erzählen, erwies sich als ein Fehler, denn er holte tief Luft, faltete priesterlich die Hände auf dem Tisch und setzte zu einem eindringlichen Monolog an. Jeder Satz war äußerst klar und präzise formuliert, als hätte er seinen Vortrag schon vor geraumer Zeit vorbereitet. Die ganze Zeit über hielt Elisa den Blick starr auf ihren leeren Teller gerichtet. Hin und wieder nickte sie, als verstünde sie seine Worte, dabei war sie wie betäubt. Ihr Kopf weigerte sich zu verstehen.

Als Emil schließlich sagte: »Wir müssen uns mit Louis' Tod abfinden, Elisa«, schloss sie die Augen. Tränen liefen über ihre Wangen. Sie erhob sich und verließ den Raum.

Emils Worte hatten Louis' Tod wahr werden lassen. Dabei wollte Elisa in ihrer kleinen, warmen Traumwelt bleiben, in der Louis vielleicht doch eines Tages zu ihr zurückkehren würde. Vielleicht weigerte Elisa sich auch deshalb, ihren Verlust zu verarbeiten, weil nicht mehr traurig zu sein, sich für sie anfühlte, als würde sie Louis vergessen.

Jeder in der Familie hatte seine eigene Art, mit Louis' Tod umzugehen. Emil war ganz das Oberhaupt und bemühte sich darum, dass alles seinen geregelten Ablauf nahm. Vor Elisa hatte er keine einzige Träne vergossen, doch wenn sie nachts kein Auge zubrachte und durch die Villa wandelte, hörte sie ihn weinen. Er wollte in seiner Trauer allein sein, im Gegensatz zu Franz, der die Bank geschlossen hatte, den ganzen Tag im Sessel des Landschaftszimmers hing, weinte oder darüber nachdachte, was mit seiner Familie geschehen würde, wenn er doch noch an die Front müsste. Frieda war die Einzige, die die richtigen Worte fand, doch in ihren Augen las Elisa, dass der Schmerz und dieses Gefühl der Leere nie von ihr weichen würden.

Alles in der Villa erinnerte Elisa an Louis. Jeder einzelne Gegenstand war mit ihm verbunden. Das Schaffell vor dem Kamin, auf das sie sich letztes Frühjahr gekuschelt hatten. Oder der Stuhl in ihrem Schlafzimmer, über den Louis immer seine Kleidung gehängt hatte. Selbst seine Unordnung vermisste sie … Und all die kleinen Details, die Louis ausgemacht hatten, jene Dinge, die den meisten Menschen verborgen gewesen waren. Wie seine Hände meist nach Erde oder Holz und nach tatkräftiger Arbeit gerochen hatten … Das herzförmige Muttermal auf seinem Nacken, das ihre Lippen hatten berühren dürfen. Sein Blick, der ihr eine ganze Sprache war. Sie hatten keine Worte gebraucht, um einander zu verstehen.

Am ersten Sonntag im Mai stieg Elisa in den Zug und fuhr gemeinsam mit Joseph und Frieda für ein paar Tage zu Florence an den Starnberger See. Sie musste raus, brauchte Abstand.

Es kam oft vor, dass sie im Schaukelstuhl auf der Terrasse wegdämmerte, denn hier war sie ruhiger als in dem Bett, das sie so lange mit Louis geteilt hatte. So war sie auch am heutigen Tage wieder einmal eingeschlafen. Finger streichelten zart über ihre Wange und weckten sie.

»Hier, iss etwas«, sagte Florence, die in einer Hand einen Teller balancierte und mit der anderen ihr Hauskleid raffte, um neben dem Schaukelstuhl in die Hocke zu gehen. Auf dem Teller lagen zwei Honigbrote. »Es nützt niemandem etwas, wenn du verhungerst. Das ist Honig von Emils Bienen.«

Florence zuliebe aß Elisa ein paar Bissen. Louis' Tante plauderte über das Theaterstück, das sie in Starnberg mit einem befreundeten Regisseur inszenieren wollte. Sie war viel außer Haus, eigentlich war sie meist nur noch in der Villa, um zu schlafen. Offenbar war heute Sonntag, denn sonntags blieb ihr nichts anderes übrig, als zu Hause zu sein. Das war Florences Art, mit Louis' Tod umzugehen: Sie gönnte sich kein bisschen Ruhe, hetzte von einem Ort zum nächsten, bis sie so müde war, dass sie abends nur noch ins Bett fiel und komatös schlief.

Elisa zog die Wolldecke bis unter das Kinn und versank im Anblick des pastellroten Glühens, das langsam den Himmel hinabwanderte, um schon bald hinter den Alpen, die an diesem Abend erstaunlich klar zu sehen waren, unterzugehen.

Florence erhob sich und setzte sich auf die Armlehne des Schaukelstuhls. Sie seufzte auf eine Weise, die Elisa nicht recht zu deuten wusste. Sie schwiegen eine Weile gemeinsam und beobachteten zwei Schwäne, die das Ufer nach Fressbarem absuchten.

»Das Leben ist ein ganz erstaunliches Ding, findest du nicht auch?«, sagte Florence auf einmal an den Himmel gerichtet. »Als ich ein junges Mädchen war, da habe ich davon geträumt, eine bekannte Schauspielerin zu werden. Ich habe davon geträumt, auf großen Bühnen zu stehen und Blumensträuße gereicht zu bekommen, während ich die jubelnde Menge mit Luftküssen beschenke. Als ich zwanzig war, hat mein Vater mir ziemlich deutlich zu verstehen gegeben, dass ich mir endlich diese lächerlichen Flausen aus dem Kopf schlagen soll. Mit zweiundzwanzig hat er mich vor den Altar gezerrt. Mein Mann Alfred war schrecklich verschlossen, geradezu abweisend. Wenigstens hat er mich nie geschlagen. Eines Morgens kam er nicht zum Frühstück herunter. Ich ging hinauf und fand ihn tot auf dem Bett liegen. Er hatte sich vergiftet. Und seither lebe ich allein in dieser großen Villa.«

»Ich dachte, du genießt es, allein und unabhängig zu sein.«

»Ach, papperlapapp! Wer ist schon gern allein? Manchmal ist es tatsächlich ganz nett, aber die meiste Zeit ist es einfach nur einsam.«

Florence lächelte mitleidig. »Mit meiner Geschichte will ich dir sagen, dass das Leben nun mal so ist. In einem Moment ist es wunderschön, im nächsten ist es grausam. Man hat Träume, man macht Pläne – und auf einmal schlägt das Schicksal zu, und alles ist anders. Aber es geht immer irgendwie weiter. Immer.«

Elisa schwieg. Florence meinte es nur gut mit ihr, aber auch ihr gelang es nicht, den Schmerz zu betäuben.

»Den hier hat Louis mir geschickt, als er erfahren hat, dass er an die Front muss.« Sie reichte Elisa den Brief. »Er hat geschrieben, dass ich ihn dir nur dann zukommen lassen darf, wenn ihm etwas zustoßen sollte. Ich habe lange auf den richtigen Moment gewartet und denke, dass du nun so weit bist.«

Elisa betrachtete das Kuvert mit Louis' Schrift darauf, die

ihren Namen geformt hatte. Tränen liefen aus ihren Augen. Sie nahm Florence den Brief aus der Hand und riss den Umschlag auf. Ihr Herz blutete, als sie die Zeilen überflog.

Meine liebe, über alles geliebte Elisa,

wenn du diesen Brief liest, bedeutet das, dass es mir nicht mehr möglich ist, bei dir zu sein. Ich kann nicht in Worte fassen, wie sehr mich diese Vorstellung quält. Ich hätte mir so sehr gewünscht, den Rest meines Lebens neben dir einzuschlafen und neben dir aufzuwachen. Ich hätte mir so sehr gewünscht, dir die Welt zu zeigen und sie dir zu Füßen zu legen. Aber so grausam es ist, nun ist es anders gekommen.

Ich wünsche mir für dich von ganzem Herzen, dass du glücklich bist. Vielleicht mag es dir anfangs unvorstellbar erscheinen. Aber ich flehe dich an, versuch es. Versuch, ohne mich glücklich zu sein. Bitte, geh raus, unternimm etwas, lebe! Ich werde dich vom Himmel aus beobachten und lächeln.

Elisa, meine große Liebe, ich wünsche mir so sehr, dass du das Leben führst, das wir beide uns ausgemalt haben. Dass du die Dinge tust, die wir gemeinsam unternehmen wollten. Versteck dich nicht, das hast du viel zu lange getan.

Ich bin immer bei dir. Hörst du das Rascheln der Gräser? Das sind eigentlich meine Schritte. Die wärmenden Sonnenstrahlen sind meine Hände, die dich streicheln. Der laue Wind ist mein Atem, wenn ich ganz nah bei dir bin, um dich zu küssen.

Ich liebe dich so sehr.

Dein Louis

Da wurde Elisa etwas Entscheidendes klar: Sie hatte geliebt. Sie hatte wahrhaft geliebt. Damit war ihr das Schönste zuteil geworden, was diese Welt zu bieten hatte. Etwas, das viele Menschen niemals erleben durften.

Und als ihr das bewusst wurde, lächelte sie.

Am nächsten Tag wies sie Frieda an zu packen, sie würden nach Hause fahren. In ihrem Zug befanden sich Soldaten, die auf Heimaturlaub geschickt worden waren oder die frisch aus dem Feldlazarett kamen. Elisa begegnete den zerfurchten, verhärmten Gesichtern mit Scheu.

Als sie endlich den Berliner Bahnhof erreichten und die großen Räder unter leidvollem Quietschen zum Stehen kamen, war Joseph unruhig geworden. Er hatte Hunger und fürchtete sich vor der zischenden, keuchenden Lokomotive. Hände streckten sich aus den Fenstern, Soldaten jubelten den bereitstehenden Hilfsschwestern entgegen oder sprangen auf den Bahnsteig, um nach Angehörigen zu suchen. Ärzte eilten herbei, um die Verletzten zu versorgen. »Zur Seite!«, rief jemand.

Gerade noch konnte Elisa ausweichen, ehe ein Soldat auf einer Pritsche an ihr vorbeigewuchtet wurde. Der Soldat war ganz blass und schwitzte stark.

Obwohl es hoffnungslos war, hielt Elisa unter all den Gesichtern nach Louis Ausschau. Und auf einmal war es ihr, als würde eine Woge seines unverkennbaren Dufts sie streifen. Sie wandte sich um. Tatsächlich blitzte unter all den angespannten, glücklichen, weinenden Gesichtern ein Profil auf, das seinem ähnlich war. Das Knacken und Zischen des noch immer erhitzten Zuges, all die Stimmen und der Trubel waren mit einem Mal verschwunden. Sie sah nur noch diesen wilden braunen Schopf, durchzogen von sommerhellen Strähnen, der unter all den Menschen verschwand.

Ihr Herz musste sie täuschen. All die schlaflosen Nächte, ihre Sehnsucht, ihre quälende Hoffnung hatten ihre Nerven überreizt, und nun sah sie Dinge, die gar nicht wahr sein konnten. Dennoch lief sie mit Joseph an der Hand los. Der Soldat tauchte an einer anderen Stelle wieder auf und blieb stehen.

»Louis …«, sagte Elisa leise zu sich selbst und dann etwas

lauter, als sie bei ihm war und eine Hand auf seinen Oberarm legte. »Louis …«

Der Mann, der sich zu ihr umwandte, war nicht Louis.

»Entschuldigen Sie, ich habe Sie verwechselt …«

Draußen winkte Frieda ein Taxi herbei. Drei Jahre war es her, dass Elisa Louis kennengelernt hatte. Wenn sie so in die Sonne blinzelte, die Automobile vorbeirauschen hörte, die vollen Waggons der Elektrischen und all die Menschen mit ihren Einkaufstüten sah, so könnte sie fast glauben, dass sich mit der Zeit nichts geändert hatte. Doch das Brummen der Motoren, das einst nach Fortschritt geklungen hatte, klang mittlerweile nach Verderben in Elisas Ohren. Der Rauch, der aus den Auspuffrohren drang, war nun nicht mehr Symbol technischer Innovation, sondern nur noch Gestank, der die Lungen verpestete. Der Bahnhof, den Elisa einst für seine architektonische Pracht bewundert hatte, war mittlerweile der Ort, der Elisa ihren Mann entrissen hatte. Die einst so sorglosen, glatten, makellosen Gesichter, die einer strahlenden Zukunft entgegengelacht hatten, waren von Falten zerfurcht. Der schnelle Sieg, an dem man kein bisschen gezweifelt hatte, war ausgeblieben. Stattdessen wurden die Listen mit den Todesopfern länger und länger.

»Kommst du?«, rief Frieda Elisa zu, ein Bein schon im Wagen.

»Ja«, erwiderte Elisa und führte Joseph an der Hand zu der Mietdroschke.

Kapitel 80

MAI 1916

Drei Wochen lang hatte Louis mehr tot als lebendig im Feldlazarett gelegen. Starkes Fieber hatte ihn an seine Pritsche gefesselt. Nur ausschnittsweise und verschwommen konnte er sich an diese Zeit erinnern.

Beispielsweise erinnerte er sich daran, wie Wilhelm sich über ihn gebeugt und davon gesprochen hatte, dass Louis nach Hause dürfe. Seine Hand hatte Louis' Hand umschlossen und sie gedrückt. »Alles Gute«, hatte Wilhelm gesagt.

»Danke …«, war alles, was Louis hervorgebracht hatte.

Dann war da noch ein Feldwebel gewesen, der seinen Namen hatte hören wollen. Obwohl der vermutlich auf dem Papier, das auf einem Klemmbrett befestigt war, stand.

»Louis Lindquist«, hatte Wilhelm an Louis' Stelle geantwortet.

»Sie meinen Lorenz Landauer?«, hatte der Feldwebel entgegnet und ständig einen nervösen Blick über die Schulter geworfen, denn hinter ihm stöhnte unablässig ein Soldat vor Schmerz.

»Nein, da muss eine Verwechslung vorliegen.«

»Was ist mit Lorenz?«, hatte Louis hervorgebracht. »Er war mit mir in diesem Unterstand. Er war schwer verletzt …«

»Dann sind Sie Lindquist, Louis?«, hatte der Feldwebel gefragt und sich dabei an der Stirn gekratzt.

Danach war noch einiges gesprochen worden, doch die Wörter waren für Louis' trägen Kopf zu schnell aneinandergereiht gewesen und hatten keinen Sinn ergeben.

Eine Stunde später war Kaiser an sein Bett gekommen. Sein Lächeln tat so gut, dass Louis einen kurzen Augenblick lang seine Schmerzen hatte vergessen können. »Du hast 'nen Heimpass, hab ich gehört«, hatte Kaiser gesagt.

Louis hatte eine Verantwortung für diesen jungen Kerl gefühlt und war sich wie ein Verräter vorgekommen, weil er ihn allein zurücklassen würde. »Vermutlich nur Kurzurlaub. Bald hast du mich wieder um dich.«

»Das glaub ich nicht. Nicht bei deinen Verletzungen, du Invalide«, hatte Kaiser halbherzig gescherzt und war dann ganz ernst geworden. »Wir sehen uns doch wieder, oder? Wenn das alles hier vorbei ist, können wir uns doch in Berlin treffen. Dann kannst du mir endlich deine Elisa vorstellen. Und vielleicht hat sie eine hübsche Freundin, die was für mich wäre.«

Louis hatte die Lippen zu einem müden, erschöpften Lächeln verzogen. »So machen wir das.«

Kurz hatte sich ein Schweigen zwischen sie herabgesenkt, bis Louis gewagt hatte zu fragen: »Was ist mit Lorenz?«

»Da lag wohl eine Verwechslung vor. Sie dachten, du seiest Lorenz. Vermutlich kamen sie durcheinander, weil ihr die gleichen Initialen habt.«

»Aber was ist mit ihm?«

»Er ist gestorben. Als ich dich gefunden habe, war er schon tot.«

Kurz darauf war erneut der Feldwebel mit seinem Klemmbrett gekommen und hatte etwas davon gesagt, dass es gleich losginge.

Während der Zugfahrt war Louis' Fieber schlimmer geworden, deshalb hatten sie ihn an irgendeinem Bahnhof ausgeladen und erneut ins Lazarett gesteckt. Dort war er geblieben, bis er wieder vollkommen bei Kräften gewesen war. Nun saß er in einer Mietdroschke, die ihn vom Berliner Anhalter Bahnhof nach Hause brachte.

Der Fahrer unternahm mehrere Anläufe, mit Louis ein Gespräch über den Krieg zu beginnen. Wie lange würde es wohl noch dauern, bis die Franzosen und Engländer endlich besiegt waren? Wie die neumodischen Waffen seien? Anfangs hatte Louis sich noch bemüht, zumindest knappe Antworten zu geben, doch je näher sie dem Wannsee kamen, desto leiser wurde er, bis er schließlich vollends schwieg.

Zwischen den hohen Ulmen der Allee, die sie durchfuhren, konnte er den Wannsee in der pastellroten Abendsonne schimmern sehen. Louis' Herz schlug so kräftig, dass er den Eindruck gewann, es wolle ihm aus der Brust springen und vorauseilen. Gleich schon, nach der Reihe dieser prächtigen Villen, deren Fenster in der Sonne golden glühten und die keinen Krieg, keinen Schmerz oder auch nur Schmutz zu kennen schienen, wäre er zu Hause …

Er klammerte sich an seinem Tornister fest. Darin war alles, was er während der letzten Monate besessen hatte. An ihm zog die Wiese vorbei, auf der er als kleiner Junge oft mit Franz gespielt hatte. Zu dieser Jahreszeit war sie bunt getupft mit Klatschmohn, Kornblumen und Löwenzahn. Die Weiden wiegten sich im sanften Wind. Auf der alten, moosbewachsenen Steinmauer dahinter saßen zwei Jungen, beide sauber und adrett gekleidet im Matrosenanzug, und sahen von ihrem Spiel auf, als würden sie sich wundern, wer zu dieser Abendzeit die Straßen entlangfuhr.

Mit einer Hand versuchte Louis, sich den Staub von den Stiefeln zu wischen, doch es half nichts. Ein Lichtstrahl fiel durch das Wagenfenster herein. Das Licht kam von einem der Spitztürme der Lindquistschen Villa, dessen hohe Fenster die Sonne reflektierten.

»Schön, schön …«, kommentierte der Fahrer die Jugendstilvilla und pfiff einmal durch die Lücke seiner Schneidezähne hindurch. Die Mietdroschke wurde langsamer und hielt schließlich. »Endlich zu Hause, nicht wahr?«

Endlich zu Hause.

Allein der Anblick des von dunkelgrünen Flechten überzogenen Brunnens, den man offenbar noch nicht wie sonst im Frühjahr gereinigt hatte, ließ Louis lächeln. Aber es war ein unsicheres Lächeln, das seine Augen gleichzeitig mit Tränen füllte. Er dachte daran, dass Elisa gerade irgendwo in dieser Villa war. Vermutlich ging sie alltäglichen Dingen nach, las in einem Buch, strickte oder sprach mit der Köchin die Einkäufe für den morgigen Tag durch.

»Danke«, sagte Louis. »Was macht das?«

»Nix.« Der Fahrer winkte ab und salutierte. »War mir eine Ehre, Kamerad.«

Louis dankte noch einmal und stieg aus. Wie oft hatte er sich ausgemalt, wie es wohl sein würde, wenn er wieder nach Hause käme … Nichts davon hatte auch nur annähernd diesen Gefühlswirbelsturm getroffen, der in seiner Brust tobte. Louis warf den Tornister über die Schulter, machte einen Schritt nach vorn und hielt dann doch wieder inne. Sein Atem ging schnell und stoßweise. Für den Bruchteil einer Sekunde wünschte er sich an die Front zurück, was natürlich Unsinn war. Nie wieder wollte er an diesen schrecklichen, grausamen Ort. Aber das Plätschern des Brunnens, die reinweißen Kirschbaumblüten, die auf dem Wasser trieben, die offenbar frisch geschrubbten, glänzenden Marmorstufen, die den Eingang hinaufführten – all das hielt ihm seine eigene Schäbigkeit vor Augen. Er spürte den Dreck unter seinen Fingernägeln, spürte all die Läusebisse und das Blut, das an seinen Händen klebte.

»Nun los, Junge! Deine Leute warten doch bestimmt schon!«

Louis hatte den Taxifahrer schon ganz vergessen. Er nickte ihm zu und zwang sich zu einem Lächeln, das die Erwartungen des Fahrers erfüllen sollte. Wie meist war die Gartentür nur angelehnt. Die weißen Blumenverzierungen und Schnörkel waren frisch lackiert worden, doch noch immer quietschten die Angeln, als Louis die Tür vorsichtig zudrückte.

Wie vertraut war das Knirschen des Kies unter seinen Stiefeln. Wie vertraut war der Mückenschwarm, der über dem Regenfass aus Holz schwirrte. Wie leicht ließ ihn der Anblick der Weinreben atmen, die sich die Hausfassade hinauf erstreckten. Dazwischen summten eifrig die Bienen seines Vaters umher, die fleißig Nektar sammelten.

Gleichzeitig erschien ihm alles neu und stark. Das Rot des Klatschmohns und die bunten Farben der Anemonen, die sich am Zaun emporschmiegten, wirkten kräftiger denn je. Noch nie zuvor war ihm aufgefallen, welch süßen Duft die Maiglöckchen und Pfingstrosen verströmten. Weich und warm streifte ihn der Atem des Abends und rauschte leise in den pastellgrünen Birkenblättern.

Auf einmal hörte er ihre Stimme. Ihr helles Lachen.

Elisa …

Der Tornister glitt Louis aus der Hand. Mit großen, zügigen Schritten eilte er am Haus vorbei hin zu dem großen Garten, wo er sie vermutete.

Louis glaubte zu träumen, so schön war ihr Anblick. Sie stand inmitten der Wiese, deren Gras so dicht und hoch gewachsen war, dass es den Saum ihres himmelblauen Rocks verdeckte. Er sah nur das Profil von Elisas reinem, ehrlichem und poetischem Gesicht. Ihre filigranen Schulterblätter hoben sich unter dem dünnen weißen Stoff ihrer Bluse hervor, denn sie hielt ein Kind in ihren Armen. Louis' Kind. Seinen Sohn.

Zwar hatte Elisa ihm Fotografien geschickt, aber Joseph lebendig zu sehen und miterleben zu dürfen, wie er Elisa anlachte, traf ihn mit einer unerwarteten Heftigkeit.

Da weinte Louis. Der Frieden, den dieses Bild ausstrahlte, traf sein von Gewalt und Tod verseuchtes Herz. Wie sollte etwas so Schönes noch in seine Welt passen?

Jäh wandte er sich um und floh. Er hatte seinen Tornister

schon vom Boden aufgesammelt, als er sie seinen Namen rufen hörte. Allein seinen Namen aus ihrem Mund zu hören, ließ sein Herz an Gefühl überlaufen, an Wärme, Sehnsucht und unendlicher Trauer …

»Louis …«, sagte sie noch einmal.

Langsam drehte er sich zu ihr um.

»Wie ist das möglich?«, flüsterte sie.

Es schien sich etwas in ihr zu lösen, denn sie eilte ihm entgegen und blieb so dicht vor ihm stehen, dass ihre Nasenspitzen sich beinahe berührten. »Du bist es …« Tränen liefen ihre Wangen hinab. Sie presste eine zitternde Hand auf ihren Mund, aus dem gleichzeitig ein Wortschwall strömte, so schnell und hastig hervorgebracht, dass Louis kaum etwas davon verstand.

»Ich … da war dieser Mann … Er hat gesagt, dass du gefallen seiest …«

Er fasste sie fest an den Schultern, damit sie sich beruhigte. »Aber ich bin hier. Ich bin wieder bei dir. Bei euch …«

»Du lebst … du lebst«, sagte sie immer und immer wieder, ließ sich an seine Brust fallen und weinte bitterlich an seiner Schulter. Noch immer hielt sie Joseph in den Armen, der ihr nun zu schwer wurde und den sie deshalb auf die Füße stellte. Der Junge betrachtete Louis mit regem Interesse und erster Miene. Erneut umarmte Elisa Louis, der den süßen Duft ihrer weichen Haut einatmete. Er küsste ihre Hand, küsste ihr Haar und erneut ihre Hand. Sie brachte kein Wort mehr hervor. Erst, als er ihr Gesicht umfasste, kam sie zu sich, weinte noch mehr und sagte wieder und wieder seinen Namen.

Als sie merkte, dass ihm Stehen und Atmen schwerfielen, brachte sie ihn gemeinsam mit Joseph hinein. Im Inneren der Villa duftete es köstlich nach Braten. Louis lief das Wasser im Mund zusammen.

»Setz dich«, sagte Elisa und wies auf den Polsterstuhl im

Eingangsbereich. »Bestimmt wartet Emil schon am Esstisch. Oder möchtest du lieber …«

»Ich würde lieber gleich mitkommen«, vollendete er für sie den Satz.

Die Tageszeitung verdeckte das Gesicht seines Vaters, als Louis eintrat. »Es gab schon wieder eine Friedensdemonstration«, erklärte Herr Lindquist. »Diesmal vor dem Reichstag. Zwanzig Leute wurden verhaftet.«

»Sieh, wer gekommen ist«, hauchte Elisa.

Sein Vater ließ die Zeitung sinken. Louis verspürte den Drang, etwas zu sagen, aber er wusste nicht, was. Und er wusste es umso weniger, je länger ihn sein Vater anstarrte und die Wahrhaftigkeit dieses Moments zu erfassen versuchte.

»Louis …«, flüsterte er, erhob sich im nächsten Moment vom Stuhl und ging langsam auf ihn zu. »Louis … Wie ist das möglich? Wir dachten …« Er sprach es nicht aus.

Elisas Wangen waren vor Erregung gerötet, und sie reagierte geistesgegenwärtig. So beruhigte sie Frieda, die in Tränen der Freude ausgebrochen war, und wies sie an, ein weiteres Tischgedeck zu bringen. Man würde später essen und Louis erst einmal Zeit lassen, in Ruhe zu Hause anzukommen. Emil erteilte sie den Auftrag, Franz und Hanni anzurufen. Sie selbst brachte Joseph ins Bett und ließ Louis ein Bad ein. Währenddessen machte sie sich daran, eigenhändig seine Betthälfte frisch zu beziehen.

Als der Abend schon weit vorangeschritten war, lag Louis satt und sauber im Bett und atmete den Duft der frischen Laken ein. Neben ihm träumte Joseph in seinem Kinderbett. Mit einem Ausdruck von Hoffnung sah Louis zu Elisa, die am Toilettentisch saß und ihr weiches, glänzendes Haar kämmte.

Ihre Blicke trafen sich im Spiegel. »Ich kann noch immer nicht glauben, dass du wieder hier bist«, flüsterte sie, brach erneut in Tränen aus und lächelte dabei.

»Ich auch nicht«, sagte er.

Louis hatte Angst gehabt, dass er nicht mehr in sein altes Leben zurückfinden würde. Doch er hatte begriffen, dass er das auch nicht musste. Vor ihm lag ein neues, anderes und ebenso schönes Leben.

Kapitel 81

Unter den fallenden Blättern der Apfelblüten hinweg lief Elisa den Weg zum Steg hinab, an dessen Rand Louis saß und die Beine ins Wasser streckte. Das helle Morgenlicht schimmerte auf dem bewegten Wannsee, auf dem sich bereits die ersten Segler friedlich im Wind treiben ließen. Elisa fröstelte ein wenig, und sie schlang ihren Morgenrock fester um den Körper.

»Hier steckst du«, sagte sie und setzte sich neben Louis.

Er lächelte sie an. In seinen Augen reflektierte das Spiel der Wellen, doch hinter diesem Glanz lag eine dunkle Traurigkeit, zu der Elisa noch nicht durchgedrungen war. Das würde Zeit brauchen, und das akzeptierte sie.

»Woran denkst du?«, tastete sie sich vor.

»Gerade habe ich daran gedacht, welches Glück ich doch habe, hier sein zu dürfen.« Er verlagerte sein Gewicht von einem Oberschenkel auf den anderen, wobei er die Augen zusammenkniff, als ein Schmerz in sein Bein schoss.

Das leise Gluckern des Wassers, das gegen den Steg und das schwankende Boot schlug, füllte die Stille, die sich zwischen ihnen herabgesenkt hatte. Vor dem Krieg waren ihre Gedanken gleich gewesen, doch nun hatten sie beide ganz eigene Gedankenwelten. Das war in Ordnung, und auch die Stille fühlte sich natürlich an. Dennoch hoffte Elisa, dass sie irgendwann erneut eine Gedankenwelt miteinander teilen würden.

»Hast du etwas von deinem Kameraden gehört?«, fragte sie Louis.

»Von Kaiser? Nein … Ich glaube auch nicht, dass er so bald schreiben wird. Was soll er mir auch sagen? Er kann mir nicht vormachen, dass es ihm gut geht, ich weiß, wie schrecklich es an der Front ist. Und um mir in einem Brief all sein Leid zu klagen, ist er nicht der Typ.«

»Du hast ihn sehr gemocht, nicht wahr?«

Louis nickte. »Ja, das habe ich.«

Elisa zog ihre Schnallenschuhe von den Füßen, rollte die Strümpfe von den Beinen und hielt die Zehenspitzen in das noch kühle Wasser.

»Und Rosalie hat sich in all der Zeit kein einziges Mal gemeldet?«, fragte er.

Elisa schüttelte den Kopf. »Nein, ich weiß nicht mal, ob sie in Berlin ist, irgendwo in Deutschland oder gar das Land verlassen hat.«

»Das sieht ihr ähnlich.«

Elisa konnte nicht behaupten, Rosalie sonderlich zu vermissen. Wenn sie ehrlich zu sich selbst war, hoffte sie sogar, dass Rosalie niemals wiederkehren würde, denn wenn sie das täte, dann gewiss nur, um Joseph zurückzufordern. Die Angst davor hielt Elisa oftmals die halbe Nacht lang wach.

»Und hast du etwas von Wilhelm gehört?«, fragte Louis.

Elisa nickte und lächelte. »Ja, er ist noch immer an der Front. Es geht ihm gut, und er freut sich, dass du wohlauf bist. Er dankt für die Schokolade, die wir ihm geschickt haben.«

Louis' Blick verlor sich im Unbestimmten. Oft saß er so da und dachte nach.

»Wir sollten hineingehen. Das Frühstück ist angerichtet, und Florence ist eben mit Margot, Lisbeth und Kitty eingetroffen. Sie hat bestimmt großen Hunger.«

Erleichtert stellte Elisa fest, dass sie die richtigen Worte gefunden hatte, um Louis lächeln zu sehen. »Das hat sie, so wie ich sie kenne!«

Elisa hielt sich dazu an, daran zu denken, wie gut ihr Leben doch war. Sie hatte ein Kind geschenkt bekommen, das sie wie ihr eigenes liebte. Ihr Mann war aus dem Krieg heimgekehrt. Oftmals hatte er zwar noch starke Schmerzen, aber die würden irgendwann verschwunden sein. Sie lebte in dieser prächtigen Villa und würde bald mit Louis in die Mauerstraße ziehen, so, wie sie es sich erhofft hatte. Und auch wenn der Import der Kakaobohnen Schwierigkeiten bereitete, so lief das Geschäft der *Von Treue Süßwaren & feinstes Gebäck GmbH* doch konstant weiter. Der Krieg war für sie eine sichere Einnahmequelle, so bitter dies war.

Drinnen schwebte Florence Louis mit ausgebreiteten Armen entgegen, küsste ihn auf beide Wangen und drückte ihn dann fest an ihre Brust. »Wie bin ich froh, dich zu sehen.«

Nachdem Louis auch Florences Freundinnen begrüßt hatte, zog er sich zurück. Früher hatte er es genossen, Menschen um sich zu haben, doch nun reagierte er meist wie eine Katze auf die Lautstärke mehrerer Menschen. Er ging indessen nie weit fort. Auch jetzt zog es ihn nur in den Salon, wo er Joseph, dem Frieda gerade ein Bilderbuch gezeigt hatte, hochhob und durch den Raum trug. Wenn Elisa ihn dann lächeln sah, so wusste sie, dass Joseph auch für ihn ein Rettungsanker war, so, wie er einst für sie ein Rettungsanker gewesen war.

Epilog

SOMMER 1919

Es duftete nach dem Zitronensorbet, das Frieda gemacht hatte und dessen Reste in der Schale neben der Decke im Gras schmolzen. Elisa blinzelte in die Sonnensprenkel, die durch die wippenden Lindenzweige fielen. Dann und wann streifte sie ein angenehmer Windhauch. Leise hörte sie das drei Uhr-Läuten der Pendule in der Villa. Kurz darauf klingelte es an der Haustür.

»Entschuldige die Verspätung!«, rief Wilhelm, als er mit großen, eiligen Schritten über die Wiese auf Elisa zusteuerte und sich währenddessen mit seinem Hut Luft zufächerte. »Ich habe Waltraut noch bei ihren Eltern abgesetzt.«

»Das ist doch kein Problem«, erwiderte Elisa.

Wilhelm zu umarmen, hatte denselben schönen Effekt wie das Zitronensorbet, der Wind und die Sonnensprenkel. Als er sich schon von ihr lösen wollte, zog sie ihn noch einmal an sich und umarmte ihn erneut. Fünf Jahre war es her, dass sie ihn das letzte Mal gesehen hatten. Fünf Jahre … Nach dem Krieg hatte man Wilhelm erneut die Professorenstelle in Amsterdam angeboten, die er zuvor abgelehnt hatte. Diesmal hatte Wilhelm angenommen. Das alles wusste Elisa dank des regen Briefaustauschs, in dem sie mit Wilhelm stand. Ihm war es zu verdanken, dass Elisa morgens neben Louis aufwachen und nachts neben ihm einschlafen durfte. Er hatte Louis das Leben gerettet.

Einerseits war er noch immer klar und unverkennbar ihr Freund aus Kindertagen: das weiche, freundliche Gesicht, das helle, schüchterne Lachen, das kupferfarbene Haar, durch das sich inzwischen vor allem im Backenbart einige graue Strähnen zogen. Andererseits hatte sich sein Blick verändert. In seinen Augen las Elisa, dass Wilhelm Dinge gesehen und erlebt hatte, die ihn anders über diese Welt denken ließen. Sie las dort, dass Wilhelm ein Leben hatte, in dem sie nicht mehr als eine Art Nebendarstellerin war, und dass sie nur noch wenig von ihm wusste, aber das war in Ordnung.

Sie setzten sich auf die Decke, Wilhelm eher unbeholfen, doch auch Elisa war leicht nervös. Frieda brachte ihnen Limonade und eine Schale mit Erdbeeren, und schon bald umschwirrten Emils Bienen sie, weshalb sie sich schließlich auf die Terrasse in den Schatten zurückzogen. Dort saß auch Frau von Treue, die sich nie länger als eine halbe Stunde an die frische Luft wagte.

»Mutter, sieh, wer zu Besuch gekommen ist«, sagte Elisa und legte eine Hand auf deren Schulter.

Frau von Treue, die im Schaukelstuhl Joseph eine Geschichte vorlas, blinzelte ein paarmal ins Sonnenlicht, ehe sie Wilhelm erkannte, und sich ein Lächeln auf ihren Lippen ausbreitete. »Wilhelm …« Sie drückte Wilhelms Hand. »Wie schön es ist, dich zu sehen!«

Wilhelm deutete einen Handkuss an, dann plauderte er mit Elisas Mutter ein wenig über Amsterdam, bis diese sich schließlich entschuldigte. »Ich bringe Joseph hinein. Er soll vor dem Abendessen noch ein Bad nehmen.« Sie streckte Joseph, der inzwischen auf dem Boden mit Holzfiguren spielte, die Hand hin.

»Wohnt sie nun hier?«, fragte Wilhelm Elisa, die ihrer Mutter und Joseph nachsah, wie sie Hand in Hand die Treppe hinaufgingen.

»Nein, aber sie ist oft hier. Zu Hause wäre sie nur allein.«

»Wie kam es, dass ihr euch ausgesprochen habt?«

Elisa erzählte Wilhelm, dass sie vor einem Jahr, am Geburtstag ihrer Mutter, zu ihrem alten Zuhause gefahren war. Die Sahne des Kuchens, der im Salon vorbereitet gewesen war, war schon ganz eingefallen und angetrocknet gewesen. Frau von Treue hatte allein auf dem Sofa gesessen, die Hände im Schoß gefaltet, kerzengerade. Ihre Augen hatten sich mit Tränen gefüllt, als sie Elisa gesehen hatte.

»Ich danke dir«, hatte sie leise gesagt. »Ich danke dir, dass du hergekommen bist.« Die Umarmung, in die sie Elisa geschlossen hatte, war das erste Mal fest und herzlich gewesen.

Wilhelm setzte sich auf die Bank und ließ sich von Frieda Kaffee einschenken. »Wohnen Louis und du noch in der Mauerstraße?«

»Ja, das tun wir. Nur im Sommer verbringen wir die meiste Zeit hier. Emil freut sich, wenn etwas mehr Leben im Haus ist, und Joseph liebt es, mit Louis am Wannsee zu spielen. Aber erzähl, Wilhelm. Du hast geschrieben, dass du dich verlobt hast?«

»So ist es. Waltraut und ich werden Ende des Jahres heiraten. Ihr seid natürlich herzlich eingeladen, nur findet die Hochzeit in Amsterdam statt.«

»Wir wollten dich ohnehin schon längst dort besucht haben! Oh, wie ich mich freue!«

Wilhelm lächelte, hatte dabei jedoch diesen ganz gewissen Blick aufgesetzt, den Elisa früher immer seinen »Arztblick« genannt hatte. Ein Blick, der aufmerksam war, der überprüfte, dem nichts entging. »Verzeih, wenn ich dich so direkt frage, aber ... aber deine Wangen glühen so, und es scheint mir, du hättest an Gewicht gewonnen. Kann es sein, dass du ...« Offenbar war es ihm unangenehm, es auszusprechen.

»Ja«, sagte Elisa und lächelte. »Darüber wollte ich auch mit dir sprechen. Ich bin tatsächlich schwanger, Wilhelm!« Wenn Elisa an dieses Wunder dachte, konnte sie ihr Glück kaum fassen. »Louis und ich haben selbst nicht damit gerechnet. Ich meine, ich hätte ja nicht einmal geglaubt, dass es für mich möglich ist.«

»Das sind ja großartige Neuigkeiten! Herzlichen Glückwunsch.«

»Danke. Ich mache mir nur Sorgen. Was, wenn mein Körper nicht dafür gemacht ist? Wenn dem Kind etwas passiert?«

»An so etwas darfst du nicht denken. Natürlich musst du sehr vorsichtig sein. Und vermutlich wird man das Kind mit einem Kaiserschnitt auf die Welt holen, aber ich bin mir sicher, dass alles gut gehen wird.«

»Ja, du hast recht. Es wird alles gut gehen. Joseph ist auch schon ganz aufgeregt. Er freut sich sehr darüber, ein Geschwisterchen zu bekommen. Nur leider kann ich Louis während der Schwangerschaft nicht mehr so viel in der Süßwarenfabrik helfen.«

Als hätte er seinen Namen gehört, betrat ihr Ehemann in diesem Moment die Terrasse. Wilhelm erhob sich sogleich und streckte ihm die Hand entgegen, doch Louis umarmte ihn. »Wir freuen uns sehr, dass du hier bist«, sagte er.

Nach dem Abendessen brach Wilhelm auf, und Louis und Elisa setzten sich auf die Bank am See. All das – das silberne Funkeln auf dem bewegten Wasser, das leise Rauschen, der Rosenduft, der dann und wann vorüberzog, Louis' warme Haut an ihrer – all das war Elisa inzwischen vertrauter, als ihr altes Zuhause in Grunewald ihr jemals gewesen war. Elisa war erfüllt von Ruhe und der Gewissheit, dass sie genau hierher gehörte, neben Louis, der sie auf den Nacken küsste und, als sie glückserfüllt lächelte, ihr gleich noch einen Kuss schenkte.

Anmerkung der Autorin

Elisa leidet an der seltenen Erkrankung *Osteogenesis imperfecta*, auch bekannt als »Glasknochenkrankheit«. Auf etwa 100 000 Menschen kommen nur vier bis sieben Fälle. Ursache der *Osteogenesis imperfecta* ist ein Gendefekt. Dieser führt zu einer fehlerhaften bzw. unvollkommenen Synthese der Kollagenfasern, dem Hauptbestandteil der Knochenmatrix. Wesentliche Symptome sind eine erhöhte Brüchigkeit und Deformierbarkeit der Knochen sowie Wachstumsstörungen. Knochenbrüche können spontan und bereits bei geringster Belastung auftreten. Sekundäre Merkmale sind unter anderem Atemprobleme, Muskelschwäche oder Skoliose. Der im Roman genannte Anatom Willem Vrolik beschrieb die Erkrankung im Jahr 1938 in seinem Handbuch der pathologischen Anatomie *Tabulae*.

Elisa leidet am Typ 1 der Krankheit mit einem milden Schweregrad. Betroffene des Typ 1 haben in der Regel eine unauffällige Statur, eventuell sind sie leicht kleinwüchsig. Wie Elisa haben sie häufig blaue Skleren (Lederhaut des Auges, normalerweise weiß). Bei etwa der Hälfte der Patienten tritt in der Jugend ein langsam progredienter Hörverlust auf. Typ 2, 3 und 4 verlaufen deutlich schwerer. Typ 4 der Erkrankung geht mit solch erheblichen Verformungen der Arme, Beine, Wirbelsäule und des Schädels einher, dass Betroffene oft nicht gehen können.

Da es sich bei der Glasknochenkrankheit um eine erbliche Erkrankung handelt, ist eine Heilung nicht möglich.

Dank

Ich möchte allen danken, die mich dabei unterstützt haben, »Das Mädchen aus Glas« ins Leben zu rufen.

Mit dem Diana Verlag habe ich das perfekte Zuhause gefunden für jenen Roman, der mir besonders am Herzen liegt. Zu großem Dank bin ich meiner Lektorin Inga Rupp verpflichtet, für ihre Anregungen und ihre Sorgfalt.

Viel zu verdanken habe ich auch meinem Agenten Kai Gathemann, der mich stets geschickt berät.

Zu guter Letzt möchte ich meiner wundervollen Familie danken, die an mich glaubt und mich unterstützt. Ich habe das Glück, mit meiner Schwester Madeleine eine großartige Erstleserin zu haben, deren Ideen und Vorschläge für mich immer sehr wertvoll sind.